感恩父母全集

◎总主编：滕 刚
◎主 编：刘英俊
◎副主编：孙柏林 邓燕云
　　　　　韩文亮 黄 棋

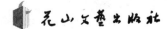

花山文艺出版社

图书在版编目(CIP)数据

感恩父母全集 / 刘英俊主编. —— 石家庄：花山文艺出版社, 2007.06(2021.8 重印)

（感恩书系 / 腾刚主编）

ISBN 978-7-80755-049-5

Ⅰ.①感… Ⅱ.①刘… Ⅲ.①故事 – 作品集 – 世界 – 现代 Ⅳ.①I14

中国版本图书馆 CIP 数据核字(2007)第 061758 号

丛 书 名：	感恩书系
总 主 编：	滕 刚
书 名：	**感恩父母全集**
本书主编：	刘英俊

策 划：张采鑫
责任编辑：郝卫国
责任校对：贾 伟
特约编辑：李文生
装帧设计：红十月工作室
出版发行：花山文艺出版社(邮政编码：050061)
　　　　　（河北省石家庄市友谊北大街 330 号）
销售热线：0311-88643221
传 真：0311-88643234
印 刷：永清县晔盛亚胶印有限公司
经 销：新华书店
开 本：720×1020 1/16
字 数：450 千字
印 张：22.125
版 次：2007 年 6 月第 1 版
　　　　2021 年 8 月第 2 次印刷
书 号：ISBN 978-7-80755-049-5
定 价：78.00 元

馨香给芬芳的甜蜜回答

○马　德

在人类心灵的故乡，有一座永恒的小屋，里边，灯火摇曳。

一个人，从这精神的家园出发，一路上，可赏湖光染翠，可看山岚设色，可徜徉于花情柳态，也可流连于山容水意。也就是说，一个人，可以让自我的耳目身心做一次漫长的芳香之旅，濡染千回，浸润万遍，心中沁香驻芳，盛享给生命带来的快乐与欢愉。

然而，外在的这一切并不会停留太久。一转身雾岚可以散尽，一转眼繁华可以不再，那欢愉，那快乐，很快就会在心底里烟消云散。这时候，你才会发现，只有心灵故乡的那座小屋给予我们的深情抚慰还在，留给我们的醇厚温暖还在，即便落寞到头，即便寒风彻骨，这一些抚慰，这一点温暖，也足以让生命在瞬间苏醒，蓬勃如初。

这小屋，这灯火，这抚慰，这温暖，就是父母的爱。

——这是人类生命的源头，这也是让所有生命永生回望的归宿。一个人，在父母爱的沐浴下，能够理解爱，懂得爱，并且学会报答爱，就一定是一个懂得感恩父母的人。实际上，这感恩本身，就是爱对爱的反哺，就是心对心的馈赠，就是生命的馨香给予生命的芬芳最甜蜜的回答。

一个人，看过许多地方的云，跨过许多地方的桥，走过许多地方的路，却很少进父母的家门，走千里走万里，也不会最终走尽天下。同样，一个人，为陌生人奉献过爱，为朋友付出过爱，为恋人捧出过爱，却从来没有在心底里爱过父母，爱多爱少，也爱不出人间大爱。

说到底，只有心中盛得下父母的人，才会胸怀天下；只有能爱父母的人，才有资格去兼爱苍生。

感恩于父母，是万善之始；而爱父母，是万爱之始。

感恩，是灵魂的原色。一个人，只有懂得感恩父母，才会从这灵魂的根底伸出枝蔓，然后，这枝蔓间才会漫溢出人性的淳厚与芬芳。

这个世界，大凡有灵性的自然万物，都懂得感恩。譬如，一滴晶莹剔透的露珠，"訇"的一声，从草尖上翻身滚落，以天籁般的声响去拥抱大地滋润大地，这是一颗露珠对孕育它的大地的感恩。一朵美艳绝伦的鲜花，并不兀自在枝头摇曳，而是要随风播散出幽香，氤氲在枝柯之间，这是一朵鲜花对滋养它的母体的感恩。一只乌鸦，长大之后，并不振翅远飞，而要衔食反哺老鸦，"乌鸟私情"，就是一只乌鸦对老去的双亲的感恩。

如果说，感恩构成了这个世界最漂亮的风景，织成了人世间最高贵的绸缎的话，那么，对父母的感恩，则是风景中的神韵，是风景中的魂魄，是绸上的金线，是缎上的绮香。

懂得感恩父母的人，是这个世界上最美的生命。电视里，记者采访一位享誉世界的大科学家。这位科学家两鬓斑白，风度儒雅，很是不俗。记者问他，如果你能有休息的空闲，你一般乐于干什么。科学家微微笑过，说，回乡下，回乡下陪父母。父母给了我很多，而我给予他们的却很少，所以，只要有空闲，我能想到的只有一件事，那就是回去陪父母。科学家说这一番话的时候，神态安详娴雅，语气坚决果断，一颗遮掩不住的对父母的感恩之心，让他的浑身都透射着一种美，一种超越知识和修养本身的，深刻而厚重的大美。

实际上，对父母的感恩，并不一定要多么轰轰烈烈，有时候，它就是这么简单。陪父母说说话，在一起吃顿饭，给父母沏一杯热腾腾的茶；一次搀扶，一声问候，甚至，哪怕只是远远的一个注视的眼神，这眼神中，也会携着温暖，带着爱，传递给父母。

父母的爱，是浓郁的芬芳；儿女的感恩，是清雅的馨香。这个世界，即使落红成泥，即使岁月老去，因为有爱，有感恩，尘世的屋檐下，也依旧会暗香浮动。一代代，一辈辈，我们都会聆听到这馨香给芬芳的甜蜜回答。

《感恩父母全集》一书，所编选的，是一个个感恩的故事。这些故事从平常的生活中来，或展示动人心魄的宏大场面，或撷取感人至深的微小细节，徐读慢品，口齿生香之余，心灵也会因着感恩，而让我们对父母、对人生、对生命有了更加深刻的感悟。

与这本书相遇，也许，是你人生中的一次最美丽的邂逅。因了这美丽的邂逅，你懂得了感恩，学会了感恩，从而陪伴父母，共同走出幸福而甜美的人生。

目 录

第一辑　我们是父母最珍爱的宝贝

　　父亲一直是一艘漂泊的船,奔波在生活的劳累里,把牵挂装进行囊,把所有的爱都写在心里。母亲总是与慈爱、亲切联系在一起的,从嗷嗷待哺到逐渐长大成人,母亲的爱总是无微不至。我们的一举手一投足,父母都记在心里;我们的欢笑融入了父母的喜悦,我们的泪水又牵动着父母的感伤。父母是我们的影子,而我们却是父母的全部。

第二辑　有种幸福叫相依为命

　　爱，在父母那里，这是一种与生俱有的本能，是今世生命得以充实的源泉。疼爱儿女的情感，融化在所有父母追求两世吉庆的一言一行之中。只有这种情感，才能使父母找到爱的幸福，也才能觅得爱的奖赏，因为爱儿女就是为人父母生命的本身！在今世，无私的挚爱带给了他们最大的快乐；在后世，无私挚爱的善果使他们有更多的机会获得乐园的恩赐。

第三辑　在母亲的温柔中行走

　　父母之爱是永远不会消逝的，它不会因为时间的推移而有丝毫的改变，也不会如爱情般起起伏伏。它像一块无瑕的宝玉，在茫茫人世间，在时光的洗涤下，那份晶莹，那份纯洁，那份热烈，那份持久，无需琢磨，永不褪色，那是大自然给予我们的至高无上的恩赐。

第四辑　我在长大,父母在变老

　　我们长大了,父母变老了,在我们忙于自己的事业、建设自己幸福的小家庭的同时,我们陪伴父母、照顾父母的时间却少之又少。但是,如果没有太阳,万物谈不上生长;如果没有父母,我们谈不上出生,我们身上的一切缘起于父母给予的生命,我们身上的每一滴血也是父母给予的灌溉。我们虽然不能够给予父母全部回报,但是为人儿女的我们应该懂得尽己所能,让父母安享晚年。从今天起,不管有多忙,常回家看看吧!

第五辑　你的博爱让我泪流满面

父母之爱是伟大的,也是无私的,它沉浸于万物之中,充盈于天地之间。有了父母们海洋般深沉的胸怀,人类才从洪荒苍凉走向文明繁盛;社会才从冷漠严峻走向祥和安康;我们才从愁绪走向高歌,从顽愚走向睿智;才有了生命的肇始,历史的延续,理性的萌动,人性的回归。

感
恩
书
系

6

第六辑　最好的大学是伟大的母亲

　　中国有句古话:"父母之爱子,则为之计深远。"在我们成长的路上,亲情都与我们相随。父母教我们走路,教我们做人。当我们跌倒时,为我们掸去尘土,鼓励我们重新站起;当我们迷茫时,为我们指点方向,呼唤我们心中的巨人。父母之爱,就是我们失败后的一声鼓励,受伤后的一句安慰,出门前的一句叮咛,疲惫时的一杯清茶,成功时的一丝笑容。

感·
恩·
父·
母·
全·
集·

7

第七辑　谁给你的爱不留缝隙

　　世上有一种爱是永远不会消逝的，它不会因为时间的推移而有丝毫的改变，不会因为你一时的误解而减弱，也不会如爱情般起起伏伏，它像涓涓的溪流缓缓地划过我们的全身，流淌于我们的心间，这是一种伟大、无私、高尚的爱——父母之爱。

第一辑

我们是父母最珍爱的宝贝

父亲一直是一艘漂泊的船,奔波在生活的劳累里,把牵挂装进行囊,把所有的爱都写在心里。母亲总是与慈爱、亲切联系在一起的,从嗷嗷待哺到逐渐长大成人,母亲的爱总是无微不至。我们的一举手一投足,父母都记在心里;我们的欢笑融入了父母的喜悦,我们的泪水又牵动着父母的感伤。父母是我们的影子,而我们却是父母的全部。

不是每一种爱都能达到这样的境界的，爱到无私，或许也就是母爱而已！

母亲写出了我的名字

◆文/杨 格

母亲很小的时候就失去了父母，这就注定了她童年悲惨的命运。自然母亲没有机会读书，8岁的时候就被指定为爸爸的童养媳。母亲在繁重的劳动中长大成人，发育成亭亭玉立的少女后，就嫁给了爸爸。生儿育女，沧桑世事，母亲渐渐地老了。

我7岁那年，父亲因病去世了，母亲把我和傻妹拉扯大，其中的苦难哪是我这只秃笔能写出来的！

母亲50岁那年，村里想搞一个政绩，就是让50岁以下的文盲全部脱盲。村长向上面拍了胸脯，要上级半个月后来检查验收。这样，一辈子没有进过学堂的母亲被强行集中到村部办公室里识字扫盲。其实，村里对母亲那一班人的要求也很简单，就是要他们在半个月内学会写县、乡、村的称谓及自己的姓名。其他的老文盲们都嘻嘻哈哈地"扫盲"，唯独母亲像上了大刑似的难受。老师训斥着母亲，母亲委屈地说："一辈子没有看过这些东西，曲里拐弯的咋办得清呢？"眼看着村里的"政绩"要被母亲搅和了，村长很着急，他对母亲说："陶秋菊你好好学，只要你学会了这些字，我给你100块钱。"

村长许诺的这笔巨款让母亲对识字脱盲有了新的认识，她果真戴稳了那副只有一条腿的老花镜，对着识字课本下起工夫来。10天后，村长来考母亲，他写了母亲的姓名，指着那三个字问母亲怎么读，母亲对着那三个字左看右瞅，嘴里唠叨着："这是什么呢？我咋这么眼熟呢？"看了半天，母亲还是失望而愧疚地摇着头。村长那张脸气得跟猪肝似的。

母亲当然没有拿到那100块钱，反而因为给村里造成损失，被罚了50块钱。母亲心疼得直落眼泪，背着众人，母亲掌着自己的脸，骂自己笨。难怪母亲那么心疼，50块钱，对我们那个家庭来说，就是巨资。那时，我在合肥读大学，家里为此早已负债累累。

大学毕业后，我分配到县城中学教书，工资不高，但我还是想把母亲和傻妹妹接到城里来，母亲不肯。她说："我一个大字不识的老婆子在学堂里待着，还不被人笑死。再说，你妹妹傻乎乎的，人家看了，你脸上不光彩。"不管我怎么说，母亲就是带着傻妹妹守着那一亩三分薄地。

暑假里，我回到母亲身边，忙完了农活，我突然想教母亲识字。我想，母亲已活了大半辈子，竟然连自己的名字都不会写，这对母亲来说，未尝不是一辈子的憾事。母亲听了我的想法，连连摇着手说："儿子，你别提那个茬儿。我一看见那曲里拐弯的东西，心里就打哆嗦。你别让我的老眼脏了那些字，那些字是跟你们打交道的，我一个老婆子哪能搅和到里面去。咳，当初为了识那些字，罚了我50块钱，我心疼死了。又急着给你邮生活费，兜里没钱，我只好跟人到上海去卖血，起先人家嫌我老，不给我卖，看我要给人家下跪了，他们才答应了我。"

听着母亲的话，我的鼻子一酸眼泪"哗哗"地流了下来。

母亲见状，赶紧给我擦眼泪，她安慰我说："我儿子现在出息了，成了教书的老师。你娘我不识字算个啥，只要你有出息，我到你爹那里就敢跟他大声说话了。"

我抽泣着，抱着她一声声叫着"妈"，母亲不知道自己说错了什么，连声说："都怪妈这张嘴，我不说了，妈这就给你做饭去。"

2000年的春天，傻妹妹出嫁了，妹夫是一个双腿略有残疾的人，但干农活还是一把好手，母亲高兴得不得了，又说起那句常唠叨的话："这下我安心了，儿子出息了，闺女也有了着落。"

我在教书之余，爱写些文章，成绩还不小，也算小有名气的作家了。2003年初，深圳一家著名的杂志社将我挖去当了一名编辑记者。单位分了房子后，我坚决要求母亲到我身边。这次母亲再也没有拂过我，她忐忑不安地跟我来到深圳。

母亲一个人不敢出来，我平时又基本上不在家里，她很寂寞。

只要我有空，我就会待在母亲身边，陪她说话。我常常拿着载有我文章的书报，指着我写的文章给母亲看，并告诉她那是儿子写的。母亲常把那书报捧在手上打量着，脸上露出幸福的笑容。

一天，我回到家里时，看见母亲捧着一本书着迷地看着。我探过头去一看，笑了——母亲把那本杂志整个拿反了。母亲得知我发笑的原因，也笑着说："我说呢，你那两个字咋就变了呢？"原来，母亲看那本杂志，就是为了看我——她的儿子的姓名啊！我能想象得出，母亲在琢磨着我姓名的那两个字时，心里是多么自豪、温馨和满足。

年底的时候，我外出采访了大概有两个星期的时间。那天下午回到深圳，我没顾得上去单位报到，便匆匆赶回家里。这些天来，我无时不在挂念着母亲。

母亲打开门，一把抓紧了我的胳膊说："儿子，可把妈急死了，这十几天咋跟十几年一样长呢！"母亲把我按在沙发上，张罗着给我烧洗澡水，还准备着晚饭。突然，母亲走过来，从怀里掏出一叠浅绿色的纸片说："儿子，这几天，一个师傅老给你送这纸条，说是什么取钱用的。你看是不是？"我接过一看，是十几张稿费单。我刚想对母亲解释一番，突然想到一个问题，领汇款单，要签字的。母亲目不识丁，是谁帮她签的字呢？我问母亲，母亲将湿漉漉的双手在围裙上擦拭着，脸上浮现出几丝羞涩的表情说："那个师傅也是说要写什么字，没有旁人写，我就帮你写了。"什么？母亲会写字了？

母亲的目光躲避过我，小声地说："写得曲里拐弯的，丑死人了。"

我还是不敢相信母亲会写字了，想当年，有专门的老师教，再加上村长那样软硬兼施，母亲都写不好自己的名字，她什么时候学会写我的名字了？

母亲感觉到了我的疑惑,望着我说:"我一个人待在家里,闲着没事就拿着那些书看,就看你的名字,一看就是半天,看长了,我就看出来,别看这字曲里拐弯的,可里面也有名堂,看着,看着,我就会写了。"

我愣在那里,眼泪汪汪地看着母亲。

母亲又说:"儿子,有空教妈写字吧。我要学学你傻妹妹的名字是咋样写法,想你傻妹妹的时候,我就写她的名字;我还要学学你爸爸的名字是咋样写法,等我见了你爸爸的面,我要教他写名字呢。"

我搂着妈妈那单薄佝偻的身子骨,哽咽着说:"妈,我这就教你写,可我先要教你写的,是你的名字。"

感恩提示
gan en ti shi

每一个母亲,在孩子面前,都是忘我的。人生在世的所有悲苦酸甜都成过眼云烟,能在她脑海中念念不忘的,便也只剩下孩子的点点滴滴,反复纠缠,挥之不去。所以,目不识丁的母亲,也能在整日整日和儿子的名字相遇的过程中,学会了写儿子的名字。正因为牵挂,正因为思念,正因为母亲对儿子无时无刻的爱。不是每一种爱都能达到这样的境界的,爱到无私,或许也就是母爱而已!

当母亲认为儿子需要自己,她会迅速改变自己多年的习惯,变成一位标准的城市老太太;而当她认为自己成为累赘,又会迅速恢复自己的习惯,重新变回一位年老的农妇,远离儿子而去。

只因她是母亲

◆文/鸟人倚窗

自他考上大学,就很少回过老家,五光十色的城市生活让他眩晕、痴迷、幸福、不知所措。他拼命学习,只为让这座陌生的城市能够接纳他。最终他真的留在城市了,并且通过贷款,购买了一套三室一厅的住宅。母亲没有来过城市,连他的婚礼都是在乡下举行的。

婚后好几年,除了春节,他从来不曾回过老家。儿子想奶奶,跟他闹了好几天,最后竟有了千里走单骑的打算。实在没有办法,他只好跟妻子商量能不能把母亲接过来住些日子。妻子同意后,他给母亲打了电话。他说您来住些日子吧。母亲说我去了城里马上就转向了。他说时间长了您就会习惯的。母亲说不会的,我在城里不可能住习惯。他说您就来吧,小宝说他想您。母亲想了想,最后说,好吧。

就这样母亲来到了城市。那是她第一次来到城市,城市让她极不舒服。

母亲带来两个蛇皮口袋。一个口袋里装满刚从菜园里摘下的新鲜蔬菜,一个口袋里装满刚从地里掰下的青玉米。那样的蔬菜城市里到处都有卖,价格很便宜;那样的青玉米卖得更多,他们早已经吃腻了。母亲带来她所能带过来的乡下的所有,却唯独没有带来乡下的习惯。她战战兢兢地在屋子里走动,小心翼翼地和他以及他的妻子说话。五十多岁的母亲知道城市和乡村的区别,知道装修豪华的楼房和简陋的乡下草屋的区别,即使住在儿子家,她也不能太随便。

他忙,不可能时时陪着母亲。妻子也忙,她得去公司上班,去健身房健身,去电影院看热播的大片,去业余班学英语、学会计……他们把母亲留在家里,让儿子陪着她。妻子对母亲说,这是马桶,按下小钮,冲半桶水,按下大钮,冲整桶水;给小宝热牛奶的时候,用燃气灶,往右拧这个开关,就能打着火;来电话了,接一下,让晚上再打来;冰箱门不大好,尽量关严实,否则会费电;家里开着空调时,不要打开窗户;如果有人来收水费,抽屉里有零钱;陌生人叫门,尽量不要开……

母亲的表情就像一个懵懂的孩子。这么多事,这么多规矩,她怕记不过来。

母亲小心翼翼地关上门,愣愣地坐在沙发上。她不敢用抽水马桶,不敢动电视,不敢开冰箱,不敢接电话。后来她不得不硬着头皮打开了燃气灶,为自己的孙子煮了一杯牛奶。那个上午她只动了燃气灶,却差点儿闯下了天大的祸。

中午他回家时,闻到一股很浓的煤气味。儿子在卧室里睡觉,母亲坐在沙发上择着青菜。见了他,母亲说,我头有些晕。他不答话,冲进厨房,见燃气灶的开关开着,正咝咝地响。他连忙关掉燃气灶,打开厨房的窗户,又冲进卧室,打开阳台的窗户。他一个房间一个房间跑,一扇窗子一扇窗子打开,母亲惊恐地看着他,脸色苍白。母亲说出什么事了吗?他说没事,脸却黑得可怕。母亲垂下头,她知道自己肯定闯下了祸。她不敢多说一句话。

妻子还是知道了这件事。晚上她把母亲叫到厨房,再一次跟她讲解燃气灶的用法。她说多险啊,如果不是他中午回了趟家……母亲说我吹不灭火,就用湿毛巾把火捂灭了。妻子说您想啊,开火的时候得拧一下开关,关火的时候难道不用拧一下开关?母亲说我真不会用。明天,我想回去。他听了忙来劝。他说您再住些日子吧。母亲说不住了,我在城里真住不习惯,以后,还不知道会闯下什么祸……小宝以后想我,让他回乡下去看我。如果你们想我,也回乡下看我,我真住不习惯。

母亲第二天就回了乡下。这时他才想起来,母亲竟一次也没有用过家里的洗手间。母亲腿脚不便,可是她仍然坚持去一公里以外的公厕。母亲留下的那些青菜和青玉米,他们吃了很长时间,还是没能吃完,最后只好扔掉了。

第二年春天他的生活发生了重大变故。妻子与他离婚,一个完整的家瞬间破碎。那些日子他每天生活在浑浑噩噩之中。后来又被公司解聘了,他变得一无所有了。他整天闷在家里,借酒浇愁。终于有一天,他在横穿马路的时候,被一辆汽车撞倒在地,虽然没什么大碍,可是需要卧床养伤。医生说,你需要在床上至少躺半年的时间。

母亲再一次进了城。是母亲主动要求来的,她在电话里说,有些想你了。

他不想让母亲看到他现在的可怜模样,他劝她回去。母亲说我还是住些日子吧!他说您不是住不习惯吗?母亲说会习惯的。当天母亲就用燃气灶给他煮了晚饭。母亲说,你放心,煮完饭,我不会忘记关掉燃气灶。

他惊讶地发现,母亲竟然表现出惊人的适应能力。她把冰箱整理得井井有条,每次关冰箱,都不忘看看冰箱门是否关严;她修好了一把断了一条腿的木椅,她把空调的温度调得恰到好处;每当有敲门声,她总是先问一声"谁啊",然后再通过猫眼看清门外的来人;她把洗手间和地板拖得一尘不染,她用微波炉给他烤面包,用果汁机给他榨新鲜的果汁,甚至,母亲还帮他发过一个传真,那是他的一份求职材料。

母亲在几天之内迅速变成了一位标准的城市老太太。她无微不至地照顾着自己的儿子,就像在乡下照顾小时候的他。

后来他的心情好了一些,没事的时候,就和母亲聊天。母亲说你想不想买一台电脑。他说买电脑干什么。母亲说你以前不是喜欢写作吗?我记得你读书的时候就喜欢写些东西,其实你还可以写。昨天我去超市买菜,问楼下的老大姐,她说现在写作得用电脑。他说都扔这么多年了,还能写吗?母亲说怎么不能?写写试试,反正你行动不方便,闲着也没事。就算写不出名堂,当成娱乐也行。他说还是算了吧。母亲说不能算了,我明天给你去电脑城问问。我问过那位大姐,她说组装的电脑会便宜一些。我有钱呢。母亲说完,从口袋里摸出一个纸包,打开,里面包着一沓钱。母亲说是我这几年攒的,4000多块钱,给你买台电脑吧。

第二天,母亲真的一个人去了电脑城。中午她没有回家,只是打回来一个电话。她说你要17的显示器还是19的显示器?17的便宜,也清晰,但太小,看着可能累眼睛。内存和显卡……那一刻他简直不敢相信自己的耳朵。一个跟泥土打了一辈子交道、识的字肯定不会超过100个的农村老人,竟然说出了显示器、内存、显卡!只要他需要,那么,母亲就必须弄明白这些。因为她在为他做事,因为她是他的母亲。

电脑买回来后,他真的开始了写作。开始当然不顺利,不过也零星发表了一些。随着发表量越来越大,他的心情也越来越好。半年以后,他几乎完全变成了另一个人。现在他不知道等他彻底康复后,是继续写作,还是找个公司上班。可是不管如何,他想,假如没有母亲的鼓励,假如没有这台电脑,那么,他不知道自己那种灰暗的心情,还能够持续多久,他会不会天天泡在酒杯里,永远消沉下去。现在他彻底忘掉了自己的不幸,感觉生活一天比一天美好。

突然有一天,母亲在客厅里摔了一跤。他过去扶起母亲,母亲说,地板太滑了,这城里,我怎么也住不习惯。那一刻他努力抑制住自己的眼泪——母亲为了他,几乎适应了城市的一切;而他,却从来没有想过让这个家适应自己的母亲,哪怕是换成防滑的木地板。

他说明天我就找人把地板换成地毯。母亲说不用了,明天我想回去。他问为什么?

母亲说因为你已经不再需要我的照顾了,我留在这里,只会耽误你写作。还有,地里的庄稼也该收了,怕你爹他一个人忙不过来。

他求母亲再住些日子,可是母亲说什么也不肯。她说我真的住不习惯,地板、燃气灶、微波炉、冰箱……都不习惯。如果你想我了,就回乡下看我。

他叫一声妈,泪水滂沱——当母亲认为儿子需要自己,她会迅速改变自己多年的习惯,变成一位标准的城市老太太;而当她认为自己成为累赘,又会迅速恢复自己的习惯,重新变回一位年老的农妇,远离儿子而去。似乎她的一切都是为他而存在,为他而改变。她的心里面,唯独没有她自己。

感恩提示
gan en ti shi

有一个人,当你需要她的时候,她会迅速改变自己多年的习惯来到你的身边;而当她认为自己成为累赘,又会迅速恢复自己的习惯,离你而去。这个人,就是我们的母亲!是啊,只因为她是一个母亲,所以她把儿子当成了世界,把自己当成了奴仆,即使那些在儿子看来母亲几乎不可能明白的东西,母亲也愿意为了儿子去弄懂。

似乎天下所有的母亲都是为儿子而存在,为儿子而改变,在母亲的心里面,唯独没有她自己。

我想我会永远珍藏着这封信,这是一份永远抹不掉的母爱。

母亲给我的信

◆文/黄艳梅

夏天,我带女儿去母亲家小住。闲来无聊时,翻检出旧日里读过的一本书来看,信手翻来,竟发现里面夹着一封信,信封上没有写地址,却写着我的名字。我打开信,认得这是母亲的笔迹。

母亲已近古稀之年,像她这样年纪的人中,能认识几个字就算是不错的了,而她却能写出日常所用的大部分字,这也是值得母亲骄傲的地方。信写得很粗糙,像个刚学写字的小学生写的。母亲到晚年的时候,写字时手总有些发抖,这是我知道的。信是这样写的——

梅儿：

一连半个月，你都没打电话来，妈不知道你怎么样了，吃得怎么样，住得怎么样。在外面找工作不容易，你千万要当心呀！妈虽然不曾出过远门，但也知道外面的世界很复杂，你性格倔强，不善言辞，不知能否适应得了。如果在外面撑不下去，就赶快回来，知道吗？我和你爸很惦记着你……

信还未读完，我已泪如雨下，多年前的往事又浮现出来。

那年我大学毕业以后，执意不肯回家乡——鄂西一个偏僻的小县城。我打算在我上大学的省城武汉先找一份工作，然后再边学习边发展。那时自己在外面闯荡的决心很大，对未来也满是憧憬。然而现实竟不容我有任何幻想，几次应聘接连失败，我才知道现实的严酷。那时移动电话还没有今天这么普及，我在外面临时租了个房子，那房子非常简陋，而且没有固定的邮寄地址，信都无法收。母亲只能被动地在家等我的电话。那段时间，我心情非常不好，竟一连半个月不往家里打一个电话。那时只顾着自己的烦恼，竟忘记了母亲。想象着在那段时间里母亲怎样一天天地守在电话机旁；想象着她因为等不到我的电话而日夜焦虑不安；想象着她在苦盼却没有我的消息之际，用怎样颤抖的手写下这封信，却又无法寄出……想到这些，我愧疚得无地自容。

母亲是了解我的，我在那个城市闯荡了两个月，就带着满心的疲惫回到了家乡。母亲见我回来十分欣喜。不久，我就在离家很近的一家小厂找到了工作，经过几年的磨炼，我的工作能力有了很大的提高，后来我再次来到武汉，很顺利地进入了武汉一家大型知名企业。

母亲也许已经把这封信忘了，我悄悄地把它带了回来。我想我会永远珍藏着这封信，这是一份永远抹不掉的母爱。

感恩提示
gan en ti shi

昏黄的灯下，一位母亲戴上老花镜，铺开一张纸，抖抖擞擞写下：梅儿……写着写着，母亲揉揉眼睛，叹了一口气，继续伏下身去，小心又小心地写着。她终于写完了这封信，她把信装进信封，填收信人地址时，母亲哭了。梅儿，她的梅儿在哪儿呢？

这是一封无法寄出的信，信里有一位母亲对女儿的思念、担心和爱。

若干年后她的女儿梅儿终于发现了这封信，这封信是迟到了，但母亲的爱，从来不会迟到。

凡是为儿子做的事,娘一点儿也不疯。除了母爱,我无法解释
这种现象在医学上应该怎么破译。

疯　娘

◆文/佚　名

　　23年前,有个年轻的女子流落到我们村,蓬头垢面,见人就傻笑,且毫不避讳地当
众小便。因此,村里的媳妇们常对着那女子吐口水,有的媳妇还上前踹几脚,叫她"滚远
些"。可她就是不走,依然傻笑着在村里转悠。

　　那时,我父亲已有35岁。他曾在石料场干活时被机器绞断了左手,又因家穷,一直
没娶媳妇。奶奶见那女子还有几分姿色,就动了心思,决定收下她给我父亲做媳妇,等
她给我家"续上香火"后,再把她撵走。父亲虽老大不情愿,但看着家里这番光景,咬咬
牙还是答应了。结果,父亲一分未花,就当了新郎。

　　娘生下我的时候,奶奶抱着我,瘪着没剩几颗牙的嘴,欣喜地说:"这疯婆娘,还给
我生了个孙子。"只是我一生下来,奶奶就把我抱走了,而且从不让娘接近。

　　娘一直想抱抱我,多次在奶奶面前吃力地喊:"给,给我……"奶奶没理她。我那么
小,像个肉嘟嘟,万一娘失手把我掉在地上怎么办?毕竟,娘是个疯子。每当娘有抱我的
请求时,奶奶总瞪起眼睛训她:"你别想抱孩子,我不会给你的。要是我发现你偷抱了
他,我就打死你。即使不打死,我也要把你撵走。"奶奶说这话时,没有半点儿含糊的意
思。娘听懂了,满脸的惶恐,每次只是远远地看着我。尽管娘的奶胀得厉害,可我没能吃
到娘的半口奶水,是奶奶一匙一匙把我喂大的。奶奶说娘的奶水里有"神经病",要是传
染给我就麻烦了。

　　那时,我家依然在贫困的泥潭里挣扎,特别是添了娘和我后,家里常常揭不开锅。
奶奶决定把娘撵走,因为娘不但在家吃"闲饭",时不时还惹是生非。

　　一天,奶奶煮了一大锅饭,亲手给娘添了一大碗,说:"媳妇儿,这个家太穷了,婆婆
对不起你。你吃完这碗饭,就去找个富点儿的人家过日子,以后也不准来了,啊?"娘刚
扒了一大团饭在口里,听了奶奶下的"逐客令"显得非常吃惊,一团饭就在嘴里凝滞了。
娘望着奶奶怀中的我,口齿不清地哀叫:"不,不要……"奶奶猛地沉下脸,拿出威严的
家长作风厉声吼道:"你这个疯婆娘,犟什么犟,犟下去没你的好果子吃。你本来就是到
处流浪,我收留你两年了,你还要怎么样?吃完饭就走,听到没有?"说完奶奶从门后
拿出一柄锄,像佘太君的龙头杖似的往地上重重一磕,"咚"地发出一声响。娘吓了一大
跳,怯怯地看着婆婆,又慢慢低下头去看面前的饭碗,有泪水落在白花花的米饭上。在

奶奶逼视下,娘突然有个很奇怪的举动,她将碗中的饭分了一大半给另一只空碗,然后可怜巴巴地看着奶奶。

奶奶呆了,原来,娘是向奶奶表示,每餐只吃半碗饭,只求别赶她走。心仿佛被人狠狠揪了几把,奶奶也是女人,她的强硬态度也是装出来的。奶奶转过头,生生地将热泪憋了回去,然后重新板起了脸说:"快吃快吃,吃了快走。在我家你会饿死的。"娘似乎绝望了,连那半碗饭也没吃,踉踉跄跄地出了门,却长时间站在门前不走。奶奶硬着心肠说:"你走,你走,不要回头。天底下富裕人家多着呢!"娘反而走回来,一双手伸向婆婆怀里,原来,娘想抱抱我。

奶奶犹豫了一下,还是将褓褓中的我递给了娘。娘第一次将我搂在怀里,咧开嘴笑了,笑得春风满面。奶奶却如临大敌,两手在我身下接着,生怕娘的疯劲一上来,将我像扔垃圾一样丢掉。娘抱我的时间不足3分钟,奶奶便迫不及待地将我夺了过去,然后转身进屋关上了门。

当我懵懵懂懂地晓事时,我才发现,除了我,别的小伙伴都有娘。我找父亲要,找奶奶要,他们说,你娘死了。可小伙伴却告诉我:"你娘是疯子,被你奶奶赶走了。"我便找奶奶扯皮,要她还我娘,还骂她是"狼外婆",甚至将她端给我的饭菜泼了一地。那时我还没有"疯"的概念,只知道非常想念她,她长什么样?还活着吗?没想到,在我6岁那年,离家5年的娘居然回来了。

那天,几个小伙伴飞也似的跑来报信:"小树,快去看,你娘回来了,你的疯娘回来了。"我高兴得屁颠屁颠的,撒腿就往外跑,父亲、奶奶随着我也追了出来。这是我有记忆后第一次看到娘。她还是破衣烂衫,头发上还有些枯黄的碎草末,天知道是在哪个草堆里过的夜。娘不敢进家门,却面对着我家,坐在村前稻场的石碾上,手里还拿着个脏兮兮的气球。当我和一群小伙伴站在她面前时,她急切地从我们中间搜寻她的儿子。娘终于盯住我,死死地盯住我,咧着嘴叫我:"小树……球……球……"她站起来,不停地扬着手中的气球,讨好地往我怀里塞,我却一个劲儿地往后退。我大失所望,没想到我日思夜想的娘居然是这样一副形象。一个小伙伴在一旁起哄说:"小树,你现在知道疯子是什么样了吧?就是你娘这样的。"

我气愤地对小伙伴说:"她是你娘!你娘才是疯子,你娘才是这个样子。"我扭头就跑了。这个疯娘我不要了。奶奶和父亲却把娘领进了门。当年,奶奶撵走娘后,她的良心受到了拷问,随着一天天衰老,她的心再也硬不起来,所以主动留下了娘,而我老大不乐意,因为娘丢了我的面子。

我从没给娘好脸色看,从没跟她主动说过话,更没有喊她一声"娘",我们之间的交流是以我"吼"为主,娘是绝不敢顶嘴的。

家里不能白养着娘,奶奶决定训练娘做些杂活。下地劳动时,奶奶就带着娘出去"观摩",说不听话就要挨打。

过了些日子,奶奶以为娘已被自己训练得差不多了,就叫娘单独出去割猪草。没想到,娘只用了半小时就割了两筐"猪草"。奶奶一看,又急又慌,娘割的是人家田里正生浆拔穗的稻谷。奶奶气急败坏地骂她:"疯婆娘谷草不分……"奶奶正想着如何善后时,稻田的主人找来了,竟说是奶奶故意教唆的。奶奶火冒三丈,当着人家的面拿出根木棒一下打在娘的后腰上,说:"打死你这个疯婆娘,你给老娘滚远些……"

娘虽疯,疼还是知道的,她一跳一跳地躲着,口里不停地发出"别、别……"的哀号。最后,人家看不过眼,主动说"算了,我们不追究了,以后把她看严点儿就是……"这场风波平息后,娘歪在地上抽泣着。我鄙夷地对她说:"草和稻子都分不清,你真是个猪。"话音刚落,我的后脑勺挨了一巴掌,是奶奶打的。奶奶瞪着眼骂我:"小兔崽子,你怎么说话呢?再怎么着,她也是你娘啊!"我不屑地一撇嘴:"我没有这样的傻疯娘!"

"嗬,你真是越来越不像话了,看我不打你!"奶奶又举起巴掌,这时只见娘像弹簧一样从地上跳起,横在我和奶奶中间,娘指着自己的头,"打我,打我"地叫着。

我懂了,娘是叫奶奶打她,别打我。奶奶举在半空中的手颓然垂下,嘴里喃喃地说道:"这个疯婆娘,心里也知道疼爱自己的孩子啊!"我上学不久,父亲被邻村一位养鱼专业户请去守鱼池,每月能赚50元。娘仍然在奶奶的带领下出门干活,主要是打猪草,她没再惹什么大的乱子。

记得我读小学三年级的一个冬日,天空突然下起了雨,奶奶让娘给我送雨伞。娘可能一路摔了好几跤,浑身像个泥猴似的,她站在教室的窗户旁望着我傻笑,口里还叫:"树……伞……"一些同学嘻嘻地笑,我如坐针毡,对娘恨得牙痒痒,恨她不识相,恨她给我丢人,更恨带头起哄的范嘉喜。当他还在夸张地模仿时,我抓起面前的文具盒,猛地向他砸过去,却被范嘉喜躲过了,他冲上前来掐住我的脖子,我俩厮打起来。我个子小,根本不是他的对手,被他轻易地压在了地上。这时,只听教室外传来"嗷"的一声长啸,娘像个大侠似的飞跑进来,一把抓起范嘉喜,拖到了屋外。都说疯子力气大,真是不假。娘双手将欺负我的范嘉喜举向半空,他吓得哭爹喊娘,一双胖乎乎的小腿在空中乱踢蹬。娘毫不理会,居然将他丢到了学校门口的水塘里,然后一脸漠然地走开了。

娘为我闯了大祸,她却像没事似的。在我面前,娘又恢复了一副怯怯的神态,讨好地看着我。我明白这就是母爱,即使神志不清,母爱也是清醒的,因为她的儿子遭到了别人的欺负。当时我情不自禁地叫了声:"娘!"这是我会说话以来第一次喊她。娘浑身一震,久久地看着我,然后像个孩子似的羞红了脸,咧了咧嘴,傻傻地笑了。那天,我们母子俩第一次共撑一把伞回家。我把这事跟奶奶说了,奶奶吓得跌倒在椅子上,连忙请人去把爸爸叫了回来。爸爸刚进屋,一群拿着刀棒的壮年男人闯进我家,不分青红皂白,先将锅碗瓢盆砸了个稀巴烂,家里像发生了九级地震。这都是范嘉喜家请来的人,范父恶狠狠地指着爸爸的鼻子说:"我儿子吓出了神经病,现在在卫生院躺着。你家要不拿出1000块钱的医药费,我一把火烧了你家的房子。"

1000块?爸爸每月才50块钱啊!看着杀气腾腾的范家人,爸爸的眼睛慢慢烧红了,他用非常恐怖的目光盯着娘,一只手飞快地解下腰间的皮带,劈头盖脸地向娘打去。一下又一下,娘像只惶惶偷生的老鼠,又像一只跑进死胡同的猎物,无助地跳着、躲着,她发出的凄厉声以及皮带抽在她身上发出的那种清脆的声响,我一辈子都忘不了。最后还是派出所所长赶来制止了施暴的爸爸。派出所的调解结果是,双方互有损失,两不亏欠。谁再闹就抓谁!一帮人走后,爸看看满屋狼藉的锅碗碎片,又看看伤痕累累的娘,他突然将娘搂在怀里痛哭起来，说："疯婆娘，不是我硬要打你，我要不打你，人家就没完，咱们没钱赔人家啊。这都是家穷惹的祸啊！"爸又看着我说："树儿，你一定要好好读书考大学，要不，咱们就这样被人欺负一辈子啊！"我懂事地点点头。

2000年夏，我以优异成绩考上了高中。积劳成疾的奶奶不幸去世，家里的日子更难了。恩施洲的民政局将我家列为特困家庭，每月补助40元钱，我所在的高中也适当减免了我的学杂费，我这才得以继续读下去。

由于是住读，学习又抓得紧，我很少回家。父亲依旧在为50元打工，为我送菜的担子就责无旁贷地落在娘身上。每次总是隔壁的婶婶帮忙为我炒好咸菜，然后交给娘送来。20公里的羊肠山路亏娘牢牢地记了下来，风雨无阻。也真是奇迹，凡是为儿子做的事，娘一点儿也不疯。除了母爱，我无法解释这种现象在医学上应该怎么破译。

2003年4月27日，又是一个星期天，娘来了，不但为我送来了菜，还带来了十几个野鲜桃。我拿起一个，咬了一口，笑着问她："挺甜的，哪来的？"娘说："我……我摘的……"没想到娘还会摘野桃，我由衷地表扬她："娘，您真是越来越能干了。"娘嘿嘿地笑了。

娘临走前，我照例叮嘱她注意安全，娘"哦、哦"地应着。送走娘，我又扎进了高考前最后的复习中。第二天，我正在上课，婶婶匆匆地赶来学校，让老师将我喊出教室。婶婶问我娘送菜来没有，我说送了，她昨天就回去了。婶婶说："没有，她到现在还没回家。"我心一紧，娘该不会走错道吧？可这条路她走了3年，照理不会错啊。婶婶问："你娘没说什么？"我说没有，她给我带了十几个野鲜桃哩。婶婶两手一拍："坏了坏了，可能就坏在这野鲜桃上。"婶婶让我请了假，我们沿着山路往回找，回家的路上确有几棵野桃树，桃树上稀稀拉拉地挂着几个桃子，因为长在峭壁上才得以保存下来。我们同时发现一棵桃树有枝丫折断的痕迹，树下是百丈深渊。婶婶看了看我说："我们到峭壁底下去看看吧！"我说："婶婶你别吓我……"婶婶不由分说，拉着我就往山谷里走……

娘静静地躺在谷底，周边是一些散落的桃子，她手里还紧紧攥着一个，身上的血早就凝固成了沉重的黑色。我悲痛得五脏俱裂，紧紧地抱住娘，说："娘啊，我的苦命娘啊，儿悔不该说这桃子甜啊，是儿子要了你的命……娘啊，您活着没享一天福啊……"我将头贴在娘冰凉的脸上，哭得漫山遍野的石头都陪着我落泪……

2003年8月7日，在娘下葬后的第100天，湖北大学烫金的录取通知书穿过娘所走过的路，穿过那几株野桃树，穿过村前的稻场，径直"飞"进了我的家门。我把这份迟到的书信插在娘冷寂的坟头："娘，儿出息了，您听到了吗？您可以含笑九泉了！"

感恩提示
gan en ti shi

现代物质文明的迅速推进，让我们每一个人在奔波于生活之际，心灵也像是钢筋水泥构筑的城市一样越来越冷漠、越来越坚硬。可是我相信，每一个人的内心深处，一定依然潜藏着一块最柔软的地方。《疯娘》就是一篇能够触动这块最柔软部位的文章，它能够让人不由自主地感动、落泪。母性，并不仅存于正常人，一个疯子，依然不泯灭那份来自本性的母爱，并为它疼、为它苦、为它落泪、为它幸福，直到为它而死，这怎么能不让你敞开心灵，热泪盈眶啊！

她转而又想到时间一长孩子将无法保住，于是，她坚定地下了决心：在这深山峡谷里，给自己做剖腹产！

峡谷里的婴儿

◆文/傅 辕

艾西是澳大利亚一位事业有成的民间艺术家，她和丈夫杰佛住在斯普林斯市郊的一幢乡村别墅里。在 32 岁这年，艾西怀上了她第一个孩子，她婉拒了全部应酬，整天沉浸在快要做母亲的喜悦里。

这天早上，杰佛去公司上班，临近年底，公司很忙。杰佛看着还有一周就要分娩的妻子，眼神里流露出无限的爱恋，他说："亲爱的，那边的事情太多了，我今天晚上可能不回来了，做饭的事就劳累你了。"

艾西笑着说："我可以做的，你就放心好了。"快到中午时，艾西给附近的一家比萨饼商店打电话，订了一份水果馅饼。半个小时后，比萨饼送来了，开车的是店里的送货员汉特。

门开了，艾西让汉特把比萨饼放在客厅的茶几上，就在她站起身子想去看那比萨饼的时候，突然，腹部袭来一阵剧痛，紧接着又是一阵剧痛，可能要生了，艾西紧咬牙关扶住椅子缓慢地坐下，她那美丽而苍白的脸痛苦地抽搐着，额上冒出了豆粒大的汗珠。

汉特被眼前的情景惊住了，他赶紧伸手扶住全身战栗的艾西："夫人，你怎么了？"

艾西强忍着疼痛说："孩子恐怕要提前出生了……"

汉特是个年轻的小伙子，哪里见过女人将要生产的场面？他感觉到艾西冰凉的手使劲地拽着自己，这时，一种强烈的责任感油然而生："夫人，你要挺住，我这就给杰佛先生打电话！"

艾西呻吟着说："不，来不及了，我必须得马上赶到医院！"

艾西的话一下提醒了汉特，是啊，从这儿到医院还有很长的一段路程，如果等杰佛赶回，耽误得就太长了，于是，汉特赶紧搀着艾西上了车。

汽车沿着蜿蜒的山间公路以 80 英里的时速向前急驶，行驶到一半路程时，艾西的羊水破了，她禁不住痛苦地喊了几声。汉特从未经历过这样的事，听到艾西一喊，心里一紧张,手上一滑,方向盘失去了控制,车子冲向一条长满灌木的峡谷,一头栽进了谷底……

不知过了多久,艾西才苏醒过来,她刚一睁开眼,一种巨大的被碾压的疼痛就从腿部袭来,"汉特!汉特!"艾西第一个反应就是想知道汉特怎么样了,她低低地叫道,但是,听不到汉特的答应,她艰难地一扭头,随即就痛苦地闭上了眼睛:她看见汉特被甩到了车外,他的头部正好撞在一块巨大的狰狞的岩石上!艾西使出全身力量喊叫着,她甚至幻想着跳下车扑到汉特的身边去看看,可她无法动弹……

艾西又看了看车外,顿时惊出一身冷汗:"天哪!"原来,汽车是在斜坡上冲出好几百米后才跌落在这个地方的,根本没有在路旁留下什么发生事故的痕迹,山坡上密密麻麻的灌木林又将事故现场完全掩盖住了,再加上平时在这条公路上行驶的车辆很少,即使有车过来,也根本不可能察觉这深深的峡谷里发生了一场重大的车祸,想到这一切,艾西用手抚摸着胎儿蠕动的腹部,不禁绝望地闭上了眼睛:"可怜的孩子!"

夜色笼罩着山林,夜风呼啸,寒意阵阵,孩子仍没有降生的征兆,也没有营救人员的出现,车祸造成的疼痛,还有饥饿、寒冷都渐渐加剧,这样下去,孩子会窒息的……这时,艾西突然想起以前给父亲当助手的场景,她的父亲曾是一位产科医生,艾西曾亲眼目睹过父亲接生的全过程,于是她就开始下意识地用力,但马上她就轻轻地叹了口气:由于下身麻木,她根本使不上劲。

整整一个晚上,艾西一直顽强地支撑着。新的一天来临了,太阳也照亮了山林,这时,艾西的心里又重新燃起了希望,她努力调整身体的姿势,使出了浑身的力气,可直到中午,孩子仍然生不下来。此时的艾西已经精疲力竭了,几乎接近虚脱,她意识到靠自己的力量已无法让孩子自然降生了,突然间,她想起了父亲的话:"如果产妇无力将孩子生出时,应该立即实行剖腹产!"剖腹产?艾西被这三个字吓了一跳,可她转而又想到时间一长孩子将无法保住,于是,她坚定地下了决心:在这深山峡谷里,给自己做剖腹产!

可是,没有做手术的工具呀,突然,艾西想起从去年起,澳大利亚的每辆车上都装上了一个简易的医疗急救箱,于是她就赶紧在驾驶室里搜寻起来,很快就在座位下面找到了那个箱子,打开一看,里面有碘酒、绷带、纱布和一团棉线,却不见最关键的东西——手术刀!

艾西又仔细地找了一遍,没有,她急得几乎快要哭了,难道是命运在捉弄自己、注定要把自己逼上绝路?不能放弃!她就重新找了起来,最后在汽车仪表板下面的隔层里找到了一把切比萨饼的刀子,明晃晃的刀刃在太阳下发出夺目的光芒,艾西兴奋地闭上眼睛,一边积攒着勇气和力量,一边竭力地回忆当年父亲做手术时的一些细节。

接着,艾西准备好了纱布,用碘酒将刀子和腹部消毒,然后,她一咬牙,锋利的刀刃就划破了肚皮,殷红的鲜血流了出来,艾西感到了火辣辣的疼痛,先前麻木的下身竟突然间恢复了知觉。艾西强忍着疼痛,紧紧地捏着比萨饼刀,十分仔细地判断着子宫的位置,她喃喃自语地告诫自己:"这是最关键的!"看准后,艾西就瞪圆双眼,小心翼翼又极为果断地划破了子宫;紧接着,艾西看到了子宫里面一个粉红色的肉团在蠕动,她欣喜万分,轻轻地伸进右手,摸到了那个温热的小生命,她不敢停留,赶紧用力将婴儿和胎盘拉出体外……

"哇——"一阵让人心颤的哭叫声,顿时让这位鲜血淋漓的母亲激动得热泪盈眶,艾西又迅速将子宫和腹部缝合,又将婴儿的脐带割断,包扎好,她将孩子紧紧地搂在胸前。做完这些后,艾西像是完成了一项重大的历史使命,长长地出了口气,她太疲倦了,头一沉,就靠在椅背上睡着了。

一会儿,空旷的峡谷里响起了新生儿嘹亮而高亢的哭叫声,紧接着,又响起了狗叫声:"汪汪汪——"艾西惊醒了,她费力地睁开了干涩的眼睛,怀疑是在梦中:这深涧峡谷,哪里来的狗叫? 这时,传来了一个熟悉的喊声:"艾西——艾西——"

"是杰佛! 杰佛在喊我!"艾西透过车门,看见几个人影在幽暗的峡谷里闪动着,正向这边跑来,跑在最前头的正是杰佛,艾西欣喜若狂,可她又极度虚弱,没等她呼唤一声,就又昏了过去。

杰佛是怎样找到失事地点的呢? 原来,艾西出事的当天晚上,杰佛在公司往家里打电话,可一直不见艾西接听,他不放心,就和公司经理打了声招呼,赶紧回家。到家里一看,也不见艾西留下纸条之类的什么东西,但他看见客厅的茶几上放着尚未食用的比萨饼,于是杰佛就赶紧去电话问比萨饼店,店里老板说,中午 10 点左右,汉特前去送货,可一直到现在还没有回来。

杰佛听完,心里顿时生出一种不祥之兆:绑架? 这不可能! 汉特是个很老实的小伙子,更何况艾西是个大腹便便的孕妇,那么,会不会是艾西提前分娩坐上了汉特的车? 于是杰佛又给所有医院打电话,但都说没有这么个产妇,杰佛这下更紧张了:时间这么长了,他们不在医院里,难道路上出了车祸?

杰佛不敢迟疑,当即决定报警。警方接警后,连夜展开搜寻,可惜没能找到任何线索。第二天,警方动用了几条警犬,沿着艾西他们去医院的山路进行仔细的搜寻,临近中午,警犬终于找到了出事地点……

杰佛跑过来,顿时被眼前的景象吓呆了,他又看到艾西的怀里有什么东西在蠕动,仔细一看,才看清是个婴儿,他站在谷底,看着汽车滚落的陡坡,两腿颤抖,目瞪口呆:这太不可思议了!

汉特早就没了气息,众人就把艾西母子送进了医院,在医护人员的急救下,母子两人平安无恙。很快,"艾西精神"极大地感染了每一个人,《澳大利亚时报》的记者专程前来采访,一夜之间,艾西成了全澳大利亚家喻户晓的最著名的母亲……

感恩提示
gan en ti shi

在没有麻醉的情况,你敢在自己的肚子上划一刀吗? 不敢吧!

那就给你麻醉,你敢在自己的肚子上划一刀吗?还是不敢吧!

那不在肚子上,在胳膊上划一刀,你敢吗?或者在大腿上划一刀,你敢吗?

是什么力量给了一个女人,在危急时刻和时间赛跑,冷静而又勇敢地往自己的肚子上划上一刀,成功地为自己实施了剖腹产手术?要知道,她所要忍受的,不仅仅是巨大的疼痛,还有恐惧害怕,还有孤立无援。

唯一能够解释的,是母爱的力量,给了她的孩子一条生路。

任何一位母亲,在那种情况下,都会欣然用自己的生命站成这样的姿势,不为其他,只因为她们是一位母亲!

生命的姿势

◆文/阿 兵

一对夫妇是登山运动员,为庆祝他们儿子一周岁的生日,他们决定背着儿子登上7000米高的雪山。他们特意挑选了一个阳光灿烂的好日子,一切准备就绪之后就踏上了征程。刚天亮时天气一如预报中的那样,太阳当空,没有风没有半片云彩。夫妇俩很快就轻松地登上了5000米的高度。

然而,就在他们稍微休息准备向新的高度进发时,一件意想不到的事情发生了。一时间,风云突起,狂风大作,雪花飞舞。气温陡降至零下三四十摄氏度。最要命的是,由于他们完全相信天气预报,从而忽略了携带至关重要的定位仪。由于风势太大,能见度不足1米,上或下都意味着危险甚至死亡。两人无奈,情急之中找到一个山洞,只好暂时进洞躲避风雪。

气温继续下降,妻子怀中的孩子被冻得嘴唇发紫,最主要的是他要吃奶。要知道在如此低温的环境之下,任何一寸裸露在外的皮肤都会导致体温迅速降低,时间一长就会有生命危险。怎么办?孩子的哭声越来越弱,他很快就会因为缺少食物而被冻饿而死。

丈夫制止了妻子几次要喂奶的要求,他不能眼睁睁地看着妻子被冻死。然而如果不给孩子喂奶,孩子就会很快死去。妻子哀求丈夫:"就喂一次!"丈夫把妻子和儿子揽在怀中。喂过一次奶的妻子体温下降了两度,她的体能受到了严重损耗。由于缺少定位仪,漫天风雪中救援人员根本找不到他们的位置,这意味着风如果不停他们就没有获救的希望。时间在一分一秒地流逝,孩子需要一次又一次地喂奶,妻子的体温在一次又一次地下降。在这个风雪狂舞的5000米高山上,妻子一次又一次地重复着平常极为简单而现在却无比艰难的喂奶动作。她的生命在一次又一次的喂奶中一点点地消逝。

3 天后,当救援人员赶到时,丈夫已冻昏在妻子的身旁,而他的妻子——那位伟大的母亲已被冻成一尊雕塑,但她依然保持着喂奶的姿势。她的儿子,她用生命哺育的孩子正在丈夫怀里安然地睡着,他脸色红润,神态安详。被伟大的爱包裹的孩子,你是否知道你有一位伟大的母亲,她的母爱可以超越 5000 米的高山而在风雪之中塑造生命!

为了纪念这位伟大的母亲、妻子,丈夫决定将妻子最后的姿势铸成铜像,让妻子最后的爱永远流传,并且告诉孩子,一个平凡的姿势只要倾注了生命的爱就会变得伟大。

感恩提示
gan en ti shi

这是一个极其普通的姿势,我们几乎都在这个姿势下被哺育成长。然后,在 5000 米的高处,在风狂雪暴之中,在冰寒彻骨之下,这个姿势却成了一曲吟唱生命的绝响,成了一座歌颂母爱光辉的丰碑,成了一个永恒伫立在心中的不朽神话!我想,任何一位母亲,在那种情况下,都会屹然用自己的生命站成这样的姿势,不为其他,只因为她们是一位母亲!

要是能将我儿子的眼睛治好,我就是死在手术台上,心里都是甜的……

面对古老的选择

◆文/尤天晨

他本在一家外企供职,然而,一次意外,使他的左眼突然失明。为此,他失去了工作,到别处求职却因"形象问题"连连碰壁。"挣钱养家"的担子落在了他那"白领"妻子的肩上,天长日久,妻子开始鄙夷他的"无能",像功臣一样对他颐指气使。

她日渐感到他的老父亲是个负担,流鼻涕淌眼泪让人看着恶心。为此,她不止一次跟他商量把老人送到老年公寓去,他总是不同意。有一天,他们为这事在卧室里吵了起来,妻子嚷道:"那你就跟你爹过,咱们离婚!"他一把捂住妻子的嘴说:"你小声点儿,当心让爸听见!"

第二天早饭时,父亲说:"有件事我想跟你们商量一下,你们每天上班,孩子又上学,我一个人在家太冷清了,所以,我想到老年公寓去住,那里都是老人……"

他一惊，父亲昨晚果真听到他们争吵的内容了！"可是，爸——"他刚要说些挽留的话，妻子瞪着眼在餐桌下踩了他一脚。他只好又把话咽了回去。

第二天，父亲就住进了老年公寓。

星期天，他带着孩子去看父亲，进门便看见父亲正和他的室友聊天。父亲一见孙子，就心肝儿肉似的又抱又亲，还抬头问儿子工作怎么样，身体好不好……他好像被人打了一记耳光，脸上发起烧来。"你别过意不去，我在这里挺好，有吃有住还有得玩……"父亲看上去很满足，可他的眼睛却渐渐涌起一层雾来。为了让他过得安宁，父亲情愿压制自己的需要——那种被儿女关爱的需要。

几天来，他因父亲的事寝食难安。挨到星期天，又去看父亲，刚好碰到市卫生局的同志在向老人宣传无偿捐献遗体器官的意义，问他们有谁愿意捐。很多老人都在摇头，说他们这辈子最苦，要是死都不能保个全尸，太对不起自己了。这时，父亲站了起来，他问了两个问题：一是捐给自己的儿子行不行？二是趁活着捐可不可以——"我不怕疼！我也老了，捐出一个角膜生活还能自理，可我儿子还年轻呀，他为这只失明的眼睛，失去了多少求职的机会！要是能将我儿子的眼睛治好，我就是死在手术台上，心里都是甜的……"

所有人都止住了谈笑，把震惊的目光投向老泪纵横的父亲。屋子里静静的，只听见父亲的嘴唇在抖，他已说不出话来。

一股看不见的潮水瞬间将他包围。他满脸泪水，迈着庄重的步伐，一步步走到父亲身边，和父亲紧紧地抱在一起。

当天，他就不顾父亲的反对，为他办好有关手续，接他回家，至于妻子，他已做好最坏的打算。临走时，父亲一脸欣慰地与室友告别。室友一把眼泪一把鼻涕地埋怨自己的儿子不孝，赞叹他父亲的福气。父亲说："别这么讲！俗语说，庄稼是别人的好，儿女是自己的亲，打断骨头连着筋。自己的儿女，再怎么都是好的。你对小辈宽客些，孩子们终究会想过来的……"说话间，父亲还用手给他将了将衬衣上的皱褶，疼爱的目光像一张网，将他兜头罩下。

他再次哽咽，感受着如灯的父爱在他有限的记忆里放射出无限神圣的亮光。

感恩提示
gan en ti shi

这是一个凄婉、感人而又美丽的亲情故事。"他"是一个被生活和命运险些抛弃的残疾人，意外的变故使他左眼失明，业已成为他生活"负担"的父亲面对儿子儿媳为赡养他而引发的争吵，主动提出去老年公寓；当儿子去看望他时，却听到了他那催人泪下的"提问"和"告白"：要是能将我儿子的眼睛治好，我就是死在手术台上，心里都是甜的……这就是"他"的父亲，也正是我们的父亲。"天下有狠心的儿女，没有狠心的爹娘"，文中父亲的话也恰恰是这句话的最好注脚：庄稼是别人的好，儿女是自己的亲，打断骨头连着筋。

有人说，危难时刻见真情，那么这对父女，用自己的生命共同谱写了一首感人肺腑的真情赞歌！

是谁，把生的希望留给对方

◆文/张标清

这是一起典型的车辆追尾事故。

一辆桑塔纳 2000 和前面一辆同向行驶的载货微型卡车在一段坡路上，发生猛烈的碰撞。当交警赶到时，货车车门大开，司机已不知去向。追尾车里有两个人，一男一女，男的大约四十来岁，血流满面，样子很恐怖。女的很年轻，可能是那男人的女儿，她没有明显外伤，正流着泪和过路的人一起把受伤的男人往外抬。由于猛烈的碰撞，桑塔纳的车头已严重变形，男人被卡在驾驶位上，不能动弹。交警要那年轻女子去医院，可她死活不肯走，发疯似的抱住男人的上半身，无法拉他下来。后来，交警找来一根粗杉木做撬杠，总算把男人弄了出来。这时，女人的嘴角溢出血来，苍白的脸上挂着淡淡的微笑。

去医院的路上，女人坐在后座上抱着那个男人，男人在痛苦地呻吟着，两个人的手紧紧地握在一起。女人的嘴角不断有血沫涌出，顺着下巴滴在男人的衣服上。她紧紧地抿住嘴唇，泪不断地往下掉，不说一句话，痛苦的神色是深深的依恋和不舍。

好不容易来到医院，就在医护人员抱着男人往外抬的时候，随后下来的那女人却一头栽倒在水泥地上，鲜血大口大口地从她的嘴里喷涌而出。医护人员被眼前的一幕惊呆了，可以断定这女人肯定是肋骨断裂，并且已经刺伤了内脏。她这样的伤势却能挺到现在，大家不得不为人类潜能的张力而叹服。女人显然已有些神志不清了，但她还是努力睁开双眼，抓住医生的手，悲戚地望着正要被抬走的男人，艰难地说出了她半个多小时以来唯一的也是她人生的最后一句话："让……爸……爸……用我……眼睛……去看世界……"

女儿无力地闭上了眼睛，父女俩被迅速推进了急救室。

事后，交警对现场的勘察结果，更是令所有人震惊。现场满地的玻璃和车身碎片以及车上的斑斑血迹，说明这个事故的惨烈，而现场却令人感到蹊跷。一般说来，追尾事故车头受损位置应该在右边，也就是副驾驶的位置，因为司机在最先觉察到危险时，出于本能都会往左打方向，以减少事故对自己的伤害，但是这辆车的碰撞位置是中间偏左,致使驾驶位受损严重。而这种情况一般只在来不及避让的情况下才会发生。可从长长的刹车辙印来看,司机完全有时间避险。这说明,父亲在发现险情时,先是出于本能往左边打了方向,但是立刻意识到这样会伤害到身边的女儿,于是又猛烈地将方向盘往右打,试图把女儿往生的方向推一把,但是人的反应速度怎么能和车速相比呢?在他还没有完全打过方向之前,车子就已经重重地撞到了前车车尾。现场目击者的口述,证实了交警的推断。

急救室的无影灯下,医生在紧张有序地忙碌着,一个小时,又一个小时,几个小时后,急救室的门被无力地打开。医生遗憾而又无奈地走了出来,女儿没能抢救过来,已经死了,折了的肋骨刺穿了肺,脾脏也破裂了,因错过了急救的最佳时机,引发了大出血。父亲的双眼扎伤,肋骨断了一根,双腿也断了,仍在抢救。医生正考虑根据他女儿的遗愿,把她的角膜移植给她父亲。

感恩提示
gan en ti shi

在灾难来临的那一刻,人的本能一定是保全自己的生命。人的生命只有一次,谁不热爱自己的生命呢?在本文中,我们却看到了一种超越本能的人性:父亲,在千钧一发之际将生的希望留给女儿;而女儿,在弥留之际将自己的眼角膜留给了自己的父亲。在那一刻,他们想到的,是让对方活着,更好地活着。有人说,危难时刻见真情,那么这对父女,用自己的生命共同谱写了一首感人肺腑的真情赞歌!

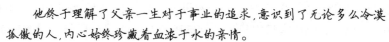

他终于理解了父亲一生对于事业的追求,意识到了无论多么冷漠孤傲的人,内心始终珍藏着血浓于水的亲情。

大洋深处的父子俩

◆文/佚 名

一天,在离纽约海岸约 52 海里远的地方,"寻找"号潜水艇正在航行。潜水员凯瑞盯着窗外海风卷起的巨浪,对即将开始的潜水有些担忧。他知道,自己和父亲克里斯将面临着严峻的挑战。

在美国潜水界,克里斯父子以勇敢著称。在潜水时,能潜到 130 英尺深度的潜水员就已经是英雄,但他们却能潜到水下 300 英尺的深处。但是没人知道,在这对父子内心的深处,隐藏着难以愈合的伤痛。

克里斯年轻时酷爱潜水。他认识了美丽的苏伊并娶她为妻,在妻子生下儿子凯瑞后,克里斯为了挑战新的潜水深度,就丢下妻子和儿子,常年泡在海里。后来,他们夫妻之间出现了裂痕,最终分手了。小凯瑞被判给了父亲。直到凯瑞成为一个优秀的潜水员,他都不能原谅父亲当年对他们母子的冷漠,同样倔强的父亲也不愿意向他妥协。要不是这次沉船探秘的任务有着难以抗拒的诱惑,他们根本就不会在同一个地方,出现在同一条潜水艇上。

按照预定的计划,由凯瑞潜入沉船船舱,克里斯在外面接应。克里斯交给凯瑞一个引线轴,这样无论凯瑞走到哪里,都可以借助引线顺利找到返回的路线。一切准备就绪后,凯瑞摘下他携带的另外两个潜水罐,把它们放在沉船的甲板上,然后像鱼一样游进了船舱。

船舱里显然曾发生过爆炸,被爆炸撕裂的机器设备到处都是,把船舱内部挤成了只有1.5米高、不到3米宽的狭小空间。不一会儿,凯瑞就感觉自己好像是被困进了怪物的洞穴里,有些头晕。他知道自己陷入了轻度的氮昏迷状态。

人类呼吸的空气,原本是由78%的氮与21%的氧组成的,但人体只能在氧中做新陈代谢,在呼气时排出氮。而在水下,氮却能引起氮昏迷,并随着潜水深度而增加昏迷的程度。潜水界称之为"马提尼酒"理论:就是每潜水50英尺深,就等于空腹喝下一杯浓烈的马提尼酒。当克里斯父子潜到沉船的位置时,就如同喝下了四杯半马提尼酒。这是水下最危险的醉酒效应,它能减少和压缩供人呼吸的空气,使人类的神经中枢紊乱,最后引起昏迷。

凯瑞决定尽快完成任务返回,但意想不到的事情发生了:从凯瑞的呼吸面罩里释放出的气泡,触动了沉积多年的泥沙!船舱顶部的锈片开始往下掉,当锈片落到底部时,又使泥沙慢慢向上升起。泥沙锈片使船舱内部一片混浊,他头顶的潜水灯没用了。无论他怎么小心,都不时被船舱里的部件绊住。他的每一个动作都会引起泥沙的翻腾,锈片也不断从船舱顶部掉下来。很快他就被困在泥沙锈片中了。

在冰冷的海水中,凯瑞折腾了十几分钟,才艰难地通过圆形舱口,进入了控制室。他相信在这里一定埋藏着他们最想找到的航海日志。于是,他用左手牢牢抓住引线轴,腾出右手开始挖掘那些埋在泥沙下面的架子。淤泥再次搅混了海水,模糊了他的视线。这时,他的手碰到了一个物体。难道是船长的航海日志吗?这一想法使他兴奋起来,他用力地拉扯着那个东西。突然,他感到一个沉重的铁架向他砸来,随后把他压在了底部。惊恐使他吸入了一大口氮气,这更加重了他的昏迷状态。

他知道自己遇上麻烦了,要从压住自己的东西下挣脱出来,他必须得到父亲的帮助。他开始敲击船壳,希望这样能通知船外的父亲。随着敲击次数的增加,他的绝望也在增加。他知道,过于用力会使呼吸加快,会用去更多的压缩空气,但他此时已别无选择。

克里斯终于听到儿子发出的求救信号。他顺着引线很快进入了船舱中。他抓住了儿子的胳膊,让他感到意外的是,儿子疯狂地扑打着自己,好像要挣脱什么怪物。

克里斯敏锐地发觉儿子已经陷入了氮昏迷,他扶起了压在儿子身上的铁架,拉着他原路返回。但是,由于没有了导引线轴,他们很快就迷失在庞大的废船中。几分钟后,克里斯找到了一间扔着桌椅和餐具的船舱。他知道这里是船员生活区,在这附近,就应该有出去的通道。

就在克里斯努力寻找出口的时候,凯瑞突然惊叫起来。在微弱的光线下,克里斯看到儿子被一只粗大柔软的动物触角紧紧缠住了!

章鱼!克里斯恐惧地想到。从它巨大的触须来看,这只章鱼至少有 6 米多长,属于最凶狠强悍的大章鱼。在它那带有几百个吸盘的有力触须的缠绕下,凯瑞根本动弹不得。他只能不停地挣扎,这样的结果是被缠得更紧。

克里斯急忙做手势让凯瑞冷静下来。接着,他从侧面绕到了章鱼身后。章鱼其余几只触须在他的潜水镜前晃来晃去,令他暗暗心惊。他知道,章鱼平时看到人会远远躲开,只有在受到惊吓或被激怒时才主动发起攻击。这只大章鱼把沉船当成自己的巢穴,他们父子的入侵激怒了它。现在,它把 3 只触须粘附在船舱壁上,把嘴和 5 只触须伸向前方,做好了拼命的准备。

克里斯更加担心,轻度昏迷状态中的凯瑞根本无力摆脱章鱼的束缚,如果不迅速找到另外两个潜水罐补充氧气,他还会因为氮中毒而窒息。情急之中,他来不及细想,用两手抓住了章鱼的一条触须,把它拉向自己。

章鱼被克里斯大胆的挑战激怒,它开始变幻身上的颜色,向他发出警告,同时展开了所有触须,小心地向克里斯逼近。这正是克里斯想要的,他希望以此来转移章鱼的注意力,让它放开没有攻击能力的凯瑞。他知道章鱼致命的部位是两眼间的神经中枢,可是怎样才能摧毁它呢?

章鱼已经向他游来。克里斯向左一闪,章鱼的一只触须扑了个空,它却用另一只触须拦住了克里斯的去路,并迅速地将他的左手和胸部缠住了。眼看自己就要被章鱼擒住,克里斯迅速抽出腰部佩带的尖刀,用力向章鱼脚刺去。章鱼痛得马上收回了触须,然后卷起凯瑞迅速往后退去。

经过一个回合的交锋,克里斯知道和这个 8 只脚的对手搏斗并不容易,即使割断了它的一只触须,它另外的触须也会很快抓住自己。最好的办法是刺中它的要害。克里斯再次向章鱼接近。愤怒的章鱼也不想放过这个充满威胁的对手。它放开了缠绕凯瑞的触须,将所有触须都同时伸出来,全力进攻克里斯,很快就把克里斯抓在了它粗大的触须中。另一边,就快窒息的凯瑞突然感到自己身上的束缚消失了,他又跌到了船舱的底部。他惊讶地看见父亲已经在章鱼的触须中,正做着让他先逃走的手势。

凯瑞一时怔住了。在被章鱼缠住时,他清楚地看见了父亲每一个举动。父亲完全可以自己逃生,但他为了挽救自己,冒险让章鱼抓住。在凯瑞心里,父亲一直是个自私冷漠的人,但在这生死关头,父亲反而让自己先逃生,他被感动了。他被章鱼缠住差点儿窒息,他知道如果自己逃走,父亲就有生命危险。凯瑞抽出了尖刀,向章鱼游去。克里斯看见儿子不退反进,急得向儿子做手势:"快走!这里危险!"凯瑞打着手势告诉父亲:

"不,我来救你!"

凯瑞使出浑身力量,将尖刀刺进了章鱼的两眼之间,割断了它的运动神经。章鱼缠住克里斯身体的粗大触须突然无力、瘫软地垂了下去。因为用力而吸入大量氮气的凯瑞也无力地倒在了船舱中。

克里斯急忙扶起儿子,把自己的氧气管塞给他呼吸了几口,这样,父子俩轮换着呼吸氧气,四处寻找出口。几分钟后,克里斯终于托着儿子游出了船舱,游到了开阔的海水中。危险总算过去了,可是克里斯发现,原本计划20分钟的潜水,现在已经过去了30多分钟,他们必须马上找到放在沉船甲板上的两个潜水罐,这样才能有足够的空气来减压。

克里斯绕着船游了一圈,找到了那两个救命的潜水罐。他知道因为超过了计划的时间,现在这两个潜水罐里所有的空气也不够一个人减压,他们其中的一个得先浮回水面,从"寻找"号上带来更多的潜水罐。他将潜水罐夹在儿子身上,托着他开始寻找"寻找"号的停泊锚线。

可怕的是,一直到他们快浮上海面,"寻找"号的锚线仍然没找到。克里斯惊恐地发现,他们没有时间继续找下去了。按常规,他们有3个小时的减压时间,他们可以慢慢上浮,在各个深度上停留。可是,如果他们在没有减压的情况下在水里活动,他们全身的血管将像氮气泡一样爆炸。现在,如果他们一直都找不到锚线,即便在水下减压后再上来,他们也会被丢在无边无际的大海上。在波浪起伏的海面上漂浮,这对任何人都是一个威胁,何况海面的风浪足有两三米高,等待他们的还是危险。

当克里斯父子接近海面时,他们潜水罐上的压力指针迅速指向了零。离海面30米时,凯瑞氧气罐里的空气已经耗尽了,于是他打开了父亲给他的备用氧气罐。但氧气罐的皮管不知什么时候被撕坏了,通过管嘴流出来的不是空气,而是水!

克里斯的情形也同样糟糕。他在230英尺深的水下待了40多分钟,氧气也用光了。因此,父子俩没有第二个选择了,他们只能冒险取消减压升到海面上。他们打开了救生衣,漂浮到海面上。克里斯惊喜地发现,原来"寻找"号就在离他们几百米远的地方!

克里斯托着儿子拼命向潜水艇游去。艇上的人迅速扔出了绳子。克里斯拉着儿子在波涛里漂浮着,直到最后抓住了绳索。当接近艇尾时,他已经呼吸艰难,连话都说不出来一句。但他却放开绳子,围着艇游到舷梯,向艇长喊道:"先让凯瑞上去!"人们迅速放下了软梯,克里斯用力将儿子推上了梯子,然后高声叫道:"给他减压!"

但此刻再回到水下已经太晚了,"爆炸"威胁着凯瑞的生命。他需要几个小时来排除已经在他体内形成的氮泡。救护人员将氧气罩套在了凯瑞的口鼻上,然后制造了一个减压舱,将他放在深压下,让他慢慢适应地面的压力。

当克里斯知道儿子已经安全后,就完全丧失了继续战斗的力量。他微弱而平静地说:"我要死了,告诉凯瑞和我妻子,我对不住他们,我爱他们。"氮气泡无情地在他体内爆炸了。

救援飞机火速将凯瑞和克里斯送到了90英里外的布罗克医院。还在与生命搏斗的凯瑞全然不知父亲已经死去,在昏迷中,他还挣扎着问:"我爸爸怎么样了?"

感·恩·父·母·全·集·

23

凯瑞的血管里充满了氮气泡，连注射器抽出的血样里都有泡沫。在模拟 60 英尺深水压力状态的纯氧舱内，凯瑞开始感觉到疼痛，这表明他的血液开始循环。医生终于看到了希望，于是他们将纯氧舱内的压力加强到 165 英尺深水压力状态，希望随着凯瑞体内血液的完全循环，有效地排除他体内的氮气泡。第二天下午，凯瑞终于恢复了知觉。

3 个月后，黯然神伤的凯瑞将父亲的骨灰和美丽的百合花瓣一起撒进了佛罗里达的魔鬼水下洞群中。凯瑞知道，这是父亲最渴望征服的地方。在凯瑞手中，还捧着一幅他小时候和父母的照片，多年的隔阂在经历了这次的生死劫难后，他终于理解了父亲一生对于事业的追求，意识到了无论多么冷漠孤傲的人，内心始终珍藏着血浓于水的亲情。

感恩提示
gan en ti shi

很难想象，在大海深处的平静中，还有这样壮烈的景象。除了那条被激怒的大章鱼，危险依然层出不穷地进攻着这一对探险的父子。如果不是为了拯救儿子，克里斯完全可以全身而退；而如果凯瑞不继续加入到与章鱼的搏斗，他完全可以马上脱离险境。但他们都没有那么做，最后，还是父亲为了拯救儿子的性命而牺牲了自己的生命。在那一刻，往日的恩怨早被大海一样的胸怀包容了，他们彼此谅解互相帮助，正是这种父子间血浓于水的亲情，才使儿子最终明白父亲对自己伟大的爱！

女人的脸由红变白，又由白变紫，忽然，她"霍"地站起来，大声宣布："审判长、审判员，我——撤诉！"

妈妈不让你上法庭

◆文/佚　名

女人与丈夫共苦多年，一朝变富，丈夫却不想与她同甘了。他提出离婚，并执意要儿子的监护权。

为了夺回儿子的监护权，女人决定打官司。她抛出自己的底线：只要儿子判给自己，其他什么都可以不要。

开庭那天，男方说女人身体差，不宜带小孩，并拿出她以前的住院病历当物证。女人出示前几天由某大医院开具的体检结果，驳倒了男方。他又说女人欠巨额外债，没有经济能力抚养儿子。女人马上出示男方恶意转移财产、转嫁债务于自己的商务调查函，又一次越过了他的陷阱。

激烈的唇枪舌剑、拉锯式的辩论，女人一直占上风。男方见势不妙，使出杀手锏：女人经常打骂孩子，对儿子造成巨大伤害。儿子不愿和她生活，只想跟我在一起。

审判长传他们的独生子到庭作证，法警走向证人室，准备请那小孩出庭时，女人的脸由红变白，又由白变紫，忽然，她"霍"地站起来，大声宣布："审判长、审判员，我——撤诉！"

女人掩面大哭，跑出了法庭。

事后，有朋友问女人："你真的虐待儿子吗？"女人无力地摇摇头："我爱我的孩子，怎么可能虐待他？"

朋友惊诧了："那你为什么要放弃？"

女人说："我孩子胆小，一旦出庭作证，必然心灵受伤，我怎么忍心……"她以泪代语。所有的说词，在女人那母性的哭泣中都显得那么苍白，那么虚伪。

感恩提示
gan en ti shi

不知道在哪里看过这么一个故事，讲两个女人争夺一个孩子，她们都声称是这个孩子的亲生母亲，公说公有理，婆说婆有理，结果把法官也弄糊涂了，搞不清楚到底谁才是孩子的亲生母亲。最后法官想出一招，他让两个女人各拉着孩子的一个手臂，谁的力气大把孩子拉到自己怀里，就把孩子判给谁。其中一个女人，开始的时候还使劲拽着孩子不放，可当孩子痛得发出哭声时，这个女人也哭着松手了，结果，法官把孩子判给了放手的女人。本文中的母亲也一样，天下没有一个母亲会忍心看着自己的孩子受到伤害啊！

瑞达又有了一线希望，她用充满坚定的语气说："危险我不怕，我准备做任何事情，来保住我的孩子。"

给胎儿做手术

◆文 /[美]简·贝肯妮

早晨，卧室里充满了温馨和宁静。为了不惊醒丈夫麦克，瑞达·丹尼斯悄悄地溜下床，轻轻地走进客厅。他们4岁的儿子高瑞正在另一间卧室中睡觉。

瑞达刚过 30 岁,身材苗条。她轻轻地坐进安乐椅中,拿起《圣经》,默默地祈祷。她能够感到腹内 4 个月大的胎儿不安分地伸腿蹬脚。对上帝的信仰和对生命的热爱,给了她很大的勇气。

这天上班以后,她将去拜访一位高危妊娠专家。她不能相信前几天一位医生告诉她的事情:"瑞达,你肚子里的孩子将要死去。"

那是几周前的一次例行检查,医生告知瑞达,她怀的孩子是一个女婴,但是胎儿的内脏器官有问题。医生小心翼翼地劝告她:"现在最好是中止妊娠。"

对于瑞达来说,中止妊娠无异于晴天霹雳。她态度坚决地说:"不!我决不中止妊娠。"

养育孩子是瑞达的梦想。6 年前麦克向她求婚时,瑞达就跟麦克说,她要为他生养一打的孩子。

4 年前,在他们的第一个儿子高瑞出生前,瑞达就辞去了工作,准备全身心地哺育孩子。为了增加收入,瑞达的丈夫在建筑工地延长了工作时间。

医生上班后,瑞达来到一家医院做了极为严格、仔细的检查。检查的结果是:婴儿的横膈膜上有一个小洞。初期,这种缺损会使胎儿的胃、脾、肠、肝等内部器官进入胸腔,影响肺的正常发育。孩子一旦出生,便不能正常呼吸。这种情况下,60%的婴儿无法存活。

产科专家詹尼丝向瑞达夫妇推荐了一位可进行胎儿手术的专家。她说:"在加利福尼亚州,有一位可进行胎儿手术的专家,他是世界上唯一能进行这种手术的专家。但是,手术非常危险,你们只有极少的机会获得治疗。"

瑞达又有了一线希望,她用充满坚定的语气说:"危险我不怕,我准备做任何事情,来保住我的孩子。"产科专家詹尼丝被瑞达的坚强所感动。她答应给加利福尼亚的专家哈里森送去一份瑞达的超声波检查图片。

产科专家哈里森在加利福尼亚大学圣·弗兰西斯科医学中心工作。在那里,他组织了一个一流的科研小组。他给那些被认为没有生存希望的、在母体中就病重的胎儿做手术。

哈里森医生仔细地观察了瑞达的超声波检查图片,觉得胎儿的康复前景很乐观。胎儿的肝脏没有什么大的问题,仅有小小的一部分进入了胸腔。另外,胎儿没有任何基因异常现象,发育的程度正好是做手术的最好时期。最主要的是,孩子的母亲瑞达有不惜一切拯救孩子的决心。

1994 年 3 月 4 日,在加利福尼亚大学医学中心的会议室里,哈里森医生和他的医疗小组见了瑞达和她的母亲。哈里森对于手术的过程和结果的陈述毫无遮掩:瑞达必须面对手术的痛苦煎熬。整个手术分成两部分进行。第一步手术修复胎儿的横膈膜缺损;几周后,施行剖腹产手术以防止产前劳累,便于胎儿手术后的恢复。瑞达在整个手术中还必须要承受药物引起的各种副作用。哈里森强调说:"尽管我和医疗小组所有的人都会尽最大的努力,但胎儿仍然可能死去。所以,我们不能做出任何一种承诺。"

　　瑞达迟疑了,她想:"也许我的身体状况很难承受两次这样的手术。"然后,她转头看看母亲,母亲冲她点点头。母亲在来之前鼓励她说:"只要我们能够坚信,一切都会顺利。"

　　母亲的话,使瑞达重新确立了信心。她对哈里森医生说:"我把我的胎儿叫做玛吉,我们可以这样叫她吗?"哈里森医生肯定地点点头,并为瑞达的伟大母爱所感动。

　　1994 年 3 月 8 日,瑞达被推进了手术室。经过四个半小时繁杂的手术,哈里森医生和他的同事们补好了瑞达孩子玛吉横膈膜上的小洞,手术很成功。瑞达被推出手术室,进入特别护理病房。她万分感激,伸手拉着护士,问她:"玛吉怎么样?"护士告诉她孩子一切正常!一股幸福的暖流涌入了她的心中。

　　为了让胎儿发育正常,婴儿必须在母体内待尽可能长的时间,防止早产是手术后面临的最主要的问题。

　　返回医疗中心住院部后,瑞达感到信心倍增。但是,她也开始承受手术后药物引起的巨大痛苦,腹部的绞痛就像用刀在割。为了防止早产而服用的药物也使她恶心,还不时地呕吐。

　　在医院的日子里,尽管有母亲的照顾和病友的鼓励,瑞达仍然有些感到孤独和无助,对丈夫和儿子的思念折磨着她,只有腹中玛吉的心跳能使她快乐起来。

　　1994 年 4 月 22 日上午,胎儿心跳监测器发出的有规律的声响突然停止了,看着心跳监测仪上没有起伏的直线,瑞达简直吓坏了,她赶紧按铃招呼医生。

　　几秒钟之内,医生和护士冲进了瑞达的病房。医生检查后说:"快送手术室!"

　　在手术室里,瑞达腹中的玛吉恢复了心跳,但心率是正常人心率的一半,而且搏动没有力量。哈里森医生为瑞达做了剖腹产手术,取出已有 33 周的玛吉。助产士从医生手中接过玛吉,轻轻地拍打着她。哈里森医生心急如焚,不停地喊着:"呼吸,玛吉!"

　　终于,婴儿玛吉大声啼哭了,手术室里的人都松了一口气,在医疗小组的同事欢呼成功的时候,泪水模糊了哈里森医生的眼睛。

　　一个月后,玛吉跟她的母亲瑞达离开医院返回了佛罗里达老家。医生告诉瑞达:"玛吉是一个健康的孩子,跟正常的孩子一样。"

感恩提示
gan en ti shi

　　有一个专题片讲述了一个伟大母亲的故事。在临产前 5 天,这位母亲因为一场突发的事故,她的右臂断为四截。她的丈夫在几个月前的一场矿难中九死一生,基本丧失了劳动能力,她是家里的顶梁柱,如果她没有了右手,无疑会使这个家庭雪上加霜。医生告诉她,如果要保住手臂,她就必须放弃孩子,因为接臂手术所用的药物会阻碍孩子正常生长。在手臂和孩子中间,她只有一个选择。这位母亲毅然选择了孩子,有人说,手臂只有一条,但孩子可以再生,她回答:没有哪个母亲,愿意看着自己的孩子死在自己前面！这个说法和文中瑞达的做法一样,诠释了天下所有母爱的内涵。

我知道危险,搞了半辈子力学,我怎么能不懂这个呢？只是在爱里边,只有爱,没有力学。

父爱没有力学

◆文/李雪峰

这是一则发生在我身边的真实故事。

他是一个研究力学的专家, 在学术界成绩斐然, 他曾经再三提醒自己的学生们:"在力学里,物体是没有大小之分的,主要看它飞行的距离和速度。一个玻璃跳棋弹子,如果从10万米的高空中自由落体掉下来,也足以把一块一米厚的钢板砸穿;如果一只乌鸦和一架正高速飞行的飞机相撞,那么乌鸦的身体一定会把钢铁制造的飞机一瞬间撞出一个孔来。"

他说:"这种事在前苏联已经屡次发生过,所以我提醒大家注意,千万别抱幻想把高空掉落的东西稳稳接住,即使是一粒微不足道的石子！"

那一天,他正在实验室里做力学实验。忽然,门被"砰"的一声推开了,他的妻子惊恐万分地告诉他,他们那先天痴呆的女儿爬上了一座四层楼的楼顶,正站在楼顶边缘要练习飞翔。

他的心一下子就悬到嗓子眼,他一把推开椅子,连鞋都没有来得及穿就赤着脚跑出去了。他赶到那座楼下的时候,他的许多学生都已经惊慌失措地站在那里。他的女儿穿着一条天蓝色的小裙子,正站在高高的楼顶边上,两只小胳膊一伸一伸的,模仿着小鸟飞行的动作想要飞起来。看见爸爸、妈妈跑来了,小女孩欢快地叫了一声就从楼顶上起跳了,很多人吓得"啊"的一声连忙捂住了自己的眼睛,他的很多学生紧紧抱住他的胳膊。看到女儿像中弹的小鸟般正垂直落下,平时手无缚鸡之力的他突然推开紧拉着他的学生们,一个箭步朝那团坠落的蓝色云朵迎了上去。

"危险——"

"啊——"

随着一声惊叫,那团蓝云已重重地砸在他伸出的胳膊上,他感到自己像被一个巨锤突然狠狠地砸中了,腿像树枝一样"咔嚓"一声折断了,他眼前一黑就什么也不知道了。

他醒来的时候,已经躺在医院的抢救室里两天了。他的下肢打着石膏,缠着绷带,阵阵钻心的疼痛让他忍不住倒吸着冷气。他那些焦急万分的学生们对他说:"你总算醒过来了,你站在高楼下面接孩子实在太危险了,万一……"

他笑笑,看着床边那安然无恙的小女儿和泪水涟涟的妻子说:"我知道危险,搞了半辈子力学,我怎么能不懂这个呢?只是在爱里边,只有爱,没有力学。"

大雪纷飞的寒冬夜,每片雪,都是一个父亲对孩子深深的爱……

感恩提示
gan en ti shi

一个搞了半辈子力学的专家,他明知道高空坠下的物体,如果用手去接,巨大的撞击力会带来毁灭性的伤害,可当那个物体是自己的女儿时,他依然义无反顾、毫不犹豫地伸出了自己的双手。尽管这个女儿是一个患有先天痴呆的病儿,但对于一名父亲来说,叫自己爸爸的孩子,都应该享受那无边无尽的父爱,哪怕为此献出自己的生命!父爱如山,哪怕理性如这样一个科学研究者,也会因此而不顾一切!

手术室里,一种神圣的肃穆涌动着,随着一声响亮的啼哭,产妇终于带着疲惫而满足的微笑合上了眼睛。

只想给你第二次生命

◆文/尤天晨

在她42岁时,18岁的儿子病了,是血液方面的病,治疗很棘手。医生说,只有一种方法可以挽救她儿子的性命,就是采用同胞新生儿脐血注入疗法。也就是说,她必须再生一个孩子。"可是,就你的年龄和体质而言,能否顺利怀孕,能否平安生产,谁也没有把握。你们要考虑清楚再作决定。"

"算了,"丈夫说,"我不能让你冒这个险。"

她不同意。如果儿子的生命都不能保证,当妈的活着,又有什么意义?

"我一定能生个孩子的,相信我。"她的内心并不自信,但她相信,冥冥之中那个掌管子嗣的神灵,会对她这个母亲的不幸网开一面的。

丈夫没能说服她。

他们开始为怀孕而做各方面的努力和准备。一边为申请二胎指标到处奔波,一边还要照顾生病的儿子。儿子的病情在缓缓地加重,使他们的计划与任务越发显得人命关天。焦虑、疲劳和压抑,终于导致她内分泌失调。两个月过去了,她还是没有怀孕的迹象。为此,她求医问药,求神拜佛……差点儿没急疯。一天,当她终于从自备的测早孕试纸上发现异常时,她哭了,儿子有救了!

她以后就盼星星,盼月亮,巴不得腹中的孩子早一点儿出生。她每天都注意着自己身体的细微变化。到底是年龄不同了,随着怀孕月份的增加,她越来越感到精力不足,头发开始脱落,牙齿日益松动,走路时腿脚也不灵便……她身体里的钙质正一点点流向那个鲜活的小生命。但是,身体越不适,她越开心,因为,那证明胎儿在渐渐长大,证明救活儿子指日可待。

然而,在她怀孕7个月时,儿子的病情进一步恶化了。听到这个消息,本就虚弱的她晕倒了。醒来时,她已躺在产房里,阵阵腹痛告诉她,她正面临早产,而且伴随其他复杂情况。她听见医生在门外说,大人和孩子,只能保一个,你要谁?然后便是丈夫痛苦地反问,怎么会这样?怎么会这样?两个我都要……可稍有理智的人都知道,这根本不可能。

"不,我只要孩子!"她忍着剧痛,对着门外声嘶力竭地喊道。医生和丈夫闻声立即来到她面前。丈夫心疼地看着苍白憔悴的妻子,豆大的泪珠滚了下来:"不能啊!这样做我对不起你。"

"可是,不这样做更对不起我们的孩子——是两个孩子!"妻子说。

最后,医生采纳了她的意见——保全孩子。医生对那位丈夫说,成全她吧,因为,我也是母亲,我理解一个母亲的心情。

手术室里,一种神圣的肃穆涌动着,随着一声响亮的啼哭,产妇终于带着疲惫而满足的微笑合上了眼睛。她苍白的脸映着满床血的汪洋,映着窗外五月那火红的石榴花,凄美动人。医生对着她的遗体深深地鞠了一躬。

又是一个石榴花开的五月天,一个中年男人抱着粉嘟嘟的女儿,领着血气方刚的儿子,去墓地看望孩子们的母亲。"知道吗,你们的妈妈,曾给你们两次生命。"男人看着女儿清澈无邪的眼睛,又把目光移向儿子的脸。

两个孩子像两枝美丽的康乃馨,正借助母亲的生命成长、怒放。

男人觉得,这是自己献给妻子的最好的节日礼物,这一天,是母亲节。

感恩提示
gan en ti shi

第二个孩子,她原来以为,仅仅是一个拯救儿子的使者,但她忘记了,那也是她的孩子。是的,她太心切了,一心想着将儿子的病治好,以至于终于体力不支晕倒在地导致早产。在生命的最后时刻,她和那个孩子,只有一个能活着走向世界,这个时候,她想到了,那个孩子不单单是一个使者,她还是自己的女儿啊!她怎么能那么自私地剥夺女儿的生命呢?一个母亲,用自己的死,成全了孩子们的活!是她,用一颗心,拯救了两条生命!

我抓过那纸条展开看去,黄纸红字格外醒目:菩萨显显灵,母命换子命。

祈　祷

◆文/李燕翔

　　几天来吃饭时喉部常常有火辣辣的痛感,在母亲的反复催促下,妻子陪我在街道卫生所里做了一次检查,检查结果让我目瞪口呆,医生称我患上了致命的"喉癌"。当时我眼前一黑,万念俱灰。神情恍恍惚惚地回到家,强打精神对母亲称没有什么大事。在判处死刑缓期执行的日子里,我躺在床上靠数屋顶的椽子打发日子。

　　尽管我对母亲守口如瓶,可时间不久母亲还是知道了真相。年近八旬的老母亲抱着我哭哑了嗓子……

　　从那以后,每天晚上母亲都跪在她供奉的菩萨面前为我祈祷。见此,我滴血的心头像撒了把盐。那天,我躺在床上发呆,两眼红肿的妻子来到床前,吞吞吐吐地对我讲母亲这几天不吃不喝好像患病了。我一听就急了,来到母亲面前提出要陪她去医院看病,她听后连连摆手拒绝,我明白,她不忍再给已负债累累的家庭增加经济负担。夜里,我含泪向妻子提出了陪母亲去市医院看病,在有生之年再尽最后一次孝的要求,妻子含泪点头。第二天早晨,妻子谎称去市医院给我看病,想让母亲陪着一块儿去,母亲果然"中计"。到医院后,怕母亲看出什么破绽,我硬着头皮先做了一次检查,才哄着母亲做了一次细致的体检。

　　下午检查结果都出来了,我抓过来一看惊呆了:我患的是咽炎而不是喉癌,母亲却患有胃癌。母亲知道化验结果后,跪在医院的院子里老泪横流:"谢谢菩萨成全……"见母亲在地上长跪不起,妻子抽泣着对我说:"自从你病后,妈每天晚上都向菩萨祈祷,把你的病转到她身上……"她从口袋里掏出一把黄纸条:"你看这些都是母亲让我写好供她焚烧的。"我抓过那纸条展开看去,黄纸红字格外醒目:菩萨显显灵,母命换子命。

感恩提示
gan en ti shi

　　母爱是什么?有人说,母爱是润物的细雨,母爱是醉人的春风;有人说,母爱是撒哈拉沙漠中,母骆驼为使即将渴死的小骆驼喝到水纵身跳进深潭的壮举;还有人说,母爱是在猎人的陷阱中，母狼望着被打死的小狼而在月夜下呜咽的号叫。母爱其实是一缕阳光，让你的心灵即便在寒冷的冬天也能感受到温暖如春；母爱其实是一泓清泉，让你的情感即便蒙岁月的风尘仍然清澈澄净；母爱还是一株树，在季节的轮回中固执地坚守家园，撑一树浓荫默默付出。

在车离开的一刹那，望着妈妈略有蹒跚的背影，我都要掉泪了。还是娘亲。

娘　　亲

◆文/六　六

以前，我很难理解，为什么古人把妈妈叫"娘亲"。现在年纪越大，明白得越多。

回国前，我给家里人准备礼物，轮到妈妈，我给她打了个电话，说大商场里的耐克鞋子正在热卖，问她穿多大的合适。妈妈干脆地回绝说："不要买，我什么都不缺。"

昨天回家，把给大家的礼物都分发出去，唯独没有妈妈的。妈妈替我翻箱倒柜地找冬衣，我回来是穿着短袖空手而归的，因为心里有数，妈妈总会替我打点一切。果然，妈妈从柜子里找出 N 年前冬天我离开上海时丢在那里的陈年老裤，一试，大小合适。妈妈在倒腾的时候，我惊奇地发现，每次我们走时，都把如此浩大的工程丢给老母收拾，她把每次我们遗留的袜子裤子都洗干净收拾好，等待某天我们回来正好用得上。

她还预留了几套崭新的加厚棉毛衫裤，只等我回来穿。毛衣，是她从身上现脱的羊绒衫，还带着体温。夜半，她殷勤地让我把所有能穿的衣服都试一遍，尽可能地让我感到温暖。

只住一夜，一大早，我又要走了，留给妈妈此后几日的操劳和长久的思念，我却急着回去看儿子，一天都不肯多呆。

我不让妈妈送我，天太冷，去的时候我们打车，而回来，以妈妈的克勤克俭，她是一定要坐公交车。天那么冷，又是上班高峰，我总是在折磨妈妈，无论是情感还是体力。我说，别送了，我打车就行了。

在与妈妈的"执拗"上，我从没赢过。妈妈说，胡说！我前两天和你爸买票的时候就探好路了，你一个人去不熟悉，找不到地方怎么办？我陪你，反正我现在有的是时间。

我的心头一酸。妈妈有的是时间，而我分给她的，却只有一夜。

妈妈的想法很奇怪，她永远和别人对我的期望不一样，总跟我唱反调，都唱了三十多年了。以前特反感，觉得她怎么从没跟我站在一条阵线上过啊，我每次跟她解释，感觉我们俩虽然说的是同一种语言，却南辕北辙，得强压着耐性。越是成长，我越是明白她反对的心。

我说，今年，我要添个金猪闺女，给儿子生个伴儿。这件事情显然是大好事，公婆老公无不赞同，爸爸也是高兴的，家里多子多福总是好事。可妈妈却说："生那么多做什么？一个就算有交代了，一个不生人家要说闲话，生多了你多受罪啊！我一想到你那时候怀孕9个月，睡不下起不来，走一步喘几喘，每天焦躁不安等孩子出来的样子，我就难受。"

我自己做了母亲，才知道妈妈的心，她是见不得宝贝女儿受罪。在她眼里，凡是叫女儿受罪的人都不是好人，叫女儿受罪的事情都不喜庆。我生孩子的时候，还在产床上，护士出来通报说："儿子，健康。"我老公忍不住说了一句："孩子平安就好了。"妈妈顿时暴怒，瞪着老公气鼓鼓的，心想，你得了儿子了，我女儿还在生死线上没下来呢！老公赶紧解释："六六身体一向健康，她不会有事的。"反正，我妈的心病是落下了，总觉得他不够爱我。

这我倒看得很开。不是我豁达，而是女人生完孩子，重心就变了。我不在意他爱不爱我，当然，爱最好，不爱也无妨，反正我有儿子了。再说，他说那话的心情，与我是相同的，儿子平安就好。

妈妈摸着我的脸说，你怎么面黄肌瘦的？怎么过得这么不好？上次来还唇红齿白一脸灿烂。

我说，这一段时间太累，又睡得少。

说真话，我离面黄肌瘦还有二万五千里的长征路要走，怎么都到达不了我期盼的那个境界。

妈妈又噘嘴，过半晌儿说："一个女人，这么劳碌做什么？你真的很像你爸，不怕吃苦。"

我于是明白，为什么每次我说要给她买东西，她总是坚决拒绝。因为她一想到吃的穿的，都是我的血汗，会难过得吃不下去。我赶紧安慰她："没关系，虽然有点儿累，但我心情愉快。忙完这一段，我好好补一补。大家都夸我这本书写得很好，我要继续努力。"

妈妈更不乐意了，说："还要努什么力？不要写了，伤身体。我才不在意你是否有名有钱，你健康就好。才三十多，看着那么老，哪像以前你18岁的时候，脸光滑得像个剥了皮的煮鸡蛋……"

我永远活在妈妈记忆中最漂亮的时段。

要上车了，检票员把妈妈拦住。我对妈妈说："回吧！我走了。"

妈妈也冲我一挥手，却转身小跑起来，边跑边说："我从另一个门溜进去，我到车上看你。"

离发车只有几分钟而已，另一扇门很远，我怕妈妈过来的时候大约只能看见汽车绝尘而去，吓得我把行李塞给司机，自己赶紧从里面往外迎，全然不顾司机跟在后面追着喊："要发车了！"

两人在大门处汇合，我再三催促妈妈回家。妈妈说，不要，我看着你的车走。

离别的场景最是伤心,原本是高兴着走的,却要上演苦情戏。妈妈送我上了车,看着时刻表说:"还有两分钟,我等司机上来我就下去。"妈妈一边嘱咐我,一边不时回头看钟,最终说了一句:"时间怎么跳这么快?"

司机上车了,妈妈有些笨拙地跳下车去,司机关门急了些,差点儿夹到妈妈的腿。

在车离开的一刹那,望着妈妈略有蹒跚的背影,我都要掉泪了。

还是娘亲。

感恩提示
gan en ti shi

"找点儿时间,找点儿空闲,领着孩子,常回家看看;带上笑容,带上祝愿,陪同爱人,常回家看看。"一首《常回家看看》被歌手陈红演绎得荡气回肠,引得全国上下一片共鸣声,至今余波未息。这是一首充满家庭温馨的歌曲,如果说是歌手唱得好,倒不如说,是歌词写出了我们绝大多数人的心声。如果《娘亲》的作者听过这首歌,那一定要记得,常回家看看吧! 能报答娘亲的,也就是常回家看看了!

爱心是有轮回的,当你付出了你的爱,总有一天,会得到回报!

爱在生命中接力

◆文/彭丹青

一

丽娜降临人世,纯属偶然,若不是姐姐雅达患了白血病,母亲菲莉断然不会生第二胎。

菲莉是新西兰奥克兰市一家幼儿园的音乐教师,特别喜欢孩子,她认为孩子是人间最美丽的花朵,最古怪的精灵。遗憾的是,菲莉与药剂师罗森纳结婚怀孕后去医院体检时,医生却慎重建议她中止妊娠,原因是查出菲莉患有心脏病,生产时可能诱发心衰而危及生命。罗森纳希望菲莉接受医生的忠告。罗森纳说,菲莉,你喜欢孩子,我们可以领养一个嘛,你不要拿生命去冒险。

菲莉拒绝了。她太想要一个自己的孩子了。

菲莉的爱心显然感动了上帝,在奥克兰市医院分娩时,菲莉闯过了"儿奔生,娘奔死"的鬼门关,生下了金发碧眼的女儿雅达。

雅达的降生,让菲莉的生活更加阳光灿烂。

雅达3岁时摔了一跤,膝盖摔破流了血。让菲莉惊异的是,那血很难止住,她急忙驾车送女儿上医院。血液检查表明,小雅达患了白血病。噩耗有如惊雷,震得菲莉几乎昏死过去。

为挽救雅达,奥克兰医院查遍了新西兰的骨髓库,也没能找到能与雅达配型的骨髓。医院给了绝望中的菲莉两个建议:一是给孩子做小剂量的化疗,边做边等待适合的骨髓;二是再生一个孩子,从遗传学的角度看,这个孩子应该是雅达最佳的骨髓配型者。

菲莉不假思索地接受了第二个建议,看着活泼的女儿一天天蔫下去,她有如万箭穿心般难受,她无法忍受这种煎熬。

罗森纳提醒妻子:"生雅达时,感谢上帝,你的心脏没出问题,如果再冒一次险,发生意外怎么办?"菲莉说:"罗森纳,我们的雅达已经发生意外了……"

命运再一次眷顾菲莉,一年后她平安地生下小女儿丽娜。

丽娜2岁时,医院给两个孩子做骨髓配型获得成功,雅达有救了。这一感人事件,登上了奥克兰市报纸的版面,菲莉一家的爱心赢得了无数读者同情的泪水。

二

18年过去了,雅达和丽娜都长成了金发美女。雅达结了婚,丈夫克林斯曼是新西兰航空公司的直升机飞行员。丽娜则成了一名舞蹈演员,有了英俊的男朋友约瑟夫。

6月的一天,克林斯曼上班去了,雅达在家用过早餐,突然觉得咽喉不适,她吐了,吐出来的不是燕麦片和面包,而是血!短短的十几分钟里,她吐了3次,鲜血溅在地板上,红得刺眼。雅达挣扎着拨通了母亲的电话……

那时雅达的父亲罗森纳已在一次车祸中身亡。母亲菲莉又一次把疾病缠身的女儿送进了18年前曾经让她起死回生的奥克兰医院。

经诊断,雅达双肾积水,并且囊肿。入院第三天医院开始给她做血透。菲莉的心又一次揪紧了。她知道,血液透析只能维持女儿的生命,唯有做肾移植才能让女儿重新过上正常人的生活,但是医院里等着做肾移植的病人排成了队,而肾源十分紧张。医生善意地提醒她,你女儿只需要换一个肾就能康复,而健康人捐出一个肾也不会影响正常生活……试试看,能否在你的家人中找到与雅达相匹配的肾……

菲莉首先想到了自己,然而她与雅达血型不符。

克林斯曼匆匆赶到医院,看到妻子漂亮的容颜变得苍白又浮肿,眉头也因难受而打了结,这个高大的男人默默地流泪了。他在妻子的脸颊上轻吻一下,喃喃道:"亲爱的,放心,我一定要想法救你。"

克林斯曼向医生提出了捐肾的要求。医生说,你若是捐肾,将可能结束飞行生涯,克林斯曼说，我宁愿放弃飞行，也要把妻子从死亡中拯救出来！

医院答应了，不过检查结果他的肾与雅达不相匹配。

在克林斯曼绝望的泪水中，菲莉想到了小女儿丽娜，这些年她给大女儿的爱远远多过小女儿，在她的潜意识里，一直认为若不是雅达患病，她不会冒险生下丽娜。菲莉想，如今我又要求她从身上取一个肾给姐姐……她能接受吗？

三

丽娜来医院看姐姐。

丽娜金发碧眼，穿着时髦，作为舞蹈演员，她的身段保养得很好。看到姐姐的样子，丽娜哭了，菲莉觉得这是一个好机会，正好对丽娜动之以情，晓之以理。她说："丽娜，别哭，你姐这样了，妈的心早碎了。"丽娜着急地问："没有办法治了吗？"菲莉说："办法倒是有一个，行不行，还得看上帝的恩典。"丽娜说："既然这样，为什么不赶紧试一试？"菲莉说："雅达双肾都坏了，要救她，得给她一个肾。可是医院里没有，我想把自己的肾给你姐一个，血型又不对，克林斯曼的也不行，他为此感到绝望。"

丽娜说："妈的意思是看我的肾适合不？"

"是的，孩子。"菲莉说，"也许又得靠你了，医生说，亲姊妹移植成功的希望最大。"

丽娜回去对约瑟夫一说，约瑟夫却暴跳如雷。"你妈把你当成了你姐的器官供应库。"约瑟夫说，"当年你妈就是为了救雅达才生下你的，这事我妈当年在奥克兰报上看到过。她听说我谈的女朋友是你，叹口气，说这孩子那么小就抽骨髓给她姐配型，遭了多大的罪！你可要好好待她。如今你妈又要割去你的肾，哪有这么狠心的母亲？我爸双目失明 3 年了，有谁愿意牺牲自己，把眼角膜捐给他？丽娜，拿掉一个肾，你还能登上心爱的舞台吗？"

第二天，丽娜神情沮丧地去了医院。雅达拍拍床沿，让妹妹坐到自己身旁。雅达说："也许我的日子不多了，听妈说我 3 岁时得白血病也差点儿死去，还是你救了我……"

丽娜心里一酸，说："姐，还有希望的。既然我的骨髓与你相配，我的肾也应该适合你……"

"不。"雅达无力地摇摇头，"你 2 岁给我配骨髓，受了多大的痛苦，姐怎么能再让你受折磨！再说万一手术失败，救不了我，还伤害了你……"

"姐，抽取骨髓时我才 2 岁，浑浑噩噩的，什么苦呀痛呀，都记不得了。姊妹之情，血浓于水，我怎能见死不救呢？"

"丽娜，登上舞台是你从小的梦想，如今你通过自己的奋斗实现了，如果捐肾，恐怕就难登台了。我这一生苦了你，苦了母亲，也拖累了克林斯曼……让上帝给我一个了断吧。"

丽娜再也忍不住了，她哭着冲出病房，在走廊上几乎撞倒一个人，抬头看，竟然是约瑟夫。

"你？"

约瑟夫不好意思地搔一下脖子："我来做捐肾检查。"

"检查？"

"是啊，雅达徘徊在生死边缘，你一定不好受，而捐肾又会使你告别舞台，我不愿你左右为难，所以我来检查一下，看我的肾是否能捐给你姐姐。"

"谢谢你，约瑟夫。"

两天后，结果出来了，约瑟夫的肾也不行。

雅达将丽娜和约瑟夫叫到病床前，她握着约瑟夫的手说："谢谢你为我做的这一切……约瑟夫，听说你父亲还没有等到眼角膜做移植手术，我死后，我的眼角膜给他，让他亲眼目睹你们幸福的婚礼……"

四

2004 年 7 月 12 日，一个晴天霹雳从蓝天传来：克林斯曼驾驶的"山猫"直升机在飞行中因机械故障失事，克林斯曼身受重创，送进医院抢救。

雅达不顾家人的劝阻，挣扎着来到急救室门外，心急如焚地等待着抢救结果。漫长的等待后，医生通知雅达，克林斯曼刚从昏迷中醒过来，要求与她见面。

被一堆医疗器械团团围住的病床上，雅达见到了奄奄一息的克林斯曼。克林斯曼看见她，嘴角嚅动着，好像要说什么。

雅达将耳朵贴过去，终于听懂了丈夫说的是"胸口"。雅达小心地解开丈夫的上衣，在他贴身的口袋里摸出一张染血的纸。那是一封遗书：

> ……我深深爱着我的妻子，正如同她热烈地爱着我一样……作为一个直升机驾驶员，我随时都有遭遇不幸的可能……万一死神猝然降临，我愿将身上有用的器官捐献给那些迫切需要它的人们。我深知这样做意义巨大，因为我的妻子也是一位急需做肾移植的病人，她苦苦等待了一年，仍旧没有等到适合的肾。看着妻子在痛苦中挣扎，我的心一刻也得不到安宁，愿上帝保佑她早点儿做肾移植……

雅达趴在丈夫身上失声痛哭，哭声中克林斯曼闭上了那双湛蓝色的眼睛。

克林斯曼的遗嘱写于为妻子捐肾未能如愿的当晚。

五

在克林斯曼遗嘱生效的那天，约瑟夫的父亲接到医院的通知，他等了 3 年的眼角膜终于有着落了。约瑟夫按捺不住激动的心情问医生，眼角膜是谁捐献的？我要好好谢谢他的家人。医生说，捐眼角膜的人叫克林斯曼，他在遗嘱中特别提到，若他遭遇不幸可将眼角膜捐给约瑟夫的父亲。

约瑟夫的心里翻江倒海，不能平静，他拨通了丽娜的电话，还未开口，丽娜说："我都知道了，我已经准备去做给姐姐捐肾的检查。"

约瑟夫说："等等……我陪你去。"

感恩提示
gan en ti shi

一位善良的老太太在去西部的途中车胎坏了，她把车停在路边，天快黑了，可还没有人帮她修理，终于，一个送外卖的小伙子停下来，帮助她修好了车子。她把车子开到附近的一个小镇，在一个咖啡店里准备喝点儿东西，咖啡店里有一个快生产的女人招待了她，那个女人看上去潦倒极了，临走的时候，她偷偷留下了一笔钱。这个女人就是那个送外卖小伙的妻子，他们夫妇正为迎接孩子出生的钱而一筹莫展，老太太的钱帮助了他们。爱心是有轮回的，当你付出了你的爱，总有一天，会得到回报！

生病时，妈妈的爱是床头一只剥好了皮的橘子；受伤害时，妈妈的爱是陪伴在孩子身旁不离不弃的身影；遭遇挫折时，妈妈的爱是鼓励和支持！

银 项 圈

◆文/陈永林

我已7岁了，脖子上还戴条银项圈。

许多人都笑话我。

我取下银项圈，对母亲说，娘，我不戴这项圈了。母亲冷了脸，脸上的寒气把屋子塞得满满当当，我不由得打了个寒战。母亲大声斥责我：还不把项圈戴上！母亲的话犹如一条鞭子不停抽打着我，我只有把项圈又挂在了脖子上。

此后，我再没敢提出取下银项圈的事。

但第二年，我竟用银项圈同"鸡毛换灯草"的人换了把木梳。

那天是母亲的生日，很想送件礼物给母亲，但我不知送什么。我左思右想，终于想到了木梳。母亲总用把半截的塑料梳子梳头，而那半截梳子已断了三分之一的齿，母亲也很想买把梳子。

一回，母亲去镇上卖鸡蛋，我也跟着去了。母亲卖完了鸡蛋，进了一家商店。母亲让一位售货员拿了把木梳给她看，母亲左看右看，喜欢得爱不释手，可母亲最终叹了口气，还是把梳子还给了售货员。

出了商店门，我问，娘，你咋不买那梳子？

唉，没钱。母亲叹口气说，都怪你爹死得早。

那天一早，"鸡毛换灯草"的人就摇着拨浪鼓喊，鸡毛换灯草哟，鸡毛换灯草哟。我就见到了那把漂亮的木梳。

我二话没说，取下脖子上的银项圈说，我拿这银项圈换这把木梳，换不？

"鸡毛换灯草"的人说，换。

拿了木梳的我欢天喜地往家跑，母亲却不在家，母亲去鄱阳湖畔洗衣服去了。我又蹦蹦跳跳地去了鄱阳湖畔，很远，我就喊，娘，娘。

母亲站起来问，你跑那么急干吗？小心摔跤。

我从口袋里掏出木梳，递给母亲说，娘，送给你的生日礼物。

母亲僵在那儿了。

许久，母亲才问，你哪来的钱？这时母亲发现我脖子上的银项圈不见了，你的银项圈呢？

我说，我拿银项圈跟"鸡毛换灯草"的人换了这把木梳子。

"咚"地一声，母亲手里的棒槌掉进了水里，母亲的身子晃了晃，险些摔倒了。母亲抢起巴掌"啪"地一声，我脸上一阵辣痛。母亲从我手里夺过木梳，去找那"鸡毛换灯草"的人。

我木木地站在湖边，泪水噼里啪啦往下掉。我心里极难受，原来母亲一点儿也不爱我。我给母亲换了把木梳，她竟这么狠心地打我。我越想心里越难过，竟然想到了死。一想到死，我就激动得身子不住地抖。我死了，你就没有儿子了，看你伤不伤心。我想到母亲抱着我的尸体哭得伤心的样子，就破涕为笑了。

我跳进了湖里。

其实我一跳进去，就后悔了。湖水灌进鼻孔，极难受，就想喊救命，可一张口，湖水就灌进嘴里了。

幸好母亲赶来了，"鸡毛换灯草"的人走了。母亲手里拿了根手指样粗的柳条，她要好好教训一下我。母亲看见了湖里一浮一沉的我，忙丢了柳条，喊了句，我的天呀！就跳进湖里了。

母亲抱着我往乡卫生院跑。幸好，到乡卫生院就3里路。

医生把我推进急救室。医生见了母亲的脚满是血，问，大嫂，你的脚被玻璃割了？

母亲这才发觉自己的脚板有点儿痛，母亲赤脚抱着我跑了3里路。在湖边，脚就被玻璃划破了，母亲却没感觉，血流了一路。

这时，"扑通"一声，母亲昏倒在了地上。

医生一看母亲的脚，脚板竟划破了两寸长的口子，医生忙给母亲输血。

我醒来后,听医生讲了母亲的事,泪水淌了下来。

我说,娘,我不懂事……我以为你不爱我……我哽咽得说不下去了。

母亲也一脸的泪水,都是娘不好,那银项圈是你父亲在你1周岁时给你戴在脖子上的,我见到那银项圈就想到你父亲……不说这些了,我很喜欢你送给我的这把木梳,这木梳既好看,梳头又舒服。母亲拿木梳梳头时笑了。

我也想笑,却没笑出来,泪水又涌出了眼眶。

感恩提示
gan en ti shi

妈妈的爱,有几斤;妈妈的爱,数不清。小时候,看着摔疼的孩子,妈妈的爱是疼惜的目光;长大了,面对义无反顾离家出走的孩子,妈妈的爱是痛苦的眼泪;生病时,妈妈的爱是床头一只剥好了皮的橘子;受伤害时,妈妈的爱是陪伴在孩子身旁不离不弃的身影;遭遇挫折时,妈妈的爱是鼓励和支持!而《银项圈》中的母爱,是母亲一路赤脚的狂奔!是血洒3里的浑然不觉!

我的妈妈,流泪的妈妈,你知道吗,我的良心,我的责任,或许还有所谓的能力、耐心、平常心……一切的一切,那都是来自于你——我亲爱的妈妈!

妈妈的泪

◆文/徐 芳

我是妈的大女儿,她管我管得严。她给我们创作了一些格言,也算是我们的家规:吃要有吃相,坐要有坐相;别人说话时要眼睛看着,别人吃东西时可别盯着看……

规定是规定,但这事得另说,我见过我的妹妹看着人家吃东西,一副馋得要流口水的模样,很气愤地回家向她报告,她只当没听见。我再说,她就拉下了脸:"你是当姐姐的,要管好自己的妹妹。"

平常家里大事小事的,因为我是当姐姐的,挨打挨骂的概率比两个妹妹大了许多,除了自个的原因,还常常得替妹妹们受过。这让我很不服。我常常要辩解,她常常就是这句话:"你是姐姐……"以四两拨千斤的判断结束我的话,要我接受惩罚——也许是跪洗衣板,也许是站门板后,这要看她的心情。

后来我就拼着挨打的可能顶撞,我不要做这个倒霉的姐姐了!

事情好像也没变得更糟,她只是在洗衣做饭的间隙里,对邻居抱怨,老大翠,这么大了还如何如何。也因为我是老大,所以关于"这么大了"的批判,也是永远的。

她并不打我,打我的是我爸。晚饭后,那是一个战战兢兢的时刻,我爸问话,上一句还是笑着说的,下一句手就拍到了桌子上,"砰"一下,然后我妈过来拉……但我相信,他们的目标是一致的,是我,是我,还是我,因为我是"榜样"。

我这个"榜样"不争气时就会号啕大哭,只有少数几次因为心里想着革命英雄堵枪眼拼刺刀的壮举,才能够拼命忍住。

我读书的年代大家都不想读书,读书无用论甚嚣尘上,可我爱读书,成绩一直都很好。考试成绩出来了,我向家长汇报,可他们并不在意,尤其是我妈,哼哼哈哈的,像是听到了又像是没听到(我想起来了,她就从来不表扬我)。有了多次这样的待遇之后,我以为他们并不关注我读书。我就自然地该干吗干吗,不干吗就不干吗,松松快快地上学放学,做家务。然而,这种松快终于让我付出了代价。

有一次数学考试后,有个"心态不好"的同学跑老师那里打听去了,回来他路过我家窗前正好让我看见。我隔着窗大声问他我几分,他说我100分。我又问几个100分的,他答就一个。我也和他一样认为这一定是我了。我妈在旁边一句话也没有说。

可是第二天到学校才知道他弄错了,这个唯一的100分,并不属于我,也就是说我考砸了。回到家,我用最快的速度在我妈那里做了更正。我妈当时正在洗衣服,她还是一句话不说,但抬手给了我一巴掌,肥皂和水火辣辣地甩了我一脸。我吓坏了,她又气又急的样子,实在出乎我的意料。

这一巴掌确实让我醒过神来:考得好可以不管,但考得不好是一定要管的。

她从没有打过我两个妹妹,相反她倒是很经常地搂抱她俩,或者任凭她俩在她身上蹭来蹭去地撒娇。

很多不是问题的问题,此刻在我眼里都成了问题。

在无聊的岁月里,邻居的大人们常常拿孩子逗乐,比如我大妹的胖或我小妹的瘦,而我长得据说不像我妈我爸,像谁呢?有人就悄悄告诉我:你是你爸你妈抱来的……我立刻就哭开了,那一种伤心我至今还记得。我断然地要求那个大人一定要带我去找我爸我妈……

你怎么就当真了呢?人家寻你开心都不知道。她依然怪我,满是烦恼的样子。

寒暑假里,我们可能的远行就是去祖父母家或外公家,在那里我从来没有想过家,不像两个妹妹。她们不出一两天就嚷嚷着想家,其实是想妈。

她依然看我什么都很挑剔。等我长到知道要漂亮的时候,有人客客气气地对她夸小姑娘(我)长得好时,她却说还是老三好看。我难看吗?老三是好看,可我以为她就是不能这么说(当着我的面)。

孩子们长大就像飞一样,是转眼间的事。这是老妈现今的语录,用来勉励我和妹妹——我们一晃也是当妈的人了。

我自己做了母亲，知道做母亲有多难之后，才开始理解她当年的独立苍茫、汗流满面有多不容易。不说洗尿布那会儿，就说给我们三个每天补袜子补鞋补衣服，哪天不是弄到深夜？还要做新的，织一家老小的毛衣，这也是长年不断的。面食点心的加工，每年过冬的200斤青菜200斤雪里蕻，从到菜场排队买回家开始，洗晒切腌哪一个环节能省略？

在我的记忆里，在冬天里她的手总是又红又肿。因为我们的脚长得快，又费鞋，她的顶针绳线下总有要加急的活计。她常常刺破手指，就把指肚含在口里啧啧吮着，她不时皱眉的习惯大概从这儿来的。她的脚上也是长年裂着血口，脱尼龙袜子时她咬着牙，有时竟脱不下来……

对我两个妹妹她其实是管束不过来，要我做"榜样"，或者说杀鸡给猴看，也是出于无奈。我竟不能知，唉……

我大病一场的那会儿，她把她的金银首饰卖了，不够，又去"献血"……可她依然与我少话，那回我几次想与她说点儿什么都没有说，是她眼眶里盈盈的泪光把我吓住了。

我想起来了，她是爱哭的，仿佛比我们更爱哭。看电影听戏，年轻时与我爸吵架，我们不听话时，她的眼泪就汹涌而出，日子是她流着泪一天天过去的。

如今她老了，头发白了，腰粗了，人胖了，可依然爱哭。为了和我爸的事，为了死去的外公，为了自己的病，眼圈红着，久久的。我摸着她的头发，她会颤抖一下，像受了惊一样。

我还记得小妹那年得了急病，她背着小妹，小妹当时已经昏迷了，无知觉的身体直往下滑。妈只能弓着背走，我在后面用手托，而她的背竟被汗水湿透了，湿滑湿滑的。那条路平时甩着手走也要四五十分钟，那天究竟走了多长时间，我不知道，但我听医生说再晚半小时就来不及了。妈进了急救室，我被挡在外面，一直守到深夜。

可我还是禁不住怀疑，眼前这个脆弱的老妈，究竟是怎么把我们抚养长大的？现在她不再说我什么，而是什么都听我的了。有点儿盲目，她并不了解自己，就像当年的我。

我的妈妈，流泪的妈妈，你知道吗，我的良心，我的责任，或许还有所谓的能力、耐心、平常心……一切的一切，那都是来自于你——我亲爱的妈妈！

感恩提示
gan en ti shi

我们都在追寻人生路上的完美，可是上天并不会因为我们的美好期待而格外仁慈，天灾、人祸，如此等等的不幸还是会降临在某些人的身旁，面对这些不幸，我们唏嘘天妒良才，感慨造化弄人，可我们还是束手无策，我们还是手足无措。但是，不管幸与不幸，什么样的一生不都是一生吗？可是，我们的母亲的一生呢？对母亲的误会怨恨是因为不明白她的用心良苦，可当自己也成了母亲，理解了母亲的苦心时，母亲的一生却即将走到尽头，这又将是另外一种遗憾啊！

只有当你自己也有了孩子，且要为他一次次的冷漠和无礼，而流与汗水一样多的眼泪时，你才会真正地明白，母亲所要求的回报，其实是多么的微不足道。

母爱也期待回报

◆文/安　宁

亲爱的孩子，今天你跟我告别，说为了给男友庆祝生日，你要提前赶回学校去，给他挑选合适的礼物。我只不过是回了一句，你怎么从来不记得给妈妈买生日礼物呢，你便生了气，说，为什么别人的妈妈，都从来没主动向孩子索取过礼物呢？他们疼自己孩子还来不及呢，哪像你一样，时时地抱怨？况且，爱情怎能拿来与亲情相比呢？

孩子，你或许现在还无法明白，一个母亲，如果不是心里真的有委屈在，是不会抱怨自己的孩子的，她宁肯独自一人默默承受，也不愿给孩子的笑容里，添上她自己品过的忧愁。

或许妈妈真的像你说的那样，不如别人那么高尚无私，这样的词汇，我也无力承担。上天给了我母亲的称号，并不是要求我无时无刻地都要勇敢、坚强、伟大、奉献、无怨无悔。它还给了我每一个女人都有的脆弱、敏感、虚荣甚至自私。所以你也无权要求妈妈，无限制地为你付出，却没有你应该给予的回报。

每一个假期，你都是匆忙地来去，爱情，几乎成了你生活的全部内容，你对男友说过的每一句话，都要拿出来咀嚼几次，而后无端地自寻烦恼。你这样地敏感，怎么却忘了，你无意中说出的话，也同样让我心烦意乱？你可以逃课去看男友，陪他逛街、聊天、轧马路，你却从没有想过，短而又短的假期，你的母亲，同样需要你的陪伴。你除了上网，与男友煲电话粥，走亲访友，又真正有多少时间，是分给母亲的？你向我抱怨，说每月的手机费要200元，我也极想对你抱怨，这其中，你有几元钱是花在母亲身上的呢？你订了幽默短信，逗男友开心，但你却从没有想过，给时刻想念着你的母亲，也发送一条，让她在无尽的担忧里，能够稍稍地得到宽慰。

其实你小时候，就已是个自私的孩子。你让母亲早起为你做饭，饭菜不合口味便拒绝去吃；放学后你让母亲去接，却常常不说一声，便与别的同学，跑去玩到天昏地暗，让妈妈在黑暗里，大街小巷地哭喊着找你。临睡前一杯热气腾腾的牛奶，你在喝着的时候，不知道想着妈妈的好，却是因为我偶尔的一次，忘记了，就生气不肯理我。你考试之前从来都是没心没肺地丢给我一句，说，这次怕是考不好，不要对我抱太大的希望。可是孩子，你一味地要求母亲对你负责，那么，你考出优秀的成绩，是不是你应该给予我的回报？你告诉男友，爱情需要彼此付出，亦需要彼此回报，那么，一辈子都无法割舍的亲情，难道不同样需要我们用心地呵护？

并不是妈妈嫉妒你对男友的痴狂和迷恋，毕竟，爱情亦是一种情感的体验和滋养。妈妈只是希望你能在对爱情的回报里，想起母亲曾经为你付出的 22 年的汗水和辛劳，想起你肯拿一生来回报男友给你的一年的爱情，那么，是否应该拿一年的关爱，给予永不会停止爱你的母亲？

这样的索取，比起妈妈的付出，比例严重地失衡，但我仍然知足。即便你在母亲生日的时候，什么也不买，只是遥遥地打个电话，让我听到你的祝福；即便你在假期的时候游山玩水，却记得途中给母亲报声平安，让我不至于因为担心，而半夜失眠；即便你对待学习漫不经心，但在讨要补考费的时候，却知道对母亲说声抱歉；即便你打工挣到的钱，都给男友买了名牌的衣服，却记得发一个短信，告诉母亲，原来挣每一分钱，都是如此地辛苦……

这样的回报，我想许多的母亲都会需要，而敏感的我，只不过比她们记得清晰。我知道让一个孩子，记住母亲的每一点好，且知道一一回报，是太过于苛刻。只有当你自己也有了孩子，且要为他一次次的冷漠和无礼，而流与汗水一样多的眼泪时，你才会真正地明白，母亲所要求的回报，其实是多么的微不足道。而你，却为这样卑微的索取，而觉得自己的母亲，没有书中所写的那样无私和伟大。那么，亲爱的孩子，真正自私的那个人，又究竟是谁？

感恩提示
gan en ti shi

如果我是那个孩子，看到这篇文章，我一定会羞得面红耳赤。就是不是那个孩子，此刻的我也一样心潮起伏，我和那个孩子又有什么区别呢？我们都在不断地向父母索取，又何曾有一刻，真真正正地想过，要怎样回报他们的养育之恩？我们真的以为母亲就是天下间最无私的人，却忘记了，只要是人，同样也需要得到别人的关心和爱护。作为她的儿女，她一定更加希望我们能跟她说一声："妈妈，我爱你"。这是回报，这也不是回报，因为说一句话如此轻易，可我们几人能够做到？

其实，母亲看不到，就在此刻，山坡下已有274名服役犯人正在雨中，朝她深深鞠着90度的躬。

替我叫一声妈妈

◆文/大　木

大木被抓起来的时候哭了。

大木不是为自己哭，大木为他的母亲哭。大木说，守寡的母亲就自己这么一个儿子，自己坐了牢，母亲谁来照料呀？大木说到这，就捶胸顿足，一张脸像泛滥的河。

大木被抓那天，母亲没有哭，只是在大木要被真的带走的时候，母亲突然扑通一下给警察们跪下，堵在了门口。

但大木还是被带走了。大木被塞进警车的一刹那，还回头哭嚷着："妈，你没儿子了！"这喊声像鞭子一样抽着母亲的心。

大木被带走后，母亲就去看守所看大木。

可每次母亲都看不到。

在看守所的大门外，母亲对看守所的警察说，我想看看我的儿子大木。警察说现在还不能看。母亲说，那啥时候能看呢？警察说再等些时候。母亲就在看守所的高墙外绕啊绕，绕啊绕，泪在看守所的高墙外湿了一地。结果不到三天，母亲的眼就瞎了。

大木不知道。

瞎了眼的母亲每天只能在看守所的高墙外摸索着绕啊绕，绕啊绕，天黑了都不晓得。

后来，有人对母亲说，在看守所放风的时候，爬上看守所旁边的小山坡，就可以看见大木了。母亲信以为真。

母亲终于找到了那个小山坡。母亲刚爬上山坡，她就感觉到山坡下有很多人，她坚信儿子大木就在里面。

母亲在山坡上摸索了一块平整的地方坐好，就激动地开始一边哭一边喊道："大木大木你在哪儿，妈来看你了！大木大木你在哪儿，妈来看你了……"也不知母亲喊了多少遍。

就在母亲流不出泪喊不出声的时候，突然从山坡下传来一阵喊声，大木跪在人群中，拼命地磕着头，并撕心裂肺地喊着，不停地喊着。

原来，在山坡下放风的大木真的发现了母亲。

母亲一听到大木的声音，就颤抖着站了起来，唤得更勤，一双手摸向远方，平举得像一架飞翔的梯。

母子呼应的场面,让所有在场的人都历历在目,也让所有人的那面心灵之旗,在迷离中昭然若揭,在泫然中裸露悔恨。

就这样,一天,一天,一月,一月。母亲都准时地在大木放风的时候坐在山坡上,大木也都在山坡下举着手臂对着山坡不停地挥着喊着。大木不知道母亲根本看不见他的挥手,母亲也不知道山坡下的人,哪一个会是她的儿子大木。

大木在看守所被看押了一年后,就要被执行枪决了。大木即将在一声枪响之后,结束他那曾经因罪恶而不能延续的生命。

大木临赴刑场那天,哭着对同监舍的人说:"你们也知道我妈妈每天都要到对面的小山坡上呼唤我的名字,风雨无阻,她的眼睛瞎了,听不到我的声音她会哭的,所以我走了以后,你们谁听到都要替我叫一声妈妈!"大木说完后已经泪流满面了。

监友们听后,都点着头哭了。

那是一个风雨交加的晚上,母亲又要到山坡上看大木。所有的人都劝母亲不要去了,可母亲坚持要去,说大木还等着她呢,说见不到她大木会难过的,说见不到她大木会难熬的。于是,母亲就蹒跚着走进雨中。

路上,雨越下越大。

等母亲艰难地爬上山坡的时候,她的衣服鞋子全湿透了,浑身都水淋淋的。可母亲却无比高兴。母亲整理好雨披,就坐在山坡上开始无限怜爱地喊着:"大木……大木……妈又来看你了,大木……大木……妈又来看你了!"

母性的喊声在空旷的山坡上无限地回旋着,荡漾着,像一片无际的森林,在肆意吞吐着表情深处泣血的呼吸。

风一直刮,雨一直下。

其实,母亲看不到,山坡下已经没有了她的儿子大木。

其实,母亲看不到,就在此刻,山坡下已有 274 名服役犯人正在雨中,朝她深深鞠着 90 度的躬。

感恩提示
gan en ti shi

一个死囚犯的母亲,哭瞎了眼睛可也救不了儿子的命,可是她想儿子,她爬上山坡拼命喊着儿子的名字;而看守所里,一个死囚犯,对着山坡的方向,拼命地磕头以此来谢罪。这样的场景让人震撼,而更让人震撼的是,当那个已经被处决的死囚的母亲再一次爬上山坡高喊儿子的名字时,看守所里的 274 名囚犯都站在雨中向着山坡的方向深深鞠着 90 度的躬。雨淋在他们身上,他们接受的是一位母亲对他们进行的精神上的洗礼!这样的母亲让他们明白,这个世界上依然还有爱着他们的人,那个人就是自己的母亲!

儿子也用同样的谎言，让他的战友们编织了一段段美丽的谎言，伴着母亲走过了自己美满的晚年。母亲，同样也是孩子心头永远的牵挂！

母 亲 · 儿 子

◆文/佚　名

　　满仓娘是个瞎子。满仓当兵时，她正患病在床，临走前她把满仓唤到床前摸了又摸，然后满仓一步三回头地当兵去了。

　　满仓出事那晚，风很大，地上有水的地方结着薄薄的冰。

　　满仓抢修线路时，电线杆突然倒下来，压在了他身上。据后来查看，那根电线杆被汽车撞过。

　　在抬往医院的路上，满仓示意班长凑过头来，用尽全身力气说道："不要让俺娘晓得，不然她会受不了的。"说罢头便歪了下来，去了。

　　满仓牺牲后不久，连队掀起了学习满仓字体的热潮。满仓档案上填的是初中毕业，其实初中只上过一年。战士们比练庞中华的字帖还要投入地练着满仓的字。

　　满仓家里有哪些人，有几亩地，有几头猪，战士们都了解得很清楚，一封封书信飞向了那个小山村，信首称的都是娘。

　　满仓娘收到每一封信都欢天喜地地请人念，当念信人念完后她还要摸一摸，好像那就是满仓的脸。念信的人一念完信，就紧咬嘴唇，眼睛一红赶紧找借口往外跑，他们不能在屋里哭，全村人都知道满仓其实早已经回来了，就在村口的东山坡上。满仓是被指导员和政治部组织科的一位干事装在一个小匣子里带回来的。这一切只瞒着一个人——满仓的娘。

　　过年前，满仓来信说要回家和娘一起过春节。过年的气氛很浓很浓了，空气中散发着炮仗的火药味，满仓又来信说：有任务，回不来了。同时寄回了一张照片，还有一些药物、营养品。其实，那照片，只是个和满仓穿一样衣服的兵。满仓娘把照片贴在胸口，直唤"满儿"。

　　又是一年，梧桐叶落完了，满仓还是没有回来。满仓娘究竟收了多少信、药物和营养品，她也搞不清。寄来的照片有上百张，照片上都是满仓的战友。

　　满仓已是"超期服役"的兵了。初冬的一天，满仓娘突然病情加重，昏迷不醒。黄昏时，她醒过来了，把满仓的姐姐唤到床头吩咐："我见不到满儿了，我死了，千万不要让满儿知道，他会伤心的，会影响他干大事业……"说完，满仓娘干枯的手轻轻地抚摸着那一沓厚厚的、盖着红色三角邮戳的信,忽然停住不动了。

满仓娘去世的消息传到连队,她那群儿子全都哭开了。

感恩提示
gan en ti shi

"孩子是母亲心头永远的牵挂",不记得这是哪位名人的话了,但一直记在我的心头,一直在想,母亲的牵挂会怎么样痛在心头呢?瞎了眼睛的满仓娘临死前都把这份牵挂挂在嘴上,她不希望自己的死,成为儿子人生旅程中的羁绊,她希望用一个谎言,向儿子隐瞒这个事实。可是她永远也不会知道了,儿子其实早已经离她而去,儿子也用同样的谎言,让他的战友们编织了一段段美丽的谎言,伴着母亲走过了自己美满的晚年。母亲,同样也是孩子心头永远的牵挂!

已是深夜,经过几个小时的颠簸,年迈的母亲,终于如愿守在了女儿的病榻旁。

白 发 亲 娘

◆文/赵丽军

命运再一次朝我背过了脸。经过漫长的 20 天的治疗,刚刚出院一星期,无情的病魔又一次侵袭了我,我不得不再次躺在了医院的病床上。

这一次,我没有告诉母亲。母亲已经六十多岁了,长年住在京郊那个偏远的小山村。可是第二天,白发苍苍的母亲在姐姐的带领下,一脸焦急地走进病房,看见我,她止不住老泪纵横。之后的两天里,见到我输液,她默默流泪;看见我抽血,她忍不住抽泣!看母亲控制不住自己的情绪,姐姐们连哄带劝,终于把母亲送回了老家。

谁想到,连自己家的电话号码都记不清的老母亲,竟然不知怎样记下了我的长长的手机号,而且学会了给我的手机打电话。每天早、中、晚三次,她都会准时把电话打进我的病房,一声声的担心,一句句的叮咛,再有,就是一遍遍地要求再来病房陪伴我、守候我。

那天中午,在我睡意矇眬的瞬间,忽然发现门外站着一个熟悉的身影。我一下子睁大了眼睛。正在迟疑间,我的年近古稀的老妈妈,已经头发蓬乱、一脸是汗地站在了我的面前。

感
恩
书
系

"妈,您怎么来了?"

"哎呀,闺女,你可好些了?瞧把我急得!"

"这么远的路,您怎么来的?谁把您送来的?"我惊讶地连声发问。

"我自己偷着跑来的!你在医院里躺着,我哪放心得下。在家里吃不香、睡不着,再不来,要把我折磨死了!"

泪水一下子模糊了我的眼睛。我激动地扑进母亲怀里,失声痛哭。

已是深夜,经过几个小时的颠簸,年迈的母亲,终于如愿守在了女儿的病榻旁。她实在太累了,带着一丝甜蜜,带着一脸满足,我的白发母亲,她深深地、深深地睡着了。

感恩提示
gan en ti shi

白发亲娘,迈着颤巍巍的步子一遍遍来了去、去了来,她牵挂着女儿的病情寝食难安,虽然,她的到来也许于事无补,可她还是想伴在女儿的病榻前,看着女儿一天天好起来。有亲娘伴着的病人,我想,一定会痊愈得更快;天底下,还有谁比亲娘更适合抚慰自己的孩子?有时候,亲情是一剂看不见的药,它让所有生病的人重新看见生命的阳光和希望。当亲情入药,我想,那病也会去得快一些!

每一个父亲,都害怕自己的孩子受到伤害,哪怕是一点点的伤害!

父亲的心,都是相通的

◆文/[新加坡]张　辛

吴先生是我的一个老学生、大朋友。他的儿子女儿以前跟我学汉语,现在孩子们都去美国念大学了,吴先生接过孩子们的课,跟着我学汉语。

吴先生的女儿以前跟我说起她父亲,就会鼻子皱皱,眼睛直挤,只有一句评语:"老古董。"我说不会呀,你父亲特别容易沟通,我跟他很谈得来。他女儿笑着说:"那是因为你不是他的女儿。如果你是他女儿,你就不这样想了!"

小姑娘给我举例说明其父亲作为"老古董"的表现。

首先,他不允许18岁的女儿穿吊带背心出门。新加坡终年夏季,满大街都是两根细细带子吊着刚盖住肚皮的小背心,又凉快又养眼,将女性的优美身段充分展现,吊带背心和踢踏的拖鞋是这里一道流行的风景。可吴先生就是不许。

其次,他不许女儿超过晚上10点回家。如果女儿晚上有Party,他一定负责开车送去并接回,女儿不得以任何理由在外过夜。这个我还真不理解,我有的学生才四五岁,父母都允许他们在朋友家借宿。

第三,他不许女儿在高中期间谈恋爱。这个也许中国父母可以理解,但身处新加坡的我是无法理解的。因为新加坡是鼓励早婚的,孩子们在小学中学是男女分开学习,到了高中就可以合到一起上课,意思是可以谈恋爱了。报纸上前一阵子还倍赞一个20岁的小妈妈读书生孩子两不误,那孩子的爸爸还一脸稚气。吴大小姐是很有分寸和眼光的女孩,在国际学校读书,高二时认识了一个日本小男生,经小姑娘一介绍,我觉得简直无可挑剔。谁知人家小男生初次上门,就被她父亲训了出去。据说吴先生跟那男孩说话跟审犯人似的,压根儿没给过笑脸。她父亲再三告诫她,女人的贞操对她一生的幸福很重要,一定要保持到结婚的那一天(小姑娘当时用一种难以置信的眼神瞪着我,小声追加一句:他好像还活在18世纪)。

最后,他不许女儿嫁老外,必须嫁本国人,中国人也可以。这让他女儿很为难,就跟我抱怨说,我在美国呀!那里选择太少了!我爸爸为什么要care(介意)他是哪国人什么肤色,他应该care他是不是爱我。

上个月给吴先生上课的时候无意中聊起他女儿的抱怨,吴先生笑了,跟我说,我女儿以为我守旧,其实,她不明白一个父亲的心。他后来跟我说的那段话,让我感触良多。

"我不许女儿穿吊带背心,是为了她的安全。一个女孩子如果过分暴露自己的身体,男人看到了会想入非非,无疑是将自己置身于危险之中。大多数男人都是好的,但不怕一万就怕万一,只要有一个动了歹念,受到伤害的就是我的女儿,我不能冒这个险。这与我保守不保守没有一点儿关系。你当然可以说,什么事情都是有风险的,出门走路还会被汽车撞呢!我能够做的,是尽量将风险降到最低。对,你说得对,满大街都是这种衣服,I don't care(我不介意),那不是我的business(分内职责),别的女孩受到伤害,我的确会感到sorry(痛心),但那不至于要了我的命。

"我不许她在外留宿,不许她高中谈恋爱,也是为了保护她,不让她受到伤害。少男少女之爱那是荷尔蒙作怪。哦,我爱你!哦,让我们一起过夜!过后呢?怀孕、堕胎、分离,谁承担这一切呢?我的女儿。我不是在乎她结婚的时候是不是处女,我是希望她能够很平稳地等到一个真正爱她珍惜她的男人,有一天娶她为妻,结婚生子,这样我才放心。如果结婚的时候她已经不是处女,那意味着她已经遭受过感情的打击了。我的女儿在我心里就是一块完美无缺的钻石,任何一丁点儿的划伤都叫我痛心。你不用告诉我说那些感情的经历都是人生的一部分,你不说我也懂,问题是她是我的女儿,等你有了孩子你就知道了,你不想让她多走一点儿弯路,所有的工作都要做在前面,防患于未然。

"是的,我坚决反对她嫁外国人,尤其是白人。她从小生活在特定的文化环境里,我和她的母亲都是同族人,我们有一样的家庭观念,一样的为人处世方法,受的教育也相同。她如果跟外国人相爱,刚开始也许会觉得:'哦,我爱这个男人,他是多么的强壮,sex

(性)是多么的美妙！爸爸，我要和他结婚！'性这个东西不是一辈子的激情，一年过后，两年过后呢？渐渐地发现思想上有差距，价值观念有差距，怎么办？你别跟我说即便是同族人结婚也会离婚。我们同族人结婚了会相互理解得深一些，外国人不一样，当感情不在时会很轻易地说分手，因为他们更自我一些。好好好！就算我说的话很偏激。两个不同种族的人结婚可以，不能要孩子。要了孩子是给孩子痛苦。生下的孩子既不东方也不西方，思想既不传统也不现代，他们自己也经常迷惑，找不到自己的方向——'我究竟属于哪里？'你别说我危言耸听，教堂里我看过很多类似的情形。孩子是混血儿，坐在我们中间很奇特，其他孩子说一口家乡话，他听不懂，也不会说，人家就将他排除在外；到了法国父亲那边的俱乐部，人家说法语，又将他排除在外。孩子会痛苦。大人的爱情，为什么要将痛苦延续到孩子身上？这对孩子不公平！

"我们做父母的，在孩子小的时候，无法跟他们说明白为什么不许这样不许那样，唯一能说的就是'不'。我想，等孩子大了，等他们做父母了，他们也就明白我们的心了。我小时候是个叛逆的孩子，父母的话一句都听不进去，我所有的改变，都是从我有了孩子开始的，孩子越大，我越觉得自己在走父亲的老路，而老父亲的话句句都是金玉良言。

"你没有孩子，等有了孩子，你的心，就会等同于我的心。"

感恩提示
gan en ti shi

当我们还是孩子的时候，永远也想不明白，自己的父亲为什么那样固执地坚守着他的观念，这也不许，那也不行，仿佛处处小心翼翼，仿佛处处危机四伏；当我们自己也当了父亲或者母亲的时候才发现，当年父亲的小心翼翼，当年父亲的谨小慎微，却已经成了自己根深蒂固的"顽疾"，于是开始理解了父亲：每一个父亲，都害怕自己的孩子受到伤害，哪怕是一点点的伤害！

你们永远是我的好爸爸、好妈妈，我永远是你们的儿子，我永远爱你们。

真相的感动

◆文 / 张达明

他的父亲在一个较远的城市工作，他和母亲住在另一座城市。那年他 8 岁时，学校放了暑假，母亲让他去父亲那里度假，他很高兴，他已经一年多没见父亲的面了，他很想念父亲。于是，母亲就给父亲打了电话，说好了他去的日程，让父亲去车站接他。他就独自一人去了父亲那个城市。

父亲见了他很高兴，立马放下手头的事情，专门陪他游玩，当晚还特意为他设宴，接风洗尘。在宴会上，他见到父亲身边坐着一位女人，对父亲很是关心，不停地为父亲夹菜，那女人还带了一个三四岁的小孩儿，也非常顽皮。他立刻就意识到了父亲绝对和那个女人的关系不一般，很想马上离开宴会，又想到如果自己这样做了，会使父亲下不了台，他强忍住了。尽管那晚的宴会很丰盛，可他吃的却很少，父亲问他："饭菜不合胃口吗？"他没有回答父亲的话，眼里的泪水却流了出来。

在父亲那儿的那段日子里，父亲总是对他小心翼翼的，尤其是那个小男孩儿，一个劲儿地想和他玩耍，好多次都被他粗暴地拒绝了。有一次，那男孩儿竟然跑到父亲那儿，对着父亲喊爸爸，父亲显得很窘迫，对小男孩儿说："我不是你的爸爸。"父亲接着指着他说："我是他的爸爸。"但他明显看到，父亲说这话时，脸却一下子红了。

让他想不通的是，那小男孩儿每天都要来父亲那里，父亲虽然不让他对自己叫爸爸，但父亲对那小男孩儿的神态很是亲昵，这在他这个年龄段的孩子眼里，是最为敏感的。

终于有一天，他忍不住了，嗫嚅着问父亲："爸爸，那个小男孩儿究竟是谁？"

父亲被他突然的问话弄得愣了一下，好长的时间，才对他说："孩子，你还小，长大了，你就明白了。"

但他却不依不饶，搞得父亲很难堪。无奈，父亲只好告诉了他，小男孩儿是他和另一位阿姨生的。他顿时愤怒地对着父亲喊道："你坏，你是大坏蛋。"

父亲苦笑了一下，还是那句话："孩子，你还小，长大了，自然就知道了。"

一件事情，使得他对父亲的态度发生了变化。一次，又是那个小男孩儿跑到父亲跟前，对着父亲喊爸爸，当时有好多人在场，父亲又是对着那小男孩儿说："我不是你的爸爸，我是他的爸爸。"父亲又指了指他说。

不知为什么,他忽然觉得父亲很可怜,活得也很累,不禁对父亲产生了怜悯心。等其他人都走开了以后,他对父亲说:"爸爸,你放心,这件事,我回去后,保证不对妈妈讲的。"

父亲显然很高兴,突然把他抱了起来,在他的脸上美美地亲了几口,对他说:"咱们都是男人,男人说话是要算数的。"他对父亲说:"算数,咱们拉钩。"于是,他和父亲就拉了钩,发誓道:"拉钩上吊,一百年不许变。"

假期满了,他又回到了和母亲居住的那个城市,母亲问起父亲的情况,他没有对母亲说起父亲的那件事,只是对母亲说,父亲那里什么都挺好的。母亲听了他的话,好像也很满意,再也没有在他面前提起过父亲。

一晃又是十几年过去了,他考上了大学,父母都去学校送他,他此时才知道,在他去父亲那里度暑假的前三年,父母就已经离婚了。父亲对母亲说,尽管我们已经离婚了,但为了孩子在成长过程中不受到我们离婚的影响,在孩子未长大之前,我们谁也不能告诉孩子真相。于是,在将近二十年的时间里,父母双方始终恪守着诺言,一直没有告诉他事情的原委,他也就这么被蒙在鼓里。

当他知道了事情真相后,先是很吃惊,这么大的事情,父亲和母亲竟然一直瞒了他那么长的时间,而且一点儿蛛丝马迹也没有露出来。他忽然觉得自己很自私,在这些年里,竟没有察觉到父母为了自己而费的苦心,他认为自己没有怪罪父母的半点儿理由了,反而觉得父亲和母亲的伟大和无私,他此时不由得由衷地抱住了父亲和母亲,泪流满面地说:"你们永远是我的好爸爸、好妈妈,我永远是你们的儿子,我永远爱你们。"

感恩提示
gan en ti shi

小说家李铁有一部作品,写到夫妻离婚怕影响到孩子的成长,依然像正常夫妻一样生活在一起,表面上是恩爱和谐,但其实却早就同床异梦。和这部小说相同的是,"他"的父母同样也在表演着这样一出戏,而目的同样相同,"他"的父母为了"他"在成长过程中不受到父母离婚的影响,在他未长大前,谁也不能告诉"他"真相。当真相大白,连处身事外的读者我也大为惊讶时,这个儿子,又如何不被自己父母的良苦用心而震动,他没有理由不泪流满面,有这么伟大的父亲和母亲,他如何还能无动于衷?

　　有孩子在身旁的日子里，父母总是快乐的，父母总是不辞辛苦地忙这忙那。为了孩子，他们无私地献出了自己全部的爱。看着孩子慢慢地长大成人，父母的心里也默默地流淌着一股温馨与欣喜。而父母老了，好像是一转眼的事，可他们也不会刻意奢求什么，孩子能够长大成人便成了他们最大的欣慰。

第二辑
有种幸福叫相依为命

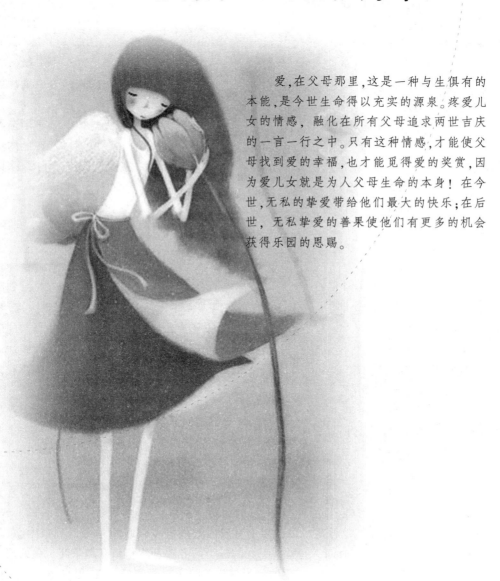

爱,在父母那里,这是一种与生俱有的本能,是今世生命得以充实的源泉。疼爱儿女的情感,融化在所有父母追求两世吉庆的一言一行之中。只有这种情感,才能使父母找到爱的幸福,也才能觅得爱的奖赏,因为爱儿女就是为人父母生命的本身!在今世,无私的挚爱带给他们最大的快乐;在后世,无私挚爱的善果使他们有更多的机会获得乐园的恩赐。

我已经习惯以事业忙碌为借口疏淡了对母亲的关心，但母亲却像从前一样时刻牵挂着我。一万个儿子的心能不能抵得上一位母亲的心呢？

母亲的鞋架

◆文/澜　涛

　　夜深了，下了整整一天的秋雨还在淅淅沥沥地敲打着楼外的玻璃窗，发出滴滴答答的响声，母亲从我的记忆深处蹑手蹑脚地走出她的小房……

　　随着职务的提升，不仅工作忙碌，应酬也多了起来，我回家再无规律。妻子渐渐习惯了，我每每回家太晚，她抱怨几句便不再理睬我。一次深夜回家，看到母亲在她的房门口，显然是在等我。我带点儿责备地说她："娘，不用惦记我。您这么大年纪了，该多休息。"母亲结巴着说："娘知道，娘担心你……"

　　那以后，再没有看到母亲等在房门口。

　　母亲只有我这么一个儿子，因为父亲早亡，我结婚后，母亲便跟着我和妻子同住。只有小学文化的母亲，牵挂着我爱着我，却最大限度地给我飞翔的自由。

　　这一天，夜里回到家门口时，屋里传来了清脆的钟声——是大厅墙上老式挂钟报时的声音。抬手看看表，12点。"她们应该都睡了吧。"我想道，轻手轻脚地开门关门，脱鞋进房间……第二天吃早饭时，母亲突然对我说："你昨天晚上怎么回来那么晚？都12点了吧？这样不好……"我一下愣住了，不知道母亲怎么会这么清楚。我边往母亲的碗里夹菜，边敷衍着："娘，我知道了。"此后，每次我回家晚了，第二天母亲总会大概地说出我回家的时间，但不再多说什么。我知道——母亲是在提醒我别回家太晚，提醒我不能对家过于疏淡。而我心头的疑问也越来越大：我每次晚归，母亲是怎么知道的呢？

　　母亲在她43岁那年，因为一场意外，双眼失明，此后便一直生活在无光的世界。那晚，我又是临近12点才回到家中。因为酒喝得太多，我没有回房间睡觉，悄悄地去了阳台，想吹吹风，清醒一下。站了一会儿，大厅又传来报时的钟声，12下，清脆而有节奏感，我开始蹑回房间。刚到门口，我呆住了，在月光下，母亲正俯身在鞋架前，摸索着鞋架上的一双双鞋——她拿起一双放到鼻子前闻一闻，然后放回去，再拿起另一双……直到闻到我的鞋后，才放好鞋，直起身，转回她的房间。原来，母亲每天都在等待我的回来，为了不影响我和妻子，她总是凭借鞋架上有没有我的鞋来判断我是否回到家中，总是数着挂钟的钟声来确定时间。而她判断我的鞋子的方法竟然是依靠鼻子闻。我的泪水悄然滑出眼眶。我已经习惯以事业忙碌为借口疏淡了对母亲的关心，但母亲却像从前一样时刻牵挂着我。一万个儿子的心能不能抵得上一位母亲的心呢？那以后，我努力拒绝一些应酬，总是尽量早回家。因为我知道，家中有母亲在牵挂着我。母亲是 63 岁时病逝的，她去世后，我依然保持着早回家的习惯。我总感觉，那清朗的月光是母亲留下的目光，每夜都在凝视着我。

又是深夜，下了整整一天的秋雨还在淅淅沥沥地敲打着楼外的玻璃窗，发出滴滴答答的响声。母亲从我的记忆深处蹑手蹑脚地走出她的小房，走到鞋架前，弯下腰来……我知道，母亲是在查看鞋子，是在看我回家没有。

感恩提示
gan en ti shi

　　仕途顺利的"我"因为应酬常常晚回家，妻子抱怨过后便不再过问，而双目失明的妈妈却要半夜候在门后，只为了告诉儿子她的担心。每当儿子晚回家，第二天，她总会说出儿子晚上回家的时间。直到有一天，儿子才发现，母亲其实一直在等着他回家，她通过闻一双双鞋子的味道来确认儿子是否已经安全到家。有一个深夜不归的孩子，母亲如何能够安然入梦？只有属于儿子味道的那双鞋回了家，母亲才可以甜甜地入睡啊！

感·恩·父·母·全·集·

57

　　妈，既然您终将弃我而去，您又何必送我到这世界上来走一遭，让我备受与您别离的怆痛？

世界上最疼我的那个人去了(节选)

◆文/张　洁

　　妈紧紧闭着她的嘴。无论我和小阿姨怎么叫她，她都不应了。

　　我觉得她不是不能呼或吸，而是憋着一口气在嘴里，不呼也不吸。那紧闭的嘴里一定含着没有吐出来的极深的委屈。

　　那是什么呢？想了差不多半年才想通，她是把她最大的委屈，生和死的委屈紧紧地含在嘴里了。

　　妈永远地闭上了她的嘴。有多少次她想要对我们一诉衷肠，而我又始终没有认真倾听的耐心，只好带着不愿再烦扰我们的自尊和遗憾走了。我只想到自己无时不需要妈的呵护、关照、倾听……从来也没想过妈也有需要我呵护、关照、倾听的时候。

　　我亲吻着妈的脸颊，脸颊上有新鲜植物的清新。那面颊上的温暖、弹性仍然是我自小所熟悉、所亲吻的那样,不论在任何时候,或任何情况下,我都能准确无误地辨出。可从今以后再没有什么需要分辨的了。

为什么长大以后我很少再亲吻她?

记得几年前的一天,也许就是前年或大前年,忘记了是为什么,心情少有的好,我在妈脸上重重地吻了一下,至今我还能回忆起妈那幸福的、半合着眼的样子。为什么人一长大,就丢掉了很多能让母亲快乐的过去?难道这就是成长、成熟?

现在,不论我再亲吻妈多少,也只是我单方的依恋了,妈是再也不会知道,再不会感受我的亲吻带给她的快乐了。

她那一生都处在亢奋、紧张状态下,紧凑、深刻、坚硬、光亮、坚挺了一辈子的皱纹,现在松弛了,疲软了,暗淡了,风息浪止了。

从我记事起,她那即使在高兴时也难以完全解开的双眉,现在是永远地舒展了。

她的眼睛闭上了。

真正让我感到她生命终止的、她已离我而去永远不会再来的,既不是没有了呼吸,也不是心脏不再跳动,而是她那双不论何时何地、总在追随着我的、充满慈爱的目光,已经永远地关闭在她眼睑的后面,再也不会看着我了。我一想起她那对瞳仁已经扩散,再也不会转动的眼睛,我就毛发悚然,心痛欲裂。

我也不相信妈就再也不能看我,就在春天,妈还给我削苹果呢。我相信我能从无数个削好的苹果中,一眼就能认出她削的苹果,每一处换刀的地方,都有一个她才能削出的弧度,和她才能削出的长度,拙实敦厚;就在几个月前,妈还给我熬中药呢……我翻开她的眼睑,想要她再看我一眼。可是小阿姨说,那样妈就永远闭不上眼睛了。

妈,您真的可以安心地走了吗?其实您是不该瞑目的。

从火葬场回来后,我拿起妈昨天晚上洗澡时换下的内衣,衣服上还残留着妈的体味。我把脸深深地埋了进去。

我就那么抱着她的衣服,站在洗澡间里。可是妈的体味、气息也渐渐地消散了。

我一件件抚摸着她用过的东西;坐一坐她坐过的沙发;戴一戴她戴过的手表;穿一穿她穿过的衣裳……心里想,我永远地失去了她,我是再也看不见她了。其实,一个人在54岁的时候成为孤儿,要比在4岁的时候成为孤儿苦多了。

我收起妈用过的牙刷、牙膏。牙刷上还残留着妈没有冲洗净的牙膏,就在昨天,妈还用它们刷牙来着。

我收拾着妈的遗物,似乎收拾起她的一生。想着,一个人的一生就这样地结束了,结束在一筒所剩不多的牙膏和一柄还残留着牙膏的牙刷这里。不论她吃过什么样的千辛万苦,有着怎样曲折痛苦的一生。

我特意留下她过去做鞋的纸样,用报纸剪的,或用画报剪的,上面有她钉过的密麻的针脚。很多年我们买不起鞋,全靠母亲一针针、一线线地缝制。

也特意留下那些补了又补的衣服和袜子,每一块补丁都让我想起我们过去的日子。起先是妈在不停地缝补,渐渐地换成了我……我猛然一惊地想,我们原本可能会一代接着一代地补下去……

如今,我已一无所有。妈这一走,这个世界和我就一点儿关系也没有了。女儿已经独立,她不再需要我的庇护。在待人处事方面,我有时还得仰仗她的点拨,何况还很有出息。只有年迈的、不能自立的妈才是最需要我的,需要我为之劳累、为之争气、为之出息……如今这个最需要我的人已经远去。

真是万念俱灰,情缘已了。

现在我已知道,死是这样地近……

直到现在,我还不习惯一转身已经寻不见妈的身影,一回家已经不能先叫一声"妈",一进家门已经没有妈颤巍巍地扶着门框在等我的生活。

看到报纸上不管是谁的讣告,我仍情不自禁地先看故人的享年,比一比妈的享年孰多孰少。有一次在和平里商场看到一位年轻的母亲为女儿购买被褥,我偷偷地滞留在那女孩的一旁,希望重温一下我像她一样小的时候,妈带我上街时的情景。多年来妈已不能带着我上街给我买一个什么,就是她活着也不能了。我也不再带着女儿上街给她买一个什么。我不但长大并已渐入老境,女儿也已长大。每一个人都会渐渐地离开母亲的翅膀。

看到一位和妈年龄相仿、身体又很硬朗的老人,总想走上前去,问人家一句"您老人家高寿?"心里不知问谁地问道:为什么人家还活着而妈却不在了?

听到有人叫"妈",我仍然会驻足伫立,回味着我也能这样叫"妈"的时光,忍咽下我已经不能这样叫"妈"的悲凉。

在商店里看见适合妈穿的衣服,还会情不自禁地张望很久,涌起给妈买一件的冲动。

见到满大街出租的迷你"巴士",就会埋怨地想,为什么这种车在妈去世后才泛滥起来,要是早就如此兴旺,妈就会享有很多的方便。

每每见到女儿出息或出落得不同凡响的模样,一刹那间还会想:我要告诉妈,妈一定高兴得不得了。但在这一刹那过去,便知道其实已无人可以和我分享这份满足。

我常常真切地感到,她就在我身边走来走去,好像我一回头就能看见她趴在我电脑桌旁的窗户上,对着前门大街的霓虹灯说道:"真好看哪。"可我一伸出手去,却触摸不到一个实在的她。

我也觉得随时就会听见她低低地叫我一声:"小洁!"可我旋即知道,小洁这个称呼跟着妈一起永远地从世界上消失了。谁还能再低低地叫一声我的小名呢?就是有人再叫我一声"小洁",那也不是妈的呼唤了。

谁还能来跟我一起念叨那五味俱全的往事……

我终于明白:爱人是可以更换的,而母亲却是唯一的。

人的一生其实是不断地失去他所爱的人的过程,而且是永远地失去。这是每个人必经的最大的伤痛。

在这样的变故后,我已非我。新的我将是怎样,也很难预测。妈,您一定不知道,您又创造了我的另一个生命。

感·恩·父·母·全·集·

59

我还有什么奢求吗？我等不及和妈来世的缘分，它也不能解脱我想念妈的苦情。我只求妈多给我托些梦，让我在梦里再对她说一次，妈，请您原谅我！

纵使我写尽所有的文字，我能写尽妈对我那报答不尽、也无法报答的爱吗？

我能写尽对她的歉疚吗？

我能写尽对她的思念吗？

妈，既然您终将弃我而去，您又何必送我到这世界上来走一遭，让我备受与您别离的怆痛？

妈，您过去老说："我不能死，我死了你怎么办呢？"

妈，现在，真的，我怎么办呢？

感恩提示
gan en ti shi

张洁说："等到自己渐渐地将很多事情淡漠，懂得了只有妈的爱，才是这个世界上最真实、最宝贵的爱以后，便对未来的生活有了更多的想法，那就是让妈快快活活地多活几年。她能活着，就是我的幸福。"在这篇《世界上最疼我的那个人去了》里，看不见时代、看不见派系、看不见争斗，只能看见相依为命的女人们。那样地相爱、那样地不能舍弃、那样殚精竭虑地与命运争斗。那是一场必然失败的争斗，女儿因为败给命运而自责着、自责着。看到此处，谁能抑制住无声长流的眼泪呢？

就这样，在母亲死后的三年半的时间里，我一直从她身上吸取着力量和勇气——这使我能够继续战斗到胜利的那一天。

我的母亲独一无二

◆ 文/[法]罗曼·加里

记得我13岁时，和母亲住在法国东南部的耐斯城。母亲没有丈夫，也没有亲戚，够清苦的，但她经常能拿出令人吃惊的东西，摆在我面前。

她从来不吃肉，一再说自己是素食者。然而有一天，我发现母亲正仔细地用一小块碎面包擦那给我煎牛排用的油锅。我明白了她称自己为素食者的真正原因。

我16岁时，母亲成了耐斯市美蒙旅馆的女经理，这时，她更忙碌了。一天，她瘫在椅子上，脸色苍白，嘴唇发灰。马上找来医生，做出诊断：她摄取了过多的胰岛素。直到这时我才知道了母亲多年一直对我隐瞒的疾痛——糖尿病。

她的头歪向枕头一边,痛苦地用手抓挠胸口。床架上方,则挂着一枚我1932年赢得的耐斯市少年乒乓球冠军的银质奖章。

啊,是对我的美好前途的憧憬支撑着她活下去,为了给她那荒唐的梦至少加一点儿真实的色彩,我只能继续努力,与时间竞争,直至1938年我被征入空军。巴黎很快失陷,我辗转调到英国皇家空军,刚到英国就接到了母亲的来信,这些信是由在瑞士的一个朋友秘密地转到伦敦,送到我手中的。

现在我要回家了,胸前佩带着醒目的绿黑两色的解放十字绶带,上面挂着五六枚我终身难忘的勋章,肩上还佩带着军官肩章。到达旅馆时,没有一个人跟我打招呼,原来,我母亲在三年半以前就已经离开人间了。

在她死前的几天中,她写了近250封信,把这些信交给她在瑞士的朋友,请这个朋友定时寄给我。就这样,在母亲死后的三年半的时间里,我一直从她身上吸取着力量和勇气——这使我能够继续战斗到胜利的那一天。

感恩提示
gan en ti shi

有句名言说得好"母爱是世间最伟大的力量"。是呀,如果世间没有了母爱,人间就没有了温暖。作者的母亲为了儿子能长好身体,把好吃的东西留给儿子,还用善意的谎言欺骗儿子说自己不爱吃肉。她对自己的身体毫不考虑,却把无微不至的关心全部奉献给了儿子。她和世上千千万万的母亲一样,为儿女不顾一切,甚至以自己的生命为代价也在所不惜,她们把子女当成是自己生命的延续,将所有的希望与爱播撒在了儿女的身上。做子女的,有什么理由不去珍惜呢?

那时她的儿子还太年轻,还来不及为母亲想,他被命运击昏了头,一心以为自己是世上最不幸的一个,不知道儿子的不幸在母亲那儿总是要加倍的。

我·地坛·母亲(节选)

◆文/史铁生

我在好几篇小说中都提到过一座废弃的古园,实际就是地坛。

地坛离我家很近,或者说我家离地坛很近,总之,只好认为这是缘分。15年前的一个下午,我摇着轮椅进入园中,它为一个失魂落魄的人把一切都准备好了。那时太阳循着亘古不变的路途正越来越大,也越来越红。在满园弥漫的沉静光芒中,一个人更容易看到时间,并看见自己的身影。自从那个下午我无意中进了这园子,就再没长久地离开过它。我一下子就理解了它的意图。正如我在一篇小说中所说的:"在人口密聚的城市里,有这样一个宁静的去处,像是上帝的苦心安排。"

两条腿残废后的最初几年,我找不到工作,找不到出路,忽然间几乎什么都找不到了,我就摇了轮椅总是到它那儿去,仅为着那儿是可以逃避一个世界的另一个世界。我在那篇小说中写道:"没处可去我便一天到晚耗在这园子里。跟上班下班一样,别人上班我就摇了轮椅到这儿来。"园墙在金晃晃的空气中切下一溜阴凉,我把轮椅开进去,把椅背放倒,坐着或是躺着,看书或者想事,撅一枝树枝左右拍打,驱赶那些和我一样不明白为什么要来这世上的小昆虫。有时候呆一会儿就回家,有时候就呆到满地上都亮起月光。记不清都是在它的哪些角落里了,我一连几小时专心致志地想关于死的事,也以同样的耐心和方式想过我为什么要出生。现在我才想到,当年我总是独自跑到地坛去,曾经给母亲出了一个怎样的难题。

她不是那种光会疼爱儿子而不懂得理解儿子的母亲。她知道我心里的苦闷,知道不该阻止我出去走走,知道我要是老呆在家里结果会更糟,但她又担心我一个人在那荒僻的园子里整天都想些什么。我那时脾气坏到极点,经常是发了疯一样地离开家,从那园子里回来又中了魔似的什么话都不说。母亲知道有些事不宜问,便犹犹豫豫地想问而终于不敢问,因为她自己心里也没有答案。她料想我不会同意她跟我一同去,所以她从未这样要求过,她知道得给我一点儿独处的时间,得有这样一段过程。她只是不知道这过程得要多久,和这过程的尽头究竟是什么。每次我要动身时,她便无言地帮我准备,帮助我上了轮椅车,看着我摇车拐出小院。这以后她会怎样,当年我不曾想过。

有一回我摇车出了小院,想起一件什么事又返身回来,看见母亲仍站在原地,还是送我走时的姿势,望着我拐出小院去的那处墙角,对我的回来竟一时没有反应。待她再次送我出门的时候,她说:"出去活动活动,去地坛看看书,我说这挺好。"许多年以后我才渐渐听出,母亲这话实际上是自我安慰,是暗自的祷告,是给我的揭示,是恳求与嘱咐。只是在她猝然去世之后,我才有余暇设想。当我不在家里的那些漫长的时间,她是怎样心神不定坐卧难宁,兼着痛苦、惊恐与一个母亲最低限度的祈求。在那段日子里——那是好几年长的一段日子,我想我一定使母亲作了最坏的准备了,但她从来没有对我说过:"你为我想想。"事实上我也真的没为她想过。那时她的儿子还太年轻,还来不及为母亲想,他被命运击昏了头,一心以为自己是世上最不幸的一个,不知道儿子的不幸在母亲那儿总是要加倍的。她有一个长到20岁上忽然截瘫了的儿子,这是她唯一的儿子,她情愿截瘫的是自己而不是儿子,可这事无法代替;她想,只要儿子能活下去哪怕自己去死也行。可她又确信一个人不能仅仅是活着,儿子得有一条路走向自己的幸福;而这条路呢,没有谁能保证她的儿子终于能找到。这样一个母亲,注定是活得最苦的母亲。

有一次与一个作家朋友聊天，我问他学写作的最初动机是什么，他想了一会儿说："为我母亲，为了让她骄傲。"我心里一惊，良久无言。回想自己最初写小说的动机，虽不似这位朋友的那般单纯，但如他一样的愿望我也有，且一经细想，发现这愿望也在全部动机中占了很大比重。他又说："我那时就是想出名，出了名让别人羡慕我母亲。"我想，他比我坦率。我想，他又比我幸福，因为她的母亲还活着。在我的头一篇小说发表的时候，在我的小说第一次获奖的那些日子里，我真是多么希望我的母亲还活着。我又不能在家里呆了，又整天整天独自跑到地坛去，心里是没头没尾的沉郁和哀怨，走遍整个园子却怎么也想不通：母亲为什么就不能再多活两年？为什么在她儿子就快要碰撞开一条路的时候，她却忽然熬不住了？莫非她来此世上只是为了替儿子担忧，却不该分享我的一点点快乐？她匆匆离我去时才只有49岁呀！有那么一会儿，我甚至对世界对上帝充满了仇恨和厌恶。后来我在一篇题为《合欢树》的文章中写道："我坐在小公园安静的树林里，闭上眼睛，想上帝为什么早早地召母亲回去呢？很久很久，迷迷糊糊地我听见了回答：'她心里太苦了，上帝看她受不住了，就召她回去。'我似乎寻了一点儿安慰，睁开眼睛，看见风正从树林里穿过。"小公园，指的也是地坛。只是到了这时候，纷纭的往事才在我眼前幻现清晰，母亲的苦难与伟大才在我心中渗透得深彻。上帝的考虑，也许是对的。摇着轮椅在园中慢慢走，又是雾罩的清晨，又是骄阳高悬的白昼，我只想着一件事：母亲已经不在了。在老柏树旁停下，在草地上在颓墙边停下，又是处处虫鸣的午后，又是鸟儿归来的傍晚，我心里只默念着一句话：可是母亲已经不在了。把椅背放倒，躺下，似睡非睡挨到日没，坐起来，心神恍惚，呆呆地直坐到古祭坛上落满黑暗然后再渐渐浮起月光，心里才有点儿明白，母亲不能再来这园中找我了。

曾有过好多回，我在这园子里待得太久了，母亲就来找我。她来找我又不想让我发觉，只要见我还好好地在这园子里，她就悄悄转身回去，我看见过几次她的背影。我也看见过几回她四处张望的情景，她视力不好，端着眼镜像在寻找海上的一条船，她没看见我时我已经看见她了，待我看见她她也看见我了我就不去看她，过一会儿我再抬头看她就又看见她缓缓离去的背影。我单是无法知道有多少回她没有找到我，有一回我坐在矮树丛中，树丛很密，我看见她没有找到我；她一个人在园子里走，走过我的身旁，走过我经常呆的一些地方，步履茫然又急迫。我不知道她已经找了多久还要找多久，我不知道为什么我决意不喊她——但这绝不是小时候的捉迷藏，这也许是出于长大了的男孩子的倔强或羞涩？但这倔强只留给我痛悔，丝毫也没有骄傲。我真想告诫所有长大了的男孩子，千万不要跟母亲来这套倔强，羞涩就更不必，我已经懂了可我已经来不及了。

儿子想使母亲骄傲，这心情毕竟是太真实了，以致使"想出名"这一声名狼藉的念头也多少改变了一点儿形象。这是个复杂的问题，且不去管它了罢。随着小说获奖的激动逐日暗淡，我开始相信，至少有一点儿我想错了：我用纸笔在报刊上碰撞开的一条路，并不就是母亲盼望我找到的那条路。年年月月我都到这园子里来，年年月月我都要想，母亲盼我找到的那条路到底是什么。母亲生前没给我留下过什么隽永的哲言，或要我恪守的教诲，只是在她去世之后，她艰难的命运，坚韧的意志和毫不张扬的爱，随光阴流转,在我的印象中愈加鲜明深刻。

有一年,十月的风又翻动起安详的落叶,我在园中读书,听见两个散步的老人说:"没想到这园子有这么大。"我放下书,想,这么大一座园子,要在其中找到她的儿子,母亲走过了多少焦灼的路。多年来我头一次意识到,这园中不单是处处都有过我的车辙,有过我车辙的地方也有过母亲的脚印。

感恩提示
gan en ti shi

读史铁生的作品,总感觉秋天来了,总有种"无边落木萧萧下"的苍凉和无奈。很少有人知道,优秀的残疾作家史铁生背后,有一位更优秀的母亲,作者还有一篇名叫《秋天的怀念》的散文,记录了这位平凡而又伟大的母亲。《我·地坛·母亲》字里行间洋溢着一股母爱的光辉,犹如冬天的太阳,穿透阴霾破空而来,照亮你人生的希望;同时又充斥着一种思想的力量,犹如黎明的颂歌,扫荡黑暗,欢呼光明,激活你沉睡的梦想。母亲,作为一个真实存在的生命个体,以她的苦难和智慧,以她的刚强和至爱,为史铁生,也为我们谱写了一曲悲壮而辉煌的生命之歌!

一串串紫色剔透的葡萄就像一串串晶莹美妙的珍珠,蕴涵着母亲深深的爱和包容!那就是母亲的心!我吃的不是葡萄而是母亲对我的爱和宽容!

64

葡　萄

◆文/翼　舟

下班回家,总是喜欢躺在床上,边看着电视,边吃着母亲为我洗好的葡萄。母亲把葡萄一个个剪下,用水一个个、一遍遍地洗,然后心满意足地看着一盘盘的葡萄被我消灭进肚子里!看着电视中的母亲为女儿忙前忙后,被女儿责怪后不知所措,被女儿的一颦一笑时刻牵动,突然间想到了母亲为我所做的点点滴滴!

曾经我是个不懂事的女儿,从不在意母亲心中的苦,从不理会她对我的关怀,从不体会自己的语言对她有多大的伤害!所有的一切母亲都默默地承受!

母亲是一名普通的小学教师,一辈子勤勤恳恳,教过的学生无数,从没有愧对过一个学生,却总是自责愧对于我!我出生时,因为母亲怀孕时候的药物副作用而造成刚刚出生的我皮肤粗糙黝黑，为此她哭了一次又一次，并且一直自责；我上幼儿园时，由于母亲工作的繁忙，5 岁的我只能自己穿街走巷到医院打针，为此她伤心了好久；工作时，别人的父母托亲戚找朋友为自己的孩子谋到一个好的前程，而我却由于种种原因一次次徘徊在十字路口，为此母亲又自责自己的无能！曾经我也怨恨过她，怨她没有让我的皮肤像其他女孩子一样细腻白皙，怨她没有给我足够的关心，认为她根本不了解我的世界，根本不懂我的心事，我和她根本就是两个世界的人；怨她不能像别人的母亲给我想要的一切！

工作两年来，我逐渐地成熟起来，尝到了赚钱的艰辛，看多了身边靠自己的奋斗过着幸福生活的人，才发现，原来想要的东西需要自己努力争取，不是母亲给的，我长大了，母亲也老了，我要的东西母亲给不了，我没有权利伸手去向母亲贪婪地索取，母亲更加没有义务再为我付出了！岁月的沧桑爬上了母亲的额头，染白了母亲的鬓发。母亲依然把我当做小孩子，怕我不吃早饭就冲出家门，总是每天早起为我做好早饭摆好碗筷；我换的衣服从不让过夜，当天就会给我洗干净，整整齐齐地放在衣柜里；我的皮肤容易过敏，每当因过敏夜里痒得无法入睡时，母亲总是坐在我旁边为我擦药、止痒，直到我再次进入梦乡……

一直以来，我心安理得地享受着母亲为我所做的一切，没有任何的回报，甚至是一句感谢；一直以来，母亲无怨无悔地为我做着这一切，满足于我的快乐与幸福。每当我下班回家，母亲总是喜欢将目光停留在我脸上片刻，可是这细小的动作我始终没有察觉，直到有一天，听到母亲和阿姨的对话我才知道，原来母亲习惯了观察我进家时的表情，如果我哼着歌，母亲也因此心情愉快；如果我不说话，母亲就会觉得我不高兴，她也总是小心翼翼怕让我更加难过；母亲这样做，是因为她始终认为对我愧疚！刹那间，我的眼泪无法控制，我恨自己，原来我这样的自私，我每分每秒在享受着母爱，可却无时无刻都在忽视她的存在。

一串串紫色剔透的葡萄就像一串串晶莹美妙的珍珠，蕴涵着母亲深深的爱和包容！那就是母亲的心！我吃的不是葡萄而是母亲对我的爱和宽容！

感恩提示
gan en ti shi

那些遗憾成了母亲对女儿永远的愧疚，可是，那不是她的错，她的无奈和悲伤，谁来体会？"我心安理得地享受着母亲为我所做的一切……如果我哼着歌，母亲也因此心情愉快；如果我不说话，她也总是小心翼翼怕让我更加难过。"敏感的母亲啊！她只希望自己的孩子活得开心，那个小小的心愿如此微不足道却那样感人肺腑。"一串串紫色剔透的葡萄就像一串串晶莹美妙的珍珠，蕴涵着母亲深深的爱和包容！那就是母亲的心！我吃的不是葡萄而是母亲对我的爱和宽容！"好在女儿懂得了母亲的心，因为懂得，所以珍惜！

感·恩·父·母·全·集·

65

有时，再脆弱的母亲在儿女面前也要守住坚强。因为，她是世上最疼你的那个人。

儿 行 千 里

◆文/范春歌

在俄罗斯的一个乡村，失去丈夫的农妇与儿子相依为命，靠着勤劳的双手，日子虽然不富足但幸福安宁。有一次，回乡度假的庄园主的女儿所乘的马车受惊，农妇的儿子救了她一命，并且在四目相对的那一刻，爱上了美丽的贵族少女。备受单相思煎熬的他，为了争取和少女接近的机会，做出了离家到庄园主家当花匠的决定。

启程的那天，雨丝纷飞。孤独的母亲坐在滴雨的屋檐下目送儿子欢天喜地地朝远方的庄园走去，她默默地注视着儿子执著的背影祈祷着："孩子，你仿佛被一根施了魔法的绳子牵着往前走，我只希望你回头看一眼母亲，哪怕一眼呢……"

年轻的农夫欢快地走着，他吹着欢快的口哨，始终没有回头。

为了赢得庄园主女儿的爱情，年轻人视苦役为欢乐。秋收的一天，他自告奋勇地爬上高高的草垛，卖力地干活，因为他心爱的少女正在楼上的阳台注视着这里。高傲的少女或许也被这劳动的场面所感染，顽皮地向草垛上的人们伸出了手臂，年轻人踮起脚尖为了握一握少女的纤手，不幸从高高的草垛上跌落摔死。

母亲闻讯赶来了。与儿子分别已久，万万没有想到会以这种结局重逢。当儿子在村人的嬉笑中下葬的时候，她紧紧地搂住冰冷的儿子，没有一丝抱怨，两行热泪从这位一生倔强从不落泪的农妇的脸庞上滑落。她说：

"我的孩子！"

从小到大看电影无数，许多影片别说情节，就连名字也记不大清楚了，但少年时看过的这部反映俄罗斯生活的片子至今记忆犹新。

我恰恰是影片中那样一个孩子——疯狂地爱上了去远方的大路。多少年行色匆匆地穿行于中国的大地，拎起行囊道一声"我去西藏了！""我去黑龙江了！"头也不回便出了门，一心直奔目的地。

直到有一天，我离开院子走了很远，忽然漫不经心地回了一下头的时候，发现年迈的姥姥、两鬓染霜的父母仍然伫立在阳台上，望着我。

我每次出远门的时候，家人都是这样久久地凝视着我的背影，只是因为我从不回头，所以从不知道。我还不知道，即便我度完周末离家去江对岸的报社上班的时候，他们同样在阳台上目送着我的离去。

我回头的那一天,第一次向他们扬起了手。我永远记得家人的笑容。

一年又一年过去了,站在阳台上的亲人一个个离我而去,如今只剩下母亲,以她不变的柔情站在那里。

我第一次骑单车穿越中国的途中,母亲还不时将一封封家书提前寄到我将到达的地方,好让我每次到达一个陌生的城镇,都会收到家人的问候,它温暖了我一程又一程。每次风尘仆仆地归来时,我的背囊里总塞有一摞沉甸甸的家书。

1998年我得到去南极中国长城站采访的机会,出发的时候,身为画家一生拿惯了油画笔的母亲为我赶织了一双厚厚的羊毛袜。当时考察队发的靴子没有女性的尺码,是母亲织的那双厚毛袜才使我的一双脚在男式靴里没有打晃晃。在南极大陆的暴风雪中跋涉的时候,冰雪毫不留情地灌进了靴子结成冰坨,也多亏母亲给我的羊毛袜让我的双脚抵御了南极的冰寒。

四年前我受报社的派遣到海外追访郑和下西洋的遗踪,连续三年在印度洋沿岸的亚非国家奔波。每次出发的时候,母亲都要帮助我准备行囊。她既担心携带的物品多累坏了我,又担心哪一样物品没带上,路上会有诸多不便。于是,放进行囊中的每件物品都要掂量再三。将迈入七旬的老人了,她甚至还吃力地将沉甸甸的行囊试着背到瘦弱的肩上,体验我将承受的分量。

儿行千里母担忧。行者在路上,亲人最担忧的莫过于他的安全。深明这一点,在路上报喜不报忧成为我最珍视的经验。

震惊世界的"9·11"事件发生之后,也门很快被美国宣布为空袭目标之一,而它也恰好在我"重走郑和路"的路上。抵达也门首都萨那,我在深夜被爆竹般的响声惊醒,爬到窗口一看,才知道附近发生了激烈的枪战。平生头一回离枪声如此之近,只身住在一座小旅馆的我,产生了从未有过的恐惧与紧张。不久,当地又发生绑架人质事件,新闻很快传遍了世界,自然也会传到母亲身边。这些事件是我瞒不住的,除非我能垄断世界媒体的信息源。

尾随在全副武装的军警身后,我穿过街头举刀持枪的游行队伍到邮电局给母亲报平安。拿起电话筒之前,我一再告诫自己要平静,不能让母亲听出一点儿慌乱,让万里之外的她倍添不安。但是,当我听到从大海的那一端传来的母亲的声音,无法忍住哽咽。

有时,再坚强的儿女在母亲面前也无法扮演坚强。因为,她是世界上最疼你的那个人啊!母亲在电话那端没有落泪,她以超乎寻常的镇定提示我如何注意安全,如何寻求中国大使馆的支持。

有时,再脆弱的母亲在儿女面前也要守住坚强。因为,她是世上最疼你的那个人。

我想起了徒步穿越中国的途中倒在罗布泊的余纯顺,他倒下的那年,社会对他的赞颂、对他的宣传达到顶点。那年我恰好在上海,他的家乡。经人指点我找到了他的家,上海一条弄堂里一间简陋的房子。屋虽小,但因为只有他父亲一人在而显得空空荡荡。老人低着花白的脑袋正在凝视儿子背着行囊的照片,此刻市内举办的余纯顺徒步中国事迹展览参观者爆满。当时正午已过,听说老人还没有吃午饭,我走进厨房发现只有一把青菜,帮老人煮了一碗清汤面,老人端着碗仍吃不下,他睁着昏花的双眼望着我说:"人们夸倒下的是个英雄,对我这个父亲来讲,死去的是一个儿子啊!"

我永远记住了那句话,正如我难忘阳台上亲人注视我远去的背影一样。

有一年的夏天,我遇到一位长年穿行在中国大地的背包族,和我一样被人们称为所谓的"行者",他拿出一个旅途留言簿希望我在上面写几句话,我说就不用写了吧,有件事你记住就行——在路上常给母亲打一个平安的电话。

感恩提示
gan en ti shi

我现在好像很难再被生活中某些事件感动到心酸难耐甚至热泪盈眶,人一天天长大,见惯了周遭的悲欢离合,有时候竟然也习以为常,虽说偶尔心有波澜荡漾,但真要动情,却已如童话般遥远。但我还是会被生活中的一些细节所打动,文章也一样,依靠细节来感动读者的作品,同样有让读者折服的魅力,比如《儿行千里》,读完掩卷,除了感动二字,居然再找不出第二个合适的形容词来,特别是"人们夸倒下的是个英雄,对我这个父亲来讲,死去的是一个儿子啊!"这句,成了久久悬挂在心口的一把匕首,时时刺痛我的灵魂。

　　一位卑微的母亲,用她最为卑微的方式,跪在了自己儿子和媳妇的面前,为的是乞求到供考上大学的小儿子的学费。

卑微母亲的眼泪

◆文/雪小禅

他有一个卑微的母亲。

母亲穷,所以,供他上学费了劲。他是家中的老三,那时,两个哥哥已经成了家,可因为媳妇的关系,与母亲的关系很紧张。

像所有农村的家庭一样,在万般无奈之下,母亲向两个哥哥张了口,她说,你们供这个弟弟上大学吧。

他那时考上了一个不错的大学,为了学费,他整个暑假都在煤矿上当小工,整个人累得脱了形,可是有什么用?昂贵的学费让他的大学梦就要断了。

他听到过母亲哭,呜呜咽咽地压抑着,如一只猫。父亲在旁边抽着烟,他从年轻时就是做不了主的男人。但母亲已经60岁了,60岁的女人是拿不出几万块钱的。

两个哥哥为他的学费吵了起来,他们只上到小学毕业,他们说,凭什么让小弟去上大学?凭什么要我们供他?

他听得心如刀割,都说亲情如水,在他这里,却感觉到刺骨的冰冷。他的两个嫂子亦是跳出来嚷着,自己没有能耐就不要供孩子上学了,凭什么和我们要?我们也有孩子!

母亲忽然做出了一个举动,她踉跄着扑过去,然后跪在了两个哥哥和嫂子的面前。所有人吓了一跳,他冲上去:妈,我不上学了,不上了!他哭着,声嘶力竭地嚷着,这一幕让他一辈子忘不了!

他终于去上学了,算是两个哥哥供他吧。

母亲认识几个字,写信来说,家里都好。

他明白那好里是什么,短短几个字,足以泪沾襟。他在大学里是最艰苦的学生,吃咸菜,做义工,别人休闲娱乐过生日的时候,他去拼命挣钱。

甚至,他拾过同学们丢掉的馒头吃,这算丢人吗?不,想起母亲下跪的一幕,这又算什么?所有的自尊全可以丢,为了自己的母亲!

大四的时候,他听到同乡告诉他,他的两个哥哥又去找母亲闹事了,母亲气得一病不起,在床上躺了好多天了。

他的眼泪在眼眶里转了又转,大学几年,他没有回过一次家,不是不想念母亲,是怕来回费钱,更是怕回去看到母亲的眼泪。

那次,他果断地把哥哥们寄来的钱退了回去,当然,他没有告诉母亲,大学的最后一年,他是如何过的——自己打工,靠同学和老师的周济,吃了一年咸菜,穿了一年别人的旧衣服,甚至在夏天,他还穿着冬天的那件外罩!

终于大学毕业了,他分到了一个不错的单位,第一个月的工资,他一分不剩地寄给了母亲。

母亲是含着眼泪收到钱的,写信给他说,儿子,妈是不要回报的,只要你好就行。

后来的几年,他挣来的钱全寄给了两个哥哥,他要还他们,以求母亲的心理平衡,以偿还母亲当年那一跪!

当然,他成了最出色的男人,娇妻爱子,他对妻子的要求不高,只要孝顺母亲就行。他把母亲从乡下接了出来,两个哥哥见了他讪讪的。母亲劝他说,算了吧,到底是亲哥哥。

过年他发了大米和牛羊肉,给母亲带回家,等他回家过年时,却看到两个哥哥家摆着他发的东西,他的心头一阵哽咽。他一直对两个哥哥耿耿于怀,倒是母亲,咬咬哪个指头都疼,她早已经忘记从前的不快,把小儿子的东西全给了两个大儿子。

是从那时开始他和两个哥哥关系缓和的,卑微的母亲,给他上了人生最好的一课,以最仁慈的心来对待人和事,而母亲的眼泪告诉他,一切都可以过去,苦难或者仇恨。

但他忘记不了母亲的眼泪, 那是一个卑微母亲的眼泪, 为了自己的儿子而流,所以，他下定了决心，一定要让母亲过上好日子，不让母亲再流眼泪。

感恩提示
gan en ti shi

一位卑微的母亲，用她最为卑微的方式，跪在了自己儿子和媳妇的面前，为的是乞求到供考上大学的小儿子的学费。在儿子求学的过程中，她又一次次流下了卑微的眼泪。或许读过这篇文章后，你会说，她是个无能的母亲，软弱的母亲。但我却要说，她其实是个勇敢的母亲，强大的母亲。她不惜自己的尊严，也要将儿子供养成才。这份母爱，足以感天动地。她终于如愿以偿了，我想，此时她心里一定会无比地欣慰。她会觉得自己付出的一切，都无怨无悔，都很值得。

是什么力量让一个濒临死亡的艾滋病患者，能够写出这样一封信呢？答案只有一个，那就是父爱。

阿什"临别"给女儿的赠言

◆文/佚　名

一代网球明星阿瑟·阿什因输血而受到病毒感染，离开了他的亲人、朋友、球迷，然而人们不会忘记他是如何呼吁抑制艾滋病的。下面是阿什临死前给7岁的女儿卡米拉留下的一封信：

亲爱的卡米拉：

当你读到这封信的时候，我或许早已不能与你交谈了。我对你来说已成了回忆。我希望我写的这封信能使你的回忆永不消逝。我盼望我能成为你生命中的一部分。

你我都期望能长相守，但我们不能想要什么就要什么，我们必须对生命中无法避免的事做好准备，大多数人都拒绝变化，即使这种变化会带来好结果。但是当你适应了所有变化后，你就有了良好的开端。

卡米拉，有些东西是永恒的。例如家庭，家庭像是又深又粗的树根，它支撑着树干，使树能抗风寒、抵雨雪。你卡米拉就是这棵树上的一片叶子，你是 Afro 家族在美国的第十代，你无论何时都不应忘记自己在大树上的位置。

你可能暂时不明白我在说些什么，尤其是当我对你谈起种族歧视的问题时。假如我能借给你什么，那就是一个没有沉重负担的生命。当然这是不可能的，你必须自己学会做到这点,这样你就不至于遗失快乐和财产。很可能将来某天你会组建自己的家庭,它会丰富你的生活,给你带来快乐,你将知道,大树又在生长了。

婚姻可能是你生命中将做的第二个重大抉择,而最重大的抉择将是你是否决定要个孩子。当今世界,有近一半的婚姻以离婚告终,这也意味着你必须极其慎重地选择你的丈夫。父母双全的家庭对孩子的成长是极为有益的,假如你像当今许多女性那样有一个非婚生孩子,这将令我万分遗憾。

我祝愿你能最终找到一个能给你带来幸福的伴侣,祝福你有一个美满的婚姻,就像你妈和我那样。现在的夫妇往往因鸡毛蒜皮的小事就闹离婚。在我和你妈结婚的那个晚上,我们的一位老朋友给了我们一点儿忠告,其中一条即是:婚姻中最重要的是能相互给予,这需要勇气,但它是通往幸福之门的钥匙。不能相互给予的夫妇是不能维系长久婚姻的。

你还必须学会如何在这个社会中生存,做到感觉良好。当我满世界跑,进行巡回比赛时,我发现,与不同类型的人保持亲密的友谊不仅是可能的,而且还能极大地丰富你的生活阅历,简而言之,与人交往价值不菲。不要限制自己,也不要允许别人限制你。我希望你有勇气与多种人建立友谊。尽管种族歧视至今阴魂不散,但以我打网球赚来的钱,你的物质生活肯定会比世界上99%的孩子好得多。你要好好支配钱,但不要让钱支配你。

卡米拉,要注意你的身体。你母亲每天锻炼一个钟点,我也鼓励她这么做,我希望你将来能至少掌握两项体育运动。体育运动的迷人之处在于它会在某些时刻给你慰藉和快乐,通过体育你会更了解自己,了解你的情感和性格,并锻炼你的坚强毅力,学会如何从失败走向胜利。在你成人的道路上,你将会首先尝试成人的事,诸如驾车、喝酒、熬夜、吸毒和性。作为你的父亲,我特别担心的是酒、性和毒品。那些被酒、毒品毁掉前程的人我看的太多。在我们这个家庭,嗜酒者不少,他们为此痛苦了一辈子。性乃上帝的礼物,在性方面不要太过于轻率,不要被人诱惑,遭人抛弃、遗忘,像许多伤悲的女人那样。

卡米拉,我的人生很匆忙,你将来也会发现人生匆匆。当今世界新技术新信息层出不穷,你常会感到时间不够用。要抓紧时间,充分利用时间,但不要将自己置于时间的控制之下,总之要保持生命的平衡。

别生我的气,尤其在你需要我而我却无法在你身边的时候。我最爱陪伴你了。当我不在人世的时候,不要悲哀。我将始终爱着你。你给了我许多快乐,我却不能给你再多的爱。

卡米拉,当你在读这些文字的时候,或许我正在旁边看你呢!我在对你笑,并将一直鼓励你。

感恩提示
gan en ti shi

读过这篇文章,我惊异于阿什面对生死大限时的那种冷静。他的信写得那么从容不迫条理清晰，甚至想到了女儿人生路上的所有事情。是什么力量让一个濒临死亡的艾滋病患者，能够写出这样一封信呢？答案只有一个，那就是父爱。正是因为那份深深的父爱，阿什放不下他的牵挂，他已经在想象中提前看到了女儿的未来，为她可能会有的烦恼而苦，为她将要做出的抉择而忧。虽然任何人都无法穿越生死，但我觉得这封信，却让一个父亲越过了阴阳相隔的界限。他将永远陪在女儿的身边。

女儿也含着泪花笑了，因为，她看到了世上最伟大的母亲的微笑。她也为自己能送母亲这个"善意的谎言"而自豪。

有种幸福叫相依为命

◆文/陶诗秀

从单位下岗后，我摆过地摊，搞过推销，还跑过保险，但种种工作都不如人愿——收入低、活儿苦、还处处遭人白眼。生活的艰辛，让我心中不止百次地起过与丈夫离婚的念头。他是个老实巴交的工人，工薪少，又少言木讷，让我难以看到光明的一天。

母亲知道我的想法后，问我，离了婚，儿子怎么办？他还小，才7岁啊。我无言以对。我轻声说，可是，这种苦日子真让人难熬啊！

母亲说，苦什么苦，大跃进那会儿，我跟你爸三餐就两根红薯，不是过来了？人生最大的幸福，就是与家人一起相依为命。接着，母亲给了我一本书，她翻开其中一页说，读读吧，它会让你感动。

那是一个上世纪80年代一对母女相依为命的故事。父亲英年早逝，女儿又患上了小儿麻痹症，只能长年坐在轮椅上，母女二人就靠母亲在街道做清洁工的一点儿微薄的工资维持生计。

这一天，母亲洗涮好晚餐器具，轻轻地来到女儿的床边。女儿的小床搁在厨房里，因为厨房内的火炉使房间异常的温暖。

母亲微笑着说："孩子，我想去趟叔叔家，去把他们家的收音机借来听，你说好吗？"

那时，电视机还没有普及，收音机是人们普遍感到新奇的东西。这时，女儿感觉到了睡衣口袋里的那封信，那是上午邮差送来的。她迅速地抓住母亲的手说："不，您别出去了，您已经太累了，妈妈。"

母亲坐在床上，紧挨着女儿说："孩子，你一定以为妈妈把你今天的生日忘记了吧？"

是的，那一天就是女儿的生日，她整满11岁。女儿将她的手放在口袋内按住信，以免信纸嚓嚓作响，说："妈妈，我自己都忘了今天是我的生日。"

母亲的脸上浮上了慈祥的微笑,吻了吻女儿的额头,说:"我爱你,孩子,你知道,妈妈多想送你一件礼物呀!"说完这话,母亲的眼圈儿红了,家中太穷,她实在没钱买给女儿一件像样的礼物。

女儿擦去妈妈眼角的泪说:"妈妈,有您的爱,我就够了,这就是您给我的最好的生日礼物,不是吗?"

"我还是去借收音机吧,今天会有个令你吃惊的节目,我很快就会回来的。"母亲站了起来,解开自己的围巾搭在女儿的肩上,说,"在我们睡觉前,将有精彩的节目,你等着吧。"她笑了,脸上劳累和忧虑的痕迹,似乎都消失了。

女儿注视着母亲走进风雪之中,那瘦弱的身影不久便溶入了惨白的世界。

她觉得喉咙似乎被什么堵住了,于是低头又重新读起那封信来。

那封信是母亲写给广播电台的,广播电台退了回来,后面还有一封电台的复信。女儿匆匆地读下去——

"好心的同志们:你们好!本月26日将是我女儿11岁生日。我知道每天晚上8点30分,你们有一个'幸福家庭'的节目,节目里你们都会念生日祝福。因此我恳请你们在这一天,也能念念我女儿的名字,并给她以生日祝福。她患有小儿麻痹症,躺在病床上就快11个年头了,但她从不抱怨,并坚持自学课程。我希望你们在广播中能这样说:可爱的杰英小姑娘,今天是你11岁的生日。祝贺你,因为你是一个勇敢而坚强的孩子,应该得到最好的运气,祝你生日快乐。"

信的末尾是电台的回信:

"尊敬的杰英母亲:我们很遗憾地通知您,'幸福家庭'的生日问候节目至本月25号因故取消,对不起。"

感·
恩·
父·
母·
全·
集·

73

这时候,女儿看见母亲捧着收音机向家里走来,走得好慢。她看上去又瘦又小,雪花落了她一身,"白发"被风搅得乱乱的,瞬间,女儿的眼睛也像沾上了雪花,湿湿的。

母亲把收音机放在桌上说:"现在是8点10分,还有20分钟,节目就要开始了。"她打开了收音机,于是,屋子里飘满了温馨的音乐。音乐一停,"幸福家庭"的节目就开始了。

"妈妈。"女儿轻轻地叫了一声。

"什么?孩子。"

"哦,没什么,您休息吧。"女儿咬了咬嘴唇,她又想起了电台的那封复信。音乐终于停了,女儿的表情有些紧张,她实在害怕看见母亲失望的表情。

"现在是'幸福家庭'节目,请父亲、母亲和孩子们注意了,现在是……"收音机里传来广播员那淳厚的男中音。女儿的眼睛死死地盯住了窗外。

她屏住了呼吸。母亲的手正紧握着她的手。首先,播音员说:"我们广播一项启事。本来我们打算取消'生日问候'节目……"

哦!计划变了!可是妈妈的信怎么退回来了呢?电台不是说他们取消了生日问候的节目了么?莫非在他们改变计划之前,就退回了信?或许他们已把我的名字也记下来了吧?女儿这样想道。

"今天过生日的有王洪刚同志、李英同学、莫大怀老人……"

名单结束了,但没有女儿的名字。应该还有更多的名字,至少还有一个名字没念啊！女儿的身子在发抖。会不会一部分名字放在开头,另一部分名字放在结尾呢？

接着放歌曲、诗词朗诵、节目预告。好一阵,节目全部结束了,依然没有她的名字。女儿感到自己的眼泪流了下来。慢慢地,她扭头看母亲。母亲早已睡着了,睡梦中她微笑着。

女儿擦干了眼泪,她摇了摇母亲,看着母亲的白发,大声地说:"妈,你听见了吗？你听见他们说了些什么吗,妈？"母亲的眼睛睁开了,说:"什么？孩子。天啊,我怎么睡着了,他们说了些什么？"

"他们说可爱的杰英小姑娘,今天是你11岁的生日。祝贺你,因为你是一个勇敢而坚强的孩子,应该得到最好的运气,祝你生日快乐。哦,妈妈,他们祝我生日快乐！"她把头埋进母亲的怀里。母亲微笑着,眼里闪耀着爱怜与自豪的光芒。

女儿也含着泪花笑了,因为,她看到了世上最伟大的母亲的微笑。她也为自己能送母亲这个"善意的谎言"而自豪。

多天以后,女儿才明白,就在母亲去电台的那一天,他们的生日祝福节目已变成了收费节目。

读完这个故事,感动的泪水充盈我的眼眶。是的,我从故事中体会到了有一种感动叫相依为命。人生只要时时有人与你相依为命,只要时时被家的温馨包围,人生最大的幸福就来到了你身旁。

感恩提示
gan en ti shi

常听人说,一份快乐说出来,就会变成两份快乐;一份痛苦说出来,自己就只剩下了一半的痛苦。相依为命时的幸福,其实正是分担和支撑。两个紧紧相依的人,分享苦涩的生活里那一丁点儿的喜,分担逆境困苦中所有的痛。靠在一起的两个人,于是就变成了一个更大的人字,就这样在风雨之中,支撑起了一个家,一个温馨而宁静的港湾,一片只属于他们的天堂。有了这份支撑,风雨终将过去。有了这份支撑,再大的坎坷和困境也不值一提。

> 如今想起母亲见我被打,陪着我一同哭,那样的母爱,仍然使我感念着我的慈爱的母亲。

母 爱 情 深

◆文/刘泳美

我6岁的时候,由父亲自己为我"发蒙"(发蒙指儿童开始入学),读的是《三字经》,第一天上的课是:"人之初,性本善;性相近,习相远。"有点儿莫名其妙!一个人坐在一个小客厅的炕床上"朗诵"了半天,苦不堪言!母亲觉得不请一位"西席"老夫子就教不好,所以家里虽一贫如洗,却情愿节衣缩食,把省下的钱请一位老夫子。说来可笑,第一个请来的这位老夫子,每月束(束指是送给教师的报酬)只须4块大洋(当然供膳宿),虽则这4块大洋,在母亲已是一件很费筹措(筹措指设法弄到款子、粮食等)的事情。我到10岁的时候,读的是《孟子见梁惠王》,教师的每月束已加到12元,增加了两倍。到年底的时候,父亲要"清算"我平日的功课。在夜里亲自听我背书,很严厉,桌上放着一根两指阔的竹板。我的背向着他立着背书,背不出的时候,他提一个字,就叫我回转身来把手掌展放在桌上,他拿起这竹板很重地打下来。我吃了这一下苦头,痛是血肉的身体所无法避免的感觉,当然失声地哭了,但是还要忍住哭,回过身去再背。不幸又有一处中断,背不下去;经他再提一字,再打一下。呜呜咽咽地背着那位前世冤家的"见梁惠王"的"孟子"!我自己呜咽着背,同时听得见坐在旁边缝纫着的母亲也唏唏嘘嘘地泪如泉涌地哭着。我心里知道她见我被打,她也觉得好像刺心的痛苦,对我表着十二分的同情,但她却时时从呜咽着的、断断续续的声音里勉强说着"打得好"!她的饮泣吞声,为的是爱她的儿子;勉强硬着头皮说声"打得好",为的是希望她的儿子上进。由现在看来,这样的教育方法真是野蛮之至!但是我不敢怪我的母亲,因为那个时候就只有这样野蛮的教育法;如今想起母亲见我被打,陪着我一同哭,那样的母爱,仍然使我感念着我的慈爱的母亲。背完了半本"梁惠王",右手掌打得发肿,有半寸高,偷向灯光中一照,通亮,好像满肚子装着已成熟的丝的蚕身一样。母亲含着泪抱我上床,轻轻把被窝盖上,向我额上吻了几吻。

当我8岁的时候,二弟6岁,还有一个妹妹3岁。三个人的衣服鞋袜,没有一件不是母亲自己做的。她还时常收到一些外面的女红(旧时指女子所做的纺织、缝纫、刺绣等工作或这些工作的成品)来做,所以很忙。我在七八岁时,看见母亲那样辛苦,心里已知道感觉不安。记得有一个夏天的深夜,我忽然从睡梦中醒了起来,因为我的床背就紧接着母亲的床背,所以从帐里望得见母亲独自一人在灯下做鞋底,我心里又想起母亲的劳苦,辗转反侧睡不着,很想起来陪陪母亲。但是小孩子深夜不好好睡,是要受到大人的责备的,就说是要起来陪陪母亲,一定也要被申斥几句,也不会被准许的(这至少是当时我的心理),于是想出一个借口来试试看,便叫声母亲,说太热睡不着,要起来坐一会儿。出乎我意料之外的,母亲居然许我起来坐在她的身边。我眼巴巴地望着她额上的汗珠往下流,手上一针不停地做着布鞋——做给我穿的。这时万籁俱寂,只听到嘀嗒的钟声和可以微闻得到的母亲的呼吸。我心里暗自想念着,为着我要穿鞋,累母亲深夜工作不休,心上感到说不出的歉疚,又感到坐着陪陪母亲,似乎可以减轻些心里的不安。当时一肚子里充满着这些心事,却不敢对母亲说出一句。才坐了一会儿,又被母亲赶上床去睡觉,她说小孩子不好好睡,起来干什么!现在我的母亲不在了,她始终不知道她这个小儿子心里有过这样一段不敢说出的心理状态。

母亲死的时候才29岁,留下了三男三女。在临终的那一夜,她神志非常清楚,忍泪叫着一个一个子女嘱咐一番。她临去最舍不得的就是她这一群的子女。

感恩提示
gan en ti shi

在儿子因为背不出书而遭受责罚时,陪着儿子一起流泪的母亲,大概看到的是自己的孩子学业有成的那一天。为此,她心里虽然不忍,但嘴上依旧说着打得好。但脸上的眼泪和额头上轻轻的一吻,已经完全表明了母亲爱子的深情。同样是为了这份爱,她每天辛苦地劳作,直到夜半三更,仍然不眠不休。这位早逝的母亲,虽然没有看到儿女们长大成人的那一天,但临终时流泪的叮嘱,已经让那份母爱,长留在孩子们的记忆深处。即使母亲逝去,但那份爱却将永在。

天生残障的父亲,一生都失去了说话的机会,但这却没有成为他与儿子交流的障碍。

一生永远的珍藏

◆文/佚　名

我的父亲是个残障人,就因为这个原因,他到40岁才找了老婆,就是我未曾谋面的母亲。父亲虽然人哑,但是心不哑,他的勤劳与善良感动了我母亲的全家,母亲才下嫁与他,那时母亲23岁。18年过去了,父亲唯一关心我的方式就是那双眼睛,我虽然没有感受过父亲的千言万语,但是他千变万化的眼神给我的爱远远超越着一切。听邻居三婶说母亲是因为生我的时候难产而去世的。我刚来到这个世界,就让父亲体会了亲人离别和喜得贵子的双重感受,对于一个残疾人来说,这应该是什么样的打击？可是我渐渐感觉到父亲对我的爱护,我知道父亲一定想说:"感谢你啊！老天爷,你给了我一个可爱的孩子,虽然你对我是不公平的,但我不会让你失望,我要把我的孩子培养成一个有出息的人。"我上小学时,父亲已是五十多岁的人了,再加上劳累与贫穷,他显得更老了。

有一次学校开运动会,父亲来学校给我送午饭,我们班同学说他是一个又老又脏的老头儿。我不知是恨那些同学还是怪自己没有一个"像样"的父亲,那一刻我好伤心,飞奔出了学校。

回到家后,父亲抱起了我,摸着我的头,从此再不来学校找我。我突然间感觉到我不应该那样对待父亲,我知道我在父亲的心中插了一刀,但是父亲对我的爱却丝毫没有减弱。

2000年,我顺利考入了幼儿师范。父亲本来是要我上高中,然后再考大学,但我不能这么自私,父亲老了,他没有能力供我上大学,所以我选择了幼师,这样我就能早点儿自立给父亲减轻负担,他的手上就可以少长些老茧。无情的岁月给他带来了满头的白发,我不忍心看到这些。

虽说上幼师花钱不太多,可是对于我们这样的农民家庭来说,一年的所有收入都不够支付,只好向别人借了。第一年还能借到,可到了第二年就困难了。没有来钱的门路,父亲只好去打工挣钱给我寄生活费。

去年夏天,我去父亲打工的地方找他。一进集体宿舍就看到几块砖支着木板,上面乱七八糟放满了东西,所谓的床上只铺着一条破旧的毛毯,还让别人挤到边上睡。床头的饭盒里放着半个吃剩了的馒头。看到这些,我再也忍不住了,扑在了他的怀里:"父亲,都是我害了你,是我不好,让你受这么多的苦。我不要你再受苦了,我不念书了,我要去挣钱……"父亲用他那长满胡须的黑瘦的脸蹭了蹭我的脸,用冰凉的手给我擦着眼泪,使劲地摇着头、眨着眼。我知道,这代表了坚决的"不"字。父亲拿出了笔写道:"不许这么说,爸爸就是没有念成书才受今天这苦的,没有给你带来幸福的生活,是爸爸没有出息,本来你是可以上高中念大学的。因为爸爸是个哑巴,同学们都嘲笑我,就这样,爸爸含泪告别了学校来到田间。多少年来,爸爸忍受着一切羞辱与贫穷,就是想让你有出息,把书念好,干出一番大事业来,你的幸福就是爸爸的幸福与快乐。你可不能让爸爸失望。你答应爸爸,不管发生什么事决不放弃学业！"我很矛盾、很难过地答应了父亲,他含泪笑了。

记得父亲送我入校时,别的孩子都提着皮箱或更高级的东西,可我和父亲却用装过农用肥料的袋子装着一切行李,但他还是很骄傲地和他们并排走着。交钱的时候,看着他把一张张100元的钱交上去时,我很想阻止他,可父亲却很慷慨,毫不心疼那些钱,那是他多少年的血汗呀。他临走时,我送他出了校门,想到要与父亲分别这么久,我的眼泪像刚打开的闸门的水一样涌了出来。父亲摸着我的头死死地盯着我,他有好多好多的叮咛,有好多好多的舍不得,这一切都随着他那浑浊的老泪流了出来。这是我生平第一次看到父亲流眼泪,我替他擦了泪水,说了许多让他放心的话。车开走了,我清楚地看到他挥着那满是裂缝的手,一直消失在茫茫的车流中。

别的家长看孩子来的时候,总是大包小包地提着,我的父亲却只拿着一点儿花生米和水果,可我觉得这比他们的好得多,因为这些都是父亲从他的牙缝里挤出来的。父亲对啥好东西都说不爱吃,真的是这样吗?不是的,世上有谁不爱吃好的呢?他是为了让我多吃点儿,多长身体。不会说话的父亲只能写信来关心我,前几天,我收到父亲寄来的信,里面夹着包了几层纸的 200 元钱。信中说:"山儿,你还好吗?家中都好,我很想你。前两天我卖掉了一车洋芋,这就给你寄过来了些钱。以后,没钱了就写信告诉我,我会想办法给你的,不要为了节省钱而不吃饭,千万要吃好,身体是革命的本钱。该买的学习用品一定要买,万万不能耽误了学习……"我再也看不下去了,我想象得到,他在家里吃的肯定是洋芋饭,最好才吃顿臊子面,那是在过年过节或者来亲戚才做的饭,我流泪了,泪光中我又看到了父亲的眼神。

我回信了:"亲爱的爸爸:你的山儿很好,只是特别想家,你还好吗?爸爸,我一定会努力学习,等我毕业后一定会让你过上好日子的,请你相信我。您的眼神给了我前进的勇气,给了我成功的希望,我决不会让它白费的!"这里我最想说的是:"爸爸,您深邃的目光是我一生中永远的珍藏。"

感恩提示
gan en ti shi

天生残障的父亲,一生都失去了说话的机会,但这却没有成为他与儿子交流的障碍。我想,这是因为父子间的情感原本就不需要语言去表达,而是一种心与心的交流。父亲找到的方式是眼神,他一直无声地注视着儿子成长的历程,眼神里时而充满欣喜,时而又满是忧虑。当儿子忧伤时,这眼神擦去了他脸上的泪水。当儿子想要放弃时,这眼神又是最好的鼓励。就是在这样的目光注视下,儿子终于长大成人,学业有成。可以想见,此时父亲的眼神里,流露出的一定是欣慰和自豪。

爱你的人死去,并不代表着离开,更不意味着遗弃。爱你的人与你同在,无论身体在哪里,无论形式有多迷幻,只要爱在,爱你的人就在。

最爱舟舟的那个人走了

◆文/千北

陪他好好活下去

1994年3月,43岁的武汉市机床厂厂医张惠琴被确诊患了乳腺癌。这一年,舟舟16岁。张惠琴在得知病情后第一个念头是:我要将这个孩子带走,母子俩一起离开这个世界。

舟舟是在愚人节这天出生的,患有21对染色体综合征,也就是说,他永远只能有三四岁孩子的智力。他的弱智是写在脸上的,他不认识钞票的面额,他不能理解生活中任何超过幼儿理解力的问题。

张惠琴从医院回汉口家里的路上,坐在公交车上不停地流泪,她在想她的舟舟。车上有位母亲正在训斥只考了60分的孩子,张惠琴恨不得站起来告诉她:如果我的儿子能够上学,哪怕他只考一分,我都会感到欣慰。

张惠琴再也坐不住了,提前下了车。她沿着马路走了很远,终于在一家土产商店买到了两瓶敌敌畏。她心里一阵酸痛:舟舟,别怪妈妈狠心,是妈妈将你带到这个世界上来的,却没能带来一个健康的你,只给你和全家人带来了无尽的痛苦!现在妈妈不会再让你受苦了。

筋疲力尽地回到家,打开门,舟舟快乐而尖声地叫着从屋子里冲出来,像平时一样对着张惠琴大喊一声:"妈妈!"他弯腰在地上摸索了半天,终于确定了哪双拖鞋是妈妈的,赶紧拉出来递到站在门口发愣的妈妈脚下,示意妈妈赶紧换鞋。

张惠琴再也忍不住了,手里的包丢到地上,一把抱住舟舟就哭了起来。

舟舟一边挣脱妈妈,一边着急地将手里的可拼装机器人举高给妈妈看,他得意地说:"我拼的。"张惠琴心里百感交集,无语而哽咽。这下舟舟意识到妈妈今天和平时不一样,他伸出笨拙的手指在妈妈脸庞上拭过,突然有些紧张地辩解说:"我今天很干净,很听话。"

张惠琴就是在这一刻决定:为了舟舟,一定要好好活下去。

晚上,张惠琴的丈夫、武汉市交响乐团的大提琴手胡厚培回来了,他关切地问起妻子检查的结果。这时张惠琴表现得异常镇静,她说:"我准备明天去省肿瘤医院住院开刀,我一定要活下来,我还有很多事情没有做。"

她住进省肿瘤医院,住院时间很长。开刀做扫荡式切除手术后,便是化疗,将近半年时间里,张惠琴没有见到儿子,她唯一能做的事情就是织毛衣,拆掉自己最新的几件毛衣,然后给舟舟织毛衣,心里盘算着:这是舟舟18岁时穿的,这是舟舟20岁时穿的……

出院的那天回到家里,儿子站在门口迎接她。舟舟似乎不认识妈妈了,就那样定定地看着她,眼神非常陌生又带着一种凄凉,这是张惠琴在每天只会疯玩只会傻乐的儿子眼神里从来没看到过的,那是一种痛苦忧伤的表情。舟舟就那样一直看着妈妈,张惠琴想了想,缓缓开始给儿子唱那首《世上只有妈妈好》,在听到第三遍的时候,舟舟突然咧开嘴笑了,他认出来了,认出来回来的这个消瘦、憔悴、留短发的女人,原来是妈妈。

他赶紧弯下腰到处找妈妈的拖鞋,然后塞到妈妈脚下,示意她赶紧换上。张惠琴紧紧搂住儿子,一切就像失而复得。从此,她很少与舟舟分开。

张惠琴教舟舟数数。从1到5学了两年,他还记不全。教他系鞋带用了两年时间。但她不能放弃,坚持一天一天地耐心地教他。

她每天替舟舟换洗干净衣服,教他爱干净,讲卫生,这样是希望别人不至于太厌恶舟舟,会尽可能地接纳他。家里,她、丈夫和女儿都用头天的剩饭当早餐,但张惠琴每天给舟舟一块钱,让他出去吃早点,目的就是希望他能学着多接触社会,使用钞票。

正在这时,胡厚培所在交响乐团的一位同事,偶然中发现舟舟对于音乐的天才感受力。在排练厅里,舟舟只要听见乐声响起,就会安静下来。乐手们在指挥席的侧后方给舟舟放了一只谱架,音乐声起,舟舟手里挥舞一支铅笔,像真正的指挥,直到曲终。舟舟最爱听《梁祝》、《卡门》、《拉德斯基》等曲子,这几盒磁带无论走到哪里都要带着。

张惠琴兴奋极了,她终于找到了适合舟舟的生活方式和生存方式。

1999年元旦前夕,中国残联特地邀请舟舟参加残联举办的春节晚会。在那次晚会上,舟舟将自己的音乐天才发挥得淋漓尽致。残联主席邓朴方拥抱着舟舟,深情地说:"一切生命都是伟大的!"

谁来照顾舟舟

中国残疾人艺术团赴美前,在北京21世纪剧院汇演,党和国家领导人观看了演出。舟舟的指挥获得了全场雷鸣般的掌声。

台下的张惠琴哭得泪雨纷飞。20年来,这位母亲第一次用如此激动的方式向世界表达她的感情:儿子,妈妈因你感到骄傲!

医生告诉过张惠琴,她必须坚持定期去化疗和复查。但一次化疗就得几千元,她舍不得。只要身体还能支撑住,一般能拖就拖。哪怕化疗,她也往往在结束的当天就出院上班,上班起来也是拼命一般。每天一大早起来煮银耳汤和稀饭,然后拿出去卖,挣些生活费,再赶去上班;下班后再去一家私人诊所打工,忙到晚上11点才能回家。为了省钱和省时间,她常常一天只吃一顿饭,吃一元钱的面条。

她要为舟舟尽可能多攒一分钱。

舟舟4岁时,张惠琴生下了女儿小悦。从女儿懂事起,她就几乎天天对女儿灌输这样的观点:"小悦,哪天爸爸妈妈都不在了,就归你照顾哥哥了。"

这句话一直说了十几年,也因此小悦从小就更像姐姐,而且比同龄的女孩更成熟与内向。

舟舟在美国巡演一个多月后回来,这时张惠琴的头发因化疗已经全部掉光。看着妈妈憔悴不堪的模样,舟舟摸了摸妈妈光光的脑袋,突然流着泪说:"妈妈,你得病了吗?"

这是舟舟第一次知道妈妈有病。他的话像一股暖流涌入了张惠琴的心里,她感到莫大的慰藉!她曾经以为舟舟永远不会懂得什么叫生病,什么叫问候。

张惠琴的病情逐渐加重,癌细胞大面积转移,胸腔内出现积水。她决定将生命的最后时光留给舟舟,一心一意地照顾他、呵护他!从此她一直陪伴着儿子去各地演出。她希望自己哪怕去了遥远的天堂,也能一闭上眼就想起舟舟摇头晃脑、举着指挥棒在音乐中舞蹈的模样。

张惠琴加紧了培养舟舟良好生活习惯的训练:她像训练婴孩一样每天无数次地叮嘱舟舟,早晚要刷牙,饭前便后要洗手,每天要洗脚,每周要洗澡……令她欣慰的是,舟舟也有了更多自我表达的意识。比如他有了自己的喜好,他喜欢吃鸡肉,喜欢喝可乐,他每天必须听三个小时以上的音乐。这三个小时里任何人和他说话都充耳不闻,他害怕夜晚看见闪光灯,他喜欢穿西服和运动鞋,他喜欢的衣服哪怕湿的还没晒干,他都坚持要穿,他最烦人家说他胖……

这年,张惠琴陪着舟舟随中残联艺术团巡回演出,到新安时,她感觉到胸腔似乎要爆炸一般的疼痛,完全站不稳了,她想,也许自己不行了。但她不愿意影响舟舟演出,更不愿让舟舟看见自己痛苦的模样,因此面对舟舟时,她居然没有皱眉,没有喊过一声痛。

在等到丈夫赶来陪舟舟后,张惠琴才连夜回到武汉。在同济医院,医生惊呼:她已经满胸腔积液,不知她是怎么忍受巨大痛苦呼吸的,而且她还四处颠簸奔波。

舟舟从爸爸嘴里得知妈妈生病了,有些闷闷不乐,吵着要回家。张惠琴赶紧给他打电话,说自己没事,并放弃治疗赶去陪伴儿子。

这年夏天的一个晚上,舟舟在广州中山纪念堂参加大型音乐舞蹈《我的梦》公益演出,当主持人介绍了舟舟并请他讲几句话时,舟舟突然闭着眼睛,显得很伤心的样子,说:"我有一个好大的妈妈!她有病了,我要赚钱帮她治病,帮妹妹读书……"也许舟舟是想表达"伟大的妈妈"吧,可他说成了"好大的妈妈",但他这孩童般的纯真让台下许多观众落泪!

这时,主持人请上张惠琴,并问她得了什么病。这时,这位伟大的母亲才第一次向公众讲出自己有8年癌症的病史,而且生命对她来说已经时日不多。台下的观众不禁

感
·
恩
·
父
·
母
·
全
·
集
·

81

惊呆了！几秒钟后,全场爆发出经久不息的掌声……

死亡不是爱的遗弃

张惠琴的癌症已扩大为淋巴癌、骨癌,她连做下蹲动作都很吃力了。她经常感到无法呼吸,化疗对她来说已经是比病魔更痛苦的折磨。

舟舟似乎越来越懂事,他陪妈妈去医院时,将自己的零食分给医生、护士吃,还会对医生说:"不要把我妈妈的头发打掉了。"为了不让舟舟看见自己掉头发,张惠琴一直坚持戴着假发。

舟舟如果收到别人的礼物,他的第一句话总是:谢谢,我要送给我妈妈。

他身高1.45米,却有110斤重,妈妈不让他多吃肉,他就乖乖地将他认为最好吃的东西——肉,全塞到妈妈的碗里。

如果他去外地演出了,他就会给妈妈打电话。虽然他还是认不全1~9全部数字,可他不知从哪一天开始,居然就记住了妈妈的电话号码,这是他唯一会连续按下的数字键顺序。

舟舟已经27岁了,有人建议给舟舟在农村找个媳妇,将来也好有人照顾他。张惠琴生气地拒绝了,她说,别说国家规定像舟舟这样的人是不能结婚的,即使允许,我也不会同意。我也是母亲,我不能耽误别家的女孩一辈子,这不公平。

然而生离死别,已经迫在眉睫地摆到了张惠琴面前。

2005年的一天,张惠琴将家里一只叫汪汪的狗送走。舟舟哭了几天,直到又买来一只狗,他才止住哭泣。而且几乎不记事的他很长时间里还对汪汪念念不忘。

这一天,张惠琴在家看一个名叫《小孤星》的电影,讲一个4岁小女孩在母亲车祸去世后的故事。女孩在母亲的墓地前拼命刨土,要把妈妈找出来。

张惠琴看着,震惊了,她一直只想要怎样安排舟舟将来的生活,却从来没想过舟舟会怎样看待她的死亡。她一直以为,舟舟只有三四岁孩子的智力,他也许都不会意识到什么叫死亡,什么叫永远离开。

张惠琴告诉自己,她一定要教会舟舟学会面对妈妈的离开,她无法想象因为自己的死亡,令舟舟感觉到被遗弃,感觉到孤独与绝望。她希望舟舟永远快乐,永远单纯地微笑,永远沉浸在他喜爱的音乐之中。

张惠琴从舟舟最喜欢的游戏——打手机入手,一次又一次反复告诉他,如果有一天妈妈不在了,你要学会给妈妈打电话。她拿着手机放在舟舟的耳边,对他说:"你看,就像这样子,你看着天对妈妈说话。"

舟舟说:"妈妈好,今天天气好。"

张惠琴流着泪点头。

舟舟继续说:"妈妈,我今天演出了。有人送给我一个蛋糕,给你吃。"

……

张惠琴就这样一次又一次训练舟舟,教他学会对着天空与妈妈说话,那时妈妈就在天上注视着他。天空湛蓝,朵朵白云都慢慢会幻化成妈妈亲切的笑脸。

舟舟可以对着天空喊"妈妈",然后播放他最喜欢的乐曲,仿佛在舞台上演出,妈妈是天上最忠实的观众。张惠琴指着院子里的小树对舟舟说,如果以后要找妈妈的话,就去看那一棵树。那是棵春天里开花的树,你可以把要送给妈妈的小礼物,比如一块蛋糕,比如一颗糖埋在树底泥土下,妈妈就会吃到。再或者,你可以在树干上挖一个小小的洞,有什么悄悄话,就对着小树洞轻轻地说,就像俯在妈妈的耳边,妈妈一定会听得见。

张惠琴一遍又一遍地对舟舟说,你只是看不见妈妈的身影,但妈妈永远在你身边,在照片里,在录影带里,在你凝视的每一颗星星里,在拂过你身体的每一阵风里,在你清晨起床迎接的每一缕阳光里。

妈妈告诉舟舟,爱你的人死去,并不代表着离开,更不意味着遗弃。爱你的人与你同在,无论身体在哪里,无论形式有多迷幻,只要爱在,爱你的人就在。

舟舟听着,他听不懂,但他分明是听懂了。

2006 年 5 月 27 日下午,张惠琴在武汉市 161 医院辞世。临走时,爱人胡厚培、舟舟和女儿小悦都陪伴在侧。

去世前,张惠琴已经与武汉市红十字会眼库签订了眼角膜捐献志愿书。她的志愿书是这样写的:舟舟是在社会的关爱中成长的,我也要回报社会,帮助那些失明的人。

装有张惠琴眼角膜的保温瓶送往深圳前,舟舟特地要过那只保温瓶,轻轻抚摩着,似乎在感受母亲的体温。他没有哭,但他分明知道死亡是怎么回事,他只是一遍遍仰望天空,举着手机,对着天空喃喃自语。

这个世界上最疼舟舟的人去了。或许,这位慈祥的母亲在天堂里目光仍熠熠生辉,注视着舟舟。

感恩提示
gan en ti shi

我曾经看过舟舟的指挥,他身穿演出服,站在一支很大的乐队前,手拿指挥棒,指挥得激情洋溢气定神闲。当时,我惊异于造化对人的公平,我想,也许正是因为舟舟智力有残缺,所以才会拥有与众不同的指挥才能。没想到,原来他的背后还站着这样一位伟大的母亲。她对孩子的爱,不仅是在自己的生前,而且延续到了死后。是舟舟的妈妈用自己博大无私的爱,给孩子擎起了一片天空。也许,舟舟其实不必把别人送他的礼物带给母亲,因为他每一次演出都是送给母亲最好的礼物。

感·恩·父·母·全·集·

83

为了供孩子读书，执著的母亲不惜一次次用自己的生命作为代价，来完成孩子读书的心愿。

母亲的执著

◆文/佚 名

　　我的家乡在沂濛山腹地。这里土壤多为沙石，小麦、玉米等农作物不易生长，村民们一年到头全靠地瓜干煎饼来维持生活。我们兄妹四人，我在家是老大，日子过得很苦。

　　但母亲没有听邻居大叔那句"穷读书，富放猪"的致富经，先后把我们送进了学校。

　　从我记事起，便知道父亲没日没夜地在山上采石头卖，辛辛苦苦的父亲采一天石头才能挣5角钱。母亲在田里劳作，操持一家人的生计。常年的辛劳使她患了一身的病。

　　我12岁那年，考上了县城一中，这对于一个农家娃来说十分不易。在县城一中读书那几年，我一日三餐靠吃母亲送来的地瓜煎饼和咸菜充饥，发愤苦读，为的是考上大学，让母亲得到些许的安慰，没想到日后我以5分之差落榜。记得从县城看榜回家时，母亲正蹲在地上剁地瓜皮。见我回来，她期盼地问："儿子，考上没有？"

　　我不敢正视母亲的眼睛，眼泪禁不住流了出来。"别泄气，考不上再考。"母亲又继续剁地瓜皮。只听"哎哟"一声，我抬头一看，母亲正用右手使劲捂着翻地瓜的手，殷红的鲜血顺着手背淌了下来，滴在了未剁碎的地瓜皮上。

　　那一刀剁在了母亲的手上，也剁在了我的心上，疼了整整好几年啊！

　　第二年，我考上了山东省丝绸工业学校。母亲再也拿不出一分钱。她东借西借只借到了70元钱，可离300多元的学杂费还差得太远。母亲三天三夜没合眼，看见母亲更加消瘦的脸和日渐增多的皱纹，我哭了："妈，这个学我不上了。""说什么傻话，多读书没坏处。妈会想出办法的。"第四天吃完晚饭，母亲告诉我她去姑姑家借些钱。

　　那天，我和父亲坐在灯下一直等到半夜12点，母亲还没回家。我坐不住了，因为去姑姑家都是坎坷不平的山路，要经过几座山和一片阴森的坟地，就是白天走，也叫人毛骨悚然。我懊悔极了，我怎么就没想到要陪母亲一起去呢！父亲也急得不行，就在我们准备出门接母亲时，母亲踉踉跄跄地回来了，额头上、手上都是血。

　　我扑过去："娘，发生什么事了？"

　　母亲轻描淡写地说："没什么，路上遇到打劫的，要钱，我说没有，他搜了半天，没搜着，就把我打了一顿。"说着，母亲脱掉鞋，从里面拿出一沓钱递到我手里："儿子，拿去交学费吧。"

　　接过母亲差一点儿搭上性命换来的两百多元钱，我的泪水再也忍不住了。

在丝绸学校读书的日子里，每当就餐时，我捧着热气腾腾的馒头都会想起母亲，体弱多病的母亲长年累月咀嚼的都是地瓜煎饼呀！

寒假结束返校前，我故意对母亲说学校的饭票吃不饱。母亲心疼地为我连夜准备了一大尼龙袋地瓜干煎饼。

回校后，我把煎饼放在床下的木箱里，每当吃饭时，我就拿上几个偷偷溜出校园，眺望遥远的故乡，啃那令我既爱又恨的煎饼。放暑假时，我用省下的50多斤馒头票去食堂换回了两袋馒头。

当我把馒头捧给母亲时，母亲迟迟没有伸手，愣了好半天，她才说："儿子，这是你偷的吗？""娘，不是……""不是偷的，怎么能有两袋白面馒头？这么多年，娘见也没见过这么多白馒头呀。"

我把事情的经过告诉了母亲后说："娘，自从我记事起，您就天天吃地瓜干煎饼，这次您就接受儿子的这份孝心，吃顿白馍吧。"

母亲怔怔地望着我好大一会儿，伸出双手颤抖地接过馒头，喃喃地说："好儿子，娘吃。"

1991年，我从丝绸学校毕业后原指望找个好工作能够供弟弟妹妹上学，减轻父母的压力。可我的梦想很快就被无情的现实击得粉碎。我被分配的那家工厂很不景气，经常一两个月发不出工资。后来我又调了几个单位，但都不尽如人意。我自己的温饱问题都不能解决，又何谈顾及乡下弟妹呢？

这一切对我打击很大。此时，家庭的负担已使父亲越来越力不从心了。

这年年底，我回家过年。一天吃晚饭时，父亲对妹妹甩出一句硬邦邦的话："兰子过年后别上学了，家里实在没有办法供你读书了。"妹妹傻了一般地看着父亲，母亲则"霍"地起来："不行。"父亲瞥了母亲一眼："你有什么本事供她上学？""我就是到街上要饭，也要供兰子上学！"母亲大声喊道。父亲打了母亲，母亲鼻子里的血流在了她的衣衫上。妹妹"哇"的一声哭了起来，她跪在父亲跟前，抱着父亲的腿，苦苦地哀求："爹爹，别打娘了，我以后每天都不吃早饭和午饭了，省下钱来上学行吗？"

我被眼前的一幕惊呆了，我压根儿就没想到父亲会打母亲，也没有想到妹妹会有如此执著的求学精神。

沉默了好长时间，我看见一行浑浊的泪从父亲那张苍老、枯叶般的脸上滚了下来。

他扶起妹妹，哽咽着说："兰子，不是爹不想让你读书，是你今生投错了胎呀！"

母亲默默地对墙而坐，久久沉默不语。

第二天凌晨，大约3点多种，被一夜噩梦惊醒的父亲发现母亲不在床上，他匆忙披上衣服提着灯笼来到了院子里，借着微弱的灯光，发现昏迷的母亲直挺挺地躺在院子一棵老榆树下，脖子上套着绳索，在绳子的另一端，是一根胳膊般粗断裂的榆树枝。父亲摸了摸母亲的胸口，心还在跳动。很显然，母亲上吊时，树枝便断裂了，是老榆树救了母亲的命。

令我们非常奇怪的是，第二年春天，那棵本来很茂盛的老榆树竟没有发芽，不久就枯死了。

1995 年 8 月,辍学两年的妹妹靠自学考取了泰安贸易学校。这本是一件喜事,但那高达 7000 元的学费却使母亲一夜之间急白了头。

妹妹恳求母亲:"娘,我想上学呀,能不能借些钱,等我毕业后一定还。要不就找一个有钱的婆家要 7000 块钱还债。""借,我娃能考上,是我娃的本事,娘一定要让你按时上学。"

第二天,母亲让我用独轮车推着她,妹妹在前面拉着,走上了向亲戚借钱的路。这条路真难呀!我们走了几十里路,借遍了二十多个亲戚,任凭母亲磨破嘴皮也没借到一块钱。

回家的路上,我看到大滴的泪珠顺着母亲满是皱纹的脸滑落,这是我第一次看见我的母亲流泪。我知道那是失望的泪,是无奈的泪,也是自责的泪。我不知道怎么安慰母亲,我恨自己这么大的男儿竟不能为母亲来担生活的重负。

晚上,由于一天的奔波,我不知不觉地睡着了。半夜,一阵急促的敲门声把我惊醒,弟弟跌跌撞撞地闯进来,语无伦次地说:"哥,娘……出事了……"

我脑袋"嗡"一声,忙冲到母亲房间,只见她斜躺在床上,口吐白沫,脸色发青,已不省人事,旁边有一个翻倒的农药瓶。妹妹抱着母亲的腿放声大哭:"娘,娘,您醒醒,我不上学了。"

悲痛欲绝的父亲招呼我和弟弟在乡亲们的帮助下,迅速将母亲送往医院。

感谢白衣天使,母亲打了一天一夜的吊瓶后,终于脱离危险。母亲睁开眼的第一句话是:"我无能,我想让孩子上学呀!"

母亲对儿女的这份真情感动了我家的亲戚们,做生意的舅舅送来了 2000 元,其他亲戚你 200 元、我 300 元,在妹妹报到前一天,终于凑足了所需的学杂费。妹妹启程那天,在母亲面前长跪不起。

如今,妹妹已经毕业,在一家企业上班,两个弟弟也参加了工作,我于 1998 年调到基层政府机关工作,家里的境况有了很大的改善,我们兄妹四人以最大的努力在使母亲度过一个幸福的晚年。

感恩提示
gan en ti shi

人最宝贵的东西是生命,因为生命对所有人来说只有一次。但为了供孩子读书,文章中这位执著的母亲,却不惜一次次用自己的生命作为代价,来完成孩子读书的心愿。当孩子面临失学的困境,这位伟大的母亲,在四处求助空手而归时,竟然用自己的死感动了别人,终于如愿以偿地筹集到了孩子读书的费用。这份爱感天动地,足以让人刻骨铭心。很显然,文章里的母亲是位卑微贫穷的母亲,在生活的坎坷面前,她的肩,她的背,她的头已经被压得很低,甚至低到了泥土。但她的执著,却让希望从泥土里开出了鲜花。

儿子在外游历的脚步,已经把父亲的牵挂织成了一张网,日日夜夜,把儿子护在里面。

父　亲

◆文/周而复

　　提着一只提箱,手里拿着几本破书,带着一颗 22 岁流浪者的心,慢慢地走进北站,我又踏上了归途。

　　几年来在外边过着浮萍似的生活,连我自己也不晓得我的方向,忽而飘到东,忽而飘到西,随着一阵阵没有方向的风。有时一阵令人不能有个预防的狂风,无情地把我沉到水的底层,使我望不见天,望不见我的周边,闷在水的底层,窒息得不能呼吸;有时一阵叫人寒心的暴风,把我吹到一个被人忘记了的地方,几乎使我不能够再看到难以忘怀的朋友。在我陷于绝望的深渊的时候,给我以安慰的是我那年老的父亲。

　　每次我从外边回来的时候,几乎全都是在晚上,也许是因为我爱在黑暗里生活的缘故吧。一个人孤独地走进古老的城市,正如我一个人孤独地离别这古老的城市一样。夜已深了,死寂锁着这古老的城市,静悄悄地,古老城市里的人们全都睡觉了。

　　踏着昔日的旧径,一步给我一个新奇:古老的城市全都变了样子。在深夜里,我这熟悉而又陌生的客人归来,连守夜的警察,都向我投以惊诧的眼光,像是想在我身上寻找出异样来。我,还不是和以前的我一样吗?默默地,我低头向家里的路上走去,轻轻地,迈着夜一样静的步子。

　　走着,走着,在淡黄色的路灯下面转过来,拐进一条幽暗而静穆的巷子,破旧的皮鞋在铺着石板的路上加速地往前走着,很快就看见立在右边的青墙门。那青灰色已块块脱落了的门墙,是我的家啊。

　　本想走上去就没命地一个劲儿敲门,然而走到家门前的时候,愣住了。敲门的勇气,不知怎么的悄悄地溜走了。跳下台阶,凝视着那条修长的、夜一样深的巷子。在黑暗里泄下来一点儿的灯光下,我数着儿时的足迹,唤起一件件往事,在那青灰色的墙门里,有着我更多的记忆,有着比蜜还甜的更多的记忆。

　　悬念着:他们该早已睡觉了吧。我这一敲门,不会把他们惊醒吧?在黑夜里他们睡得很熟,给我这夜游者闹醒了,有点儿不应该啊。但是我的归来,不也可以给他们以惊喜吗?莫名其妙地,我的手,在门上通通地敲了数下。等了好一会儿,渐渐地我听见仿佛有人在里面问了。

　　"是哪个?"

"我。"

"二弟,你回来了啊!"

我在门外边用鼻子"唔"了一声。在静悄悄中,慢慢传来匆忙的脚步声,哥"霍"地把门开了,问我:"怎么这才回来?"

我点点头,径向里面去了。披着衣服,母亲也从里面迎了出来,听见是我的脚步声,高声地问我:"是你啊,二,我说是你回来了,他们还不相信呢。"随着母亲的谈话,我三步当做两步地向里走去。家里人的睡眠,都为我惊扰了。他们都起来了,自不必说;即使早早上床睡觉的父亲,听见我的声音,晓得的确是我回来了,也在床上预备着起来。我连忙走到床前面,想请他老人家不要起来,可他却固执地要起来,于是我说:"爸爸,天一会儿就亮啦,明天再起来吧,有什么话我坐在您床边来谈不好吗?"

父亲却不理会,他把帐子挂了起来,笑嘻嘻地望着我饱受风雨的憔悴的脸,坐在被窝里穿袜子和衣服。我即刻坐过去,叫他不必起来,起来会着凉的。他不但仍旧固执着要起来,而且把衣服穿得特别快——眨眼的工夫,他很敏捷地就跳下床来,然后才回答我一句话:"没事。"

走过去,我帮他扣着衣服的纽扣,他的手安抚着我的头,我低着的头抬起来,他像欣赏一件艺术品似的望着我,惊异地问我:

"你瘦多了吗?"

"啊,我看并不瘦嘛。"我骗他。

可是他不受我的骗,而解释给我听:"自然你自己不觉得啦,你自己每天看见不显啊。"

我不再强辩,可是他也不再问下去了,转换了话题,问我怎么这时候才到家,为什么不早来,刚才坐了什么车子来的,在路上吃东西没有,现在要饿了……一连串地问我,不让别人有和我谈话的机会。他们都围着我们两个人,一声不响地,只是母亲向我们两个人抛过两句话来:"二,肚子饿了吧?吃点儿什么东西呢?家里还有饭,还是拿两个蛋炒饭吃吧?"

母亲的话刚讲完,父亲突然气了起来:"你们这半天干什么,饭还没弄好来给他吃?肚子要给你们饿坏了啊。"他们听见父亲的申斥,母亲他们不舍地去弄饭来给我吃。我和父亲两个人在屋子里,我巡视着屋子里的所有:依旧和昔日没什么两样,父亲对于我回来的那种热忱,是一种描绘不出来的爱。每次回来,我都像是他失而复得的至宝,总得叫我坐在他的面前好久好久,絮絮地同我细谈着家常,描绘着我出门后的一切家里和亲戚友人的情况,一件件地告诉我,毫不厌烦地从头到尾说给我听,有时还加一些评语。此外,便要我详详细细地说出我过去在外边的生活,那些没有收到家中的钱的日子怎样打发过去的——这些都要慢慢地讲出来给他听,好像说出来能给他以安慰似的,即便小到连我自己也早已忘记了的事,他也来问我。我的一切,如果说是有个把人记挂着的,那便是我的父亲了。

当他们把饭弄好来给我吃的时候,他还是和我不断地谈着,话语似一条流不完的河流,潺潺地流着;在他有了皱纹的脸上,堆满了笑容。等到他们催我们睡觉的时候,我们也不愿上床。后来我怕他着凉,有意装出疲倦的样子,他才叫我先睡,明天早上上茶馆吃点心去。

今天,像往日一样的,我又从外边回来了,旧宅固然已经给别人住去,而父亲的遗像也已悬挂在屋子的中央,昔日一见我回来的欢容,而今到哪里去了呢?

爸爸,我的爸爸啊!

感恩提示
gan en ti shi

文章里这位父亲对自己的儿子,或许从未做过什么惊天动地的感人之举。他只是在儿子深夜归来时,放弃自己的睡眠,不停地询问孩子的情况。但就是从那些琐碎的问候里,我们看到了一份深沉的父爱。父亲在游子归来时尚且如此挂念,他在外漂泊时,父亲心中的牵挂就更加可以想见。儿子不在面前时,也许父亲仍然会一遍一遍地在自己的心里问着各种各样的情况。从儿子在外生活的环境,问到他的衣食住行。儿子在外游历的脚步,已经把父亲的牵挂织成了一张网,日日夜夜,把儿子护在里面。

她没有因为继子对自己的敌视,而心存报复,反而更加关心呵护经历了丧母之痛的孩子。

5 个 鸡 蛋

◆文/李 哞

她没有给我以生命,却赋予我温情和力量,让我这个穷苦的农家子弟上了大学。

我9岁那年,小妹才5岁,生母去世了。她弥留之际用微弱的声音嘱咐爸:"我不行了……孩子小,赶紧给他们……娶个新妈……"我哭着说:"我不要,我不要,我就要你。"然而操劳过度的母亲还是离开我们永远休息去了。

不到一年,继母进了门,听说是山里穷苦的农家女。她的一双手和腿有点儿残疾,走路难看,长得也不如去世的妈妈顺眼,我讨厌她。同学笑着跟我闹:"你有新妈了,要请我们吃喜糖。"从不大声说话而且很随和的我猛然吼起来:"她不是我妈,我妈不在了,我没妈!"同学们伸了伸舌头,再也不敢在我面前提她了。

然而,她很和善,不多言语,终日做家务事,还抽空下地帮忙做农活。我们家的日子好过多了。她待爸好,待我们小兄妹更好。但我的敌意并没消除,认为她是装模作样骗人欢心。我决心不跟她说话,更不喊"妈",还一再叮嘱小妹要统一行动。

她做熟了饭,我默默地端起来吃;她做好新鞋,我默默地拿过来穿。家里穷困,但她总是收拾得清清爽爽,洗得干干净净的旧衣服总是缝补好了等着我们换洗,简单的饭菜也做得有滋有味香喷喷的。哪怕她怀上小弟时,行动更不便,也依然这样操持家务。我觉得生活上比妈在世时还要顺心些,但仍然跟她保持着距离不理她,一心读书。爸劝说我多次,我总不吭气,然而内心在动摇。

小弟出世了,她对我们兄妹照顾得跟原先一样好。我开始发现小妹背着我跟她很亲热,还喊她"妈"。我知道她对小妹更好,例如帮小妹洗脸、洗脚、梳头、扎小辫子。小妹到底是小妹啊,她更需要母爱。但我装作不知道她们的亲热。

我考上了县城里的重点中学,然而家境困难供不起我上学。我能体谅,但很不愉快,我多想念书啊!晚上,躺在床上睡不着,烦躁不安,干脆到院子里去散散心。我默默地坐在台阶上,一弯新月像愁眉,忽听得爸的房中传出她那轻柔的声音:"还是让他去城里上学吧,家里再困难也要供他。"爸说:"生活过不下去啊!"她说:"我以后多下地干活,生活再勤俭点儿,苦日子能对付下去,你就别操心了。"我心头一热。一会儿,爸又说:"你够苦的了,那就让小丫头别上学了。""那也不行,顶少要让她小学毕业,不能像我们。我还想供她上中学呢。"亲妈也未必能这样啊,我陷入了沉思。

我终于到城里上学去了。星期日回来总能改善一次生活,全家人也沾光,走时还要带些她给我准备好的干粮和咸菜,穿着整洁的衣服去学校。我早已默认她是妈,像妈那样对待她,只是没有勇气喊她"妈"。有个星期日回校前,吃饭时桌上有3个鸡蛋,小弟抓了一个紧捏在手里,妈对小弟说:"让你爸吃一个,他成天在地里干活受苦受累。让你哥吃一个,他在外上学也很苦很累,平日难得吃点儿好的。还有一个让你姐吃,她身体不好,要补一补。明天鸡生了蛋再给你煮。"小弟不肯。其实,小弟的身体也瘦弱,妈是最苦最累的人。

小妹问:"瓦罐里的5个鸡蛋不是都煮了吗?"妈没吭声,我心里"咯噔"了一下:还有两个鸡蛋呢?爸抿住嘴低着头,屋里的空气有点儿凝固。小弟迷惑地一个一个看了大家一遍,奶声奶气地慢慢说:"妈让我把两个鸡蛋放到哥的书包里了,不许我说。"我心里又"咯噔"了一下,鼻子有点儿酸。

妈从小弟手上把那个鸡蛋夺下来,生气地在他屁股上拍了一下。小弟"哇"的一声委屈地哭了,我极力不让泪流出来,激动地喊道:"妈!你不该打小弟。"说着赶紧把小弟搂在怀里。

小妹瞪着大眼惊愕地望着我。爸笑了,眼里闪着泪花。妈哭了,泪珠里浮现出笑意。小弟挂着两行热泪绽开了笑容,要我帮他剥鸡蛋壳。

感恩提示
gan en ti shi

在如今的时代,5个鸡蛋早已不再是什么贵重的东西,但在过去那穷困的日子里,鸡蛋无疑是家里最好的吃食。一位继母对这几个鸡蛋的分配,便像一面镜子,折射出了她对继子的那份感情。她没有因为继子对自己的敌视,而心存报复,反而更加关心呵护经历了丧母之痛的孩子。虽然这只是生活中一个很小的细节,但却真实地体现出了一位继母的心意。正是她的爱将坚冰融化,最终化成涓涓细流,滋润在孩子们爱的心田。

那一天母亲数落了我一顿。数落完了,又给我凑足了买《青年近卫军》的钱⋯⋯

慈 母 情 深

◆文 / 梁晓声

91

我买的第一本长篇小说是《青年近卫军》。一元多钱。母亲还从来没有一次给过我这么多钱。

我还从来没有向母亲一次要过这么多钱。

我的同时代人,当你们也像我一样,还是一个小学五年级学生的时候,如果你们也像我一样,生活在一个穷困的普通劳动者家庭的话,你们为我作证,有谁曾在决定开口向母亲要一元多钱的时候,内心里不缺少勇气?

当年的我们,视父母一天的工资是多么非同小可啊!

但我想有一本《青年近卫军》想得失魂落魄,无精打采。

我从同学家的收音机里听到过几次《青年近卫军》长篇小说连续广播。那时我家的破收音机已经卖了,被我和弟弟妹妹们吃进肚子里去了。

直接吃进肚子里的东西当然不能取代"精神食粮"。

我那时还不知道什么叫"维他命",更没从谁口中听说过"卡路里",但头脑却喜欢吞"革命英雄主义"。一如今天的女孩子们喜欢嚼泡泡糖。

在自己对自己的怂恿之下,我去到母亲的工厂向母亲要钱。母亲那一年被铁路工厂辞退了,为了每月27元的收入,又在一个街道小厂上班。一个加工棉胶鞋帮的中世纪奴隶作坊式的街道小厂。

一排破窗，至少有三分之一埋在地下，门也是，所以只能朝里开。窗玻璃脏得失去了透明度，乌玻璃一样。我不是迈进门而是跌进门去的。我没想到门里的地面比门外的地面低半米。一张踏脚的小条凳权做门里台阶。我踏翻了它，跌进门的情形如同掉进一个深坑。

空间非常低矮。低矮得使人感到心里压抑。不足200平方米的厂房，四壁潮湿颓败。七八十台破缝纫机一行行排列着，七八十个都不算年轻的女人忙碌在自己的缝纫机后。因为光线阴暗，每个女工头上方都吊着一个灯泡。正是酷暑炎夏，窗不能开，七八十个女人的身体和七八十只灯泡所散发出的热量，使人感到犹如身在蒸笼。那些女人热得只穿背心。有的背心肥大，有的背心瘦小，有的穿的还是男人的背心，露出相当一部分丰厚或者干瘪的胸脯。满屋的毡絮如同褐色的浓雾，如同漫漫的雪花，在女人们、在母亲们之间纷纷扬扬地飘荡。而她们不得不一个个戴着口罩。女人们、母亲们的口罩上，都有三个实心的褐色的圆。那是因为她们的鼻孔和嘴的呼吸将口罩濡湿了，毡絮附着在上面。女人们母亲们的头发、臂膀和背心也差不多都变成了褐色的，毛茸茸的褐色。我觉得自己恍如置身在山顶洞人时期的女人们母亲们之间。

我呆呆地将那些女人们母亲们扫视一遍，却发现不了我的母亲。

七八十台破缝纫机发出的声音震耳欲聋。

"你找谁？"

一个用竹篾子拍打毡絮的老头对我大声嚷，却没停止拍打。

毛茸茸的褐色的那老头像一只老雄猿。

"找我妈！"

"你妈是谁？"

我大声地说出了我妈的名字。

"那儿！"

老头朝最里边的一个角落一指。

我穿过一排排缝纫机，走到那个角落，看见一个极其瘦弱的毛茸茸的褐色的脊背弯曲着，头凑近在缝纫机板上。周围几只灯泡的电热烤着我的脸。

"妈……"

"……"

"妈……"

背直起来了，我的母亲。转过身子，我的母亲。肮脏的毛茸茸的褐色的口罩上方，眼神儿疲倦的我熟悉的一双眼睛吃惊地望着我，我的母亲的眼睛……

母亲大声问："你来干什么？"

"我……"

"有事快说，别耽误妈干活！"

"我……要钱……"

我本已不想说出"要钱"两字，可是竟说出来了！

"要钱干什么？"

"买书！"

"多少钱？"

"一元五角就行……"

"……"

母亲掏衣兜。掏出一卷毛票，用指尖龟裂的手细点。

旁边一个女人停止踏缝纫机，向母亲探过身，喊："大姐，别给！没你这么当妈的！供他们吃，供他们穿，供他们上学，还供他们看闲书啊！……"又对我喊："你看你妈这是在怎么挣钱？你忍心朝你妈要钱买书啊……"

母亲却已将钱塞在我手心里了，大声回答那个女人："谁叫我们是当妈的啊！我挺高兴他爱看书的！"

母亲说完，立刻又坐了下去，立刻又弯曲了背，立刻又将头俯在缝纫机板上了，立刻又陷入手脚并用的机械忙碌状态……

那一天我第一次发现，我的母亲原来是那么瘦小，竟快是一个老女人了！那时刻我努力要回忆起一个年轻母亲的形象，竟回忆不起母亲她何时年轻过。

那一天我第一次觉得我长大了，应该是一个大人了。并因自己 15 岁了才意识到自己应该是一个大人了而感到羞愧难当，无地自容。

我鼻子一酸，攥着钱跑了出去。

那天我用那一块五毛钱给母亲买了一听水果罐头。

"你这孩子，谁叫你给我买水果罐头的？不是你说买书，妈才舍得给你钱的么？……"

那一天母亲数落了我一顿。数落完了，又给我凑足了买《青年近卫军》的钱……

我想我没有权利用那钱再买别的东西，无论为我自己还是为母亲。

从此我有了第一本长篇小说……

感恩提示

gan en ti shi

　　读过梁晓声先生的很多小说，却从来不知道他有着这样一位坚强的母亲。或许那部《青年近卫军》并不是引领梁晓声先生走上作家之路的唯一原因，但这部书无疑给他对文学痴迷的心田，流入了一道滋润的泉水，给他童年的心灵，提供了一份宝贵的精神食粮。母亲没有去判断儿子买书是对还是错，但她的行为已经从最大限度上给了儿子支持。喜爱文学，可能是梁晓声先生的天性，但母亲的支持，也一定给了他一份动力，一个决心。

上帝为什么早早地召母亲回去呢？迷迷糊糊的，我听见回答："她心里太苦了。上帝看她受不住了，就召她回去。"

合 欢 树

◆文／史铁生

　　10岁那年，我在一次作文比试中得了第一。母亲那时候还年轻，急着跟我说她自己，说她小时候的作文作得还要好，老师甚至不相信那么好的文章会是她写的。"老师找到家来问，是不是家里的大人帮了忙。我那时可能还不到10岁呢。"我听得扫兴，故意笑："可能？什么叫'可能还不到'？"她就解释。我装作根本不在意她的话，对着墙打乒乓球，把她气得够呛。不过我承认她聪明，承认她是世界上长得最好看的女的。她正给自己做一条蓝底白花的裙子。

　　我20岁时，我的两条腿残废了。除去给人家画彩蛋，我想我还应该再干点儿别的事，先后改变了几次主意，最后想学写作。母亲那时已不年轻，为了我的腿，她头上开始有了白发。医院已明确表示，我的病目前没法治。母亲的全副心思却还放在给我治病上，到处找大夫，打听偏方，花了很多钱。她倒总能找来些稀奇古怪的药，让我吃，让我喝，或是洗、敷、熏、灸。"别浪费时间啦，根本没用！"我说。我一心只想着写小说，仿佛那东西能把残疾人救出困境。"再试一回，不试你怎么知道会没用？"她每说一回都虔诚地抱着希望。然而对我的腿，有多少回希望就有多少回失望。最后一回，我的胯上被熏成烫伤。医院的大夫说，这实在太悬了，对于瘫痪病人，这差不多是要命的事。我倒没太害怕，心想死了也好，死了倒痛快，母亲惊惶了几个月，昼夜守着我，一换药就说："怎么会烫了呢？我还总是在留神呀！"幸亏伤口好起来，不然她非疯了不可。

　　后来她发现我在写小说。她跟我说："那就好好写吧。"我听出来，她对治好我的腿也终于绝望。"我年轻的时候也喜欢文学，跟你现在差不多大的时候，我也想过搞写作。你小时候的作文不是得过第一吗？那就写着试试看。"她提醒我说。我们俩都尽力把我的腿忘掉。她到处给我借书，顶着雨或冒着雪推我去看电影，像过去给我找大夫、打听偏方那样，抱了希望。

　　30岁时，我的第一篇小说发表了，母亲却已不在人世。过了几年，我的另一篇小说也获了奖，母亲已离开我整整7年了。

　　获奖之后，登门采访的记者就多。大家都好心好意，认为我不容易，但是我只准备了一套话，说来说去就觉得心烦。我摇着车躲了出去。坐在小公园安静的树林里，想：上帝为什么早早地召母亲回去呢？迷迷糊糊的，我听见回答："她心里太苦了。上帝看她受

感
恩
书
系

不住了,就召她回去。"我的心得到一点儿安慰,睁开眼睛,看见风正在树林里吹过。

我摇车离开那儿,在街上瞎逛,不想回家。

母亲去世后,我们搬了家。我很少再到母亲住过的那个小院子去。小院在一个大院的尽里头,我偶尔摇车到大院儿去坐坐,但不愿意去那个小院子,推说手摇车进去不方便。院子里的老太太还都把我当儿孙看,尤其想到我又没了母亲,但都不说,光扯些闲话,怪我不常去。我坐在院子当中,喝东家的茶,吃西家的瓜。有一年,人们终于又提到母亲:"到小院子去看看吗,你妈种的那棵合欢树今年开花了!"我心里一阵抖,还是推说手摇车进出太不易,大伙就不再说,忙扯到别的,说起我们原来住的房子里现在住了小两口,女的刚生了个儿子,孩子不哭不闹,光是瞪着眼睛看窗户上的树影儿。

我没料到那棵树还活着。那年,母亲到劳动局去给我找工作,回来时在路边挖了一棵刚出土的绿苗,以为是含羞草,种在花盆里,竟是一棵合欢树,母亲从来喜欢那些东西,但当时心思全在别处。第二年合欢树没有发芽,母亲叹息了一回,还不舍得扔掉,依然让它留在瓦盆里。第三年,合欢树不但长出了叶子,而且还比较茂盛。母亲高兴了好多天,以为那是个好兆头,常去侍弄它,不敢太大意。又过了一年,她把合欢树移出盆,栽在窗前的地上,有时念叨,不知道这种树几年才开花。再过一年,我们搬了家,悲痛弄得我们都把那棵小树忘记了。

与其在街上瞎逛,我想,不如去看看那棵树吧。我也想再看看母亲住过的那间房。我老记着,那儿还有个刚来世上的孩子,不哭不闹,瞪着眼睛看树影儿。是那棵合欢树的影子吗?

院子里的老太太们还是那么喜欢我,东屋倒茶,西屋点烟,送到我跟前。大伙都不知道我获奖的事,也许知道,但不觉得那很重要;还是都问我的腿,问我是否有了正式工作。这回,想摇车进小院儿真是不能了。家家门前的小厨房都扩大了,过道窄得一个人推自行车进出也要侧身。我问起那棵合欢树,大伙说,年年都开花,长得跟房子一样高了。这么说,我再看不见它了。我要是求人背我去看,倒也不是不行。我挺后悔前两年没有自己摇车进去看看。

我摇车在街上慢慢走,不想急着回家。人有时候只想独自静静地呆一会,悲伤也成享受。

有那么一天,那个孩子长大了,会想起童年的事,会想起那些晃动的树影儿,会想起他自己的妈妈,他会跑去看看那棵树。但他不会知道那棵树是谁种的,是怎么种的。

感恩提示

gan en ti shi

在读这篇文章之前,我曾经不止一次地读过史铁生先生那篇著名的散文——《我与地坛》,每读一次都会被感动一次。尤其是读到文中有关作家母亲的那些篇章时,更让我不由得热泪盈眶。在《我与地坛》中,我看到了一位和本文中一样的母亲,她默默地关注着自己残疾的儿子,躲在远处,静静地看着儿子的一举一动,悄悄想着帮助儿子的办法,不为人知地在心里流下牵挂的泪水。那棵合欢树或许正是母亲的化身,她在默默地注视着儿子的成长和人生。

　　母亲就是这样一个人,当儿女们需要她时,她肯定会出现;但当她觉得会给儿女造成麻烦时,她就会默默地离开。

给母亲看病

◆文 / 水智子

　　母亲病了,不知是感冒引发了糖尿病,还是糖尿病导致了感冒,总之是每天发烧,一直输液还是高温不退。

　　我让她到我这里来,说省城的医疗条件毕竟相对要好一些。她在电话里有气无力地说:"不去了罢,你忙你的,去了扰你。"我嗔她道:"自己的女儿,为什么这么见外呢?"

　　我去车站接母亲。在出站口,我把目光撒成一张网,在鱼贯而出的人流中,捕捉到了她的身影。

　　她显得苍老憔悴,身子佝偻着,怯怯地走着,也用目光寻找着我,双眼无神,脸色青灰,在风风火火的人群中,有不谐和的触目。我的心一紧。

　　我高声地叫她,她也望见了我,我上前搀住了她,她有点儿不习惯,说:"不用搀,我自己能走。"但从她微微颤抖的胳臂,我感到了她的虚弱和无力。

　　母亲说:"听说这里有一家糖尿病专科医院,专治糖尿病的,电视里每天都有,就去那里看罢。"我不以为然,对大做特做广告的东西向来有本能的抵触。但看到母亲那一脸的虔诚,就说:"也好,不过那是个私人医院,如果不行还是去大医院看吧。"

　　去了母亲所说的那家糖尿病专科医院。楼道两端的电视屏幕里,有电视台记者采访院长的节目录像,循环反复地播放着,院长的声音就一直在走廊里回响。

　　我挂了院长的号,院长是个戴眼镜的圆脸短发四十多岁的女性,对病人很亲切,问什么时候发的病,吃的什么药,糖尿病这么长时间了为什么不好好治疗呢?还烧这么厉害,建议住院。

　　院长让当场交化验费,638元,交给见习医生,让小姑娘去代交。我看母亲皱了一下眉,想是她觉得贵了,但她的手却伸进口袋去掏钱,我忙摁住她的手,不容她说话,抢着交了钱。

　　但我心里的感觉是有点儿不舒服的,医生让病人当面交钱,就像店主把在门口观望的顾客拉进店里,强行推销。而病人对医生,不能像顾客那样拒绝店主,因为医生对病人来说,毕竟是权威,是救苦救难的观音菩萨。

抽了四次血,每过一个小时抽一次。看见鲜红的血液从母亲的血管里一次次地吸出来,就像吸走了她的精气,加起来足够灌满一个200CC的玻璃瓶。每次抽血的间隙,母亲就软软地靠在座椅上,闭目养神。

下午的时候,出来一沓的化验单。院长戴着眼镜一张一张地翻看,说:"肝、肾都没有问题,泌尿系统感染,你发烧就是由于发炎引起的,我给你开个药方,药我这里没有,你到别的地方买药输液。血糖尿糖都高,你把你以前喝的降糖药都停了,西药对肝、肾有损害,我这里的降糖药都是纯中药做的。"她每说一句,母亲就点头应一句,诚惶诚恐。院长说:"我先给你开三个月的药,你每过半个月查一次血糖,打电话告诉我,我给你调整剂量。"院长开了药方,交给对面的小姑娘,说:"把钱交给她,她去给你们拿药。"小姑娘用计算器"叭叭叭"地敲了一会儿,说:"4100块钱。"我内心吃了一惊,但怕母亲看见,装作若无其事。我说:"我带的钱不够,明天过来拿药好不好?"院长说:"你有多少钱?"我说:"来时带了3000元钱,交了化验费,还剩两千多。"院长说:"那我重新给你开药方,先拿上一个半月的药。"我想考虑一下,但看见母亲期待的眼神,又在从口袋里往外掏钱,就只好赶快抢着把钱交给了小医生,然后提着沉甸甸的两大袋药回了家。

母亲开始输液消炎,用药是很普通的青霉素和环丙沙星。她躺在那里,一扎上液就迷迷糊糊地睡去。她的头发凌乱斑白,面色蜡黄,脸皮松松的,耷拉下来,整个身体显得瘦弱无力。她确实是老了,她曾经是那么一个健壮丰满的妇人,一口雪白整齐的牙齿,一个核桃放进嘴里,"嘎巴"一声咬开。夏天在院里乘凉,和邻人大声地说笑,湿毛巾打在厚实的胳臂上,"啪啪"作响。可现在,时光一天天榨取了她的健康和活力,只留下衰老和疾病的渣滓,此刻,她只是一个又老又瘦又病的女人。

输了一个星期的液。母亲高烧渐渐退了,精神渐好。与此同时,她也按时按量地吃着治疗糖尿病的药,但自测尿糖还是很高,又感到头晕,时不时眼底出血,视力模糊,这是糖尿病的并发症。

和母亲去糖尿病医院复查血糖,空腹血糖13.3,只降了0.5。院长说,眼底出血她也没有什么好办法,要不去眼科医院看看。至于血糖降不下去,就要考虑住院治疗了。我正在考虑,母亲突然拉了我一把,强拉我出来,小声说:"再不要上她的当了,我现在算是知道了,你以前说我还不相信,私人医院都是骗钱的。"

我也对那家糖尿病医院失去了信心,就动员母亲到别的大医院去看,母亲不肯,说:"我以前吃点儿优降糖、二甲双呱,几天血糖就降下来了,到别的医院又要花钱化验又要买他们的药。"我背了母亲,拿着她的化验单一家家医院跑,医科大学一院、二院、省人民医院、市医院,专家们的说法都大同小异。什么正常血糖范围、引发的并发症、病人要注意的事项、控制饮食、情绪稳定、适当运动等等,这些我早都快背下来了。然后,有的让住院治疗,有的给开了药方,在用药上各个大夫的药又都不一样。

回家的路上,看见一家糖尿病药品专卖店,进去看了看,展柜上各种治疗糖尿病的药品琳琅满目,有好几百种之多,另一侧还有测糖仪之类糖尿病人用品,以及几十种糖尿病人专用食品。我叹息,正因为糖尿病是世界疑难病症,才带动了这么一个和糖尿病有关的致富产业。

母亲不去住院,也不要我再买别的降糖药。我对母亲说,糖尿病先不说,眼底出血和头晕还是一定要看的。我逼迫她到了眼科医院做了眼底检查,医生开了五种口服药和一种针剂。又到市医院做了脑CT,还好脑血管没什么大问题,医生开了疏通脑络的药,说输点液可以预防。出了医院母亲埋怨:"那么贵的药,买它做什么,这儿几百,那儿几百,加起来又是一千多。"又开始输液、打针、吃药,我开玩笑说:"这么多药,又是中药,又是西药,又是片,又是胶囊,又是针剂,又是液体,在您的身体内还不打起架来?"母亲说:"都是你,花钱像流水,哪里都想骗你的钱。"

又过了一个星期,母亲的眼底出血和头晕症状并没有减轻多少。我一筹莫展,无计可施,于是心情开始变得烦躁,对母亲说:"咱们还是住院吧,让医院系统治疗,他们总是有办法的,治不好咱不出院。"母亲说:"不看了不看了,我哪里也不去了。这里扔点儿钱,那里扔点儿钱,都不顶事。这就不是住院的病,还不如我回家慢慢养着。今天不是有老乡来吗,我就坐顺车回去了。"

母亲连夜赶回家去了,我拗不过她,怎么也挽留不住。我心里空落落的,也万分地惭愧,因为我没能给母亲看好病。我真的非常非常渺小,在一切自然的社会的现象面前,统统地无能为力。

感恩提示
gan en ti shi

读完这篇文章后,我觉得文中的那位母亲不见得不知道私人医院的医疗水平,远远比不上有名的大医院。但她为什么还会选择那样的医院去治疗呢?我想,首先母亲是不愿意让女儿为自己花那么多的钱。她治疗的过程,与其说是为了自己的身体,更确切地讲是为了完成女儿一个带母亲去治病的心愿。病当然没有治好,但女儿的心愿却完成了。她再不想让女儿增加什么负担,拖着病重的身体,执意离开了。母亲就是这样一个人,当儿女们需要她时,她肯定会出现;但当她觉得会给儿女造成麻烦时,她就会默默地离开。

多年来在母亲的心中一定也亮着一盏灯,它照亮了母亲的心,它是母亲的希望,这盏灯就是母亲的孩子。

母 亲 的 灯

◆文/李树华

记忆里,我的母亲有一盏油灯,高高的底座,深深的灯碗,擦得锃亮的灯脖儿,不知道什么瓷做的,只听说是母亲出嫁时姥姥给她的嫁妆。

我上小学的时候,每逢吃过晚饭,母亲先趁月光——其实多半是星光——刷洗锅碗,关好鸡鸭,服侍我奶奶睡下,这才舍得点燃这盏高底座、深灯碗、擦得锃亮的菜油灯,放在织布机旁边的凳子上。然后,母亲麻利地坐上织布机,边往梭子里装线穗子,边招呼我:"妮儿,快来念书写作业!"于是,母亲在织布机上"哐当咔哒"织布,我在织布机旁"叽里呱啦"读书。有时候,发现机杼声停了,我见母亲正吃力地瞪着眼接线头,忙端起灯给她照明,母亲却说:"放下放下,念你的书吧,俺接得上。"

母亲白天要下地干活,常年靠这盏油灯半夜半夜地纺织。春夏织纹帐,秋冬织粗布,自个儿背到集上或托人捎着卖了钱,再买回棉花,再纺再织,这样挣几个工夫钱贴补家用,供我兄妹上学。裹了脚的母亲白天劳动够累的了,晚上织布常腰酸背疼。有时实在受不了,就停下织机让我给她捶一阵子,她伸伸腰再织。

伴着母亲的机杼声声,我读完小学升入初中。这时间,农村已不再用菜油灯,家家换上用个小瓶子加个小铁片自制的小煤油灯。母亲也用上一盏新灯,是师范学校毕业的姐姐给她买的罩子灯,很亮,也很干净,婶子大娘都羡慕。生活好转了,母亲不再连夜织布。每天晚上,我在灯下做功课,母亲就坐在旁边悄没声地做针线或剥棉桃。有几次,我从同学那里借来小说在灯下读得津津有味,一字不识的母亲还以为我是在聚精会神地用功学习呢。母亲怕打扰我,做活轻拿轻放,连走路都悄悄地。直到一天清晨,母亲为我上学早起做饭,为了省油不舍得点灯,摸黑在锅台上忙碌却被锅沿烙伤了手,我这才理解了母亲的心,为自己不懂事的行为害羞了,从此,学习不再敢偷懒,唯恐辜负了母亲和母亲的灯。

后来,遇上三年自然灾害,饭没得吃,点灯的灯油也买不到了。母亲又拿出她那盏高底座、深灯碗的油灯,重新擦得锃亮,从很少的食用油里省出一点儿,每天晚上点燃一会儿,让我尽快做完功课,母亲则在旁借着余光择野菜,仍是轻悄悄的。

为了我学习,母亲还做过"麻籽灯"。在我临近高考的日子,家中连做饭炒菜都没有油了,点灯就更甭指望了。母亲就拐着小脚,到路边沟旁去拣蓖麻籽。一粒粒地捡回来,再一粒粒地剥了皮,用秫秸篾穿成一串串。晚上就取一串放进那盏菜油灯的灯碗里点燃,照着我复习功课。母亲就在旁边守着,看燃完一串再接上一串。就是这样一盏母亲用气力,实际应该说用心血做的麻籽灯,虽然毕剥乱响,冒着黑烟,却帮助我,更鼓舞我考上了大学。

我毕业后成了一名教师,办公室、教室、宿舍用的都是电灯。我接母亲来住住,让她享受叨了多少年的"点灯不用油"的生活。母亲来了就在灯下手脚不停地给我忙针线,还批评我说:"这么亮的灯跟白天一样,别一盏盏亮着,那是不会过日子……"后来再接她,母亲执意不肯再来,她说上下车麻烦。其实是有了好消息:我们家乡要通电了。母亲说:"听说俺乡下今年也要有电灯了,跟你们城里一样了,还来回接送的费那事干吗?"

可令人遗憾的是,母亲终究没有用上电灯,在昏黄的煤油灯光里走了。母亲去世半年之后,也就是1990年春节,母亲生活了一辈子的小村子终于通了电。送电那天,我正好赶回家。晚上,我和哥嫂打开了各个房间的灯,告慰母亲,她多年的愿望终于实现了。母亲如果地下有知,一定会回家看看,看看她老屋里的电灯有多明多亮,看看明亮的电灯给她的儿子带来的新生活……

感恩提示
gan en ti shi

一盏盏各自不同的灯,陪伴着母亲走过了一个个日子,也见证了文章中的"我"学习成长的经历。母亲是位节约的母亲,她从来不肯浪费一点儿灯光,但为了自己的孩子读书,她却每晚都要把灯点亮。我觉得,多年来在母亲的心中一定也亮着一盏灯,它照亮了母亲的心,它是母亲的希望,这盏灯就是母亲的孩子。为了孩子,母亲即使是把自己变成灯油,也心甘情愿。虽然母亲最终也没有用上电灯,但孩子能够学业有成,就是她世界中最亮的一盏灯。

我大胆地设想一下,也许这样的药世间根本就不存在,存在的只是父亲对孩子的爱。是那份无私而执著的爱,最终成了孩子治病良方。

药里有种成分叫父爱

◆文/邓军清

听母亲说,我是寤生,从小体质就弱,稍微受点儿风就会发烧,而一发烧,喉咙便开始肿大,直至不能进食。

这样,背着我上医院打青霉素便成了父亲每天做农活前要做的第一件事。

由于长期使用青霉素,我的身体对其逐渐产生了抗药性,以致后来发烧时,医生用药的剂量越来越大。

医生还告诉父亲,我的这种病是从母体带来的一股热毒,根本没法根治。但父亲从来就不相信,为了治好我的病,没多少文化的他竟买了一些中医药方面的书籍自个研究起来。他对母亲说:"既然医生说孩子身上带了一股热毒,我们就挖一些清凉解毒的草药去一去孩子身上的火气。"

在我的记忆中,那段日子父亲刚忙完农活,就又扛着锄头到离家十多公里的公子山去挖草药。听父亲说药性好的草药一般都长在深山里,有时为了寻找到书里所描述的药,他必须先砍掉一大片荆棘才能找到。

有一次,到了晚上9点钟,父亲依然没有回家,六神无主的母亲便拉着我们兄妹几个点着火把去寻找父亲。当我们来到公子山的半山腰时,父亲听到了我们的呼喊。原来,父亲为了去采一些悬崖边上的金银花,一不小心踏空了,从一棵松树上摔了下去。父亲当时呼救了好几次,却没有一个人听到。

当我们把父亲拉上悬崖时,父亲的脸上、身上到处都是一道道深深的伤痕,被摔伤的左手红肿得像个刚出锅的馒头,却死死攥着一些采来的金银花。看到全家人,一天未进食的父亲笑了:"我还以为要在这个悬崖脚下呆上两三天呢!"父亲一笑,脸上那些刚刚凝固的伤口又流出了鲜红的血液,顺着脸往下流。回家的路上,除了父亲,全家人都是边走边哽咽。

父亲摔伤的左手,半个月才渐渐消肿、痊愈。但就在这期间,父亲还坚持去公子山挖草药。很快,父亲从山上挖回的草药摆满了家里的整个后院。

看到这些根根草草,母亲很是担心,生怕父亲挖回来的药,不仅治不好我的病,还会把我的身体毒坏。父亲也有同样的担心,于是一服药熬好后第一个喝的总是没病的父亲,他喝下去如果没事,第二天才会让我喝。

一次,父亲在喝完一种新药后上吐下泻,没过几天整个人都消瘦了一大圈,两个眼窝都凹陷下去了。心疼得母亲把父亲的药罐子藏了起来,再也不让父亲去研制草药了:"你这样,不仅孩子的病没有治好,还把自己的身体搞垮了,以后一家人怎么活呀!"

固执的父亲却并没有因此而选择放弃,等母亲出去做农活了,他又开始用家里的饭锅煮他的草药。

精诚所至,金石为开。后来我犯病时,竟然真的不用打针了,只要喝了父亲熬制的中草药,就会奇迹般地渐渐好起来。慢慢地,父亲的药也变成了我们当地的一种秘方,不仅可以治好我从母亲体内带来的热毒,还可以医治其他孩子因火气引发的一些疾病。

就这样,父亲的草药一直伴随着我成长,直到我到离家几百里外的城市求学,才离开了父亲的药罐子。

在学校里,我发烧时只能往学校的医务室跑。一次,我因发烧引起扁桃体发炎,喉

感·恩·父·母·全·集·

101

咙痛得无法吃进一点儿东西,在医务室打了整整一个星期的点滴也不见好转,吓得班主任连忙给父亲打电话。

第二天凌晨两点多,迷迷糊糊的我突然听到外面有人敲门,宿舍里的同学打开门,我看到的是被雨淋透的父亲给我送药来了。父亲是连夜乘火车于凌晨两点到达学校所在的城市的,此时公共汽车也停开了,父亲就提着一袋药,匆匆地走了二十多里的夜路来到学校。

深更半夜,宿舍里也没有热水了,父亲给我喝完药以后就上床睡觉了,不知是我身体烧得发烫,还是父亲一路上吹着冷风的缘故,我只觉得父亲的脚冰凉冰凉的,当我把他的两只脚放在腋下的时候,两行热泪情不自禁地流了下来。

第二天,父亲要赶回老家,在上车前他乐呵呵地告诉我,现在他往药里加了一种保鲜剂,熬好的药用可乐瓶子装着放一个月都没事!

看着父亲的笑脸,一阵暖意从我心底荡漾出来。我想:父亲配制的草药之所以能让我药到病除,里面除了父亲用心良苦寻找的各种药材以外,其中还有一种特别的成分,那就是——父亲对我深深的爱!

感恩提示
gan en ti shi

102

也许这个世界上真的存在奇迹,在现实生活中,有很多医学无法解决的疑难杂症,也许会因为一份执著和坚毅而缓解或痊愈。就像这篇文章里写的那样,因为父亲多年来不懈的努力,终于找到了救治孩子热毒的良药。我大胆地设想一下,也许这样的药世间根本就不存在,存在的只是父亲对孩子的爱。是那份无私而执著的爱,最终成了孩子治病良方。就像文章的标题说的那样,药里有种成分叫父爱。有了这份父爱,即使是再难治的病,也会退缩。

马鹤凌合眼那一刻,我们看到了一个父亲,爱他儿子最好、也最动人的方式。

父亲的慰藉

◆ 文 / 陈文茜

他最后还是拉了儿子一把,虽然他是无心的。

马英九的父亲马鹤凌走前三年定下遗嘱:没有公祭,不收花篮,只登报告知。中国人死后讲隆重,子孙之孝之锦就看盖棺那一刻。那是穷极一生的荣耀,人活着看不开,死了还放不开。

马鹤凌死前当然知道,以他儿子今日的政治地位与未来潜力,他可以来一场"国葬",全世界华人为之动容的葬礼。他没有这么做,生前死后他把所有的心愿都给了最心爱的儿子,一生拉拔,至死不渝。当他长眠那一刻,世人终于明白了,马英九的廉洁品格不是完全与生俱来的,那是一位爱子至深的父亲,给了多么不平凡的家教与身教。

我过去并没有太多的机会碰到马鹤凌,几次场合即使临席而坐,也只是浅尝性地交谈。去年丁守中委员竞选时一场募款餐会,守中安排我坐在马伯伯身旁。他笑笑地和我打招呼,低声说:"我常和英九提起,他该向你学习勇气与见解。"我听了只点头称谢,当是客套话。整场贵宾纷纷前来问候马鹤凌,我心想马英九的爸爸现在水涨船高,大概某种孤性使然,反倒因此没特别和马鹤凌先生交谈。

直至他走了,我看着他的遗嘱,想着他面对死亡时的从容与节气,并阅读他86年的一生,才惊讶地发现在马英九俊美的身躯后,存在着一位不凡的父亲,深深影响着他。

人在低处要拒绝诱惑很难,在高处更难。到了某种地位,不想要的,不主动要的,都会送上门来。当了"部长"的,想当"院长";当了"院长"的,还想做"总统";当了"总统"的,更想要富贵延及三代。没完没了的欲望,无止无尽的追求,这是凡人。

马鹤凌疼儿子的方法,不是凡人做得到的。儿子俊秀的外表与完美的学历已够鹤立鸡群;当上"法务部长","扫黑",不小心命都没了,怎么划得来?

一般平凡胆怯的父母要遇到这种情况多半教儿子,"好官莫惹黑",他们今日杀不了你,明日可以整你;你保住了自己,未必保得住家人。有点儿是非观念的父母,顶多支持儿子,但口口声声不忘叮咛:"要小心啊!对方可是有枪,不要命的。"但马鹤凌却支持马英九:"文天祥只活39岁,你已多活5年了。"

马伯伯教儿子"至诚能胜天下至伪,至拙能胜天下至巧",不只是书训,还是关键时刻的信念。这种父亲,在这样胆怯的时代,太难得了。

从某个角度看,马伯伯应该比马英九可爱,也顶天立地。他死前,缠绕他的是"亲爹爹"式的"绯"闻。这种不会出现在马英九身上的事,黏着马伯伯,使他的形象与儿子有着重大落差。

他当然是个大马迷,一生把愿望都给了儿子,世上恐怕没有几个人比马鹤凌更珍惜马英九。但是马迷们不会说的话,他会直言。他坦白地要马英九选"总统",直率地反对马英九出任主席。不管他的政治判断对或错,他爱惜马英九的方法不是一般马迷式的"马全对"。他曾和我提及马英九应该更有得罪人的勇气,要儿子争就不只争"大位",争历史地位。

马鹤凌咽气那一刻,或许因他的儿子而夺得了众人的瞩目与尊敬。但是当马家宣布父亲的遗嘱时,这位曾经颠沛流离半生的老先生,轻易地建立起比他的儿子权力地位更高的生命高度。不发讣闻,不设灵堂,一切简朴。从选棺木,到灵骨塔,费用不到10万。

那一代的老人，一一作古了，以至于以上的传奇只能停留在某个年代的名字之中……我们以为它已是绝响，没想到传奇却因马鹤凌又重启于当代。现代之官，父执儿辈不要太过分的特权，就已经是难能可贵了，怎么可能比寻常百姓还简朴，丧礼十万？

马鹤凌那一辈的军人，以国家为己任。他们有的在自己的信念中，潦倒一生，那是那一代逃难中国人的悲剧。命运太惨了，以至于他们分不清是信念错了，还是时代错了。几十年的太平，我们逐渐拥有富裕，也顿生了俗世中共有的妥协之欲。我们都想要太多平凡的东西，以至于某些不平凡逐渐消失。

一位曾经被连根拔起的军人，无法忘怀他儿时的信念，留给他的晚年，也留给他的后代。人生如果真是一幅动人的作品，就看他如何带领自己的后半生和他的后代。

马鹤凌合眼那一刻，我们看到了一个父亲，爱他儿子最好、也最动人的方式。

感恩提示
gan en ti shi

俗话说有其父必有其子，说的是父亲的言传身教，无形之中已经成为了儿子的楷模和典范。从儿子的德行操守处事为人等等方面，无一不能看出父亲的影响。读过这篇文章，我们看到，成功的政治家马英九先生，并非是凭空产生的人物，而是和他父亲的教育息息相关。这位了不起的父亲，不仅在生前处处成为儿子的楷模，即便是在临终之前，在他死后，也给儿子留下了一个无法抹去的记忆。他简朴平常的葬礼，不仅给儿子赢得了良好的政治声誉，也将成为马英九先生永远难忘的珍贵记忆。

　　我感到那一刻正化作那些未来的时刻，它将作为纽带把我们永远维系在一起。

新娘子的爸爸

[美]里查德·潘都尔　译/钟　睿

去年，我被推上了做新娘子的爸爸这等候良久的角色。可我对此却无半点儿准备。我总是这样想，当我陪着吕贝卡走在通道上的时候——她，身穿白色飘垂的礼服，妩媚动人；我，泰然自若，且又自豪——我会细细地回想她孩提时代某些富有纪念意义的时刻，或者在痛苦中难过而又甜蜜地思索着：以往这一切的养育是怎样转变成了眼前这一刻啊！我的女儿，打扮成了新娘子的女儿，正成长为这美丽可爱的女人。

事实上,很不幸。当我和她走在通道上时,我一样儿也没去想,我根本不能想,我害怕。

几星期以前,那股子紧张劲儿就开始了,而且根深蒂固起来。我愈来愈担心,觉得还是不再胡思乱想为好,把注意力集中在走完通道而且又用不着准备担架所必备的条件上。通道简直成了我挨鞭子受罚的夹道。有天晚上,教堂里空空的,我溜进去看了看通道,长得令人作呕。

四周没人时,我在我执教的大楼各走廊上练习走道儿。不一会儿,我为把自己摆弄成叫人看了要局促难堪的样子而感到十分懊丧。于是,我停了下来,心想我算是无可救药了。这一事实于婚礼前一夜在教堂内独自进行的"彩排"上被证实,我呆头呆脑,上下哆嗦个不停。我沮丧地意识到,这样练习也将无济于事:假如我今天这么糟,那我明天经过了练习会更苦不堪言。

第二天到了,我没想错。当许多人在教堂里就座时,我脚步敏捷地穿过通道,我得举止谨慎,免得人家发现我在发抖。不料,当我停下来想看看自己是否镇定时,"咚"的一声把我吓了一跳,原来是右脚跟儿重重地跺在了地板上。

比颤抖更要命的是眼泪。我这个人有个毛病,好流泪,是个近于流泪狂的人。我曾经因为几日很糟的天气而哭过,为一只死去的蝴蝶落过泪,为某些有伤感气息的电视广告而哭过鼻子。所以,今天我异常地警惕,因为一滴眼泪便能使人扫兴。

婚礼开始了。5名身着粉红色长服的伴娘由身穿灰色无尾礼服的教堂招待员伴同着,沿通道仪态端庄地徐徐走来。她们步履从容,全然是艺术的美。可是我没上过婚礼的场面(我们私奔了),这次是我的处女航。

那一刻来到了。吕贝卡手挽着我的胳膊,我们站在通道的一端。教堂内鸦雀无声,所有的人都站着转过身来,看着我们。奇怪,我觉得很镇静。顿时,管风琴的乐曲《新娘子到》奔泻而出。乐声高奏,欢乐优美,令人难受。哦!太令人难受了。我和女儿移步向前时,一股热泪夹着咸味直冲而来。我又镇定了一下,昂首直视,谁也不看。

走了大约三分之一了,脸面刚要抽动,右胳膊上觉得轻微的一按,把我唤醒到另一个更容易忍受的现实上来。原来是我的女儿的手抓住我上臂的内侧,我感到她的手指头在轻轻地一按。

这轻柔、脆弱的一按,使我走了神的神经着实一惊,但顿觉又是意味深长的一按。它表明,面对着未知的一切,面对着往下的几步以及即将步入的未来,她有些紧张,需要鼓励。她在尝试着非她莫属的勇气。她的尝试开发了我身上储藏的我未感觉到的勇气,不过为了她,我可以装出这副勇气来。侧目看去,她的面纱在抖动。我不知道怎样去纠正才好。我突发奇想,要是我们俩同时抖动,就不会那么引人注目了。

脑瓜里尽是这些怪念头,不知不觉走到圣坛前。我把她交给等候在那里的新郎,然后退到后面。牧师问是谁嫁出这位女人,我回答说:"她母亲和我。"声音很低,听起来尖声尖气,很像野鹅的叫声。这时我应该坐下了,就像我当初练习的那样。可我还是惊奇地呆在那里,看上去又像哭又像笑。牧师低声提醒我:"你可以坐下了。"这时整个仪式停了下来。我像一件挂在木钉上松散的旧外套一样,又站了片刻,这才反应过来。当我在长凳上坐下来时,心头顿时涌进了宽慰的感觉。不在人前显眼了,这多好啊!

在随后的仪式上,我又抽空自找烦恼——在眼泪一阵阵的威胁下,回忆我刚才的表演有没有令人不安的地方。我携着女儿沿通道走过时,脚步一点儿都不轻快吗?我事实上没有把仪式中我们的那一段进行得太匆忙吧?

后来,在筵席上我问及此事。大家异口同声地夸我,说我像演员一样,步履姗姗地走过了通道。

我和女儿跳舞时,她肯定地说,当初我如果步子再走得慢一点儿,她就会紧张得跌趴在地上。我感到轻松多了,甚至觉得有点儿胜利了。我边跳舞边笑,她的面纱还在抖。我们承认我们都患上了严重的"婚礼面部痉挛症"。我的眼泪又上来了。我说:"亲爱的,我们走过来了。"她双眼湿润,默默地把面颊依在我的肩上——同意我说的话。

我回想起她在通道上的轻轻一按,回想起我们走不下去然而最终坚持下来的那一刻。我们跳着华尔兹进入了最后的几拍,这时我感到那一刻正化作那些未来的时刻,它将作为纽带把我们永远维系在一起。

感恩提示
gan en ti shi

我喜欢把生命成长的过程比喻为树木,开始我们都只是父母这棵大树上的一个小枝,慢慢地就长成了粗大的树干,最后又从父母的树上剥离出来,长成了一棵独立的树。剥离的过程意味着一种新生活的开始,同时也难免有着一种疼痛。血脉相连多年,突然要分开,那种离去的感觉可想而知,文章里新娘子的爸爸正是因此才显得惶恐而不安。他期待着女儿长大,但当看到女儿终于披上嫁衣,要离开自己成为另一个男人的妻子,另一个家庭的主妇时,心中却难免有一种复杂的悸动。剥离的疼痛是因为相连的紧密,正是一份父爱,让"我"举手投足都显得分外沉重。

第三辑
在母亲的温柔中行走

父母之爱是永远不会消逝的，它不会因为时间的推移而有丝毫的改变，也不会如爱情般起起伏伏。它像一块无瑕的宝玉，在茫茫人世间，在时光的洗涤下，那份晶莹，那份纯洁，那份热烈，那份持久，无需琢磨，永不褪色，那是大自然给我们的至高无上的恩赐。

我想，也许正因为做女儿的永远无法报答妈妈的恩情，所以上帝才让女儿有一天成为妈妈。那么，妈妈，下辈子让我做您的妈妈，好吗？

妈妈，下辈子让我做您的妈妈

◆ 文／陈文阁

"你小时候真磨人，整天得抱着，连睡觉的时候都得妈妈抱在怀里，否则你就不睡……"记不清妈妈曾多少次这样揭我的"短"了。只是每次听她说起，看我嗔怪的样子，妈妈脸上的笑容便如秋天里的稻谷变得充盈而灿烂，那是一种源自心灵深处的快乐和满足。当我撒娇让她再抱抱我时，妈妈便会笑着嗔怪我："都多大了，还让妈妈抱，也不怕人家看见了笑话……"

我在家中是"老小"，妈妈生我的时候已经 40 岁了。也许是先天不足吧，我的体质特别差，常常患病。这可苦了妈妈，在缺医少药的农村，有我这样一个孩子该是多大的负担啊。

最让妈妈心疼、焦虑的是我总爱哭。我的哭声可以随时随地响起来，而且一旦响起便可能经久不息。于是，妈妈常常会一边哄我，一边给我做菜粥，心想女儿可能是因为饥饿吧；或者，妈妈常常会用农村最土的办法为我按摩肚子、脑袋，以为我大概是病了……常常是，到最后妈妈和我一起哭，只不过她是无声的，因为当所有的办法都不起作用的时候，她只有用泪水来洗涤心中的焦急和疼痛。我哭得最厉害的时候是在晚上，我不肯睡觉，只要妈妈不抱着我，我就哭个不停……现在想来，那大概是因为我对黑夜的极端恐惧。所以，大多时候妈妈总是把我抱在怀里，哄着我，有时一抱就是一夜……

多年后，姨妈曾对我说："真没想到你还能活下来，而且出息成这样！只是你千万别忘你妈的苦啊！"是的，在妈妈的精心照料下，我这个体弱多病的丑小鸭身体渐渐好起来，直到有一天，成了大山里飞出的金凤凰。

我考上了大学，毕业后又在省城找到了工作。最高兴的当然是妈妈，逢人夸我时她便会怜惜地说："我那闺女从小身子骨就不好，她有今天不易呀！"

然而真正不易的是妈妈。爸爸身体不好，妈妈既要操劳家务，又要做农活，她拉扯我们兄弟姐妹四个长大成人，其中的辛苦可想而知。我曾暗下决心，尽快在城里站稳脚跟，打拼出一片天地来，然后把妈妈和爸爸接到我身边享清福。

参加工作后，我的终身大事成了妈妈心中最大的牵挂。每次回家或者打电话，她总是不厌其烦地念叨着这件事。"找个真心对你好的人比什么都强，可不要光看人家的长相和有没有钱……"这是妈妈对我择偶的唯一标准。当有一天，我将男朋友带回家，妈妈的眼睛瞪得好大——她的准女婿竟然那么高大、帅气。在厨房做饭时,妈妈不无忧虑地悄悄对我说:"他那么出色,靠得住吗?他对你到底有多好?"看着妈妈一脸的担忧填满了额头上每一条皱纹,我笑得流出了眼泪:"妈妈,他说了,如果我将来夜里害怕睡不着觉,他会搂着我一直到天明,你说这样算不算好?"妈妈笑了,连声说:"好好好!"

当我披上洁白的婚纱那天,我成了世上最美丽的新娘,而妈妈成了世上最幸福的妈妈。我从没看过她那么开心地笑着,每时每分都笑得合不拢嘴。当宾客散尽,我就要和丈夫共度良宵时,妈妈神秘兮兮地将他叫了出去。后来我才知道,妈妈竟然很难为情地对女婿说了这样一句话:"大伟,莹儿从小就身子骨弱,你可要多疼她呀!"听丈夫复述这句话时,我笑了,笑得泪流满面。

我们租住的是40平方米的小房,房子太小了,盛不下我和丈夫的浓情蜜意,妈妈细细地体察着这一切,然后放心地回到了乡下老家。

我和丈夫决定暂时不要孩子,对于一个大都市里的"移民"来说,我们需要比别人更多的打拼。后来,我又执意让妈妈来家里住了些日子,说是我们每天回家太晚,让她帮着做点儿饭。看着我每天忙忙碌碌、早出晚归,妈妈心疼地说:"人家都以为你在城里享清福呢,没想到你这么忙,别骗妈了,妈还是回去吧,省得让你分心。"妈妈不顾我的一再挽留,执意要回去,没办法,我只好随了她的心思。临走时,妈妈对我说:"等你生了小孩我再来吧,到时我给你带!"

有一天,当姐姐打电话说妈妈在家中昏倒了时,我大吃一惊。在我心里,妈妈好像永远不会生病,好像永远都只是照顾我们,不需要我们的照顾。

我们一直不知道,妈妈的颈椎骨刺已经非常严重了,医生很诧异妈妈是怎么忍受那种疼痛的。听着医生的话,我的心痛得无以言表:我怎么那样粗心,竟然从未觉察到妈妈的身体有什么毛病?!

手术会有很大的危险,弄不好就下不了手术台,医生建议保守治疗。我想让妈妈在省城治病,妈妈说什么也不肯。她的理由似乎很充分:"莹儿啊,住在你家那小房子里,妈觉得憋屈,没病也要憋屈出病来,再说你还要上班,我白天也没个说话的,上火啊……"

妈妈执意不肯在我家住下,我知道她是不想给我添麻烦,也心疼钱,便按医生的嘱咐买来各种药物让她回家服用。每次往家里打电话,她总是告诉我买的药管用,她吃了病已经见好了,让我不用担心,我心里安慰极了。

然而,终于有一天妈妈的谎言被无情的事实揭穿了。一个夏日的清晨,妈妈再次昏倒在家中的鸡舍旁边……

妈妈的病没有好转,而且在继续发展。骨刺压迫了她的好多神经,她的手脚开始不听使唤,有时甚至会出现昏迷和幻觉。我和哥哥姐姐们商量要为妈妈做手术,手术需要的钱由我来筹集。可是爸爸不同意:"你妈说过,要是手术不成功,她就走得更快了……她不想……她舍不得你们啊……"

我不知道妈妈什么时候变得这么"软弱",她一向不是这样的人。可是想想她的话也有道理,于是手术的事就搁了下来。只是,再忙我也要每周回家一次,每次,妈妈总会告诉我不要总回家耽误工作，说家里有姐姐们照顾就行了。但我能感觉出，她内心其实是很盼望我回家的。

当我发现妈妈越来越像个孩子，是在她病了两年之后。她有时会和爸爸怄气，只因为在她和爸爸说话的时候爸爸反应慢了些；她会和大姐的女儿吵架，说后院里那棵苹果树上的苹果是留给你小姨吃的，你怎么能偷摘……我明白骨刺已经让妈妈渐渐失去了常人的心智，正在使她"返老还童"。

更令我惊讶而心痛的是，她有时竟然和我小时候一样，夜里不睡觉，总是害怕，总是说有人进屋来，要么让爸爸抱着她，要么让姐姐抱着她。

那一夜，妈妈依然不肯入睡，听着她嘴里胡乱说着什么，我的心一下下像被针扎一样。我抱着妈妈，轻轻地用手抚摸她的头发，不断地安慰她，女儿就在她身边，没有人会伤害她。渐渐地，妈妈安静下来，最后在我怀里睡着了，她睡着的姿势像极了一个孩子。我的脸贴在她满头的白发上，它们仿佛一条条岁月的河流，带我穿越时空隧道回到了从前：当年那个一手托着背上的我、一手挽着盛满猪草的柳条筐急匆匆走在乡间小路上的妈妈回来了；当年那个背着我一路小跑二十多里山路、送我去乡卫生院急诊的妈妈回来了；当年那个为我扛着行李送我走出大山千叮咛万嘱咐我要好好念书的妈妈回来了……

我抱着妈妈一直到黎明。当冬日的阳光透过窗户照到妈妈脸上的时候，妈妈醒了。她怔了好一会儿，然后竟有些不好意思起来："你这丫头，你抱着我做什么呢？"我说："妈妈，你还记得吗，小时候，你不抱着我，我就不睡觉，我害怕呀……"我看到，妈妈的脸上浮现出了孩子一样纯真的笑容。

当我们兄弟姐妹们终于决定冒险为妈妈做手术时，妈妈却突然在一个早晨走了。

妈妈走的时候似乎没有痛苦，她表情安详，像是睡着了。而我却痛悔异常：如果能早点发现妈妈的病，她怎么会这样还没享受过生活便匆匆离开？如果我们早点儿给妈妈做手术，是不是会有一点儿希望？她到底是真的害怕手术失败还是怕花钱连累我们？她是不是觉得只有编出那样一个理由才可能让我们相信？想到这里，我心痛如割。

事实证明了我的推断。爸爸将我以前给他和妈妈的钱原封不动地还给了我："你妈说了，你在城里连喝水都要花钱，以后生孩子、买房子、用钱的地方多着呢……"我没敢问爸爸，妈妈当时对做手术的真实想法，我明白那是我生命里无法承受之痛。

转眼妈妈离开我已经5年了，而我的女儿也已经两岁了，但曾经答应要为我带孩子的妈妈在哪里？我想，也许正因为做女儿的永远无法报答妈妈的恩情，所以上帝才让女儿有一天成为妈妈。那么，妈妈，下辈子让我做您的妈妈，好吗？

感恩提示
gan en ti shi

一句"妈妈，下辈子让我做您的妈妈"，或许是作为儿女，对母爱这个字眼最为深刻的理解,也是孩子对母亲最大的一种报答。是啊,除了做母亲,做什么也无法还清母亲曾经对我们的好,还清我们曾经欠下母亲的那笔债。即便是当牛做马,也远远不及母亲的辛劳,比不上母爱的体贴入微无怨无悔。这句话是一个孩子发自心底的呐喊,母亲却从未期求过什么回报,她们盼望的其实就是儿女们能健康快乐,能过得更好。

　　孙方眼含热泪,手捧万元支票,沉默了好久,突然哽咽着说:"这奖金我不能要,我不要!"现场的观众瞠目结舌,主持人也一时失态。

滴血的奖金

◆ 文/付卫星

　　某市高三学生孙方最近害怕回家,害怕见到父亲。原因是他报名参与了市电视台的一个冒险节目《惊险百分百》。

　　孙方参与节目的目的很简单,就是为了那万元奖金。他家里穷,需要钱,他要为父亲分忧。

　　孙方5岁那年,妈妈跟一个有钱的男人跑了,留下他和父亲两个人生活。父亲一直未能再娶。孙方知道,他们家穷,没钱,没人愿进这个门。父亲就一把屎一把尿地把他拉扯大,读了小学,上了高中,父亲不容易。

　　父亲原在一家国营工厂工作,工资微薄。如今又下了岗,靠打零工维持生计。孙方马上就要高考了,将来的上学费用会更高,父亲感到肩上的担子更重了,背也有点儿驼了。今年,父亲在市电视台又谋了个差事,高兴地对孙方说,将来上大学不用发愁了,他能挣很多钱。

　　孙方参与《惊险百分百》,就是因为父亲在电视台,他才不愿让父亲知道自己参与了该节目,怕父亲为自己担忧,阻止他参与。

　　《惊险百分百》是一个惊险、刺激,有一定风险的娱乐性节目。参与者通过层层筛选,并签订"伤害协议"后,才能进入节目的最后角逐。舞台中央是一个类似拳击场的小舞台,中间竖立着一根方柱,有一米多高,上面放着一盘香蕉。然后把一个饿极了的黑猩猩牵上来,挑战选手就是要在规定的时间内阻止张牙舞爪的黑猩猩得到那盘香蕉,并将它驱逐到台下。而选手手中仅有的就是一根一米长的木棒。

　　前五期的挑战选手均以失败告终。

　　距直播的时间越近,孙方就越怕见到父亲。他知道父亲很爱他。

　　节目直播终于开始了,现场灯火辉煌,气氛热烈。往日那位风度翩翩的男主持人来到自己的身旁，问一些怕不怕、想不想拿大奖等卖关子的话题，孙方心不在焉地附和着。说心里话，他此时害怕的不是黑猩猩，而是担心见到父亲。如果父亲知道他站在这里，不知会急成什么样。

这时，主持人给了他一根木棒，让他登上了小舞台。他想起前几期中，那只黑猩猩饿急后又得不到香蕉的样子，真有点儿心疼。人类怎能这样残酷地对待一只黑猩猩，它可是人类的朋友啊！正在他胡思乱想的当口，那只黑猩猩被驯兽员牵到他的面前。

黑猩猩微微弯着腰，紧紧地盯着他。它若直起腰来，准比自己高。孙方一边想着一边做一个迎敌的姿势。黑猩猩在短暂的沉默之后，开始向孙方身后的香蕉靠近。孙方就举起木棒来威胁它，黑猩猩毫不示弱，龇牙咧嘴，吱哇乱叫，做出张牙舞爪的样子。

孙方记得很清楚，前几期的选手，正因此时就已变得胆怯，才导致了后面的失败。他屏住呼吸，努力使自己镇定下来。他一面背对着柱子转，一面挥舞着手中的木棒，不让黑猩猩靠近。

现场的观众大呼小叫，气氛达到高潮。黑猩猩似乎被激怒了，它扑过去，孙方就用木棒向它还击，黑猩猩头一闪，木棒重重地砸到它的肩头。它变得更加疯狂，双爪猛然抓住孙方的右手，试图夺下他手中的木棒。他与黑猩猩扭打到一起，他闻到一股刺鼻的异味。他在心里暗暗鼓励自己：坚持，再坚持！决不能像其他选手那样在这时趴下。

奇怪的是，那只黑猩猩并没有抓伤他的意思，它只是与孙方争夺木棒，在台上你来我往。当黑猩猩退到舞台的边缘时，它似乎在无意中用力将木棒捣向自己的脚掌。只听它"吱呀"惨叫一声，仰面摔到舞台下面。就在这一刹那，孙方仿佛听到一个熟悉的声音……

现场观众一片欢呼。那只黑猩猩爬起来又疯狂地扑向自己，被驯兽员拦住，一顿皮鞭。孙方从台上跳下去，奋力夺下驯兽员的皮鞭，大声喊道："你不能这样打它，不能打它！"他看见黑猩猩一瘸一拐地被驯兽员带到后台。

主持人走过来，热情地把孙方拉到舞台中央，当众宣告他挑战成功，并赞扬他是一个动物保护热心者。

孙方眼含热泪，手捧万元支票，沉默了好久，突然哽咽着说："这奖金我不能要，我不要！"现场的观众瞠目结舌，主持人也一时失态。

孙方真想快一点儿回家，快一点儿见到自己的父亲。看看父亲的脚伤得重不重，肩头还疼不疼。

感恩提示
gan en ti shi

一对父子以一种极为奇特的方式，相逢在电视直播的舞台上。儿子目的明确，为了得到奖金，以解经济上的燃眉之急。父亲角色特殊，成了和自己儿子对峙的猩猩。父亲演得惟妙惟肖,没有人能看穿父亲装扮的角色。但父亲对儿子的爱,却无法遮掩地泄漏了这个秘密。面对众多的观众和摄像镜头,手持木棍的儿子心在流血,装扮成黑猩猩的父亲的心,也同样在流血。父亲顾及着儿子,儿子同样顾及着父亲。父子间的亲情,让对峙成为了一种交流,也成了他们贫苦生活中一股滋润心田的暖流。

　　曾经,因为有了父亲,青岛成了儿子心目中的圣地。如今,又因为有了儿子,青岛成了一个更加迷人的地方。青岛很美,但却美不过一位父亲的心。

青岛啊,青岛

◆文/刘兆亮

　　青岛是一个很美丽的城市。我那时认为它恰如其分的美丽是因为父亲去了那里。

　　自从父亲去了青岛,这个离我800里的地方突然有了亲和力和感召力。尊敬的青岛市民也好像一下子都成了我的亲人,我特别挂念青岛,想念他们。

　　父亲是去青岛干建筑小工的,抬水泥、搬石块、挑砖头是他的工作。但这是次要的,父亲在青岛生活和工作了,这是让人感恩的事。

　　那时我正上高三,父亲带着家中最破的被子和那顶漏雨的安全帽到县城坐火车。因为还有40分钟的空闲,父亲就到学校去看我。但他并没有见到我,他的脚刚好踩到上课铃声。父亲就给看门师傅留了一张字条,写道:"儿,我去青岛干活儿了。青岛好啊,包吃包住一天20块钱。你好好念书,争取考到青岛去。"署名是"父亲亲笔"。

　　这是父亲写给我的第一封书信,是写在随手捡起的烟盒上的。烟盒上脚印清晰可辨,比父亲的字还工整,但父亲的字比它精神多了,撇撇捺捺都有把持不住的去青岛的激动之情。

　　青岛好啊!父亲这个赞美诗般的感叹也是听别人陈述来的。父亲没去过青岛,甚至他连比县城更大点儿的城市都没去过,但父亲那时去青岛了。看到父亲的留言,我很高兴。

　　从此以后,我的学习和生活便有了"青岛特色"。地理课本上的胶东半岛成了我的维多利亚港,历史课本上德国强占青岛的章节让我深刻铭记,青岛颐中足球队成了我心中的巴西队。而我的高考志愿上,打头阵的都是青岛的大学。

　　父亲在一个叫观海山的山上建花园。山不太高,但站在山顶上可以看到海,下雨天不上工,父亲就上山顶去看海。看海是父亲最高级的精神生活。在他的物质生活方面,让他津津乐道的,是能隔三差五吃到两块五一斤的肥肉膘。父亲说,瘦的他们才不爱吃呢,青岛的肥肉真贱!父亲说,乖乖,青岛就是青岛啊!

但青岛没有及时给他发工资,这是堵心窝儿的事。父亲说,肥肉很香,但一想到钱就咽不下去了。

父亲走时只准备了 25 块钱生活费,父亲花了 40 天。之后,他摸口袋时,兜里只剩下五个手指头了。当然,在他的内裤边,母亲还连夜为他缝进了 50 块钱。但那钱不能动啊!

青岛怎么不发工资呢?老板解释说临时有点儿困难,让父亲等人顶一顶。父亲觉得那个李老板说的话不虚。以前李老板让父亲下山替他买的烟都是 10 多块钱一包的,现在下降到 4 块多钱一包了。

给李老板买烟是父亲难忘青岛的另外一个原因。

起初,父亲买烟买得一肚子得意,觉得老板还挺把自己当回事。等父亲戒烟了——实际是没有闲钱买烟了,他才感觉到买烟成了一种煎熬和痛苦。

父亲每次烟瘾上来的时候,都要到厕所尿一泡尿,每次进行的时间都很长。他低头思考着什么,最后还是使劲地捏一把那缝在内裤边的 50 块钱,忍了。

但父亲经常把烟包放在鼻子下使劲地闻一闻。闻一闻烟又不会少,没事的。有几次他甚至就想把手中的烟往腰里一别,一口气跑回家,坐在田头再一口气抽光。边抽烟边看玉米生长,多美的事儿啊!

但父亲是个老实巴交的人,这也是老板习惯让他买烟的根本原因。父亲觉得自己携烟出逃的想法太匪气了,也不切实际。父亲比较实际的做法是,爬山时多弄出点儿汗,递烟给老板时好让他酬劳自己给一根抽抽,但是没有。只有一次,李老板客气地说,剩下的 3 毛钱硬币不要了,看你累的,头上的汗珠子比雨点儿还大!父亲不收,两个人互相推让,干活儿的人都把手中的活儿停下来看他们。李老板生气了,大喝一声后又把声音压得低低的,拿着,对,拿着。父亲的兜里就多了 3 毛钱。

父亲想等下次再多出 3 毛,还有再下次,再再下次……

但李老板已经好几天没让父亲买烟了,也就是说李老板已经很少过来了。慢慢地,父亲他们就感觉到李老板可能在耍熊蛋了——他要跑掉了!

大家也很久没能吃上肉了,伙房的人也好久没接到钱了。

工程没完,老板就跑了,碰上这样的事,算是倒了八辈子霉。

等人也不能干等着,大家就开始买回家的车票。父亲他们都偷偷地进行着自己的工作:有的与父亲一样拆开了内裤,有的翻起了鞋子,有的把被子里的棉花团弄开……那里是事先准备好的回家的路费。我们那里的习惯,路费多少就缝多少。

父亲把他在青岛的这些经历讲给我听的时候,我还在等青岛方面的大学通知书。青岛与我的关系还八字没一撇。

但青岛朝我走来了,我被青岛一所重点大学的土木工程系录取了。

那天父亲把烟头抽得很兴奋,他满眼亮亮的,左手比划着青岛宽阔的马路怎么走,还一个劲儿说,青岛好啊!青岛好啊!

我不知道,当父亲赞美诗一样地感叹青岛好的时候,他的右手在口袋里把从青岛带回来的那3毛钱都攥出了汗!到了学校后我才发现,那3枚硬币,被父亲打进了我的背包——那是父亲在青岛赚取到的财富,儿子应当继承。

感恩提示
gan en ti shi

父亲是位豁达的父亲,也是一位仁忍的父亲。美丽的青岛曾经留下了他艰辛的足迹,即便是在繁重的劳动换来的却只有一场欺骗和3枚小小的硬币后,父亲却依然喋喋不休地叨唠着青岛的美丽。美丽的景色和父亲的遭遇叠加在一起,让人更加会有一种心酸的感觉。但文章里还有一种无法言说的温情,在字里行间流动。曾经,因为有了父亲,青岛成了儿子心目中的圣地。如今,又因为有了儿子,青岛成了一个更加迷人的地方。青岛很美,但却美不过一位父亲的心。

我什么时候能够用自己手中的笔,把那只载着父爱的小船画出来就好了!

父 爱 之 舟

◆文 / 吴冠中

是昨夜梦中的经历吧,我刚刚梦醒!

朦胧中,父亲和母亲在半夜起来给蚕宝宝添桑叶……每年卖茧子的时候,我总跟在父亲身后,卖了茧子,父亲便给我买枇杷吃……

我又见到了姑爹那只小渔船。父亲送我离开家乡去投考学校以及上学,总是要借用姑爹这只小渔船。他同姑爹一同摇船送我。带了米在船上做饭,晚上就睡在船上,这样可以节省饭钱和旅店钱。我们不肯轻易上岸,花钱住旅店的教训太深了。有一次,父亲同我住了一间最便宜的小客栈。夜半我被臭虫咬醒,遍体都是被咬的大红疙瘩。父亲心疼极了,叫来茶房,掀开席子让他看满床乱爬的臭虫及我的疙瘩。茶房说没办法,要么加点钱换个较好的房间。父亲动心了,但我年纪虽小却早已深深体会到父亲挣钱的艰难。他平时节省到极点,自己是一分冤枉钱也不肯花的,我反正已被咬了半夜,只剩下后半夜,也就不肯再加钱换房子……恍恍惚惚我又置身于两年一度的庙会中,能去看看这盛大的节日确实无比地快乐,我欢喜极了。我看各样彩排着的戏人边走边唱,看高跷走路,看虾兵、蚌精、牛头、马面……最后庙里的菩萨也被抬出来,一路接受人们的膜拜。卖玩意儿的也不少,彩色的纸风车、布老虎、泥人、竹制的花蛇……父亲回家后用几片玻璃和彩色纸屑等糊了一个万花筒,这便是我童年唯一的也是最珍贵的玩具了。万花筒里那千变万化的图案花样,是我最早的抽象美的启迪者吧!

父亲经常说要我念好书,最好将来到外面当个教员……冬天太冷,同学们手上脚上长了冻疮,有的家里较富裕的女生便带着脚炉来上课,上课时脚踩在脚炉上。大部分同学没有脚炉,一下课便踢毽子取暖。毽子越做越讲究,黑鸡毛、白鸡毛、红鸡毛、芦花鸡毛等各种颜色的毽子满院子飞。后来父亲居然从和桥镇上给我买回来一个皮球,我快活极了,同学们也非常羡慕。夜晚睡觉,我将皮球放在自己的枕头边。但后来皮球瘪了下去,必须到和桥镇上才能打气,我天天盼着父亲上和桥去。一天,父亲突然上和桥去了,但他忘了带皮球。我发觉后拿着瘪皮球追上去,一直追到悚树港,追过了渡船,向南遥望,完全不见父亲的背影。到和桥有 10 里路,我不敢再追了,哭着回家。我从来不缺课,不逃学。读初小的时候,遇上大雨大雪天,路滑难走,父亲便背我上学,我背着书包伏在他背上,双手撑起一把结结实实的大黄油布雨伞。他扎紧裤脚,穿一双深筒钉鞋,将棉袍的下半截撩起扎在腰里,腰里那条极长的粉绿色丝绸汗巾可以围腰二三圈,还是母亲出嫁时的陪嫁呢。

初小毕业时,宜兴县举办全县初小毕业会考,我考了总分七十几分,属第二等。我在学校里虽是绝对拔尖的,但到全县范围一比,还远不如人家。要上高小,必须到和桥去念县立鹅山小学。和桥是宜兴的一个大镇,鹅山小学就在镇头,是当年全县最有名气的县立完全小学,设备齐全,教师阵容强,方圆 20 里之内的学生都争着来上鹅山。因此要上鹅山高小不容易,须通过入学的竞争考试,我考取了。由于学校离家很远,因此我要住在鹅山,要缴饭费、宿费,学杂费、书本费也贵了,于是家里粜稻,卖猪,每学期开学要凑一笔不小的钱。钱,很紧,但家里愿意将钱都花在我身上。我拿着凑来的钱去缴学费,感到十分心酸。父亲送我到校,替我铺好床被。他回家时,我偷偷哭了。这是我第一次真正心酸地哭,与在家里撒娇地哭、发脾气地哭、吵架打架地哭都大不一样,是人生道路中品尝到的新滋味。

第一学期结束,根据总分,我名列全班第一。我高兴极了,主要是可以给父亲和母亲一个天大的喜讯了。我拿着级任老师孙德如签名盖章,又加盖了县立鹅山小学校章的成绩单回家,路走得比平常快,路上还取出成绩单来重看一遍那最紧要的栏目:全班六十人,名列第一。这对父亲确是意外的喜讯,他接着问:"那朱自道呢?"父亲很注意入学时全县会考第一名的朱自道,他知道我同朱自道同班。我得意地、迅速地回答:"第十名。"正好缪祖尧老师也在我们家,他也乐开了:"茅草窝里要出笋了!"

我唯一的法宝就是考试,从未落过榜,我又要去投考无锡师范了。为了节省路费,父亲又向姑爹借了他家的小渔船,同姑爹两人摇船送我到无锡。时值暑天,为躲避炎热,夜晚便开船,父亲和姑爹轮换摇橹,我在小舱里睡觉。但我也睡不好,因确确实实已意识到考不上的严重性,自然更未能领略到满天星斗、小河里孤舟缓缓夜行的诗画意境。船上备一只泥灶,自己煮饭吃,小船既节省了旅费,又兼做宿店和饭店。只是我们的船不敢停到无锡师范附近,怕被别的考生及家长们见了嘲笑。

老天不负苦心人,我考取了。送我去入学的时候,依旧是那只小船,依旧是姑爹和父亲轮换摇船,不过父亲不摇橹的时候,便抓紧时间为我缝补棉被,因我那长期卧病的母亲未能给我备齐行装。我从舱里往外看,父亲那弯腰低头缝补的背影挡住了我的视线。后来我读到朱自清先生的《背影》时,这个船舱里的背影便也就分外明显,永难磨灭了!不仅是背影时时在我眼前显现,我对鲁迅笔下的乌篷船也永远是那么亲切,虽然姑爹小船上盖的只是破旧的篷,远比不上绍兴的乌篷船精致,但姑爹的小渔船仍然是那么亲切,那么难忘……我什么时候能够用自己手中的笔,把那只载着父爱的小船画出来就好了!

庆贺我考进了颇有名声的无锡师范,父亲在临离无锡回家时,给我买了瓶汽水喝。我以为汽水必定是甜甜的凉水,但喝到口,麻辣麻辣的,太难喝了。店伙计笑了:"以后住下来变了城里人,便爱喝了!"然而我至今不爱喝汽水。

师范毕业当个高小的教员,这是父亲对我的最高期望。但师范生等于稀饭生,同学们都这样自我嘲讽。我终于转入了极难考进的浙江大学代办的工业学校电机科,工业救国是大道,至少毕业后职业是有保障的。幸乎?不幸乎?由于一些偶然的客观原因,我接触到了杭州艺专,疯狂地爱上了美术。正值那感情似野马的年龄,为了爱,不听父亲的劝告,不考虑今后的出路,毅然沉浮于茫无边际的艺术苦海,去挣扎吧,去喝一口一口失业和穷困的苦水吧!我不怕,只是不愿父亲和母亲看着儿子落魄潦倒。我羡慕过没有父母、没有人关怀的孤儿、浪子,自己只属于自己,最自由,最勇敢。

醒来,枕边一片湿。

感恩提示
gan en ti shi

出现在大画家梦里的场面,依旧清晰生动,让人禁不住和他一起落泪。随风潜入夜的不是杜甫笔下的春雨,而是一只盛满了父爱的小船。那只小船一次次载着儿子,载着父亲的期待出发,一次次又让儿子走上人生的新路。父亲坐在船头的背影,父亲摇桨的形象,连在一起,便是他对儿子爱的浓缩图。儿子最终没有走那条顺利的人生之路,而是选择了艰难的艺术之路,儿子为此常常觉得愧对父亲。但在不期而来的梦里,父爱之舟依旧来往于儿子生命的河流之上。它曾经承载了儿子过去求学的经历,也将陪伴儿子走在以后的人生之路上。

儿子可以想尽各种方法回避母亲的容貌，但却无法回避母爱，母爱终究是不会隐形的。

儿 嫌 母 丑

◆文／李雪峰

我的母亲是个容貌丑陋的乡下女人，刚懵懵懂懂时，我就知道遮丑了。我不同母亲一块儿上街；喊在田里劳作的母亲回家时，我只是很快地跑到她的身边，低低地朝她喊一声，便飞快地独自一人跑开了。别人家的小孩都让母亲拉着小手送到学校去，但我不，我拒绝接送。我知道，很多个夜晚下了夜自习，我一个人沿着漆黑的街巷走，身后那远远跟着我的黑影，那不紧不慢的一串脚步声，就是母亲。但我还是假装不知，我怕突然走到一盏路灯下，让别人窥见了我有一个丑不忍睹的母亲。

母亲很爱看戏，但她很少到戏场去，就是仗着夜色去了，也是不声不响地远远坐在角落里，而且往往是去得最迟、走得最早。她没有看过一场完整的戏，不是没听到开场的锣声，便是没有看到杀尾的好戏，回到家里就靠父亲那笨拙的口舌给她补完整一场戏。因此在镇上，母亲像是一个被人难以看到的幽灵，许多人都渐渐地把她淡忘了。临近大学毕业的那年夏天，我的女朋友小月固执地要同我去乡下见见我的家人，我百般阻挠无效，只好忐忑不安地硬着头皮领她回了乡下的老家。推开家的木门，母亲正坐在院子中搓洗衣服，见了我们回来，母亲慌手慌脚地站起来。女朋友见了母亲的模样，一时怔住了，我的脸刷地红了，尴尬地撒谎说："这是我的大婶。"我看见母亲一愣，微微地一哆嗦，但是，母亲什么也没有说，强装镇定地朝我们笑笑，便把我们迎进了屋里。那两天，小月一个劲儿地问我母亲，我左遮右拦，眼看就要露出马脚来，母亲忙帮我掩饰说："他妈走亲戚去了，要好多天才能回来，我是替他们家照看门户的。"母亲笑着说完就轻轻扭身出去了。我看见母亲在墙角偷偷地擦了一把眼泪。我在省城结了婚，只给家里草草写了一封信，母亲接信后，给我们汇来了1000元，汇款单的留言栏上留了几个黑点。我想这可能是我母亲欲言又止吧！

捧着那张汇款单我感到一种从未有过的沉重。母亲虽然在留言栏上没留一句话，但我已深深感到了她的祝福。妻子分娩前的一个月，一天，楼下的邻居转给我一个很重的包袱。他说是一个乡下妇女送来，托他转给我的。我忙问他送包袱的女人是什么模样，他比比画画地说了半天，并说了一句，很丑的一个老妇人。

他说，那个老妇人在楼下转了老半天把包袱托给他，说是急着赶车就匆匆走了。

回到家里，我打开包袱，全是花花绿绿的童衣童帽，我再也抑制不住放声痛哭了一场。我告诉妻子，那个我曾说是我大婶的女人，就是我母亲。她千里迢迢、风尘仆仆地搭车转车赶到这里来，为了儿子的颜面，竟临门而不入，留下她给儿子和未来孙子的满心慈爱，却连儿子的一口凉水也没有喝。妻子也哭了。妻子说，她其实早就知道那大婶就是我的母亲。

妻子说："她一点儿也不丑，她比许多女人都美，她是我见过的最了不起的妈妈！"妻子让我一定回家把母亲接来，她说："我们不仅要大大方方地喊她妈妈，还要陪她到大街走走。"

我的母亲终于有了她的位置，尽管很迟很迟。

感恩提示

gan en ti shi

因为容貌，多年来母亲在儿子的世界里成了一个隐形人，甚至一度变成了儿子的"大婶"。细想起来，其实儿子多年来对母亲容貌的嫌弃，早就足以让一位母亲心酸了。但母亲却为了儿子的脸面，默默地咽下了所有酸楚的眼泪，甚至还配合着儿子一起演戏撒谎。儿子可以想尽各种方法回避母亲的容貌，但却无法回避母爱，母爱终究是不会隐形的。当儿子需要她时，母亲总是会小心翼翼地出现在儿子的身边。正是这份执拗的母爱，最终让儿子看到一颗母亲的心，它原来是那么美丽，那么动人。

母亲扑过来抓住我的手，忍住哭声说："咱娘儿俩在一起，好好活，好好活……"

秋天的怀念

◆文 / 史铁生

双腿瘫痪以后，我的脾气变得暴怒无常。望着天上北归的雁阵，我会突然把面前的玻璃砸碎；听着李谷一甜美的歌声，我会猛地把手边的东西摔向四周的墙壁。这时母亲就悄悄躲出去，在看不见的地方偷偷听着我的动静。当一切恢复沉寂，她又悄悄地进来，眼边红红的，看着我。

"听说北海的花儿都开了，我推着你去走走。"她总是这么说，母亲喜欢花。可自从我腿瘫痪后，她侍弄的那些花都死了。

"不，我不去！"我狠命地捶打这两条可怕的腿，喊着，"我活着有什么意思！"

119

母亲扑过来抓住我的手,忍住哭声说:"咱娘儿俩在一起,好好活,好好活……"

可我一直都不知道,她的病已经到了那步田地。后来妹妹告诉我,她常常肝痛得整宿整宿翻来覆去地睡不着。

那天我又独自坐在屋里,看着窗外的树叶"刷拉拉"地飘落。

母亲进来了,挡住窗前:"北海的菊花开了,我推你去看看吧。"她憔悴的脸上现出央求般的神色。

"什么时候?"

"你要是愿意,就明天?"她说,我的回答已经让她喜出望外了。

"好吧,就明天。"我说。

她高兴得一会儿坐下,一会儿站起:"那就赶紧准备准备。"

"唉呀,烦不烦?几步路,有什么好准备的!"

她也笑了,坐在我身边,絮絮叨叨地说着:"看完菊花,咱们就去'仿膳',你小时候最爱吃那儿的豌豆黄儿。还记得那回我带你去北海吗?你偏说那杨花是毛毛虫,跑着,一脚踩扁一个……"她忽然不说了,对于"跑"和"踩"一类字眼,她比我还敏感。她又悄悄地出去了。

她出去了,就再也没有回来。邻居们把她抬上车时,她还大口大口地吐着鲜血。我没有想到她已病成那样,看着三轮车远去,也绝没想到那竟是诀别。

邻居的小伙子背着我去看她的时候,她正艰难地呼吸着,像她那一生艰苦的生活。别人告诉我,她昏迷前最后一句话是:"我那个有病的儿子和那个未成年的女儿……"

又是秋天,妹妹推我去北海看菊花。黄色的花淡雅,白色的花高洁,紫红色的花热烈而深沉,泼泼洒洒,秋风中花开得正烂漫。我懂得母亲没有说完的话,妹妹也懂,我们在一块儿,要好好地活……

感恩提示
gan en ti shi

"听说北海的花儿都开了,我推着你去走走。"这是一句多么平常,又多么感人至深的话呀,母亲是怕儿子闷在家里,于身心不利,才提出了这样一个看似平常实则满怀爱意的要求。应该说,史铁生先生后来能成为著名的作家,写出一部部优秀的作品,和母亲的关怀和爱是密不可分的。正是因为有了母亲的爱做后盾,才让他一次次鼓起了生活的勇气。作家虽然残疾了,但母爱无疑就是他行走的双腿。

母亲为儿子的服务,何止是那一天,又何止是那一次呢!其实她一生都在为孩子操劳,一生都在为孩子默默地服务。

那天母亲为我服务

◆文/回到最初

母亲吃了大半辈子苦,落下了满身病痛,早早从工厂退了休,在家安顿着我们的起居饮食。

这几年随着我们年岁增大,结婚生子,又买了新住房,纷纷离巢而出,只留下老母一人孤零零地窝在鸽子楼里。

也曾想接母亲一同入住,可又怕遭妻子嫌弃,加之挺现代的儿子也看不惯母亲的唠叨与节俭,只好作罢。

搬家时,曾许诺每周末接母亲回新房住,可坚持几周就疲怠了;而答应每月给母亲的200元生活费,也因为购房后手头拮据,子女学习费用大涨,交一摞子迟一摞子,开始也曾愧疚,可日久就麻木了,有时想想日益严峻的生活压力,心里头倒生出一丝平衡来。

一日,一家三口去商场购物,中午累了,儿子提议去餐馆破费一次,妻子就领着我们找了附近的一家小餐馆。

小餐馆生意出奇地好,客来客往,这桌刚吃完立马又上来一桌人,几个穿白工作服的中年服务员(大概都是下岗妇女)紧张地忙碌着,上菜的上菜,添饭的添饭,擦桌子的擦桌子,洗碗的洗碗,忙得脚不沾地,不亦乐乎。

我们点了菜,凑在一起欣赏刚买回来的礼物,瞬间菜就端上来了,我挺自然地拿起筷子,本能地双手接菜,四目相对,我"啊"了一声,那边也是"咦"……

妻子猛然间也发觉了,只一声"妈,你这是……"就再也说不下去了,而粗嗓门的儿子则叫了起来:"奶呀,你这是怎么了,竟当上了服务员,咱家又不是没饭吃!"

母亲明显有一丝慌乱,满脸羞涩,但瞬间平静下来,露出笑容:"先生,你好,我是这里的服务员,我们餐厅规定不能与客人闲聊,这是你们点的菜,请尝尝。"母亲熟练地叫着菜名。

满屋的人"刷"地将目光投到了我们这桌,嘈杂的餐厅静多了,许多人窃窃私语,发出啧啧称奇声。母亲受不住这难堪气氛,脸上红一块、白一块,赶紧穿过众人视线,逃也似的钻到店后厨房洗菜去了。

饭厅经理闻听走了过来,拍着我的肩,说何姊做事还真不错,手脚麻利、嘴巴甜、人缘又好，三个月来从未迟到过。还说他大儿子在机关上班，房子装修好了就接她回去享清福，趁现在闲着活动活动身子骨，顺便也为孙子上大学多攒点儿钱。"怎么样，房子装修好了吧，想接何婶走，我们还真舍不得呢。"经理笑着说。

我的眼眶湿润了，恨无地洞可钻，只紧紧握着饭厅经理的手，连声说："是的，是的，我这就接母亲回去，该让她老人家享享清福了……"

我叫儿子将饭菜打包，回家好好尝尝，又叫妻子先回去，准备几个好菜，晚上接母亲回来一同吃。我搬条凳子，坐在饭厅一角落里，想好好看看母亲忙碌的身影，陪她老人家说上几句话，并等她下班一同回家。

感恩提示
gan en ti shi

　　独自一人偷偷在饭店里打工的母亲，可能一直在默默地关注着儿子一家人的生活。她大概不止一次地看过儿子新家的窗口，躲在远处看过儿子和家人的容貌。儿子没有接母亲来家，但母亲并不为此记恨，反而辛辛苦苦地在餐馆里打工，想着给孙子攒下一笔积蓄。母亲为儿子的服务，何止是那一天，又何止是那一次呢！其实她一生都在为孩子操劳，一生都在为孩子默默地服务。

　　看着这几张回执单，我脑海中又浮现出父亲那慈祥的面容、微驼的背影，在泪水中我读懂了那伟大无私的父爱。

来自父亲的稿费

◆ 文 / 何如平

　　大专毕业后，我为了找工作，在人才市场、用人单位之间来回奔波，感到终日身心疲惫不堪。由于我学的是冷门专业，社会上需求量很小，况且我又缺乏求职技巧，求职半年多，迎来的只是一次次失败的打击，我的自信心就这样在一次次打击下损失殆尽了。

　　每次拖着沉重的脚步回到家里，父亲总是为我递上热毛巾让我擦擦脸，然后就转身到厨房为我准备晚饭。望着父亲已经微驼的背影在狭小的厨房里忙碌的样子，我更多出一分愧疚，已经过了20岁尚且不能自食其力，让人汗颜。父亲很少过问我找工作的事，他知道我的心情一直不好，其实我看得出来他还是很想问问的。

又过了几个月，我还是没有找到工作。不幸的是我的腿在一次交通事故中永远地失去了，我终日只有与轮椅为伴了。这对于年轻的我无疑是更为沉重的打击，我变得更加消沉，话也更少了。每次父亲把饭端到我的面前，我常常看都不看一眼，饭菜凉了，父亲便默默地端走，然后热一下，又端回来。

一天我正在窗前发呆，父亲走了过来，他对我说："平儿，前两天我整理房间的时候，看见你初中作文竞赛得的奖品啦！还保存得那么好，像新的一样。"我应了一声，并没有抬头看父亲。接着，父亲又小心翼翼地说："现在你的腿不方便，就在家写点儿文章吧，给报社投投稿，打发一下时间。"我默默地点点头。其实我对自己的写作水平一向很自信，写写文章赚点儿稿费，也算是"自食其力"了，还可以打发一下这无聊的日子。父亲已经为我准备好了稿纸和笔，我埋头写作的日子就这样开始了。我的一篇篇用汗水凝结的文章被父亲装进了信封，送到了邮局，发往了各个报社。那些稿子让我在寂寞无聊、消沉颓废的日子里又充满了希望。日以继夜地写作，心情也开朗了许多。那段日子我充满信心地等待收获，父亲的心情似乎也很好，他总是我作品的第一个读者。他总是戴上他的老花眼镜，一个字一个字认真地读着，我这时候才注意到父亲已经苍老了许多。父亲那乌黑浓密的头发不知何时已经变得花白了，额头也出现了皱纹，我真是太粗心了！

时间很快过去了，可是事情并不像我想像的那样顺利。我投出的稿子如同泥牛入海，大多一点儿消息都没有，偶尔有几封退稿信。我很失望，写作的积极性也不像以前那样高，甚至都想放弃了。我问父亲："写作这条路，适合我走吗？"父亲总是很坚定地对我说，一分耕耘，一分收获，天道酬勤，我相信你一定会成功！我却无视父亲的鼓励与期望，一次次的打击使我越来越不自信了，后来干脆就辍笔不写了。这一切，父亲都看在眼里。

一天当我在家看电视时，忽然听到楼下有邮递员喊我下来领汇款单，父亲连忙兴冲冲地跑下楼签收，又兴冲冲地跑上楼把汇款单递给我说："平儿，报社给你寄稿费了，快看，50元呢！"我一把抓过汇款单，激动得眼泪差点儿流了下来。有了这张汇款单，我又重新找回了自信，又重新拿起了笔开始了我废寝忘食的写作。这以后的日子似乎特别顺，报社的稿费陆陆续续地来了，我写作的热情更高了，有不少编辑老师还主动向我约稿，自食其力的愿望不知不觉地实现了。看到父亲几年来都舍不得给自己买一件新衣服，我对他说："爸，用我的稿费给您买件衣服吧，我也该孝敬您一下了。"父亲却说："等你攒够了钱买了电脑再给我买衣服吧！现在都流行用电脑写作啊！"

半年后，我用近6000元买回了电脑，这里面有父亲从他牙缝里挤出的2500元钱。正当我下个月准备用自己挣来的稿费为他买衣服时，父亲却因为心脏病突发永远离开了我。我在整理父亲的遗物时，却意外地发现了几张汇款回执单，看看汇款的日期，我清楚地记得那正是我最初写作时，投出的稿子杳无音信，我失落迷茫已经放弃的那段时间，父亲以报社的名义寄给我的。我顿时泪眼蒙蒙，原来我人生中的第一笔稿费是父亲给我寄来的。以后我的稿子越来越多地见报，正是得益于最初那几份稿费的鼓励，否则我早已经放弃了。为了找回儿子的自信,父亲始终保守着这个秘密。看着这几张回执单,我脑海中又浮现出父亲那慈祥的面容、微驼的背影,在泪水中我读懂了那伟大无私的父爱。

感恩提示

gan en ti shi

　　总是在鼓励儿子的父亲,看到儿子因为写作不顺利而日渐沉沦时,用一个特殊的方式重新鼓起了儿子坚持下去的勇气。父亲寄来的那几笔稿费,数目虽然很小,但却在儿子的心中加上了一个举足轻重的砝码。父亲给儿子的稿费其实是宝贵的自信,比自信更可贵的还有父亲对儿子的关心和爱护,当然还有一位父亲对儿子的期待和希望。是这份希望让父亲想出了这个巧妙的主意,并最终使儿子走出了困境。儿子的文章早已经发表在父亲的心中,父亲的稿费更是物超所值。

我拿起笔,郑重地在父亲的借条后面又加上:今女儿借父亲100万元整,用下半辈子对他和母亲的呵护来还。

给父亲的借条

◆文/银　存

　　我16岁离开家,从此,就没有惦记过回去。我天生不太念旧,母亲说我心狠,我也自以为是,我在过去的那十几年里真没把那间生养了我的屋子当回事,虽然里面有父亲和母亲。

　　26岁那年,我拿出10年的积蓄和丈夫注册了一家公司,没想到,就在丈夫坐火车去广州进货的途中,那凝结着我和丈夫十年汗水和泪水的钱被人给偷了。看着丈夫一脸落魄,靠在厨房的角落里闷头抽了一下午的烟,我不忍心再责怪他。公司已经开张了,而钱,没了着落。

　　从没有处心积虑地考虑过钱的我开始四处张罗钱。

　　周围的朋友,有钱的倒有几个,平时关系也不错,喝酒吃饭从来不会忘了我们,在一起拉呱吹牛那是经常的;麻将桌上更是张弛有度。本以为一个电话过去,就凭着平时的关系,区区几万块钱,还是小菜的。可是想象是美好的,现实是残酷的,应了我丈夫那句话,"咱是小庙里的菩萨——不会有多少香的"。

确实,朋友之间是不能谈钱的,人家在电话那头支吾着,我就是傻子,也知道那是推辞。

这时,窗外的天是暗的,就快入夜了。

半夜里,听风从窗外呼啸而过,刮得顶上的遮阳棚呼啦啦地响,和衣躺在床上,毫无睡意。想遍了周围的人,思量过后怕被再拒绝,实在丢不起那个脸了。最后只剩一条活路了——回老家问父母借。

第二天,搭上了回家的车,一路颠簸到街上,然后步行4公里,乡间的土路雨天是泥泞,晴天是灰尘。没心情搭理村头狗的狂吠,也没心情欣赏田野里农人收割的喜悦。等我到了家门口,已是蓬头垢面。门开着,但家里没有人,隔壁婶子告诉我,爸爸和妈妈在田里割稻子,要到中午吃饭的时候才回来。婶子说父亲临走的时候吩咐,要她等太阳出来的时候把我家的稻子担出来在场地上晒。婶子扬起簸箕,给我垒了小小的一担,我上肩,却怎么也挑不起来。婶子朝我笑笑,一窝身,挑到肩上。我跟上去,把担子里的稻子扬到场地上。婶子说:"你们现在的年轻人,肩膀嫩得很啦。"我心头一丝羞愧。

我问婶子:"这几年的生活可好?"婶子笑笑答:"还好。"

我揪着的心放下了一半。

晚上,母亲特地为我做了几个不错的小菜,父亲拿出我带回来的白酒,破例,父女俩对饮了几杯。饭后,母亲借口串门出去了。父亲盘腿坐在凉床上,架起水烟,呼噜了几口,然后望望我:"说吧,啥事?"

父亲太了解我了。

我坐在那里,望了望父亲,父亲已经老了,黝黑,干瘦,脸上橘子皮似的皱纹向下耷拉着,眼角有几道深深的沟,一直朝太阳穴的方向隐去。头发还是那么短,不过是白的多,黑的少,昏黄的灯光把他佝偻的影子在墙上勾勒得老长,老长……

父亲又用烟锅点了点我,有点儿不耐烦:"说吧。"

我低头瞅着自己的脚尖。这么多年了,从来没向父亲开过口。总以为他把我养大已经不易,他都这么老了,我怎么再好意思开口?

我对父亲说:"没事。就回来看看你。"

"有啥事就说,别闷在心里。啊,我还没死,啥事还能替你做主。"

"没事,就是好多年没回来,实在想看看你们,你别想岔了。我能有啥事啊?"

父亲又吸溜了一口,说:"那好,多住几天吧。"

借口想出去转转,从家里逃了出来。到无人处,拿手机给丈夫打了个电话,告诉丈夫,我实在没办法向父亲开口。电话那头,半天没声音……

我又拨了个电话给婆婆,平时,她最疼她的儿子。现在他儿子遇到这点儿挫折,我想婆婆不会拒绝吧?电话打通,刚和婆婆说到丈夫的钱被偷了,婆婆那头就说起了现在他们老两口子生活多么困难啊,况且我们已经分家另住了,就是手头有两个钱也还要防老啊之类的,还有孩子在她那放着,又没有收我们生活费啦。我没敢再开口,轻轻合上电话。

125

用袖子擦干不争气的泪,回转身,父亲就站在我身后……

至今,农村人还有个习惯,把现钱全藏家里。

母亲从缝着的枕头里面拆出来厚厚的一大叠票子,父亲蘸着口水一张张点着,100放一堆,50放一堆,然后是20块、10块、5块、2块、1块,还有许许多多的毛票。终了,他把自己衣服口袋里仅余的几块钱也给添兑了进去。我给他拿笔记着,一共是24639块4毛。母亲拿过来一块头巾,把一堆钱裹了进去,塞进我皮包里。父亲说:"娃,我就这么多了,你先拿去,剩下的,你俩也别着急,过几天我就给你送去。我还当是什么烦人事,不就是缺俩钱么,你老子没死,凭着张老面子,会有办法的。"

第二天,我告别父亲,回城里。

以后的两天里,我和丈夫一筹莫展,我不知道父亲能给我多大的期望,虽然他说得轻松,但是5万块钱,对个大字都不识几个的老实巴交的农民来说,能是个小数目吗?

两天后的下午,父亲来了电话:钱已经借到了,一共3万,托村口的二伯给带了来,只要去汽车站拿就行,自己就不过来了,路费得花好几块,不划算。

如今,这么多年眨眼就过去了。父亲也越发老了。春节前头,我和父亲商量,让他们搬到城里和我们一起住。父亲摇头,说乡下清闲、自在,还有一帮老乡亲。

过年的那几天假期里,我埋头在父亲的老屋帮他收拾东西,把他拾掇来的东西放整齐,不经意打开那积满灰尘的大箱子,却发现,箱底压着好几张借条,都已经泛黄了。忙问母亲家里还欠谁的钱,母亲呵呵一笑,说:"这不还是当年你要钱的时候,你父亲问人家借的。后来,你们把钱还了,人家也把借条给你父亲了。你父亲就收了起来,你们不经常回来,你父亲有时候就念叨。人家外人说你对我们不好,你父亲就说:'咋不好呢,她生活难着呢,这不,当年还借了我这么些钱。等她日子好了,自然就回来了。'"

我忙背对母亲,抹去眼角的泪水。

这就是我的父亲,这么多年了,我没给过他什么,甚至他想念儿女的时候,也就是把当初的借条拿出来在他的那帮老兄弟面前炫耀一下,说明他的孩子还记挂着他,至少还会求到他。这就是一个做父亲的伟大。

我拿起笔,郑重地在父亲的借条后面又加上:今女儿借父亲100万元整,用下半辈子对他和母亲的呵护来还。然后折叠起来,依旧放回原先的地方。

我对母亲说:"我以后每个礼拜都会回来看你们的。"

母亲说:"别常回来,我们会厌你的,工作重要啊。"转瞬又说,"若是有空,那就回来。"

我笑笑,走出里屋,对正在门口和邻居唠嗑的父亲说:"妈让我以后别回来。"

父亲说:"啊?我这就找她算账去……"

我站在门口看着,笑着,很心安。

后来,和父亲闲谈的时候说起借条的事,父亲说:"那时候,本以为你心狠,不要我和你妈了。后来你回来,即使是借钱,我也觉得好,至少,你还是我的女儿,你为难的时候还能想到我这个当父亲的,还会想到你有这个家。保留那些借条,是自己安慰自己啊,怕你还了钱以后,又像以前一样没了踪影了。那些借条,让我和你妈还有个念头,还有个期望。别的不求,只期望你心里还有我们。"

现在,有时候单位加班,礼拜天回不了家,打电话给父亲。父亲就说:"你给我记清楚,你借我的钱,加利息有一百多万,你回家一趟,就算还 1 万,少回家一趟,就加 1 万利息,你自己看着办吧。"

我要还父亲的债。我庆幸给了父亲一百多万的希望,也希望他把利息涨高点儿,以后,我没饭吃的时候,天天去他那还债,还顺便带着孩子、丈夫一起去蹭饭。

感恩提示
gan en ti shi

当父亲看到多年不归的女儿,一脸忧愁地突然回到家中时,心里已经想到了女儿肯定遭遇到了什么不测的事情。他为女儿担心,同时也有一种作为父亲的责任和豪迈。他希望自己的肩头能分担女儿的一部分重担,他希望自己能对孩子有用。但困境过后,忙碌的女儿又像过去一样忽略了父亲的情感。父亲只有用那些发黄的借条,来聊以回味曾经有过的那段日子。父亲大概也会在心里想,不知道女儿还会在什么时候遇到困难。女儿最终理解了父亲,给父亲写下的那张借条,成了父女间亲情的纽带。其实,即便是用下半辈子,父母之爱也是永远还不清的,因为那份爱根本就无法用金钱去衡量。

感·恩·父·母·全·集·

127

后来再听到那些"从未",我眼前就会冒出那只红闹钟,它像父亲的爱心一般炽烈。

吾父之爱

◆文/秦文君

我父亲年轻时当过兵打过仗,脸颊上有条弹片划破的伤疤。他有张发黄的旧照片,那时他一身戎装,抽着烟,正在沉思,是个英俊潇洒的年轻军官。在我的童年时代,这张照片成为我最大的骄傲,连我亲密的女伴都万分珍惜它。直到今天,我仍感觉穿军服的男子最富有气概,因为那能寻到我父亲当年的某种风采。

然而,父亲现在已经老得白发苍苍了,而且瘦瘦的,丝毫找不见昔日的辉煌。节假日全家团聚,看见父亲突然从谈话圈退出去了,他只当听众,偶然在空隙中和弟弟互相把烟扔来扔去。有时,我往家拨电话,接电话的总是父亲,但说上三两句话,他总会讷讷地说,让你妈妈听。接下去,是母女俩喋喋不休地亲亲密密地说些琐碎的体己话,父亲则静静地极有耐心地在一边等。

父亲的爱有些特别,母亲常说他从未给子女洗过尿布,从未参加过家长会……在众多的"从未"中,父亲黯然失色。他总是默认这一切,从无二话。但有一次,他突然提起,我出生的那天,他激动无比,跑到外面买了个鲜红的闹钟。后来再听到那些"从未",我眼前就会冒出那只红闹钟,它像父亲的爱心一般炽烈。我成年后,偶尔晚上归家迟了,会发现父亲站在黑暗的弄口等待。日深年久,直到如今,有时夜归,走在黝黑的暗道上,我仍会产生一种被人担心的温暖感,尽管我早已离开了父亲的庇护,有了自己的小巢。

记得临出嫁时,父亲叮咛我说:"不要去责备你喜欢的人。"我体会到,那话里明明白白地包含了父亲的信念。父亲正是用这种方式充分给别人自由。我刚进小学时,不喜欢有规律的生活,常常逃学,母亲让父亲押送我去学校,父亲则不。他让我申诉逃学的理由,我断断续续地说,在家好,下雨天能收集雨水,平时能喂养小鸟,能用面粉团捏有趣的小丑。父亲说,那你就天天在家吧。但是,一个星期,我在家呆腻了,逃也似的飞奔学校而去,很快就成为发奋的学生。至今,我常常会后怕,假如父亲当年强拽我去学校,我也许会永远厌倦读书的。

父亲已经离休,并且从未想过再出去干一番事业。他就是那种淡泊的人,不强求别人,也不强求自己,似乎从没有心急火燎地追求过东西。父亲爱好文学,很能欣赏,评价也在行,但他从不投入,保持着对爱好的神秘感。在我最彷徨的时候,父亲淡淡地说,你可以试着把想法写下来。我采纳了,后来那些想法纷纷印成铅字了。父亲收藏我的小说,有时看到杂志广告,他会候准杂志出版的日期去购买。他一遍一遍读,熟悉我写的每一个字。有一次我告诉父亲,我已写了一百多万字,他沉默了一会儿,说,别拼命写。

感恩提示
gan en ti shi

文章里的这位父亲是个颇有信念的父亲,即便心中关心着子女的成长,他也不会以爱的名义,对孩子们去做过多的责罚,而是想着能充分给孩子们以自由。或许正是父亲这个信念,让秦文君的想象力没有像许多父母严厉的孩子那样,受到伤害式的束缚。她的想象力从小就得以插上了翅膀,以致她最终成为一位非常受读者欢迎的儿童作家。父亲的爱看似无处可寻,但却又无所不在,其实影响的已经是儿女们一生的取向。

卖掉一张报纸的收入一定微乎其微，但父亲硬是用他辛苦的
坚持，多年来积少成多，攒下了一份作为父亲的心意。

卖报纸的父亲

◆文/刘晓峰

　　早晨天还没亮，父亲就起床了，把头天晚上蒸好的两个馒头和装满冷开水的塑料瓶子悄悄放进绿色的挎包里，背起匆匆离开了家。

　　父亲卖报有几年了。我多次劝他别去卖报，退休了就在家里享享清福吧。他总是说："等你成家以后，我就不卖了。"我不明白父亲为什么会这样说。报纸批发站距家很远，父亲总是风雨无阻地第一个到达。

　　送报车一到，早已等候的报贩就蜂拥而上，将一摞摞的报纸争先恐后地往自己的挎包里塞。他们当中有下岗工人、进城打工的农民、辍学的小孩，父亲挤不过他们，只好站在一边。批发报纸的老板挺照顾父亲，每次都给父亲留一摞。

　　拿到报纸后，报贩们就迅速四散开去，在大街上吆喝起来。父亲通常不在大街上卖报，因为街上的报贩太多，他把报纸拿到在市区和市郊间往返的铁路通勤列车上去卖——父亲是铁路退休工人。

　　车上报贩不多，只有两三个，比起大街上来说报纸要好卖得多。父亲左手腕托着一张硬纸壳，上面交错叠放着各种报纸，在上下班的职工和旅客当中不停地来回穿梭吆喝叫卖。

　　通勤车比起正式旅客列车来说，既破旧又肮脏。冬天车厢里直灌着凛冽刺骨的寒风，父亲的双手长满了冻疮，裂开了口；夏天车厢被烈日烤得发烫，父亲的衬衣上有一圈圈泛黄的汗渍，豆大的汗珠从满是皱纹的脸上淌下来。列车沿途有六个站。为了多卖几份报纸，每次列车徐徐进站还未停稳，父亲就从车上跳到站台上，趁停车的几分钟，向站台上候车的旅客和列检所、信号楼、候车室正在当班的铁路员工卖报。

　　通勤车经常停车不靠站台，健壮敏捷的年轻人上下车都感费劲，何况像父亲这样上了年纪、手腕托着报纸、肩上背着挎包的老人。下了车跨过钢轨还得爬高高的站台。父亲站在路基上爬不上去，就只好先把托着的报纸和挎包推上站台，然后用双手支撑在站台的水泥地面上，抬起右腿颤颤巍巍撩上去，接着埋下头佝偻着腰，身子向左微倾，几乎贴在地上，使尽全身的力气慢慢地爬上站台。

　　若遇列车交汇，父亲还得在站台上等着其他列车进站后，向刚刚下车的旅客匆匆兜售。有时，为了从一个站台转到另一个站台，争抢时间，父亲还得从一节节车厢腹部

底下钻越。当列车重新启动时，又笨拙地跳下车。这是非常危险的动作，弄不好身体就会卷入列车底下，被滚动的车轮碾成齑粉……

父亲的早餐都是在车厢里忙里偷闲吃的。我每天也要乘通勤车上班，时常在车厢中遇见父亲。有几次我看见父亲气喘吁吁地坐在旮旯处的一把椅子上，左手捏着干冷的馒头，右手握着塑料瓶，一口馒头一口水，艰难地咀嚼着，还不时用衣袖擦去脸上的汗珠。看见父亲疲乏的模样，我心里酸酸的，就对父亲说："我来帮你卖吧。"父亲摇了摇头，慈爱地说："好好去上你的班吧！别耽误工作。"父亲每天早上天不亮出门，中午回到家里随便刨几口饭后小憩一会儿，下午又出门卖报，直到暮色苍茫才蹒跚回到家里。父亲天天如此地来回奔波着，似乎不知疲惫。

有一天，我告诉父亲我准备结婚了，父亲非常高兴。他从旧柜子的抽屉里取出一个包裹，一层层打开，拿出一张存折郑重地递给我，语重心长地说："孩子呀！我和你妈妈都已经老了，没有什么东西送给你，这里有 3 万块钱，是用我的退休工资和多年卖报纸的钱积攒下来的，你拿去用吧！再加上你自己存的钱，到单位上去买一套房子。今后你们小两口好好地过日子吧！"霎时间，一股热流涌上心头，我止不住自己的伤感，眼眶噙满了泪水，转过头悄悄拭干——我终于明白了父亲以前说过的那句话。

自从我结婚以后，父亲就再也没有卖过报。

感恩提示
gan en ti shi

130

儿子盼着退休在家的父亲能享享清福安度晚年，但父亲却辛辛苦苦地每天跑出去卖报纸。这在儿子看来，曾经是一件无法理解的事情。但当儿子结婚，父亲把那张存折交给他时，儿子才恍然大悟，原来父亲所做的一切正是为了他。也许在父亲的心中，早就想象着儿子结婚的那一天，盘算着能给儿子积攒下一笔钱，作为他婚后生活的基础。可以想象，卖掉一张报纸的收入一定微乎其微，但父亲硬是用他辛苦的坚持，多年来积少成多，攒下了一份作为父亲的心意。3 万元钱虽然并不算多，但那份父爱却是无价之宝，那才是父亲给儿子的真正的新婚礼物。

下雪的时候，我总怀念那几年，那几年父亲老牛舐犊般的深情，那几年父亲铁杵成针般的毅力。

父亲的习惯

◆文/王玉林

　　北方的寒风吹下今冬第一场雪的时候,我的手机响了,肯定是父亲打来的。手机的那端传来熟悉而又慈爱的声音,是催促添加衣服的呵护,是担心天冷着凉的焦虑。多年来,这已成为父亲的习惯,每当天气转热或变冷时,父亲对儿子的关爱犹如庄稼应时于节气,更像大雪执著于寒冬。

　　上初中时,学校离家十几里路,我在学校里住集体宿舍,吃自带的馒头。周末放假,大多数学生都在星期天下午返校,而父亲为了让我在家多睡一宿暖和觉,多吃一顿热乎饭,加上那时我也恋家,经常星期一早上才回学校。每次父亲都起得很早,做好面条让我吃饱后,骑上"大金鹿"自行车送我去上学。

　　到了冬天也是如此。早上,父亲顶着刺骨的寒风,奋力地蹬着自行车,而我坐在车后座上,身体紧紧贴着父亲的后背。十几里的路程需要近一个小时,到了学校,父亲的内衣已经湿透了。回家后,父亲在屋里点上一堆火,把衣服烤干后再穿上,因为那是父亲仅有的一套过冬的棉衣。

　　星期天的夜里下雪是常事,最大的时候积雪半尺多厚,路上根本不能骑自行车。这时,父亲下半夜就起来做饭,接着叫我起床吃饭,然后步行送我去学校。漆黑的夜晚,皑皑的白雪,除了远处村子里微弱的灯光和惊起的狗叫,路上静得有些吓人。那时,父亲不时地给我讲些开心的故事,我也就不再胆怯。边说边走,不知不觉间天亮了,看清楚学校时,父亲便停下脚步,看着我进了校门,才放心地回去。初中住宿三年,星期天夜晚下雪的时候大约有十多次,父亲就这样送了我十多个夜晚和无数个清晨。

　　上高中时,我仍然在学校住宿。高二那年,晚上回宿舍熄灯后,我借着明亮的月光读一本新买的杂志,被查寝人员查了个正着。我与他们争吵了几句,遂成为"借着月光读书"扰乱宿舍管理秩序的"反面典型",被学校赶出了宿舍。我将事情如实地告诉了父亲,父亲没有责备我,而是在学校附近的村庄给我租了一间小屋。

　　那时已经入冬了,这是我第一次离家在学校外住宿。在第一天去小屋住的晚自习后,父亲带着被子出现在学校的门口,并且给我带来了热乎乎的包子。第二天一早,父亲又带着被子回家,因为家里没有多余可盖的被子了。尔后的十几个夜晚,无论是刮风天还是雨雪天,父亲总是带着被子等在学校门口的不远处,第二天再匆匆回家。我对父亲说我不怕,但是父亲总是放心不下,直到我熟悉了周围的环境,与同学一起合住时,父亲才不天天来陪我,但他还是隔三差五地来看我。

后来,我因在"月光下读书"被赶出宿舍的事情在学校里传开了,很多学生都纷纷搬出了"囚笼"似的宿舍。学校领导似乎明白了什么,让我又搬回了宿舍。那天,父亲忙着为我拾掇行李,同样给我买来了热乎乎的包子。在搬进宿舍的一刹那,父亲会心地笑了,看得出,他心中的担心总算放下了。

一晃几年过去,我已经参加了工作。每到冬天,尤其是下雪的时候,我总怀念那几年,那几年父亲老牛舐犊般的深情,那几年父亲铁杵成针般的毅力。然而,在这个时候,我也总是接到父亲打来的电话,是父亲时刻系心头的牵挂,是父亲永远剪不断的心里话。

感恩提示
gan en ti shi

　　四季的更替,天气的冷热,原本是季节正常的变换。但因为有了离家在外的儿子,父亲的心便随着寒来暑往而变得分外敏感。那份体贴入微的父爱,总是会及时向儿子告知天气的变化,甚至这已经成了父亲生命中一件重要的事情,变成了他的习惯。也许长大成人的儿子,早就学会了照顾自己,并不需要父亲的叮咛。此时,父亲传递的其实只是一份挂念,他也许只是想和儿子说说话,听听儿子的声音,知道孩子一切都好,父亲的心,也就安稳而欣慰了。

　　那半瓶酒,我再没有喝,放在书桌上,常常看着它,从此再没有了什么烦闷,也没有从此沉沦下去。

酒

◆ 文 / 贾平凹

　　我在城里工作后,父亲便没有来过,他从学校退休在家,一直照管着我的小女儿。我从前的作品没有给他寄过,姨前年来,问我是不是写过一个中篇,说父亲听别人说过,曾去县上几个书店、邮局跑了半天去买,但没有买到。我听了很伤感,以后写了东西,就寄他一份,他每每又寄还给我,上边用笔批了密密麻麻的字。给我的信上说,他很想来一趟,因为小女儿已经满地跑了,害怕离我们太久,将来会生疏的。但是,一年过去了,他却未来,只是每一月寄一张小女儿的照片,叮咛好好写作,说:"你正是干事的时候,就努力干吧,农民扬场趁风也要多扬几锨呢。但听说你喝酒厉害,这毛病要不得,我知道这全是我没给你树个好样子,我现在也不喝酒了。"接到信,我十分羞愧,便发誓再也不去喝酒,回信让他和小女儿一定来城里住,好好孝顺他老人家一些日子。

但是,没过多久,我惹出一些事情来,我的作品在报刊上引起了争论。争论本是正常的事,复杂的社会上却有了不正常的看法,发展到作品之外的一些闹哄哄的什么风声雨声都有。我很苦恼,也更胆怯,像乡下人担了鸡蛋进城,人窝里前防后挡,唯恐被撞翻了担子。茫然中,便觉得不该让父亲来,但是,还未等我再回信,在一个雨天他却抱着孩子搭车来了。老人显得很瘦,那双曾患过白内障的眼睛,越发比先前呆滞。一见面,我有点儿惶恐,他看了看我,就放下小女儿,指着我让叫爸爸。小女儿斜头看我,怯怯地刚走到我面前,突然转身又扑到父亲的怀里,父亲就笑了,说:"你瞧瞧,她真生疏了,我能不来吗?"

父亲住下了,我们睡在西边的房子,他睡在东边的房子。小女儿慢慢和我们亲热起来,但夜里却还是要父亲搂着去睡。我叮咛爱人,什么也不要告诉父亲,一下班回来,就笑着和他说话。他也很高兴,总是说小女儿的可爱,逗着小女儿做好多本事给我们看。一到晚上,家里来人很多,都来谈社会上的风言风语,谈报刊上连续发表批评我的文章,我就关了西边门,让他们小声点儿,父亲一进来,我们就住了口。可我心里毕竟是乱的,虽然总笑着脸和父亲说话,小女儿有些吵闹了,就忍不住斥责,又常常动手打屁股。这时候,父亲就过来抱了孩子,说孩子太嫩,怎么能打,越打越会生分,哄着到东边房子去了。我独自坐一会儿,觉得自己不对,又不想给父亲解释,便过去看他们。一推门,父亲在那里悄悄流泪,赶忙装着眼花了,揉了揉,和我说话,我心里愈发难受了。

从此,我下班回来,父亲就让我和小女儿多玩一玩,说再过一些日子,他和孩子就该回去了。但是,夜里来的人很多,人一来,他就又抱了孩子到东边房子去了。这个星期天,一早起来,父亲就写了一个条子贴在门上:"今日人不在家",要一家人到郊外的田野里去逛逛。到了田野,他拉着小女儿跑,让叫我们爸爸,妈妈。后来,他说去给孩子买些糖果,就到远远的商店去了。好长时间,他回来了,腰里鼓囊囊的,先掏出一包糖来,给了小女儿一把,剩下的交给我爱人,让她们到一边去玩。又让我坐下,在怀里掏着,是一瓶酒,还有一包酱羊肉。我很纳闷儿:父亲早已不喝酒了,又反对我喝酒,现在却怎么买了酒来?他使劲用牙启开了瓶盖,说:"平儿,我们喝些酒吧,我有话要给你说呢。你一直在瞒着我,但我什么都知道了。我原本是不这么快来的,可我听人说你犯了错误了,不知道到底是什么情况,怕你没有经过事,才来看看你。报纸上的文章,我前天在街上的报栏里看到了,我觉得那没有多大的事。你太顺利了,不来几次挫折,你不会有大出息呢!当然,没事咱不寻事,出了事但不要怕事,别人怎么说,你心里要有个主见。人生是三节四节过的,哪能一直走平路?搞你们这行事,你才踏上步,你要安心当一生的事儿干了,就不要被一时的得所迷惑,也不要被一时的失所迷惘。这就是我给你说的,今日喝喝酒,把那些烦闷都解了去吧。来,你喝喝,我也要喝的。"他先喝了一口,立即脸色彤红，皮肉抽搐着，终于咽下了，嘴便张开往外哈着气。那不能喝酒却硬要喝的表情，使我手颤着接不住他递过来的酒瓶，眼泪刷刷地流下来了。

喝了半瓶酒，然后一家人在田野里尽情地玩着，一直到天黑才回去。父亲又住了几天，便带着小女儿回乡下去了。但那半瓶酒，我再没有喝，放在书桌上，常常看着它，从此再没有了什么烦闷，也没有从此沉沦下去。

感恩提示
gan en ti shi

曾经在电视上看过记者采访贾平凹先生，直觉他是一个讷于言而重于行有着大智慧的人。这样的人即使遭遇再多的苦难，也一定不会轻易说出来。但即使这样，却无法瞒过始终关注着儿子的父亲，因为父亲的心始终都在儿子身上，注意着他的每一篇作品，也注意着他所遭遇的一切。为了儿子，父亲可谓是煞费苦心，甚至不顾自己已经戒酒多年，主动买来酒以求排解儿子心里的烦恼。在田间野地里，浓浓的父爱从那瓶酒里溢出来，像一只温柔的手，抚平了儿子心底的芥蒂。

在部队的时候，我常想起父亲，想起他的那双手，那只没有指纹的右手，那只"摸"大我的手，那只扇了我一巴掌的手。

我是父亲"摸"大的

◆文/佚　名

我的家在一座小山村，父母都是地地道道的农民。而我却没有别的孩子那么"幸运"，因为我是在受人歧视的目光中长大的，因为我的父亲是个盲人，母亲是个哑巴。

我是六个孩子中最小的一个。在我的脑海里，关于母亲的记忆几乎是空白的。因为在我不到1岁的时候，母亲就病逝了。我是没有眼睛的父亲既当爹又当妈一手拉扯大的。

从我记事时开始，父亲嘴里就没有一颗牙。每次吃饭父亲总是让我们先吃，而他吃剩下的锅巴，每次都吃得"嘎嘣嘎嘣"响。起先，我以为父亲生性刚强，越是没牙越是要吃硬东西，或者父亲喜欢吃锅巴。后来有一次我发现，父亲吃得满嘴是血，还皱着眉头，把满口的锅巴坚持着咽了下去。

原来，他是把米饭省给我们吃啊！

父亲为了让我们好好学习,从来不让我们帮他下厨。他常说,自己一辈子没有眼睛,也没有文化,可我们有眼睛,总不能看着我们当睁眼瞎啊!

有一天放学回来,我帮父亲淘米做饭,他不肯,让我去温习功课。我听他的话,就坐在他身边大声地背课文。背着背着,就听到"哗哗啦啦"的声音,接着就是一股浓烈的焦煳味。原来,炉火生着了,父亲眼睛看不见,将手伸进了冒着火的炉膛。我丢下书本心疼地跑过去对他说:"爸,以后我帮你生炉子……"

他只摆手:"没事,看你的书去……"

看着父亲被炭火烧红的右手,我的心直疼。后来,父亲手上的伤痕渐渐好了,只是我发现他的右手却没有了指纹。父亲自己看不见也不知道,可那没有指纹的手却永远地印在了我的心上。

冬夜,父亲用他的大手抱着我的脚给我取暖;夏夜,父亲摇着蒲扇给我驱蚊;在外面受了欺负,父亲又用他粗糙的双手抹去我屈辱的眼泪。我6岁那年,不小心被啤酒瓶扎伤了脚,伤口感染,脚上鼓起了一个大脓包,父亲怕我的脚留下残疾,那些日子,他每天晚上给我热敷给我按摩,直到痊愈。

哥哥姐姐们渐渐地离开了家,上学了,工作了,结婚了。我是最小的儿子,一直留在父亲身边照顾他。我就是父亲的眼睛。我18岁那年冬天,父亲得了一场大病卧床不起,我一直陪护在他身边,给他熬药给他喂饭,等着他好起来。

可就在那个当口儿,部队征兵来了。高中毕业时,我没有考上大学,当兵无疑是最好的出路了。可那时父亲躺在床上,最需要人照顾,我怎能忍心在他最需要我的时候离开他啊!我心里很矛盾,但不敢告诉父亲,就让错过这个当兵的机会成为自己终生的遗憾吧。

那天,父亲把我叫到身边,摸着我的头,语重心长地对我说:"友国,还记得我们家屋梁上的那个燕子窝吗?每年春天,燕子来了,在那上面垒窝,然后生出一窝小燕子,小燕子长大了,就把它们放出去觅食。人也是一样,孩子们长大了,不能老待在家里,要出去经风雨见世面。我知道你想去当兵,去吧,像你哥哥一样,当兵就当一个好兵。"

就这样,我当上兵,走了。临走那天,我没有勇气和父亲说再见,一个人趴在那扇窗子外长久地看着病中风烛残年的老爹,眼泪"啪嗒啪嗒"直掉,我没敢哭出声来,在窗外给父亲磕了三个响头转身就走。

在部队的时候,我常想起父亲,想起他的那双手,那只没有指纹的右手,那只"摸"大我的手,那只扇了我一巴掌的手。

记得我上四年级那年,家里穷,交不起学费,爸爸四处奔波借钱。看到爸爸的样子,那些有钱人哪里肯借,父亲着急上火得了一场病。一位同学给我出了个馊主意,让我买一个肉包子和一包老鼠药,药死一条狗卖了交学费。我觉得没有更好的办法了,只有瞒着父亲做。那天晚上,估计爸爸睡着了,我轻轻地出了门。

"友国,这么晚了出去干什么?"谁知道,父亲喊住了我。

我支支吾吾半天,想着怎么撒谎。

父亲生气了，逼我说出了实话。

"友国，你到我跟前来。"父亲朝我招招手。

我走过去，坐在床头。父亲依然用那只慈善的手摸了摸我的头，突然停住，然后狠狠地打了我一巴掌，心疼地对我说："孩子，你这辈子要牢牢记住两句话，有毒的东西不能吃，害人的事情不能干。人穷不能志短！"

那是父亲第一次用他"摸"我的手打我，也是最后一次打我。那双"摸"大我的手啊！

在部队接到姐姐的电话，得知父亲去世的噩耗，我的第一个感觉就是天塌了下来。

爸爸，你不能走啊，儿子还没来得及给你尽孝！

三天后，我赶回了老家。那是一个夏天，父亲的遗体在我到家的前一天已经火化。我还是没有见到父亲的最后一面。

"你们为什么不等我回来？你们为什么不让我见最后一眼？"我失去理智地叫喊，责问我的哥哥和姐姐。

按照家乡的风俗，子女们要为过世的老人守灵三天。我抱着父亲的骨灰盒跪了整整一夜。那一夜，我默默地为父亲哭泣，默默地为父亲祈祷，默默地和父亲对话，恍惚之间，我总感觉父亲还在用那双温暖的双手在抚摸着我。

父亲下葬那天。我到了墓地，总觉得不能让父亲就这样完全地离开我。我打开骨灰盒，从里面取出一块遗骨，我想把它放在我随身携带的士兵证里——我要让父亲永远陪着我。

姐姐看见了，含着泪对我说："小弟，爸爸一辈子身体不健全，他带着终生的遗憾走了，你怎么也要让他老人家完完整整地走啊！"

而今，父亲离开我们已经整整十年了。我一直想写一篇诔文来祭奠我的父亲，每次写到父亲，总感觉父亲在摸着我，手中的笔总是显得无力，情感的语言总是匮乏，眼泪一次次地将稿纸打湿，脑子里一次次出现空白，炽热的情感又一次次地凝固……

感恩提示
gan en ti shi

盲人父亲的这双手很神奇。奇有两点，一是生理上的，他的右手没有指纹；二是物理上的，他的双手在他的人生中代替了眼睛的功能。没有指纹的手是有些可怕的，但是，这只没有指纹的右手是因舍不得让孩子耽搁学习时间而被火炉焚烧所致，所以深深地印记在"我"的脑海中，成为"我"生活中的一种力量，也成为"我"生命中不能承受之重。同样可以感知，由于没有眼睛的光芒，只有用双手去寻找方向，这个方向指引着自己战胜苦难，更期待着孩子能享受幸福。

其实一生中,经母亲的手可以酝酿出许多神奇之物,它或在人生关键的时刻扶大厦于将倾,或绵长舒缓地影响你的一生。

分享母亲的鸡蛋酒

◆文/涟 漪

我们家乡有一种习俗,凡是坐月子的女人每天享有吃鸡蛋酒的权利。据说鸡蛋酒不仅可以滋养身体,并且还可化成甘甜的母乳,褓褓中的小婴儿吸吮了母亲丰盈甘美的乳汁会变得更聪明更健壮。记得我5岁的时候,弟弟出生了,在母亲坐月子的那段时间,我总是要去分享母亲的鸡蛋酒。那时,一旦母亲吃鸡蛋酒,我就站在她的边上,两眼直勾勾地盯着母亲碗里的鸡蛋酒,这时母亲总要夹一个酒中的蛋给我吃,那种鸡蛋的味道不仅鲜美可口,而且飘荡着一丝丝淡淡的酒香,那其中的味道只能用"好极了"来表达。也许就是从那时开始,鸡蛋酒的美味已在我的脑海里扎下了根。

18岁那年寒假,我病得很厉害,浑身软绵绵的,满嘴牙肉浮肿,舌头长了一层白白的苔,茶饭不思,高烧不下……母亲用她不再光滑的手一下下地摩挲着我滚烫的额头,并一口一口地喂我吃药。可是我的胃很不争气,它根本无视母亲的辛劳,药还没吃完,就哇哇地吐得满地都是,母亲焦虑地为我擦掉所有污秽,让我喝下几口开水,轻轻地扶我躺下。

在似睡似醒中我仿佛闻到几缕酒香,努力地嗅了嗅,全身顿感清爽,那缕清香随着我的鼻孔渗入我身体的每个细胞。一会儿,母亲端了一碗鸡蛋酒来到我面前,我竟不知从哪儿来的精神,坐了起来,贴近碗深深地闻了闻,浅浅地舔了舔,那淳淳的酒味中夹着鸡蛋的香味并伴有红糖的甜味。我从母亲手中接过鸡蛋酒,痛痛快快地把它吃了个精光,母亲的脸上露出了欣慰的笑容。

吃了鸡蛋酒后,我的病好得很快,后来的几天,鸡蛋酒几乎成了我生命中的主食。从此后,只要我身感疲惫或远道而归时,母亲一定会烧上一碗香喷喷的鸡蛋酒给我补身子。

斗转星移,转眼轮到了我坐月子。以前,母亲那一代女人们,因为国穷家穷,坐月子能吃上一个月的鸡蛋酒已经是一件很惬意的事。而我们这一代的女人可要幸福多了,坐月子简直像生了王子一样,各种营养品琳琅满目,应有尽有,月子里吃鸡蛋酒的习俗已渐渐失落。然而,我对于鸡蛋酒的嗜好已经到了无比钟情的地步。每天上午9时和下午3时,不论家里有多重要的事,也不论母亲有多忙多累,总不会忘了给我烧上热气腾腾的鸡蛋酒。我也名正言顺地吃了一个月那渗入了母亲无言之爱的鸡蛋酒。

前段日子,因为工作的繁忙、家事的辛劳、情感的失落、职业病的发作,简直让我痛不欲生,后来流感竟然也找上了我,真是"屋漏更遭连夜雨,船迟又遭打头风"。我又想起了母亲,如果母亲在身边,一定会给我烧上一碗香醇的鸡蛋酒,我浑身所有的不适都会随那鸡蛋酒排走的。然而,母亲远在他乡,我也不会让那为儿女操劳了一辈子的母亲再添忧愁。

刹那间,我脑子开了窍,何不自己动手去煮一碗鸡蛋酒呢!其实,在人生的道路上还将会不断地碰到许多困难和挫折,也许还会赶上天塌地陷之事,我总不能永远企盼母亲的鸡蛋酒来替我消除疲劳为我排解忧愁吧!在忍受伤痛的同时,还应学会适时地进行自我调整,真诚地对待生活,让生命重放七色的光彩。

感恩提示
gan en ti shi

"鸡蛋酒"自岁月深处缓缓走来,一路洒满香甜的母爱。在每一个人的童年中都会有一种食品曾与人分享,而"我"在母亲最辛苦也最幸福的"坐月子"的时刻,与其分享了"鸡蛋酒"。时光如流水,当我开始独立生活时,我发现那些"鸡蛋酒"有了深刻的含义,它不仅可以成为爱的载体,也可以化作排遣生活忧伤的良药。

其实一生中,经母亲的手可以酝酿出许多神奇之物,它或在人生关键的时刻扶大厦于将倾,或绵长舒缓地影响你的一生。

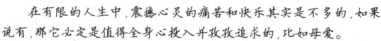

在有限的人生中,震撼心灵的痛苦和快乐其实是不多的,如果说有,那它必定是值得全身心投入并孜孜追求的,比如母爱。

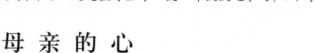

母 亲 的 心

◆文/秦廷模

我曾经听到过两位母亲讲述往事,这是她们经历过的永生难忘的感受。

第一位是我的母亲。

1969 年她参加上山下乡知识青年慰问团,在安徽历经三个多月的跋涉,她到了我哥哥下乡处看望他。之后,哥哥送她至 37 里外的杨庙才分手。过了不多久,天上突然下起了瓢泼大雨,妈妈站在一处屋檐下看着茫茫一片的田野,忧虑起来。因为那里的空旷地带连躲雨的树都没有,"不知道他究竟怎么了。"妈妈的心骤然抽紧了,一阵心痛。过了一会儿,她想,我一个人在这里躲雨又有什么意思呢,况且也不知何时雨会停,所以心一横,也冲入雨中,走了数十里泥泞路与同事会合。此后两天,她一直心神不定,直到有人来告知说哥哥那时在其他知识青年家躲雨,她才心定下来。讲起那时的感受,妈妈说:"这是一种剧烈的疼痛,简直心如刀绞。"这种印象是很深刻的。

第二位是我的岳母。

三十多年前,我爱人上山下乡远赴黑龙江生产建设兵团。作为家里的长女,第一次出门就到那么远的地方,全家的惘然之情是可想而知的,岳母更是思女如梦魇缠绕。岳母讲,她曾不止一次地憧憬过这样的情景:某天自己回来进入弄堂,突然被告知女儿已回来了,并留在上海。"如果是真的,那该多么美好呀!"

不料梦想竟然成真。一天,单位里的同事告诉她:"你女儿打来电话说,她已从黑龙江回家,并考上大学了。"这时,岳母被一种巨大的幸福感所包围,心里一阵狂喜。回顾那时候的心情,她讲,这是"我有生以来第一次感受到的真正的快乐"。

这是两种截然不同的深切感受,但是却都是母亲才有的那种心系子女的感觉。

在有限的人生中,震撼心灵的痛苦和快乐其实是不多的,如果说有,那它必定是值得全身心投入并孜孜追求的,比如母爱。

感恩提示
gan en ti shi

母亲的心,像一池溪水,缓缓流淌,润物细无声;母亲的心,像一本书,开卷有益,却永远无法读完;母亲的心,像一杯茶,淡淡清香,需要你用心品尝。读秦廷模的《母亲的心》,体会到一种如水似书如茶之感。

作者记述了两件小事,何以言小?因为这样的事可能每天都在母亲身上发生,每个儿女都经历过,感动过,也忽略过;但是,正是这些小事串联成了人一生最值得珍藏、品味、保护的情感——母爱。

母亲要到珠海拾垃圾

◆文/国　栋

在这个已习惯将感情深藏在心底的年纪,写下这个题目,让我颇费踌躇。

"长大以后为了理想而努力,渐渐地忽略了父亲母亲和故乡的消息。"每次听到郑智化的《水手》,这几句歌词总能和着那略带沙哑沧桑的嗓音触动我内心深处最温柔的地方,让我突然间有种泪流满面的感觉,虽然很长时间已经没有流过泪了。

前天中午忽然接到父亲的电话:"你妈妈还是决定要去,今天下午的车。"

我一听便有些火了,声音高了八度:"去搞么事,她也不知道外面有多苦,她以为外面遍地是黄金?"

人便是这样,越是最亲近的人,越敢向其发脾气。

母亲要去的地方是千里之外的珠海,去——捡破烂,这三个字令我实在难以启齿,有谁希望自己的母亲去捡破烂呢!这事母亲以前也曾提过几次,都因我们的极力反对而作罢。这次算是旧事重提了。

近年来,由于粮食不值钱,很多农民一年忙到头,除去种子、农药、化肥,还不算自己付出的大量时间和人力,养家糊口已是捉襟见肘,要再供个孩子上学,便有点儿入不敷出了。于是年轻人只好南下北上出去打工,前后村子里有一些妇女随后也出去了。过年的时候,她们带着大包小包地回来了,说是在外面一年可以挣到几千块,比种田强多了。一大帮仍待在家里的女人簇拥着她们,好不羡慕。那包里都是一些旧衣服、旧鞋子,但城里人的旧物什,在我们当时看来仍是不可多得的好东西,母亲当时便给我挑了一双旅游鞋,花了20块钱,说实话,我也是第一次才知道那种鞋叫旅游鞋,有段时间,我天天穿着它,直至破了也舍不得扔掉。

后来她们走的时候,便有一批前后村里的女人们也跟着去了。

"妈妈,您真的要去吗?"我让父亲把话筒递给了母亲。

"是啊,现在家里也没什么农活,闲着也是闲着,不如出去挣点儿钱,以后给老三交学费。"

妈妈说的老三是指三弟,今年正上高三。我们家兄弟三个,可没少让父母受累。父母认定了农村孩子只有读书一条路,按当时的分配体制,考上大学便意味着可以跳出

"农门"。因此,在我的很多童年小伙伴读到初中便纷纷辍学的时候,父母坚持送我读完了高中,当时是承受了很大非议的,而家里的经济负担更是可想而知。在我上大学二弟上高中的时候,家里只好忍痛卖掉了一处地段极好的房子。现在想来的确有些后悔,但当时也没有办法。在这一点上,我一直非常敬佩我父母的勇气和魄力。

"老三的学费我来管,您在家和爸爸种点儿够吃的地,安享晚年就行了。"我急切地说。

"你自己现在都还在读书,没找家里要钱已经算是对家里很大的帮助了。别担心我,我和村里的另一位婶婶一块去,再说,那边还有好多熟人。"

"那您多带点儿钱,过去看看,如果不行,就赶快回来,就当出去旅游一次。"

"知道了,你在学校要注意身体。凡事慢慢来,不要急。"

后来母亲走了,我问父亲她带了多少钱,父亲说300块。

"300块?来去的车费都不够啊!你怎么不多给一点儿?"我几乎朝父亲嚷嚷了。

"给了,你妈不要。以你妈的犟脾气,她出去后不到过年肯定是不会回来的。"在这一点上,父亲很了解母亲。

从我记事起,母亲便一直很要强,为了这个家忙里忙外,没有一句怨言。这是中国传统女性的美德。

小时候家里很穷,那时,农村刚从大集体到分田到户。大凡过来人都知道,那时期的农村,温饱问题都难以解决,送孩子上学更是要勒紧裤腰带。可"屋漏偏逢连夜雨",在我刚上小学那年,父亲不幸患了胃出血,病情相当严重,立刻被送到了省城的大医院了。

听奶奶说,那时村里每月每户分几两菜油,妈妈总舍不得吃,都攒着拿去卖了,一点一点地积攒着爸爸的医药费。大约因为我从小便是吃着那没有油炒的南瓜长大的,后来很长一段时间都显现出营养不良的豆芽菜模样。

后来,母亲又出去四处捡各种各样的罐头瓶和汽水瓶,把那些瓶子用一种特制的毛刷,里里外外刷洗干净,然后用板车送到四五里外集镇上的收购站去,每个瓶子可卖2分钱。记得曾有一阵子,我们家院子的前前后后、角角落落都堆满了各种各样的玻璃瓶。

再后来,母亲又出去割"辣蓼",我一直不知道这种野生植物的学名到底叫什么,有什么用途。反正我们镇上有一家兽药厂收购它,据说晒干粉碎后可以入药。我们帮着母亲把村子附近的辣蓼割完以后,母亲又向方圆四五里外的田间地头进发了。有时候为了节省时间,中午甚至不回来吃饭。割完之后,就地铺开,晒干后再去捆好挑回来,接着用板车装上拉到镇上去卖,我和二弟便像押镖的小伙计般跟着,碰到上坡时也可帮着推,"一个虾公四两力"嘛!我至今清楚地记得:100斤,5块钱。那段时间,我们大约卖了几千斤这种辣蓼,由此可想象母亲其间的辛劳了。一晃这都是20年前的事了,我不知道现在还有没有人会这样做。那一刻,我曾暗暗发誓,一定要好好读书,将来找个好工作,赚很多很多的钱,以此来报答父母。

母亲就是这样以她矮小瘦弱的身躯,支撑起我们这个家。现在应该说是一天比一天好过了,可母亲也一天比一天老了。这个时候,在本该安享后半生的时候,她还要背井离乡,去千里之外的陌生的珠海。我真的难以想象小时候由于家贫没上过一天学,大字不识一个的母亲,在那个遥远的城市如何生活。

现在,每天早上或傍晚,当我经过长江边上的新江滩,看着那些与我母亲年龄相仿的城市女人们踏着音乐跳舞、唱歌,做早晚锻炼的时候,我便会想起我的母亲;当我看到这个城市里拾荒的农妇背着一个破旧的、辨不清颜色的编织袋从一个垃圾桶匆匆走向另一个垃圾桶的时候,我都会停下来注视她们良久,同样想起我的母亲。

记得毕淑敏曾在一篇文章里说过,相信每一个赤诚忠厚的孩子,都曾在心底向父母许下"孝"的宏愿,相信来日方长,相信水到渠成,相信自己必有功成名就衣锦还乡的那一天,可以从容尽孝。可惜人们忘了,忘了时间的残酷,忘了人生的短暂,忘了世上有永远无法报答的恩情,忘了生命本身有不堪一击的脆弱。那么,我又该如何做呢?每念及此,这种挫折感便会困扰我平静的内心。"谁言寸草心,报得三春晖"啊!

亲爱的母亲,在我写下这篇文章的这个夜晚,在遥远的异乡,您是否已安然入睡,可曾梦回千里?或者正在忙碌,脸上挂着笑,拖着您那双有严重风湿的脚,匆匆行走在那个陌生的城市?

祝愿天下所有父母平安快乐,祝愿所有在路上或在异乡的人们幸福健康!

感恩提示
gan en ti shi

乡下的母亲有梦想,她的梦想曾经在田野。希望能在土里刨食,让全家老小无忧而活。当古老的土地翻拣不出梦想的曙光,当城市的幕景一寸寸地推至母亲的视野时,乡下母亲的梦想攀缘到城市的高度。她也想自己能否在那里站住一双脚,在钢筋混凝土的世界里像播种庄稼那样辛劳耕耘,她认为这里同样能够"种瓜得瓜,种豆得豆"。

事实的情况也许能够实现乡下母亲的梦想,但是,汗水洒落城市的辛劳远比在田野里更让人心酸。乡下母亲的梦想其实是为了孩子能够走进城市,乡下母亲的辛劳伟大而光荣。

父亲和千千万万的民工一样，他们在用自己的劳动扮靓城市的同时，也在默默地承受着城市转嫁给他们的累累伤痛。

乌鸦反哺

◆文/黄之舟

当我在电话里无意中把正急着为购房四处筹钱的事告诉父亲的时候，父亲很是发窘，顿了半晌才嗫嚅着对我说："孩子，爹实在没钱，这你知道，等有钱的时候我一定给你寄一些去帮帮你……"虽然我们相隔千里之遥，但从电话里、从父亲的口气里，我依然能够清晰地感受到，作为父亲，面对儿子遭遇困难却不能给予帮助的尴尬、内疚和惭愧，刚才还在和我饶有兴趣地交谈的父亲匆匆挂了电话。我猜想，那一晚，对于父亲，将是一个漫长的、不眠的夜。

相当长的一段时间内，我无法原谅我的过错，虽然说出去的话一如覆水难收。我知道，这些年来，老家的生活完全是靠年过半百的父亲一个人在外打工艰难维持着。乌鸦反哺，羊羔跪乳。而我虽参加工作多年却一分钱也未曾往家寄过，本来，我没有任何颜面再要父母的一分血汗钱，但我却生生地向父亲"发难"了。我敢肯定，我无意中的一句话，已经把父亲推向了无奈和愧疚的边缘。我不孝。

后悔归后悔，时间一长，特别是在我通过借、贷等多种方式把购房款缴付以后，我也就把这件事渐渐淡忘了。

一年多后的一天，我忽然收到父亲从千里之外的老家寄来的 5000 元钱。我很是惊愕，急忙打电话回家，父亲不在，问及母亲缘何会有这么一笔钱，母亲吞吐再三，才告诉了我事情的原委……

父亲自从知道我购房的事情之后，一直为不能及时帮我一把而自责和难以释怀。为了尽快帮我挣钱还债，在知道我购房消息的几天后，倔强的父亲便踏上了为期一年多的漫漫打工路。父亲先是在一家砖厂打工，时值夏季酷暑，烈日炎炎，为了多挣几块钱，父亲选择了砖厂中最苦最累的活计——砖块拖运，即先往炉窑内运送砖坯，待生坯烧熟后再将其从炉窑里运出并进行有序摆放。父亲在狭窄的窑洞内一天来往工作八九个小时，窑内气温有时高达四十多度，他挥汗如雨，在炽热难耐的炉窑内工作，他承受了常人无法承受的煎熬，这一干就是三个月。三个月后，这家砖厂因经营不善倒闭，一心想在砖厂挣"大钱"的父亲的希望也随之破灭了。而且，干了三个月的活儿，父亲最终却只拿到了一个月的工资，后虽经多次前往索取，均未果。

父亲之后又找了一份修路的活儿。修路是一项重体力活，挖土、上沙、硬化、沥青覆

143

盖，一项项都是颇为繁琐和耗力气的活儿，一般身体单薄的小伙子根本吃不消，非年轻力壮者不能胜任，但父亲却硬是坚持了下来。他夹杂在一帮青年人中间，以年过半百之躯，大幅地透支着自己的体力。白天吃饭十分简单，饿了便啃两口母亲给准备的煎饼，咽不下去，便打开他那把用了十几年的变了形的军用水壶灌上一口；夜幕降临的时候，劳累了一天的父亲和其他工友们一起，从路边捡拾一些干柴，开始埋锅造饭。都是一帮穷人，饭菜自然简单。菜是从附近菜市场上买的一些白菜萝卜之类，充其量再拎回一斤豆腐。肉是舍不得买，油也不敢多放，虽然那只是廉价的不能再廉价的普通植物油。把白菜、萝卜和豆腐之类一起放在锅里炖上半个小时，出锅后一人一碗，便是他们一天中最为丰盛的晚餐。在另一半待铺的路上，来往车流如织，汽车的灯光像游移的探照灯，一遍遍从父亲他们脸上掠过，映照着一张张黝黑的脸庞和一双双无助的眼睛。夜半，父亲便和其他人一起横七竖八地睡在路旁搭成的简易帐篷内，这时一帮多日不知肉味的蚊子也开始围拢过来，密密匝匝地栖在这群沉沉睡去的人们的身上。就这样，一直到天色渐亮。

这份工作父亲又干了三个月，因为包工头工资发放不及时的缘故，最终，父亲和另外十多个工友一起炒了工头的"鱿鱼"。

一个月后，父亲找到了他的第三份工作——跟随一个建筑队为市里一家电信公司盖办公楼。父亲此时干上了他最拿手也最愿干的"瓦匠"活儿。时至寒冬，为了按期完工，父亲和工友们加班加点地干。高高的铁架上，父亲一砖一石地仔细垒砌着，寒风掀起了父亲的白发，吹裂了父亲的双手和嘴唇，又很快风干了流出的血渍。父亲浑然不觉，一丝不苟地干着，直到夜幕降临、灯火阑珊。由于工作强度过大，半个月后，父亲右臂出现了抽搐、麻木等症状，最后竟至无法抬起。无奈，父亲只好回家"养伤"。在母亲的一再催促下，父亲到乡卫生院做了检查。医生说，父亲的右臂并无大碍，只是劳累过度，只要休息一个月后便会没事。在这次检查中，医生还检查出父亲同时患有关节炎、腰椎病等几种疾病，这都是父亲常年在外打工落下的病根。医生建议应尽快治疗，"不治将恐深"。父亲听了便一个劲儿地摇头："现在没空，以后再说……"硬是不听医生和母亲的劝阻回到了家中。

父亲和千千万万的民工一样，他们在用自己的劳动扮靓城市的同时，也在默默地承受着城市转嫁给他们的累累伤痛。父亲这次在家仅仅休息了一个星期，当胳膊稍稍能够抬起的时候，他便又偷偷地回到了工地……

在一年多的时间里，同大部分在外谋生的民工一样，挣钱心切的父亲几乎尝试了所有城里人不愿干的重体力、高风险的苦活儿累活儿。像一匹负重前行的老马，"背上的压力往肉里扣，它横竖不说一句话"。父亲省吃俭用，在挣足 5000 块钱后，便马上给我寄了过来，现在他还在外地打工……

听着母亲的诉说，看着手中父亲寄来的那崭新厚重的一沓血汗钱，我的耳畔忽然异常清晰地响起了一首新歌："我的老父亲，我最疼爱的人，人间的苦涩有三分，你却尝了十分。这辈子做你的儿女我还没有做够，央求你下辈子，还做我的父亲……"

感恩提示
gan en ti shi

"假如生活欺骗了你,请不要悲伤,也不要叹息,不顺心的事暂且过去吧,而那些逝去的将变为可爱。"这是普希金的一首诗,一次次打工被欺骗的"父亲"也许不知道这首诗。但我们在行文的字里行间没有发现父亲的叹息和悲伤,他永远是倔强而有力的,即使手臂在抬不起来的情况下,他仍然迸发出父亲才具有的耐力与毅力。

父亲会永远以自己的努力与付出来回击一切不顺。他永不停息的动力其实不在于向生活证明自己,而是在争取"儿子"的幸福,避免"儿子"的"叹息"。

在寒潮乍起的清晨,他深深牵挂的,是北风尚未抵达的武汉,却忘了北风起处的故乡和已年过七旬的母亲。

北风乍起时

◆文/叶倾城

感·恩·父·母·全·集·

145

看完电视以后,老王一整晚都没睡好。第二天一上班就匆匆给武汉打电话,直到9点,那端才响起儿子的声音:"爸,什么事?"他连忙问:"昨晚的天气预报看了没有?寒流快到武汉了,厚衣服准备好了吗?要不然,叫你妈给你寄……"

儿子漫不经心:"不要紧的,还很暖和呢,到真冷了再说。"

他絮絮不休,儿子不耐烦了:"知道了知道了。"搁了电话。

他刚准备再拨过去,铃声突响,是他住在哈尔滨的老母亲,声音颤巍巍的:"天气预报说,北京今天要变天,你加衣服了没有?"疾风阵阵,从他忘了关好的窗缝里乘虚而入,他还不及答话,已经结结实实打了个大喷嚏。

老母亲急了:"已经感冒了不是?怎么这么不听话,从小就不爱加衣服……"絮絮叨叨,从他7岁时的"劣迹"一直说起,他赶紧截住:"妈,你那边天气怎么样?"老人答:"雪还在下呢。"

他不由自主地愣住了。

在寒潮乍起的清晨,他深深牵挂的,是北风尚未抵达的武汉,却忘了北风起处的故乡和已年过七旬的母亲。

人间最温暖的亲情,为什么竟是这样的?老王自己都有点儿发懵。

风是感情的温度计,它的大小可以测量出感情的深浅。风带来了寒冷也带来了父母的牵挂,这种牵挂变成了儿女心中的暖流。寒流来袭,暖流却在心中流淌,这是亲情制造的奇迹,这是父母在远方的深情凝望。

一叶落知天下秋。父母对于风的敏感犹如温度计对温度的敏感。在北风乍起的日子里,也许没有哪一种爱会来得如此及时与真诚。人间最温暖的真情是什么?老王解不开的问题,现在我们每一个人都会明白:人间最温暖的真情就是来自于父母的爱。

一碗鸡汤,在温暖的热气缭绕中,眼泪悄然落下。那一滴眼泪将成为偏方的"药引子",让人的心灵得以滋润,让婆媳之间的爱因此"健康"永驻。

母亲的偏方

◆文/胥 源

妻和我恋爱的时候,长得白白胖胖的,加上她的娃娃脸,活脱儿一个洋娃娃。那时,妻一心想减肥。她说我和她站在一起,左看右看就是不般配。她实施了运动、节食、吃药等系列减肥法,就是不见效,最后还是听了我一句"一切顺其自然吧",她才罢休。

我第一次牵着妻的手回家,原以为全是瘦子的大家庭会对她说三道四。殊不知,父母看到她喜得合不拢嘴。酒桌上,我朝家人幽默了一句:"小平什么都好,就是胖了点儿。"话一出口,母亲就反驳:"胖有什么不好,胖说明小平心宽、量大、生活水平高。"妻听了,笑红了脸。

然而,妻自从去年生了儿子后,身体极度地消瘦下去,瘦得有些让人难以接受。亲戚朋友见到她,都悄声问我,小平是不是有病缠身?面对众人的好心,我建议妻进行食补,可依然不见效。妻本人却精神十足:原来一心想减肥,总是减不了,可眼下想胖也胖不起来了。妻每天照着镜子面对自己的骨感美,很是满意。

儿子过周岁,我们一家三口欢欢喜喜到乡下老家为儿子办周岁宴。一到家,母亲从妻的怀中接过儿子就愣住了,看着妻像看外星人似的,眼神充满焦虑。办完酒宴后,母亲把我拉到一旁,一边叹息,一边自责:"唉,我知道小平瘦成这样都是因为月子没坐好,都是妈的错,你们怎么会知道月子的细节,女人补在月子。唉,小平心里肯定怨我这个做婆婆的,一没有服侍她坐月子,二没帮她照料孩子。当时我也急着准备去城里照料她们母子,谁知你爸病了⋯⋯"

面对母亲突如其来的自责,我一时不知说什么好,良久,才嗫嚅着说:"妈⋯⋯这不关你的事,她一心想着减肥呢。"母亲不再言语。

回城的路上,我在心里总结了妻身体消瘦的原因:以前恋爱时,她快乐无忧,饭吃得香,觉睡得沉;自从儿子出生后,她的心全在儿子身上了,加之我们刚贷款买了房,花店生意、家务全落到她身上⋯⋯一想到此,我觉得欠妻的不是母亲,而是我。

立夏那天早晨,我们还在睡梦中,就被一阵急促的门铃声唤醒。门一开,发现母亲左手一只鸡,右手一个冬瓜,微笑着站在门口。我连忙让母亲进屋,母亲满脸喜悦,拿眼瞅瞅房间里还在睡的妻儿,把我拽进厨房里,小声地说:"上次宝宝过周岁后,我就四处向人打听补月子的偏方。听人说,未啼叫的小公鸡和青冬瓜煲汤,效果极好。"母亲说到此,我明白了她此次进城的目的。

接着,母亲又说:"我赶在春上,买了60只雏鸡,不喂鸡饲料,喂的全是五谷杂粮,院子里全被我播下冬瓜种,一次农药也没喷洒过,瓜秧上有虫儿,我和你爸就趁早晨露水未干把它们捉掉。我和你爸在家天天盼着鸡长大,秧儿结瓜。一天天、一月月过去了,小公鸡长出鸡冠,冬瓜碗口粗。你爸总是担心小公鸡啼叫,可我心里有数,我掰着指头算着呢⋯⋯"母亲动情地诉说着,我的心却微微有些疼痛。

不一会儿,母亲拿着刀下楼杀鸡了,而我不知是叫醒妻还是让她继续睡,只是看着冬瓜发傻。

正当我傻愣着时,已经回来的母亲推了我一下,问液化气灶怎么开。我心一惊,轻声说了句:"妈,难为您了,还是让我来煲汤吧。"谁知她不高兴地回了我一句:"我⋯⋯我亲自煲,这样我心里才好受些。看小平瘦成这样,我心里疼着呢。她嫁给你,不嫌咱家穷,不怨老人不帮她带孩子,本来白白胖胖的,只因来到我家才⋯⋯我们家欠她的呀。"

我拗不过母亲。

半小时后,厨房里飘来鸡汤香。接着,妻儿相继起床。

妻洗漱完毕,正碰上母亲端着一碗乳白的鸡汤到餐桌旁。妻惊讶地问:"妈,你啥时候来的?"母亲微笑着看着妻,急急地说:"小平⋯⋯快趁热喝了吧。"妻看到那碗漂着油花儿的鸡汤,皱起眉头向我求援。母亲发现妻的表情,二话没说,抱着儿子下楼了。

母亲一走,妻向我责问起来:"怎么回事,一大早喝什么鸡汤?"当我告诉妻,这是母亲准备了近半年的偏方时,妻慢慢端起碗。我分明看到她的眼睛红了,她强忍着眼泪一口一口慢慢喝下去⋯⋯

感恩提示
gan en ti shi

身体的胖瘦之变折射着一个人的生活状态,而人间温情正是调节生活的一剂良药。

还是那句名言：生活不是缺少美，而是缺少发现美的眼睛。在爱情与庭生活的诸多细节中，"母亲"始终用一颗发现爱与美的眼睛关注着生活，她的目光所到之处不做作，有真情，善解意。此举不仅消弭了婆媳之间的隔阂，将彼此的感情交融于一体，也让爱的表达方式延伸开来，让爱变得更加浓重。

作者最后托出母亲的"偏方"——一碗鸡汤。在温暖的热气缭绕中，眼泪悄然落下。那一滴眼泪将成为偏方的"药引子"，让人的心灵得以滋润，让婆媳之间的爱因此"健康"永驻。

在所有的东西中，我最喜欢的是你放在盒子底下的那张纸条。虽然我心中一直明白你是爱我的，但是，妈妈，我仍希望看到你写的纸条……"

盛满爱心的午餐盒

◆文/[美]安·比尔斯

20世纪60年代初，我和丈夫有了两个女孩。两个孩子温和、文静，年龄相差两岁。我投入了大量时间、精力和热情，当然还有耐心，担当起一个信心十足、和蔼可亲的母亲角色。

当两个女孩将近8岁和6岁时，我们又有了一对双胞胎儿子。这两个小家伙活泼好动，整天吵吵闹闹，顽皮任性。我的大女儿朱莉娅，成了我忠实的帮手。她帮我折叠大堆的尿布，带两个弟弟玩，还在我做饭时给他们讲故事。我尽可以放心地去依靠她，但或许我太难为她了。

我和两个女儿过去常常在垂柳下悠闲、愉快地喝茶、嬉闹，享受着无忧无虑的美好时光。但这一切突然一去不复返了。温柔的慈母慢慢变成了一个疲惫不堪、管束严厉的妇女。有时候因为过分劳累，我唯有无声地哭泣。每当朱莉娅看到我这样，便更加尽力帮助我。她从没抱怨过一句。

直到朱莉娅长大结婚以后，我才知道她曾受到的伤害。一天，她笑着问我："妈妈，还记得给我准备的带到学校的午餐吗？那时候，我的所有同学都用漂亮精致的午餐盒装着午餐，我好想能有一个同他们一样的午餐盒呀。你知道我和他们在一块吃饭时有多尴尬吗？那些色彩斑斓的午餐盒，里面塞满了他们的妈妈为他们准备的好吃食物。"

我身子朝前挪了一挪，我们的脸慢慢靠近，我目不转睛地盯着女儿。朱莉娅好像又变成了孩子，侃侃而谈："珍妮的午餐一直是最棒的。她那精巧的三明治常常切成两半，有时则切成三角形、圆形，然后装进小塑料袋中。她还有洗得干干净净的胡萝卜！过节日时她能得到一块叠得平平整整的餐巾。她妈妈把小甜饼做成'心'型，并写上她的名字。"

"天冷的时候,克莱尔的保温瓶里就会有热汤或热可可茶。另外,同学们的妈妈还把一些纸条塞在自己孩子的午餐盒里……"

我听得入了迷,朱莉娅在继续往下讲:

"妈妈,有时候,你把几根没有洗也没有削皮的胡萝卜扔进一个大硬纸袋,在两块硬面包上涂上花生酱,再扔过来一只发蔫的苹果和一块已经弄碎了的小饼子。我得花很多时间去卷叠那个硬纸袋,想方设法让它的体积变小点儿。"

"为什么你从来没告诉过我呢?"我问道,内心充满了懊悔。

她真诚地大笑起来,顷刻又变成了一个大人:"你当时太忙了。我看见你为了抚养我和几个弟妹是怎样拼死累活的,只是你完全顾不过来。我知道你一直很辛苦。不管怎么说,我和詹妮弗都有漂亮的衣服和与之相配的发带。还有在学校放学晚了或我们还不能乘公共汽车时,你就去接我们。记得你替我们买的雨衣和雨伞吗?"她在努力让我的感觉好一些。这么多年过去了,她还处处为我着想。

我不想中断刚才的话题:"午餐铃响起来的时候,你有什么样的感受?"

"呃……我害怕吃午饭。我把午餐袋藏在行李寄放处的杂物下面,总是希望……"她的神情突然活跃起来,"有一次,我发现袋子底下有一张纸片,我还以为是你写的纸条呢,仔细一看,原来是张食品标签。"

"我从不知道你想要一个午餐盒。"我轻声说道,心中充满了内疚。

好几年过去了,我时时想到朱莉娅多年渴望得到的那个午餐盒。我仿佛看到她拿着一个几乎同她身体一样大的硬纸袋,独自一人坐在餐室的一角,而她的同学却在一边吃着可口的三明治,一边读着他们的妈妈写的充满爱意的小纸条。

去年9月,朱莉娅的两个女儿在幼儿园上二年级了。她在相距5个州之遥的地方给我打电话,告诉我,她们刚刚上了校车,那是在学校开学的第一天。

"妈妈,她们俩都带了她们自己的午餐盒。吉米的是粉红色的,凯蒂的是黄色的。你知道凯蒂她多喜欢黄色。我昨晚就把她们的午饭准备好了。"她的兴奋之情从电话那端不断传来,弥漫了我的厨房和心房。"三角形的三明治,妈妈,切得整整齐齐的,还有巧克力、葡萄、奶酪、自家做的小甜饼、熟鸡腿……每样东西都分别装在易开式袋子里。"

"朱莉娅,朱莉娅!"我简直是对着话筒叫了起来,"记得放纸条了吗?"

"放了,哦,放了!"她答道。

一天,我在起劲地清扫车库。朱莉娅的父亲几年前去世了,后来我再婚了,来到了千里之外的丈夫的农场,所以车库里的一切对我来说都是陌生的。我把手伸到一个纸板箱的里面,摸到了一件东西。一个锡皮午餐盒!盒子的前面画着一只老虎,正大嚼大咽着麦片,还开心地发出嗥嗥叫声:"棒极了!"这只午餐盒很有些年头了,可能是60年代留下的。我盘腿坐在车库的地板上,把午餐盒轻轻地抱在膝上,好像它是天外飞来之物,特地送给我的。

我的上帝,真有可能给我第二次机会吗?

"着手吧,"一个声音在悄悄地催促我,"现在还为时不晚。"

我把午餐盒拿到厨房,在水池里洗了起来,就好像在洗水晶玻璃一样的小心。我的想象开始涌动,随之扩展,就像一只熟睡的小猫开始慢慢醒来。对已长大成人、生活在千里之外的女儿,母亲该给她的午餐盒里装些什么呢?棒棒糖,口香糖,还有一小把葡萄干。

想起来了,朱莉娅特别喜欢年代久远的和有情趣的玩意儿,我于是把好几个有近90年历史的纸娃娃放进了一个易开式袋中。一条古式的花边手绢,一条非常古老的手绣茶巾,小小的空间装进了我对女儿的爱。我还将一把古雅的、镶有宝石的梳子,一册本世纪初出版的关于友谊的小册子装了进去。在书上,我写上这样的话:"朱莉娅,就把它当成一根洗净削好的胡萝卜,全吃完吧。"

在一个很小的缎质包里,我放进了一根古老的针,那是一个朋友数年前送给我的。朱莉娅喜爱的几小包化妆品和美发用品也放进了午餐盒。直到什么也装不下时,我才小心地将一块折叠好的餐巾盖在上面——餐巾上是一只棕色的大火鸡和一些金黄色的树叶,上面还写着"感恩节快乐",当然啦,在盒子的最底下我藏了一张纸条,上面用红色大写字母写着:"我爱你,朱莉娅,我的宝贝,祝你愉快!——妈妈。"

我带上精心捆扎好的包裹,驱车前往邮局,我开心地劝说自己:不要在意午餐盒迟到了20年,不要在意朱莉娅已经快30岁了,毕竟她最后还是有了一个午餐盒!求求你,上帝,不要让它太晚了,我心中默默地祈祷着。

3天后,电话铃响了。开始我没有听出对方的声音。那人在电话里又是叫,又是喊,又是笑。"妈妈,我从没有意识到,我还是7岁,这真是太激动了,我差点儿喘不过气来,当我打开午餐盒的时候,我仿佛正坐在长条桌前,能闻到学校的气息,所有的同学都在看着我!"

"这么说来,那个午餐盒还不算太迟,是吗?"我用嘶哑的声音问道。

"太迟?噢,绝没有那回事……不过,在所有的东西中,我最喜欢的是你放在盒子底下的那张纸条。虽然我心中一直明白你是爱我的,但是,妈妈,我仍希望看到你写的纸条……"

感恩提示

gan en ti shi

这是吃的文化,还是爱的文化?在午餐盒这样一个小巧的天地里原来蕴藏着如此博大的学问。这是读者所难以预料的,也是文中的"我"初为人母时所没有想到的。最后是孩子告诉了我这个"秘密":午餐盒可以在盛放食品的同时也成为爱心的载体。与秘密一起揭露的还有,孩子已为自己的孩子做到了这一点,她将爱心放置在午餐盒中。

老去的母亲显然因此而受到了启示,她用爱心为自己30岁的孩子装满了一个午餐盒,并邮寄过去。漫漫邮路能否补偿曾经被自己忽略的母爱呢?可以的。因为爱心永远不迟到。

六年来，我和儿子一直在骗着对方，在这种欺骗中，儿子一天天长大成熟，我也一天天敢于面对死亡。

美丽的谎言

◆文/李永明　苗迎杰

母亲总教诲儿子做人要诚实，不说谎话。然而，当疾病和困苦袭来时，母子俩因为爱而彼此失信。母子俩的故事，由谎言串起，由爱心编撰，在伟大的母亲和优秀的儿子之间上演——

母为儿隐瞒病情　儿瞒母逃学打工

1989 年，由于积劳成疾，儿子 8 岁那年，37 岁的何秀平病倒在炸油条的摊档前，经确诊，她得了严重的类风湿。本该住院治疗，可她执意不肯，抓了几服中药后继续出摊，一撑就是 6 年！1995 年 2 月，一纸诊断书再次把她推向了痛苦的深渊——尿毒症晚期，靠透析才能维护生命！而这时，14 岁的儿子王欣要参加中考。孩子学习非常出色，联考全校前 10 名，上省重点他胸有成竹。可何秀平知道，如果自己选择透析，巨大的花费就会让儿子升学成为奢望。几经痛苦地思索，她决定向儿子撒谎，隐瞒病情。

两个月里，怕儿子看出破绽，她没去过一次医院，却每天一大早硬撑着出摊，靠镇痛药挺着。每次出门前，她会和晨读的儿子打声招呼，说句笑话；每次出门时，丈夫都默默地推着车子跟在她的身后，任凭泪水滚过他的脸颊。4 月 15 日，她终于撑不下去，再一次当街昏倒，头破血流。在医院的病床上，儿子的痛苦超出了她的想象："妈，为什么不告诉我，为什么？"他不停地流着泪水埋怨。几天后，她发现儿子的手上有连串的血泡，儿子笑着说是练单杠磨的，她很心疼。

那年 4 月 30 日，班主任突然给家里打来电话，问王欣的病好了没有？直到这时，她才知道儿子不但装病逃学，而且在工地里当起了临时工——搬运石头，血泡是被石头生生磨出来的！她的心一下子紧缩在一起。晚上，她猛地拉过刚刚进屋的儿子，突然举起巴掌时，一卷钱从儿子的兜里滑落——215 元钱，10 天的工钱。儿子凑上前闭了眼睛，可那巴掌却落在了母亲的脸上……

母骗儿偷偷拾荒　儿骗母暗地输血

7 月，王欣以优异的成绩考入了省重点高中——哈尔滨市第一中学。他告诉母亲：

"妈,等我7年,大学毕业后我就给你换肾。"然而,面对4000多元的学费,他瞒着家里说没考上,暗地里却选择了收费很少的市重点——第12中学。1998年9月,儿子上了高二,学习一天天紧了起来。丈夫走街串巷地摆地摊,起早贪黑地吆喝,可微薄的收入难以填上妻子透析的无底洞。看着儿子消瘦的脸庞,何秀平的心里阵阵发酸。"我不是废人,还能为孩子做点儿什么!"10月的一天,她溜出家门,开始了长达3个多月的拾荒生活。到了晚上,她会匆忙卖掉废品赶回家里,换上干净的衣服躺在床上,装作若无其事的样子。儿子经常阴着脸"审问"她:"妈,今天没出去吧?""没,在家看电视了。"她忙解释。然而有一天,捡垃圾的她再次昏倒,这次是在脏乱的垃圾堆旁。当路人把她送到医院时,她紧紧地抓着医生的手:"千万别告诉我儿子,他就要高考了。"

2000年8月1日,喜讯终于传来,儿子考出561分的好成绩!躺在透析室里的母亲何秀平难以抑制内心的激动,恨不得拔掉针管和儿子拥在一起,这一天,她盼得太苦也太累。8月23日,儿子接到了西安某军校的录取通知书,之所以不和家里商量选择军校,儿子唯一的解释就是省下钱,给母亲透析。9月13日,儿子从父亲卖剩下的生活用品中随便拣了几样,裹在了行军包里。那天,父亲送他送到了月台,母亲送他,却只能在家门口……

2001年2月11日,学校放假的日子。归心似箭,儿子是站了48个小时回来的。他没有回家,直奔医院,找到这里熟悉的护士。在他的极力央求下,护士把他领进了采血室。200CC的血,炽热得让护士觉得烫手,也分外沉重。儿子的血一滴滴注入母亲何秀平的体内。母亲的脸一点点有了红润,儿子的脸却渐渐苍白……结账时,父亲发现医院少算了200多元,仔细询问才发现其中的端倪,可他只能含泪帮儿子隐瞒住这份孝心。此后,每次放假,儿子回来要做的第一件事,就是直奔医院,偷偷地给母亲献血,输血量从200CC增加到了400CC,如今已献了8次,2000CC!

母为儿欲寻短见　儿为母私签债契

儿子输血的真相最终还是被当爸的说出来了,讲述时他不停地抽打着自己的脸颊,何秀平更是痛苦万分。儿子走后,何秀平将每月8次透析改为6次。两个月后,病情出现恶化,丈夫无奈只能向儿子求助。在电话中,儿子一边哭泣着一边"威胁"何秀平说:"妈,你再减,我明天就打包回家!"儿子的脾气像她,说得出,做得到。最后,何秀平妥协了。

上大学,家长们都要或多或少地给孩子寄钱,而在何秀平家,每月2日,丈夫都要到邮局取儿子寄来的汇款,每月134元——儿子一个月的全部津贴。儿子打电话安慰何秀平:"儿子是军人,你老人家是军属,拿津贴理所当然!"看着一天天疲于奔命的丈夫,想着在学校里省吃俭用的儿子,何秀平内心涌起阵阵愧疚。今年6月,她拿出了一根针,准备向手臂上高高凸起的动脉刺去,脆弱的动脉壁,只需一个小针眼就会血流如注。她举起了针,与肌肤近在咫尺之间,无意中,她瞥见了书桌上儿子的照片,那是儿子

第一次放假回来她领着照的,放得大大的,每天摆在眼前,她总要抚摸和擦拭。穿军装的儿子很威武,很英俊,嘴角还露出甜甜的笑,好像对她说:"妈妈,坚强些,等我毕业回来!"她突然泪眼一片迷茫,针掉在了地上……

7月25日,儿子从学校回来。在姑姑家,他约来了一些亲友。"叔叔婶婶们,这些年我妈有病,没少拖累你们,我一辈子忘不了你们。作为儿子,我不能眼睁睁地看着她死去,所以我用我的人格和尊严向你们借钱,毕业后,我一定偿还!"王欣的话,让亲友们无不热泪盈眶。就在这一天,他和两位远房亲友签下了两张共计3.5万元的借据,还款人一栏他清楚地写上了自己的名字——王欣!

"六年来,我和儿子一直在骗着对方,在这种欺骗中,儿子一天天长大成熟,我也一天天敢于面对死亡。"何秀平的脸上荡漾着笑容,可眼角却有泪光在闪动。"一旦我不行了,我也不会让丈夫给儿子捎信儿,那样会影响他的学习。我要让丈夫一直瞒下去,直到他回来,这会是我最后一次骗儿子!"这一幕,我们不愿看到。这也许是母亲为儿子精心设计的最后"骗局",可它的背后,却是母子之间仍在延续的爱……

感恩提示
gan en ti shi

世间的亲情也充满着善意的"欺骗",真情因为美丽的谎言而愈加感人肺腑。试想一下,老人得了重病,儿女是怎样周到地隐瞒?生活中出现可以独自担当的苦难,父母是怎样将其隐藏于自己心间?哪一场人生的风雨没有父母以身作伞的护佑,他们为了减轻孩子的负担和压力,一次又一次地"欺骗"着我们。孩子懂事了,也会用"谎言"编制成花篮让父母的笑容灿烂,让父母不再继续负担。

由此可见,情的确可以是真诚的"欺骗",爱也可以永远是感人的"谎言"。

没有不好的孩子，只有不好的父母；不会当父亲，也就当不好总统。

他的背是我可以攀登上去的小山

◆ 文/[美]帕蒂·戴维斯　译/吴　敏

　　我越来越觉得，自己似乎有两个家。纽约的家是我的选择，而洛杉矶的家则是我的再发现。我清楚地意识到，每次回洛杉矶后，自己都会有些变化。好像我的过去和现在融会在一起，交织成一条新路，比以前更宽的新路。

　　在父母的家里，我更深入地观看一些照片和剪贴簿，用一个长大成人的女性眼光来观看、来回溯往昔。

　　父亲曾是那么年轻。我看到，夏天全家在租住的海边度假屋的照片，我们都晒成了棕褐色，父亲看起来像个运动员，其实他曾经当过运动员，有着游泳运动员的宽肩膀和修长的躯干。我还看到一些更早的照片，父亲穿着短裤和无袖运动衫，和我坐在草地上，我那时还是个胖乎乎的、睁着一双好奇的大眼睛的、蹒跚学步的小女孩。母亲没有化妆，素面朝天的脸上布满因日晒而起的雀斑，她的腿又结实又光滑。她看起来还像个年轻姑娘，轻松而高兴。在那些照片里，我们看起来总是很年轻，总是沐浴着夏日的灿烂阳光，总是还有无尽的时光铺展在我们的面前。

　　我跟在父亲后面，沿着游泳池边的砖石小路往家里走着，我观察到他后背的曲线，观察他怎样伸出手抓住金属锻造的扶栏，我先是感到有点儿受挫伤，但迅即就放弃了这种情绪。他年轻时的形象历历在目，但他现在已经老了，比原来虚弱多了，这个人曾经能把我高举过头。我伸出手触摸到他，让他知道我在那儿。他穿着一件毛线衫，尽管天气很热。在我们慢慢走到小路上时，我能感到下午的骄阳晒着我的后背、我的肩膀。我能感觉日晒从我的手心下正被传送到父亲的后背上，但我知道他大概已经感觉不到太阳的热度了。他现在总是感到冷。过去，在牧场寒冷的冬天时，他总是只穿衬衫骑在马上，根本不为高山顶上刀削般的冷风所动。

　　……

　　那天下午，因为父亲走在前面，我意识到时间如何改变了我们。他的背过去是那么宽阔和结实，我小时候总是爱蹦到他的背上，好像那是一座我可以攀登上去的小山。他的臂膀，好像在一生中都能将我抱上吉普车、抱上马背。而此刻，在我们行走的时候，他的臂膀总是倚靠着我——为了更放心和有一个支撑。

　　第二天我去了他们那儿，当晚上离开父母家，要回那似乎已成为我第二个家的海滩饭店时，我拥抱了他们，并在与他们道别时说："我爱你们。"开车离开后，我想起，事实上,现在每次来看望他们,每次打电话去,我都会对他们说这几个字。当我还小的时候,父亲曾给我解释过,为什么他和母亲,每次即使是短暂分别,也会说"我爱你",那是因为生活中许多事是不可预测的。他告诉我,你永远不会知道生活中将发生什么,什么时候又将会是你生命的最后一刻。如果生命到了尽头,还有可能说最后的话时,他希望能说的就是——我爱你。

对你所爱的人的感情和生活来说,它是专注体贴的,是你内心的愿望让你这样做,让你在身后留下短短的这句话。

……

当我在洛杉矶时,我参加了一个访谈节目,第二天我带了一盒磁带去父母家。可以和父亲共同观看的念头让我太激动了,我不得不把眼泪拼命咽进肚子里。他看得那么专注、那么安静,听我讲着他曾传授给我的精神教义。我迫切地想探明他的想法(看起来有太多的东西),但我不想让他觉得,我是在查问他。我也不知道是什么原因使我忍不住眼泪,我只知道自己当时泪如泉涌。这些日子以来,我对许多事情已不再刨根问底。

我内心的一部分可能还停留在幼年阶段,总想见到父亲认可的笑容,如果我把事情做正确了,无论是冲浪还是完成了马术训练的动作,他总是这样对我一笑。当看完我带回家的图画后,他抬眼看着我的样子(我通常爱画手,有时画脸),只看一眼就足以使我兴奋一整天,让我仿佛觉得,我可以画任何东西——如果有机会,甚至可以画罗马梵蒂冈的西斯廷教堂。几十年之后,当我们的生活长河向前流淌了这么久,当我们犯了无数次错误后,我坐在父母的卧室里,和父亲一起看着电视上的我。我想象,在他默然无语的后面,他那目不转睛的凝视,正是我从小就渴求的眼神。我告诉自己,他此刻一定正在想着,女儿终于彻底懂事——长大成人、不再愤世嫉俗了。他始终不明白我从哪儿来的这么大的脾气,这么多无来由的狂怒。作为一个最心满意足的人,他始终不明白,怎么他就没有把这一切传给我。没准这些就是他正在脑子里默默思考的:我决定———一定要向他讲清楚。

感恩提示
gan en ti shi

父亲有海洋般的胸怀,有高山般的性格,水一样的细腻柔情。这真是一位丰富的父亲。这不是因为他是总统,他在行使父亲的权利与义务时并非是采取总统姿态。由此可见,天下父亲的心态都是一致的,当孩子暴躁如火时,他却冷静如冰,当孩子心灰意冷时,他又转为温暖如火。父亲永远知道怎样去调控与把握,知道什么样的矫正最有力,什么样的教导最有效,什么样的父亲最称职。而文中的"父亲"会懂得:没有不好的孩子,只有不好的父母;不会当父亲,也就当不好总统。

　　父母之爱不是惊心动魄的，却如涓涓
细流般滋润着我们，日复一日、年复一年，
世上没有什么比得上父母对子女的那份
情、那份爱。我们品尝着父母在平常生活中
为我们创造的点滴暖意，共享着亲情融合
的幸福温馨，我们在习惯了享用父母的种
种关爱时，又用什么来回报父母呢?

第四辑
我在长大，父母在变老

我们长大了，父母老了，在我们忙于自己的事业、建设自己幸福的小家庭的同时，我们陪伴父母、照顾父母的时间却少之又少。但是，如果没有太阳，万物谈不上生长；如果没有父母，我们谈不上出生，我们身上的一切缘起于父母给予的生命，我们身上的每一滴血也是父母给予的灌溉。我们虽然不能够给予父母全部回报，但是为人儿女的我们应该懂得尽己所能，让父母安享晚年。从今天起，不管有多忙，常回家看看吧！

谁让妈妈的饭菜做得那么令我牵肠挂肚呢？我突然明白了，原来家，就是妈妈的味道。

家，就是"妈妈的味道"

◆文/王　珍

　　结婚后，每次回到娘家，吃着从小就吃惯了的饭菜，我总是狼吞虎咽。害得妈妈总是心疼地在一旁说："慢慢吃，锅里还有呢。看你饿成这样！"

　　其实，我一年365天从来不缺吃的，但每当回到家中，吃着妈妈做的饭菜，我就总是吃个没完没了。妈妈做得一手好菜，我想我这一生也吃不厌妈妈做的饭菜。我并不缺少在外吃饭的机会，但吃来吃去，最让我难忘的只有妈妈做的家常饭菜。只要有一段时间不吃妈妈做的菜，我就会有一种饿得慌的感觉。

　　因为我爸爸妈妈都是宁波人，所以妈妈做的菜特别的"宁波味道"。比如，妈妈烧的菜有一特色叫"烤"：烤菜、烤豇豆、烤芋芳、烤茄子等；还有一些菜是用咸菜烧的：咸菜笋、咸菜黄鱼等。妈妈常常说的一些有关菜肴的话语也极有宁波味道，"大头烤萝卜，越烤越好吃"、"三日不吃咸菜根，脚骨有点儿酸光光"。宁波人称菜肴为"下饭"，妈妈总是把螺蛳称为"穷人鲜下饭"，而且，妈妈非常好客，只要家中有客人来，妈妈总要张罗一大桌好菜，一个劲地劝客人多吃："下饭呒高(宁波话：菜没有的意思)，饭吃饱。"小时候，我最喜欢家中来客人了。

　　我常常能悄悄地在开饭前把一大碗菜空口吃光。爸爸常常会大惊小怪地问着全家："咦，刚才做的鲜笋鱿鱼怎么就见底了？"我则嘿嘿地干笑说："大约是有老鼠吧？"爸爸则装着紧张的样子对妈妈大叫："老婆，不得了了，我们家好像有只大老鼠，你刚刚烧好的一大碗菜全被老鼠吃光了！"这时，妈妈见我掩嘴在一边偷着乐，她就拿手指着我，对爸爸说："喏！大老鼠在这儿呢！"

　　而每当过年时节，我更是高兴得连说话的工夫都没有了，只顾一个劲地大吃大喝。有时爸爸妈妈忙着烧菜，我就早早候在一旁，他们烧出一碗，我就迫不及待地用手抓来往嘴里填，还口齿不清地向对我"怒目而视"的爸爸妈妈解释："尝尝味道，尝尝味道。"

　　记得曾经看过日本一个家庭电视节目，专门找一群刚入社会便远离家乡的日本青年人一起来讨论"妈妈的味道"。看着一群染着金发的青年们咽着口水热烈地讨论妈妈的菜的每一个细节真是令人感叹。看似大大咧咧、时髦透顶的日本男人在关于自家菜肴的细节上竟是如此记忆深刻且细致入微，节目最后还安排这些人的妈妈把自家的拿手菜做好摆成一排，让每个青年找到"妈妈的味道"；而当这些青年拿着汤匙，细细品过，在某一道菜前突然停住，然后用肯定而欣喜的语气说"就是这了，这是妈妈的味道"时，镜头里那些早已不年轻的妈妈们眼里竟冒出激动的泪花……从那时起，妈妈的味道便在我心中烙下一道温暖而抹不去的印痕。

有一年我在南京读书，有一学期都没有回家，每天晚上熄灯后，躺在床上，宿舍的女孩子们讨论得最热烈的话题则是：妈妈的味道。

我们尽情地细数着母亲们曾经亲手做过的一道道菜肴，包括宁波汤团、糊米酒、萝卜、笋干、咸菜等等往日曾不屑一顾的菜肴。上铺的亚妮也是宁波人，她也津津乐道于一些诸如"年糕泡饭"、"泥螺虾浆"之类的"妈妈的味道"，我们常常在夜里因谈到某一道菜而不谋而合，大声叫绝，搞得全宿舍的人对我们采取一致抗议。秋风渐起，正是蟹肥菊黄之时，我常常看着南京旧道上铺满桐叶的风景遥想家乡的大闸蟹，那可是只有在自己家乡才能品到的最正宗最鲜肥的美味啊。而妈妈在家里烧饭忙碌的背影，看着我们大口吃喝的满意笑容突然让我懂得了什么叫做慈爱，原来对家乡、对父母的思念是在幼时一餐一箸中早就驯养好了的一种习惯啊！我突然懂了为什么古人会因秋风起、鲈鱼美而弃官归田了。那不也是一种对"妈妈的味道"的思念么？

终于在大年三十赶回家了，我在妈妈炸春卷的时候，一口气尝了五个甜春卷，又尝了五个咸春卷，后来又在正餐前吃了十只宁波汤团当点心，正式开吃的时候，其实我的肚子基本上没有什么空位置了，但妈妈烧的菜实在太好吃了。

大年三十夜里，一个人偷偷躲藏在阴暗角落里默默地流泪。妈妈见了以为是出了什么大事，惊恐地问我怎么了？听不到我的回答，全家人都关切地站在我面前问候我，我最终没好气地说：吃饱了撑的！全家人不但如释重负，而且全都被我逗得哈哈大笑起来。

这些年，一个人在外，我已经不止一次地想起家，想起家中的美味佳肴，不由得往肚里咽了好多的口水。我已经计划好了，下次放长假回家，我先好好地睡一觉，一起床就到妈妈家去大吃一顿，宁愿再一次吃饱了撑的。好在我的胃也是在家中久经考验了的。

谁让妈妈的饭菜做得那么令我牵肠挂肚呢？我突然明白了，原来家，就是妈妈的味道。

感恩提示
gan en ti shi

心灵的嗅觉总是能够闻到家乡的味道。距离越远，时间越久这种味道就越浓厚。家的味道究竟如何，为什么会如此神奇而让人牵肠挂肚呢？

每个人都留有记忆的是家乡的菜肴，那种真实的味蕾感觉，或香或甜，或咸或淡，然后，自然就会想起，是谁为你提供了这么多的美味，结果自然就落到了家乡母亲的身上。这种味道有了制作者的依附后便开始升华为亲情的思念，家乡的守望。

对父母而言，子女在身边是一种幸福；可是对子女而言，能够陪着父母走完生命的最后一段旅程，何尝不是幸福呢？

没有父母会站在原地等你

◆文／田小勇

节目主持人杨澜曾经讲过一个自己在采访生涯中遇到的感人至深，结局又令人惊讶的故事。那一次，她采访的对象是1998年诺贝尔化学奖获得者、美籍华人崔琦。

崔琦出生在河南农村，父母都是大字不识一个的农民，但是他妈妈颇有远见，咬紧牙关省吃俭用，在崔琦12岁那年将他送出村，出外读书。这一走，竟成了崔琦与父母的永别。后来他到香港、美国，成了世界名人。

谈到这里，杨澜问崔琦："你12岁那年，如果你不外出读书，结果会怎么样？"结果会怎样？结果当然就是他不会有今天的成就，也许现在还在河南农村种地。

可是崔琦的回答大大出乎人的意料，他说："如果我不出来，三年困难时期我的父母就不会死。"崔琦后悔得流下了眼泪。在他拼搏奋斗的生涯中，他肯定不止一次地想过他的父母，也想过有一天终于和父母相守在一起，但世事不尽如人意，蓦然回首，父母已经离他而去。从此，人生无论怎样辉煌，终究无法弥补父母已经不在的遗憾。

我想起了前不久从美国归来的一位朋友。接到他的电话时，我颇感意外。因为这位朋友远在美国，工作学习都很顺利，我们都以为，他在美国定居是理所当然的事情了。现在有好多人不是都想方设法跑到国外去吗？

朋友说，他本来也一直打算在美国定居的，父母也很支持他的决定。每次打电话回家，父母都告诉他两位老人身体很好，心情也很愉快。他们已经习惯了没有儿子在身边的生活，每天和一帮老人在一起下棋、锻炼，生活自得其乐。

他相信了父母的话，可是渐渐的，他没有那么心安理得了。他身边的朋友，不断有人急匆匆地回国，不是这个接到母亲病危的电话，赶着回家探病，就是那个收到父亲去世的消息，哭着回家奔丧。他们再回到美国，一说起父母便是摇头叹气，还有就是不尽的懊悔。这个说，真应该早点儿回家陪在父母身边，那个说，假如母亲还健在，我一定怎么怎么尽孝心。朋友越听越心惊，他是幸运的，因为他的父母都还健在，可是这种幸运能有多久呢？父母都已经是黄土埋到脖子边的人了，他开始害怕接到国内的电话。他害怕一拿起电话，听到的就是不好的消息。这么多年来，父母一直全力支持他求学，他也成为父母的骄傲。可是这个让父母骄傲的儿子，从18岁到外地读书开始，和父母相守的日子屈指可数。父母日渐老去，他何曾为他们端过一杯水，煮过一顿饭，洗过一次衣？

在这种不断的拷问中，他终于下了回国的决心。他要回到父母身边，安慰他们的老年，好好和他们一起享受生活。他说，对父母而言，子女在身边是一种幸福；可是对子女而言，能够陪着父母走完生命的最后一段旅程，何尝不是幸福呢？我们完全可以杜绝"子欲养而亲不待"的遗憾和痛苦啊！

对于父母，我们并非没有孝敬之心。但我们常犯的错误是，等我有了钱一定好好孝敬他们，等我买了大房子一定接两位老人来住，等我忙过这段时间一定回家看他们。可是父母却等不起我们啊。

单位有位同事，每个周末都带妻子女儿回乡下看望父母。有时一些娱乐性的聚会，我们极力鼓动他参加，说乡下乏味得很，再说了，你以后再找时间也可以的。他笑笑，却说，没有父母会站在原地等你。

那个周末，我们取消了聚会，大家都不约而同地回了父母家。

感恩提示
gan en ti shi

能够在原地等待的是一棵树，即便是这样，树木也会在四季轮回中枯荣往复。

父母的爱是一棵树，随着年月的增长，只会增加广度与厚度，不会减少。这种爱源源不尽，渗透一生。但是，父母却如同树木的枯荣，但枯了却不会再荣，也如树木的老去一样，但老了就猝然倒下，难遁其迹，空余悲伤与遗憾。

所以时间是世间最宝贵的财富，抓住了与父母相处的时间，就不会轻易看见父母的衰老，就是延长了父母的寿命，遗憾就不会袭来。

在来得及的时候去为亲爱的人做一些事，利用一个小小的被很多人忽略的午餐时间去尽享母女的情谊，这才是我的优质生活。

留一顿午餐时间给母亲

◆文/陈晓军

我工作日的午间时光安排跟很多人不一样，一周我有两天时间陪客户吃饭，只有两天，我其实很不喜欢这种商务餐，应酬应付，累，但是没办法，这是工作，是我生存的基础；另一天我会和要好的小姐妹一起吃工作餐，两个人聊聊烦恼、快乐的事；还有一天我会一个人随意转悠吃点儿小吃，我的单位在南京路附近，小吃很多，我可以不重样吃很多次；还剩下来的一天我留给了母亲，打电话约她一起吃午餐。很多做女儿的30岁以后和母亲呆在一起的机会基本很少，有的也是带着孩子偶尔回去看看，吃一顿母亲做的饭，让母亲忙活半天。以前我也是如此。有一次很偶然，约了客户吃饭，正好在母亲家附近，可是客户临时有急事，来不了，我已经在餐厅点了餐。那是一家西餐厅，牛排做得特别好。百无聊赖中，我给母亲打了电话，母亲很快来了，穿了一件平时不太穿的真丝长裤，还戴了一串珍珠项链，很隆重的样子。走进来坐下，她一直有些局促不安，打量着周围的环境，我突然想到这是我第一次和母亲单独在外面吃饭，母亲的样子让我有些辛酸，那一顿饭，我没吃下多少，一直看着母亲像孩子一样快乐地吃。

以后的日子，我调整了我的生活，每周留一个中午的时间给母亲，带她去吃一些新鲜的东西。很多人认为老人不需要吃这些新鲜玩意儿，其实不是这样的，老人也需要这些，只是他们不愿意增加儿女的麻烦。

我和母亲的午餐之约持续了很长时间，阳光灿烂的，下着小雨的，江南的第一场雪……我带母亲吃过必胜客，给她点一份比萨，一盘水果沙拉，我陪着她聊天，一个头发花白的老人，一个穿着时尚的女人，在餐厅里慢悠悠地吃饭，这本身就是一个绝好的背景。我记得有一次特别有意思，我带母亲去一家新开的餐厅，我们坐在吧台上，看着厨师在操作台上做寿司，母亲觉得很新奇，看着他们把青瓜削皮切丝，把紫菜飞快地切成片，动作麻利地卷饭团，码好装盘，只在几秒钟之间。因为寿司都是从传送带上走的，母亲看花了眼，刚说了要这个，就转走了，我乐得哈哈大笑起来，母亲也特别开心，说这种吃饭方式还真是特别。那一顿饭，我们要了一壶清酒、三碟鱼子，还有青瓜和吞拿鱼寿司，再来一碗日本豆腐，清清淡淡，母亲吃得非常高兴。在清茶和梅子酒的清香中，我们度过了一个愉悦的午后。送母亲上出租车之前，她突然回过头对我说："有个女儿真好。"

看起来是母亲沾了我的光，可我却是最大的受益者。有什么家庭的、职场的烦恼，我可以对母亲说，没有任何的顾虑。这样的一个空间是只属于我们母女的。5月中旬，我和先生一起参加一个小型聚会，先生不是那种从众的人，对有些场面上的人的态度没让我满意，我有些生气，事情过去了两天，我还为他在别人面前表现不太到位而不满，说与母亲听，不想母亲说我不聪明："我们任何时候都只有权利驱使自己，我们没有替别人抱歉的义务，任何事不勉强，随我愿，随他意，这样很好，考虑那么多有什么意义呢？"一件我认为不得了的事到了母亲那儿简直不足挂齿，变得有禅意了，让我豁然开朗。

每周空出一天中午的时间，对有些人来说好像不能想象，他们会说："我哪来那么多的时间？"仔细想想，我们的时间都在干什么呢？烦恼、抱怨、吃一些不相干的饭、郁闷不安，总说自己找不到透气的空间，实际上你吝啬时间，时间也在吝啬你的感情。

一顿午餐在母亲看来是一周的隆重事，她穿戴得整整齐齐。有一次，我挽着她的手走进一家很有特点的农家菜馆，母亲居然把手插进我的大衣口袋里，真的像一个孩子那么依赖我。

今年,我因为工作原因去了日本三个月,每每吃午餐时特别想念母亲。回国下飞机后,我第一件事就是打电话约母亲吃午饭,母亲高兴的声音出乎我的意料,这回是母亲给我推荐一家新开的鱼丸店,她要给我接风。那天,我给母亲讲我在外的经历,说自己在分公司的成绩,流利的英语让对方折服,我还讲了日本老太太岁数很大还喜欢裹花头巾涂口红。我送给母亲一条很古朴的丝巾,亲手给她系上,母亲左摆右照地欢喜了半天。

在来得及的时候去为亲爱的人做一些事,利用一个小小的被很多人忽略的午餐时间去尽享母女的情谊,这才是我的优质生活。

感恩提示
gan en ti shi

人不能为吃米而活着,更不能没有孝心而生存。当把吃饭与孝顺结合在一起时,是多么美好的事情啊!这样的美好只能被心存孝意,又愿意付诸行动的人去发现和执行。

在当下社会,时间就是金钱的概念为众人所共知,时间与效率的杠杆的确为许多人撬动了财富。在财富召唤或诱惑下,有些人钻进了钱眼里,也就钻入了时间的间隙里。忽略了好多东西,包括宝贵如时间一样一去不复返的亲情。

亲情却是滴水之恩,真正涌泉回报的,把时间投入到亲情,哪怕是一个午餐时间,也会让你品尝到一生的美味。

我在他们的呵护里慢慢成长,他们也在我日渐自立与成熟时,渐渐老成需要我来哄来骗来疼惜的两个孩子。

当你们老成我的孩子

◆文/安 宁

大学毕业后我在岛城的一家电台做DJ,工作忙,也没有男朋友,父母知道了千方百计地找理由过来,想要把我养成儿时那般白白胖胖。

给台长请了假,带他们去了我租住的房子。我直截了当地问父亲,你和妈是在这儿玩两天,还是真的要常住?母亲习以为常地回给我一句:"我听你爸的。"

一贯有点儿耳聋的父亲大声嚷了一句:"我和你妈把老家的房子都租出去了,你让我们回去在马路上睡?"

这一句灭了我想一个人逍遥的希望。我花了一天时间,终于寻着了一个两室一厅的房子,再往返几次搬我乱七八糟的东西,人几乎累得散了架。第二天做节目,频频出口误,下了节目还没开溜,就被台长叫去狠批了一顿。

回到家看到乐滋滋地做饭的父亲,忍不住发脾气:"都是你们,非得为了在老家人面前摆面子,跑到岛城来,让我工作出这么多差错!你们以为自己的女儿真的在这儿享受呢!"父亲没听清楚,照例在厨房里忙活,还哼着小曲。母亲走出来,像做错了事的小孩子,低声说:"孩子,你爸其实是担心你一个人在这儿受委屈,想家的时候也没个地方去,所以才……"我苦笑着,默默走到厨房里去帮忙。

怕他们孤单,我提出要给他们买台电视。父亲却神秘地止住了我,从衣兜里变出一个小型收音机来,得意地朝我晃晃:"早就准备好了,我们是一路听着你的节目过来的,有你的声音陪着,走丢了都不怕的。"

原来父母像上班一样地准时听我的节目,从7点钟的"新闻早报",到晚上10点的"情感热线",他们一次不落下。

他们津津有味地评点我的每一位同事,在他们"公正"的评点里,每一个人都有不如自己宝贝女儿的地方。他们的快乐那么真实、鲜明,甚至让我都有些微微的嫉妒。如果他们给我带来的诸种麻烦,能够换来一些可以触摸的欢欣,我是宁愿要这些烦恼的。

他们每天必做的另一个功课,是记录我们电台的"鹊桥相会"节目。听到有好的小伙子的材料,他们会立刻记下来,打电话去索要联系方式,两人亲自去相。

有一次我同事开玩笑地说:"你是不是让你老妈在征婚啊,怎么我听着那老太太的描述,跟你那么相似?"回家后去问母亲,他们果然做了这样的傻事!我又气又笑:"你们是不是担心你们女儿嫁不出去啊,放心吧,追我的有一个排呢。"

他们当了真,千方百计地让我把未来的女婿带进家看看,还偷偷地跟到电台,看我是不是真的被一个排的男人缠着。我偶尔探出头来张望,看到他们"鬼鬼祟祟"地在广场上溜达,装作无事般地走开。

确信我并没有谈恋爱,他们着了急,竟然跑到被同事们戏称为"人肉市场"的地方去为我相亲。要不是同事采访回来将拍摄到的照片拿给我看,我是真的不会相信他们会做出这种让我丢面子的事来。

吃晚饭的时候,我将同事的照片狠狠摔在他们面前。

如果你们想让我在整个岛城"臭名远扬",永远嫁不出去,那么你们就继续在外面给我去出王。你们看看哪个同事的父母,这么满大街地为自己的儿女征婚的?你们明明知道帮不了我忙,还要千里迢迢地跑过来!我告诉过你们多少次了,我不是两三岁的小孩子了,我完全可以照顾好自己。

太过气愤和激动,手边的碗被我不小心碰在了地上。一声脆响后,母亲慌忙起身将我推到一边,小心翼翼地收拾着地上的碗筷。我的泪,终于忍不住哗哗落下来。我等着父亲冲我咆哮大吼,甚至将我像小时候一样赶出家门。但他却低下身去,用抹布一下下地擦着地板。

晚上10点钟的"情感热线",我因为没有听母亲多穿衣服的忠告而受了寒,无法做节目，只好让同事代替。但我并没有回家去，我不知道怎么面对父母，只好边听节目，边想着去哪儿熬过这尴尬的一夜。

迷迷糊糊中，听到节目中一个很熟悉的声音，正在向同事倾诉着：

"我们只是想来照顾她，没想到反而给她添了这么多的麻烦，都怪我们一时糊涂，让她丢了面子。我们只想告诉她，不管她长到多大，她在我们眼里，依然是个孩子。这几个月里，看到她能一个人租好房子，将工作做得那么优秀，我们也可以放心离开了。我们还是希望她能尽快地找个好的男孩，安顿下来。我们刚买了车票，来不及给她说再见。还有，外面下雪了，回家的时候让她小心点儿，别滑倒了；锅里有新做的莲子粥，别忘了喝……"

我发疯般地打车去了车站。候车室里，一眼便看到了头靠着头几乎要睡着了的父母。我的眼泪疯狂地涌出来。他们多么像我小时候，挨了批，不敢回家，一个人躲在他们可以找得到的地方，等他们将假装睡着的我抱回去。

我努力地挤出嗔怒撒娇的表情来，说："你们如果不想让我一个人孤零零地，就赶紧跟我回家去，晚饭没吃好，还等着你们去做呢……"

我没有"揭穿"他们没有买车票等我来接的"小把戏"，他们的尊严有时候是像小孩子一样不可侵犯的。我知道，我在他们的呵护里慢慢成长，他们也在我日渐自立与成熟时，渐渐老成需要我来哄来骗来疼惜的两个孩子。

感恩提示
gan en ti shi

"执子之手，与子携老。"这是爱情的理想方式和状态。这句话放在亲情的空间里，就可以转换为"执子之手，与子携幼"。意思是说，父母慢慢变老，他们将在子女的年轻生活中复活曾经的流光岁月，返老还童。

但"执子之手，与子携幼"的状况并非是到处可见的。它只会发生在两辈人的融洽情感与非常规状态下。其发生时会有明显的迹象，比如父母太累了，不知不觉趴在子女的怀中睡着了，或从乡下来的老母亲过马路时拽着孩子的衣角。

对父母最真诚的爱，有时候需要将其爱得像个孩子，就像他们曾经爱年少的我们一样。

他知道怎样向他的母亲表达爱及感恩之情，而且他意识到，某些机会一生中只会出现一次，如果你不去抓住它们，它们就会永远消失。

每月第一个礼拜五

◆文/佚 名

我用指甲刮去玻璃上的凝霜，朝窗外望去，除了大作的狂风和刺骨的雪花，什么都看不到。没人敢在这样寒冷的冬夜冒险出去，除非他们别无选择，而我的母亲就是那些人中的一个。她正在赶往工作地点的途中，去芝加哥城市商业区打扫办公室。

在母亲出门之前，我慵懒地冲她和弟弟说再见。在她的旧毛线围巾和帽子下，是一双略显疲惫的眼睛。而弟弟瑟萨也被从头到脚地裹了起来，他大大的黑眼珠闪耀着光芒，仿佛要去做的，是一件很神气的事。

每个月的第一个礼拜五，妈妈被允许带着孩子一起去工作。那年我大约12岁，我的弟弟10岁。妈妈要在礼拜一至礼拜六的晚上11点至次日早晨6点工作，而从家到工作的商业区需要换乘三辆公共汽车。每月的第一个礼拜五，瑟萨都穿得严严实实跟着妈妈去上班。而我，总是很忙。如果没有棒球训练、篮球预赛或电影，我也总能找出其他借口。我不敢想象自己一晚上不睡觉而在打扫办公室的情景。瑟萨和妈妈有时会请求我一起去，但一段时间之后他们就不再开口，因为我一定会说不。

每跟妈妈去工作一次，瑟萨就会激动地告诉我，他怎么用吸尘器帮妈妈清扫地毯，除去尘土，并把垃圾倒掉。而最有趣的事，莫过于在晚上和其他工人的孩子玩捉迷藏。和母亲一起工作的大都是移民，那些妇女来自波兰和墨西哥，好多都是我们的邻居，他们也都会在那些礼拜五带着孩子去打扫办公室。这些人千辛万苦费尽周折移民到这里，为的就是能送他们的孩子进教会学校。我的母亲也不例外。

我的父母从墨西哥来到这个国家的时候都不会讲英语，他们能找到的唯一工作只能是体力劳动。尽管如此，母亲从未抱怨过太忙或太累。每天早晨她做好早餐，然后总要等我们放学后，确定我们平安地上床睡觉后她才动身去上班。

律师和牙医们对他们的孩子炫耀自己在商业区的办公室时，是多么惬意啊！而为他们清洁工作环境的我的母亲，却是在周五晚上带着弟弟换乘三辆公共汽车，花费一整个晚上的时间，细心打扫干净每一个角落。尽管我从未亲眼见过母亲是怎样赚钱的，但她在我们面前支付账单的样子，总显得非常高兴和骄傲。

我逐渐长大，升上了高中。我问弟弟，为什么他那么喜欢跟母亲去打扫办公室，用吸尘器吸地毯和倒垃圾真的很有趣吗？他的回答竟完全出乎我的意料："我不是喜欢跟在别人后面收拾东西，而喜欢和妈妈待在一起。每天晚上母亲动身去工作时我都会感觉很悲伤，我一直希望她可以不再需要这样工作了，所以每月难得的一次机会，我都要和母亲待在那里，陪着她。"

我一时间羞愧难当。我从没想到弟弟的答案竟是这样。对我来说，打扫办公室是些日常小事，做起来很容易，但我要很奢侈地说不，弟弟却那么乐意陪伴着母亲。

戏剧性地，大学毕业拿到会计学位后，瑟萨在母亲以前打扫了几年的商业区大厦里找到了一份不错的工作。

上班的第一天，瑟萨穿着一身职业装，看起来非常精神帅气。母亲把他的领带打得挺直，亲吻着他的面颊祝福他。但在去停车场的途中，弟弟突然停下来又奔回了房子。他扔下他的公文包，紧紧地抱着母亲开始哭泣。母亲也啜泣着把他拥抱得更紧。她说，清洁女工的儿子长大了。

我在一边看着他们拥抱，突然很后悔。母亲和儿子之间流淌的这种爱和温情，让我向往，也让我感动。当我的弟弟还是一个孩子的时候，他所理解的东西已够我花费很多年的时间去学习。他知道怎样向他的母亲表达爱及感恩之情，而且他意识到，某些机会一生中只会出现一次，如果你不去抓住它们，它们就会永远消失。

妈妈几年前去世了，我错过了全心全意和母亲待在一起的那些机会。

过去要是我去打扫那些办公室该多好啊！

感·恩·父·母·全·集·

感恩提示
gan en ti shi

心理学有"童年映照"之说，它在表明人无论长到多大，在成长过程中，童年的印象一直映照到潜意识中去，并可能影响一生中的诸多大事件。

每个月的周五，在豪华办公室里，一个孩子陪清洁工母亲一起干活儿，此种情景有些辛酸，但确实是一个孩子童年生活的一部分，而且在孩子看来这是非常重要的一部分。

正是这个童年的生活部分影响了其一生。最终，这个孩子以近乎"主人"的姿态进入豪华办公室。这是陪伴亲情的回馈，也是对"童年映照"说的美满诠释。

父亲的确是因为老了，才变得"小"起来。那么，我们要感谢父亲的"小"，因为，他把"大"和"强"已赋予了我们。

父亲越来越小

◆文／袁利霞

父亲理发回来，我们望着他的新发型都笑了——后脑勺上的头发齐刷刷地剪下来，没有一点儿层次，粗糙、顽劣如孩童。

父亲50岁了，越来越像个小孩子。走路腿抬不起来，脚蹭着地，嚓嚓嚓地响，从屋里听，分不清他在走路，还是我那8岁的侄子在走路。有时候饭菜不可口，他执拗着不吃；天凉了，让他加件衣服，得哄好半天。在院子里，父亲边走边吹口哨——全没有一点儿父亲的威严。

父亲很有点儿"人来疯"。家里来个客人，父亲会故意粗声粗气大声地跟母亲说话，还非要和客人争着吃头锅的饺子——他明知道家里有客人，母亲不会和他吵架。客人一走，父亲马上又会低声下气地给母亲赔小心。

每次父亲从外边回来，第一句话都是："你妈呢？"如果母亲在家，父亲便不再言语，该干什么干什么；如果母亲不在家，父亲便折回头骑着自行车到处找，认认真真把母亲找回来，又没有什么事。

有一次，父亲晨练回来，母亲说："出去之前也不照照镜子，脸都没洗净，眼屎还沾在上面。"父亲不相信："我出去逛了一圈了，别人怎么没发现，就你发现了？"母亲感到很好笑："别人发现也不好意思告诉你呀，都这么大人了。"

待家里有一点儿破铜烂铁、废旧报纸或塑料瓶，父亲就会高高兴兴地拿到废品收购站去卖，卖得3元5元，不再上缴母亲，装进自己的腰包，作为公开的"私房钱"，用于自己出去吃饭或购买零食。

父亲以前生活节约，从不肯到外边吃饭，也不吃任何零食。现在儿成女就，没什么大的开支，他也就大方了，经常到小摊上去吃"豆腐砂锅面"——不放肉，不放虾米、紫菜、海带，一碗只要1元5角。父亲喜欢吃板肉夹烧饼。板肉是回族人特有的一种食物——把牛肉煮熟了，加上各种佐料，压成块状，吃时，用锋利的刀片成薄片，夹在刚出炉的热烧饼里。

有一次父亲很委屈地在我面前告母亲的状："我每次都夹一块钱的肉，只一次烧饼有点儿大，我夹了两块钱的肉，你妈就嫌我浪费。"我感到好笑极了，这哪是印象中严肃古板、不苟言笑的父亲啊，分明是一个馋嘴的孩子。我从口袋里掏出10块零钱给他，让他专门去买"板肉夹烧饼"，并刻意嘱咐他，不准告诉母亲。父亲高高兴兴地收下钱出去了。第二天，我从厨房经过，听见父亲以炫耀的口气跟母亲说："女儿给我10块钱，让我买'板肉夹烧饼'！"

我心里忽然一阵酸楚——我们越来越大，父亲越来越小，那种感觉就像一个叫云亮的诗人写的诗：《想给父亲做一回父亲》——父亲老了/站在那里/像一小截地基倾斜的土墙/……父亲对我的态度越来越像个孩子/我和父亲说话/父亲总是一个劲地点头/一时领会不出我的意思/便咧开嘴冲我傻笑……有一刻/我突然想给父亲做一回父亲/给他买最好的玩具/天天做好饭好菜叫他吃/供他上学，一直念到国外/如果有人欺负他/我才不管三七二十一/非撸起袖子/揍狗日的一顿不可……

感恩提示
gan en ti shi

是谁偷走了父母的岁月，是谁夺取了父母生活之船船长的帅印，是谁让父亲越来越"小"呢？

是孩子，是越来越大的孩子。父亲因为老了，才无所顾忌，这种无所顾忌是如释重负，是无"官"一身轻。以前要管理和调教的事太多，压弯了背，当他不能再左右生活的方向与命运时，父亲有权利变得不像父亲。这不是推卸责任，而是无奈选择；这不是装疯卖傻，而是心灵舒展。

父亲不这样反而沉重，父亲的确是因为老了，才变得"小"起来。那么，我们要感谢父亲的"小"，因为，他把"大"和"强"已赋予了我们。

岁月终于转身，将宛若婴孩的母亲交到我手中。我变成喋喋不休的女子；而母亲，也在我一次又一次的牢骚里，变成了许多年前脆弱孤单的我。

岁月转身，你变成了我

◆文/王　萍

那时候，我还是个不懂得洁净的小丫头，每每在外面疯跑，带满身的灰尘回家，都要被母亲胁迫着去澡堂洗澡。记忆里，小城的澡堂永远是那种氤氲的水汽、昏暗的灯光、潮湿的墙壁，还有女人们在升腾的水雾里絮叨琐碎的家长里短。我每次都不肯安静地洗,坐在池边,把脚放在飘满泡沫的水里,好奇地荡来荡去。看到母亲来逮,便立刻跳上去,"扑嗒扑嗒"地满地踩着水跑。母亲肩上搭着毛巾,又骂又哄地上来捉我。憋闷的澡堂里,因为这一大一小的追逐,便陡然增了许多的生气。小孩子们哄笑着,女人们也乐得喘不过气来。到底还是被母亲揪回来,按在池沿上,蜕皮一样地一下一下地搓。我万分沮丧地任凭母亲狠命地揉搓着,常常会盼望着有一滴水自半空里落下来,砸在我的背上,借此腾地跳将起来逃避母亲。

　　洗完穿衣的时候,母亲将泥鳅一样滑的我抱到堆满衣服的床上,然后高声命令我自己穿衣服。我总是不听她的命令,将衣袜塞到别人的手提袋里去,而后等她边朝我愤怒地吼叫,边在衣服堆里扒上扒下地找。她想到我会冻着,便先用自己的宽大外套将我团团裹住。如一只可怜的小老鼠,我在母亲的棉衣里只露着一个小而尖的脑袋,看着肌肤细腻红润的母亲,在一群女人里四处打听有没有人看到我的衣服。等到最终在床底下找到的时候,她的嘴已经冻得开始打颤,但还是会先帮我一件件地穿好,这才在阵阵喷嚏里想起自己。回家的路上, 自是免不了她的一通责骂,非得喋喋不休地将我全部的恶行统统数落一遍,方会停止。我无力反抗。在母亲永无止境的唠叨里,我常常将自己幻想成一只雄鹰,"嗖"地飞上高空。可惜,我如此的瘦弱、胆小,出门的时候需要母亲载着,遇到恶猫恶狗,总是惊恐地喊母亲来救命,甚至吃饭的时候都需要母亲来喂;我渺小得如一只蚂蚁,而母亲则是时刻为我遮风避雨的参天大树。所以,试图逃脱她掌心的希望十分渺茫。

　　上学后,我寄宿在学校,终于无需被母亲强迫着做自己不喜欢的事,也慢慢学会了一个人在茫茫的人海里孤单地撑篙前行。只是那教我如何划船的母亲,却是站在岸上,离我越来越远,直到缩成一个小小的点,再也看不清晰。许多年后的一个冬天,我回到小城,再次与母亲去公共澡堂洗澡。只是,这一次是我载着母亲。一路上,也是我,在滔滔不绝地说啊说,直说到口干舌燥,一脸倦容。澡堂里还是雾气缭绕,水泥的地面,已经换成了光滑的瓷砖,赤脚走在上面,需要十二分的小心。已经收拾妥当的我回转身,看见母亲依然在笨拙地脱着厚重的毛衣,我有些烦,走过去帮她。她坐在乱糟糟的床上喘了口粗气,这才在我的搀扶下慢慢下到深及腰部的水池里。

　　我将澡巾递给母亲,便自顾自地洗起来。舒适无比地泡了片刻后,才扭头看到母亲在很艰难地搓背。我叹口气,责备她:"为什么不叫我一声?你自己怎么能够洗干净?照你这速度,还不得洗上一天?"啰里啰嗦地抱怨一通后,便干脆坐在池边上,全面给她清洗,但嘴里依然没有停歇。看她比以前瘦了,便说她不舍得吃饭;又说给过你那么多钱,为什么就不肯在家里安个热水器或者建个浴缸呢,害得自己这大冷的天,还要跑到澡堂里来洗。母亲静静地听着,偶尔会小声反驳,但总是被我更高声的一句给压了下去。

　　泡了足足有3个小时,母亲才心满意足地说:"走吧!"我帮她擦净身上的水,又用毛毯将她结实地裹住,这才四处找她的衣服。看着她慢腾腾地怎么也套不上毛衣,我急了,一把拿过来,很麻利地给她一件件穿上。等将她安顿好,我的双手已是冰凉。漫不经心地将外套穿上的时候,听见身边的一个小孩子在哇哇大哭。那个年轻的母亲,一脸的无可奈何，她心烦意乱地呵斥着女儿。眼看着她的巴掌就要轻轻落下来了，这俊秀的小丫头突然就停止了哭泣，赤身在一大堆衣服、鞋子、袜子里跑跳起来。她的母亲逮不着她，气得笑骂起来："死丫头片子，看你现在折腾，等我老了，也来这样让你烦死！"

我的心，忽然就在这句话里微微地疼痛。再一次想起儿时的自己，也曾这样无助地被母亲训斥，也曾给她无边无际的烦恼。而今，岁月终于转身，将宛若婴孩的母亲交到我手中。我变成喋喋不休的女子；而母亲，也在我一次又一次的牢骚里，变成了许多年前脆弱孤单的我。

感恩提示
gan en ti shi

洗澡洗出了心灵的洁净，澡堂的场景也有了深刻的寓意。发生在澡堂里的场景让两对母女形成不同年代的对比。其间有岁月的轮回，有时光的倒影。这些都在阐释一个主题：亲人在岁月中转身时，不再华丽，尽显沧桑。

关键是我们怎样对待这种沧桑，如何转换角色来抚平这些衰老的痕迹。在澡堂中，时光在水雾缭绕中闪回。母亲的爱也自岁月深处清晰地抵达心中，让双手去重复母亲多年前的动作。这个形似的洗澡动作不是"回报"，而是一个隆重的感念，是生命里程里的华丽细节。

她把鞋穿在脚上，从阳台走到厨房，从卧室走到客厅，"嗒嗒嗒"，脚步声仍然很响。她在响亮的声音里悄然落泪，她知道了，那是母亲留给她的最后的声音。

母亲的声音

◆文/卫宣利

父亲去世那年，她10岁，弟弟8岁。生活就像一幅缓缓展开的画卷，刚刚露出幸福的颜色，便被突然袭来的暴雨打湿，一切快乐和安宁，都被浸染得一塌糊涂。

温柔贤良的母亲，从此变成了另外一个人，狂躁，暴戾。她不小心打碎一只碗，也会被母亲声嘶力竭地训上半个小时。就是从那时候开始讨厌母亲的声音的吧，那种尖细而干裂的声音，粗暴地打磨着她的耳朵，一点点地浸透到她的生命里去。她想不明白，母亲原来甜润柔美的声音，为什么一下子全变了味儿了呢？

其实那时候,母亲也才三十多岁,成熟饱满如一枚盛夏的果实。许多人来提亲,都被母亲泼妇一样给骂跑了。母亲像一只全副武装的刺猬,逮着谁刺谁,甚至包括她和弟弟。

母亲在菜市场管理处申请到一个摊位,每天早上4点钟起床,蹬着三轮车,从城北的家到城南的蔬菜批发市场,再到城北的菜市场。这样的路程,等于把整个城市绕了一圈。风里雨里,饱满成熟如一枚盛夏果实的母亲,很快便风干成了一枚瘦小干瘪的干果。

16岁,她长成一个沉默而内敛的姑娘,读高一,成绩优秀。每天中午,她从学校跑回来,飞快地做好饭,提着饭盒,骑自行车穿过五条马路,去给母亲送饭。常常,在人声嘈杂的菜市场,母亲一边飞快地往嘴里扒饭,一边用粗大的嗓门儿和买主讲价钱。有一次她去的时候,母亲正和人吵架,母亲尖厉的声音,充满了她的双耳。对方是个骄横的女人,她吵不过母亲,便叫来了丈夫,那男人蹦跳着要去打母亲。阳光下,母亲飞舞的唾沫星和着眼泪,一点一点,濡湿了她的青春。

22岁,她大学毕业,没有继续考研,因为弟弟也在读大学,而母亲,身体已经一天不如一天。第一个月的工资交到母亲手上,厚厚的一沓,在母亲干裂粗糙的手中抖动,如一群飞舞的蝶。她静静地望着母亲,用低低的声音说:"以后,不要去卖菜了。"

母亲笑了,声音不再尖锐,而是沙哑和厚重,满是艰辛和沧桑的味道。第二天早上,仍然是在菜市场,隔得老远,她就听见母亲响亮的声音:"我女儿大学毕业了,在一家外国人开的公司里上班……"她从母亲的声音里,听出了扬眉吐气。

28岁,她有了自己的女儿。月子里,孩子整夜整夜地哭,母亲便也整夜不睡,抱着孩子悠着、哄着。有一天晚上她从梦里醒来,忽然听到母亲在唱歌。她没敢睁眼,静静地听,是摇篮曲,竟然是那般甜美柔和的声音。她呆呆地听着,18年的时光,仿佛一下子倒流过来。她用被子蒙住脸,泪水却如潮水一样涌了出来——她终于找回了母亲的声音,找回了从前的母亲。

可是幸福,从来都是那么短暂。

早上7点钟,母亲做好饭,喊她起床。8点钟,她上班,母亲推着孩子出去玩。10点钟,她赶到医院时,母亲躺在重症监护室,已经不能够再说话。

是高血压引起的中风,偏瘫、失语。母亲一直昏迷着,她的手抚过母亲苍白的脸庞,泪水滴落在母亲脸上。她多么想再听听母亲的声音啊,哪怕是那种尖厉粗俗的叫骂声,却再也听不到了。

第二天中午,母亲在昏迷中悄悄去了。

一个月后,她收拾母亲的遗物,在一个小箱子里,放着两双线拖鞋。鞋面是淡黄色柔软的毛线,鞋底是母亲自己纳出来的千层底。这种线拖鞋母亲以前给她做过好多,脚穿进去很舒服,唯一的不足是走路的时候脚步声很响,所以每双她都是只穿几天,便丢弃一旁。

现在,她把鞋穿在脚上,从阳台走到厨房,从卧室走到客厅,"嗒嗒嗒",脚步声仍然很响。她在响亮的声音里悄然落泪,她知道了,那是母亲留给她的最后的声音。

感恩提示
gan en ti shi

生活突然失衡让"母亲"的心情失去了往日的稳重,声音也跟着"疯狂"起来。母亲留在孩子童年记忆中的声音太大,太吵,太不近人情味。但"狗不嫌家贫,子不嫌母丑",所以母亲的声音并未给孩子带来多大伤害。

其实,母亲的强悍的性格是为了捍卫一个风雨飘摇的家。最终,子女都出落成材,且懂事孝顺。然而此时的"母亲"却失语了,她的声音渐渐变弱,直至生命悄无声息。母亲曾经责骂的声音也变得珍贵而不可得。所以,穿上母亲遗留下的鞋走在地上的声音,被感应为母亲留在世界上最后的声音,情真意切,韵味悠长。

如果冥冥中注定父母必须要为儿女倾尽一生的爱,那么在来世的轮回中,请一定成为我的儿女,请让我来做那个还债的母亲吧。

来生让父母做我的孩子

◆文/宝宝琪琪

我们都曾经被父母感动过。但是,你感动过你的父母吗?

如果说父母是我们身边的树,可以遮阴避暑,可以抵御寒风,那我们是什么?

当我们心头有太多杂念,徘徊于爱与不爱之间,为情所困的时候,禁不住怀疑起来,怀疑自己,怀疑他人,怀疑爱,继而怀疑这个世界,但是我们没有理由怀疑父母给予我们的一切。

那个夏天炎热而漫长,父亲陪着母亲去北京看病,我在家里玩得放了羊。暑假刚过一半,爸爸从北京打来电话,问我愿不愿意过去玩。在北京 301 医院闷热的病房里,我看到了满头黑发已经全被剃光的母亲,爸爸对我说是因为天太热又没法洗澡,剃了头发凉快。我是那么容易就被骗过了。母亲从小包包里摸出两个又大又亮的李子给我吃,我捏了捏,有一个已经坏了,我把它丢在垃圾篓里说:"都坏了还给我吃。"话音未落,爸爸的巴掌已经落了下来,那是长这么大第一次挨爸爸的打,只是太轻了些。

第二天早晨,母亲被一群穿白衣服戴白口罩的人用一张狭长的带轮子的床推走了。当父亲用颤抖的手在手术单上签字的时候,8 岁的我正在病房外面的平台上跟一个刚认识的小朋友玩跳房子,远处树上的知了叫了一天。

母亲回家的时候天已经很冷了，她被人用担架七手八脚抬进房间，包得严严实实。一起回来的还有一个保姆。爸爸拉着我来到母亲的床前，我吓了一跳。床上那个面目浮肿、口眼歪斜的人是我妈妈吗？我怯怯地叫了声妈妈，母亲伸出手来，我却往后退了一步，踩到了爸爸的脚。爸爸开始告诉我发生的事情：妈妈脑子里长了一颗肿瘤，医生已经帮妈妈拿出来了，但是在手术的时候伤害了面目神经，所以才会变成现在这个样子，旁边的奶奶已经哭得昏了过去。

母亲在病床上一躺就是十年。十年，可以发生任何事，但是对母亲来说，什么也没有改变过，她的生活圈子只是病床到厕所那么远，她的生活内容只是吃药吃饭，偶尔站一站，头晕不支便只能坐下。母亲很关心我，但是母亲的关心却总是成为我嘲笑她的借口。她会郑重地对我说，不要早恋，有什么心理动态要及时向团组织汇报，我会冷笑着反问，妈你是从唐朝来的吗？有时候母亲会找出她心爱的舍不得戴的丝巾送给我，可是我会去戴那些过了时的东西吗？一转脸我就把母亲当宝贝一样送我的丝巾转送给了保姆。那天晚上母亲吃了饭，还没有吃药，说是有点儿累，要躺一会儿，这样一躺就再没有醒过来。爸爸从医院回来的时候，我还寻找着他身后的担架，傻傻地问，妈妈住院了？爸爸说，你妈妈走的时候连一身像样的衣服都没有。这句话像鞭子一样抽打着我的心。我每天花枝招展得像只蝴蝶，却从来没有想过要买一件漂亮的衣服给母亲。

十年弹指一过，爸爸老了，他失去的不光是时光和亲人，白发爬满了两鬓，岁月已经清晰写在额角，没有人记得他曾经也是才情满腹的翩翩少年。当孩子们都长大了，儿子又有了儿子的时候，爸爸喜欢在桂树飘香、皓月当空的夜晚领着小孙子看月亮。

爸爸，还有远在天堂的妈妈，我知道你们不需要我的感激涕零，不需要我的长跪不起。作为子女，我向你们索取了一生，我不忏悔我的贪婪和无知，那是苍白和无用的，时光不会因为我的悔恨而倒流，我知道你们总是在我还没有原谅自己以前早就已经原谅我了。可是请告诉我，该怎么做才可以回报你们赐予我的一切？如果父母的恩情今生今世是无以为报的，如果冥冥中注定父母必须要为儿女倾尽一生的爱，那么在来世的轮回中，请一定成为我的儿女，请让我来做那个还债的母亲吧，请让我用来世的情回报你们今生的爱。

感恩提示
gan en ti shi

"父母生儿育女就是为了还上辈子债的"这句话看来并非笔者一人所想，作者的体会似乎更深入，更透彻。年幼的我们，不懂人情世故，不懂父母之情；成长的我们，依然不懂父母之心。病重的母亲，虚弱的母亲，可怜的母亲，心里放心不下的依然是"我"：一个自私、丑陋的孩子。母亲的宽容是天下最好的药方，就是它教会了我如何把对母亲的思念、遗憾、自责化为对父亲的关爱、体谅和理解。

其实,父母与子女间的恩恩怨怨,岂是一辈子两辈子扯得清的,这种爱恨情仇将是永远地缠绕在一起的,牢固又不失美好。

我发誓,以后再也不把别人的母亲看得重过自己的母亲,因为不管别人当多大的官,他的母亲也没有带我暖过脚。

为母亲暖脚

◆文/萧 萧

母亲生日那天,我带女儿回老家住了一晚。女儿是我母亲带大的,她还恋着奶奶,晚上就跟奶奶睡。

夜里,我听到女儿和母亲在房里不断地说话。她们一个9岁,一个70岁,相差60多岁,怎么会有那么多话说呢?我一时兴起,就不声不响地站在门外,偷听她们祖孙俩都说些什么。

她们闲扯了一会儿,女儿问:"奶奶,昨天郑伯伯的妈妈过生日,爸爸给了她200元;今天你生日,爸爸为什么只给100元呢?"母亲说:"乱讲,你爸爸不是那种人,一定是你看错了,新出的那种20元跟100元很像的。"女儿说:"真的,妈妈本来连100元都不想给,还跟爸爸吵了几句嘴。"

沉默了一会儿,母亲问:"是哪个郑伯伯?"

女儿说:"就是经常叫爸爸去喝酒的郑局长呀!奶奶你见过他的。"母亲说:"哦,是郑局长的妈妈生日,你爸爸当然要多给些钱了,不奇怪。"女儿问:"为什么郑局长的妈妈生日就要多给钱呢,奶奶,难道你还不如郑局长的妈妈重要吗?"母亲说:"单位里面的事复杂着呢,就是郑局长帮了你爸爸的忙,你也不知道。别说了,快睡吧。"

静了一会儿后,房里又有声音了。依然是女儿问:"奶奶,爸爸小时候也跟你睡觉吗?"母亲说:"对,你爸爸一直跟我睡到18岁呢。你爸爸小时候可没有你懂事,他老是把一双凉脚往我怀里踹,要我帮他暖脚,不帮他暖脚就生气。"

女儿说:"奶奶你别帮爸爸暖脚,让他闹。"母亲说:"傻丫头,哪有妈妈不疼儿子的?"女儿说:"可是爸爸不疼你。给人家的妈妈200元,只给你100元。"母亲长叹说:"我已经很知足了。你看村头的二奶奶,养大五个儿子,老了却没人理,临死,儿子都不在身边,被老鼠咬掉了鼻子和一只耳朵。"

不知道为什么,我的眼泪突然流到脸上。我发誓,以后再也不把别人的母亲看得重过自己的母亲,因为不管别人当多大的官,他的母亲也没有帮我暖过脚。

感恩提示
gan en ti shi

母亲为什么是最伟大的？或许就是因为她们的宽容。她们的胸怀能海纳百川，能化解人世间所有的丑陋，能哺育出最美好的花朵。她们的气量真的可以达到"泣鬼神，惊天地"的地步。在孩子面前，她们可以不计较任何的得失，只要一点点就很是满足。在孩子面前，她们理解孩子的苦衷，默默承受着一些鲜为人知的苦楚。

母爱真的是无私的，是崇高的，是令人敬佩的；母亲的胸怀不仅仅可以怀抱着儿子一双冰凉的脚，她可以温暖儿女一生一世的幸福。

那道门不是钢筋混凝土铸就的，也不是荣耀、财富和地位装饰的，而是一道很窄很窄的门——"专门"。

给母亲留一道门

◆文 / 马国福

他在离家几百里远的大城市工作。在政府外事部门工作的他经常出差。有时到家乡所在的地级市出差，就顺便乘便车回家一次。

回到家喝不了一杯母亲泡的热茶，他就给母亲一些生活费后匆匆离开。他本想好好陪母亲聊聊，刚打开话匣子，电话就不约而至，一个接着一个。关机吧，影响工作；不关吧，又要和母亲聊天。对此他烦恼不已。

有一年冬天，天气变化，年迈的母亲突生大病。卧在病床的母亲最牵挂的不是自己的身体，而是远方的儿女。家里人打电话给他，说母亲病了很想念他，让他抽空回来看看。可是他受政府派遣，到南方的一个城市商谈招商引资的大事情。

接到电话，他很想回去，可是职务决定了他必须以大局为重。许多重要事项需要他拍板。他只能在电话里向母亲表示问候。

那次出差时间长达半个多月。在这段时间里，母亲的病情不但丝毫没有好转，反而一天天加重。领导决定，如果他圆满完成招商引资任务，回来后就立即提拔他。在这节骨眼上他很矛盾，一半是自己辉煌的未来，一半是把他养育成人的母亲，照顾了工作，就无法顾及母亲；照顾了母亲，又要影响自己的前途。

权衡再三，最终他还是留在南方的城市继续工作。就在他被提拔的曙光冉冉升起的时候,母亲的生命之光,却一天天黯淡下去,身体越来越虚弱,哮喘时,上气不接下气,无比痛苦。

让他欣喜的是,在招商引资的时候,领导让他临时回来两天,参加一个重要会议。他可以利用这个机会抽空回家看望母亲。想到母亲生病了,就挑了一件真丝服,准备带给母亲。回到家中,母亲已经形容枯槁。见到儿子大老远来看自己,母亲欣喜溢于言表,然而又不能多说话,紧紧地握住他的手,抚摸个不停。他把衣服拿给母亲,母亲责备他怎么破费买这么高档的衣服。他一边安慰母亲,一边不停地看表。母亲看得出有许多事情等着儿子去办。她没有说太多的话,只是很简单地问了一句:"你是专门来看我的吗?何必专门买衣服给我,我有衣服穿啊!"

他无法回答这个问题,只是很苦涩地笑笑。这两个"专门"像一把无形的刀,一左一右插在他的心房,刺得他心痛。他没想到,自己顺便的一次看望,在母亲眼里是那么难得、欣喜、骄傲。就在他享受着母亲手掌的温暖时,电话又响了,领导让他立即赶回。晚上还要召开扩大会议,研究重要的人事任免工作。他本想晚上好好陪陪母亲,然而又不能不服从组织的安排。

临走时,母亲哮喘着努力和他说话,脸色都发紫了。这让他十分揪心。

会议结束后,他又飞回南方,继续没完成的工作。一个星期后,他奏凯而归,如愿以偿,他被提拔到一个很重要的岗位担任一把手。当他带着提拔的喜讯专门赶回家时,母亲已经多病并发,快不行了。那段时间家里人几次打电话想叫他回来,都被母亲拦阻了,母亲的理由是不能因为自己生病就影响儿子的前途。

病床上的母亲看到专门来看她的儿子时,眼里蓄满了泪水,挣扎着说:"工作那么忙,你何必专门来看望我?"

不久母亲去世了,就在他专门看望后的几天时间里。

红尘中疲于奔波为名利忙碌的人们,被功名缠住了手脚,没有时间给亲爱的母亲留一道门。那道门不是钢筋混凝土铸就的,也不是荣耀、财富和地位装饰的,而是一道很窄很窄的门——"专门"。

很多时候,我们没有时间给母亲留这样的一道门,也没有心思专门送给母亲她所喜欢的礼物,更没有恒心专门表达自己的爱心。我们所给予的只是随便的看望,顺带的礼物,偶尔的陪伴,而忽略了这不起眼的门,可这简单的一道心灵共鸣之门,胜似万千铺满鲜花掌声通往家园的风光之路。

穿过幽暗的光阴隧道,那窄窄的门里,凝聚着母亲无限宽阔的守望和牵挂。

感恩提示

gan en ti shi

没有想到作者给母亲留的一道门是:专门。现代社会中的人们,有多少看望母亲是

"专门"的呢？前途、仕途、荣耀，在我们眼中变得愈发珍贵，而母亲却始终将我们的小事当成了自己的大事，在母亲眼里，牺牲是理所当然，哪怕是自己的生命。

可是，当你被财富、荣耀、地位宠爱时，你可曾想到这将会关闭你给母亲留的那道门，你在红尘的一切也都会变得苍白缥缈。永远不要让自己关上这扇门，因为有一种债需要你用一辈子偿还，那就是回报母亲的爱。

都说父爱如山，父亲的爱是沉重的，是沉默的，是只能留在心里，是一辈子都还不清的。

低头看一眼父亲脚上的鞋

◆文/为　为

从北京学习归来，我为父亲买了一双布鞋，是北京老字号"步瀛斋"的。看着厚厚的千层底上细细密密的麻线纳成行，心想退休在家的父亲穿着一定养脚舒心。过几天就是"父亲节"了，也算做女儿的一点儿孝心吧。

回到家迫不及待地给父亲"献宝"，可父亲打眼一瞅，说："哦，这鞋我穿不了，太大了。"我顿时感到一片孝心白费了，非常委屈地说："人家大老远儿带回来的，您连试也不试一下，怎么就说不合适呢？我知道弟弟穿 42 号的鞋，您比他大一个号嘛。"母亲一听乐了，说："你爸的脚小，一直穿 40 号的，你这鞋整大了 3 号，他就是垫上鞋垫也穿不了啊。""啊？"我懊丧极了，突然想起工作五六年了竟从未给父亲买过鞋，就因为知道母亲比我的鞋大一号，就根据弟弟的脚臆断地买了 43 号的鞋。

第二天，我把布鞋送到一家熟人开的鞋店寄卖，顺便浏览一下鞋架，为父亲选中了一双露脚的凉鞋，想着他出门散步时穿着既凉快又雅观，总比趿拉着拖鞋好。店老板一听我给父亲买鞋，微微一笑，伸手拿下一只四季鞋说："还是给你爸买这种吧。他到我这里来两趟了，都是试的这双鞋，但没买就走了，这么大热的天，你爸可还穿着皮鞋呢！"他的话里有些许的责备，我的心一下子痛起来，想着父亲试着心仪的鞋子舍不得买，去了又回的样子，我的眼睛湿润了，做女儿的竟始终不知父亲脚上穿的什么，喜欢什么！深深地自责着，赶快让老板把鞋装好买回去。

一进家门先看到鞋柜上摆着一双破旧的四季鞋，表皮的漆脱落得斑斑驳驳，两侧鞋帮深陷进去，已没有了鞋样子，父亲肯定又想拿它凑合一年了。

让父亲试新鞋的时候，他竟像个害羞的孩子，好像一不小心被人发现了心事，很难为情似的。我忍不住心疼地嗔怪："想要双鞋怎么不说呢？"父亲只"嘿嘿"笑着不言语，望着父亲心满意足的样子，我的视线模糊了，往事涌上心头，历历在目。

听母亲说,在我不记事的时候,冬夜啼哭不眠的我总是被穿着单衣的父亲抱起在屋里转着圈地哄着,直至入睡;记事后,是父亲教我唱歌、绘画,让我对艺术有了最早的认知;再后来父亲做了业务员,常年在外奔波,可不管旅途多么劳顿,总不忘给家里的每个人带回礼物;上大学时父亲送我到学校,毕业时又穿着同一身衣服把我接回家。大学几年间父亲供我吃、穿、用,从未短过花销,自己却舍不得买一件新衣服。让我记忆最深的是每次假期结束返校时,父亲总是不厌其烦地给我的行李包提手上缠布条,缠几层提起来试试,再缠几层,我很不解,父亲说:"多缠几层布条提起包来才不勒手。"

都说父爱如山,是像山一样的沉重,也像山一样的沉默吧!有首歌里唱着:"一年一年风霜遮盖了笑颜,您寂寞的心有谁还能够体会!是不是春花秋月无情?春去秋来您的爱已无声。把爱全给了我,把世界给了我,从此不知您心中苦与乐。"细细想来,父亲的爱并不沉默,只是我这个做女儿的多年来享受父母的爱已成了习惯——习惯成自然,自然地便认为是理所应当的,所以从未想起回报。

相信大多数人都认为回报父母之恩要等到父母年迈之时吧。台湾作家刘墉说,孝敬父母要从现在开始,因为在你读书时,你必须专注于学业;工作后又开始专注于爱人,结婚后不得不专注于孩子;当你终于想到要尽点孝道时,也许已是"子欲养而亲不待"了!

所以让我们都低头看一眼父亲脚上的鞋吧!

从现在开始,从每一件小事做起,让我们珍惜每一刻孝敬于父母膝下的幸福时光,让每一天都变成父母的节日!

感恩提示
gan en ti shi

都说父爱如山,父亲的爱是沉重的,是沉默的,是只能留在心里,是一辈子都还不清的。但是为为的文章中,却展示了父爱的另一面:温馨、感性、触手可摸,正像一双鞋一样,只要你细心,总能记住他主人脚的尺码。

刘墉说,孝敬父母要从现在开始。相信他已经体会到父爱的另一面了,那么我们也应当把对父爱的感激和爱深深藏在心里,应该"从现在开始,从每一件小事做起,让我们珍惜每一刻孝敬于父母膝下的幸福时光,让每一天都变成父母的节日!"

剎那间，我明白了亲情的伟大，幸福的暖流在心头回旋，原来，人生的幸福就来自于细微之处。

送给妈妈一副皮手套

◆文/荧 星

一年冬天，我和妻一块儿回农村老家看望父母，回来的路上，妻对我说："妈妈的手都冻裂了，回城后，你给她买副我洗碗时戴的那种皮手套，冬天戴着手套干家务活儿可能会好些。"

我老家在农村，为了支持我和弟弟上学，家里除了种六七亩责任田，还养了猪、羊、兔等家畜。由于成年累月地劳动，母亲的手被磨出了一层厚厚的茧子。一到冬天，母亲每天都要在院子里煮满满一大锅的猪食喂猪，第一顿时猪食还是热的，而喂到第二顿、第三顿时，猪食早已冻得结成了块儿。每每这时母亲便用手一点点捣碎，这样才能掺进其他草料。几桶猪食捣下来，母亲的手早已冻得冰冷了，所以每到冬天她的手都会冻出一道道血口子。

第二天，没多想我便去了一家日用品商店。里面的顾客几乎全是女士，我这个异性进去后给人一种很刺目的感觉。

"您需要什么东西？"一个售货员看我进去后东张西望，便主动与我打招呼。我是第一次进这家商店，不知道卖手套的在哪个柜台。

"我买一副皮手套。"我详细地向她描述了我需要的那种手套。

"是买了给妻子刷碗时戴的吧？"她边和我搭讪边蹲在柜台下面寻找。

"不，我是买了送给我妈妈的。"我如实回答。

"送给妈妈？唉，这年头能想起来给妈妈买点儿东西的人不多了，您一位先生竟然细心到想给妈妈买副手套，真是难得！"她啧啧赞叹。蹲着找了一会儿，她站了起来一脸歉意地说："实在不好意思，我这里没有了，看在您这孝心的份儿上，我给您问问其他柜台有没有。"她笑着耸了耸肩。

"哎，你那里有没有皮手套，这位先生想给自己的妈妈买一副皮手套。"她大声地朝对面柜台的小姐喊道。

她的话引起了周围人们的注意，人们齐刷刷地把眼光转到了我身上，看得我的脸直发烫。从来没有见过这种阵势，我有些不好意思。

"你给妈妈买手套？"一位中年妇女一脸狐疑地问。

"是的，我给我在农村的妈妈买副皮手套，农村没有暖气，水很凉，她经常干家务活,手都裂了。"我答道。

令我意想不到的是,周围的人竟不谋而合地举起了手,暴发了一阵掌声。

"一些年轻人,尤其是年轻先生都是忙于事业,很少见有亲自来买手套的,就是来买也是给妻子的,却鲜见这么细心地关心自己妈妈的。我今天晚上也给我妈买一副送给她,她一定会很高兴的。"一位售货小姐感慨地说。

"是啊,"一位老太太抬起了自己的手,"我的手也裂了,我那些孩子要有你这份儿孝心就好了!孩子小的时候,含在嘴里怕化了,捧在手上怕冻着;我们舍不得吃,舍不得穿,给他们吃最好的,穿最体面的。他们长大了,自己会照顾自己了,却把爹妈忘了。"她说的时候略带伤感。

我走到对面的柜台前,接过了售货小姐递给我的手套,感觉到这不是一件普普通通的商品。

"我也买一副,我很长时间没去看看妈妈了,天这么冷,我以前怎么没有想到买副手套送给她呢。"一位小姐愧疚地说。

这时几个人围上前来,"我也买一副……""给我也拿一副……"人们争先恐后地交着钱。

挤出人群,我长舒了一口气。在这一刻我恍若走过了几十年,刹那间,我明白了亲情的伟大,幸福的暖流在心头回旋,原来,人生的幸福就来自于细微之处。

第二天,那家商店门口挂上了"天冷了,送给妈妈一副皮手套"的牌子。

听说那个冬天,那家商店的手套卖得特别火。

感恩提示
gan en ti shi

一副皮手套,折射出人间真情。如果说母亲的伟大在于牺牲,那么我们的渺小在于忽略。一副皮手套,一件普通的商品,一件让很多人轻易想起为妻子购买的商品,却唯独忽略了母亲。

小小的皮手套像一面镜子,在皮手套面前,我们看到了自己的在乎和忽略,当营业员认为我"肯定为妻子购买",当整个商场没有一人想到为母亲购买("我"是例外),当商场挂出"天冷了,送给妈妈一副皮手套"的牌子导致皮手套热销时,难道这不更是一种讽刺吗?要知道,母亲的爱才是我们这一生最不能忽略而值得永久珍藏的无价之宝。

人最怕的是什么？不是没吃的，不是没穿的，不是钱，不是失去生命……是孤独，是无依无靠的恐惧，而这样的孤独与恐惧母亲不知道独自面对了多少次。

母亲的心思

◆文/陈江平

　　母亲生在农家，所以朴实。她比所有普通人更普通、更平凡，就像一滴雨、一片雪、一粒灰尘，飘在空气中，渗进泥土里，看不见，不会引人注意。人啊，总是容易把眼睛盯在别处，而忽视眼前的、身边的东西。于是，便也容易失去弥足珍贵的东西。我希望自己觉醒得不会太晚。

　　母亲家姊妹多，所以她没机会读书。正因为母亲没文化，所以把许多牺牲当成了"理所当然"。有时，"理所当然"得让人心疼，甚至可以说母亲根本就没意识到这是一种"牺牲"。

　　我们家除了母亲，谁都出去旅游过。每次全家出游，母亲都会一个人留在家里，有时我随口说："妈，一起去吧！"母亲就会说："我不去。我走了，猪怎么办？没人看家……去吧！你们快去！"听母亲这么说，我们就心安理得地扔下母亲，出去观光去了。更令人难以置信的是，我们居然把这当成了习惯。

　　1998年夏天，长江发洪水，我们家门外就是长江的支流——岷江。由于我们居住在岷江的冲积平原上，四面环水，很容易遭水灾。那几天，天总是阴沉沉的，有种"山雨欲来风满楼"的压抑，电视台每天都在报道新淹没的城市，我们平原上人心惶惶，许多人开始转移贵重物品。我们家也不例外，父亲把家里值钱的东西几乎都搬到了河对岸幺叔家，并且每晚都带着我们去幺叔家过夜。当然，除了母亲。

　　那天，我们又去了幺叔家。我站在幺叔六楼的阳台上，俯视整个平原，温柔的岷江异常平静地流淌着，很慈祥，就像母亲。突然，天上乌云滚滚，好像天空随时会垮下来，风从四面八方横冲过来，打在雨棚上哗哗地响。父亲说，今晚可能有大雨。远远地，我看着我们家，那河与家之间有几百米距离，现在看去只有几厘米，多么脆弱和不堪一击的几厘米啊！而我的母亲此刻就在那里。不知为什么，我心里很害怕，我怕岷江失去温柔，怕明天起来家会成为一片汪洋，更怕再也看不见母亲。凭什么我们怕死，母亲就该不怕，是我们的命比母亲金贵吗？

　　我的心怎么也静不下来，像是被风吹得急遽旋转的风车。风越来越大，我便越发不安心。

　　我拗着要回去。父亲不可理解地说,天快黑了,也快下雨了,叫我明天和他们一起回去。我不听,硬是冲下了楼,让一屋子的人莫名其妙。

　　河边的渡船已经下班了,天阴沉得厉害,风里夹着几滴水珠打在脸上,更像打在心里。我觉得前所未有的冷,冷进骨髓,冷进血液,冷进每一个细胞,以致我的身体像筛糠一样颤抖起来。我慌得厉害,迫不及待地花高价跳上了一艘小渔船。

　　过了河,雨已绵绵不断地打将下来,我抱着头一路飞快朝家中奔去。当我敲响房门时,听见母亲叫了声:"谁呀?"我应道:"是我。"屋里没开灯,只听见拖鞋着地的声音,然后看见母亲掀开窗帘的一角,露出惊疑惶恐的脸,仔细瞧瞧外面,认准确实是我,才慌忙将门打开。这时,我发现门被一根粗大的木头死死顶着。这一刻,我终于没忍住,眼泪和头发上滴下来的雨水混合在一起。与其说这根粗大木头顶在门上,还不如说顶在我心里,这一顶就再也无法抹去。我知道,她怕。人最怕的是什么?不是没吃的,不是没穿的,不是钱,不是失去生命……是孤独,是无依无靠的恐惧,而这样的孤独与恐惧母亲不知道独自面对了多少次,面对母亲,我充满了内疚与惭愧。

　　爸爸再叫我一起去幺叔家过夜时,我怎么也不去,叫急了,我就说:"那我妈呢?"只要有母亲在,小屋就会充满温暖,充满祥和,任那雨横风狂我也不怕。有好几次,我听见母亲无比骄傲地对邻居说:"我家江平最心疼我,这孩子有心哩!"母亲就是这样容易满足。

　　上了大学,离家更远了,远得母亲连想也不敢想。母亲打电话来说,想我了,想听听我的声音。我问:"爸呢?"母亲说:"你幺叔请客,都去吃饭了。"我鼻子有些发酸,说:"你怎么不去?"母亲理所当然地说:"我走了,没人看家……"母亲察觉出我的异样,尽量使语气显得无所谓:"也没什么好吃的,那些东西我都吃过……"我冲进卫生间,看见镜子里的自己泪流满面,索性用脚把卫生间的门抵住,小声地哭起来。我不想惊动同学,我要独自表达我无限的伤心、委屈,和儿童一样的软弱。

　　我在心里发誓:我一定要让母亲出去旅游,直到她游得再也不想游了为止。我一定要让母亲过上一个幸福的晚年!

感恩提示
gan en ti shi

　　大爱无声。谁没有听过母亲这样的话语:家贫时,当端上一盆肉,母亲说"我不喜欢吃";买新衣服时,母亲说"我不需要了";家殷时,当一起出去游玩,母亲说"我怕走远";当要为她购买营养品时,母亲说"我吃不惯"。正像文章所说,母亲的伟大在于将牺牲当成"理所当然",只要家人幸福,只要儿女安康,母亲的承受痛苦能力就无限提高,这是一种怎样的情怀?所以,看完陈江平的《母亲的心思》后,我们除了回味那久久难忘的赤母情外,应当拿起电话、提起钢笔,告诉母亲你是多么爱她!

忆昔相追随,同荣辱,共安危,期颐望齐眉,黄泉碧落君先去;从今无牵挂,斩名缰,破利锁,俯仰无愧怍,海阔天空我自飞。

花朝节的纪念

◆文/宗　璞

　　农历二月十二日,是百花出世的日子,为花朝节。节后十日,即农历二月二十二日,从 1894 年起,是先母任载坤先生的诞辰,迄今已 99 年。

　　外祖父任芝铭公是光绪年间举人。早年为同盟会员,奔走革命,晚年倾向于马克思主义。他思想开明,主张女子不缠足,要识字。母亲在民国初年进当时的女子最高学府北京女子师范学校读书。1918 年毕业。同年,和我的父亲冯友兰先生在开封结婚。

　　家里有一枚旧印章,刻着"叔明归于冯氏"几个字。叔明是母亲的字。以前看着不觉得怎样,父母都去世后,深深感到这印章的意义。它标志着一个家族的繁衍,一代又一代来到世上扮演各种角色,为社会做一点儿努力,留下了各种不同色彩的记忆。

　　在我们家里,母亲是至高无上的守护神。日常生活全是母亲料理。三餐茶饭,四季衣裳,孩子的教养,亲友的联系,需要多少精力! 我自幼多病,常和病魔做斗争。能够不断战胜疾病的主要原因是我有母亲。如果没有母亲,很难想象我会活下来。在昆明时严重贫血,上纪念周站着站着就晕倒,后来索性染上肺结核休学在家。当时的治法是一天吃 5 个鸡蛋,晒半小时太阳。母亲特地把我的床安排到有阳光的地方,不论多忙,这半小时必在我身边,一分钟不能少。我曾由于各种原因多次发高烧,除延医服药外,母亲费尽精神护理。用小匙喂水,用凉手巾覆在额上。有一次高烧昏迷中,我觉得像是在一个狭窄的洞中穿行,挤不过去,以为自己就要死了,一抓到母亲的手,立刻知道我是在家里,我是平安的。后来我经历名目繁多的手术,人赠雅号"挨千刀的"。在挨千刀的过程中,也是母亲,一次又一次陪我奔走医院。医院的人总以为是我陪母亲,其实是母亲陪我。我过了 40 岁,还是觉得睡在母亲身边最心安。

　　母亲的爱护,许多细微曲折处是说不完也无法全捕捉到的,也就是有这些细微曲折才形成一个家。这个家处处都是活的,每一寸墙壁,每一寸窗帘都是活的。小学时曾以《我的家庭》为题作文,我写出这样的警句:"一个家,没有母亲是不行的。母亲是春天,是太阳。至于有没有父亲,不很重要。"作业在开家长会时展览,父亲去看了。回来向母亲描述,对自己的地位似乎并不在意,以后也并不努力增加自己的重要性,只顾沉浸在他的哲学世界中。

　　希腊文明是在奴隶制时兴起的,原因是有了奴隶,可以让自由人充分开展精神活动。我常说父亲和母亲的分工有点儿像古希腊。在父母那时代,先生专心做学问,太太操劳家务,使双方无后顾之忧,是常见的。不过父母亲特别典型。他们真像一个人分成两半,一半主做学问,一半主理家事,左右合契,毫发无间。应该说,他们完成了上帝的愿望。

母亲对父亲的关心真是无微不至,父亲对母亲的依赖也是到了极点。我们的堂姑父张岱年先生说:"冯先生做学问的条件没有人比得上。冯先生一辈子没有买过菜。"细想起来,在昆明乡下时,有一阵子母亲身体不好,父亲带我们去赶过街子买菜,不过次数有限。他的生活基本上是水来湿手,饭来张口。古人形容夫妇和谐用举案齐眉几个字,实际上就是孟光给梁鸿端饭吃,若问"是几时孟光接了梁鸿案",应该是做好饭以后。

旧时有一副对联:"自古庖厨君子远,从来中馈淑人宜",放在我家正合适。母亲为一家人真操碎了心。在没有什么东西的情况下,变着法子让大家吃好。她向同院的外国邻居的厨师学烤面包,用土豆作引子,土豆发酵后力量很大,能"嘭"的一声,顶开瓶塞,声震屋瓦。在昆明时,一次父亲患斑疹伤寒,这是当时西南联大一位校医郑大夫经常诊断出的病,治法是不吃饭,只喝流质,每小时一次,几天后改食半流质。母亲用里脊肉和猪肝做汤,自己擀面条,擀薄切细,下在汤里。有人见了说,就是吃冯太太做的饭,病也会好。

1964年父亲患静脉血栓,在北京医院卧床两个月。母亲每天去送饭,有时从城里我的住处,有时从北大,都总是第一个到。我想要帮忙,却没有母亲的手艺。父亲暮年,常想吃手擀的面,我学做过几次,总不成功,也就不想努力了。

母亲把一切都给了这个家。其实母亲的才能绝不只限于持家。母亲毕业于当时的女子最高学府,曾任河南女子师范学校预科算术教员。她有一双外科医生的巧手,还有很高的办事能力。外科医生的工作没有实践过,但从日常生活中,从母亲缝补、修理的功夫可以想见。办事能力倒是有一些发挥。

20世纪50年代初至1966年,母亲做居民委员会工作,任北大燕南、燕东、燕农、镜春、朗润、蔚秀、承泽、中关八大园的主任。曾为家庭妇女们办起装订社、缝纫社等。母亲不畏辛劳,经常坐着三轮车来往于八大园间。这是在家庭以外为社会服务,她觉得很神圣,总是全心全意去做。居委会成员常在我家学习。最初贺麟夫人刘自芳、何其芳夫人牟决鸣等都是成员。后来她们迁往城内,又有吴组缃夫人沈淑园等参加。50年代有一次选举区人民代表,不记得是哪一位曾对我说,"任大姐呼声最高"。这是真正来自居民的声音。

我心中有几幅图像,愈久愈清晰。

一幅在清华园乙所,有一间平台加出的房间,三面皆窗,称为玻璃房。母亲常在其中办事或休息。一个夏日,三面窗台上摆着好几个宽口瓶和小水盆,记得种的是慈姑。母亲那时大概不到40岁,身着银灰色起蓝花的纱衫,坐在房中,鬓发漆黑,肌肤雪白。常见外国油画有什么什么夫人肖像,总想怎么没有人给母亲画一幅。

感·恩·父·母·全·集·

185

另一幅在昆明乡下龙头村。静静的下午，泥屋、白木桌，携我坐在桌前，为我讲解鸡兔同笼四则题。父亲从城里回来，点说这是一幅乡居课女图。龙头村旁小河弯处有一个小落差，水的冲力很大。每星期总有一两次，母亲把一家人的衣服装在箩筐里，带着我和小弟到河边去。

　　还有一幅图像便是母亲弯着腰站在欢快的流水中，费力地洗衣服，还要看着我们不要跑远，不要跌进河里。近来和人说到洗衣的事，一个年轻人问，是给别人洗吗？还没到那一步，我答。后来想，如果真的需要，母亲也不怕。在中国妇女贤淑的性格中，往往有极刚强的一面，能使丈夫不气馁，能使儿女肯学好，能支撑一个家度过最艰难的岁月。孔夫子以为女人难缠，其实儒家人格的最高标准"富贵不能淫，贫贱不能移，威武不能屈"，用来形容中国妇女的优秀品质倒很恰当，不过她们是以家庭为中心罢了。

　　母亲62岁时患甲状腺癌，手术后一直很好。从60年代末患胆结石，经常大发作，疼痛，发烧，最后不得不手术。那一年母亲75岁。夜里推进手术室，父亲和我在过厅里等，很久很久，看见手术室甬道那边推出一辆平车，一个护士举着输液瓶，就像一盏灯。我们知道母亲平安，仍能像灯一样给我们全家以光明，以温暖。这便是那第四幅图像了。握住母亲的手时，我的一颗心落在腔子里，觉得自己很有福气。

　　母亲虽然身体不好，仍是操劳家务，真没有过一天清闲的日子。她总是说："你们专心做你们的事。"我们能专心做事，都因为有母亲，操劳一生的母亲！

　　1977年9月10日左右母亲忽然吐血，拍片后确诊为肺门静脉瘤。当时小弟在家，我们商量说，母亲虽然年迈，病还是该怎么治就怎么治，不可延误。在奔走医院的过程中，我们受到许多白眼。一家医院住院部一位女士说："都83岁了，还治什么！我还活不到这岁数呢。"可以说，母亲的病没有得到治疗，发展很快。最后在校医院用杜冷丁控制疼痛，人常在昏迷状态。一次忽然说："要挤水！要挤水！"我俯身问什么要挤水，母亲睁眼看我，费力地说："白菜做馅要挤水。"我的眼泪一下涌了出来，滴在母亲脸上。

　　母亲没有让人多伺候，不过三周便抛弃了我们。当时父亲还在受审查，她走时很不放心，非常想看个究竟，但她拗不过生死大限。她曾自我排解说："知道儿女是好的，还有什么别的可求呢。"10月3日上午6时3刻，我们围在母亲床前，眼见她永远阖上了眼睛。我知道，我再不能睡在母亲身边得那样深的平安感了；我们的家从此再没有春天和太阳了。我们的家像一叶孤舟忽然失了掌舵的人，在茫茫大海中任意漂流。我和小弟连同父亲，都像孤儿一样不知漂向何方。

　　因为政治形势，亲友都很少来往。没有足够的人抬母亲下楼，幸亏那天来了一位年轻的朋友，才把母亲抬到太平间。当晚哥哥自美国飞回，到家后没有坐下，立刻要"看娘去"，我不得不告诉他母亲已去。他跌坐在椅上，停了半晌，站起来还是说"看娘去"。

　　父亲为母亲撰写了一副挽联："忆昔相追随，同荣辱，共安危，期颐望齐眉，黄泉碧落君先去；从今无牵挂，斩名缰，破利锁，俯仰无愧怍，海阔天空我自飞。"自己另一半的消失使父亲把一切都看透了。母亲的骨灰盒，一直放在父亲卧室里。每年春节，父亲必率领我们上香。如此凡13年。直到1990年初冬那凄惨的日子，父母相聚于地下。又过了一年,1991 年冬我奉双亲归窆于北京万安公墓。一块大石头作为石碑,隔开了阴阳两界。

我曾想为母亲百岁冥寿开一个小小的纪念会,又想到老太太们行动不便最好少打扰,便只就平常的了解或电话上交谈,记下几句话。

姨母任均是母亲最小的妹妹。姨父母在驻外使馆工作时,表弟妹们读住宿小学,周末假日接回我家,由母亲照管。姨母说:"三姐不只是你们一家的守护神,也是大家的贴心人。若没有三姐,那几年我真不知怎么过。亲戚们谁没有得过她关心照料?人人都让她费过心血。我们心里是明白的。"

牟决鸣先生已是很久不见了,前些时打电话来,说:"回想起在北大居住的那段日子,觉得很有意思。任大姐那时是活跃人物,她做事非常认真,总是全力以赴,而且头脑总是很清楚。"

在昆明时赵萝蕤先生和我家几次为邻居。那时她还很年轻,她不止一次对我说很想念冯太太。她说在人际关系的战场上,她总是一败涂地地俘虏。可是和冯太太相处,从未感到战场问题。是母亲教她做面食,是母亲教她用布条打纽扣结,有什么事可以向母亲倾诉。记得在昆明乡下龙头村时,有一次赵先生来我家,情绪不大好,对母亲说,一位军官太太要学英语,又笨又俗又无礼,总问金刚钻几克拉怎么说,她不想教,来躲一躲。母亲安慰她,让她一起做家务事。赵先生走时,已很愉快。

另一位几十年的邻居是王力夫人夏蔚霞。现在我们仍然对门而居。夏先生说:"你千万别忘记写上我的话。我的头生儿子缉志是你母亲接生的。当时昆明乡下缺医少药,那天王先生进城上课去了。半夜时分我遣人去请你母亲,冯先生一起来的,然后先回去了。你母亲留下照顾我,抱着我坐了一夜,次日缉志才出世。若没有你母亲,我和孩子会吃许多苦!"

像春天给予百花诞辰一样,母亲用心血哺育着,接引着……

亲爱的母亲的诞辰,是花朝节后十日。

感恩提示
gan en ti shi

知识分子氛围中的母亲,她为知识的繁华献上其似锦的绿叶。这样的母亲是辛苦的,与从事学术研究的苦劳相差不大。

在坎坷的生活中,风雨同舟,与时代的遭遇同呼吸共命运,又兼顾家庭温欣圆满。母亲闪耀出了属于女性形态各异的风采。母亲的绿叶滋润着花朵的繁盛,也护佑着孩子的成长,直至叶枝枯黄,凋零作土。

为了感念,母亲操劳一生的爱人与孩子用文字来祭奠。挽联道出了一生相随的如山之情,而孩子用"花朝节"来纪念母亲,更是将其功德与爱意绚烂表达。

　　无论是现在还是今后，母亲永远都是我前进的动力，为了母亲我会矢志不移地拼搏下去。我觉得，母亲幸福地活着，是我最大的荣耀。

为了母亲去拼搏

◆文/王树军

　　我很小的时候，母亲得了一场大病。医生说，即便是做了手术，也就撑十年。在我上初中的时候，母亲又得了一场大病，医生说，比上一次还厉害。

　　在一个早晨，我被家里人从学校直接接到了医院。当时，我并不知道母亲的病有多严重。家里的人谁都不告诉我。不过，从母亲痛苦的程度上我能猜到母亲肯定病得不轻。后来，村里的人才告诉我，其实那次是母亲感到自己快不行了，才让家里人把我接到医院想看我最后一眼的。听到这里，我的眼泪就止不住了。现在想起来还常常让我泪流满面。这不仅仅是因为母亲的病情，更是因为母亲的不幸。父亲是个嗜酒如命且逢喝必醉，逢醉必发酒疯的人。我和母亲常常被打得鼻青脸肿。到现在母亲还有严重的惊吓过度后遗症。一看到醉酒的人或者到了晚上一传来有人上楼的声音，母亲就吓得微微发抖。

　　母亲出院后，医生明确告知，不能从事任何劳动。但父亲毫不理会，一如既往地喝酒发疯打骂我们。放学回家的时候，我常常看到母亲拖着病重的身体在地里劳作。很多时候，她疼得连身子都直不起来。我对母亲说："为什么不让爸爸干活，医生不让你劳动啊！"母亲说："干活有啥？你父亲不打骂咱就不错了！"随后，母亲又说："咱娘俩命苦啊！有时候想想咱就是出去要饭吃也比在家里好啊！"母亲的话深深地刺痛了我的心，也是在那个时候，我发誓一定要带着母亲逃离苦海。作为儿子，我一定要让母亲不再劳动，不再担惊受怕。否则，我枉为男儿！

　　为了早日让母亲逃离苦海，我初中没上完，就自动辍学了，紧接着，我便来到了城里打工。为了有一笔收入能够尽快安定下来，我做过装饰工、建筑工、装卸工……无论多么艰难，只要一想到母亲瘦弱的身体我都能够咬咬牙硬撑过去。

　　我在城市里稍稍稳定之后，立刻把母亲接了出来。虽然我租的房子异常简陋，生活也很清苦。但看到母亲不再劳作，不再担惊受怕，我很欣慰。那个时候，母亲的身体很虚弱，需要补充营养。但是任何补品对我们来说都是奢侈品。于是，我就天天给母亲熬骨头汤。等把骨头熬到一定程度，我再努力地把骨头嚼着吃掉。一来怕浪费，二来也算是给自己补充营养。就这样，我和母亲总算安定了下来。

很多人都说我带着母亲在城里打工太不容易了,但我深深知道,母亲也是我生命的支撑。我有时候内心也很脆弱,特别是在生活上感到巨大压力的时候,我常常滋生轻生的念头。记得有一次,我在一家广告公司做业务,可工作了一个月,我也没做成一笔业务。那几天母亲的身体又不好,天天吃药,而我早已是负债生活了。再联想到我痛苦的过去和以后迷茫的道路,我顿时不想活了。那天晚上,我给母亲做好了饭,并看着她吃完。我说有事就走了出去。我是打算投湖自尽的。就在我站在湖边上写遗书的时候,我又想起了母亲。我走了,母亲怎么办?她不仅要继续以前的不幸,还要面临更大的不幸。如果那样,母亲的一生就只能痛苦而终了。最后,自我斗争了很久,我决定,为了母亲一定要坚强起来。我可以一辈子做不成事业,但我一定要陪着母亲好好地活下去。

从那以后,我下定了决心。为了母亲,再苦再累我也要拼搏。我一定要让母亲好好地活下去。我要挑战那个医生说我母亲只能撑十年的话。

事实证明,二十多年过去了,母亲的身体越来越硬朗了。无论是现在还是今后,母亲永远都是我前进的动力,为了母亲我会矢志不移地拼搏下去。我觉得,母亲幸福地活着,是我最大的荣耀。

感恩提示
gan en ti shi

母亲既然能点亮我们生命的灯,她也就一定能在生活中为我们找寻一条路。这是母亲的聪慧与伟大之处。

也许有人会说,路是要靠自己去走,自己去找,但如果没有母爱一路的叮咛,再短的路也会变得漫长,再清晰的世界也会变得迷茫。

看看吧,文中的"母亲"已命运多舛,凄苦不已,但是她正是以自己的遭际为"儿子"的前行增添动力,儿子是为了母亲去拼搏的。此时,动力就是路,它能在困境或无路可走的情况下开辟出一条崭新的道路。

"不喝牛奶的孩子也一样长大。"就是父亲这句话,让我在以后的日子里一次又一次地找到了做人的自尊,也让我得以活出了一个男人的样子。

默 默 父 亲

◆文/佚 名

　　我是父亲最小的儿子。"爸疼满崽"这句话便成了父亲爱的天平向我倾斜时搪塞哥哥姐姐们的托词。在我10岁那年头上吧,我生病躺在了县城的病床上,我突发奇想让父亲给我买冰棍吃。父亲拗不过我,便只好去了。那时候冬天吃冰棍的人极少,大街上已找不见卖冰棍的人。整个县城只有一家冰厂还卖冰棍,冰厂离医院足足有四五里地,父亲找不到单车,便步行着去。一时半晌,父亲气喘吁吁满头大汗跑回来,一进屋,便忙不迭解开衣襟,从怀里掏出一根融化了一大半的冰棍,塞给我,嘴里却喃喃说道:"怎么会化了呢?见人家卖冰棍的都用棉被裹着的呢!"

　　初二那年,我的作文得了全省中学生作文竞赛一等奖。这在小镇上可是开天辟地头一遭的事儿。学校为此专门召开颁奖会,还特地通知父母届时一起荣光荣光。等到去学校参加颁奖会的那天,父亲一大早便张罗开了,还特地找出不常穿的一件中山装穿上。可当父亲已跨出家门临上路时,任性而虚荣的我却大大地扫了父亲的兴:"爸,有妈跟我去就成了,你就别去了。"父亲充满喜悦的脸一下子凝固了。那表情就像小孩子欢欢喜喜跟着大人去看电影却被拦在了门外一般张皇而又绝望。迎着爸妈疑惑的眼神,我好一阵不说话,只是任性地呆在家里不出门。父亲犹疑思忖了半刻,用极尽坦然却终究掩不住的有些颤抖的声音说:"爸就不去了。"父亲已经破译出了我心底的秘密:我是嫌看似木讷、敦厚、瘦黑而且显苍老的父亲丢我的人啊!看着父亲颓然地回到屋里,我这才放心地和妈妈兴高采烈地去了学校。可是,颁奖大会完毕后,却有一个同学告诉我,我和妈风风光光在讲台上接受校领导授奖和全校师生钦羡的眼光时,我爸却躲在学校操场一隅的大树下,自始至终注视这一切呢!顿时,我木然,心里漫上一阵痛楚……

　　父亲最让我感动的是我17岁初入大学的那年。我刚入大学的时候,寝室里住了4个同学,每个人都有一台袖珍收录机,听听节目学学英语,很让人眼馋。后来,与其说是出于对别人的羡慕,还不如说是为了维护自己的自尊,我走了60里地回到家,眼泪汪汪地跟父母说:"我要一台收录机。"父亲听了,一个劲地叹气,母亲则别过头去抹泪。我心一软,两手空空连夜赶回学校。过了一段时间,父亲到学校找到我,将我叫到一片树林里,说:"孩子,你不要和人家攀比,一个人活的是志气。记住,不喝牛奶的孩子也一样长大。"我正掂量着父亲这句话,父亲已从怀里掏出一样东西放在我手上。伸开手来,正是我心仪已久的袖珍收录机。事后才知道父亲是进城抽了500CC血给换来的。"不喝牛奶的孩子也一样长大。"就是父亲这句话,让我在以后的日子里一次又一次地找到了做人的自尊,也让我得以活出了一个男人的样子。

父亲没能活到60岁便病逝了。记得父亲临终的时候,他将枯槁的手伸向了我。我将手放在父亲的手心里,父亲极力想握紧我的手,但父亲已无能为力了。是的,父亲虽然没能扶携和目送着我走更长更远的路,但是,父亲一生积攒的种种力量已渗透到我生命中来——我的生命只不过是父亲生命的另一种延续。

感恩提示
gan en ti shi

父亲不爱说话,说一句却又能影响到孩子的一生。这是一个简约而不简单的父亲,他的性格决定着他要以自己的方式去爱他的孩子。所以,他的话少,但爱却一点儿没减轻分量。他为儿子的幼稚选择沉默,他为儿子的虚荣去卖血,他为儿子说的那一句话是:"没喝牛奶的孩子也能长大。"

这句话的分量足可以抵挡一天的劝导,一年的训斥,一生的教诲。所以,不擅说话的父亲不是木讷,而是智慧。他说的话恰到好处,力拔千钧。由此可见,默默的父亲通常是一位爱藏心中,适时爆发的好父亲。

世上没有任何事比你的家庭更重要,多花时间和他们在一起,因为这事绝不能拖延到"以后有时间再说"。

和父亲约会

◆文/洪 玲

结婚十年后,我发现了一种别出心裁的方法,可以让爱的火花永葆新鲜。

不久以前,我和另一位男士约会,其实那还是我丈夫的主意,有一天他说:"我知道你很爱他。"

我很惊讶,立刻争辩道:"但我爱的是你呀!"

"我知道,但你也爱他呀!"

我丈夫要我去看的男士是我的父亲。他已经"寡"居了九年,然而忙碌的工作和身为人妻人母的责任,令我招架无力,分身乏术,以致很少有时间和他见面。那晚,我打电话给他,邀请他第二天和我一起吃晚饭和看电影。

"有什么事吗?这段时间你还好吗?"他声音颤颤地说。父亲是那种认为那么晚打电话,又突然邀请他,一定不会有什么好事的人。

"我想如果有机会和您单独约会,一定别有一番情趣!"我郑重其事地重复了一遍。

他想了一会儿,然后说:"我非常乐意!"

那个星期五下班之后,我开车去接他,心里有些紧张又有些不安,因为从未尝试过这样的约会。当我到达时,我看到父亲对这样的约会,似乎也有一点儿紧张和不安。他在门口等着,身上穿着半吊子风衣,里面的那件羊毛衫还是最后一次庆祝结婚纪念日时母亲给他买的呢!他的头发还特意上了发乳,脸上的笑容,像天使一般,上了车后,他得意扬扬地说:"我告诉了我的朋友,我要和我的女儿出去约会,他们都很羡慕,迫不及待地要听听我们约会的情形。"

我们去了一家虽不豪华,但十分雅致、温暖舒适的餐厅,父亲挽住了我的臂弯,好像一个骄傲的王子一般。坐定后,我必须帮他看菜单点菜,因为他是老花眼,只有斗大的字才能看得见。用餐用到一半时,我抬起头来,看见父亲正凝视着我,嘴角带着怀旧的笑容说:"记得你小的时候,总是我为你看菜单的。"

"那现在您正好休息,轮到我为您服务了。"我帮父亲夹了一块他爱吃的里脊肉,对视着他的眼神说。我们一面享受晚餐,一面聊天,聊得很愉快,谈了许多近几年来各自生活中的一些事。我们聊得太久了,没赶上看电影。我送他回到家门口,他说:"我要再次和你一起外出,但下次让我做东,好吗?"我答应了。

回家后,丈夫问我:"你的晚餐约会如何?"

"非常有意思,比我想象的好多了!"我回答。

半个月后,父亲因心脏病猝发而去世。这件事发生得太突然了,让我措手不及。

不久以后,我收到了一封信,里面是上次我和父亲约会的那家餐厅的一张收据,上面有一张纸条写着:"我已先付了账,因为我确定自己不可能再有机会去了,但我还是付了两个人的账——你和你的丈夫。你绝对想不到那一晚的约会对我来说有多么大的意义,我永远爱着你,亲爱的女儿!"

从那一刻起,我深深体会到:一定要及时说"我爱您",并且要常常挤出时间给我们所爱的人。世上没有任何事比你的家庭更重要,多花时间和他们在一起,因为这事绝不能拖延到"以后有时间再说"。

家庭,永远是值得依恋的港湾;亲情,永远是芸芸众生不变的依恋。

感恩提示
gan en ti shi

有爱人的是小家,有亲人的才是大家。在世事纷扰、生活奔波的匆忙时刻,是舍小家顾大家呢?还是把小家先支撑好,闲暇时再顾及"大家"?

没有谁能权衡得出哪一个的感情分打得更高。这是因为,讨论的前提条件已经把大家与小家置放于两个不同的世界了。其实,可以将二者融合在一个层面,比如与爱人约会,也可以同父亲约会,一边是爱情的甜蜜,一边是亲情的醇厚。

大小家两手抓,爱情与亲情二者兼得并非难事,一个小策划,一次小行动就可以搞定。抓紧行动,不要失去机会空悲切。

父爱如山,母爱似水。母亲的爱如春天里飘洒的小雨,如青石中流出的甘泉,滋润万物,细微周到。

母 爱 似 水

◆文/孙友田

父亲去世后,母亲也过了花甲之年,但仍下地劳动。为了使她便于安排生活,我与妻子商定,每月的 12 日准时从南京寄给她赡养费。这钱估计在路上走三天,15 日能到,那一天,她就不下地、不串门了,坐在家里专等邮递员那一声"老太太,拿图章来"。

有一次我出差北京,12 日这一天在首都给母亲寄去一份,妻子怕我忘了,从省会也寄去一份。结果,母亲同时收到从南北二京寄给她的钱,高兴地对邻里们说:"不光要有好儿,还要有好儿媳。"如今,好儿好儿媳都无能为力了。1988 年 1 月 11 日,母亲在我们寄钱的前一天辞我们而去。天公不仁,竟把我们报答母爱的"12 日"也给剥夺了。

人常说,父爱如山,母爱似水。母亲的爱如春天里飘洒的小雨,如青石中流出的甘泉,滋润万物,细微周到。

我老家在安徽北部黄河故道的边上。全家就靠几亩盐碱地维持生计,也难指望风调雨顺。那时我已有了三个弟弟,因生活清苦,很少吃到荤腥。一天,父亲笑着从外边提一条羊腿进家,说煮煮,喝顿羊肉汤。母亲忙活起来,待羊腿煮烂放进瓦盆里拆肉时,母亲叫我们过去帮她干事。几个孩子围了上去,母亲撕一块填在这个嘴里,又撕一块填在那个嘴里,像喂她的一窝小鸟。转瞬间,一条羊腿只剩下一盆羊骨头。母亲怕父亲发火,反倒埋怨他:"买的羊腿太瘦了,拆不出肉!"五十多年过去了,吃过的山珍海味都忘却了,唯独这次手抓羊肉,记忆犹新,恍若昨日。

母亲不识字,但她总喜欢一边为我纳鞋底,一边督促我:"写字去!"我写的字像她的针脚那样齐整。自从我学会走路,就穿她做的布鞋。鞋面是她织的粗布,纳鞋底用她纺的线绳。为了我一双爱动的小脚,常常熬红她的眼睛。直至以后,我出外上学了,工作了,还仍然穿她做的布鞋。子女走到天涯海角,也离不开母亲的视线,母亲的呵护。

母亲看着我们弟兄五人成家立业,生男育女。她心中装着儿子这一代,还装着孙子孙女这一代。我女儿断奶就送回家由她照看。夏天蚊子多,她让孙女睡在软床子里。所谓软床子,是用绳子编起来代替床板,人躺上去就如躺进网兜里。母亲睡在孙女身边,不停地用扇子赶着蚊子,嘴里还唱着动听的童谣。后来女儿告诉我:"奶奶睡在床框上,那床框就是一根木头。"

举家南迁后,每年我总要回老家看望她。有一年看她时正值秋天。返回时忽听身后有人喊我的乳名,回头一看是母亲用大襟褂兜着一兜金黄的玉米跑来,玉米上那粒粒金黄像母亲闪亮的汗珠。她说:"这是我种的金皇后,你们城里没有,捎去,给孩子们爆米花……"谁知一年之后她却患上了老年痴呆症,我回家看她时,她坐在藤椅里,连我都不认识了,只是漠然地笑着,笑得我泪流满面。一生爱着我们想着我们的母亲,却失去了记忆……

母亲离去后,每逢1月11日,那三个"1"字就像三支流泪的蜡烛,点燃我们的祈望:让劳累一生的母亲安静休息吧!

感恩提示
gan en ti shi

女人是水做的,至柔。母亲是女人中的圣女,她的爱更是柔情万丈,圣洁无比。

其实就像万丈高楼平地起一样,母爱的万丈柔情,都是由一点一滴的小事组成,就如同滴水穿石一般,母亲点滴的爱持续地击打着我们的心扉,让我们的心灵澄澈、深邃。这是母爱的力量,似水柔情的力量。

水易逝,爱也会在无意中消失,积小流而成的江河、瀑布,会让子女的生命激越而华丽起来,自己却悄然消失,就像"水消失在水中"。

苦难的岁月折磨我们,我们几乎失落了关怀母亲的间隙和心情,我只在每次下江南时探望一次比一次老迈的母亲。

母　亲

◆文/吴冠中

人们将大地比作母亲,将祖国比作母亲,但毕竟每个人都有自己的母亲。

我的母亲是大家闺秀,换句话说,出身于地主家庭。但她是文盲,缠过小脚,后来中途不缠了,于是她的脚半大不小,当时被称为改良脚。

富家女母亲却下嫁了穷后生,即我的父亲。其实我的父亲也识字不多,兼种地,但与只能干农活的乡里人比,他显得优越而能干,乡里人都称他先生。听母亲说,是我的外公,即她的父亲做主选定的女婿。我不知道外公,但外公抱过童年的我,说我的耳朵大,将来有出息。外公选穷女婿,看来他是一位开明人士,他的两个儿子,即我的舅舅,各分了大量田产,一个抽大烟,一个做生意,后来都破落了。

我对母亲的最早记忆是吃她的奶,我是长子,她特别偏爱,亲自喂奶喂到4岁多。以后她连续生孩子,自己没有了奶,只能找奶妈,我是她唯一自己喂奶的儿子,所以特别宠爱。宠爱而至偏爱,在弟妹群中我地位突出,但她毫不在乎弟妹们的不满或邻里的批评。她固执,一向自以为是,从不掩饰她自己的好恶,而且标榜自己的好恶。

母亲性子急,事事要求称心如意,因此经常挑剔父亲,发脾气。父亲特别节省,买布料什物总是刚刚够数,绝不富余,母亲便骂他穷鬼。父亲说幸好她不识字,如识了字便了不得。但他们从来没动手打架,相安度日。我幼小的时候,父亲到江苏无锡玉祁乡镇小学教书,只寒暑假回来,母亲独自操持家务,那时她三十来岁吧,现在想起来,她的青春是在寂寞中流逝了的,但没有一点儿绯闻。绯闻,在农村也时有所闻,母亲以她大家闺秀的出身对绯闻极鄙视。父亲刻苦老实,更谈不上拈花惹草,父母是一对诚信的苦夫妻,但没有显示爱情,他们志同道合为一群儿女作牛马。大约四五十岁吧,他们就不在一个房睡觉了,他们没有品尝过亚当夏娃的人生,他们像是月下老人试放的两只风筝。

母亲选的衣料总很好看,她善于搭配颜色。姑嫂妯娌们做新衣听她的主意,表姐们出嫁前住到我们家由母亲教绣花。她利用各色零碎毛线给我织过一件杂色的毛衣,织了拆,拆了织,经过无数次编织,终于织成了别致美观的毛衣,我的第一件毛衣就是她用尽心思的一种艺术制作。她确有审美天赋,她是文盲,却非美盲。父亲只求实效,不讲究好看不好看,他没有母亲那双审美的慧眼。

上帝给女人的惩罚集中到母亲一身:怀孕。她生过9个孩子,用土法打过两次胎,她的健康就这样被摧毁了。她长年卧病，不断服汤药，因为母亲的病，父亲便不再去无锡教书，他在家围起母亲的围裙洗菜、做饭、喂猪，当门外来人有事高叫"吴先生"时，他匆促解下围裙以"先生"的身份出门见客。从高小开始我便在校寄宿，假日回家，母亲便要亲自起来给我做好吃的，倒似乎忘了她的病。有一次她到镇上看病，特意买了蛋糕送到我学校，不巧我们全班出外远足(旅游)了，她不放心交给收发室，带回家等我回家吃。初中到无锡上学，学期终了才能回家，她把炒熟的糯米粉装在大布口袋里，教我每次冲开水加糖当点心吃，其时我正青春发育，经常感到饥饿。

父亲说他的脑袋一碰上枕头便立即入睡，但母亲经常失眠，她诉说失眠之苦，我们全家都不体会。她头痛，总在太阳穴贴着黑色圆形的膏药，很难看，虽这模样了，她洗衣服时仍要求洗得非常非常干净。因离河岸近，洗任何小物件她都要到河里漂得清清爽爽。家家安置一个水缸，到河里担水倒入水缸作为家用水。暑假回家，我看父亲太苦，便偷着替他到河里担水，母亲见了大叫："啊哟哟！快放下扁担，别让人笑话！"我说没关系，但她哭了，我只好放下扁担。

巨大的灾难降临到母亲头上。日军侵华，抗战开始。日军的刺刀并没有吓晕母亲，致命的是，她失去了儿子。我随杭州艺专内迁，经江西、湖南、贵州、云南至重庆，家乡沦陷，从此断了音信。母亲急坏了，她认为我必死无疑，她曾几次要投河、上吊，儿子已死，她不活了。别人劝，无效，后来有人说，如冠中日后回来，你已死，将急死冠中。这一简单的道理，解开了农村妇女一个扣死的情结。她于是苦等，不再寻死，她完全会像王宝钏那样守18年寒窑。她等了10年，我真的回到了她的身边，并且带回了未婚妻，她比塞翁享受了更大的欢欣。

接着，教育部公费留学考试发榜，我被录取了，真是天大的喜讯，父亲将发榜的报纸天天带在身上，遇见识字的人便拿出来炫耀。母亲说，这是靠她陆家(她名叫陆培芽)的福分，凭父亲那穷鬼家族绝生不出这样有出息的儿子来。我到南京参加教育部办的留学生出国前讲习会，其间，父亲和母亲特意到南京看我，他们风光了。那时我正闹胃病，兴高采烈的母亲见到我脸色发黄，便大惊失色：全南京城里没有这么黄的脸色！她几乎哭了，叫我买白金(麦精)、鱼肝油吃，当时正流行鱼肝油，她也居然听说了。

山盟海誓的爱情，我于临出国前几个月结了婚，妻怀孕了。我漂洋过海，妻便住到我的老家。她是母亲眼中的公主，说这个媳妇真漂亮，到任何场合都比不掉了(意思是总是第一)。母亲不让妻下厨做羹汤，小姑们对她十分亲热，不称嫂子，称琴姐。不远的镇上医院有妇产科，但母亲坚决要陪妻赶去常州县医院分娩，因这样，坐轮船多次往返折腾，胎位移动不正了，结果分娩时全身麻醉动了大手术，这时父亲才敢怨母亲的主观武断。小孙子的出生令母亲得意忘形，她说果然是个男孩，如是丫头，赶到常州去生个丫头，太丢面子，会被全村笑话。她尤其兴奋的是孩子同我出生时一模一样。

三年，粗茶淡饭的三年，兵荒马乱的三年(解放战争)，但对母亲却是最幸福的三年，她日日守着专宠的儿媳和掌上明珠的孙子。别人背后说她对待儿孙太偏心，她是满不在乎的，只感到家里太穷，对不住湖南来的媳妇。她平时爱与人聊天，嗓门越说越高，自已不能控制。她同父亲吵架也是她的嗓门压过父亲的,但这三年里却一次也未同父亲吵架,她怕在新媳妇面前丢面子。妻看得明明白白,她对全家人很谦让,彼此相处一直很和谐,大家生活在美好的希望中,希望有一日,我能归来。

我回来了,偕妻儿定居北京,生活条件并不好,工作中更多苦恼,但很快便将母亲接到北京同住。陪她参观了故宫、北海、颐和园……她回乡后对人讲北京时,最得意的便是皇帝家里都去过了。她住不惯北京,黄沙弥漫,大杂院里用水不便,无法洗澡,我和妻又日日奔忙工作,她看不下去,决定回到僻静的老家,她离不开家门前的那条小河,她长年饮这条小河的水,将一切污垢洗涤在这条小河里。她曾第二次来过北京,还将我第二个孩子带回故乡找奶妈,皇帝的家已看过,她不留恋北京。

苦难的岁月折磨我们,我们几乎失落了关怀母亲的间隙和心情,我只在每次下江南时探望一次比一次老迈的母亲。儿不嫌娘丑,更确切地说是儿不辨娘是美是丑,在娘的怀里,看不清娘的面目。我的母亲有一双乌黑明亮的眼睛,人人夸奖,但晚年白内障几近失明,乡人说她仍摸索着到河边洗东西,令人担心。我的妹妹接她到镇江动了手术,使她重见天地,延续了生命。父亲早已逝世,年过八十的母亲飘着白发蹒跚地走在小道上,我似乎看到了电影中的祥林嫂,而她的未被狼吃掉的阿毛并未能慰藉她的残年。

感恩提示
gan en ti shi

任何一位平凡的母亲都有一颗伟大的心,她对待子女从来不计回报。当然,母亲最后的结局不应该是本文中所比喻的那样像"祥林嫂"一样凄惨,母亲应该有一个幸福安详的晚年,这是子女应该做的。母亲生养了子女,如果子女连母亲晚年的生活都安顿不了,或者说,母亲的晚年生活不够愉快,子女早晚忆起这段往事的时候都会心存缺憾。但是想想,本文把母亲的晚年比作祥林嫂又让人觉得有点儿心痛,母亲一辈子生养了9个子女,身体落下了疾病,在当得到儿子"不幸遇难"时,自己首先想到的便是与儿子一起。这时候的母亲与儿子的生命紧紧连在一起,就像当初母亲孕育儿子的时候一样。祝福母亲,因为她们的无私和伟大。

站在父亲的坟前，拉着坟前泛青的柳枝，想父亲如果能手持柳枝从坟里出来打我该有多好哟，那是多么慰心的生活哟。

想 父 亲

◆文/阎连科

　　我的父亲有 15 年没有和我说过一句话了。埋他的那堆黄土前的柳树都已经很粗了。不知道他这 15 年来想我没有，想他的儿女和我的母亲没有，倘若想了，又都想些啥。可是我，却总是想念我的父亲，想起小时候父亲对我的训骂和痛打。好像我每次想起父亲，都是从他对我的痛打开始的。

　　能记得的第一次痛打是我七八岁的时候，读小学。学校在镇上，在镇上的一座老庙里，距家一公里路，或许一公里多一些。那时候每年春节前，父亲都千方百计存下几元钱，把这几元钱全都换成一沓儿崭新的一角的票儿，放在他睡的枕头的苇席下，待大年初一那天，再一人一张地发给他的儿女、侄男侄女和在正月十五前来走亲戚的孩娃们。可是那一年，父亲要给大家发钱时，那几十张一角的票儿却没有几张了。那一年，我很早就发现那苇席下藏有新的角票儿。我还发现在我上学的路上，我的一个远门的姨夫卖的芝麻烧饼也同样是一个一角钱。我上学时总是从那席下偷偷地抽一张，在路上买一个烧饼吃。偶尔胆大，抽上两张，放学时再买一个烧饼吃。那一年从初一到初五，父亲没有打我，到了初六，父亲问我偷钱没？我说没有，父亲让我跪下了，又问我偷了没有，我说没有，父亲在我脸上打了一耳光。再问我偷了没有，仍说没有，父亲又朝我的脸上打了一耳光。记不得父亲统共打了我多少耳光了，只记得父亲直打到我说是我偷了他才歇手的。记得我的脸又热又痛实在不能忍了，我才说那钱确是我偷的。说我偷了全都买烧饼吃去了。然后，父亲就不再说啥了，把他的头扭到一边去了哩。我不知道他扭到一边干啥，不看我，也不看我哥和姐姐们。

　　第二次，仍是在 10 岁前，我和几个同学到人家地里偷黄瓜。仅仅因为偷黄瓜，父亲也许不会打我的，至少不会那样痛打我。主要是因为我们偷了黄瓜，其中还有人偷了人家菜园中那一季卖黄瓜的钱。人家挨个儿地找到我们每一个人的家里去，说吃了黄瓜就算了，可那一季钱是人家一年的口粮哩。父亲也许认定那钱是我偷了的，毕竟我有前科哩。待人家走了后，父亲把大门闩上，让我跪在院落的一块石板地上，先噼里啪啦把我打一顿，才问我偷了人家的钱没有。因为我真的没有偷，我就说真的没有偷，父亲就又噼里啪啦地朝我脸上打，直打得他没有力气了，气喘吁吁了，才坐下直直地盯着我。那一次我的脸肿了，肿得和那土地一个模样。因为心里委屈，晚饭没有吃，我便早早地上了床。上床也就睡着了。睡到半夜父亲来把我摇醒,好像求我一样问:"你真的没拿人家的钱?"我朝父亲点了一下头。然后父亲就拿手在我的脸上轻轻摸了摸,又把他的脸扭到一边去,去看着窗子外。看一会儿他就出去了。出去坐在院落里,孤零零地坐在我跪过的石板地上的一张凳子上,望着天空,让夜露潮润着,直到我又睡了一觉起床小解,父亲还在那儿静坐着。

那时候,我不知道父亲坐在那儿想了啥,30年过去了,我还是不知道父亲到底想了啥呢。

第三次,父亲是最最应该打我的,应该把我打得鼻青脸肿、头破血流的,可是父亲没打我。我没有让父亲痛打我。那时我已经越过10岁了,到公社大院里去玩耍,看见一个公社干部屋里的窗台上放着一个精美铝盒的刮脸刀,我便把手从窗缝伸进去,把那刮脸刀连盒拿出来,回去对我父亲说,我在路上拾了一个刮脸刀。父亲问:"在哪儿?"我说:"就在公社大院门口。"

父亲不是一个刨根问底的人,我也不是一个高尚纯洁的人,后来,那个刮脸刀父亲就长长久久地用将下来了。每隔三朝两日,我看见父亲对着刮脸刀里的小镜刮脸时,心里就温暖和舒展,好像那是我买给父亲的。不知道为啥,我从来没有为那一次真正的偷窃后悔过,从来没有设想过那个被偷了的国家干部是什么模样儿。直到十多年后,我当兵回家休假时看见病中的父亲还在用着那个刮脸刀在刮脸,心里才有一丝说不清的酸楚升上来。我对父亲说:"这刮脸刀你用了十多年,下次回来我给你捎一个新的吧。"

父亲说:"不用,还好哩,结实哩,我死了这刀架也还用不坏。"听到这儿,我有些想掉泪,我把脸扭到了一边去。

我把脸扭到一边去,竟那么巧地看见我家墙上糊的旧《河南日报》上,刊载着1981年第2期《百花园》杂志的目录,那期目录上有我的一篇小说,题目叫《领补助金的女人》。然后,我就告诉父亲说,我的小说发表了,还是头题呢,家里墙上糊的纸上,正有目录和我的名字呢。父亲便把刮了一半的脸扭过来,望着我的手在报纸上指的那一点。

两年后,父亲病故了。回家安葬完了父亲,收拾他用过的东西时,我看见那个铝盒刮脸刀静静地放在我家的窗台上,铝盒在锃光发亮地闪耀着,而窗台斜对面的墙上,那登了《百花园》目录的我的名字下和我的名字上,却被许多的手指指点点按出了很大一团黑色的污渍儿,差不多连"阎连科"三个字都不太明显了。

算到现在,父亲已经离开我15年了。在这15年里,我不停地写小说,不停地想念我的父亲。而每次想念父亲,都是从他对我的痛打开始的。我没想到,活到今天,父亲对我的痛打竟使我那样感到安慰和幸福,可惜的是,父亲最最该痛打暴打我的一次,却被我遮掩过去了。至今我没有为那次偷盗懊悔过,只是觉得,父亲要能对我痛打上三次四次就好了,觉得父亲如果今天还能如往日一样打我骂我就好了。当一个作家有什么意义呢?能让父亲如往日一样打我吗?不能哩。不能,当作家有什么意义呢?

5年前,我的孩子9岁半,不停地从家里偷钱去买羊肉串,吃得他满嘴起燎泡。发现后我让孩子跪在水泥地板上,一个耳光一个耳光往他的脸上捆,从此后,我就再也没有打过我的孩子了。今年他上初三,有次考试本应考好的,可是没考好。没考好他给我写了一封信,信上说:"爸爸,你打我吧,你为啥不打呢?你为啥不打我呢?你应该打的呀!"今年我出差回家,正赶上给父亲上坟,站在父亲的坟前,拉着坟前泛青的柳枝,想父亲如果能手持柳枝从坟里出来打我该有多好哟,那是多么慰心的生活哟。

感恩提示
gan en ti shi

当父母们的痛打只能作为回忆来记述的话,那会是多么的遗憾。父母们之所以打子女,是想让子女学好。虽然当时可能不理解,但一旦过了那个年龄段几乎每个人都会自然地明白这点。尤其是当自己升级为父母的时候,更能明白每个父母在打子女的时候,其实内心是矛盾、疼痛的。当然这种爱会一直传递下去的,因为这种爱是父母与子女之间维系在一起的,任何"矛盾"也分散不了的。当然,这种所谓的"矛盾"随着年纪的增长也会烟消云散。

父亲的大手永远是热的,那只大手其实早已经不只是在付出了,他也正在期待着一份关爱、一份亲情的灌注。

那只伸向我的手

◆文/惠 青

28岁结婚那年,我经常想起父亲比母亲大27岁的事,因为那就好像我和一个初生的婴孩结婚是一样的比例。也只有在那个年代,才会有像父母一样的婚姻。

父亲生我时,已是50岁高龄,和兄姐比起来,我更加得到父亲的疼爱,因为我是他痴痴盼来并最会撒娇的幺女儿。每次经过他身边,他就会伸出一双手,等我把手伸向他,他就会很疼爱地亲吻我的手,把手放在他的脸上搓摩。

结婚前曾有一天,家里仅剩下我和父亲,我突发奇想觉得从没有听过父亲唱歌,于是开始耍赖要他唱歌给我听,虽然已经28岁了,撒娇的功力依然让父亲抵挡不住。

父亲腼腆地清清嗓子,唱了一个他家乡民谣之类的歌曲,内容是说炒菜的过程,要放哪些作料等等。他唱得断断续续地,"……蒜头要放齐欸……金菇、香菇统统各一两欸。"再加上有些食材好像台湾没见过,所以没有全听懂他唱什么,只了解个大意。

他直说他喉咙不好了,唱得不好听了,脑子不行了,歌词记不全了。我回想起父亲曾说，他小时候在家乡放牛，其他放牛的孩子都喜欢听他唱歌，都会围在一起听他唱歌，他一唱就是好久好久。

当我终于听到一个快 80 岁的老人家，用多年以来口齿不清的嗓音，为我唱一首小曲，让我听见一个遥远的过去、一个我从未历经的大时代、一个我小时候不能体会的深刻情感、一种对家乡的缅怀，我才了解为什么当我才刚学会说话，父亲就让我背诵他故乡的地址，因为那是他离家后唯一记得与家乡有关的重要事情。

随着震耳欲聋的鞭炮声，迎亲的队伍浩浩荡荡来到，好友们挡在房门口，讨新郎的红包，终于挨到了成亲的仪式。当我被一群人簇拥着往大厅行走时，听见母亲对父亲吼叫着说："今天，你的小女儿要嫁人了，你听懂没有？"

随即，母亲又冲回我旁边细声说："等下行礼不要下跪，你穿礼服万一绊倒，会触霉头的。"我听得满头星星，什么下跪、什么触霉头的，我紧张得全都听不懂。

"新郎、新娘向父母亲行谢恩礼，一鞠躬——"我一听到这句，整个人都软了，也不记得母亲交代过的话，扑通一下就跪倒在地，外子没料到我来这一招，也连忙跪下，急智中媒婆改喊："二叩首，三叩首。"我们着着实实给父母亲磕了三个头。

抬起头来，我眼泪满眶，眼前模糊一片。突然，看见一个很熟悉的影子，在我眼前不远挥动，我赶紧擦了一下眼泪，顾不得凌晨 3 点起来化的妆。

映入眼帘的，是父亲伸向我的右手，不再像以前那么有力气，还加上中风过后无法控制的颤抖，等待我也向他伸出手，然后能够紧紧相握。

逐年失忆的父亲，其实不完全了解那天是我的婚礼，可能也没有意识到未来我就要住到婆家的事实，我想他也没真正体会我当时为他磕三个头的感谢心情。那双充满皱纹的手，以及那颗历经沧桑的心，只是因为看见女儿的泪眼，便不假思索、习惯性地，向我伸出手来。

有天，我兴冲冲拿起 V8 预备拍下父亲歌唱的画面，万一父亲突然开口唱了，我就可以拍个唱词片影。

从镜头中看父亲的样子，似乎有一种距离感，好像他其实并不是在我面前的一种错觉。这时刚好小侄女经过他身旁，父亲一看到，便疼爱地将手伸向她……

这就是父亲表达疼爱的方式，他的大手永远是热的，这种体质遗传给他每一个孩子甚至孙儿。正当小侄女没有看见父亲的手，只是经过父亲的身边，想到我这里来玩录影机时，父亲的手就像是透过录影机的画面伸向我……

那只大手，更加摇晃无力，手心微微向上，并仍不时有无法控制的颤抖。我发现，那只大手其实早已经不只是在付出了，他也正在期待着一份关爱、一份亲情的灌注。

我反省自己有多少次就这样经过那只手，没有和他相握，没有让父亲用脸搓摩我的手心和手背。我也曾经在青少年时期，对这样的接触有些尴尬而不知所措，但我最后就是习惯这样经过那只手了。

镜头中的父亲，发呆似的将手停在半空中，许久，终于，他慢慢地放下他的手，任手垂在椅子的扶手上。父亲的表情很复杂，但也很镇定，好似他早已习惯这种忽略。

在回家的路上，我仍然无法抑制这种又是心疼又是心酸的感受。我不知道别人的父亲，是否也像我的父亲一样，喜欢握孩子的手、喜欢这么疼惜地亲吻孩子的手心和手背。但我知道，我也将是个如此疼爱孩子的母亲。

那天，我好好地看了看父亲的手，除了手背上又增加了数不清的斑点外，指甲也凹凸不平、灰灰斑斑的，甚至食指的第二个关节还有些凸起，使他的指头无法伸直。但是那只大手，还是和以前一样热乎乎的，而当我们的手相握时，他脸上温暖而满足的笑容，也是永远不会变的。

感恩提示
gan en ti shi

表达爱的方式有很多种，包括伸出手。当一位年近80岁的老父亲几近失明，两齿晃晃，两耳嗡嗡，还能伸出自己的手去表达爱的时候，感动油然而生，泪光闪闪。人世间最缺乏的便是父母的爱在身边，有了父母的爱子女才会活得更踏实，才会毫无顾忌地一路远走。尤其像本文中父亲的歌声，作者多么希望父亲能再次给她唱首歌啊，那样就可以拍摄下来，成为永恒，无论什么时候它都会留存在内心，挥之不去。虽然父亲的手增加了数不清的斑点，指甲也凹凸不平、灰灰斑斑的，但还是永远热乎乎的。

这样的父亲，足以使所有的儿子眼睑潮湿，然后把话从心里拿出来，一句一句说，轻轻地说，以示我们难言的愿情，以献给他——我的永远的朋友——父亲。

父亲，我永远的朋友

◆文/朱晓东

在一个初夏的夜晚，夜已很深。

父亲走入他极少涉足的我的房间，似乎是漫不经心地浏览着书柜，又坐下来，顺手折叠起胡乱堆放的衣袜。"下个月，我不去上班了。"他说。

当时天气凉爽，灯光下飞舞着烟尘。我低着头，凭直觉我确信父亲那时也没看我——我们已习惯以这样的方式交谈——然而一下子我非常沉重：对于我，唯一的儿子，父亲老啦！

在儿子的年代里，起初父亲是一种图腾，是无道理可言的存在。直到我领出薪水，每个月在父亲面前骄傲一次。此后,儿子和父亲似乎陌生起来,不可能就共同关心的问题达成一致的意见了。儿子有了儿子,儿子就成了父亲。一次,再次,有什么办法呢,父亲嘛,做儿子的都这么说。父亲嘛,终归是父亲。

"代沟"、"审美差异"、"文化背景的不同",诸如此类,谎言重复一千遍便成了"真理"。

我无法在此展开父亲的一生,天资聪颖,弱冠丧父,为人正直却又饱经沧桑什么的,甚至于旧影集间泛黄的风流倜傥,以及40年后重归故里为我指点江山时的那种愉悦之情,以反证上述结论。对于我,对于任何人,父亲都还不是大钟稀声、大象无形的。

记忆中,除了希望我能把字写得更整齐一些之类委婉的说法以外,父亲几乎很少指诘我什么。他总是先和我风马牛地谈着,不知不觉就叨入了正题。我学写作不久被他觉察,他笑着劝我再读一些书。"除了爱情,你没什么经验可写,对不对?"他说。他喜欢家中的每个房间,包括厨房、厕所都置上一盒唾手可得的烟,却不免使我有隙可蹭。他又只是说"等你赚钱吧,现在太早,是不是?"等到我第一次领回薪水,他便出现在我房间里,伸出手来:"表示一下你对家庭的责任,行不行,数额由你定……"

父亲就这么和我生活着。我们渴望了解却时时逃避,沮丧而欣慰。

事实上,很难说清父亲和我之间有过什么。更多的时候,我们像其他父子那样,极少交谈,有时几天都没有一句话。但除了血缘和责任以外,我总隐隐感到有些什么把我们牵连在一起。

我们一样又一样,父亲会一边把书扔向床上躺着的我,一边为狄更斯的那种幽默开怀大笑,我却莫名其妙;我高唱著名的流行歌曲,他却认定不过是高分贝噪音而已。有一阵子,金庸的书叫我废寝忘食。父亲总在我睡后挑灯偷读,次日又总说胡闹,却时不时问及何以只借上册,中册和下册又安在,害得母亲老抱怨这些破烂弄脏了床单。可是,只要世界乒乓大赛关键的几个傍晚,回家我总能掌握最新消息,四分之一决赛对阵形势及中国球员的状态皆在一小纸片上;同样,父亲烟柜中若库存减量,商业系统的几个朋友当频频接到我的求援急电。

我们无时不在交谈。我们珍惜长期的共同生活造成的默契。我们是寡言的,我们不说废话。我知道,如果必要,我们可以在椅子上坐下来,吸烟喝茶。情人的幽会、卫星现场直播……统统取消,坐下来,作一次促膝长谈。

"说说看。"父亲习惯了这么结束他的话。点起烟。"说说看,你是怎么考虑的呢?"

面对一个觉得你已有所考虑并准备认真听取的父亲,你有什么可说,又有什么不可说?我一生的自信此其时,长大成人此其时,发誓学习尊重此其时。

至今我还记得12岁那年父亲为我编辑的德黑兰亚运会剪报,13年来我无穷尽地藏书,未发现出其右者。朋友们的来信随读随揉,父亲的3封家书我存留着。对于父亲,这都是秘密。也是一个初夏之夜,父亲跟我讲起死亡的方式。他说不想给别人添麻烦,还说骨灰要撒在江里,全部撒光。他说,眼睛照例不看我,直视满天星光,仿佛回忆着一生中最为幸福的往事。你去撒,全部撒光。他又说。

这样的父亲,足以使所有的儿子眼睑潮湿,然后把话从心里拿出来,一句一句说,轻轻地说,以示我们难言的愿情,以献给他——我的永远的朋友——父亲。

在更多的时候，父亲能够像朋友出现在子女的生活，那是多么的随和和贴入人心。可以发生争执，可以有不同观点，可以共同分担一些事情，可以共同承担一些责任。"代沟"，"审美差异"，"文化背景的不同"会导致一些问题的不同意见，但却不代表什么。比如在写作上，父亲善意的提醒多读书；在拿到薪水时，父亲幽默地提示分担家庭的责任……这是一个幽默而又多趣的父亲，又是生活中不能或缺的"朋友"。

有父亲在，生活更完美、健康，没有了父亲，突然觉出来日无多了，心境也随之暗淡。

没有了父亲

◆文/鸣　雁

我没有了父亲。这个事实的到来很突然。他是在人们很喜欢也很盼望的旧历年到来之前住进医院的。于是，我每天都去看他，有的时候傍晚就在他的病床旁搭一只折叠床，睡在那里。我为他喂水、喂药、喂饭(只吃一点点)。我觉得他能好起来。他的胡须还在生长，他还有生命力，我为他剪去胡须。但是他没有好起来，他不再能吃饭、喝水，他身上的管子日渐多起来，密密地缠了一身。

终于，有一天，他不再需要这些管子，护士为他一根根拔去，拆掉这些管子。父亲在一天早上走了。那天的阳光很强烈，于是和他的走形成反差。有这样的阳光的日子他不该走的，我这样想过。那一刻，他长长地出了一口气，就再也没有了气息，再也不睁开眼睛。他漠视已逼近的大自然的春季，也拒绝了他的妻子儿女们的感情。

那一刻真让人刻骨铭心，我知道我再也没有了父亲。父亲，从此也只在我的记忆之中。

没有了父亲，才知道有个父亲是多么的好。尽管脸庞已不光润，身体已不轻捷，但心里还觉得自己年轻：就因为还有个父亲在。有父亲在，如同生活中还有棵遮风避雨的树，还觉得有依靠，不是钱，不是势，是天性的心灵还有依托。没有了父亲，仿佛要独挡八面来风，虽然自己早已独立生活，还是觉出了心灵的备加凄惶。

没有了父亲，才感觉有父亲时的时光很美好。有空闲了，必得去看他，买上大包小包的东西,十里二十里地挤公共汽车,皮鞋上被踩得都是土印,还是得去,不去就过不去。他会开书单给你,让你给他买书,然后你乐颠乐颠地去了,买到了,下次再来,皆大欢喜;哪本没买到,他不开心,你也会嘟囔一句:"这老头儿真叫难伺候。"没有了父亲,看不到他的脸色,生活依旧,却变得像是烧炒得看上去很好却又缺油少盐的菜肴。小的时候,是他为你服务:买糖果带回家,吃了糖,把纸留下,厚厚地攒下几纸盒子,花花绿绿如同童年的五彩梦;他也买回漂亮的皮鞋给你,脚挳得生疼也照样穿……还有带回戏票、电影票,你跑进剧院,似懂非懂,听《货郎与小姐》,看《战斗的青春》……

有父亲在,生活更完美、健康,没有了父亲,突然觉出来日无多了,心境也随之暗淡:生命便是这样生生灭灭无止无休的么?是那样的一个长长的无止境的队列么?前边的倒下去了,下一个便是了排头兵……

没有了父亲,让我记起了关于父亲的故乡(也是我的故乡)的一点点记忆。我是在有一年的冬季到那座叫扬州的长江边上的小城的。是第一次。父亲和父亲的父亲、母亲在那里生活过很多年。扬州曾经是很繁华很富庶,也曾经是南北交通的枢纽。因此也可以想见当时商贾云集,歌楼舞榭也是极多的。文人骚客尽写那里的繁荣与美艳。流传至今极为上口的有杜牧的句子:"二十四桥明月夜,玉人何处教吹箫","春风十里扬州路,卷上珠帘总不如","十年一觉扬州梦,赢得青楼薄幸名"。徐凝不是写过"天下三分明月夜,二分明月在扬州"吗?

世事沧桑,岁月变迁,剥去扬州昔日的繁华,只存留了历史与文化的底蕴和诗意。我感受到了。我不只对一个人说过:扬州的生活有一种特别的韵味与节奏,不光是"早上皮包水,晚上水包皮"的情调(喝茶、洗澡)。这个父亲的出生地,童年、少年生活的地方,于我不过是种精神上的家园,我仍然觉出了把人包容起来的情意。70年前,那是父亲的最好时光。父亲在这里读小学、中学,又外出读专科,然后西行去读大学……父亲很少谈他的故乡,他的父亲、母亲,他似乎不愿让小城与我们有所亲近,有所粘连。他很投入地用他的所学,为一个在战火中诞生的新的国家服务。他是有严重胃病的,他每天都带着胃的疼痛去上班。对于父亲的故乡,我们一度都只当做是个无需解读的久远的故事。不知是否受故乡文化的影响,父亲学的工科,晚年却酷爱古典文学,书架、书橱全是这类书籍。他爱陆游、爱李白、也爱雪芹——为一部《红楼梦》,还搭上一套《清史稿》,父亲终于在他阔别家乡40年后又回去过。他依然爱故乡,无法割舍这段关系。故乡给予了他生命还有文化。他在平山堂瘦西湖还有个园拍了不少的照片。

没有了父亲,才会在五更梦的时分去思想他的一生:忠诚、老实、独处、自尊。工作时便只是工作,与之交往的不多的朋友便是永远的朋友。"文革"时,他被从贺兰山下迁移到中州大地,在那儿种水稻。他被"照顾"和一老者烧锅炉,老者是他的旧交,且已年过花甲。父亲说我怎么能让他担水去呢,我只让他看锅炉,我去担水。那时他们负担百多人的吃用水……

我们执意为父亲选择了北京西郊的万安公墓的敬安堂,安放他的骨灰。那里的清雅、幽静,合乎父亲一生的处世与秉性。父亲劳碌一生,可以在这样一个好的去处安歇了。即使有来生，父亲仍然不会趋从热闹。

没有了父亲，我对夫君说，你得善待我。夫君诧异："我什么时候又何曾亏待过你？你老爸去了，你就死心塌地跟我吧。"

于是痴想：一个女人，正常的生命中注定有两个男人伴她走完一生。前半段有她的父亲：抚养、呵护、教育；后半段是她的夫君：诞育后代，感受人生。有两个男人，女人的幸福才谓完整。于父亲，是亲情——无论在天涯海角；于夫君，靠缘分，有缘，白头偕老；缘分尽了，便形同陌路了。

想到这儿，愈加觉得，没有父亲，是一件很令人悲伤的事情。

感恩提示
gan en ti shi

的确，作者终于顿悟到了，女人正常的生命中注定有两个男人伴她走完一生。前半段有她的父亲：抚养、呵护、教育；后半段是她的夫君：诞育后代，感受人生。有两个男人，女人的幸福才谓完整。于父亲，是亲情——无论在天涯海角；于夫君，靠缘分，有缘，白头偕老；缘分尽了，便形同陌路了。但是父亲的离去是一件多么令人心痛的事情，父亲在的时候，所有的问题都可以由父亲替她分担；在人生的路上，她可以趴在父亲的肩膀上哭泣……但是，这一切对作者来说只能变为了回忆。善待父亲吧，如果他们还微笑着。

206

我想以后我会经常给父亲搓澡的。也希望天下的儿子们抽空给父亲搓个澡，尽尽孝心。

我给父亲搓个澡

◆文/孙西超

小时候，父亲经常给我搓澡，那种温馨的感觉好像现在仍留在肌肤。参加工作后，常年在外奔波，很少有机会在父亲面前尽孝心，这次回家，忽然萌发了给父亲搓个澡的念头。

也许是城里人爱睡懒觉的缘故吧，周六上午的澡堂里竟没有几个人，我让父亲痛痛快快地泡出了汗，才让他在澡床上躺好，细细地给父亲搓起澡来。

父亲明显地消瘦了，肋骨突出，给人一种皮包骨头的感觉，身上的老年斑也随处可见。我学着洗澡时别人给我搓澡的样子,一点一点慢慢地给父亲搓。当父亲翻过身来背朝上时,我忽然发现他右肩下边的肌肉颜色黑青,一问才知已有好几年了,我竟然不知道,顿时觉得很愧疚,便决定洗完澡就带父亲去医院检查一下。

母亲走得早。十多年来,父亲既当爹,又当娘,家中里里外外全靠他一人忙活,这几年日子好过了,按说老人家该享享清福了,父亲却闲不住,还要想法去挣钱,我劝他说您该歇歇了,父亲却说我闲着会生病的,让我给俺孙女挣个学费吧!

小心地掰开父亲的脚趾,轻轻搓去那层白色的皮,想起了前些年父亲在城里做工,在房顶浇沥青时,不小心浇到了脚上,险些落下残疾,脚趾几乎连到一起,至今脚面还留有很大的疤痕,我的眼睛有点儿湿润了。

我一边细心地搓着,一边和父亲聊起了过去的许多陈年旧事。父亲很兴奋,又给我讲起了曾讲过无数次的,他在山西太原化工部安装建设九公司工作的光辉历程,入了党,当上了山西省劳动模范,受过中央领导接见、临调回时公司还以提工程师为条件极力挽留等等。父亲说:"是为了教育你们兄妹才痛下决心往回调的,谁知厂矿越来越不景气,到现在连个退休金也拿不到,还要给你们添负担。"我深知父亲是个望子成龙的人,便故意安慰他说:"爸,您别难过,您有个争气的儿子呀!我公开选拔考了副科级,咱们村儿除了呈祥爷爷是正县级,科级干部寥寥无几,您脸上有光呢!"父亲顿时洋溢出幸福的笑容。搓完澡,给父亲擦干身子,我也学着搓澡师傅的样子,"啪、啪、啪"地父亲捶起背来,吸引了澡堂里所有的目光。

"老先生,您真有福气,这孩子孝顺呀!"一个和父亲年龄相仿的老人眼中流露出羡慕。

"孝顺,可孝顺哩!"父亲竟"嘿嘿"地笑起来。

我不由得想起父亲失业后,为了供我上大学,每天领着妹妹去卖爆米花,把挣的零钱攒起来,每月拿到银行里汇给我当生活费;小时候因贪玩考了个"零蛋"抱回家,父亲罚我在院子里跪煤渣;1985年我患出血热曾昏迷三天三夜,父亲就三天三夜不合眼,每过半个小时给我量一次体温……

不争气的泪水终于滴落下来,打在父亲黝黑的脸庞上。

"咋了?"

"爸,我……"

父亲立时明白了一切,递给我一条毛巾,嗔道:"这孩子,咋恁没出息,快擦擦!"

我想以后我会经常给父亲搓澡的。也希望天下的儿子们抽空给父亲搓个澡,尽尽孝心。

感恩提示
gan en ti shi

感恩是"人"最原始的功能,人会因为某些触动,内心最柔软的地方而感恩起来。小时候在农村老家,父亲经常给我搓澡。因为那时家里很穷,经常一两个星期才能洗一次澡。洗澡的时候父亲带着我,他会帮我搓澡,帮我洗头……父亲成为了我的依靠,一座无法逾越的山,其实,那时我也不想逾越。只是希望父亲的这座山永远在我身边,给我以生活的信心。但是有一天我发现,父亲都会老的。父亲再也没有力气搓澡了,可是这却依然改变不了他像一座山一样在我们心目中的地位。

　　失去即为空,表空实则重,心里的空空落落所带来的负担,比原来的牵挂所形成的所谓负担更大了。

没了啥,也别没了牵挂

◆文/焦　波

　　爹去世 4 年了,娘去世也快两年了。

　　忙起来,还觉不出什么,一闲下来,爹娘的影子就直往我脑海里撞。撞一下,心痛一下,再撞一下,再痛一下。

　　在娘走后的第五天, 杨晋峰和贾克两位挚友分别从太原和石家庄结伴来京看我。谈及爹娘双双离去,我长叹了一口气,说了这样一句话:"我总算没有牵挂了。"

　　贾克说:"大哥,说实在的,没了这份牵挂,反倒不如有这份牵挂好。过几天你就知道了。"

　　也真是。如今,朋友的话,我真真切切体味到了。一天到晚心神不定,一天到晚坐立不安,一天到晚心里的那份空空落落和空空落落带来的那无数份悲凄,让人实在难以承受。

　　爹娘在的时候,我怕家里来电话,来电话大都是爹娘生病的消息。平时,爹娘是不让家里人给我打电话的,说怕吓我一跳;我怕接家里电话,但我又 24 小时开着手机,怕万一家里有事找不到我;我想出差又不敢出远差,怕家里万一有事赶不回来。

　　爹娘在的时候,我每天打一个电话回去问安,听听爹娘说上一两句话,我就判定他们身体好不好。听到他们的身体有毛病的时候,我的心里就挂上愁云,坐不住,站不下;听到他们的身体硬硬朗朗的时候,我就欢愉得像个孩子,又想蹦,又想跳。

　　爹娘在的时候,我个把月就回去一次,这已成了多年来的习惯。到回家的前几天,我就开始准备行程:哪天走,坐什么车,提醒自己别忘了带好相机回家给爹娘照相,和妻子上街忙忙活活给爹娘买他们喜欢吃的东西。那种企盼回家的心情不亚于一个孩子。

　　我牵挂着爹娘,爹娘也牵挂着我。

　　快到我回家的日子了,爹娘就催外甥女桂花打电话给我,问我哪一天到家。我嘱咐桂花:"先别告诉你姥爷姥姥我到家的具体时间,只和他们说,我就要回去了,免得他俩整天在家数日子,整天在大门外等。"

　　每次回到家,我总是轻手轻脚进门,想捕捉爹娘第一眼看见我的那份惊喜。爹娘俩都聋,听不到我进屋门的脚步声,往往是我举着照相机或者摄像机已走到他们跟前,他们还觉察不到。我已端详他们好长时间了,他们才猛地一下看见我,两张老脸上暴发出来的那份惊,那份喜,那份嗔怪,都让我感动,都让我感到无比幸福。

　　看见我, 爹娘第一句话往往是:"哎哟,俺儿回来了!"

　　第二句话往往就是:"你不知道自己多大年纪了,还像个孩子一样跟俺撒娇!"我听了往往哈哈一笑,然后拉着爹娘的手抚摸着,还不时用头拱一拱爹娘的前胸。此时的我,可不就是个孩子,一个永远也长不大的幸福的孩子。

　　每次离家,爹娘都要送我。近几年,爹摔折了胯骨,出不了门,只能隔着窗户看我出门;娘是90岁的人了,都走不动了,还是让人架着,一步一喘地送出大门,送到胡同口,送到我的车前。我上车了,她还扶着车门,不住地唠叨:"天黑能到家吗?别老往家跑,常打个电话来就行。"

　　每次离开家,那份淡淡的离愁里交融着的暖暖的母爱,总让我有一种幸福的感觉。每次从家里回来,朋友们都会问我:"爹娘咋样?"

　　"很不错,我回去了,两老每天多吃两张煎饼。走时,娘还为我包饺子呢。"

　　说这话时,我底气很足,总带着几分自豪,有时还带有几分炫耀:看!我有爹娘!我有硬朗朗的爹娘!

　　如今,爹和娘一个也没有了。我一下子觉得我是没爹没娘的孩子了,是没有人疼爱的孩子了,就跟大街上那些没爹没娘的流浪儿一个样了。

　　每天早上,我还是下意识地去摸电话,要给爹娘请安,但手指刚触动话机,又像触了电一样缩了回来。此时,心里的那份空,那份痛,那种流血的感觉,真是难以形容。

　　头一回见不到爹娘的回家,是给娘上五七坟(人死后35天的一种祭祀)。我没有了以往的那种企盼,却增生了难以遏制的惧怕:我不敢踏上归程,不敢走进那个山村,不敢面对那个小院、那幢老屋,不敢面对爹娘长眠的那堆黄土。

　　甚至,我怕从家里归来后,不知情的朋友再问:"咱爹咱娘还好吗?"我将用怎样的言语回答。甚至,我觉得没了爹娘,一下子比别人矮了许多,甚至觉得委屈:别人有爹有娘,我一个也没有了。

　　世上别的东西失去了可能还会再有,而亲爹亲娘失去了便再也没有了。

　　如今,我不怕家里来电话了,晚上也可以关上手机放心地睡觉了,我也可以放心地出远门而不用担心家里会出什么事了,然而,事实上完全不是这样轻松。失去即为空,表空实则重,心里的空空落落所带来的负担,比原来的牵挂所形成的所谓负担更大了。

　　世上有什么东西能填补失去爹娘的空落感?没有。任何东西部不能够填补。虽说,30年来,我给爹娘拍了12000多张照片和600多个小时的录像,留住了活生生的爹娘。可是如今,爹娘的照片和录像我一眼都不敢看,我不敢去面对一个残酷的现实。我尝试着去回忆,想着好的回忆来慰藉空空落落的心。然而,回忆是美好的,伴之而来的凄苦却同样是残酷的。我每天期望做一个与爹娘团圆的梦,结果,梦来了,梦走了,冰凉的枕头上只留下清冷的泪。

　　我欣慰我曾拥有那份牵挂！

　　有牵挂真好！

　　牵挂是一种拥有！牵挂是一种充实！牵挂是一种幸福！

感恩提示

gan en ti shi

　　牵挂是一种幸福，牵挂是一种存在。没了牵挂，人便失去很多幸福的东西。作者曾用照片和DV试图留住牵挂，留住一种存在感。但当父母闭上眼睛的时候，这些东西虽然看起来是那么生动、自然，但实则却是那么苍白、无力。因为父母的存在是无法用任何东西替代的，包括他们自己的照片、DV。没有父母的日子，牵挂变成了一种茫然和无措。对于父母的恩情，当牵挂都显得无力的时候，真是一件让人伤感的事情。

　　我多么盼望你能来信呀！可你却是个大忙人，我只好替你写了这封信，你只要简单地把那些不该要的词句画掉寄给我就行了。

信

●文/[前苏联]尤里·里希特

　　时值12月31日。彼得·弗拉基米罗维奇·帕潘科夫坐在自己的办公室里，处理着即将结束的这一年的最后几件紧要公事。他一本正经地板着一副面孔，俨然一派首长的风度。每当电话铃响，帕潘科夫总是一边抓着话筒，简要而认真地回答着，一边仍继续签阅文件。

　　一会儿，女秘书柳多奇卡敲门进了办公室："对不起，帕潘科夫，打扰您了。有您一封信，您私人的。"

　　说着，她把信放到帕潘科夫的桌上，随即转身走了。

　　帕潘科夫拆开信就念起来：

　　亲爱的妈妈：

　　　　你的儿子在给你写信。我已经好久没给你写信了。因为我出差、度假、住医院了……

"真是活见鬼!"帕潘科夫惊诧不已。他又看了看信封,上面分明写着他的机关地址和姓名,而且一点儿也没错。帕潘科夫真是百思不得其解,但他仍然把信继续念下去:

我们这里现在正是秋高气爽、春光明媚、夏日炎炎、寒冬腊月的时节。

我身体还好、很好、不太好、很不好。

前不久我去逛过剧院、电影院、音乐厅、酒吧间。

我打算再过一个月、一年、五年就来看你。

我知道你没钱花了,所以寄给你 30、20、10、5 卢布。

我已被任命为总工程师、厂长、总局局长。

我妻子祖莉菲娅向你问好。

你的爱子彼佳

帕潘科夫更加莫名其妙,他又把信从头至尾念了一遍,然后又往信封里看了看。信封里果然还有一张小字条:

亲爱的彼佳:

我多么盼望你能来信呀!可你却是个大忙人,哪有时间顾得上这种小事呢!我只好替你写了这封信,你只要简单地把那些不该要的词句画掉寄给我就行了。

吻你!

你的妈妈

帕潘科夫仰身靠到自己柔软舒适的安乐椅背上。

"唉,妈妈呀,你可真是位幽默家呀!而且对时间还掐算得那么准,让信不迟不早刚好在十二月三十一日送到,这一天我可是连喘口气的时间都没有啊!"

帕潘科夫叹了口气,把文件推到一边,接着便动手删起信中那些不该要的词句来。

感恩提示
gan en ti shi

一封简单的信,是母亲写给自己儿子的。它之所以能让我们心荡神摇,是因为那句"请把不要的画去寄给我就行了"。一个母亲对一个忙碌的儿子,要求就如此简单:只需要画去选项。在如今的时代,我们已经不再需要展开纸、动动笔、再贴上邮票封上信封口了。因为,时代的发展让我们的交流更轻松简捷。比如,电话就可以让我们更直接地跟我们的母亲声音对声音地交流。我们需要做的,只是拨下几个号码。你经常做吗?

　　也许你很不成器，也许你总是让他们失望，但他们对你的爱却是始终如一。

　　不需要你的丝毫感激，父母的爱都会像永不枯竭的泉水一样，流过你的心田，给你无声的滋润。

第五辑
你的博爱让我泪流满面

父母之爱是伟大的，也是无私的，它沉浸于万物之中，充盈于天地之间。有了父母们海洋般深沉的胸怀，人类才从洪荒苍凉走向文明繁盛；社会才从冷漠严峻走向祥和安康；我们才从愁绪走向高歌，从顽愚走向睿智；才有了生命的肇始，历史的延续，理性的萌动，人性的回归。

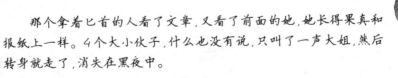

那个拿着匕首的人看了文章，又看了前面的她，她长得果真和报纸上一样。4个大小伙子，什么也没有说，只叫了一声大姐，然后转身就走了，消失在黑夜中。

爱 的 力 量

◆ 文 / 雪小禅

看中央电视台《道德观察》这个节目时，我掉了眼泪。

她不过是一个农村妇女，收养了仇人的孩子，仇人因为家破人亡，只剩下一个不满1岁的孩子，于是，她收养了这个小男孩儿。

小男孩儿天生脑瘫，大夫说，活不到几岁，这种孩子，收养了也白养。

她不信，带着孩子往天津、北京、石家庄跑，家里的钱几乎花光，两个女儿上不起学了，可是她，执意给孩子看病。

所有医院的结论全是一样的，孩子不能自己吃饭，不能直立，不能行走，不能说话，甚至，活不到三四岁。

她却仍然坚持，花掉了家中所有的积蓄，家中变得一无所有。她贷款，买了一辆面包车跑出租。大女儿退了学，照顾在石家庄住院的小弟弟，家里一切全乱七八糟了，可是，没有人抱怨过。她说，这好歹是条小生命，就是再苦，也要给孩子治病。

小女儿看着家里实在没钱，她说，妈，你卖了我吧，把我卖了就有钱给小弟弟治病了，然后我再偷着跑回来。

看着电视上孩子单纯地说："把我卖了，我再偷着跑回来。"这句话，我的眼泪就掉下来了，多么纯真的孩子啊。

孩子在医院终于有了起色，大女儿天天给他按摩，一年之后，孩子居然可以站了起来。

而她疯了似的跑出租，挣的钱全送进了医院。当她去石家庄看孩子时，再转身的一刹那，孩子叫了一声："妈！"她兴奋得流眼泪，孩子居然会叫妈了，一个被医院判了死刑的孩子，居然叫了一声妈！

她的事迹被登在当地的报纸上，人们都说她傻，放着自己的孩子管不了，居然去管仇人的孩子。等大女儿出嫁，她一分钱没有花，家里早就一贫如洗，没有人知道她付出了多少精力和物力！

为了多挣钱，她跑长途，不顾一个女人有多危险。

那天，4个歹徒上了她的车，让她拉着去北京。

开到一个叫文安的地方,坐在后面的男人拿出了匕首,捅在了她的腰间。已经是半夜,她被逼着下了车,自己的生死,已经在刹那间了。

却有另一个歹徒说了话,他说,大哥,你看看这个,刚才我在道上一直看这张报纸。

是坐在前面副驾驶位置上的歹徒说的话。他拿着一张报纸,报纸很脏,皱巴巴的,写的是她和这个孩子之间的故事。

那个拿着匕首的人看了文章,又看了前面的她,她长得果真和报纸上一样。他问,你这么累,就为这个孩子? 她点着头。

4个大小伙子,什么也没有说,只叫了一声大姐,然后转身就走了,他们下了车,消失在黑夜中。

那张报纸救了她!

几天之后,她收到了一箱奶粉,还有一封信,是那4个人给她写的:"大姐,谢谢您救了我们,我们终于知道了,这世界上果真有这么好的人。那天晚上,会改变我们一生的。放心吧,以后,我们一定要做好人!"

她没有想到爱的力量会这样大,不仅救了她的命,还救了4个年轻小伙子的一生!他们从此洗心革面,常常给她写信,送一些东西给孩子,他们说,这世间,什么力量最强大,是爱!

孩子的病渐渐好起来,大夫说,这是医疗史上的奇迹,而她说,这是爱的奇迹!

感 恩 提 示
gan en ti shi

因仇生爱,在仇中更能体现爱的价值。当一个女人可以不记仇恨去养育一个仇人的孩子时,社会将会是一个宽容、充满爱的大家庭。爱的力量到底有多大? 它不只简单会让你掉眼泪,在4个歹徒面前,他们因为这样的爱而放下屠刀,洗心革面,重新做人。一个女人都可以做到这样,作为歹徒的4个男人还有什么不可以做的呢? 4个歹徒应该感谢这份爱,这种爱不仅让他们重新做人,还使更多那些对爱怀疑的人闭上了嘴巴。请记住,爱可以超越一切。

其实，妈的身体一直好好的，什么病都没有，是你有病，需要换肾，妈把她的肾换给了你……

妈妈，你为什么骗我

◆文/阎　岩

范长寿这些天老感到浑身没劲儿，妻子劝他去医院看看。恰巧赶上单位搞职称考试，这是关系到他前途的大事，马虎不得，所以就耽搁下来。直到考完试后，他才去找妹妹长英看病。

长英是医生，她给哥哥检查后笑着说："没什么大毛病，给你开点儿药，吃了就没事了。"

长寿和长英同父异母。长寿的亲妈死后，他父亲娶了现在的母亲。一家4口人，日子过得其乐融融。谁知天有不测风云，父亲得了尿毒症，那时医学技术还没现在高明，不能换肾，不久便病死了。父亲死后，继母没有再嫁，带着8岁的长寿和4岁的长英一起生活。继母没有外看他，把他当亲儿一样养着。他和妹妹都为母亲争了光，上了大学有了出息。如今，母亲和长英住在一起，长寿一家人星期天过去团聚，日子过得和和美美。

几天后，长英给长寿打来电话，说母亲病了，是肾衰竭，需要换肾，她的肾不匹配，正在想办法找与母亲匹配的肾。长寿撂下电话便赶到医院，看到躺在病床上的母亲，既焦急又心疼。长寿心想：继母含辛茹苦养了他这么多年，如今病了，他应该不顾一切地救她才对。他首先想到的是应该检查一下自己的肾是否与母亲的匹配，但他很快又否定了自己的想法。他正处于事业上升的阶段，如果换肾后身体不好，势必影响前途。

长寿的心像烙饼一样翻来覆去的，一会儿是母亲疼爱养育他的情景，一会儿又是自己的前途渺茫无望。直到他看到妹妹那期望的眼神，才终于下定了决心。即便是这样，他私下里还是存了一份侥幸：他的肾不一定与母亲匹配呢！这样，他顺理成章做了孝子，又保住了自己。可是结果一出来，长寿就蒙了，他和母亲的肾正好匹配！

长英似乎看出了他的心思，便把他叫到一旁说："哥，你可想好了，换不换你自己说了算，没人强迫你。虽然你也管她叫妈，可她毕竟和你没有任何血缘关系。如果你觉得这么做不值，不要勉强自己，谁也不会怪你的。其实妈也不想叫你换。只是我救母心切，你也别怪我这个妹妹自私。"长英的一席话，说得长寿心里既愧疚，又感动。

手术很成功，母亲醒来，面带微笑地问他："儿子，感觉怎么样？"看到母亲欣慰的样子，那一瞬间，长寿突然有种感觉，他特别地恨母亲。他觉得母亲应该为一个和自己完全没有血缘关系的儿子的捐献而感到难过,可她偏偏是在笑。他想,如果是自己的亲妈,打死她也不会这样的。

换肾后他的身体虚是虚了点儿,但没出现什么大毛病。母亲一恢复过来,便马上跑到他家里来照顾他。

那天晚上,母亲在家里做饭的时候,不小心摔倒在地,昏迷了过去,这一昏迷就再也没醒过来。妹妹长英哭得昏天黑地,他和妻子也掉了不少眼泪。安葬完母亲,妻子埋怨他说,你做事太草率了,不管前不想后的,这肾换得多不值啊,白白牺牲了自己的身体,也没保住妈的命。妻子的话让他无言以对。

母亲去世一周年的时候,兄妹俩一起给母亲做祭日。长英冷不丁地说道:"哥,你后悔把肾换给妈吧?"长寿没想到长英会这么问他,一时不知该怎么回答才好。要说不后悔那是假的,要说后悔那又不准确,反正对于这件事,他心情十分复杂。长英接着说:"哥,有一件事我一直瞒着你,妈临死前也不让我对你说,可是我不能再瞒下去了。我不想你对死去的妈有什么怨恨和不满。其实,妈的身体一直好好的,什么病都没有,是你有病,需要换肾,妈把她的肾换给了你……"长英说到这已是哽咽难语。

长寿呆住了。长英擦了擦泪接着说:"你那次来检查身体,结果出来后,我发现你的肾有了大毛病,我不敢对你说,怕影响你考试,回家跟妈商量,妈也不让我告诉你,她说如果让单位的领导知道了,会影响你的前途。最后妈想了一个办法,说她病了需要换肾,然后再顺理成章地把肾换给你。开始我不同意妈这么做,因为她毕竟是我的亲妈呀!可妈说,如果我不同意她就去死,她不能看着自己的儿子受苦……"长英说到这里已经泣不成声了。

长寿的头开始发胀,他想起母亲躺在病床上露出的欣慰笑容,此时他才醒悟,那曾经让他一瞬间产生过恨的一笑,却满含了只有亲生母亲才有的母爱呀。他不由喃喃道:"妈妈,你为什么要骗我……"

感恩提示
gan en ti shi

只要叫了声"妈",母亲那张伟大的面孔便出现了。为了救治儿子的病,母亲毫不犹豫撒了一次谎,把自己的肾换给了儿子。相对于儿子对养母的犹豫和担心,母爱显得多么伟大。直到母亲因为换肾之后身体虚弱而闭上眼睛后,这件事的真相才露出水面。所以,母亲是伟大的,母爱是无私的,请不要怀疑母爱的力量大小,在母亲看来,对儿子所做的任何事情都是值得的,包括献出生命。

父亲把我送到车站。一夜之间，他又苍老了许多，他想知道，他是否已经失去了我。我告诉他，我确实有两个父亲，但是现在我只有你。

父亲的心

◆文/王心利

2004年春天，我回到了老家，我这次回来是专门看望父亲的。

一

父亲是个复员老兵，但他丝毫没有军人的豪气。母亲是生我时去世的；然后，就只剩下我和父亲。那时，我们还在农村，我所到之处总能听到一片啧啧声，大意是父亲如此粗放，而女儿却粉妆玉琢。委琐的父亲，往往只有在这个时候才会稍微自信地嘿嘿笑。

我不知道父亲为什么要带我去成都流浪。在农村我是受人喜爱的小姑娘，我干净、整洁而且自信。上小学三年级，父亲却带着我到了成都，把我送进一条巷子里的小学，开学那天，我看见了好高的楼房，看见了穿着漂漂亮亮的和我一般大的学生，我感到了很大的压力。我不想进校门，父亲却不管不顾地把我硬往里边推。那时，我真有些恨父亲。

没有城市户口的父亲在我上学的学校门口干起了修鞋擦鞋的活儿。那段时间是我对父亲最依恋的时候。放学，我一背起书包就往校门口跑，而父亲总在那里乐呵呵地等着我。他总是朝我招招手说，饿了吧，赶紧趁热吃。我就抓起一块香喷喷、热乎乎的饼大吃起来。然后，父亲就挑着担子，我拎着小凳，一老一少顶着斜阳回到我们的小屋。

班上几个男孩子疯，有人嚷，你踩我脚了，接着有人说没关系，让雪莉他爸给你擦擦，才两毛钱，你少吃一个饼，她多吃一个饼不就行了。我没理他们，这已经不是第一次，但我无能为力。回家我说父亲，你可不可以不要在我们学校门口摆鞋摊，我已经不需要你接了！父亲惊讶地看着我，还是点头同意了。

父亲开始挑着担子，绕着我们学校走了。回来后说，孩子，你的主意不错；在外面转悠着，生意要好好多！我替他悲哀，他不愿承认女儿是嫌他丢人，才让他走开的。

期末考试后，要开家长会，班主任是一个冷漠而严厉的人，他下命令，每个学生的家长必须到。那次我考得糟糕，我不敢叫父亲，更重要的是我不希望我的擦鞋匠父亲又要在众人面前丢脸。

课间休息，一堆同学看看我，又看看窗外，互相挤着眼睛。

我朝外一看，突然看见了父亲的背影，小小的，在众人的嘲笑里格外刺眼。

我跟踪父亲，看见他站在班主任的面前，像个犯错的孩子，诺诺地，想和班主任说话，但张了几次嘴都没有说成。班主任并没有正眼看父亲，他不断和办公室其他老师说话，本就紧张的父亲，更加局促，屁股抬了几下，坐也不是站也不是。

我再也看不下去了，跑到厕所里痛哭："我为什么会有这么窝囊的父亲？"

二

小学毕业，我升上了成都最好的中学。那段时间，我看见父亲脸上总堆满了笑，有时一个人都会笑出声。后来，我才发觉，父亲的笑不完全因为我，而是因为另外一个女人，一个同样修鞋的女人。父亲在转悠着擦鞋修鞋时认识的。我回家，看见小屋前，一个中年女人正和父亲说话，我听见了父亲难得的爽朗的笑声。见我回去，她拍拍我，说这就是小雪吧，长得真好看，父亲让我叫赵姨。我叫了，赵姨很高兴，爸爸也很高兴，他把赵姨送走，又兴冲冲地给我张罗吃的。

第二天，我回家，看见门前放了两副担子，赵姨正洗衣服，我看见了自己的衬衫和父亲的劳动服，父亲在做饭，房间里香气四溢。

我从来没有感觉过这种温馨，但同时，我又莫名地感到一种威胁。他们俩讨好地问我回来了，我没回答，只问，怎么门口多了一副担子，父亲说是赵姨的，我鼻子一哼："真的是物以类聚。"我的声音很小，但足能让他们听见，父亲和赵姨的脸色都变了。我拎起自己的衬衣，"谁动我的衬衣了，一股鞋臭味！"他们尴尬地望着我，父亲低下了头。我借口说已经吃过，就走出了家门。

赵姨再没有出现过，看着父亲日益愁苦的脸，我有些愧疚，我想说我不是有意的，但我又怎么完全是无意的？

三

高三，同学们都在恶补功课，经常在宿舍熄灯后，还有人点着蜡烛，挑灯夜战。有一夜，我被一片火光惊醒，纵身跳下床，刚好踩在正在燃烧的蚊帐上。

我的腿被烧伤了，头发差点儿烧光。肇事者是我下铺的女孩，一个家庭非常优越的女孩。

出事后，她的父母很快就来了，把我送医院好好地安顿。也许是为了不扩大事态，他们和班主任商量，让我别告诉父亲。其实，我也不想告诉他，因为同学的妈妈可以挽着班主任的胳膊像亲姐妹一样走，而我父亲，在班主任面前却连一句话都讲不通。所以，我不奢望父亲能跟他们"理论"出任何结果。

但父亲还是知道了，他没告诉我是怎么知道的，但有同学告诉我他是如何大闹班主任办公室的。父亲像一头疯牛，要跟班主任拼命，说她不负责任，说她枉为人师，枉为人母。

　　我很惊讶，没曾想猥琐懦弱的父亲竟敢在他平时连直视都不敢的城里人面前发威；同时，我也觉得很难过，还是没能避免让父亲丢脸。我可以想象擦鞋匠父亲，着一身满是鞋臭的衣服大闹办公室的情景——那形象让围观者度过了多少快活的一天。

　　高考填志愿，我故意填了很远的学校，我早就想离开父亲，离开这个让我觉得压抑的城市。父亲没有拦我，所有的事情，他都依我。连他自己的意见都没有，这点让我觉得他很无能。

　　通知书来了，我上了北大，父亲高兴得一直睡不着觉，我说你知道北大吗？他说知道，在北京呢，在天子的旁边呢！我咋不知道？

四

　　上学后，我让父亲别给我写信，我会按时给他写信报平安的。其实我嫌他的字难看，跟狗爬似的，而且还念不通顺，怕在同学面前丢脸。暑假，寒假，我都借口在外打工，整整4年没有回家。我不愿意看见那个怀里抱着一双臭皮鞋不断钉啊钉的身影，不愿意回到那个给我带来无尽伤害的城市。

　　2003年我就要毕业了。3月底，"非典"开始造势。我接到一个邻居的电话，说父亲病了，让赶快回去。我的工作已经基本搞定，就借此机会回家看看。父亲上下看着我，也许我的变化太大，让他很意外，他竟有些羞怯起来。我才发觉父亲没有一点儿病态，他不像生病了。父亲告诉我听说北京"非典"闹得很凶，他怕我有危险，故意骗我回家避一避。我简直哭笑不得，说，爸爸，你的觉悟也太低了！我一点儿也没有想过，4年不见，父亲也许是想我了。

　　分开几年再看父亲，似乎比以前看得更清晰。父亲明显老了，我问父亲擦一双鞋多少钱？我非常惊讶地发现，这个问题我居然从来没有问过父亲，而他也从没说过。父亲说一块钱一双，如果是修鞋，就两三块了。我傻眼了，我上大学一年最少要5000多块，父亲就要擦5000多双鞋，那么4年该是多少双？10年呢？15年呢？我的呼吸有点儿困难了，闻到一股刺鼻的鞋臭。

　　父亲挑着担子出去了。眼看要到中午，想给父亲做点儿吃的，但我对父亲的喜好一无所知，竟然无从下手。父亲提前回来了，他递给我一个香喷喷的牛肉饼，说：先充充饥吧，我马上就做饭。父亲去锅灶上忙活去了。一会儿就弄了一桌我爱吃的饭菜，我说爸爸，你做的饭真好吃。他惊讶坏了，一副受宠若惊的样子，他习惯了我的忽略，突然受到我的表扬，竟有点儿不知所措。

五

　　"非典"一过，我要回北京新单位报到去了。

　　临走的前一天晚上,父亲怯怯地问我春节回家吗?我犹豫着。他说你该回去给你的爹妈上上坟了。父亲真的是老了说话也不利索了,他又重复了一句,我才仔细地看着父亲,他的表情非常奇怪,我以为他患了绝症将不久于人世,我吓坏了,突然哭了出来。我以为我根本不在乎父亲的存在,而在那一刻我才知道,父亲竟然是我的全部。

　　我第一次主动扑进父亲并不宽阔的怀里,大声问父亲,你瞎说什么呀?你是不是老糊涂了?

　　父亲对我说:"真的,你是该给你的爹妈上坟了,我不是你的父亲,"父亲说,"你是我战友的女儿,你妈怀着你两个月的时候,你父亲就去世了。我跟你妈结婚后,也想过把你打掉,因为只能生一个孩子,谁不想要一个亲生的。但你妈不同意,她要给你父亲留下一条血脉,医生也说,在这个时候引产会很危险。所以,就把你生下来了。"父亲递给我一张发黄的照片,上面是两个穿黄军装的年轻男子,一个是父亲;另一个,他说是我的亲生父亲。

　　走的时候,父亲把我送到车站。一夜之间,他又苍老了许多,他的嘴抖了几次,但都没有启口。但是我懂,他想知道,他是否已经失去了我。我从来没有像现在这样了解他。我告诉他,我确实有两个父亲,但是现在我只有你。

　　火车开动时,我从窗户伸出头,很大声地对父亲说,以后每年春节我一定回家!

感恩提示
gan en ti shi

　　穷人孩子早当家!这里所说的早当家是指比一般富人的孩子懂事早,知道如何体贴家里,照顾父母。但是同时穷人的孩子多少都有些自卑,年少的虚荣心也比较强。他们知道自己穷,所以在物质生活上就比别人落一个档次,当然,越是这样他们越不想让别人知道他们的境况。本文主人公就是如此,即使到了上大学的年龄,内心的虚荣心还是那么强烈。但是父亲靠擦鞋、修鞋供女儿上学,可见是多么的不容易。尤其是父亲告诉了她实情,她还有一个亲生的父亲时,更可见得父亲是多么的无私、伟大。在爱面前,虚荣心显得多么幼稚、可笑。

我永远忘不了那样的眼神——好像那么多年的慈爱都要在这几小时里传递给我，就在那几个小时，我才感觉到：原来父爱会有那样的质地与那样的分量。

我 的 父 亲

◆文/朱 伟

父亲是个普通人，他只念过4年小学，加上初中一年级念了两年。他16岁就到布店当学徒，母亲说因为他当学徒天天睡在柜台上，所以一辈子睡觉都一夜不翻身。然后他失业3年，29岁起做了一辈子的财税会计。在我童年的记忆里，父亲是个极模糊的角色——好像天天我们起床的时候，他就已经去上班了。印象中的感觉都是冬天，一家人都等着他回来吃饭，他脖子里总是围着一条母亲用旧毛线织的围巾，缩着脖子，一进门总是搓着手。等这形象清晰一些，我曾经对他有过相当的怨恨——"文革"开始，我没有资格成为红卫兵，下乡后不管怎么努力也不能入团、不能提干。一切都因为他解放前在旧政府当过课长——一个比科还小一级的官。

"文革"时我伤害过父亲。好像是1968年夏天的一个晚上，那时已积累了相当的委屈，我单独与他坐在窗前，我说，我真恨为什么生在这样一个家里。我对他说，你到底有什么问题，能不能告诉我？夏天家里是不开灯的，当时他沉默了很久才说，我的问题都跟单位说清楚了，我告诉你没什么问题，我没有做什么对不起你们的事情。于是我们俩就谁都没再说话，就默默地坐在窗口，我还记得那晚窗对面的粉墙让月光耀得很亮。这次谈话后不久，他就进了单位的清查学习班，我下乡时候都不能通知他，他也不能回家。我走到关他的地方去与他告别，他出门只在门口的阳光里站了一会儿，他说，你出远门去，一切只能自己当心，有许多事情都不像你想的那样。当时他的眼睛里干干的并没有眼泪。

父亲一辈子就是一个小职员，他在单位里兢兢业业一辈子，追悼会上，单位给他的评价是，业务能力最强，一辈子做账从没出过一点儿差错。这大约是对他的最高评价。可他又一辈子就是这样一个低级职员，从来不为自己去争什么，在一个单位连续工作了36年，65岁退休的时候还是22级工资，没有分到过一平方米房子，也没有一个子女享受到顶替。我想他离开单位时应该有很多委屈，但他直到生命的最后，却还是对单位寄托了特别深的感情。他一辈子辛劳，又一辈子默默无闻，好像就甘于那样一生只为维系一个家庭的养家糊口、夫妻恩爱与家庭和睦——在单位是一架认真而一丝不苟的机器，回家是精心照顾母亲、生育子女。据母亲说，在他失业、家里贫困到极点，只能喝米汤时,他总是把最稠的捞给母亲,然后是哥哥姐姐,最后自己碗里就只剩了汤。他与母亲在一起生活72年,守卫了母亲72年的安宁与幸福。母亲总说,所有事情,父亲事先都会替她想到,什么事情也不需要她操心。从我记事后,在饭桌上我见到的每一顿饭,他都是将最好的夹给母亲,自己只吃大家都不爱吃的。剩菜常常是由他搜罗在一起,第二天早上下一碗面,吃得很香。父母晚年与小妹在一起,每天晚饭后,小妹只能偷偷将那些残羹剩菜都倒掉,等父亲看见了是要不高兴的。

父亲一生节俭,早年他以一人微薄的工资支持一个家庭,保证大家吃饱穿暖;等哥哥姐姐工作后,他则省下每一分钱,尽量使我们后来的每个孩子都能受到足够的教育。等有了第三代、第四代,他靠他攒下的退休金,还考虑他们的婚娶、考虑他们要上大学。晚年他在小妹家里,其实生活条件已经变得很好,但小妹每年给他买的衣服他都留在橱里,临走脚上穿的还是自己缝补过的袜子。每年过年我回家,都要见到他关灯的情景——他总是埋怨家里的水电开销太大。小妹把客厅里所有的灯都打开,他趁她不注意又一盏盏地关掉,他总说,不需要这样地亮,再有钱也要节约。在我们兄弟姐妹之间,只要遇到矛盾,父亲总是息事宁人的态度。在我的记忆中,他很少有威严的时候,对我们孩子,也总像在单位那样谦恭。我因此曾认为,他是一个缺少刚性又缺少个性棱角的人。

父亲从16岁一直工作到80岁。退休后,街道一个小作坊请他去做会计,他又在那里愉快地工作了15年,作坊里的男女老少都喜欢他。最后还是因为大姐担心他的身体,给街道写了一封信,街道才放他回家。他回家坚持做小妹的管家——每天将第二天要买的东西写在纸条上,将钱与纸条装在口袋里交给保姆,保姆买完了东西把找回的零钱装在口袋里交还他,他则像在单位一样每天一丝不苟地记账,一笔笔记得清清楚楚。他的账一直记到他进医院的最后一天,最后一笔是给保姆留下的中秋节奖金。每天早上他都起得最早,先一只只喂他养的那些鸟,然后就到厨房帮忙。在厨房小妹不让他动手,他就不知所措地弯腰站在那里。

等父亲走了之后,我才意识到:他的一生好像就为辛勤而存在。等他年纪越来越大,大家都觉得他不应该再操劳的时候,他就只会感到悲哀。小妹不让他再管账了,他就不高兴。等家里为照顾两个老人又增加了一个保姆,鸟由保姆料理了,母亲也更多让保姆照料了的时候,他一定是觉得自己成了多余,才决定要走的。

父亲的身体原来一直很好,大家都没想到他会突然就像一座大山倒塌下来。其实去年过年的时候,他已经告诉姐姐,让她把帮他在银行存的钱不到期取出来。他告诉母亲,谁给我的钱我都要还给他们。

现在回想,去年过完年离家的时候,父亲就意外地恋恋不舍,这在过去从来没有。过去每年父亲在几个月前就等着我们回家过年,早早让小妹备好年货。除夕的年饭,每年都是由他制定菜谱。等吃年饭前,他就会颤巍巍地扶着楼梯上楼,到我们每个人的房间,在枕头下偷偷压上他自己用红纸包的压岁钱。外地不回家的则早早地就寄了去。等过完年,父亲总是笑着送我们到门口说,明年再会,从不显露他的老态。去年过年,父亲好像一直反常地不高兴,送行时显得苍老了好多。等我今年4月出差顺便回家,他弯腰把我送出门时竟意外地流了泪。后来,小妹就告诉我父亲开始日益消瘦。等到9月,小妹突然给我电话说,父亲自己提出要去医院。当时大家都没有意识到他已经身患重病,因为他平静地上小妹的车;平静地告诉母亲:"我走了,你自己当心。"医院是他自己走进去的。之前其实他一直咳嗽得厉害,但他一直说是气管炎,是几十年的老病。

这样直到今年中秋,我还是未意识到父亲留下的日子已经无多。中秋节,小妹与姐姐到医院,父亲专门通过手机与我通话,我问他怎样,他说蛮好,他说你小妹拿来了月饼,拿来了啤酒,现在我和你干杯。那时我们都以为他患的只是老年肺炎,后来听小妹说,其实那啤酒,那天他只喝了一口——大约就是为我喝的。

过完中秋,父亲诊断出是肺癌晚期。等到我赶回家里,他在医院已经瘦得无法相认。在病榻前,他跟我说,你工作要紧,还是回去吧,我没什么问题,你过年再回家吧。我问他有什么要向我交代,他摇头说没有什么。等我要走的时候,他一次次看表,一次次催我,他说,你要走了,你走吧。这之后,他的病就只是一天天加重。等我再回家是家里给我电话,说中午父亲有点儿反常,提出要洗澡,大家说他好像一直在用一种意志力坚持,现在好像是放弃了。接电话时我正在北京郊区,等我当天晚上赶到医院,父亲已经难以说话,我问他怎么样,他看着我,还是用微弱的声音说,"蛮好"。

我最难受的是,父亲直到最后始终清醒。我在医院陪夜,他一声不吭地吐了血,然后说不出话,嘴唇只是微动着,几个小时从半夜直到天亮,始终用眼睛一动不动地看着我。我永远忘不了那样的眼神——好像那么多年的慈爱都要在这几小时里传递给我,就在那几个小时,我才感觉到:原来父爱会有那样的质地与那样的分量。

父亲这一辈子都想着不麻烦我们子女。我陪夜后第二天他安稳地让我睡了一夜,等早晨在医院陪住的外甥才打电话说血压下来了。从早晨一直坚持到下午,到最后我问他有什么交代,他摇头;我问他要不要再见母亲一面,他还是摇头。他走的时候,窗外是阳光灿烂没有一丝阴霾。一个90多岁的老人,没有猥琐的垂死挣扎,只是大声地一口口呐喊呼吸,直至最后一口气舒展长久地吐完。我爱人对他的最后评价是:走得真正悲壮。她说她在医院从事护理工作近30年,没见过这样阳刚而这样充满最后生命活力的与世告别。

父亲去世后,我们整理他的遗物,他抽屉小盒子里装着6张存单,存单上分别写着他与母亲的名字,每人58000元。在留下这两个处理后事用的58000元之后,相信他将该处理的都已经处理了,但账面上丝毫没有记录。在母亲的柜子里,他则把我们这些年每年给的压岁钱一笔笔都记清晰,每年母亲花掉的都有结算,1万多现金一个口袋10张,十几个口袋整齐地用皮筋擦成一摞。一切该做的他事先都已经做好,他当然不需要再交代什么了。

父亲这一生的品质,应该说我都是从回溯中才日益清晰的——一个人要认真,要真诚,要有爱心,要时时处处想到别人,要不计委屈不计自己得失,要承担一生所要承担关于职员、丈夫、父亲的所有责任,要忍辱负重甚至不怕最亲近人的误解,这些要几十年如一日,都甘心默默无闻、身体力行地做到简直是不可能。但父亲用他的一生都做到了,他一生是那样平凡,又是那样不平凡。面对这样的一生,我们又能说什么呢?每个人的一生其实都在积累自己的品质。只有品质才是永远无法泯灭的。品质无论何时何地,都在我们每一个人的心里。

感恩提示
gan en ti shi

"父亲"的一生都是在勤劳中度过的,他对待工作是兢兢业业,任劳任怨,他所负责的账目从来没有出错过。这对一个会计来说无疑是一个莫大的荣誉。当然,儿女们平时孝敬他的那些心意,最终他都还给了儿女们。在"父亲"看来,勤俭节约永远是他的生活风格。只要儿子们过得幸福、快乐,就是他最大的幸福、快乐。"父亲"是一位心存善良的人,是一位负责的人,是一位勤劳的人,是一位无私的人。拥有这样一位伟大的父亲,多么让人羡慕。

看着继父起身离去,我在背影里分明看见了父亲的影子。

汤 水 一 生

◆文/梅 友

重回母亲的家,是这个冬日的一个下午。进了门,就听见继父在厨房里招呼:"先坐下等一会儿,汤一会儿就好。"

长这么大了,就是喜欢冬日的那口汤。

以前父亲在世的时候,每到冬天,必定要从打工三季的单位辞职,从大老远的地方回到以前生活的那个村庄,美其名曰:回家过冬。在冬日的暖阳中,依偎在父亲身边,看他把红枣、老鸡洗净下锅,做一个嘴馋的孩子,等着汤儿飘香。那时候,几季的辛苦,满身的疲惫,都会在父亲的一口汤里飘散,远离。而这个时候的父亲,是孩子眼里最亲切,最和蔼的时候。

后来,父亲生病了。

住在医院里的父亲,在弥留之际叮嘱着母亲:"我去了以后,要善待自己。这辈子跟我没过上什么好日子,以后找个好人,孩子们都长大了,给自己找个家吧。"

那年,我20岁。

听完父亲的话,我和母亲哭得撕心裂肺。父亲就在那个晚上走了。

如今,父亲已经去了8年了,母亲也在我和弟弟的支持下,有了自己的家。母亲挑选继父的条件是宽厚的,只要人好,不管你有钱没钱,有权没权,什么都不重要,只求人家要善待我和弟弟,善待生活。母亲是幸运的,她挑到了继父。

这是个可以给人温暖的老头儿,虽然比母亲大了10岁。当初,母亲把他领回家让我和弟弟过目的时候,从他慈爱的眼光里,我读到了父爱。弟弟说,他没有其他的要求,只要他对母亲好。看着老人在弟弟面前唯唯诺诺地点头,我想,母亲总算是有个依靠了。母亲和继父在春天里,领着周围的亲戚朋友喝了喜酒,就算正式结婚了。

婚后,母亲和继父住在离我不远的地方。周六的时候,母亲总是有电话来,让我们过去坐坐,不知道是怎么了,虽然知道继父对母亲很好,但是就是那短短的一段距离,我却总不愿意过去。或许,继父就是和父亲不一样吧。人啊,不是最亲的,心里总有那么一些疙瘩。虽然有时候也想去看看母亲,但是,就是下不了那份决心,就是不愿意踏入母亲的家门。

住我隔壁的张大爷,是父亲一生的朋友。父亲在世时,还时常托付他照顾我们。那天晚上,大爷敲了我的门。

把张大爷让进了屋子,我有感觉,大爷要说些关于母亲的事。

果然,大爷说:"我晨练的时候常碰到你母亲。"

我点点头:"嗯。"

"她过得并不好。"

"啊?难道那老头儿对她不好?"

"不是,是你们对她不好。"

"我们?"我拒绝接受大爷的说法。

对于母亲,我能做的只有这些了。虽然知道继父是个好人,但是我和弟弟还是坚持母亲和他结婚的时候做了财产公证。母亲一生清贫,但是我们不想她下辈子看别人的脸色吃饭,公证完,我和弟弟在母亲的户头里存下了足够她吃后半辈子的钱。我和大爷说,我们能做的只有这些。大爷摇摇头:"你们啊,要知道你母亲要的不是钱。她都这把年纪了,还能花多少钱呢?你们要常去看看她。还有,那老李头儿也是个好人,而且你母亲选择他的时候,也是征得了你们同意的,你们现在却连他家门也不愿意进。"

老李头儿就是我的继父。

"我知道,这个老头儿会对我母亲好的,否则,我也不可能把母亲那么放心地交给他。"

大爷慢慢地啜着我为他冲的茶,半晌才说:"老李头儿现在学了一手煲汤的好本领,你妈说,你喜欢喝你父亲煲的汤,老李头儿这把年纪了,硬是把棋瘾给戒了,跑遍了书店,找来好几十本菜谱,天天对着研究呢。为的就是你们哪天能开恩,想起来的时候能去一回,能让你妈高兴。"

送走了张大爷,我来到孩子的小房间里。孩子才4岁,正在上幼儿园大班,这个时候,他还没睡。我把孩子抱在怀里,问他:"我们明天去看姥姥姥爷好吗?"孩子挣脱我的怀抱雀跃起来:"好啊,好啊,每天姥姥和姥爷都在幼儿园的窗户外边看我呢。"

"啊?"

"妈妈,我忘了告诉你,姥姥和姥爷每天都会在幼儿园的窗户外边看我们小朋友做游戏。我上回表演了小白兔白又白,姥爷还夸我了呢。"

"那你怎么不告诉我?"

"我答应姥姥不告诉你的。你说了人要诚实,要遵守诺言。"

我有些想哭的冲动。抓起电话,打给母亲,告诉她我明天去看她和继父。母亲在那边半晌没作声,等了一会儿又连声地说好啊,好啊。我分明听见她那嗓子里有哽咽声。

带着孩子,穿越我那点儿卑微的心结,我敲响了母亲的门。看见我的刹那,母亲眼里有着惊喜,从我怀里接过孩子,忙对着厨房里的继父说:"老头子,我女儿来了。"

继父爽脆地应了一声:"先坐下一会儿,汤马上就好。"母亲的脸,笑成了朵玫瑰:"这老头儿,天天盼着你们能来呢。学着做汤好久了,就想你们能过来尝尝,可是你们就是不来。"

我笑着答母亲:"这不是来了吗?以后会常来的,只要你们不嫌烦就可以了。"

继父已经从厨房里出来了:"怎么可能,盼你们来都盼不来呢,怎么会烦呢?只要你们来,我和你妈比什么都高兴。"

母亲忙着给孩子拿这拿那,兴奋地在房间里转进转出。我拉继父的手让他坐下,或许是第一次和我离这么近的距离,继父有点儿不习惯,老是用手去拢那几缕花白的头发,我试着拢老人的肩头,想让他感觉一点儿温暖,一点儿家庭的气氛,老人的肩头在我的臂弯里有点儿僵硬。我说:"爸爸,以后我会常回来看你们的。"

继父说:"啊,好,好,好。"

气氛一时有点儿尴尬。或许老人还不习惯我会离他们的生活这么近。我忙说:"爸爸,我想喝你煲的汤。"

"好啊,好啊,我这就去给你们盛。"

看着继父起身离去,我在背影里分明看见了父亲的影子。

咕嘟咕嘟一口气喝完了继父盛来的汤水,抹抹嘴,告诉继父:"爸爸,我还想要一碗。"妈妈在一旁笑得开心,孩子在她的旁边已经玩得累了,睡着了。趁着继父去厨房的那一会儿,我告诉母亲:"妈,我会常来的,孩子您也可以接回家带。"

母亲说:"啊?我可以接孩子回家啊?"

"当然可以,只要你们不嫌他厌烦。"

母亲大声地对厨房里的继父说:"老头子,咱女儿说了,以后可以接孩子回家。"

继父又给我盛了一碗汤来。"那好啊,那好啊,那孩子就放我们这儿吧。"

我一边喝汤,一边看着继父笑。

从母亲嫁给继父的那一刻起,我这是第一次踏进他们家门。看着这对快乐的老人,我想,或许我不是只爱那口汤吧,毕竟,父亲已经走了,而眼前这位老人,却是能照顾我母亲一生的人。就单单为他肯为我煲一锅汤,我也会爱他和母亲。

父亲已经离我远去了，继父就是我第二个父亲。小的时候，眷念父亲的汤水，以后，会在继父的疼爱中，继续过我的汤水一生。我想，我是幸福的吧，包括我的母亲。

感恩提示

gan en ti shi

在父亲去世后，“我”的母亲便找到了自己的依靠——继父。“我”以为母亲便从此会有幸福，因为继父是个好人，而且“我”给母亲的钱也足够她花一辈子了。但是母亲需要的不是这些，她需要的是亲情，需要亲情之间的那份感情。在继父知道“我”喜欢喝汤后便买了很多书学习做汤，当然这都是为了“我”能够去他们家看他们。当“我”真正去他们家的时候，“我”看到继父给我做了一大锅汤。单单这一锅汤，“我”便顿悟到“我”和母亲是幸福的。因为亲情在那浓浓的汤里升温了。

爸爸，我要对您说声对不起，也真诚地希望您能留在我的身边。我要孝敬您，将来为您养老、为您送终……

你的博爱让我泪流满面

◆文/佚　名

1999年的一天，爸爸告诉戴鼎：“你妈妈一直和插队时在安徽的初恋情人年四为藕断丝连，到现在你都快18岁了，你妈妈还不能安心过日子。”戴鼎问妈妈，妈妈听后除了叹气，就是沉默不语。戴鼎觉得妈妈的沉默不语就是默认。

2001年5月的一天，父母找戴鼎谈话，说他们要离婚了，经过协商戴鼎随妈妈生活。

令戴鼎吃惊的是，父母离婚后，一个叫年四仁的中年男人走进了他们的生活。一个月后，妈妈就和年四仁领了结婚证。戴鼎判断，这个年四仁一定就是爸爸常常说的那个年四为。

很长一段时间里，戴鼎无法接受妈妈迅速再婚的现实，他从心里对年四仁产生一股仇恨和厌恶，怎么看他都不顺眼，在心里骂他“乡巴佬”。

戴鼎发现，年四仁对妈妈可以说是百依百顺，而且他似乎也在努力讨好自己。一次，年四仁将洗熨好的衣服送到戴鼎的房间，戴鼎一把就将衣服甩在了地上。年四仁愣在那里，一句话也没说，默默地将衣服拾起又重新叠好。年四仁的忍让更使戴鼎觉得他心里有愧。

高考前两个月,年四仁的老家来了两个人,自称是年四仁的哥哥和堂兄。晚上,戴鼎听到妈妈一直在屋里和年四仁说着什么,好像是让年四仁离开她。几天后,趁妈妈出去时,戴鼎指着年四仁厉声说:"你脸皮真厚,赖在我家干什么?还不赶紧走?"年四仁低着头,一声不吭。

见年四仁不肯走,戴鼎发愤学习,终于考取了上海交通大学,住进了学校的宿舍,周末也不愿回家。

2003年10月,戴鼎突然接到年四仁打来的电话,说妈妈住院了。并且医生告诉他,妈妈得了肝癌,已经到了晚期,估计只能活3个月了。

2004年3月1日,妈妈去世了。料理完妈妈的后事,年四仁对戴鼎说:"我想在公墓给你妈妈买一块墓地,以后,你每年都可以去墓地看望妈妈。等清明节给你妈妈扫完墓后,我就回安徽了。"

3月17日,年四仁到车站买去安徽的车票,准备18日去公墓看妻子最后一眼后,19日离开上海。那天,戴鼎开始整理妈妈的遗物,当他打开写字台的抽屉时,发现了一封写有"小鼎启"的信:

小鼎:

在我离开这个世界之前,我一定要写下这封信,将一切都告诉你。

我知道你对年四仁叔叔有成见,但你知道吗,他是一个非常善良、宽厚的好人啊。当年我到安徽插队时,和淳朴、帅气的年四为相爱了。年四为有一个弟弟年四仁,他一直也在默默地爱着我。

后来,知青开始返城,你外公、外婆的身体不好,我也盼望着能回上海。就在这时,我认识了你爸爸,他以帮我回城为条件要我嫁给他。我没能经得住诱惑,和你爸爸结了婚。

开始,年四为给我来过几封信。你爸爸发现后,我没有隐瞒,就将和年四为相爱的事情告诉了你爸爸。后来,我接到年四仁的一封信,说年四为生了一场大病去世了。可是,你爸爸动不动就提年四为,说我爱的是年四为不是他。我曾想过离婚,但实在不忍心让你失去一个完整的家。

3年前,我被诊断患上了肝癌。你爸爸得知后,又把年四为搬出来找茬儿和我吵。于是,我提出了离婚。

几年前,年四仁的妻子得肺癌去世了。当年四仁得知了我患肝癌和离婚的消息,立即赶来照顾我。他说,为自己爱的人做什么都心甘情愿。

就这样,我们结了婚。他家里来人要带他回去,说不能眼看着他为一个要死的人耗费自己的生命。可是,他死也不肯走。我曾想向你解释。可是年四仁说,不要把大人之间的恩怨再加到你的身上。

现在,我必须把这一切说出来,我不能带着遗憾离开人世。希望你不要再恨我和年四仁叔叔,也希望你以后能做一个自立、自强的人。

看完信,戴鼎泪流满面。他为继父的博爱而感动,更为自己对他的伤害而愧疚。

第二天,戴鼎早早地来到母亲的墓前。当年四仁手捧鲜花到来时,戴鼎对年四仁说:"爸爸,我要对您说声对不起,也真诚地希望您能留在我的身边。在我心中,您是一位令人尊敬的好爸爸,我要孝敬您,将来为您养老、为您送终……"

感恩提示

gan en ti shi

一位能够让孩子值得尊敬的人便是从内心打动他。对年轻的戴鼎来说,这一切的突如其来他有些招架不住。父母的离婚使一个本来完整的家变成了支离破碎,而之后母亲便闪电般地与一个陌生的男人结了婚。这一切让戴鼎开始对陌生的男人仇恨、不解,以至考上大学后连家都不想回。但当母亲病逝后,母亲的信告诉了戴鼎真相。戴鼎被这样一位善良、无私、伟大的男人所折服,所以戴鼎叫他为"爸爸"!一声"爸爸",也许已经超越了很多的阻隔。

这么多年来,妈呵护着我,疼爱着我,却从来没有想过从我这里得到什么回报。

养母的爱温暖我一生

◆文/木　易

6岁之前,我关于生活的所有记忆就是一个灰色的大院子、周围像我一样无家可归的小朋友和胖胖的院长婆婆。没有人知道我的父母是谁,我怎样来到这个世界,又是怎样被遗弃在医院角落里的,我是一个孤独的孩子。

从被院长婆婆抱到福利院那天起,我就很少哭闹,大多时候很安静,所以院长婆婆和阿姨们都叫我"静"。那时候,我知道了什么是"妈妈",阿姨告诉我们,妈妈是世界上最疼爱我们的那个人,她很善良,也很美丽。从那时起,我经常独自一人趴在福利院的大铁门上,透过疏密不均的缝隙看外面的街道。我相信,有一天妈妈会在墙外喊我的名字,并且走过来很心疼地拍落我一身的尘土,然后牵着我的手回家。

在我6岁的时候,一天,院长婆婆带着一个阿姨来到我们班,她剪着齐耳的短发,大大的眼睛,长得很好看。我就那样不眨眼地盯着看她,她也看着我,笑容很亲切。后来她好像跟院长婆婆说"我想要她"。院长婆婆送我走的时候告诉我,以后她就是我的妈妈了。她领着我走在路上,她的手很软很温暖。那是 5 月,阳光已经很充足,地上有斑驳的树影,阳光落在我的肩上,又从我的肩上滑下,像一个做了千百次的美梦,让我眩晕。我抬起头叫了一声"妈妈"。她蹲下来把我搂进怀里,那一瞬间,我分明看到她的眼睛里有泪光在闪动。那一刻,我和妈妈之间第一次有了奇妙的感觉,那种说不清道不明,然而又割舍不断的关系。

妈收养我的时候已经 40 岁了,她 24 岁嫁给爸,爸大她两岁。爸是一个地质勘探队员,常年在外奔波,16 年的婚姻中他们聚少离多,但是长久的分离并没有淡化他们之间的感情。他们是那么相亲相爱,他为了不让她操劳太多,她为了不让他有太多的牵挂,他们之间像达成默契似的从来没有提过要孩子的事,虽然他们都那么渴望有个孩子。

随着年龄的增长,妈想要个孩子的愿望越来越强烈,但是年龄已经不再给她生育的机会。常年在野外生活使爸的身体每况愈下,那年他终于支撑不住从一线退了下来。于是他们决定收养个孩子,而我便成了那个幸运儿。

妈给我起名叫"杨平",因为爸姓杨。当妈把我带到左邻右舍前,并告诉大家我是他们的女儿时,善良的邻居都劝说妈应该领养一个年龄小一点儿的孩子,像我这么大的孩子已经懵懵懂懂地知道一些事情了,以后怕不会和他们太亲。而妈的回答是"看到她的时候,我就觉得她是我的女儿"。6 岁的我还不能理解这句话的全部含义,但是我和妈、和爸、和那个家之间的那道陌生的屏障一下子消失了。

在我的印象中,爸一直是沉静而忧郁的,话不多。每天晚上睡觉前,爸都会用他那满是胡碴儿的下巴蹭我的脸,弄得我痒痒的,他的嘴巴里还存留着清香的牙膏气味。妈总是在一旁静静地看我们,眼中流淌着浓浓的笑意。在妈面前我是最放松的,我总是跟在妈的身后,妈给我梳辫子的手很柔,别说妈打骂过我,就是连轻声地呵斥也从没有过。

童年的时光匆匆流逝,我就像一只小鸟,快乐地围绕在爸妈身旁,感受着那种温馨和宁静,惬意极了。自从能体味到生活,我便一直用在岁月中一丝一丝成长起来的敏感的心,去贮存爸妈对我浓郁的亲情。

我 15 岁那年,爸终究没能敌过病痛的折磨,离妈和我而去了。在他最后的日子里,他经常握着我的手嘱咐我以后要好好照顾妈,他说的最后一句话是他把妈交给我了。爸走的时候是带着我的承诺安心地走的。

爸走后,妈常常独自流泪,很多个晚上我都看见妈是抱着爸的照片沉沉睡去的。一天早上,我看见妈找出一件爸生前穿过的毛衣,那是她亲手给爸织的,小心翼翼地将爸的照片包好放进了箱内。妈告诉我昨天晚上梦到爸了,爸穿的一身衣服湿漉漉的,那都是她的眼泪。妈说她以后不能再哭了,爸会着凉的。我愣在那里,一时不知该说什么,爸和妈之间的爱该是怎样的刻骨铭心啊。

我发现妈是在那时候一下子苍老起来的,49 岁的她已经经历了太多的悲欢离合。

看着妈眼角的皱纹和鬓边的白发，我的心里沉沉的、湿湿的。随着岁月的流逝，当生命的一段段路程都变成了时间，才发现原来岁月给人们的时间并不是无限的。我对自己说要对妈好，要照顾妈一辈子。

但是后来我食言了，将爸的嘱托和自己的承诺全都抛在了脑后。

26岁那年，我一心一意地爱上了一个男人，他叫峤，是个设计师。峤的帅气和不羁的性格深深地吸引着我。在我的眼里峤很优秀，他的脑子里充满了智慧。那时候我被爱和快乐包围着，从来没有静下心来想一想为了自己的爱而冷淡了妈的感受。即使当我告诉妈我要嫁给峤时，妈也只是无限依恋地说："平儿，你需要的不仅仅是爱，还应该有关怀，在今后的日子里千万别委屈自己。虽然妈舍不得你离开我，但女儿长大了总要嫁人的，你自己的事情自己做主吧。"

就这样，我离开了相依为命的20年的妈妈，义无反顾地嫁给了峤。婚后不久，峤越来越觉得我们那个小城市已经没有发展的空间，他向往更大的城市，峤让我跟他一起走。我再次义无反顾地追随着峤去了向往的大城市，甚至从来也没有想过妈的感受，没有想到妈年纪大了需要我的照顾。

走的时候，妈一个劲儿地叮嘱，但是并没有远送我，我以为妈生我的气了。当我走出了很远，回头看时，才发现60岁的妈立在窗口目送着我，见我回头，她还冲着我摆了摆手。愧疚感是在那时才有的，一直到很久以后，那个镜头还经常出现在我的脑海里，每每想起总是湿润了眼睛。

偶尔我会打个电话给妈，问她的情况，她也总是回答说很好，不用挂念她。在那个举目无亲的城市，我和峤的生活过得清苦动荡，峤的设计并不被认可，他的脾气越来越暴躁，吵架是经常的事。我忽然明白妈所指的我的需要是什么了，我需要安全感，或许当我被亲生父母遗弃时，我的内心就已经变得非常脆弱了，这一点只有妈最了解。

当峤第一次挥拳打了我的时候，我知道我们的婚姻该结束了。办好了离婚手续，我给妈打了电话。在电话里，我告诉她我离婚了，妈顿了一下，沙哑的声音只说了一句话："回家吧，你的房间还给你留着呢。"那一刻，我的泪水滂沱而下。我仿佛闻到了妈炒菜的香味，闻到了家里那种舒服、温馨、宁静的味道，那些和妈一起度过的时光，忽然就一发不可收地在心底蔓延开来。

日子又恢复了平静，有时候我会问妈，为什么对一个收养女这么好，妈总是说没想那么多，既然我是她的女儿，当然就要对我好。从妈质朴的话里，我看到了妈的善良和伟大。这么多年来，妈呵护着我，疼爱着我，却从来没有想过从我这里得到什么回报。虽然我是一个从小就被亲生父母遗弃的孩子，但在我的内心深处从不缺少温暖和家……

如今，我已经是两个孩子的母亲了，一个亲生儿子和一个收养的女儿，我爱我的儿子，也同样爱我的女儿，就像妈爱我一样。我的老公性格很像当年的爸，沉默老实，但是很爱我。结婚后，老公主动提出和妈一起过，这样方便照顾妈，我很感激他对我的理解。妈已经70多岁了，身体依然很健康，还能帮助我照顾两个孩子。每次出去，不再是妈牵着我的手，而是我牵着妈的手了，妈的手虽然不再柔软，但依旧温暖。

感恩提示
gan en ti shi

　　"我"是在福利院被母亲接走的,之后便有了个家,有父亲母亲,他们对"我"非常好,像亲生的一样。很多年之后,父亲去世了。父亲临走时嘱咐"我"照顾好母亲,但是年轻的"我"有自己的爱情追求,于是不得不离开母亲,直至离婚后,又回到了母亲的身边,才发现在自己最疼痛的时候,只有母亲可以给予安慰,给予爱的力量。领悟到了这一点,才能更好地去生活。于是,现在"我"的生活中到处充满着爱。

　　这些年,你跟爸吃了不少苦,等你找到亲生父母,你自己选择,愿意跟他们走就跟他们走,只要过年过节来看看我就行!

假如你不曾养育我

◆文/赵　薇　尹正茂

　　11月3日,我的生日。20岁之前,我一直用幸福编织着自己降生的那一天。

　　2000年,我20岁了。一天,我在家里打扫卫生,无意中发现一张收养公证书,而证书上公证收养的孩子不是别人,正是我自己。

　　那一刻,空气仿佛都凝固了。我的父母并不是我的生身父母,而我用幸福编织的11月3日,那只是一个遭到最亲爱的人放弃的日子!我努力在记忆里寻觅,一点一滴向前追溯,想从过去的点点滴滴中找到一丝答案。可是,我怎么也看不出我的爸爸不是我的亲爸爸。

　　我的父亲赵玉声,从前是天津南开区奶站的送奶工。一年四季他总是4点钟起床上班,在早餐前把奶挨门挨户送到订奶户家里。我长到十四五岁,早晨醒来睁开眼睛时几乎没看到过父亲。父亲沉默寡言,但我每天还是盼他早点儿下班回家,因为,他总会像变戏法一样从身上掏出一点儿好吃的给我。我家的经济条件不宽裕,童年的记忆里,邻居常夸我"这丫头穿得真漂亮"。这句话,让儿时的我时常幸福地想,我的父母是世上最好的父母。

　　1999年,我职高毕业后考上了天津大学的财会大专班,我也算实现了爸妈时常叮嘱我的"好好读书,长大做个文化人"的愿望。那一年家里太难了。母亲扔下爸爸和我走了,留下一笔沉重的债务。父亲象征性的退休金连让我们吃饭都不够。我知道自己没钱上学,当时心里直想快点儿上班挣钱,帮爸爸还债。我在一家饭店找到了工作,一个月能挣五六百元。

一天,爸爸找到饭店劝我去上学。我故意激他说:"咱家用什么供我上学?我都19岁了,也该自立了。"父亲急得脸通红,说:"女儿,你不能像爸这样,你一个女孩子受大累受不起,你读了书才有出息。爸砸锅卖铁也要供你。求求大伙劝劝这不听话的丫头,求求大伙了!"

有生以来,我第一次听爸在大庭广众下说这么多的大道理,师傅和同事们被父亲感动得流了泪,都说我有福气,羡慕我有这么好的父亲。

爸爸跑了好几天,总算借够了我的学费。我如愿以偿地走进了天大。可是,父亲为了我上学,为了还那笔更加沉重的债务,开始了没白天没黑夜的辛劳。他快60岁了,血压高,还有心脏病,为了挣钱要拼着命给装修房子的人家搬运沙石。他当过保姆,送过报,搞过推销,晚上还要跑很远的路去打更。我知道爸爸是硬撑着,他不想让我辍学。见爸爸累得腰都直不起来,我一面用功读书,一面又想终止学业,去帮爸爸一把。

那天,我听到爸爸从外面回来了,就把收养证书放回了原处。我不想说穿爸爸努力保持了20年的秘密,爸爸用行动做了我20年的"亲生父亲",我怕伤他的心。父亲进屋时,我大声问了一句:"爸,你回来了。"爸还是一句沉闷的"嗯"。而我却心潮起伏,我真想捧出那张收养公证书,问问爸爸,我的生身父母为什么不要自己的骨肉?他为什么把我当亲女儿来养育?我究竟是怎么来的?那个谜底,对我实在是无法抗拒的诱惑。可是,为了爸爸,为了他和我这种习以为常的父女情,我只能选择沉默,我要做他更好的"亲女儿"。

2002年春节期间,《今晚报》上刊登的一篇《养父代女寻生身父母》的文章几乎轰动了半个天津市,文章里说,1980年11月3日凌晨,一个叫肖大义的男子在上班途中,在一公厕里发现一个被遗弃的女婴。女婴穿着单薄的毛衣毛裤,全身冻得青紫,奄奄一息,两只小手正用最后的一点儿力气本能地抽搐着。肖大义把孩子抱在怀里送到医院抢救。医院的大夫见了直叹气,说孩子存活的希望很小,责问他为什么把孩子冻成这样。肖大义肯求大夫,无论如何也要救活孩子。一个多月后,暖箱里的女婴脸上终于有了红晕。孩子出院后,和孩子有了很深感情的肖大义和妻子决定收养这个孩子,并在河西区进行了收养公证。由于孩子是11月3日捡到的,因此,孩子的生日也就定在了这一天。然而, 22年过去了,如今的肖大义要靠最低生活保障金生活,与他相依为命的妻子也在几年前去世了,而那个从公厕里捡来的女孩已经上了大专,正努力学完专升本的学业。肖大义不想违背老伴遗嘱里"要好好对待女儿"这句话,他想继续供女儿读书。可是,他感到自己身体一年不如一年,万一出点儿意外,女儿怎么办?思来想去,肖大义想出一个没有办法的办法,他想到了女儿的亲生父母。或许他们也在寻找孩子,或许他们的条件比自己好,能够让女儿得到更好的照顾。肖大义对记者说:"我也不愿这么做,女儿虽然是我收养的,但我对她的感情不次于亲生父母对孩子的感情,只要能让女儿得到幸福,无论怎样自己都心甘情愿……"

11月3日,这正是我的生日。我一看就知道,那个肖大义就是我的父亲赵玉声,那个公厕里的弃婴就是我。我的好爸爸,为了让我的人生迈上更高的台阶,他不图养儿防老,担着女儿可能会回到自己亲生父母身边的"风险",背着我找到报社代女儿寻找生身父母。我的好爸爸,你对我的恩情胜过亲生父母,有你这样的好爸爸我知足了!

那一天是正月十五元宵节,晚饭后,爸爸要带我去南开区长虹公园看焰火。那天,从上初中以来,是爸爸第一次拉着我的手走路。回家后,他坐在桌边的凳子上一人不声不响地落泪。我问:"爸,大过节的,你怎么了?"爸说:"女儿,你看我像你的父亲吗?"我说:"爸,你这是怎么了?"爸爸局促地搓着手低着头,泪水流得像断线的珠子,他哽咽着说:"其实,我不是……你的……亲爸爸!这么多年,怕你年纪小想不开,我一直不敢告诉你。咱们的日子太苦了,爸实在没办法了,才去找你亲生父母。这么多年过去了,他们的条件也许比咱们好,可以好好抚养你……"我一把握住爸爸粗糙的手,眼泪模糊了双眼,说:"爸,您别说了,其实我早知道了。那天你不在家,我收拾屋子时,看到了压在小桌子下面的收养公证书,我什么都明白了。这么多年过去了,当初他们狠心把我抛弃了,我还找他们干什么呢?"爸爸的泪滴在我的手上,他说:"你也大了,这事早晚都应该告诉你。你早知道了咋不告诉爸一声,你一个人能承受得了吗?爸在报纸上没用真名实姓,就怕你知道了承受不了。这些年,你跟爸吃了不少苦,等你找到亲生父母,你自己选择,愿意跟他们走就跟他们走,只要过年过节来看看我就行!"爸说到这儿已泣不成声。"爸,我就是你的亲女儿,我哪儿也不去,我谁也不找,日子再苦女儿也会陪你!"

我懂事以来第一次扑在爸爸的怀里哭了起来。自从看到那张收养公证书以来,我的心一直郁闷着,被遗弃的命运并不是每个人都乐于接受的,我也有了被命运抛弃、捉弄的迷惘、痛苦甚至自卑。有谁会在生活的某一天,突然把爸爸当成不是亲爸爸那样去品味呢?当我和父亲面对面,听他讲述上班途中如何挽救濒临死亡的我,回想养父母对我爱的一幕幕,情绪低落的我,渐渐地开始用感恩的心去看待自己的命运,并把自己这个弃儿看成一个幸运儿。我没有时髦的衣裳,没有化妆品,也不会上网聊天,但我常常在内心深处对平凡的爸爸吟唱苏芮的那首《酒干倘卖无》——假如你不曾养育我/给我温暖的生活/假如你不曾保护我/我的命运将会是什么/是你抚养我长大/陪我说第一句话/是你给我一个家/让我与你共同拥有它……

感·恩·父·母·全·集·

235

感恩提示
gan en ti shi

《酒干倘卖无》是一首感人而又经典的歌曲,歌曲中含有浓浓的情意。就像本文中所写的那样,假如父亲不在她被抛弃之时收养了她;假如父亲不曾养育她;假如父亲不曾保护她……她的生活将会是什么呢?她会有未来吗?正是养父,在那样特殊的环境,给予了她的爱,使她得以生存,在她成长的过程中给了她一个健全的家。当她知道真相后,她知道父亲的伟大、善良与可敬。是父亲给予了她第二次生命。

　　在清理继母的遗物时,我们发现了一个信封里装着的一张10万元存单和一封信,信上说:"这是我儿子的抚恤保险金,我走了,你们兄弟仨就拿去供孩子上大学吧!"

乡下的继母

◆文/海　达

　　母亲去世后,父亲在老家认识了一个比他大两岁的女人,并要和她结婚,父亲征求我和两个弟弟的意见。我的态度是比较中立的,毕竟母亲去世才两年,一下子让我们去接受另一个女人,心里多少有些不舒服。但父亲年老体弱也确实需要人照顾,既然父亲认为合适,我们做晚辈的也不好说什么。后来,父亲终于娶了她做我们的继母。他们老夫老妻平静地过了几年后,父亲也因病去世了,老家就剩下继母一个人了。继母早年丧夫,原来有个儿子,但儿子在二十多岁的时候,因为车祸也早逝了。父亲的去世,使得继母变得无依无靠。

　　继母住在乡下的老家,过着孤单的日子。她深知没有养育过我们,不可能对我们有什么要求。可继母很想亲近我们,所以主动提出到我家来帮忙做点儿杂活,我妻子委婉地拒绝了她。她又提出到两个弟弟家里去帮助照顾他们的小孩,两个弟弟也没有答应。据说继母对这次冷遇很伤心,曾掉了不少眼泪,对邻居说她并没有想给我们添任何麻烦的意思,也决不会在我们这里养老,她只是想,父亲不在了,要为我们兄弟仨尽点儿慈母的心意而已。

　　尽管继母遭到我们兄弟仨的冷遇,可她并不计较,还不时在我们兄弟间走动,每次来都要带一些农村的新鲜猪肉和蔬菜,分别送到我们兄弟仨的家里。我们毕竟是知识分子,虽然对她没什么感情,表面上还是笑脸相迎,家里有一些顾不上吃的快要过期的"豆浆精"、"龟苓膏"之类的也就让继母带回去,彼此之间客客气气的也算过得去。所以继母每次都是高高兴兴地来,又高高兴兴地离去。

　　没有任何血缘关系的母子生活,就这样过了好几年,继母变得越来越老,身体也明显越来越差。

　　年老的继母得哮喘病的消息,还是别人打电话告诉我们的。我问妻子是否回去看看她老人家?妻子说:"算了吧,那是老年人的常见病。乡下那么远,又要爬坡走路,我不想去。要去,你自己去吧。"我们回老家看继母的事情就这样搁置了。

不久前,继母打来电话,她没说自己得病的事情,只说自己老了,可能活不久了,很想看看我们兄弟仨,并说有东西要交给我们。说到最后,她哭得说不下去了,我连忙安慰她说:"我们现在工作都很忙,等忙完了这阵子,我们兄弟仨一定会回去看望您老人家的。"

一句不经意的承诺,让继母满心欢喜,也期待了很久。可由于杂事太多和血缘的障碍,我们三兄弟最终都没有回去,只是托人带回去一些钱。继母拿着钱十分失望:"钱,我不缺钱啊!"她伤心地流泪,病倒在床上,连话也不想和别人讲。

我们家住在9楼。当初买房的时候,就是因为担心继母会来,所以选择了最高的没有电梯上下的9楼。然而,继母却从来没有提出到我们这里居住。多年来,她每次从乡下来,都是一步一步爬到9楼,气喘吁吁地看看我们后,又静悄悄地回去。如今,我们每天上下班、上街回家爬9楼,都累得气喘吁吁的,毕竟岁数不饶人,我们也有年老的时候啊!

那天下午,我刚回到家不久,就听见门外有很大的响动,我打开房门一看,只见一个人从我家门口的那级台阶滚到了下面的平台上。我仔细一看,一个老人躺在地上,花白的头发披散在额前,背上还背着一个竹背篓,竹背篓里的东西撒了一地,有蔬菜,有粮食,还有一包草药。天啊,那是继母!

我把继母送到医院时,她已经不行了。

在清理继母的遗物时,我们发现了一个信封里装着的一张10万元存单和一封信,信上说:"这是我儿子的抚恤保险金,我走了,你们兄弟仨就拿去供孩子上大学吧!这也算是我尽到一个母亲的责任了。"我捧着存单和信,只觉得眼前一片模糊……

继母啊,你的死与我们的薄情寡义有关,为此,我们终身都将要背负着沉重的道德十字架,我们的心灵永远不会得到安宁!继母一直在对我们默默地付出着她的爱,并没有企盼得到我们的任何回报,继母的爱与生母的爱一样无私!继母啊,您在天之灵能原谅我们吗?

感恩提示
gan en ti shi

由于血缘关系继母与三兄弟的关系总有些隔阂,使他们在一堵墙间相处。在父亲去世的几年来,继母从来没有向三个兄弟索取过养老之类的东西,她只奢望也能尽到一个"母亲"的责任。但是在三个兄弟看来,继母与母亲永远存在着差距。就这样他们之间一直隔阂着,直到继母背着东西栽倒在"我"家的门口。继母最终离开了人世,但她完成了做母亲的最后责任。她把10万元钱的存款留给了三兄弟,而这10万元钱是她亲生儿子的抚恤保险金。这样一位伟大的母亲,其实并没有想获得什么回报,她也想像千千万万个母亲那样,尽到一位做母亲的责任。

看到躺在炕上的永顺叔五十几岁就满头白发，满脸都是密密的皱纹，作为深受哺育之恩的我还有什么不能容忍的呢？

叫一声父亲很沉重

◆文/姜　燕

我的家乡曾广为流传这样一首歌谣：招拐子，养崽子，崽子大了打拐子……所谓的"拐子"就是甘愿一生不娶，名不正言不顺地同另一个男人共同抚育一个家庭的男人。谁会想到，我就是在这样一个家庭长大的，其中血浓于水的深情，让我永世难忘。

1999年农历腊月，我把与我家有着万缕瓜葛的永顺叔请到了坐席的上首，我要在过年的这一天，让他挺起腰杆同母亲名正言顺地生活在一起。没人会料到，永顺叔的晚年会有一个这么好的结局，也很少有人知道这一天的来临有多么不容易。永顺叔是在我的敌视与唾骂中战战兢兢地熬到了这一天的。

父亲出事了

1978年，刚刚初中毕业的母亲回乡务农，一时成了十里八村的青年小伙子争相追逐的目标。心高气傲的母亲对自己的终身大事非常谨慎。20岁，在当时的农村已是大龄了，而母亲还是一次次拒绝了一门又一门的亲事。1979年，外公家建房，我的父亲作为木匠来帮工。短短的一个月里，相貌堂堂、一说话就脸红的父亲赢得了母亲的芳心。在这年冬天，母亲在乡亲们的啧啧称赞中嫁给了并不富有的父亲。

1981年深秋，我来到了人间。还未分田到户的集体依然按常规进行着各项作业劳动。在冬天，各家把一年来集中在一起的粪肥运到田间是主要的劳动项目。东北的天气异常寒冷，对刨不动挖不开的粪堆通常采取的办法就是用炸药炸碎。那天，刚刚出生不久的我得了感冒，父亲早向当队长的永顺叔请了假，要同母亲带我去10里外的镇卫生院治病，可队里另一名爆破员也因故没出工，永顺叔就到我家商量让父亲晚一天去给我治病。一心想着集体的父亲没有难为永顺叔，那天出工，父亲在排除哑炮时被一块飞起的冻粪砸伤了腰。精心调养了一个冬天，父亲仍下不了地，由此拉开了我母亲艰难生活的序幕。

永顺叔走来了

伤了腰的父亲成了半个残废，二十几岁的年纪走起路来比奶奶的腰弯得还厉害。

奶奶急红了眼,每天早晨都跳着脚把永顺叔痛骂一顿,这成了那时生产队出工前的一景。永顺叔作为队长也不回话,见了母亲总是一副惭愧相,弄得母亲也很别扭。在派活儿上,永顺叔有意安排父亲去饲养棚干些煮饲料、给牲口添草等轻快活计,并年年给父亲画满工分,没有使我们家成为欠债户。

1984 年,我们这里实行了土地承包责任制,一向办事公平认真的永顺队长最后利用手中的权力,给我们家分到了最好的地、最强的牛,为此得罪了许多人。即使这样,我们家的生活难题还是一个接一个,父亲因伤根本扶不了犁,连耕作时牵牛都吃不消,上山打柴更不用说,这一切本应该是男人干的活全落在母亲瘦弱的肩上。长长的村路上,经常会出现疲惫的母亲孤独地跟在牛后面的身影。村里一些善良的人也常在背地里唏嘘:"这家的日子可怎么过哟!"

就在母亲忙得团团转的铲地时节,卸了任的永顺叔走进了我家责任田,先是有所顾忌地早晚两头帮帮忙,等我母亲安顿好家里的一切来到地里便知趣地离开。毕竟是他当初的决定害了我们这个家,怎么说他也够得上是我们家的仇人了。但农时是误不得的,终于有一天,永顺叔毅然夺过了母亲手中的犁耙,我们家的责任田里总算有了一个健全的男人。

1984 年的秋天,我们家粮食喜获丰收,这一切当然是和永顺叔的奉献分不开的,秋粮彻底归仓后,紧锁了一年眉头的父亲对母亲说:"去把永顺请来吧,我俩一起喝点儿酒……"

我什么都知道了

1986 年春,我奶奶去世,里里外外的张罗全凭永顺叔一人。父亲几年来天天吃药,家中本无积蓄,加之这几年农村婚丧排场越搞越大,根本容不得父亲说了算。仅奶奶去世,就花销几千元,永顺叔默默拿出了他的全部积蓄,那是他积攒半生准备娶媳妇的钱。

父亲虽然残疾越来越严重了,可心里一切都明白,知道永顺叔在我家的这 3 年的时光里,我很少回家,即使回到家里,也不愿帮永顺叔干活儿。不久,父亲因病得越来越厉害而去了。每逢开学在即,永顺叔总是同母亲周到地计划我一个学期的学费及花销,尽量给我买上几件新潮的衣服。有时我赌气不要,永顺叔的眼里就含了眼泪,说:"你不理解我,你总得让我对得起你去世的父亲吧!"

进了县中学,迎面扑来的城市气息和青春的液体一同在我体内荡漾。我和所有的女同学一样把自己亮丽的一面雕塑成一道风景。同时,我也知道掩藏起自己家庭不幸的一面,尽可能不使隐藏在心底的伤痛浮现在新的环境里。同学间交往免不了常常把父母的职位及家庭作为炫耀的资本。而我,只会像只受伤的小鹿儿,孤独地缩居在一隅,默默舔舐心灵创痛的伤口。

而永顺叔就是在我最失意落寞的深秋带着他对我极不相称的身份,把我结痂的伤口揭得鲜血淋漓。那天，永顺叔把两鬓秋霜的面庞伸进我的女生宿舍，这立刻引起了其他同室女生的蔑视和不屑，她们用疑惑的目光在我和永顺叔的脸上扫来扫去，根本不顾我此时尴尬的处境。见到我，永顺叔用衣袖抹了抹头上的汗水，欣喜地说："我和你妈妈总担心你暑假不回家会有什么事，你还好吧？"

我绝望地接受了这猝不及防的一切，发觉妈妈所做的一切竟是这样卑微和丑陋。宿舍的门外挤满了人，原来，永顺叔几乎找遍了所有宿舍才找到我，而我们村的同学也借机把永顺叔的身份当做新闻予以发布，把我仅有的一点儿自信彻底粉碎。

带着隐私被曝光的屈辱和愤怒，我一把打翻了母亲让永顺叔带来的一篮子家产的水果和为我特意腌制的咸菜。我鼻子一酸，冲着他大吼："你算老几？我是死是活用你管啦！"

永顺叔脸上的惊喜被彻底定格为一尊痛楚的雕塑，他弯腰驼背地愣在那里。许久，他才恢复神志，背过身去，从贴身衣兜里颤抖着拿出了我这个学期的学杂费，转过脸来，已是泪流满面了。在同学惊诧甚或是鄙夷的目光中，永顺叔弯腰捡起了地上的篮子，微驼着身躯蹒跚着离去了。

我伏在床上，号啕大哭了一场，隐隐觉得是不是有些过分？在以后的日子里，我经常反复思考我家发生的这一切。这些想也想不清的问题一直苦苦折磨着我，但我已经学会用冷静的目光去重新审视这一切。

1998年春天，母亲捎信到学校，让我无论如何也要抽时间回家看看永顺叔，他为了给我积攒明年考大学的钱，拖着病恹恹的身体去了很远的个体采石场干活。为了能多挣几个钱儿，他白天装石料，夜晚打更，每天休息很少，因过度劳累，搬石料时被砸断了一条腿。

回到了家里，看到躺在炕上的永顺叔五十几岁就满头白发，满脸都是密密的皱纹，这些都是我们这个不幸的家庭过早地给他刻上的沧桑。那条缠着绷带的腿木然地横在炕上，像烙铁一样一下子灼痛了我的眼睛。永顺叔虽然以一个人们所不齿的身份进入了我的家庭，但他始终在不折不扣地承担着父亲的责任，这一点，连父亲都给予了理解，作为深受哺育之恩的我还有什么不能容忍的呢？

想到这些，我激动得一下扑到永顺叔的床前，哽咽地叫了他一声"爸——"

十多年过去了，母亲终于盼来了女儿这一声深情的呼唤，她一下扔掉了准备给永顺叔服的草药，以手掩口，泪雨滂沱。

1999年腊月，我以大人的身份办了一件漂亮事：那就是"逼"着二老去婚姻登记机关办了结婚登记证。母亲和永顺叔嘴上不说什么，可脸上始终笑着。我知道，主要是因为我的原因，这一天的到来显得是太迟了。但最后，这一天毕竟来到了。虽然我从来就不赞成他们的私情，但生活本身赋予人们太多太复杂的内容，而对这些内容的理解和接受，也不是那么容易的事。对我来说，正是这些年来永顺叔对我们倾注的心血和深情使我发生了改变，而我从他身上也确实发现了父亲的光辉。

过年那天，我叫了一声爸，又叫了一声妈，叫得他们喜滋滋的。完后我问爸要压岁钱，妈说你不是你永顺叔养大的吗？我说今天这钱不一样，这是咱家的大喜的日子。妈的脸一下被羞得通红。

感恩提示
gan en ti shi

这一声父亲其实早就应该叫的,但年少的作者无法接受这样的一份感情。虽然永顺叔一直照顾这个家,一直默默无闻地劳作着。当作者逐渐长大,可以辨别是非的时候,他才发现原来永顺叔像父亲一样承担起这个家。他不应该用狭隘的眼光来看待这个问题,像永顺叔这样一个男人比父亲还要伟大,比父亲还要坚强。在永顺叔的身上他完全看到父亲那闪耀的光辉,所以,他把永顺叔和母亲逼着去结婚登记了。他要让给予爱的人幸福,他们都是善良的人。

每个人都需要一个母亲,无论我到她的时候你已经多大年纪,也不管她的皮肤是什么颜色。

爱 的 夙 愿

◆文 /[美]利萨·科利尔·库尔

2003 年 11 月 20 日,40 岁的里贾纳·路易斯·奥利森穿上了她最好的衣服,脖子上挂了一串花环,前往加利福尼亚某法院参加一场非同寻常的合法收养仪式。在法官的接见室里,一位戴着同样花环的女士——珍妮·克尔·泰勒热情地迎接她。很多年来,她们都想成为真正意义上的母女,但是在 25 年前,她们却因为肤色的差异没法在法律上成为一家人。

这一次,她们之间不再有任何障碍了。法官审视完收养文件后,开始了收养仪式,他对等待成为母女的两个人提出了庄重的问题:"珍妮,在你以后的日子里,你会把里贾纳·路易斯当成你的女儿吗?还有里贾纳·路易斯,你接受珍妮作为你的母亲吗?"当两位女士郑重地将手放在圣经上,发誓永远是一家人的时候,她们已经热泪盈眶了。

种 族 歧 视

1975 年,被亲生父母抛弃的里贾纳·路易斯从肆意辱骂她的收养人家里跑出来,来到位于加利福尼亚州马丁内斯县的埃德加儿童福利院。珍妮是这里的辅导员,她立刻被黑人小女孩活泼、鲜明的个性迷住了，"我爱上了她的活力，她做任何事情都全心全意地投入。"

里贾纳·路易斯对珍妮也是一见倾心。"我觉得珍妮就像是我在电视上看见的妈妈的样子——乐观，鼓舞人，"她说，"她会说：'你很特别。你想当什么，就能够当什么。'我以前从没有听过那样的话。其他人总是说我嗓门太大或者难对付，让我感到羞耻。我以为这些就是我父亲和母亲不要我的原因。"

珍妮寻找各种途径来帮助和鼓励这个聪明却叛逆十足的孩子。她拿书给里贾纳·路易斯读，耐心地教给她餐桌礼仪，作为特殊奖励，她还带她去看芭蕾舞《胡桃夹子》。随后的几个星期，小姑娘像是变了一个人似的围着福利院又跳又转圈，仿佛是个优雅的芭蕾舞演员。但是，里贾纳·路易斯在幼小的生命中所遭遇到的残酷待遇，使她难以一下子信任好心的辅导员。

然而很快她就发现，她的新朋友决心让福利院里的所有孩子们过上更好的生活。一位以前的辅导员描述当初的情形："珍妮就是那儿生活着的 30 个孩子的母亲。如果她听说他们中的谁从没去过海滨或从没看过电影，她就会安排一次。她带花来摆在饭桌上，检查所有的衣服是不是被洗好熨平了，以便让孩子们总是看起来挺好看。"

以后的几年中，里贾纳·路易斯不断被送到一个又一个家庭，一次又一次地回到福利院，三十多次的安置无一成功。每回，她跑回福利院，珍妮——唯一曾称她"甜心"的人——都会张开怀抱，尽可能给她安慰。里贾纳·路易斯长期处于饥渴状态的感情终于找到了出口，她紧紧依偎在珍妮的身旁，珍妮轻轻地给她梳头，她享受到一种前所未有的放松。有时候她们还在一块读书、唱歌，小姑娘心里在默默祷告，盼望她俩永远都不要分开。

珍妮也有同样的愿望。1978 年，珍妮曾向法院提出正式申请，希望成为里贾纳·路易斯的养母。尽管当事人非常确信，珍妮能够给她一个美好的家，但法官还是很快就拒绝了申请。为什么？就因为珍妮是白人，而里贾纳·路易斯却是黑人。那个年代，跨种族的领养或收养还很罕见——母女俩至今仍对此感到愤怒，"就因为我皮肤的颜色，我就不被允许有个正常的童年，"里贾纳·路易斯痛心疾首，"我伤透了心。"

242

爱 的 渴 望

申请收养失败后不久，里贾纳·路易斯被送到福利院的另一个分支，离开了珍妮；珍妮随后结婚了，移居到另一个州。虽然分开了，但小女孩从没有忘记过那位声音柔和的辅导员，那个曾经使她相信她也聪明美丽的准妈妈。18 岁，她申请到奖学金，进入旧金山大学学习。在新生注册表的父母一栏，她没人可写，于是她写上了珍妮的名字，还编造出假地址电话，因为她根本就不知道珍妮在哪儿。

大学的第一个圣诞节，学校要放 6 周长假。别的同学都兴高采烈地讲着自己将与家人度过的美妙假期，里贾纳·路易斯羞于承认她无处可去，就假装也要回家看望父母。事实上，她有个不顾死活的计划：藏进宿舍的衣柜，直到开学。她独自躲在黑暗里，又饿又累，充满恐惧，这时她不禁泪如雨下。宿舍管理员听到了抽泣声，最后只好把这个孤独的学生带到自己家里过节。

虽然里贾纳·路易斯最终在大学里交了许多朋友，社会生活也很活跃，但是她心中总有一种失落感。没有母亲跟她分享生命中的特别时刻——大学毕业、找到第一份工作、开一家美发沙龙、筹备婚礼、生孩子——最快乐的时候她也是孤独的，这使她痛苦万分。后来，她的婚姻以离婚告终，也没有亲人来支持她走过危难。就这样很多年过去了，里贾纳·路易斯屡次尝试想通过公共档案和网上搜索找到珍妮，但结果总是让她失望。

随后，不可思议的事情发生了。她签了一本书的合约，答应写下她被收养的故事，这本名为《某人的某人》于 2003 年 6 月由华纳书局出版。就在书上市后不久，她收到一封邮件，标题这样写道："我太为你骄傲了，甜心。"难道这是一个残酷的玩笑？她激动得发颤——这真的是珍妮发来的贺信！里面还留下了珍妮的电话号码。

"那是个奇迹。没有一天我不在想怎样去找她，可是她却找到了我。"里贾纳·路易斯说。她得感谢霍利·埃克沃。后者也是原来那所福利院里的工作人员，是她看到了里贾纳·路易斯网站上的邮件地址，打电话告诉了与丈夫共同生活在亚拉巴马的珍妮。事隔多年，珍妮的儿子已经长大成人了，可这个消息仍旧让她的心战栗，她也一直在寻找里贾纳·路易斯啊！

里贾纳·路易斯拨通了珍妮的电话，却顿时紧张起来，她担心这么多年过去了，童年时代的辅导员可能不想重新跟她有什么关系了。但当她听到那个她曾深爱的人发出兴高采烈的声音，她一下子被强烈的感情所淹没，说不出话来。"是我的宝贝姑娘吗？"珍妮问她。里贾纳·路易斯拼命抹去欢乐的泪水，回答说是的，然后两个人就在电话里聊了好久好久。

第二天，珍妮在与丈夫商量之后作出了一个决定，她打电话给里贾纳·路易斯："我想做 25 年前没被允许做的事——领养你。在我心里，你永远都是我的第一个孩子，现在没有什么阻止我们合法地变成母女了。"大喜过望的里贾纳·路易斯立刻就答应了，接着她们开始计划去纽约见面，她正好要去那儿为自己的书做宣传。

重 逢 梦 圆

在机场，她们不停地拥抱，惊呼对方变化有多大。珍妮从一个年轻的褐发女郎变成了一个白了头发的 59 岁老太太；曾经皮包骨头的小姑娘现在长成了一个 40 岁的优雅女人。尽管她们几乎认不出对方了，但还是非常亲密。后来，珍妮保存的相册使里贾纳·路易斯十分惊喜，那里面都是她们当年那段时间的照片。"想到她怎样坚持留着这些我们曾经生活的点点滴滴，我想哭。"里贾纳·路易斯说。

就在正式办收养手续之前不久，珍妮来到加州的核桃溪市，里贾纳·路易斯带着她

19岁的儿子迈克尔在那里生活。迈克尔很意外地接受了一个祖母,让他更高兴的是,他知道妈妈终于也有一个她自己的妈妈了。"从小时候我就知道,有个妈妈对她来说真的很重要。我知道她需要一个,"迈克尔说,"现在她有一个人在那儿守候她了。"里贾纳·路易斯想要全世界都知道这件事,因此收养手续办完后,她还把姓改成了跟珍妮一样的。

现在,母女两人一起去旅行,一起出入健康俱乐部,一起骑车锻炼。2004年,里贾纳·路易斯的旧梦再次成真:"25年里,我们第二次去看了《胡桃夹子》,但这一次是我带她去的!"她明显的比过去高兴多了,每次叫"妈咪"这个词时,她都眉开眼笑的。

"我终于感觉到完整了,"里贾纳·路易斯说,"每个人都需要一个母亲,无论找到她的时候你已经多大年纪,也不管她的皮肤是什么颜色。"

感恩提示
gan en ti shi

种族的界限阻挡不了爱的延伸,一个是白人、一个人是黑人,因为肤色的不同,领养孩子就成为了一种奢侈。一个想做母亲的愿望落空,一个想做子女的愿望落空,这是一件多么让人痛恨的事情。在这里,也让人想到种族歧视的荒诞与可恨。但是只要内心有爱,只要内心还保留有爱的种子,任何时候都可以生根发芽,都可以把沙漠变成草原。最后,超越种族的界限,一对母女终于实现了自己的梦想,终于可以获得自己所要获得的母爱。

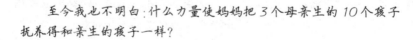

至今我也不明白:什么力量使妈妈把3个母亲生的10个孩子抚养得和亲生的孩子一样?

母亲为孩子而活

◆ 文/[前苏联]尼古拉·马申科　译/刘　力

我的妈妈达尼娅还不到18岁就出嫁了。

我外公家有一位熟人,名叫马克西姆·卡尔马津,他住在离我外公家不远的诺沃尼科里斯克村。妻子病故后,留下3个小孩。星期天,他来到外公家找我妈妈,恳求妈妈嫁给他为妻,做3个没娘孩子的继母。

"达尼娅,你嫁给我吧!"马克西姆含着泪说,"到我家以后,我双手捧着你过日子。我恳求你嫁给我,不是为了我个人,而是为了3个可怜的孩子,没有母亲的关怀他们是活不了的……"妈妈从来也没有想过要做他的妻子,可是,现在……

"达涅奇卡(达尼娅的爱称),做孤儿的继母并不是什么丢人的事……"外公沉默了一会儿首先开口,"可你要和孩子们一起生活,拉扯他们长大成人。要三思而行。不过,这是你自己的事,自己拿主意吧。"

"这门亲事不能做!"舅舅、阿姨们齐声反对说,"干吗让小妹跳这个火坑呢?她在咱们家吃的苦比谁都多!"妈妈一声不吭,默默地穿上那件旧的连衣裙,和全家人一一告别后,吻了吻外公,走到卡尔马津跟前,微微一笑,低声说:"咱们走吧!"

这件事发生在我出生前10年。妈妈和马克西姆两个人徒步向诺沃尼科里斯克村走去——起初是又高又密的芦苇丛中结了冰的弯弯曲曲的小路,而后是被白中透蓝的积雪所覆盖的无边无际的草地。

在太阳光的照射下,雪地上一闪一闪,像是散落着无数颗刺眼的小星星。他俩一路上又是回忆各自的伤心的往事,又是交流对今后美好生活的向往,因此,这10公里的路程对他们来说并不算远。傍晚时,他们走进了卡尔马津的家门。

两个小姑娘目不转睛地盯着未来的妈妈,目光温柔,充满了希望和信赖。两个小家伙叫妈妈进屋里去,可是,妈妈站在门槛外边,无力向前移动脚步。这时,两个小孩手拉着手,打着赤脚,踩着手工编织的粗麻地毯,哆里哆嗦一步一步向门口走来。妈妈蹲下身子,亲昵地抱住她们,搂到自己怀里。年龄较小的娜斯佳,终于叫了一声"妈妈",放声恸哭起来,泉水般洁净的泪水把妈妈那颗少女的心和两颗受到创伤的童心一下子就连接到一起了。

很多很多年以后,有一天妈妈对我说:"科里亚,不管谁生的孩子,只要他在受苦,对我来说就和亲生的孩子一样。"妈妈这句近似至理名言的话,迄今仍铭刻在我的心里。妈妈一只手拉着一个小女孩,慢慢走到摇篮跟前,俯下身子,久久地望着酣睡在里边的婴儿……

从那天起,他们幸福、愉快地生活在一起了。孩子们敬爱自己的新妈妈,丈夫对她夸不绝口,全村的人都把妈妈亲孩子的事迹传为美谈。

可惜,他们的好日子没能过多久。妈妈来到马克西姆家才一年,一场伤寒席卷了全村,近半数村民丧生,可怜的卡尔马津在我妈妈的精心护理下闭上了眼睛,妈妈和3个孩子则逃脱了灾难,幸免一死。

3个孩子失去生母,又死了生父,成了名副其实的孤儿。也正因为如此,妈妈就越发地亲他们、疼他们。现在抚养孩子的重担完全落到了她一个人的肩上。妈妈拿出了全部力量,没日没夜地干活,为的是能让3个孩子在全村成为吃得最饱、穿得最干净的孩子……

万万没有料到,亡夫同族的几个远房亲属跑了出来,提出接管孩子和全部财产,不让孩子跟着妈妈,并粗暴地把妈妈赶出了家门。

痛苦归痛苦,总还得活下去。无情的打击使妈妈大病了一场。她的身体好些后,穿上马克西姆在世时给她买的那件新衣服,在村里一家小商店买了一些糖果、甜饼干,径直向诺沃尼科里斯克村走去——她想念3个可怜的孩子,没有那3个孩子,她简直就活不下去。虽然他们仅仅共同生活了一年多的时间,但他们已有了深厚的感情。妈妈边走边想,想了很多很多,不知不觉走到了马克西姆的家门口。她犹豫不决地在栅栏口站了一会儿,还是没有勇气走进去。妈妈转身来到隔壁一位大婶家,请她把孩子们叫过来见面,就这样,她被赶出门后第一次"秘密地"和孩子们见了面。不言而喻,母女见面后大哭了一场,她亲亲这个,吻吻那个,大人孩子哭泣得话也说不出来。妈妈要走了,和孩子们告别时,娜斯佳突然扑在妈妈怀里,双手搂着她的脖子——哭得死去活来,泣不成声地说:"妈……妈妈,亲爱的妈妈……你别走啦……不能留下我们……不管呀!"

这时亡夫的几个亲属又跑过来,拼死拼活从妈妈怀里夺走了娜斯佳,连推带搡地把她攮出了门。

任何危险也没能吓倒妈妈,她用实际行动再一次证实了众所周知的一条真理:世界上再没有比母爱有更强大的力量。仅仅几个月后,孩子们那几个所谓的监护人在妈妈伟大的母爱面前就乖乖举手投降了。后来妈妈来看孩子时,他们不仅不往外攮她,相反,他们喜形于色,表示欢迎,甚至提出情愿分给她一些遗产。于是,妈妈考虑到孩子们的利益,坚决拒绝了。后来,那几个监护人又恳求妈妈回来带着孩子们一块儿生活。这时,发生了一件大事,它彻底改变了妈妈的生活,否则,她肯定要回来和孩子们一块儿生活的。

新年前夕,远近闻名的优秀火车司机巴维尔·安德列耶维奇登门向妈妈求婚。巴维尔也是个鳏夫,妻子死后留下了3个女儿和1个男孩。为这门亲事他曾经托过不少人,今天亲自出马登门求婚了。巴维尔·安德列耶维奇心地善良、坦诚,为人老实、厚道,心灵手巧,什么活都干:会开火车,会做衣服,会做木工活,会织渔网,会绣花……因此,村里人都称他是"万能手"。他走到妈妈跟前说:"我一个人带着4个孩子实在没法过,达尼娅,我干的是连班活——开一天一夜火车,休息一天一夜。我一上班家里只留下几个孩子,没有人照管他们。这样的日子我再也过不下去了!达尼娅,到我家去,救救孩子们吧!"

妈妈这次倒干脆,二话没说——嫁给了巴维尔·安德列耶维奇。就这样,妈妈在20岁那年又一次做了4个孩子的继母。

妈妈经受了巨大的打击,忍受了非人的苦难,而且还要把这一切都深深埋藏在内心。仅仅是为了减轻别人的痛苦,她又一次牺牲了自己的幸福……啊,真不知道她的心里有多少善和美!

4个孩子很快就和她建立起感情,把她看成世界上最亲的人。全家6口人和睦相处,愉快、幸福。

一年后,妈妈生下了自己的第一个孩子,取名萨沙,后来生了瓦西里,几年后我出世了,可她心里还时刻牵挂着前夫的3个孤儿。3个孩子小的时候,妈妈三天两头带着好吃的东西看他们;待他们稍稍长大些以后,他们自己几乎每天都来我们家,后来,干脆住下不走了。这是妈妈一生中最幸福的一段时间。至今我也不明白:什么力量使妈妈把3个母亲生的10个孩子抚养得和亲生的孩子一样?她是用什么方法把我们10个孩子培养得终生像同胞兄弟一样互尊互爱呢?不能不说这是一个奇迹!我经常默默赞颂妈妈这一伟大的、高尚的功绩。可是,苦难却像影子一样寸步不离妈妈。在一个满天星斗的夏夜,灾难伴随着火车绝望的汽笛声又一次闯进了妈妈的生活。汽笛声震耳欲聋,好像世界上所有的声音顷刻间都汇集到了我家窗外。人们齐声喊道:"发生了车祸!安德列耶维奇牺牲了!"

刚刚诞生在我们家中的幸福生活顷刻间又中断了,留下妈妈一个人,带着10个孤儿,好不凄惨。她当时还不满30岁,可她比成百个母亲经受的打击、吃的苦头、遭受的磨难的总和还要多几倍!而且前面等着她的将是更严峻的考验。

她做妈妈的历险生活只能说是刚刚开始。一个妇女,要负责10个孩子的吃、穿、教育,而且还是在20世纪30年代初的困难时期。在极端困难的情况下,经过顽强的斗争,第一批集体农庄终于诞生了。妈妈首先站出来,坚决而勇敢地报名加入了集体农庄。她在农庄喂猪,一干就是35年。天一亮就上工,天黑了才回家。日复一日,年复一年。她的双手整天和猪草打交道,手上磨出了厚厚的一层老茧,皮肤变粗糙了,到处裂着大口子,乍看上去,很像是春天刚翻过的土地。正是这双粗糙而神圣的手给我们吃、供我们穿、抚养我们长大成人。妈妈长期在四面透风的猪栏里从事着繁重的体力劳动,健康每况愈下,开始得病了。

无法计算,为了孩子们,妈妈用这双手一生中共剁过多少猪草,挖过多少泥土,洗过多少衣服,往集市上提过多少篮子苹果、李子、杜梨……她也曾对生活丧失过信心,陷入过绝望。她感到自己力不从心,坚持不下去了,实在没办法拉扯孩子们长大成人,因此,当孩子们入睡后,她一个人整整夜夜地流泪、哭泣,抱怨自己生来命太苦。

我记不清是在哪一年,魁梧、英俊的葛利高里在大门口碰见妈妈,对她说:"达尼娅,我再也不忍心看着你受罪。这样下去,你坚持不了多久……"

"能坚持!"妈妈打断他的话,"我能坚持,因为抚养10个孩子长大成人的重任还没有完成!"

"让我到你家来吧!"葛利高里进一步明确表态说,"咱们俩合伙抚养这10个孩子。我早就爱上你了,想向你表白,可你这样的不幸……一生中老也顾不上谈情说爱。"

"葛利高里,现在来找我谈情说爱是不是有点儿晚了?"她用衣襟擦了擦眼睛继续说,"我觉得咱俩现在谈这些事都太晚了。"

可是妈妈并不知道,被现实生活里的种种不幸和磨难所压抑在内心深处的那种女性所固有的感情,突然像获得了自由,冲了出来,使她重新回到了充满惊怕和忐忑不安的青春年代。爱情使她判若两人——她对人更加关怀备至,更加殷勤周到,更加温存细腻。那时,我们破天荒第一次发现,我们的妈妈非常漂亮:白净的脸颊,乌黑发亮的两条大辫子,透亮的眼睛里似乎总在映射着蔚蓝的天空,苗条、挺直的身段,她全身都在散发着女性没有设防的迷人魅力。

她接受了葛利高里的求爱以后,立即把孩子们叫到一起商量:今后怎么生活？母亲和孩子们谈这个话题是非常困难的。妈妈和我们谈了一夜,她千方百计想说服我们让葛利高里来我们家一块儿生活。可我们谁也不同意。妈妈又是哭泣,又是恳求,我们还是没有让步。不懂事的孩子们的利己主义思想多么可怕呀！就这样,我们永远永远地断送了妈妈的爱情。不久战争爆发了。临出发去前线打仗之前,葛利高里来和我妈妈告别:"达尼娅！我会回来的！你要顶住。打完仗,孩子们也就长大了,懂事了,他们会理解我们的。等着我吧,亲爱的,为了能和你再见面,我一定无情地、狠狠地打击敌人！"

葛利高里走到妈妈跟前,默不作声地站了一会儿。他突然像是感到今天是和亲人永别,紧紧抱住妈妈,边发狂地吻她边念咒语似的重复说:"我一定会回来的！我一定会回来的,达尼娅！一定会回来的！你对我笑一笑,让我带着你的笑上前线,永远把它记在心里。它能鼓励我勇敢杀敌。你一定能看到我们战后的幸福生活！"

他走了,上了前线,再也没有回来。妈妈终身感到遗憾的是,眼看到手的幸福未能变成现实。每想起这件事,她就激动不安。

几十年过去了。有一天,妈妈毫无怨恨地对我说:"孩子,你看,那时候你们不让我嫁给葛利高里,现在你们结婚的结婚,出嫁的出嫁,都建立了自己的小家庭,有了自己的孩子,而我整天坐在家里等呀,盼呀,盼着你们能回来看看我,哪怕只是回来和我坐一会儿,说几句话也好,我也就不感到孤独啦。可你们谁也不来信,也很少回来。我心里总在惦记着你们,整天坐立不安。我早就想让你们都回来,全家大团圆一次,看来,我最后这个美好的愿望永远也实现不了啦。你们工作忙,不可能同时从四面八方都回到妈妈这个家里来……"

我像童年时一样,搂住妈妈,羞愧得无地自容。我把脸紧紧贴在妈妈怀里,眼泪不禁夺眶而出。

"孩子,甭难受。不只咱一家是这样,现在大家都是这样。"这次妈妈倒竭力安慰起我来了。看来,还是俗话说得对:"孩子们只想着自己,而母亲是为孩子而活。"

感恩提示
gan en ti shi

"孩子们只想着自己,而母亲是为孩子而活。"所以,孩子们不用害怕,任何风险、任何困难都有母亲顶着。这样的母亲是全人类的母亲,哪里的孩子在受苦受难她就做那些孩子的母亲。母亲的一些婚姻经历都是与受苦受难的孩子有关,她的婚姻不是自己感情的选择,而是为了受苦受难的孩子选择。所以,这样一位伟大的母亲是属于全人类的,全人类伟大的母亲都是给予那些受苦受难孩子以母爱,让他们不孤单、不害怕,让他们也和所有家庭健全的孩子一样有个温暖的家。

老人家在世时我未曾好好庆贺过他的生日。如今想为他祝寿已不可能,只有把他老人家的生日铭记在心。

养父的生日

◆文/谷建田

阴历七月初六,对大多数人来说只是一个很普通的日子,而在我却有着特殊的意义。因为这是已故养父的生日。养父辞世已 10 年多了。10 年来,每逢养父生日这一天,我总是面向南方,浮想联翩,过去的生活画面一幅幅地在脑海里闪现。

我的家乡是湘南的一座小山村,有着"小桥流水人家"的景色,经济却还比较落后。我出生时三年困难时期刚刚过去,上有一哥哥。在我还不到两岁时,生母又怀上了弟弟。由于难以维持生计,生父母把我过继给同村的养父母。我当时身体十分瘦弱,他们抱我还要用手搂着我的头。养父母一直把我视为掌上明珠,对我关怀备至。他们想尽一切办法让我吃好穿好。在生活资料很紧张的年代里,我几乎没缺过肉、少过糖。养父是个好木匠,常外出做工,十天半个月才回家一次。每次回家他都给我带好玩的或好吃的东西,讲好听的故事,并把我抱在怀里,亲亲我的额头和脸蛋,或让我骑在他肩上。而我总是乐不可支地抚摸他的头发茬和耳朵边那颗痦子。当我过生日时,养父总会给我一个小小的惊喜。夏天,只要有空,他便带我去捉泥鳅、鳝鱼、螃蟹。30 年后的今天,回想起这段童年时光,我依然感到由衷的喜悦。

养父母望子成龙。为了供我上学,他们节衣缩食、含辛茹苦。终于,在 1981 年把我送进大学校门时,他们喜出望外。按我的高考成绩,自己满以为可以上重点大学。然而,由于体检大夫的差错,我不仅与第一批志愿的学校失之交臂,就连普通本科录取机会也差点儿错过。多亏在地区教育部门工作的一位远房叔叔竭力争取,我的大学梦才得以实现。我当时既感到庆幸,又有些气馁。养父耐心地劝导我:"只要你有心,不管在哪个鱼塘钓鱼,都会有收获的。"他还跟我开玩笑说:"你上的学校(农业院校)正好与你的姓名(谷建田)相符。"养父朴实而不乏诙谐的话语,给了我很大的鼓励。

入学时,养父挑着行李,一路护送我到长沙。等一切都办妥后,他才启程回家。此后的 4 年间,每次开学,他都不顾我的反对,坚持步行 20 余里,护送我到汽车站。由于车次少,而且都是过路车,往往要等上大半天才能上车。养父总要等我安然上了车,目送我远去,才慢慢地往回走,一路上还惦记着我能否顺利登上火车。每次放假回家,父母总觉得时间是那么的短暂。而每学期 4 个多月,父母都在对儿子的切切思念中品味着日子的漫长。老人在翘首盼儿的同时,又想方设法为我筹集下一学期的费用。

养父不识字,却一心希望我多读点书。只要我上进,再苦再累他也心甘情愿。1988年,我工作3年后又考上了研究生。已是年迈体弱的养父深知在我读研究生期间他和养母的生活会有许多艰难,会有更多的思念和离愁,却毫不含糊地支持我继续深造。

从我大学毕业参加工作起到研究生毕业,每次探亲后离家,养父不再送我去车站,只是站在村前的小河边目送我远去。临别时有许多嘱咐与期盼要向儿子倾诉,却总是未曾开口泪先流。而我则三步一回头,直到走了很远很远,直到上了汽车、火车,养父那清瘦的面容、花白的头发、深刻的额纹、晶莹的泪花还深深地印在我心里。

1991年,我研究生毕业并留在北京工作。养父母劳累一生,应该让他们安度晚年了。然而,此时养父已积劳成疾,患了严重的肺气肿哮喘病。面对苍老羸弱的养父,想起这些年来他为我所受的累,而我为他老人家付出的却是太少太少,我心里备感惭愧。我想让他放松长期劳累的心,享受一下生活。于是利用报到前的假期接他到北京,让他看看首都风景。天安门、故宫、颐和园、北海、天坛……这些曾让老人梦萦的地方都留下了他的足迹。他还在北京度过了他的66岁生日,这是我头一次想起为他张罗生日聚会。说是生日聚会,其实简朴得不能再简朴。没有盛大的场面,没有耀眼的烛光,粗茶淡饭还是老人亲自做的。没有高朋满座,只有我和几个朝夕相处的研究生与养父围坐一桌。尽管如此,养父却感到很光彩,他说在北京这段时间是他一生中最开心的日子。一个月时间匆匆过去,我要去单位报到,而养父也要启程回家了。我送他上火车,却发现彼此分别是那么的难。眼看火车就要开了,我还没下车,养父哽咽着劝我下车,用我儿时的称呼对我说:"田儿,乖崽,走吧。好好工作,别惦记我和你妈。"我依依不舍地下了车,临走前说:"过两年我要把您和养母都接到北京来住。"

养父一心盼我成家,却没能等到这一天。从北京回家后,他的身体每况愈下,病情逐渐恶化,不到两年便离开了人世。在他生命垂危之际,我仍想方设法买药,祈愿他的生命得以延续。然而,没等我寄的药到家他便匆匆地走了,我再接他来北京住的愿望终究没能实现。更让我内疚的是,由于电报的差错,我甚至没能赶上他的葬礼!等我到家时养父已长眠在白色的坟墓里。养老送终,这起码的孝心都没尽到,这在我心里留下了一个永久的遗憾。为了避免这种遗憾再次发生,养父去世半年后,我把年迈的养母接到了北京。今年春节,在离别生我养我的小山村9年后,我带着养母和妻子回故乡省亲。故乡依旧是我熟悉的故乡,然而已物是人非,我刻骨铭心的那张面孔再也不见了。到家第一件事就是去给养父扫墓。我有一肚子的话要对养父说,可是我只说了一句:"叔叔,我带着你的儿媳来看你来了!"接下来只有哽咽声和止不住的泪水了。春节过后,我要返回北京上班。临行前,我和妻子到养父坟前去辞行,依旧泣不成声。妻子同我一起哭。到村前小河边为我们送行的父老乡亲也不禁跟着我们流泪。

按照老家的习俗,每逢清明节和阴历七月中旬都要祭奠已故的亲人。我身在他乡,难以亲临养父坟前凭吊,只能默默地缅怀。每当拿出养父的遗照来端详,我都不禁潸然泪下。

老人家在世时我未曾好好庆贺过他的生日。如今想为他祝寿已不可能,只有把他老人家的生日铭记在心。每当这天来临,我总会思绪万千。

今天又是七月初六,又勾起我对往事无穷的回味。

感恩提示

gan en ti shi

　　养父母用辛劳养育培养了"我",使"我"由一个农村孩子成为了可以在大都市立足的人,这中间养父母付出了很多。但当"我"想对他们有所回报,过一个体面的生日时,一切却错过了。他们已闭上眼睛离开了人世,一切的心愿却无法诉说。常常说,尽孝要尽早,千万别等到想尽孝的时候却无法尽孝。为什么有些人都是在失去后才觉得珍惜,才会格外地怀念呢?那正是因为在拥有的时候不曾珍惜,就像要善待我们的父母一样,尽早吧!

　　据她的孩子们说,妈妈是一位天使,她让世人知道,做一个天使,比等待天使的降临要好得多!

做一个天使

◆文/刘燕敏

　　2005年11月26日,一场隆重的葬礼在英国威尔士的加的夫郡举行。参加葬礼的共1264人,来自世界26个国家,他们全是死者莉莎·巴特的后代。

　　在人口稀少的加的夫郡,举行这么大的葬礼,50年来还是第一次。因此,当地的新闻媒体非常关注,它们在报道葬礼的同时,对莉莎·巴特的身世也作了详细的介绍,但是,她21岁之前的身世却非常模糊,人们只知道,她出生在法国南部的波尔多,二战时,父母死了,丈夫阵亡,她流落到英国。

　　她后来的身世之所以详尽,是因为她留下了大量的日记和信件,人们是从她的这些遗物中知道并了解她的。葬礼那天,《加的夫郡报》摘发了她写于1945年的几篇日记:

　　(5月18日)战争结束了,我想回波尔多去,可是,那儿还是家吗?父母已经死了,丈夫也不在了! 谁会接纳我呢?

感·恩·父·母·全·集·

(6月21日)在报上读到一则关于瑞士一家孤儿院的启事,那儿有30位1到6岁的孤儿,他们的爸爸妈妈都在战争中死了,谁愿意每月寄10英镑,就可以认养一个孩子,成为他(她)名誉上的父母。我多么想认养一个孩子!可是我现在也是一名等待救助的孤儿呀!

(6月27日)我找到一份工作,为希尔公司做保洁员。感谢上帝,在这么多人为找不到工作而愁眉苦脸的时候,让我有了饭吃。

(7月27日)今天汇去了10英镑,我选了一位叫蕊的意大利小姑娘。我是一个妈妈了!

(9月24日)今天是一个多么令人兴奋的日子啊!我的女儿蕊来信了,她用意大利文写的信,虽然不认识,但我能感觉到她的幸福,因为她找到妈妈了!

(12月15日)在夜校里,我的意大利语进步得虽然不是最快的,但我终于可以用简单的意大利语给我的女儿蕊写信了。

(12月24日)圣诞节来了,经理因为我表现突出,给我加了薪,我又看上一个丹麦小姑娘,也许我将要有两个女儿了!

莉莎·巴特1945年以后的经历是希尔公司总裁普鲁斯特讲述的,他说,巴特小姐在他们公司干了40年,起初,她因为会意大利语,从保洁员被提升为部门经理。后来,又因为她通晓丹麦语、西班牙语、瑞典语、俄语、波兰语而被提升为总裁助理。1981年退休后,她回到加的夫郡,因为那儿的环境和气候与她的故乡波尔多非常相似,她的孩子们共同出资在那儿给她购置了一栋别墅。

葬礼结束后,再没有看到有关莉莎·巴特的报道。据她的孩子们说,妈妈是一位天使,她让世人知道,做一个天使,比等待天使的降临要好得多!对此,她已经很满足了,不需要世人过分的赞誉。

252

感恩提示
gan en ti shi

天使并不是让人们去赞美的,她不在乎那些虚无的荣誉,因为天使在人间,人间能够感受到天使的存在比什么都来得更有力量。莉莎·巴特几乎用一生的时间去做一名天使,她从一名保洁员到一名部门经理,再到学习并通晓丹麦语、西班牙语、瑞典语、俄语、波兰语而被提升为总裁助理。在她拥有这些地位的同时,她仍然要做一名天使,做孩子们的母亲。这样的一位天使是她一生的追求,所以,除此之外,她再也不需要任何东西了。

不知怎么的，我忽然特别希望那只手能停一停，拍我两下。

等待那只手

◆文/巩高峰

老头儿没睡，还在用眼角的余光悄悄打量我。

我知道他在等待下手的机会。我也没睡。

走南闯北这么多年，这一点儿苗头我还是看得出来的。于是我暗自加剧着后悔：要是不贪图那个懒觉，早20分钟起床就能买到卧铺票，何至于胆战心惊地和一个老家伙这么对峙着？

很显然，那老头儿比我还有经验，因为刚才上车一落座，他竟然目不斜视地看着我，微笑着说，我长得很像他儿子。

哼！我在心里冷笑了一声。因为我穿西服、打领带、抱着笔记本电脑，身边还有个寸步不离的密码箱，我就像你儿子？嘀咕完之后，我顺便瞅了瞅他，灰旧夹克、两天以上没刮的胡茬儿、与他的年龄极不相称的炯炯双眼。

于是我没吭声，连头都没点，假装没听见。

他讪讪地笑了笑，说，我三年没见着他了，只偶尔听到他的声音。

我轻轻打了个冷颤。如果我的判断没错的话，这老头儿是个很难缠的对手，配得上老奸巨猾这个词。而我的判断似乎还没错过。

东奔西走，和这个行当的人打交道多了，有输有赢。但一开始这么跟目标套近乎的，他是第一个。所以，我又瞅了他一眼。我也有两年没和父亲照过面了，虽然我也偶尔给他打打电话，寄些钱。

我的预感没错，熄灯后车厢里的人大都睡了，他没有。其实，即使没有这种预感我也不会睡着的，我早已练就三昼夜不合眼也神志清醒的本领。这是经验，也是饭碗，况且我怀里还有张支票，那是分公司这个季度的费用。寸步不离的密码箱不过是个道具，里面是几件换洗下来的内衣。我知道这老头儿是看得出来的，他那一脸沧桑就是证明。所以我能维持的，只有清醒和谨慎，然后，静静地等待那只手。

我躲在外套里观察他。

他的眼神大多数时间一直都在窗外，车窗外面黑灯瞎火，亏他有这份耐心。于是我有些恍惚，冲着他这份镇定劲儿，到底我和他哪个是猎手哪个是猎物呢？

他动手了。

他用右手理了理头发，那烟灰色的头发其实不乱，一直一丝不苟的。我观察过他那只右手，中指和食指几乎一般长，白皙瘦削，皱纹少得和他的年龄一点儿也不相符。他的骨关节小得很，中指第一个关节处还有淡黄的烟熏色。看起来很是精致。

那只手有点儿小心翼翼，终于还是游移着探了过来，漫过我头顶的时候带着一道阴影，让我有些窒息。不过我却没看出预想中那种高明的熟练，这让我窃喜着，在脑海里虚构出即将发生的人赃俱获。

盖在身上的外套一紧，从脖子往里灌的冷风忽然就没了，我觉得像是突然钻进了被人暖好的被窝。惊讶让我努力睁大了眼，可是外套领子遮住了我的视线。

老头从我上方垂下一声细微的叹息，唉，一个人在外面劳苦奔波的，不容易。

我赶紧闭上了眼，用了很大力气。我怕我眼里也有他那样的泪光。不知怎么的，我忽然特别希望那只手能停一停，拍我两下。

感恩提示
gan en ti shi

这是一篇让人震撼的作品。"我"一直以为那是一只盗窃的手，它会打开"我"的箱子，拿走"我"的贵重物品或者是偷走"我"的钱包。但不是这种情况，那是一双像父亲一样宽大的手，它轻轻地抚摩了"我"，让"我"感受到了父亲般的存在。这样的一篇作品给人带来了感动，更让人相信，人世间不仅仅只有猜忌存在的，有时候，它有双宽大的手会抚摩你，像父亲一样。

我第一次发现，他的倔强原来是这么温柔。

父亲的请帖

◆文/乔　叶

父亲一直是我们所惧怕的那种人，沉默、暴躁、独断、专横，除非遇到很重大的事情，否则一般很少和我们直言搭腔。日常生活里，常常都是由母亲为我们传达"圣旨"。若我们规规矩矩照着办也就罢了，如有一丝违拗，他就会大发雷霆，"龙颜"大怒，直到我们屈服为止。

父亲是爱我们的吗？有时候我会在心底里不由自主地偷偷疑问。他对我们到底是出于血缘之亲而不得不尽的责任和义务，还是有深井一样的爱而不习惯打开或者是根本不会打开？

我不知道。

和父亲的矛盾激化是在谈恋爱以后。

那是我第一次领着男友回来。从始至终,父亲一言不发。等到男友吃过饭告辞时,父亲却对男友冷冷地说了一句:"以后你不要再来了。"

那时的我,可以忍耐一切,却不可以忍耐任何人去逼迫和轻视我的爱情。于是,我理直气壮地和父亲吵了个天翻地覆。——后来才知道,其实父亲对男友并没有什么成见,只是想习惯性地摆一摆未来岳父的架子和权威而已。可以说,在很大程度上,是我的强烈反应大大激化了矛盾,损伤了父亲的尊严。

"你滚！再也不要回来！"父亲大喊。

正是满世界疯跑的年龄,我可不怕滚。我简单地打点了一下自己的东西,便很英雄地摔门而去,住进了单位的单身宿舍。

这样一住,就是大半年。

深冬时节,男友向我求婚。我打电话和母亲商量。母亲急急地跑来了:"你爸不点头,怎么办？"

"他点不点头根本没关系。"我大义凛然,"是我结婚。"

"可你也是他的心头肉啊。"

"我可没听他这么说过。"

"怎么都像孩子似的！"母亲哭起来。

"那我回家。"我不忍心了,"他肯吗？"

"我再劝劝他。"母亲慌慌地又赶回去。三天之后,再来看我时,神情更沮丧,"他还是不吐口。"

"可我们的日子都快要订了。请帖都准备好了。"

母亲只是一个劲儿地哭。难怪她伤心。爷儿俩,谁的家她也当不了。

"要不这样,我给爸发一个请帖吧。反正礼到了。他随意。"最后,我这样决定。

一张大红的请帖上,我潇洒地签了我和男友的名字。不知父亲看到会怎样。总之一定不会高兴吧。不过,我也算是尽力而为了。我自我安慰着。

婚期一天天临近。父亲仍然没有表示让我回家。母亲也渐渐打消了让我从家里嫁出去的梦想,开始把结婚用品一件件地给我往宿舍里送。偶尔坐下来,就只会发愁:父亲在怎样生闷气,亲戚们会怎样笑话,场面将怎样难堪……

婚期的前一天,突然下了一场大雪。第二天一早,我一打开门,便惊奇地发现我们这一排宿舍门口的雪被扫得干干净净。清爽的路面一直延伸到单位的大门外面。

一定是传达室的老师傅干的,我忙跑过去道谢。

"不是我,是一个老头儿,一大早就扫到咱单位门口了。问他名字,他怎么也不肯说。"

我跑到大门口。门口没有一个扫雪的人。我只看见,有一条清晰的路,通向一个我最熟悉的方向——我的家。

从单位到我家,有将近 1 公里远。

沿着这条路,我走到了家门口。母亲看见我,居然愣了一愣:"怎么回来了?"

"爸爸给我下了一张请帖。"我笑道。

"不是你给你爸下的请帖吗?怎么变成了你爸给你下请帖?"母亲更加惊奇,"你爸还会下请帖?"

父亲就站在院子里,他不回头,也不答话,只是默默地、默默地掸着冬青树上的积雪。

我第一次发现,他的倔强原来是这么温柔。

感恩提示
gan en ti shi

可能读到结尾时,我们才都恍然大悟,那条在一个清冷的早晨被一把扫帚打扫干净的小道,就是一位父亲和一位女儿沟通并达成和谐的纽带。无论当初这个结是怎样拧成的,女儿的负气、父亲的执拗,问题已经不重要了。"我"给父亲发了请帖,是赌气的,不负责任的任性。而父亲给"我"发的请贴呢?是仁慈的,忍耐而宽容的。当一条小小窄窄的小道把"我"领到大半年未沾的"家"时,一切都如冬青树上的白雪。是的,别说雪了,即使是冰,父亲也能焐化它……

母亲去世后,她才从姐姐那里得知,为了给她做那条裤子,一直吃着药的母亲停了药!

母亲的手艺

◆文/侯发山

那年她 14 岁。要过年了,村里的伙伴们大都穿上了新衣服,一个个兴高采烈地像找到食儿的麻雀似的。她因为没有新衣服,就猫在家里不愿出去。她从未穿过新衣服,平时都是穿姐姐的旧衣服,不合体不说,衣服上是补丁摞补丁……她觉得特没面子,也因此很自卑,好在她学习成绩一直很优秀。听着外面不时炸响的鞭炮,以及伙伴们的欢声笑语,她就斗胆对母亲说,娘,我要新衣裳。母亲就沉下脸,瘦削额头上的皱纹簇成结,满是厚茧的手轻轻摩挲着她的头,长叹了一声。她竟有些后悔,家里穷,平时的零用钱都是母亲一个鸡蛋一个鸡蛋攒下的,母亲常年有病,没断吃药……母亲沉默了许久,才一字一顿地说,好,娘给妮儿缝条裤子。这时,她苦巴巴的脸上才绽出灿烂的笑。母亲拍了拍她的肩膀,哑着声音说,妮儿,你要好好学习。她使劲点点头说,放心吧娘,我会的。

第二天,母亲就把攒下的一罐鸡蛋带到集上换回了一块布。母亲给她量了尺寸后,当天晚上就到隔壁二婶家去做裤子,二婶家有缝纫机。

大年三十早上,她还在被窝里赖着,母亲掂着一条裤子站在床前,笑吟吟地催她起来。那是一条用帆布(以前厂矿里的工作服布料,俗称劳动布)做的裤子。这种布料耐磨,而且在农村比较少见,当时谁穿这种布料的衣服跟前几年拥有一部手机一样趾高气扬。因此,她兴奋得嘿嘿直笑,忙从被窝里钻出来去穿棉裤棉袄,最后在娘的帮助下套上了那条裤子。

嘿,两条裤腿上绣着四五朵向日葵的图案,图案的布料是用退了色的布做成的,显然是从旧衣服上裁下的,但图案很好看,图案的边沿给剪得一缕一缕的,像是向日葵盘的叶子,十分逼真。她就一派喜气在脸、滋润在心的感觉,觉得娘真行——娘不但会缝补丁,还会绣花。母亲原以为她不满意,见她如此高兴,也就松了一口气。

她匆匆扒了两口饭,就像只出笼的小鸟似的飞了出去。她要出去跟伙伴们玩,同时还要炫耀一下她的"时髦"裤子。

果然,伙伴们看到她的新裤子,眼睛为之一亮。她们想不到,一向打扮得跟叫花子似的她,也有光彩照人的时候。特别是看到裤子上绣的花,都羡慕得不得了,纷纷围过去观看,甚至用手去摸裤子上的"向日葵"。没想到,一个伙伴用力过猛,把一朵"向日葵"图案边沿的"叶子"给拽掉了,露出了里面脏乎乎的棉裤——原来,那一朵朵"向日葵"是变了花样的补丁!她耳根儿一阵发热,脸腾地红了。大家轰地笑了,都看着她,眼神里满是讥讽。被人家窥见了隐私的那种害羞又惶恐的心情害得她直想哭,她努力不让满积在眼眶里的泪珠往下掉,转身便跑回了家。

母亲正在做年糕,见气冲冲回到家的她满脸不悦,说怎么屁大的工夫就回来了。她狠狠瞪了母亲一眼,麻利地脱下新裤子,揉成一团甩到母亲面前,噘着嘴说,啥狗屁裤子!

母亲气得整个身子颤抖个不停,伸出抖抖索索的手,想打她,高高扬起的巴掌却在空中停住了,最后落在自己脸上,旋即便有晶莹的东西在她的眸子里闪动。她不知所措地低下头,准备迎接母亲的责骂。

"扯的布不够尺寸,只有那样了……我这当娘的无能啊。"母亲的声音涩住了。她的眼泪涌了出来,紧接着,就像断了线的珍珠簌簌地滚下脸颊,终于放声地哭起来。

自此以后,本来话就不多的母亲变得更加寡言少语了,一天到晚忙个不停,做饭、洗衣、缝补、养鸡……没过多久,母亲就病倒了,再也没有站起来……母亲去世后,她才从姐姐那里得知,为了给她做那条裤子,一直吃着药的母亲停了药!她愈发内疚,扑在母亲的坟头追悔莫及,号啕不已。

所谓的人穷志不短，马瘦有雄心。她发愤读书，考上了大学，留在了城里，生活有滋有味，日子过得五光十色。

有一次，她特意参加了一个服装博览会。她准备买一套高档衣服，荣归故里衣锦还乡。一来让那些昔日嘲笑她的姐妹们看看，二来想回去给母亲扫扫墓。博览会上的服装琳琅满目，令人眼花缭乱应接不暇。据说这些时装都是世界一流的服装设计大师设计的作品。忽然，她看到一位靓丽的模特儿穿了一套牛仔服，那裤子的式样跟当年母亲给她做的一模一样！

她木木地呆了许久，眼里的泪悄悄爬满了脸庞。在场的人都诧异不解，她便哽咽着讲了当年的故事，一时间，大家都沉默了。最后，一位满头银发的服装设计大师感慨地说："世界上所有的母亲都是艺术家。"

感恩提示
gan en ti shi

由一门手艺进而被称为大师，世界上大概就只有母亲可以完成这个跨越了。是的，在所有的子女中，无论你最终到达多高的位置，当初的起步，无一不是从母亲亲手做的开裆裤开始。那么，无论你站得多高，走得多远，都走不出母亲的手中线，母亲的手中衣。如果母亲是一种职业，那么，母亲的手艺不仅让她有尊严有地位地生活在儿女心中，更是凭着母亲这个职业才可能有的手艺，永远铭刻在子女心中最深最软的部位，熠熠生辉。

第六辑
最好的大学是伟大的母亲

中国有句古话："父母之爱子，则为之计深远。"在我们成长的路上，亲情都与我们相随。父母教我们走路，教我们做人。当我们跌倒时，为我们掸去尘土，鼓励我们重新站起；当我们迷茫时，为我们指点方向，呼唤我们心中的巨人。父母之爱，就是我们失败后的一声鼓励，受伤后的一句安慰，出门前的一句叮咛，疲惫时的一杯清茶，成功时的一缕笑容。

随着发自肺腑的一声"爸"，多年以来构建在我心中的那堵冷墙彻底倒塌了，一缕阳光照进了我的心房。我终于学会了用四个手指迎接爱。

爱 在 指 间

◆文/月　馨

"妈妈你不要走，妈妈，妈妈……"冰冷的雨水在我稚嫩的脸上肆虐，我的心碎了。爸爸妈妈离婚了，妈妈走了，我哭喊着要找妈妈，爸爸怒吼着，一个巴掌甩了过来："你妈死了，你要愿意也去死！"说完夺门而出，只剩下幼小无助的我独自一人呆在空荡荡的屋子里。

从那时起，我在内心建起了一堵厚厚的墙，将自己与父亲远远地隔了开来。我变得不愿与人来往，我总觉得大家都在指着我说："她是个没妈的孩子。"渐渐地，身边的好朋友都因受不了我喜怒无常的性格而离开了我。望着她们的背影，我的心在滴血。

我发誓一定要考上大学，为的是要离开父亲，因为我一直没有原谅他。上大学后，每当听到其他同学谈起自己的爸爸妈妈，我的心就一阵酸楚，我可怜自己是一个没人疼爱的孩子。

一个偶然的机会，我参加了一个心理讲座。伴着音乐，老师让一半同学先围成一个圆圈，另一半同学分别站在围成圆圈的同学的身后，这样就又围成了一个稍大的圈。然后，老师命令圈里的同学转过身来与外围的同学相对而站。他说："我们现在来做一个心理游戏，当我说'手势'时，大家来做，如果你与对方都伸一个手指，表明你们互为陌生，不愿相识，听到我喊'动作'时，请把脸转向左边；如果你们伸两个手指，表明双方愿意相识，听到'动作'时互相握一下手；如果你们伸出三个手指，表明喜欢对方，听到'动作'时双手握一下；如果你们伸出四个手指，就表明你们愿意分享对方的快乐，承担对方的痛苦，能为对方真心真意地付出，听到'动作'时请拥抱对方。如果你与对面的合作伙伴伸的手指不一样，就不需要做动作。"

第一次站在我对面的是一位比我矮半头的女孩，听到"手势"后，我伸出了一个手指，令我吃惊的是，对方伸出了三个手指。我们是陌生人，她却表示喜欢我，我真不敢相信。由于我们手势不一样，因此没能做动作，那一刻，我看到一丝失望从她眼中掠过。老师命令里圈的人向左跨一步，于是，我与矮个女孩错开了，就这样，因为别人伸的手指总比我多，走了半圈下来我没有完成一个动作。

这时，老师激动地说："总伸一个手指的同学应该明白了吧，为什么我们的亲人、我们的朋友一个个离开了我们？因为我们根本就不懂得付出。我们总在抱怨自己得到的太少,可是我们又付出了多少呢?大家回头看一看吧,有多少人就因为你舍不得付出而与你擦肩而过,也许等到你愿意付出时,已经没有机会了!"

"大家闭上眼睛想一想自己已生华发的父母,想一想与自己手足情深的兄弟姐妹,想一想曾经朝夕相处的好朋友,他们真的没有为你付出过吗?而你又带给他们什么……"

我流泪了,这是我第一次因为感动而流泪。我想到了爸爸,其实这么多年来,爸爸一直在补偿那一巴掌。在没有妈妈的日子里,爸爸既要上班又要承担所有的家务。曾经有很多人劝爸爸再找一个妻子,都被爸爸婉言谢绝了。现在想来,他都是为了我。

我又想起了开学时爸爸送我到车站时的情景。那天,他眼里噙着泪花,那是因为留恋女儿啊,而不懂事的我却在庆幸终于离开了父亲。上大学后,父亲每周都给我打电话嘘寒问暖,而我却没主动给他打过一个电话,甚至在中秋节,所有的同学都在忙着给亲人打电话,只有我无动于衷。那时,父亲独自呆在家中多么需要问候啊……我第一次认识到自己之所以不被人喜欢是因为太自私了。现在,我多么希望能为别人做些什么……

老师让里圈的人再向左跨一步,再次做刚才的那个游戏。这次我对面站着一个戴眼镜的女孩。听到口令后,我们同时伸出了四个手指,一阵感动涌上心头,我们紧紧地拥抱在了一起。我在心中告诉自己,我不要再失去了,我要好好地珍惜!

"今天之所以带领大家做这个游戏,是想让大家懂得感恩,懂得付出。当你对生活充满了感激时,你会觉得自己得到了很多很多,你会觉得自己是可爱的,因为很多人都在为你默默付出着。纵然生活中有风有雨,你也不会害怕,因为有那么多爱你的人会支持你……"整个活动在老师饱含深情的话语中结束。

回到宿舍,我拨通了家中的电话,话筒中传来了父亲苍老的声音,他做梦也没有想到他的女儿会给他打电话。随着发自肺腑的一声"爸",多年以来构建在我心中的那堵冷墙彻底倒塌了,一缕阳光照进了我的心房。我终于学会了用四个手指迎接爱。

感恩提示
gan en ti shi

　　身边很多朋友确实经常抱怨道,某某给予他(她)的太少,单位给予他(她)的太少,机遇给予他(她)的太少……但是反过来想想,我们又给予某某多少呢?我们又给予单位多少呢?我们在等待机遇的过程又做了多少呢?正如本文所说,我们要有一颗感恩的心,我们要懂得付出,因为只有付出的多了,才能有回报的可能。当然,如果大家都在付出,回报也就不重要了。没有一个人在付出的时候是想着回报的,因为对于那些一心感恩的人来说,回报简直不值得一提。

假如说我们有所作为,那是因为我们的母亲给了我们爱抚、自信和支持!

一个母亲的感染力

◆文/[美]利 尼

那个午后,27岁的昆塔尼拉遇到了一生中最难忘的事情。

两个儿子所在小学的校长对她说:"你的两个儿子反应很迟钝,我们只好把他们编入与他们能力相仿的阅读小组里去了。"她知道校长话中的含义,被编入阅读小组的学生,通常就是被人们称为低能者或弱智的。顿时,儿时的记忆像一阵阴风从岁月深处吹来。

昆塔尼拉出生在墨西哥。13岁的时候,父亲带她去学校,由于英语智力测验成绩很差,因此被编入一年级。在一年级上了四个月后,由于处处觉得低人一等,她被迫辍学了。她是被周围的人"弱智、弱智"地叫着长大的。如今两个孩子也被列入低能者,可她知道儿子们是聪明的,只是由于英语不好才受到影响。晚上,她想和他们交谈,孩子们的话却让她的心再次震惊:"妈,努力是没有用的,他们说这是遗传!"

那个晚上,昆塔尼拉彻夜未眠,她忽然明白,要想帮助孩子们,必须从自己开始。于是,她开始自学英语。27岁的她死啃教科书,硬背字典,可是进步却慢得使人灰心。看到孩子们嘲弄的目光,她下了另一个决心,那就是重新去上学!

她去拜访了一位中学教育顾问。那人的答复让她绝望:"你的履历表明你反应迟钝,智力低下,我不能推荐你!"

伤心之下,有人建议她到得克萨斯南方学院去试试。该学院最终答应让她先试试。于是,昆塔尼拉在照顾家庭的同时,开始了求学生活。一年后昆塔尼拉又进入了潘·美洲大学。除了在得克萨斯南方学院上学,她每周还要抽两天坐车去潘·美洲大学听课。3年后,昆塔尼拉先后取得了初级学院学位和潘·美洲大学的理科学士学位。

孩子们终于发现了母亲的与众不同,因为一般的美籍墨西哥母亲都不上大学。他们开始钦佩母亲。在她的鼓励和感染下,他们各方面的能力都迅速提高,自信心也增强了,不但转到了正常的班级上课,成绩也名列前茅。

1977年,昆塔尼拉在取得博士学位后,拥有了美国教育委员会一年的会员资格。她是有史以来第一个获该委员会资格的拉丁美洲妇女。1981年,她又被提升为豪斯登大学的教务长助理。

此时她的两个孩子已经先后上了大学,是学校里成绩最好的学生。多年后,一个成了著名的医生,一个成了律师。他们现在这样对人说:"假如说我们有所作为,那是因为我们的母亲给了我们爱抚、自信和支持!"

感恩提示
gan en ti shi

假如有人认为你的智商有问题,这辈子肯定要完蛋了的时候,你千万别气馁,其实,人生才刚刚开始。就像本文,有人说孩子的智商有问题的时候,是遗传导致。其实这样的情况是人生才刚刚开始,母亲用行动证明自己的誓言。她要做一个伟大的母亲,当然她做到了,她的人生并因此而得到巨大改变。她的两个孩子也先后上了大学,多年后,一个成了著名的医生,一个成了律师。再也没有人怀疑他们的智商有问题。

我不是富家子弟,但我的父亲却让我知道了什么叫富有。这富有不带任何功利的感情,也是值得我终身感激的感情!

金色的小提琴

◆文/思 维

从海利记事开始,每天吃过晚饭,在乐团工作的父亲就会拿起那把金色的小提琴,拉一曲悠扬的《爱的女神》。这时,母亲总会用浸了栀子花和薄荷叶的水洗她那一头漂亮的栗色长发,然后抱着海利,轻轻地和着父亲的节奏唱歌……

海利7岁那年,母亲因为肺病而永远地离开了他们。父亲好像在一夜之间变成了另外一个人,他那双深邃的蓝眼睛充满了忧郁的神色。好几次夜深人静的时候,海利还看见父亲在房间里默默地擦拭着那把金色的小提琴,一遍又一遍。

不久,父亲所在的乐团因为资金周转不开而解散了,一家人的生活开始变得窘迫不堪。

日子一天天过去,海利也长大了。海利18岁那年,考取了剑桥大学。在一次舞会上,他结识了一个漂亮的女朋友——蒂娜,她的父亲是伦敦一家大公司的董事长。当他告诉她,他母亲的曾外祖母是欧洲王室的公主时,蒂娜的眼睛里立刻闪烁出兴奋的神色,她马上和他谈论书中读到的王冠、钻石、宴会和爱情,说那是她向往的一切。说不清是虚荣还是自卑,海利没有继续给她讲自己现在的家庭,讲那个破旧的小院和父亲那有点儿微驼的背。

海利把自己有女朋友的事情告诉了父亲,他说恋爱的开销很大,所以他不得不去打好几份工。父亲很快来信了,他说他最近已被提升为主管,加了薪水,以后可以给海利寄更多的生活费,要海利不要太苛刻自己。

暑假到了,海利随蒂娜到她在伦敦的家。金碧辉煌的别墅让海利有种眩晕的感觉。当蒂娜高兴地向父母介绍海利是贵族的后代时,蒂娜父亲的眼中露出了怀疑的眼神,他说:"相信你的家庭也能为我女儿提供优雅而舒适的生活环境。也许明天晚上我们可以和你父亲一起进餐。"海利的心沉了下来,他想起了母亲曾说过的话:"你爸爸当初就是爱上了我的一头长发。而我,就是爱上了他拉小提琴的样子。"

失落之中,海利忽然想起那把产自意大利的金色小提琴,那是当年母亲舍弃繁华的上流社会而追随父亲时唯一的嫁妆。应该是一件价值不菲的古董,海利激动起来,如果卖了它,说不定有一大笔钱可以让他成为上流社会的一员。

等父亲上班后,海利从父亲的卧室里找出小提琴,来到古董行请人鉴定。"哦,天哪!"哈里森先生激动地说,"它产自300多年前意大利的克利蒙那!这把小提琴价值连城!"

忐忑不安的海利知道父亲这一关并不好过。"爸爸,蒂娜的家族是不会接受平民子弟的,而且,您也好久没有用过它了……"父亲的脸抽动了一下,他沉默了好久,说:"你准备什么时候卖掉它?"

"明天下午!哈里森先生会亲自来我们家取它,支票已经开给我了,足够我们买一栋新房子……"

海利忽然很害怕蒂娜全家知道自己的父亲只是个普通职员,他含糊地说:"那没什么了。今天晚上他们家要在一家酒店举行宴会,希望……希望我能去。"父亲没有再说什么,他转身走进了房间。望着父亲孤单的身影,海利的心中涌出了一股苦涩的滋味。

蒂娜家真的很阔绰,他们包下了整个酒店,十分隆重。当西装革履的海利和身穿银色晚礼服的蒂娜走入会场的时候,人们都用羡慕的眼神看着这一对金童玉女,不时有妇人窃窃私语:"他们真是般配,听说蒂娜的未婚夫也是富家子弟呢!"灯光暗淡了下来,华丽的舞池中央只剩下了海利和蒂娜。在悠扬的小提琴声中,他们翩翩起舞。一曲舞毕,司仪向大家介绍道:"刚才为我们拉这一曲的是敏斯特老先生,他在我们酒店工作了4年,每天晚上都会为我们带来美好的享受。遗憾的是,明天他就要离开了,今晚是他的最后一次演奏。下面他将为我们演奏动人的《爱的女神》。"灯光渐渐明亮起来,一位清瘦的老人向四周鞠了一躬,然后拿起一把金色的小提琴开始深情地表演。是父亲!海利的泪水几乎是在一瞬间汹涌而出。他忽然明白了一切:父亲为供他上大学,白天要拼命工作,晚上还要来这里演奏,他那双坚韧的臂膀就是这样累垮的啊!

海利拨开拥挤的人群,向父亲走去,老人含着眼泪望着儿子,手里还紧紧握着那把金色的小提琴。在众人诧异的目光中,海利骄傲地挽起了父亲,大声说:"这就是我的父亲。这么多年,他安慰我说他在公司里提升了,其实他一直都在这里用这把小提琴为我提供学费,而我却毫不知情。我不是富家子弟,但我的父亲却让我知道了什么叫富有。这富有不带任何功利的感情,也是值得我终身感激的感情!"说完,他搀着年迈的父亲,背上那把金色的小提琴,昂首走出了酒店的大门。"爸爸,"海利无限感激地对父亲说,"这把金色小提琴,我会永远替您保存!"

感恩提示
gan en ti shi

年轻人或多或少都会有虚荣心,这并不算什么,但是能够以一把小提琴换成儿子对感情的真正判断才是最重要的。父亲靠一把小提琴为儿子赚取学费供他上学。儿子在找到女朋友后,撒谎说自己是皇室子弟,家有万贯,身处上流社会。但是剥去上流社会虚伪的外壳,其实最值得珍惜的却是普普通通的感情。尤其是父亲那把金色的小提琴,演奏出优美旋律的《爱的女神》。这些,别人是无法和父亲相比拟的。

看来,懂得爱人的人,更懂得爱自己。这样的人才可以打满分。

学 会 爱 人

◆文/聂 茂

这里有一个故事。

一个家住曼哈顿的非裔美国籍家庭,从他们父亲的人寿保险中获得了1万美元的意外之财。母亲认为这笔遗产是个大好机会,可以让全家搬离哈林贫民区,住进乡间一栋有园子、可种花的大房子里。

聪明的女儿则想利用这笔钱去医学院念书,以实现她当医生的梦想。

然而,一向老实巴交的儿子提出一个难以拒绝的要求。他乞求获得这笔钱,好让他和"朋友"一起开创事业。他告诉家人,这笔钱可以使他功成名就,并让家人生活好转。他答应只要取得这笔钱,他将补偿家人多年来忍受的贫困。

母亲虽然感到不妥,还是把钱交给了儿子。她承认儿子从未有过这样的机会,他配获得这笔钱的使用权。

不难想象,他的"朋友"很快带着钱逃之夭夭。

失望的儿子悲痛万分,只好带着坏消息,告诉家人未来的理想已被偷窃,美好生活的梦想也成为泡影。

儿子的遭遇令女儿咆哮如雷,她用各种难听的话讥讽兄长,用每个想得出来的字眼来咒骂他。她对没出息的兄长生出无限的鄙视。

当女儿骂得差不多时,母亲插嘴说:"我曾教你爱他。"

女儿嘴一撇,不屑地说:"爱他?他没有可爱之处。"

母亲平静地望了女儿一眼,显得有些不以为然,她轻轻地说:"总有可爱之处。你若不学会这一点,就什么也没学会。"

女儿看了看母亲,不再吭声。

母亲叹了一口气,继续说:"你为他掉过泪吗?我不是说为了一家人失去了那笔钱,而是为他,为他所经历的一切以及他的遭遇。"

这样的话从母亲的口里说出,让一向认为母亲没文化的女儿感到有点儿吃惊。

"孩子,你想什么时候最应该去爱人?难道是当他们把事情都做好了,让人感到舒畅和为之骄傲的时候?"母亲猛地停下,盯着女儿的眼睛,以不容置疑的语调说,"若是那样,你还没有学会,因为那还不到时候。"

"我明白了,妈妈。"女儿已经泪流满面,"应当在他最消沉、不再信任自己、受尽环境折磨的时候。"

"孩子,经历了这一遭,你终于改变了人生态度。现在这个样子,才像一个长大的人。未来的路,我就可以放心地让你走了。"

说完,母亲张开双臂,女儿扑进了怀里。

母亲抚摸着女儿的头发,轻轻地说:"孩子,衡量别人时,要用中肯的态度,要明白他走过了多少高山低谷,才成为这样的人……"

这时,一个满脸憔悴的大男人流着大颗大颗的泪,走了过来。3个人紧紧地抱在了一起。

"哥,原谅我。"女儿说,"妈妈说得对,这个时候,我应更加爱你才是!不是装出来的那种爱,而是发自内心的真爱。"

男人的泪流得更凶了。

母亲放开他们,说:"行了,一个大男人的可爱之处可不体现在眼泪上。"

儿子记住了这句话。5年后,他成了曼哈顿有名的富人;10年后,他成为美国赫赫有名的家电用品推销商。克林顿执政期间,他获得过总统亲自颁发的"美国十大杰出人士"奖,包括哈佛大学在内的世界知名学府纷纷请他前去讲学。他给大学生讲的主题总是不变,那就是"学会爱人"。在演讲中,他喜欢重复母亲说过的话:"一个大男人的可爱之处可不体现在眼泪上。"

他的名字叫汉德林。

他的妹妹叫尼娜,因为母亲教她学会爱人,她不仅激发了兄长汉德林的推销天才,而且实现了自己当一名医生的光荣梦想。

这个从黑人贫民区搬进白人富人区的幸福家庭,一向勤俭的母亲仍然做着自己的传统手工,她不愿花儿女孝敬她的一分钱。

当美国《国家地理》电视专题片著名节目主持人盖斯先生问她为什么这样做时,这位满脸皱纹的可敬的母亲平淡地说:"我一向主张学会爱人,当然也包括爱我自己。我现在能走能动,自己能够养活自己,干吗要去依靠儿女们呢?"

看来,懂得爱人的人,更懂得爱自己。这样的人才可以打满分。

感恩提示
gan en ti shi

当别人身处逆境或困境中不是撒凉水,不是讽刺,而是去爱。常常在别人事业蒸蒸日上,家庭和睦,一切顺利的时候给予爱,这是爱;但如果在别人逆境的时候也给予爱,那说明人才有感恩的心。只有感恩的人才懂得最珍贵的爱,而只有懂得爱别人的人才能得到别人的爱。这是一个充满爱的社会,所以能感恩的就感恩吧,能给予爱的就请不要吝啬你的爱。汉德林的母亲启示我们:只有感恩的人才可以打满分。

朗朗的星空下,母亲把我搂得那样紧……我把金牌掏出来挂在她脖子上,畅畅快快地哭了。

最好的大学是伟大的母亲

◆文/佚　名

一

我的家在天津武清县大友岱村,我有一个天下最好的母亲,她名叫李艳霞。我家太穷了。我出生的时候,奶奶便病倒在炕头上,4岁那年,爷爷又患了支气管哮喘和半身不遂,家里欠的债一年比一年多。

7岁那年,我上学了,学费是妈妈向人借的。我总是把同学扔掉的铅笔头捡回来,用线捆在一根小棍上接着用,或用橡皮把写过字的练习本擦干净,再接着用,妈妈心疼的是,有时连买铅笔和本子的几分钱也要去向人借。妈妈也有高兴的时候,不论大考小考,我总能考第一,数学总是满分。在妈妈的鼓励下,我越学越快乐,我真的不知道天下还有什么比读书更快乐的事。我没上小学就学完了四则运算和分数小数,上小学靠自学弄懂了初中的数理化,上初中也自学完了高中的理科课程。1994年5月,天津市举办初中物理竞赛,我是市郊五县学生中唯一考进前三名的农村小孩。

那年6月,我被著名的天津一中破格录取,欣喜若狂地跑回家。没想到,把喜讯告诉家人时,他们的脸上竟堆满愁云——奶奶去世不到半年,爷爷也生命垂危,家里现在已欠了 1 万多元的债。我默默回到房中，流了一整天的泪。晚上，听到屋外有争吵声。原来是妈妈想把家里的那头毛驴卖掉，好让我上学，爸爸坚决不同意。他们的话让病重的爷爷听见，爷爷一急之下竟永远地离开了人世。

安葬完爷爷，家里又多了几千元的债。我再不提念书的事了，把"录取通知书"叠好塞进枕套，每天跟妈妈下田干活。

过了两天，我和父亲同时发现——小毛驴不见了！爸爸铁青着脸责问妈妈："把小毛驴卖了？你疯了，以后种庄稼、卖粮食你去用手推、用肩扛啊？"那天，妈妈大哭，她用很凶很凶的声音吼爸爸："娃儿要念书有什么错？考上市一中在咱武清县可是独一无二呀！咱不能把娃儿的前程给耽误了。我就是用手推、用肩扛也要让他念书。"

捧着妈妈卖毛驴得来的 600 元，我真想给妈妈下跪、磕头。我太爱念书，然而这一念下去，妈妈又要为我受多少为难，吃多少苦？

二

那年秋天我回家拿冬衣，发现爸爸脸色蜡黄，瘦得皮包骨似的躺在炕上。妈妈说："没事，重感冒，快好了。"谁知，第二天我拿起药瓶看上面的英文，发现这些药是抑制癌细胞的。我把妈妈拉到屋外，哭着问她这是怎么回事，妈妈说自从我上一中后，爸开始便血，一天比一天严重。妈妈借了 6000 元去天津、北京一遍遍地查，最后确诊为肠息肉。医师要爸爸尽快动手术。妈妈准备再去借钱，可是爸爸死活不答应。他说亲戚朋友都借遍了，只借不还谁还愿意再借咱呀？

那天，邻居还告诉我，母亲是用一种原始而悲壮的方式完成收割的，看得人直掉泪。她没有足够的力气把麦子挑到场院去脱粒，也无钱雇人帮忙。她是熟一块割一块，然后再用平板车拉回家。晚上院里铺一块塑料布，用双手抓一大把麦穗在大石头上摔打……三亩地的麦子，全由她一个人干。她累得站不住了就跪着割，膝盖磨出了血，走路时一颤一颤地留下血迹……邻居没说完，我便飞跑回家，大哭道："妈妈，妈妈我不能再读下去了呀……"

我的生活费是每个月 60 元到 80 元，比起别的同学的 200 元至 240 元，实在少得可怜。可只有我才知道，妈妈为这一点点钱，从月初就得一分一分地省，一元一元地卖鸡蛋、蔬菜，实在凑不出时得去借个二十三十。

妈妈为了不让我饿肚子，每个月都要步行十多里路去给我批发方便面渣。月底时，妈妈总是带着一个鼓鼓的大袋子，来天津看我。袋里除了方便面渣，还有妈妈从 6 里地外一家印刷厂要来的废纸(那是给我做计算纸的)和一大瓶黄豆辣酱、咸芥菜丝以及一把理发的推子。

我是天津一中唯一在食堂吃不起青菜的学生，只买两个馒头，回宿舍泡方便面渣就着辣酱和咸菜吃；我也是唯一用不起稿纸的学生，只能用一面印字的废纸打草稿；我还是唯一没用过肥皂的学生，洗衣服总是到食堂要点儿碱面将就。可是我从来没有自卑过,我觉得妈妈是一个向苦难、向厄运抗争的英雄,做她的儿子我无上光荣!

母亲来的时候,我对她说担心自己英语跟不上。她回答:"妈只知道你是最吃苦的孩子,妈不爱听你说难,因为一吃苦便不难了。"我记住了妈妈的话。我有点儿口吃,有人告诉我,学好英语,首先要让舌头听自己的话,于是我常捡一枚石子含在嘴里,然后拼命背英文。舌头跟石子磨呀磨,有时血水顺着嘴角流了下来,我始终咬牙坚持着。半年过去了,小石子磨圆了,我的舌头也磨平了,英语成绩进入全班前三名。

三

1997 年 1 月,我终于在全国数学奥赛中,以满分的成绩获得第一名,进入国家集训队。赴阿根廷参加比赛的费用需自理。交完报名费,我把必备书籍和母亲做的黄豆辣酱包好,准备工作就结束了。老师看我依然穿着别人接济的、颜色大小很不协调的衣服说:"这就是你全部的衣服啊?"我说:"老师,我不怕丢人。母亲总告诉我腹有诗书气自华,我穿着它们就是去美国见克林顿也不怕。"

7 月 27 日,奥赛正式开始。我们从早上 8 点 30 分到下午两点,整整做了 5 个半小时的试题。第二天公布成绩,首先公布的是铜牌,我不希望听到自己的名字;接着公布银牌,最后……公布金牌,就是我!我喜极而泣,心中默默喊道:"妈妈,你的儿子成功了。"

8 月 1 日,当我们载誉归来时,中国科协、中国数学学会为我们举行了隆重的欢迎仪式。此时,我想回家,我想尽早见到妈妈,我要亲手把灿烂的金牌挂在她的脖子上……那天晚上 10 点多,我终于摸黑回到朝思暮想的家。开门的是父亲,可是一把将我紧紧搂进怀里的,依然是我那慈祥的母亲。朗朗的星空下,母亲把我搂得那样紧……我把金牌掏出来挂在她脖子上,畅畅快快地哭了。

感恩提示
gan en ti shi

母亲怀胎十月生下了我们,然后教会我们走路,说话……可以说,我们的生命与母亲紧紧联系在一起。所以,母亲是我们第一位老师。母亲善良的性格教会我们怎样做人;母亲的艰苦朴素教会了我们如何生活;在贫穷的生活中,母亲又教会了我们做人要顽强……这些是别的学校或人是无法教会的,只有母亲可以做到。母亲可以在贫穷环境中无怨无悔勤奋劳作,也是促发我们永远上进的动力。母亲任何的一个举动,都是要告诉我们不要放弃,不言失败。这样的一位伟大的母亲,无疑也是一所最好的大学。

幼年时我纳闷儿为什么我非得如此刻苦努力。现在我领悟了——是苦难把我们造就成人。我感觉妈妈永远与我同在。

母 爱 似 海

◆文/秋　水

　　我是妈妈的第三个孩子,生我时她 20 岁。我刚出生,护士就把我从产房里抱走了,她未能看到我。医生温和地解释说我左肘以下没有手臂,随后他建议:"对待她就像对待其他女儿一样,不要有所不同。要求她更多些。"她照办了。

　　在父亲离开我们之后,妈妈不得不重新工作来养家糊口。在加利福尼亚州莫德斯托的家中有我们 5 个女孩,我们都得帮着干活。在我大约 7 岁时,有一回,我从厨房里出来,哼哼唧唧地说:"妈妈,我没法削土豆皮,我只有一只手。"

　　妈妈连头都没抬,继续缝纫。"你进厨房削土豆皮去,"她对我说,"再不要拿这个做挡箭牌!"

　　当然,我能削土豆皮——用左胳臂按着,用好的手削。总会有办法的,妈妈清楚这一点。她总是说:"只要你尽力设法去做,什么事都能办到。"

　　上二年级时,老师叫我们列队在操场上进行猴架比赛,从一个高杠悬荡到下一个杠。轮到我的时候,我摇摇头,身后有些同学发出笑声,我哭着回到家。

　　那天晚上我告诉妈妈这件事。她紧抱着我,我看见她那"我们等着瞧"的表情。第二天下午,她下班后带着我回到学校,在空无一人的操场上,她仔细地瞧着猴架的杠子。

　　"现在用你的右胳臂拽自己上去,"她给我出主意。她在一旁站着,我奋力用右手把自己拉上去,直到我能用左肘弯钩住杠子。一天又一天这么练着,我每荡过一个杠子她都表扬我。

　　我永远不会忘记全班再次列队站在猴架旁的情景。我荡过一个又一个杠子,朝下看着的那些曾经耻笑过我的同学。他们这回可都目瞪口呆地站着。做什么事都这样,妈妈从不替我干,也不放任我,坚持要我自己设法去做。有时候我怨恨她,她不知道那是什么滋味,我心想。她不在乎那有多么难,但是,刚上初中的一天晚上,学校举行了舞会,舞会结束后,我躺在床上哭泣,听见妈妈走进了我的房间。

　　"怎么啦?"她温和地问道。

　　"妈妈,"我哭着回答,"因为我的胳臂,没有一个男孩子愿意跟我跳舞。"

　　很长时间她没吭声。然后她说:"啊,宝贝,有一天你会用球棒把那些男孩子赶走。你瞧着吧!"她的声音微弱、急促。我从被子下面偷偷张望,看见她面颊上流淌着眼泪。

我这才知道她为我忍受着多大的痛苦,但是她从不让我看见她流泪,因为她不愿意我为自己感到难过。

后来,我跟我认为接受我的第一个男人结了婚。但结果他是个不成熟和不负责任的人。我的女儿杰西卡出生后,为了保护她不受不幸福婚姻的伤害,我挣脱了这一婚姻。

在我作为单身母亲的 5 年中,妈妈是我的支柱。如果我想哭,她就抱着我;如果我埋怨下班或放学后得到处追着一个学步的孩子,她就放声大笑;但是如果我要为自己感到难过,我就看着她,然后想起她拉扯过 5 个孩子!

我又结了婚。我和丈夫蒂姆有充满爱意的家庭,我们有 4 个孩子。或许我妈妈错过了太多与她自己的孩子在一起的时间,因此她在孙辈中找到补偿。很多次我看见她摇晃着杰西卡,抚摸着她的头发。"我要狠狠地宠坏她,然后归还给她妈妈好好地管教,"她这么对我说,"这是我现在的特权。"然而,她没有这么做。她只是给了孩子们无限的耐心和爱。

1991 年妈妈被诊断患有肺癌,还能活半年到一年。可 3 年多过去了,她仍然和我们在一起,医生说这是个奇迹。我认为是她对孙子、孙女们的爱使她斗争到最后一刻。她 53 岁生日过后 5 天故去了。直至现在,一想到一个在生活中经历了那么多艰难的人到头来竟然还要经受如此苦难,我就非常难过。

但是,她也将这个问题的答案教给了我。幼年时我纳闷儿为什么我非得如此刻苦努力。现在我领悟了——是苦难把我们造就成人。我感觉妈妈永远与我同在。有时候,当我担心没有能力处理好事情时,便又看到她那灿烂的笑容。她有决心面对任何事情,她教我认识到我也能面对任何事情。

感·
恩·
父·
母·
全·
集·

271

感恩提示
gan en ti shi

"苦难把我造就成人"——"我"如此感叹。也许这是本文最让人轻舒一口气的结论了,于是"我"这么抒发着关于人生的感叹。实际上,这个结论对"我"的母亲是有一些不公平的。如果你足够细心,你可以在文中找到一切细节:"我"的哪怕每一丝一毫的进步,都是母亲的努力。如果说是苦难把我造就成人,那么,在苦难的外面包裹着母亲厚厚的、不透一丝风的爱,这种理智而又现实的爱,护送着我摇摇晃晃地在苦难中站起来,走下去。

至于这种费力又费神的挽回，除了教书育人的责任，除了父爱如山的担子，那只能用爱来解释。

拼贴起来的感动

◆ 文/陈德进

　　女孩的刘海飘飘遮着一张清纯的脸，要是在路上瞧见了大家都会以为她是三好生呢！这样想的话，你就大错特错了。这不，新来的班主任刘老师就把电话打到了她家里，据说一放学，教室的人差不多走光的时候，她也跟着正要大摇大摆地迈出教室，刘老师早就看在眼里，走过去拦住她："你不能走！""干吗！不能走？我招谁惹谁了？"女孩很冲。"你看看黑板的左下角！"女孩朝教室瞄了一眼收回目光："我今天没有空，改天再安排！""不！不行！这是你的义务！"刘老师不依不饶。女孩折回教室，刘老师才松一口气，却马上又皱起了眉头。女孩顺着后门头也不回，兀自离去。"你！站住！"刘老师伸手指向了女孩走去的方向，没有得到女孩的理睬。

　　原来，今天轮到女孩打扫教室卫生，以前就有人反映女孩不履行义务，他想趁这次机会开导开导她，反而窝了一肚子火。

　　第二天，女孩来上课，又逢刘老师，女孩一副若无其事的模样，斜靠在后桌的桌沿上，右手摊在桌子上，手里的圆珠笔在拇指、食指和中指之间转动着。刘老师用带火星的眼神注视了女孩有两三次了。

　　"把手中的笔给我折断，扔到窗外去！"见女孩无动于衷，刘老师火山爆发了，同时人凑了过来，一下子几乎所有惊诧的目光都汇集到女孩身上，女孩有些意外，但她还是表现出别的孩子没有的镇定自若。

　　见没有反应，刘老师自己动手抢下那支笔，一不做二不休，"啪——"折成两截往窗外丢去，只留下清脆的尾音在沉寂的教室里回荡。

　　"狗屁！"女孩突然站起来，抓起桌面上的课本，就在刘老师的面前，撕成了条条块块，洒在桌子底下，然后在几十双眼睛的注视下，头也不回地奔向了教室外。等刘老师追出去，已经不见人影了。刘老师只好折回教室继续教他的课文。

　　上完课后，刚到办公室要掏起手机，铃声却自己先响了。"对不起，给你添麻烦了！我刚做生意回来……"话筒里传来了柔和的声音，原来是女孩的父亲，刘老师一颗悬起的心终于平静了。平静之后的刘老师竹筒倒豆子般地倾泻了他的不快。

　　"真给你添麻烦了！不过我想请你帮个忙。"女孩的父亲说他想要回女孩撕下的那些纸堆。"我给你找本新书吧！"刘老师见女孩父亲这么通情达理就想帮他。

　　"不用了，谢谢，我就要那堆纸屑！"

"兴许还在垃圾筒里！"刘老师才告知没有多长时间，女孩父亲就赶过来了。他清理了所有纸屑，在刘老师和一大帮学生的目送下，走了。看着他远去的背影，刘老师若有所悟。

果然，过了几天，女孩又重新回到了教室，女孩像变了个人似的，很认真地听着，还做着笔记，轮到刘老师的课了，女孩取出一本用透明胶拼贴起来的课本。

"同学们！我今天首先要号召大家向一个伟大的父亲学习……"刘老师走上讲台，告诉大家那是女孩父亲的"作品"之后，他当着几十个同学的面，深情地说，"首先要向他学习的是我……"说完，刘老师缓缓地走到女孩跟前，掏出了口袋里的圆珠笔，很郑重地拿出来。

女孩惊讶极了，她闪着泪花接下了笔，背后响起了一片掌声。

感恩提示
gan en ti shi

父亲的爱，来得不如老师那么激烈，也许老师的愤怒里面有更多的恨铁不成钢，也许父亲的爱里更多的是绵里藏针。于是，父亲和老师，两人联合起来，用碎纸片，用折了又合上的笔，把女孩破碎的青春缝合得天衣无缝。

至于这种费力又费神的挽回，除了教书育人的责任，除了父爱如山的担子，那只能用爱来解释。无论是因为什么，最后，结局的大团圆告诉了我们：没有什么不可挽回，没有什么不能挽救，只要还有爱。

我突然想起了我那位可爱的学生，作为贫穷人家的子弟，她竟然知道贫穷人家的钱是什么样子的；我更喜欢这样的父亲，因为他知道贫穷的风骨是什么。

穷人的风骨

◆文/马 德

一天，我正要去上课。

突然，有人在背后喊我，声音远远的。我扭过头看去，是一个农民模样的人，但我却不认识他。

他说，马老师，马上就要上课了，我给闺女捎了些钱，麻烦你转交给她。哦，原来他是我们班一个女生的家长。他随即从上衣口袋里掏出一沓钱,当时我并没有太在意,只是想着家长尽快把钱交给我,因为上课铃已经响了。

但他迟迟不肯给我,不断地数着他手中的钱。我这才注意到了,那一沓钱最外面的一张是100元,里边有两张20元,还有一张10元,剩下便是厚厚的一沓两元一元的零钞了。他又翻来覆去地数了几遍,嘴里念叨,怎么会少了一张呢。

看着这些零钞,我当时突然有一种哽咽的感觉。十几年前我上高中时,父亲在一个大雪纷飞的冬天给我送钱去,冻得红裂的手心里紧攥的便是类似这样的一堆零钱,甚至里边夹杂着旧版几分的纸币。而今天的这一堆零钱当中,可能也有省下的柴米油盐的钱,可能也有父母得病了舍不得吃药的钱,也许有几块钱是刚刚卖了鸡蛋得来的,甚至有的还是借别人的,上面尚留有别人的余温。可现在,他都给他的女儿拿来了。

我问,少了多少呢?

5元。家长显然有些捶胸顿足。嘴里不停地说,走的时候,我明明凑够了的,怎么会少了呢?这可怎么办?这位父亲显然有些着急了。

我说,不要紧,就这样先给我吧。家长有些迟疑,但最终还是给了我。后来,家长走了,一边走,一边还不断地上上下下摸自己的衣兜,寻找他那不知遗失在何处的5元钱。

那节课,我上得很不好,脑海中总是浮现着家长找钱的着急样子,鼻子酸酸的。下课后,我没有直接把钱给我的学生,而是回到了办公室。

在搭上自己的5块钱后,我把所有的零钱都换成了整钞。给我的学生的时候,我也只是轻描淡写,简单地说这是她父亲捎来的,学生点了点头便走了。

我深知那一堆零钞的重量,我不想把它压在我的学生稚嫩的双肩上。我知道,我这样做实际上也并没有改变什么,但我似乎只能做到这一点。

我以为这件事就这样过去了。不料一天上午,这位家长又找到我,有些局促不安地从兜里掏出了5元钱递给我,并说,闺女前些日子写信给我,说我这次给她捎来的钱有些不一样,因为她从来没有收到过家里这么齐整的钱,读完信后,我便猜出了事情的原委,并且感觉到你肯定垫进去了5元钱,所以我今天给你送来了。

我百般推辞,我说,5元钱的事,就算了吧。但家长却极认真的样子,半天推搡过后家长突然好像生气了,一把把那5元钱塞到了我的手里。简单的几句客气话之后,便一扭头走进深秋的风里。

我突然想起了我那位可爱的学生,作为贫穷人家的子弟,她竟然知道贫穷人家的钱是什么样子的;我更喜欢这样的父亲,因为他知道贫穷的风骨是什么。

这个世界穷人不少,但能够高擎自己的灵魂活着的人不多。更多的人常常因为很可怜的一点儿利益而丢失了自己最可宝贵的东西,从而使缺少精神之钙的虚弱身体在这个世界猝然跌倒。

感恩提示
gan en ti shi

　　人不能有傲气,但不可无傲骨。如果说这句话深深地影响了无数的穷人家的孩子,那么,我们一点儿也不用有牵强附会的羞涩,人可以穷,但志气不能短。而文中那个聪明的学生,那个执拗的父亲,无疑清晰而深刻地给我们展现了这两句话是如何在生活中上演的。

　　我因为善良添了那5块钱,学生因为善良而特意问了问父亲,父亲因为善良而坚持把5块钱补上。可是,这一系列仅仅是善良就能解释的吗?也许里面还有更坚强的东西,那就是风骨。风骨不分穷富,谁都可以有,也应该有。

　　一个幸福的女儿和她幸福的妈妈,形成这种幸福的只是四个字:因材施教。

妈　妈

◆文/钱海燕

275

　　上幼儿园时我开始喜欢画画,纸上画不过瘾,就用蜡笔在客厅的白粉墙上涂鸦,踮脚站在凳子上,好像莫高窟里呕心沥血的画匠。爸爸军人出身,建议先揍我一顿,可妈妈说,让她画吧,客人可以在书房喝茶。

　　妈妈这么宽容,并不是想把我培养成张大千或毕加索,她对我说:"做你梦想的事,成为你想成为的人——只要不杀人放火卖国求荣,你快乐我也会快乐,而且,你要懂得为快乐付出代价。"

　　最后这句话我是慢慢弄懂的。那次,巷子口新开家糖果铺,我天天跑去买薄荷糖吃,妈除了提醒我刷牙并不多说话。可几天后我要租小人书的钱,妈拒绝:"钱已经给你了,你有支配的自由,但自由的限度是每天一毛,就这样。"我知道妈妈一说"就这样"即意味着讨论结束。多说无益,权衡再三,我选择了精神食粮。

　　从小我是个不听话的孩子,进学校变成了一个不听话的学生。有一阵,学校要求中午回家必须睡觉,还要家长写午睡条。但我天生觉少,躺在那里翻来覆去简直活受罪。跟妈妈商量用阅读代替午睡,她答应了:"要是你能保证下午上课不瞌睡。"啊,我现在还怀念那些美好的逃睡的夏天中午:窗帘如羞涩的睫毛低垂,电扇轻轻地吹,我躺在冰凉的席子上看唐诗、童话、外国游记，手边一碗冰糖绿豆汤。妈妈没说过开卷有益之类的话，但她不反对我看任何课外书，对她来说，书就是书——也许可以用好不好看来区分，但没必要说是否跟学习有关。四年级我看《红楼梦》，妈远远瞄了一眼："也许你现在还看不懂。"我闲闲翻一页："懂——黛玉是个爱闹别扭的女孩，比我们班胡晴晴还小心眼，可她心里喜欢宝玉，宝玉也知道。"妈把最后一个饺子扔进锅里："有道理。"

初中经常逃学，背了画夹去美丽湖写生，到图书馆翻旧杂志，或者干脆在家写诗。妈委婉提醒几次后放弃了说服的努力："我不赞成你这样做，但我保留意见。我希望你有分寸感，而且，我不会替你向老师撒谎请假。"一定是"分寸感"三个字触动了我，我把逃学频率控制在每周两次，考试保持在十名之前。爸爸说以我的聪明应该考前三名，但妈妈说与考分相比，她更希望我有个宽松丰富的少年时代，"孔子说因材施教，"妈妈一边抹玻璃一边悄悄对爸爸说，"你得承认你女儿和别的孩子不一样。"妈妈以前当过老师，其实她常说的话就是每个孩子都不一样："尊重受教育者的个性，这是教育的前提。"

高中我开始有了点儿稿费，开始有男孩子到家里来找我——借书，还书，或者什么的。我买了一大堆美丽的画册，买了一个绿色的缎子蝴蝶结，配一条苔绿的丝绒芭蕾裙，在镜子前面照来照去。还有一次，我偷偷买了一支口红，妈妈看见没说话……我也就没用，后来她替我保存起来了。

18岁进大学，先在经济系。当我和一大群女伴关起门听摇滚翻时装杂志时，妈妈会笑眯眯地敲门端来几碟自己做的绿草冰激凌，顶尖一粒樱桃。她从来没当众问过我的测验成绩。她笑着说："年轻真好。"

那年我有了今生第一次约会，我告诉妈妈，他是世界上最聪明最可爱最英俊的男孩子(现在我已经忘了他长什么样子)。周末的夜晚，我兴高采烈地踩着舞步推开家门，看见爸爸正坐在客厅里开着电视打盹，我问他干吗呢，他嘟哝说他喜欢那个侦探片。妈妈早就睡了。后来男孩打电话来说对不起，他喜欢另外一个女孩——他只是把我看作一个小妹妹。我哭得枕头都漂了起来。爸爸摩拳擦掌，声称要去揍那个有眼无珠的小子。妈妈只是端来一碗汤："喝了就好啦！"她微笑："相信吗？有一天你会连他长什么样儿都忘了。"

大二那年我转系，转中文。当时经济专业热得像个走红大歌星，中文如式微的贵族小姐粗头乱服可怜巴巴。朋友劝我，喜欢写东西可以把它当业余爱好嘛，我说真喜欢就没法业余——就像真爱一个人，就不愿仅仅给他做情人一样。妈妈签字，我转了系。

毕业后，我在一家报纸做副刊编辑，闲了自己画画插图，偶尔趁约稿外出旅游一番，薪水是当初经济系同学的三分之一。妈妈问我是否后悔——当时我正在比照同学刚买的一件对我而言太昂贵的晚装裙动手仿做。我想了想，低头画了一道粉线：不。

妈妈笑了："真是我的女儿。"

这似乎是一种夸奖。

感恩提示

gan en ti shi

读完文章，可能会有很多人会发出同一声感叹：可惜她只是她妈。是啊，如果这个妈能在生活中的任何一栋居民住户中找到，那该是一件多么美妙的事情。事实上可能不是这样，甚至现实情况离这差得还很远，但是，我们可以用一种欣赏的心态和目光观察，之后，你就会发现，离我们觉得美好的东西更近了。近了之后会发现，很多那么美好的事物靠近了看它的本质，多么简单：一个幸福的女儿和她幸福的妈妈，形成这种幸福的只是四个字：因材施教。

母亲去世快20年了，她遗留给我的精神遗产非常丰厚，而每遇大险或大喜时的格外沉静，是其中最宝贵的一宗。

神圣的沉静

◆文/刘心武

还记得童年在重庆的一些事。我家住在南岸狮子山，从那里可以到一座更高的真武山去游览。真武山上有段路非常险，靠里是陡峭的山岩，靠外是极深的悬崖。那天玩得很开心。返回时，我故意贴在悬崖边上走，还蹦蹦跳跳的，甚至以颠连步跃进。7岁的我还不懂生命的珍贵。那样做，有存心让母亲看见着急的动机。那悬崖下面的谷地，荒草里凸现着一块怪石，那石头自然生成盘蛇的状态，当中的一块耸起活像蛇颈和蛇头。传说结了婚的男女，从悬崖上往下掷石头，如果掷中了那条石蛇的身子，就能生个儿子。混混沌沌的我，自以为也懂得成年人的事情，听大人们有那样的议论，想起自己也同邻居女孩子玩过扮新郎新娘的游戏，竟然也拾起石块朝悬崖下奋力掷去，把握不好投掷的重心，身体的姿势从旁看去就更惊心动魄了。

还记得那天母亲的身影面容。她紧靠着路段里侧的峭壁，慢慢地走动。她一定后悔转到那段路以前没能牢牢牵着我的手，把我控制在她身边，她自己往前挪步，眼睛却一直盯在我身上。我顽皮地蹦跳投掷，不住地朝她嬉笑，怄她，气她，悬崖边缘就在我那活泼生命的几寸之外。事后，特别是长大成人后，回想起母亲在那段时刻的神态，非常惊异，因为按一般的心理逻辑与行为逻辑，母亲应该是惶急地朝我呼喊，甚至走过来把我拉到路段里侧，但她却是一派沉静，没有呼喊，更没有吼叫，也没有要迈步上前干预我

277

的征兆,她就只是抿着嘴唇,沉静地望着我,跟我相对平行地朝前移动。

　　那段险路终于走完,转过一道弯,路两边都是长满茅草和灌木的崖壁了,母亲才过来拉住我的手,依然无言,我只是感受到她那肥厚的手掌满溢着凉湿的汗水。

　　直到中年,有一天不知怎么提及这桩往事,我问母亲那天为什么竟然那样的沉静?她才告诉我,第一层,那种情况下必须沉静,因为如果慌张地呼叫斥责,会让我紧张起来,搞不好就造成失足;第二层,她注意到我是明白脚边有悬崖面临危险的,是故意气她,尽管我不懂将生命悬于一线是多么荒唐,但那时的状态是有着一定的自我防险意识与能力的,一个生命一生会面临很多次危险,也往往会有故意临近危险也就是冒险行动,她那时觉得让我享受一下冒险的乐趣也未尝不可。我很惊讶,母亲那时能有第二层次的深刻想法。

　　母亲去世快 20 年了,她遗留给我的精神遗产非常丰厚,而每遇大险或大喜时的格外沉静,是其中最宝贵的一宗。我写第一个长篇小说《钟鼓楼》时,母亲就住在我那小小的书房里,我伏桌在稿纸上书写,母亲就在我背后,静静地倚在床上读别人的作品。我有时会转过身兴奋地告诉她,我写到某一段时自我感觉优秀,还会念一段给她听,她听了,竟不评论,没有鼓励的话,只是沉静地微笑;而且,有时她还会把手头所读的一篇作品的某些内容讲一下。那作品是一位同行写的,我没时间读,也并不以为对我有什么参考价值,不怎么耐烦听母亲介绍,母亲自然是觉得写得挺好,但她也并不加些褒扬的话语,她就是沉静地给我客观讲述,毫不啰嗦,具有点穴的效应。后来《钟鼓楼》得了茅盾文学奖,那时母亲已到成都哥哥家住,我写信向他们报喜,母亲也很快单独给我回了信,但那信里竟然只字未提我获奖的事,没什么祝贺词,但语气沉静地嘱咐了我几件家务事,都是我在所谓事业有成而得意忘形时最容易忽略的。

　　2000 年第三次去巴黎,又去罗浮宫看达·芬奇的《蒙娜丽莎》,在众多的观赏者中,我忽然产生了一个非常私密的感受,那就是蒙娜丽莎脸上的表情并不一定要概括为微笑,那其实是神圣的沉静,在具有张力与定力的静气里,默默承载人生的跌宕起伏、悲欢聚散、惊险惊喜。那时母亲已仙去多年,我凝视着蒙娜丽莎,觉得母亲的面容叠印在上面,继续昭示着我:无论人生遭遇到什么,不管是预料之中还是情理之外,沉静永远是必备的心理宝藏。

感恩提示
gan en ti shi

　　沉静并不算什么美德,它是成年人所应该具有的基础品质。但是,在一个跟随母亲的孩子眼里,沉静就是生命,就是母亲的崇高。当有一天"我"已经功成名就时,我仍然没有把沉静继承过来。于是母亲适时地、正确地给"我"提醒了,万丈高楼是平地起来的,沉静,不过是必需的。当"我"终于能沉静地从母亲那里继承沉静,"我"终于长大为成熟。

母亲的沉静也因此神圣起来,神圣,是因为母亲的缘故,因为她一直站在沉静里,像极了蒙娜丽莎。

我想,只要我的耳畔时常回响着老母亲叩击拐杖的声音,那么,我人生的航船就不会沉没在人欲横流物欲泛滥的海洋里。

叩　杖

◆文/肖青林

很多年了,每当我看到放在床头的那根龙头拐杖时,总会生出一种要为母亲写点儿东西的想法。虽然母亲离我而去已经十多年了,但是,这根拐杖每时每刻都在叩问着我的良心,令我自愧不已。

打我记事时起,母亲就拄着那根拐杖。那时母亲还不到40岁,因为寒冬腊月给农业社做大锅饭,患了严重的风湿病,便不得不靠着拐杖行走。拐杖是大哥上山打柴时特意为母亲砍了一棵老藤树经过简单雕饰而成。它酷似一条金黄色的龙,龙头上还镶嵌着两颗能够转动的小钢珠,宛如两只闪亮的眼睛。

龙头拐杖是母亲一生都离不开也最为宠爱的宝物。在她心目中它有两大功用:一是靠它走路,二是仗它指教儿女。拐杖的木质既韧又硬,叩击在我家门前那块大青石板上的声音格外响亮。如果我们兄弟姐妹有谁犯了家规,只要母亲的拐杖在青石板上狠劲叩响几下,谁就得乖乖低下头来听从她的指教。若有不从,就难免被拐杖在头顶敲打几下。每每这时,兄弟姐妹们就会感到母亲那副赢弱的身躯里潜藏着一股无比强大的力量,就会看到母亲那双平时很和善的眼睛里射出一种令人胆战心惊的威光。于是,我们对母亲的龙杖无不产生一种畏惧感。

记忆里,母亲曾在我面前叩击过三次拐杖。第一次是在我上初中二年级的时候,那年月学校里整天搞"批林批孔",很少上课,适逢秋收大忙时节,生产队里杀猪宰羊吃大锅饭,看到许多同学为能吃上几顿好饭便回到队里去干活,我也动了心。当母亲得知后,她一瘸一拐地追到生产队食堂,一拐杖打碎了我手里的饭碗,一边叩击着拐杖一边怒斥道:"小时喝稀,老了吃稠;小时吃肉,老了犯愁。你不快去上学,小心我打断你的腿。"打那后,我再也不敢说一句不想上学的话了。

还有一次是在我成家立业后发生的事情。那是1988年夏天,我带着妻子女儿探亲回到老家。当我看到家里的光景比过去好多了,心里很高兴。一天,在做中午饭时,母亲非要将前一天剩下的米饭炒一炒再吃。我说米饭都馊了,会吃坏肚子的。母亲不悦,坚持说炒炒吃不要紧的。我抱怨母亲太不讲卫生,宁可让人吃坏肚子,也舍不得倒掉一碗剩饭。母亲生了气,在青石板上把拐杖叩得很响,骂我是一年土,二年洋,三年不认爹和娘;说我没吃几天官饭就忘了过去的苦日子。骂罢,她又当着我和妻女的面吃了那碗剩米饭。虽然母亲并没有吃坏肚子,证明了她的胜利,但对母亲这种作法我表示了极大不满。我们提前几天离开了老家。临别,母亲一瘸一拐地送我们到村口。我看到她眼眶里噙着泪花,一边挥动着拐杖,一边怅望着渐渐远去的我们。那一刻,我的心很酸、很痛。

永远忘不了和母亲最后一次见面时的情景。那是12年前的冬天,我得知母亲患了心脏病,便拎着一大包药品风尘仆仆赶回老家。母亲正坐在庭院里晒着太阳,当我从提包里掏出一大堆药品时,她激动了一番后便问:"这些药是你给妈买的?"我如实告诉她,自己享受公费医疗,是以我的名义给她开的。母亲听罢很不高兴,她的拐杖又一次在青石板上叩响起来:"娃呀,我对你从小就说,小时拿人家的油,大了牵人家的牛。你拿公家的药来孝敬我,这药我没有脸面吃下去。"母亲认定的事理非坚持到底不可,她至死也不愿吃一粒我带回去的药。我知道母亲的脾气,在她看来,占公家的便宜是件最不光彩的事情。

母亲去世时我没能为她送终。回到家里,只看到母亲的炕头上还放着那根龙头拐杖。我一遍又一遍抚摸着母亲的拐杖,痛哭了三天三夜。大哥说,母亲一辈子也没留下什么家产,只有瓦房四间,兄弟四个,每人可以分得一间。我说我什么都不要,只要这根拐杖就行了。

我把母亲的龙头拐杖带回我自己的家,放在自己的床头前,龙头上那双闪亮的眼睛好像总在注视着我。无数次睡梦里,我看到母亲挂着拐杖伫立在村口眺望我回家的身影,听见拐杖在老家门前那块青石板上频频叩击的声音。我知道,这是母亲在执杖叩问着我的灵魂的声音。这是人性的呐喊,这是理性的呼唤,这是上帝向人类敲响的警钟!

我想,只要我的耳畔时常回响着老母亲叩击拐杖的声音,那么,我人生的航船就不会沉没在人欲横流物欲泛滥的海洋里。

感恩提示
gan en ti shi

母亲的一根拐杖,上面普通的一对眼睛,这构成了"我"一生中最最丰富的精神世界。母亲用这根拐杖走路、育人,它也成了母亲的标志。当孩子们一个一个从拐杖底下长到了拐杖的高处时,母亲的韶华和拐杖一样远去。都说孩子是母亲的拐杖,可是孩子们只能帮母亲走路,代替不了。于是,病逝的母亲成了孩子们心中的痛。"我"虽然只要了一根拐杖,可是,"我"所继承的,恰恰是母亲最为深远的爱的延伸。愿那双眼睛能陪伴所有的人!

如果我学得了一丝一毫的好脾气，如果我学得了一点点待人接物的和气，如果我能宽恕人，体谅人——我都得感谢我的慈母。

我 的 母 亲

◆文/胡　适

　　小时候我身体弱，不能跟着野蛮的孩子们一块儿玩。母亲也不准我和他们乱跑乱跳。小时候我不活泼，无论在什么地方，我总是文绉绉地。所以家乡老辈都说我"像个先生样子"，遂叫我做"穈先生"。这个绰号叫出去之后，人人都知道三先生的小儿子叫做穈先生了。即有"先生"之名，我不能不装出点儿"先生"样子，更不能跟着顽童们"野"了。有一天，我在我家八字门口和一班孩子"掷铜钱"，一位老辈走过，见了我，笑道："穈先生也掷铜钱吗？"我听了羞愧得面红耳热，觉得太失"先生"身份了！

　　大人们鼓励我装先生样子，我也没有嬉戏的能力和习惯，又因为我确是喜欢看书，故我一生可算是不曾享过儿童游戏的生活。每年秋天，我的庶祖母同我到田里去"监割"(顶好的田，水旱无忧，收成最好，佃户每约田主来监割，打下谷子，两家平分)，我总是坐在小树下看小说。十一二岁时，我稍活泼一点儿，居然和一群同学组织了一个戏剧班，做了一些木刀竹枪，借得了几副假胡须，就在村口田里做戏。我扮的往往是诸葛亮、刘备一类的文角儿；只有一次我做史文恭，被花荣一箭从椅子上射倒下去，这算是我最活泼的玩意儿了。

　　我在这九年(1895~1904)之中，只学得了读书、写字两件事。在文字和思想的方面，不能不算是打了一点儿底子。但别的方面都没有发展的机会。有一次我们村"当朋"(八都凡五村，称为"五朋"，每年一村轮着做太子会，名为"当朋")筹备太子会，有人提议要派我加入前村的昆腔队里学习吹笙或吹笛。族里长辈反对，说我年纪太小，不能跟着太子会走遍五朋。于是我便失掉了学习音乐的唯一机会。三十年来，我不曾拿过乐器，也全不懂音乐；究竟我有没有一点儿学音乐的天资，我至今不知道。至于学图画，更是不可能的事。我常常用竹纸蒙在小说书的石印绘像上，摹画书上的英雄美人。有一天，被先生看见了，挨了一顿大骂，抽屉里的图画都被搜出撕毁了。于是我又失掉了学做画家的机会。

　　但这九年的生活，除了读书看书之外，究竟给了我一点儿做人的训练。在这一点上，我的恩师便是我的慈母。

　　每天天刚亮时，母亲便把我喊醒，叫我披衣坐起。我从不知道她醒来坐了多久了。她看我清醒了，便对我说昨天我做错了什么事，说错了什么话，要我认错，要我用功读书。有时候她对我说父亲的种种好处,她说:"你总要踏上你老子的脚步。我一生只晓得这一个完全的人,你要学他,不要跌他的股(跌股便是丢脸出丑)。"她说到伤心处,往往掉下泪来。等到天大明时,她才把我的衣服穿好,催我去上早学。学堂门上的锁匙放在先生家里;我先到学堂门口一望,便跑到先生家里去敲门。先生家里有人把锁匙从门缝里递出来,我拿了跑回去,开了门,坐下念生书,十天之中,总有八九天我是第一个去开学堂门的。等到先生来了,我背了生书,才回家吃早饭。

母亲管束我最严,她是慈母兼任严父,但她从来不在别人面前骂我一句,打我一下。我做错了事,她只对我一望,我看见了她的严厉眼光,便吓住了。犯的事小,她等到第二天早晨我睡醒时才教训我。犯的事大,她等到晚上人静时,关了房门,先责备我,然后行罚,或罚跪,或拧我的肉。无论怎样重罚,总不许我哭出声音来,她教训儿子不是借此出气叫别人听的。

有一个初秋的傍晚,我吃了晚饭,在门口玩,身上只穿着一件单背心。这时候母亲的妹子玉英姨母在我家住,她怕我冷了,拿了一件小衫出来叫我穿上。我不肯穿,她说:"穿上吧,凉了。"我随口回答:"娘(凉)什么!老子都不老子呀。"我刚说了这句话,一抬头,看见母亲从家里走出,我赶快把小衫穿上。但她已听见这句轻薄的话了。晚上人静后,她罚我跪下,重重的责罚了一顿。她说:"你没了老子,是多么得意的事!好用来说嘴!"她气得坐着发抖,也不许我上床去睡。我跪着哭,用手擦眼泪,不知擦进了什么微菌,后来足足害了一年多的翳病。医来医去,总医不好。母亲心里又悔又急,听说眼翳可以用舌头舔去,有一夜她把我叫醒,她真用舌头舔我的病眼。这是我的严师,我的慈母。

母亲23岁做了寡妇,又是当家的后母。这种生活的痛苦,我的笨笔写不出一万分之一二。家中财政本不宽裕,全靠二哥在上海经营调度。大哥从小便是败家子,吸鸦片烟、赌博,钱到手就光,光了便又回家打主意,见了香炉便拿出去卖,捞着锡茶壶便拿出押。母亲几次邀了本家长辈来,给他定下每月用费的数目。但他总不够用,到处都欠下烟债赌债。每年除夕我家中总有一大群讨债的,每人一盏灯笼,坐在大厅上不肯去。大哥早已避出去了,大厅的两排椅子上满满的都是灯笼和债主。母亲走进走出,料理年夜饭、谢灶神、压岁钱等事,只当做不曾看见这一群人。到了近半夜,快要"封门"了,母亲才走后门出去,央一位邻居本家到我家来,每一家债户开发一点儿钱。做好做歹的,这一群讨债的才一个一个提着灯笼走出去。一会儿,大哥敲门回来了。母亲从不骂他一句,并且因为是新年,她脸上从不露出一点儿怒色。这样的过年,我过了六七次。

大嫂是个最无能而又最不懂事的人,二嫂是个能干而气量很窄小的人。他们常常闹意见,只因为母亲做和气榜样,他们还不曾有公然相骂相打的事。她们闹气时,只是不说话,不答话,把脸放下来,叫人难看;二嫂生气时,脸色变青,更是怕人。她们对母亲闹气时,也是如此,我起初全不懂得这一套,后来也渐渐懂得看人的脸色了。我渐渐明白,世间最可厌恶的事莫如一张生气的脸;世间最下流的事莫如把生气的脸摆给旁人看,这比打骂还难受。

母亲的气量大,性子好,又因为做了后母后婆,她更事事留心,事事格外容忍。大哥的女儿比我只小一岁,她的饮食衣服总是和我的一样。我和她有小争执,总是我吃亏,母亲总是责备我,要我事事让她。后来大嫂、二嫂都生了儿子了,她们生气时便打骂孩子来出气,一面打,一面用尖刻有刺的话骂给别人听。母亲只装作不听见。有时候,她实在忍不住了,便悄悄走出门去,或到左邻立大嫂家去坐一会儿,或走后门到后邻度嫂家去闲谈。她从不和两个嫂子吵一句嘴。

每个嫂子一生气,往往十天半个月不歇,天天走进走出,板着脸,咬着嘴,打骂小孩子出气。母亲只忍耐着,到实在不可再忍的一天,她也有她的法子。这一天的天明时,她便不起床,轻轻的哭一场。她不骂一个人,只哭她的丈夫,哭她自己苦命,留不住她丈夫来照管她。她先哭时,声音很低,渐渐哭出声来。我醒了起来劝她,她不肯住。这时候,我总听得见前堂(二嫂住前堂东房)或后堂(大嫂住后堂西房)有一扇房门开了,一个嫂子走出房向厨房走去。不多一会儿,那位嫂子来敲我们的房门了。我开了房门,她走进来,捧着一碗热茶,送到母亲床前,劝她止哭,请她喝口热茶。母亲慢慢停住哭声,伸手接了茶碗。那位嫂子站着劝一会儿,才退出去。没有一句话提到什么人,也没有一个字提到这十天半个月来的气脸,然而各人心里明白,泡茶进来的嫂子总是那十天半个月来闹气的人。奇怪得很,这一哭之后,至少有一两个月的太平清静日子。

母亲待人最仁慈,最温和,从来没有一句伤人感情的话;但她有时候也很有刚气,不受一点儿人格上的侮辱。我家五叔是个无正业的浪人,有一天在烟馆里发牢骚,说我母亲家中有事总请某人帮忙,大概总有什么好处给他。这句话传到了我母亲耳朵里,她气得大哭,请了几位本家来,把五叔喊来,她当面质问他,她给了某人什么好处。直到五叔当众认错赔罪,她才罢休。

我在母亲的教训之下住了九年,受了她的极大极深的影响。我14岁(其实只有十二零两三个月)便离开她了,在这广漠的人海里独自混了二十多年,没有一个人管束过我。如果我学得了一丝一毫的好脾气,如果我学得了一点点待人接物的和气,如果我能宽恕人,体谅人——我都得感谢我的慈母。

 感恩提示

gan en ti shi

套用一句名言:每一个成功的人士背后,都有一位伟大的母亲。其实无论一个人成功不成功,他的母亲总是伟大的。母爱没有高低贵贱,只要是孩子,只要母亲存在,母亲们的爱总是一样的:那就是尽她们的所有。

至于孩子们成功不成功,有太多的标准,这些标准可以限定孩子的成功与否,却限定不了母亲。无论是谁,在心平气定的时候,都该虔诚地整一整衣衫,恭恭敬敬地向我们的母亲鞠躬,除了感谢,还有致敬。

一道窗口,不远的距离,隔窗相望,父子间的很多隔膜悄无声息地淹没在泪水中。

隔 窗 相 望

◆文/贺点松

一棵梧桐树的阴影下,蹲着一个黑瘦的中年汉子。他上穿一件皱巴巴的衬衫,下穿一条脏兮兮的黑裤子,脚上一双"踢死牛"布鞋,没穿袜子。他不断地取下脖子上的短毛巾揩额上、颊上大颗大颗的汗珠。他的脚旁放着一只鼓鼓囊囊的塑料袋,塑料袋里装着一套衣服、几包方便面,还有许多鲜黄的杏子。

学校是新建的学校,梧桐树是去年才栽的,它投下的阴影勉勉强强能遮住壮年汉子。

我经过他身旁时,他正又一次用短毛巾揩脸上的汗。

"找学生吧?"我问。

他赶紧站起来,脸上堆着笑:"是找学生。"

我又问:"在哪一班?"

他说:"二(3)班。"

"二(3)班?"

"嗯。"

"学生叫什么名字?"

"赵飞。"

我心里"咯噔"一下。

"刚才下课没找着呀?"

"来得不巧,进校门时刚打上堂钟(上课铃)。"

我看看表,下午第二节课才开始5分钟。就是说,这位父亲还得在酷暑中苦熬40分钟!

我说:"这儿太热,教学楼北边台阶上凉快,坐那儿去吧!"

我不敢再多看这位父亲,赶紧走进教学楼。

赵飞是我班的"双差生",学习差,纪律差。作为班主任,从高一到高二,我不知做了他多少思想工作,都没有什么效果,近来,顽劣程度还有增加。我上了二楼,走到我班的教室外,隔窗观察,是语文课。王老师正在动情地讲着,学生们听得入神。可是,赵飞已趴在靠窗的课桌上睡着了。赵飞此举,我已见怪不怪,而今天却让我非常恼怒,真恨不得冲进去把他揪起来狠狠地揍一顿。

我点起一支烟,猛吸一口,有了一个主意。我轻敲一下窗子,示意赵飞的同桌叫醒赵飞,让赵飞出来。

赵飞被叫醒了,揉着眼。"跟我来!"赵飞跟着我进了办公室。大概认为我又要教训他了,摆出一副水泼不进刀枪不入的满不在乎的架势。

我说:"往里边站点儿,赵飞。"

赵飞往里边站了点儿。

我说:"再往里边站点儿,站到窗户前。"

赵飞大大咧咧地站到窗前。

我说:"这节语文课,你在睡觉吧,赵飞?"

赵飞轻描淡写地说:"是。"

我说:"我想让你观察一个人。观察之前我想提醒你,今年夏天天气干旱,持续高温,今天的气温是 38 摄氏度。你要一边观察一边思考:那个人来干什么?他为什么蹲在那儿?他一生最大的愿望可能是什么?——好啦,隔着你旁边的这扇窗户,那个人你抬眼就能看见。——开始吧!"

赵飞抬眼一望,转身就要出去。

我用极其严厉的语气说:"站着!按我说的做!"

赵飞不敢再动。

办公室里静极了,只有吊扇转动的"呼呼"声。

赵飞的眼里有了亮晶晶的东西。

赵飞的喉头在蠕动。

赵飞的双肩剧烈地抖动着。

下课的铃声响了,赵飞终于"哇"的一声哭出声来。

"老师,我……"赵飞泣不成声。

我严厉而又语重心长地打断了他的话:"什么也别说,去吧,我相信你是一位善于思考的学生,我不想听你现在怎么说,我想看你今后怎么做!"赵飞咬着嘴唇重重地点点头,向我深深鞠了一躬,转身跑出办公室。

从此,赵飞像换了一个人,期末考试,赵飞的成绩跃入了全班前列。

感恩提示
gan en ti shi

一道窗口,不远的距离,隔窗相望,父子间的很多隔膜悄无声息地淹没在泪水中。想来,父亲没有任何意识,他只是一如既往地在教室外等待自己的儿子;儿子却翻天覆地地有了改变,这一切,只是因为几十分钟的凝望。如此,我们该对这位老师鼓掌喝彩,并感谢他用一种最最简单、却又最最直接有效的方式,把一位学生悄悄从最末的位置拉到了前面,我想,父亲对儿子的感召将会在他的生命里刻下深深的烙印……

兄妹俩扔下了字条，踩着撒满一地的金币，伸开双臂向对方迎上去，久久地搂在一起。

遗　产

◆文/佚　名

唐哈维尔·德·坎普萨诺自知将不久于人世，但他感到异常的平静。只有一件事让他放心不下。他很有钱，担心自己一旦离开人世，他那对孪生儿女就会由于遗产问题而产生争执。

他记得自己当年同哥哥争财产的情景：兄弟间的感情竟会因此荡然无存，甚至成为仇敌。当初，他真希望哥哥遭受一切厄运，有一天夜晚，他甚至躲在树丛里想伺机干掉自己的亲兄弟。多少年来，这个伤天害理的念头一直折磨着他，令他羞愧难当。

为了避免发生这种不幸的事情，唐哈维尔将儿子送进军校读书，不让他呆在家里，眼看自己快不行了，才准备将儿子何塞·马丽亚叫回家，让他与妹妹马丽亚·何塞法生活在一起，他想呀想呀，费尽了心思，终于想出了一条妙计……

一天，他将女儿叫到身旁，十分认真地对她说道："孩子，在你哥哥回来之前，我要告诉你一件至关重要的事情。没有必要表白我有多么疼你，你是姑娘家，我得特别地关照你，使你今后更加幸福。只有这样，我才放心，你也会为此祝福我的……在我们家别墅一楼的客厅，就是那个有着陈旧笨重大衣柜的客厅，从门开始往左数，就在第十七块砖头底下有块石头，石头下埋着一个小铁匣，里面装有100万瑞尔金币。这可是我多年的积蓄！这都是你的，归你一人所有。从现在起，我们不再谈这事了。"

马丽亚·何塞法悲戚地微笑着，一再说永远也不会有这个时刻的到来。当晚，何塞·马丽亚回到了家。兄妹俩悉心照料着父亲，没过多久，死神终于夺走了老人的生命。

眼泪陪伴着兄妹俩度过了葬礼后的好些日子。他们少言寡语，无心交谈。过了许多天，他们才打开遗嘱，同律师一道处理了一切后事。一天晚上，兄妹俩待在客厅，马丽亚·何塞法走到哥哥身旁坐了下来，然后怯生生地开了口："何塞，我得告诉你一件事……一件怪事……爸爸说……"

"怪事？说吧，亲爱的……"

"嗯……你可别吃惊……我们的别墅里有价值百万的金币！"

"不，小傻瓜！"何塞·马丽亚忙纠正，"你听错了。不多不少，那一百万是在牧场！"

"哎呀，何塞！爸爸跟我说得一清二楚，还不让落了一个字，那100万金币埋在第十七块砖底下的石块下面。"

"那一定是你搞错了! 爸爸明明白白告诉我,钱在牧场那棵靠旧墙的树下。那儿有一堆乱石,石堆下有几块砖头,小铁匣就藏在砖头下,里面有 100 万金币。"

"亲爱的,那是不可能的! 你得相信,你回到家时,爸爸快不行了,危在旦夕,也许神志不大清楚了。"

"马丽亚,"何塞抓住了妹妹的手,沉思了片刻,说,"要不就是有两个铁匣子。这样,我们都没有说错。爸爸还说那钱只是我一个人的……"

"他也这么对我说……"

"可怜的爸爸!"何塞·马丽亚喃喃地说,"真让人难以理解! 可……要是你愿意,我们就到别墅和牧场去看看,这样一切都会明白。"

"说得对,"马丽亚·何塞法说,"先去别墅吧,那里一定会有钱的。"

"你知道……我没有先告诉你,因为怕你觉得爸爸偏心我,更疼我……我想把钱取出来给你一半,但不告诉你它的来历。如此说来我真是笨蛋一个。"

"不,不,你做得对,"马丽亚·何塞法心慌意乱,"我认为我说得太多了……我本该先去取钱,然后像你一样,把钱给你,也不把钱的来历告诉你。"

几天后,他们一同来到别墅,并在父亲说的地方找到了小铁匣。没来得及打开,他们又朝牧场出发了,在那棵树的石堆下也找到了一样重的铁匣子。他们在客厅里打开铁匣子,里面果然盛满了金币。过了半响,马丽亚·何塞法突然叫了起来:"匣子里有一张纸条!"

"我这里面也有一张!"哥哥也叫了一声。

"瞧,这是爸爸的笔迹。"

"这也是!"

"哦,爸爸说:'我的孩子,如果读这张字条时是你单独一人,那么我深感遗憾,但我原谅你;如果是你们兄妹俩一起看,那么我会高兴得从墓地中跳出来为你们祝福……'"

"我这张也是这样写的。"过了片刻,马亚丽·何塞法说道,她抽泣着,又悲又喜。

兄妹俩扔下了字条,踩着撒满一地的金币,伸开双臂向对方迎上去,久久地搂在一起。

感恩提示
gan en ti shi

　　实在难以想象,一位耄耋老人,一位即将离世的父亲,用一份简单而奇特的遗嘱,全面而深刻地考验了他的一对儿女。这对兄妹的过去我们可以不管,从这一天起,从父亲离开他们这一天起,他们通过了父亲最后一次考验。他们的所作所为,无论是做兄长的,还是做妹妹的,他们的行为不仅让自己庆幸,更让他们骄傲。而他们的武器是什么呢? 亲情。如果他们奇特的感恩之旅让他们明白了亲情是多么强大而重要,那么,他们还感动了我们,这些正在看文字的眼睛……

如果半张10元的钞票能做证明,那么它一定会说自己见证了一场怎样辛酸而温馨的父子之争。

天下父亲

◆文/傅昌尧

达娃在城里上大学,达娃大名叫李达,家在遥远的大别山深处。

开学有日子了,李达的学费还没交,学校知道李达的情况,没有狠着催他交款。可李达心气高,总觉得像偷了人家的,浑身毛刺刺地难受,上课也不入心,人蔫蔫的。家里穷,李达其实不想念书,可拗不过父亲;父亲狠着哩,从小就逼李达念书,一直逼到现在。李达已经高过父亲一个脑袋,可父亲照样揍他,当然是为了念书。

这天晚上,李达在宿舍无心看书,便早早蒙头睡下了。一会儿,同学将他捅醒,说李达,宿舍门口有人找你,门卫不让进。李达一愣,在这座城里,除了同学还会有人认识自己?莫不是父亲来了?给咱送学费来了?李达哧溜下床,连鞋也顾不得穿就朝门口奔去。

果然是父亲,昏暗的灯光下,灰蒙蒙、矮小的一个山里人,肩上背着一只蛇皮口袋。李达心一紧,泪珠儿就从眼皮底下往外拱。李达上前接过口袋,说,爹你多会儿来的?咋不说一声?我好去接你啊!父亲抹了一把脸上的泥汗说,我不缺胳膊不少腿的要你接啥?耽误你念书哩。再一看李达身上披着衣服,光着脚,就黑了脸说,你这么早就躺下了?我就知道你离了我不会正经念书。李达赶紧说,我……这是躺在床上看书,不是睡大觉。胡扯!父亲说,我从小就对你说,床是懒地儿、盐坑坑,撒啥好种子,都只长野花野草。李达不敢顶嘴。

李达给父亲泡了一碗方便面。李达不是不想领着父亲去外面吃夜宵,像那些城里学生一样。可李达不敢,他怕说出口就遭父亲骂,父亲的口头禅是:你别一进城就变"修"了。可睡觉得给父亲安排好,因为父亲这一路少说有三天没歇脚地奔波,李达每次回家也是那样。学校的招待所在地下室,很便宜,李达说,爹,我送你去招待所睡觉。父亲眉毛一竖,说,你真变修了,发财啦?你这不是铺吗?我先睡,你念书。夜里我起,你睡。李达不敢吱声。

学费是父亲和李达一块去财务室交的,父亲不停地对涂着口红的会计小姐点头赔不是:大姐,对不住!晚了,地里头庄稼正长草哩,马虎不得,耽搁了……没误事吧?我这娃嘴木,不识礼,有不周到的地方,你可劲骂,可劲打。年轻的会计不知所云,李达一旁又不敢笑。

第二天正好是礼拜天,李达想留父亲在城里玩两天,说爹我领你去看过去皇帝住过的地方。父亲这回没说他变修了,笑得满脸皱褶开花,说,达娃,我知道你是想孝顺爹,你爹我还真想去看看皇帝老儿快活的地儿……可现在还不是时候,等你出头了,在城里扎了根、落了窝了,我和你娘来享享福也不晚。你要过意不去,就上你们食堂给我买一碗红烧肉来,我晚上喝二两,然后可劲睡一宿,明天你送我上火车。

吃饭时,父亲却不动那香喷喷的红烧肉,李达说,爹你不是爱吃吗?怎么不吃?父亲突然抹起泪来,哽咽道:达娃,我听你同学说,你很苦,一边念书还一边干活挣钱,你小时候就馋肉,今天可劲吃,爹要看你吃下去……李达和父亲谁都吃不下。

第二天送父亲上火车时,人特多,父亲刚挤上去,列车就启动了。李达没有像城里人那样向父亲挥手,而是在站台上和列车一同往前走着,两眼盯着父亲,一眨不眨地盯着父亲。突然,父亲趴在窗户上向李达招手,李达以为父亲有话要说,就迎上去。却见父亲手上攥着一张 10 元的票子,说,达娃,我算错了,这路上只要 47 块钱就够了,多出 10 块来,你拿着!李达浑身一颤,说爹你带着,路上买点儿好吃的。父亲却吼道:我算过了,多出 10 块,你拿不拿?李达见父亲要扔下来,忙说,风大,别扔下来,你留着用。父亲脸紫了,狠命地挥着手。李达紧跑几步将父亲的手往回推,可父亲的手像山里的柞树一样坚硬,往李达手心塞那张票子。这时,一个车站警察一把将李达揪住,危险!火车走远了。李达低头发现手里攥着被撕坏的半张 10 元票子,李达两眼模糊地看着远方。

几天后,李达准备将那半张票子寄回家里,因为另外半张也许在父亲手里。可信刚要寄出去,李达就收到父亲的来信和半截票子,拆开一看,上面就一行字:

我达娃,用饭糊糊粘一下,能用……

感恩提示
gan en ti shi

如果半张 10 元的钞票能做证明,那么它一定会说自己见证了一场怎样辛酸而温馨的父子之争。是的,父亲争着让儿子多吃几口肉,儿子让父亲在火车上能少受点儿罪。在这场没有结果的父子争执中,没有输家。是的,父亲赢了,他用自己的责任、父爱的厚重、辛酸而执著的付出,让儿子郑重而小心地继承了一个男人的担子。儿子也赢了,他从父亲手里接过了成人的礼单,却用自己的努力温暖了父亲的心怀。但是,天下的父亲和儿子又何尝不是这样呢?

　　从呱呱坠地到长大成人，没有谁能离开父母的呵护、扶持、教诲、影响，我们每一步成长的脚印里，都浸透着父母的殷殷心血，我们的每件小事都牵挂着父母的心。当父母渐渐老去，不再拥有壮年的身体与容颜，爱心，却依然强烈，直至逝去。相信，如果有另一个世界，他们，也会在那里殷殷期挂……

第七辑

谁给你的爱不留缝隙

世上有一种爱是永远不会消逝的，它不会因为时间的推移而有丝毫的改变，不会因为你一时的不理解而减弱，也不会如爱情般起起伏伏，它像涓涓的溪流缓缓地划过我们的全身，流淌于我们的心间，这是一种伟大、无私、高尚的爱——父母之爱。

这世上,还有什么比母爱更完整,完整到连一丝缝隙都不留呢?

谁给你的爱不留缝隙

◆文 / 蝶舞沧海

一

从记事起,他就一直看一个小魔术。那就是每天早上起床时,破旧的窗户缝和门缝里都会长满了碎布条,一拉房门,布条便轻轻软软地落下来,像小鸟的翅膀掠过他的面颊。他捧着这些布条,咯咯咯地笑了。

然后他会看到她。她坐在堂屋中间的小板凳上,面前是一大盆的脏衣服或者芋头。她的手刷刷地忙活着,动作非常利索。她看到他,笑,小宝,睡好啦?他边做鬼脸边朝盆里看,如果装的是芋头,他就猛地冲到盆边,把小手伸进去胡搅一气。她"哎哎哎"地叫着阻止他,但来不及了,他已站起身蹦蹦跳跳甩着手喊,好痒呀好痒呀。她笑骂,你这个小坏蛋!

她带他到厨房,给他手上抹醋。抹完醋他就赖在厨房不走了,于是她点燃柴灶,给他烙葱油饼,或者煮一碗鸡蛋面。他狼吞虎咽的时候,她就蹲在他身旁看他,目不转睛地看。她目光里的内容他形容不出来,但他在那样的目光里充满了骄傲,像童话中尊贵的王子一样的骄傲。

她手很巧。她会给他织漂亮的毛衣,毛衣上小熊小狗栩栩如生,使得村里别的小孩子艳羡得围着他转。她会给他做棉鞋,缝书包。没有钱买玩具,她也会亲手给他做。他印象最深的就是她做的木陀螺。他把木陀螺放在地上,啪啪啪响亮地抽打着它,陀螺转着,他跳跃着,欢乐的笑声传到很远。

他们村子里家家户户都种芋头,定期有人来收购。芋头只有一种,但她会想方设法做出许多花样来。有时是切成滚刀块或菱形块,放油里炸得金黄,再放入白糖融化成汁,最后撒上芝麻,就成了香喷喷的芋头甜点;有时是把芋头蒸熟压碎,和熟小麦淀粉一起揉成面团,再擀成饺子皮,就可以包芋头饺子;她放个小鱼篓在门前的水沟里,隔几天总能网到几条泥鳅,她给他做泥鳅芋头汤。芋头圆滑乳白,蒜苗青绿,泥鳅黑亮,馋得他直流口水。因此他胃口大开,长得十分壮实。

那时她在他的眼中,是聪明的甚至是无所不能的,他是喜欢她的。

二

门缝里还是会每天掉布条,但接的人不是他了,而是她。因为他上学了。她一边推门一边大声喊,小宝,该起床啦!他知道了布条不是长出来的,是她每天早上塞进去的。他不解地问她塞布条干吗,她却只是摸摸他圆溜溜的小脑袋,笑而不答。

他和她都没有想到,刚上一年级不久,他们之间的这种平静恬淡,就被一次突如其来的事件打碎了。

那一次他做家庭作业,要用"放"组4个词。他想了好半天才想出两个词来:放假,放学。还差两个,于是他只好问她。她停下手里的活,也想了好半天,才说,放心。他把"放心"写了上去,说,还有一个呢?她又想了很久,对他迟疑不决地说,放……屁。

第二天他把作业交了上去。老师看到他的答案,问他是谁教的。他说是妈妈。那个年轻的、刚刚上任没几天的老师一下子就大笑起来,笑过了,把桌子重重一拍,还放屁呢,你妈这种人也能辅导孩子学习?全班同学都哄笑起来,他哭了。从此以后,很多恶作剧的同学一看见他,就异口同声地在他背后齐声大喊,放屁!放屁!他小小的心里第一次感受到了耻辱,而这耻辱,竟然是她带给他的。她以往在他心目中的形象,就此颠覆。

他想起自己的爸爸。听人说,爸爸以前在村里做点儿小生意,后来越做越大一直做到了城里,再后来爸爸在城里遇上了一个同样很有生意头脑的女人,就回来和她离了婚。爸爸和她离婚的时候他4岁,离婚的场景他隐约记得,当时她痛哭流涕地抱着爸爸的腿,央求爸爸不要带走他,她说自己什么都不要只要他,她不放心把他交给别的女人来抚养。

他那时也愿意跟着她,因为她一直比爸爸疼他。可现在回想起来,他有些后悔了。她一天书都没念过,她只会给人丢脸,难怪爸爸不要她。

三

从初中到高中,他一直在学校住校。周末的时候,很多同学都骑着自行车往家里飞奔。十几里路并不算太远,但他很少回去。直到后来,关于她的一些风言风语传到了他的耳朵。有人说,别以为她是什么好货,她儿子在家里时她才假正经。

在村里的女人中,她算是好看的,何况单身一人。她的皮肤仿佛永远晒不黑,很普通很廉价的衣服,穿在她的身上就别有一番味道。在他还不懂事的时候,就常有一些伯伯叔叔借故来找她,他们的眼睛在她身上扫来扫去,和家里那只老猫看到鱼的表情一样。她常常悄悄叮嘱他,小宝,要是有伯伯给你钱让你去买东西吃,你可别要啊。你是咱家里唯一的男子汉,你要时刻和妈妈在一起,要保护妈妈,不能把妈妈单独留下啊。后来就果然会有伯伯叔叔来,给钱让他去买糖。他想起她的话,坚决不去,寸步不离守着她。等人走了,她一把把他搂在怀里,一边笑着夸他乖孩子,一边抹眼泪。

他不愿相信那些传言是事实。于是在一个周末的晚上,他突然回了家。他拿钥匙打开了大门,果然,里面有一个男人。他不听她的解释。他指着她的鼻尖,你要么和他结婚,要么断绝来往,别让我再发现你这样偷偷摸摸丢人现眼!她的眼泪一下子就涌了出来,她想说什么,但他不想听。他转身进了另一间房,狠狠地摔上门。

第二天一早他醒来,门缝里依然塞着布条。他厌烦地扯掉,再拉开门。她和往常一样,已经坐在堂屋中间洗芋头。她仿佛什么也没发生过,朝他笑,小宝,睡好啦?

四

工作后他不再回家,因为走进村子他就会感觉抬不起头来。她却没有自知之明,常常跑到村头的小卖部给他打电话,不管他的声音冷得像冰还是像霜。

有一天他的手机又响起来,还是村头的那个号码。他当时正等女朋友的电话,不想占线,便挂了。可是电话又打了过来,他越挂对方越打,非常固执。他火了,按下接听键就吼:你一天到晚烦不烦!

却不是她的声音,是邻居杨婶的。性格泼辣的杨婶开口就骂,你这个良心被狗吃了的小崽子,你平时就这么对你妈的?你快回来,你妈住院了!

他赶了回去。他简直认不出她来了。她苍老得惊人,瘦得脸上的颧骨都突了出来。看到他进来,她眼睛里猛地一亮。那束光亮突然间灼痛了他,他想起了他儿时她看他吃鸡蛋面的眼神。十几年过去了,她的眼睛由清亮变得浑浊,但其中包含的内容却毫无改变。

他到办公室找医生。医生说,你母亲的肠癌已经到了晚期,准备后事吧。他一下子就蒙了,这怎么可能!她一直都健健康康的!医生叹了口气,你母亲的肠子里一点儿油都没有,我还从没见过生活这样艰苦的病人,回去给她弄点儿好吃的吧。

他一直坚硬的心,像中弹的玻璃一样哗啦一下碎了。他从来就没有想过她过的是怎样一种生活,没有想过这些年他念书的那么多钱,她一个以种田为生的女人是怎么一分分积攒下来的。杨婶看见他又开始骂,小崽子,你也不想想,你妈当年如果不要你,她年轻漂亮的嫁谁不好嫁?你后来上学费用越来越高,你妈的身体也大不如前了,一些耕田耙地的活她不找个男人怎么做得了?她不结婚也是为了你这个浑小子,都各有各的孩子,一旦结了婚,她怕到时候身不由己,不能供你上大学了……

他听不下去了,转身就往外跑,一口气跑到医院的大门外才崩溃地放声哭了出来。他一直以为她丢脸,原来丢脸的却是自己。他那么无知那么自私,他丢了身为儿子的脸,丢了亲情的脸啊。

回家后,他去镇上给她买了排骨、牛肉,还有一只乌鸡。他向单位请了假,每天陪着她。她还是每天起得比他早,还是会每天往窗户缝里塞布条。但他没有睡着,他终于知道了她塞布条的原因。原来她起床时天还没亮,为了怕堂屋的电灯光线射进来扰醒他,就先把所有可能漏光的缝隙都堵上。她在黑暗中塞布条的动作那么熟稔,就像在灯下一般。他默默无声地看着她做这一切,泪水将整个枕头都洇湿了。这世上,还有什么比

·感
·恩
·书
·系

母爱更完整,完整到连一丝缝隙都不留呢?可是他,领悟得太迟了。

一个月后她走了。她是面带微笑看着他,带着无限眷恋,慢慢慢慢闭上眼睛的。这一次他没有哭,他找来那些碎布条,学她的样子把所有窗户缝和门缝堵上,然后开了堂屋的灯。堂屋的水盆里,还有她没洗完的芋头。他跪在房门外轻声对她说,妈,您这一辈子都没有睡过一次懒觉,现在,您好好休息吧……

感恩提示
gan en ti shi

如果在读此文之前有人问你,谁能把爱给你——细到连窗户上的缝隙都堵上,只是因为怕光线影响你睡懒觉?其实换多聪明的人也只能猜到一个人,母亲。是的,除了爱孩子的母亲,谁能把心思用到如此细微。可是,更重要的是,孩子大了之后怎样用行动回报恩情。一位母亲因为肚子的油少而让肠癌恶化,这大概是关于母亲的最最凄婉的消息了。

一个月的时间,一个长久的下跪,一个堵住缝隙的回报,也许,我们可以原谅这个孩子,毕竟,哪个孩子会不犯错误呢?

那晚,她搂住我坐在月光下的河堤上,望着对岸河滩上草屋里闪烁的灯光,听着渔夫飘在河风中的渔歌,泪如断珠。

母　亲

◆文/翟玉忠

多年前的一个春天,我16岁的母亲被一顶换亲的花轿,抬到了豫东平原上这个小小的黄河滩村。

我的父亲是个粗鲁无知的人,如花似玉的母亲在他的醉骂殴打中凋落了青春。

父亲的一位渔夫朋友看不惯我的父亲,他常常护着我的母亲,训斥我的父亲:"有本事多打几网鱼,种好滩里的庄稼,喝酒打老婆算啥汉子……"

这个渔夫14岁死了爹娘,没亲没故,多年来住在河滩的草屋里,靠打鱼、种那几亩滩地为生。他的地和俺家的地搭地边儿,他常帮我母亲耕种收割,为母亲分担了很多辛苦和劳累。在母亲心中,他是坚实的依靠。她感激他,常帮他洗、补衣裳,补织渔网;做腌鱼片给他吃,酿醇香的高粱酒给他喝。每逢他和父亲到滩地西边一望无际的芦苇荡里打兔子、打鸟时,她便给他们每人煮一兜鸡蛋,挂一兜腌鱼片,一葫芦高粱酒,她站在大堤上目送他们很远很远,直到他们淹没在苇荡,才肯回家。

母亲19岁那年,喝醉酒的父亲站在船沿叉鱼时坠河淹死。父亲死后,母亲想带着我嫁给那个渔夫,婆家和娘家人软硬兼施也没能阻止住她,最终,还是在奶奶怀里哭喊妈妈的我,使她转回了抹泪而去的背影。

那晚,她搂住我坐在月光下的河堤上,望着对岸河滩上草屋里闪烁的灯光,听着渔夫飘在河风中的渔歌,泪如断珠。她哭时,公婆在人前夸着她笑,老族长为她立着贞节牌坊,烟锅里吱吱地燃着欣喜。

从此,母亲很少言笑,沉默如我家的老船,载去公婆的苦,载来全家的福。她把自己的苦处和美好的心愿沉进河底,讲给月亮,种进淋满涛声的黄河滩。她默默地劳作打发着寂寞的岁月。她常常把腌好的鱼片尽可能多地塞进我的书包,伫立在村口目送我到县城读书,祈祷我有朝一日学业有成,成家立业。

"孩儿,不蒸馒头——争口气,好好念书,娘全指望着你哪!"她的叮咛和她那充满期待的眼神让我终生难忘。

光阴荏苒,年迈的爷、奶相继病故。我大学毕业后,母亲拿出多年来省吃俭用、捕鱼种地、捡破烂积攒的钱,在县城给我找到了工作、盖了房子、娶了媳妇。

妻子生产时,我接母亲来县城住了半年多,说是让她来带孩子,其实是想让她享受天伦之乐。我和妻子很孝敬她,可她却闷闷不乐,常常唉声叹气、神不守舍,有时偷偷抹泪。我和妻子问她为何这样,是不是有啥惹她生气的地方?她说,傻孩子,你们对我都很好,吃的、穿的、住的、玩的都比乡下强,可我就是住不习惯,心里闷得慌,老想家。不久,她非嚷着要走,她说,让我回去吧,再住非把我住出病不可。我惦记那几亩滩地,惦记家啊。

这次回去不久,她和渔夫的事儿就传进了我的耳朵。我恍然大悟:这么多年,她之所以舍不得那个破旧的老屋,舍不得那点儿滩地,是为了能和那渔夫相见在滩地边的芦苇荡里……

在偏僻封闭传统落后的滩村,男女间不正当的关系是被人们视为大逆不道的。尽管母亲对那渔夫的感情是纯洁的,但滩村的人不理解。母亲成了故乡人人唾骂的坏女人,成了滩村茶余饭后的笑料。那些在丈夫的体贴关怀中享受幸福的农妇们骂她是离不开男人的贱女人;三里五庄的光棍汉常在夜晚趴在墙头上污言秽语调笑她;小孩儿们常围着她哄笑嬉骂,用垃圾投她;逢年过节,小村里家家欢天喜地,她却在冷清的小院里独对孤灯……

为让她摆脱困境,妻子曾托人在县里为她介绍了一个条件优越的老伴儿。可她却生气地说,娘是随便谁都跟他过的人吗?我知道,娘丢了你们的脸——唉!娘咋对你们说呢!这样吧,从此后谁要问起我,你们就说没我这个娘好啦……

我非常生她的气,那个渔夫有什么好啊,没钱、没房、没地位,又瘦、又矮、又丑,就占个心好。再说,他在我父亲死后第4年,见我母亲冲不破家庭和传统习惯的阻力,他就从四川领了个媳妇。母亲不但不恨那个渔夫无情无义,还对那个四川来的女子很好。她说自己不能嫁给渔夫,一个男人家怎么能没个女人照顾呢!她甚至很感激那四川女子替她对渔夫尽了义务。

从那以后,我再没回过老家,她也没来过我家。

其实,我知道她很想我,可她一直认为我家巷子里的人都知道她和渔夫的事儿,每次进城,她都不敢走进那条小巷,不敢走进她辛苦抚养长大的儿子的家,只敢站在巷口偷偷看一看我的家门,趴在幼儿园的门缝上偷偷看一看她日思夜想的孙子。她是那么的想见我,却又怕别人认出她就是我的母亲。她怕她的名声让我在人前失脸面、抬不起头,她知道面子对她已有官职的儿子来说是多么重要。她怕她的名声影响我做人,影响我的政治前途。她把我和我的前途看得比她的生命重要得多。

记得那年冬天我生日的那个下午,放学的儿子一进门就对我说,上午上学时见个老奶奶袖着手,胳膊上挂个兜,在对面马路边来回转悠,现在还在那儿往巷子里望,他很害怕。

透过窗外纷飞的大雪,我矇眬望见巷口对面的马路边伫立着一个浑身是雪的人。一种预感使我跑到了巷口,尽管她的脸围得很严,但那眼神告诉我,她,就是我的母亲。

大雪在淡淡的夜色和呼啸的寒风中飞舞,母亲兀自站在昏黄的路灯下,雪,已经埋住了她的脚,她静静地望着呆在巷口的我,淡黄的灯光里,她像一尊望子的雪雕。

我快步走了过去,当她冰凉的手攥在我手里的瞬间,她叫了声"乖",我叫了声"娘",我们便紧抱在一起,哽咽在一起。

她怎么都不肯跟我回家,她把那兜鱼片塞进我手里,抹着泪说,乖,娘能看你一眼,心就足了!只要你们过得好,娘就放心了。巷里人多嘴杂,看到我,会说你的,娘不能给你添麻烦。

尽管我再三劝说,母亲还是走了。透过迷蒙的泪水,我望见飘满飞雪的暮色渐渐吞噬了她那蹒跚远去的、已被生活压弯的背影。

年复一年,母亲在黄河滩度过了晚年,最终带着屈辱、内疚,怀着她和渔夫没能结合的爱情,带着粘满鱼腥、粘满汗味的生活,永远地走了,走进了那片她热爱的滩地。

我永远难忘母亲临死的情景,那天正是中秋节的晚上,我从县城赶到老家看望她,没想到心脏病突发的她躺在窗前月光里的小床上已是生命垂危。她黄瘦的脸围在满头散乱的银发中,两只干瘦的手交叠着捂着胸口。她手下捂着两张相片,一张是我们全家的合影,另一张就是那位站在黄河滩一望无际的芦苇荡前的渔夫。母亲一见我,脸上先是露出了笑容,接着眼里闪着泪光,她说她真的没想到还能见到我。她用干瘦的右手捏着渔夫的相片给我看,她含着泪,声音微弱地说:"娘快,不行了——该给你,说了,这些年,要不是,为了他和你,娘早就跳河了。他,才是,你,你的,亲——爹。你,你原谅,娘吗……"她话没说完就慢慢地闭上了眼睛,离开了人世,一串泪水从她眼角流出。我想,那泪水是她想说而没说出的、压在心底多年的心事和美好的愿望。

我一下跪在母亲的床前,泣不成声地请求亡母原谅我对她的误会。

埋葬她那天,一群大雁从长满芦苇的河边鸣叫着飞起,在静静的河滩的上空为她鸣唱着凄凉的挽歌;养育她的黄河从她安息的滩地边流过,向大平原诉说着她一生的忧伤、苦难和悲哀……

我跪在母亲的坟前,泪流满面地想着:善良、宽厚、纯洁而伟大的母亲哪,是谁扼杀了你纯洁的爱情,是谁给你这屈辱、痛苦的人生啊?

感恩提示
gan en ti shi

如果说母亲有荣耀的母亲,光鲜的母亲,那么就可能有贫穷的母亲,屈辱的母亲。本文中的母亲,怀着屈辱,在夫死子离、街谈巷议中艰难地熬过了几十年,这几十年里的日日夜夜她是怎么过的?那惊天的秘密她是怎么拼死保守的?那绝望她是怎样苦苦撑着的?没有人知道,除了母亲自己。

一个母亲,除了爱自己的孩子,她有爱的权利吗?她有追求爱的权利吗?你可以说时代造成的,你可以说环境造成的。那么也可以说,是没有亲人的支撑造成的。这个后果,儿子的忏悔远远不够。

晚上,她在日记里写,从爱到爱的距离,是忽然间的发现,是自己的父亲,还有那从不说出口的关怀。

从爱到爱的距离

◆文/墨尘缘

10 岁……

父亲是那种沉默寡言的男人,除非喝了酒。

她记得,她是从 10 岁那年开始恨父亲的。那年,父亲喝多了酒,狠狠地打母亲,她和弟弟在一边看着,幼小的心里,细细密密地织满了仇恨,到身体的每一个毛孔。

父亲在村里,是村委会主任,在普通的老百姓眼里,大大小小也算是个官了。但在她眼里不是,她看了很多书,知道有上一级的领导,知道有比父亲大得多的官。所以,她看不上父亲在村里的举止,别人一点儿小事,他就拿架子,说,啊,这是个原则问题,这是个党性问题。

她在日记里写道:"我的父亲是什么也不懂的村委会主任,我恨他。"

父亲喜酒,而喝了酒之后的父亲,常常和村里人坐在一起,红着眼睛猜拳。她看不懂,但有一点她知道,这是一种很令人讨厌的活动,每一次,父亲的脸都由白转红。

她想,长大后,自己绝对不会做父亲那样的人。

所以,幼小的她便学会了顶嘴,学会了将父亲的话反证,学会了伶牙俐齿地还击。久而久之,形成习惯,每当父亲说是,她便想尽理由说不,说到父亲无言,彼时,他会狠狠地瞪她,说,看我打你。她会倔强地抬起头,看他的眼神,但总是在三四秒钟败下来,那眼神里面,有她看不透的东西,也有一种令人可怕的权威。

邻居对父亲说,你这个闺女厉害,从小就这么会讲理。父亲恨恨地说,不成材的东西,就会顶嘴。

她暗暗听到,更觉难过,也更恨他。

18 岁……

她在城里的高中上学,一个星期或两个星期回家一次。她还经常借口学习忙,不回家,除非没生活费了,去家里拿一次,但都是张口向母亲要。对于父亲,她很少说话。父亲也很少为了一件事而说她了。如果母亲不在家,她就借口出去,到同学家里,避免和父亲单独在一起。

有时候,父亲到城里来公干,也会到她学校里看看她。在传达室那里等着,半天的工夫,总是能与传达室的那个看门老头聊得火热。她慢慢从教室出来,走到那里,淡淡说一句,来了,爹。

父亲会回过头来看看她,眼睛里没有亲切,只是平平的"哦"答一句,回过头来继续跟老头儿聊点儿话尾。完了之后才转过身来对她说,你妈说,让我来看看你,一切都好吧。

到底是自己的母亲,母女连心,父亲这次来,可能是母亲千叮嘱万叮嘱才来一次的吧。她想起母亲,她每一次回家的时候,都在自家的门口张望她来的方向,心下一酸,眼睛有些湿。

这时,她看到父亲的眼睛紧盯着自己,接着又低下头,说了句,哦,那你就好好地学习。父亲的话还是简单,他心里是没有这个女儿的,她想。看他蹬上车子,然后热情地同老头儿打招呼,看她一眼,就转身而去。

有时,父亲会带点儿钱给她,说是母亲让带给她的。她更感激母亲。她在日记里写,父亲有点儿虚伪,像是年月垒起来的伪装。

接到录取通知书的那天,她拿给母亲看,母亲激动得将手擦了又擦,又将通知书拿给父亲看。她注意到父亲脸上的变化,这对于他来说,或许是一种成功的标志,起码,值得他拿去炫耀一次。隐隐觉得,父亲的嘴角有点儿抖,说了句,真是的。

她不明白父亲话里的意思,接下来的几天里,父亲将乡亲们聚在一起请客,邻居又说,你看,你这闺女真有本事。她期待着父亲能说几句夸她的话,但是他只是笑了两声。她有点儿失望。

走的时候,父亲送她到城里坐车。临上车时,他对她说,上车别多说话,到地方后马上打电话过来,你娘想你。

她狠狠地咬唇,女儿是娘的心头肉,怎么能不想呢?

27 岁……

大学毕业后,她留在省城,在一家小公司上班。男朋友是另一个城市的大学同学。

她结婚时,父亲坚持要男方从家里娶亲,她有点儿生气。男朋友的家里并非权贵,要找车,还要跑近200公里的路程,她试着与父亲商量,但却一点儿商量的余地也没有。父亲是保守的,相信一贯的传统,女儿家,就要从家里出嫁。

她说不通父亲,只好与男友商议,男方家里倒也爽快,男友说,只不过是多花些钱罢了。

成亲那天,她一早就听到父亲起床,接待乡里乡亲的。她一个人躲在屋里,有村里以前的小姐妹进来,笑着同她闹,喜气很快地在小房间里漫开来。等到她上车的时候,却看不到父亲,母亲将她送上了车,哭得跟泪人一样。上了车,她悄悄地问坐在车上的弟弟,咱爹呢?

弟弟的回答让她吃了一惊,他说,咱爹去屋后了,你出门的时候,我看他抹着眼泪走的。

她心里一酸,父亲从来没在她面前掉过泪。

乡里的规矩,新娘子上了车,是不准再下车的。她觉得难过,但却没下车。出村的时候,远远地,她看到屋后,父亲蹲在那里,身影很单薄,似乎是在抽烟,伸手在脸上抹一把,似乎是擦泪。她的心在那一瞬间有些疼,但很快,车子远行,将那个背影落得远了。

新婚的日子,很快乐。回家的日子,毕竟是少的。每一次往家里打电话,接电话的总是母亲。有时,母亲也将电话给父亲,说,孩子的电话,你也接一下。

父亲接过电话,往往都会有一两秒钟的沉默,这沉默是尴尬的。父亲总是会说那两句,工作还好吧,生活还好吧。她在这边说好,好,听着父亲越来越苍老的声音,她往往会觉得心酸。

闲下来的时候,她在日记里写,父亲老了,我长大了,还记得自己曾经恨过他,只是每一次看到他又多了白发的时候,忍不住便想着:哪一根是由于思念这个不在身边的女儿而变白的呢?

32 岁……

弟弟也上了大学。家里的田也少了,秋后,父亲打电话,说要到城里来一次,看看她和小外孙。

丈夫出差去了,她一个人在家。本来说好了,是上午的车,可是到了中午,父亲还没来。她将孩子放到邻居家,去车站接父亲。刚走到车站,听说一辆出租车撞倒了一个乡下人。她猛地惊呆,拼命地往出事地点跑过去,眼泪不由自主地涌出来,哭喊着跑到地方,远远地见围了一群人,她不顾一切挤开人群,出租车前,坐着一个乡下人,正在那里同司机讨价还价。

见她哭着挤进来,那司机和乡下人都怔了,她哭着哭着,便笑了起来。众人都看她笑话,说,这个女人,怎么了?她顾不得,挤出人群,正好看到了一边的父亲。

爹,你怎么了? 没事吧你? 她擦了擦脸上的泪说。

父亲笑得有些不好意思,举一举手里的礼品,说,转了一上午,想不起来买什么礼品,也不知道小外孙喜欢不喜欢。看着父亲手里大大小小的许多包,她又笑了,说,爹,你还用买什么礼物? 心里酸酸的,看父亲有些拘谨地笑着,她忍不住想哭着抱抱他。

走到街上,没打的,阳光从身后照过来。是什么时候父亲的腰身也变得佝偻起来,以前的他,可是很刚强的一个人呢。过马路时,父亲小心地躲着身边的车辆,但眼睛却看向她。口里说着,小心,你看你,走路怎么不看车呢。她说,城里人不怕车,就像乡下人不怕狗一样。

父亲也笑,眼角的皱纹在瞬间拧成了绳。

父亲看到小外孙,也像个孩子一样,将小外孙抱在怀里亲了又亲,说,姥爷最疼你,只疼你一个。那眼睛里的疼爱,像是要流溢出来一样。

她有些怔怔,往事如粉尘一样散开来。隐约记得在小时候父亲也是这样将她抱在怀里,说疼她,用带胡子的嘴巴扎她小脸……她觉得心酸,想起以往的种种,想起母亲对她唠叨说父亲半夜起床,说是做的梦不好,非要母亲打电话给她,他自己,总不好意思打过来。母亲对她说,你爹想你,但总是要推到我身上。

泪当时就落下来了,她借口准备饭,跑到厨房去。在那里洗米,眼泪却停不下来。晚上,她在日记里写,从爱到爱的距离,是忽然间的发现,是自己的父亲,还有那从不说出口的关怀。

感恩提示
gan en ti shi

爱与爱之间有距离吗? 如果有,那该用什么来丈量呢。想来想去,爱与爱之间的距离只能用爱来丈量。那么,误差就有了。在文中,32岁之前的我,丈量爱与爱之间的距离是无限长远,原因似乎也很简单:父亲的爱总是绕着母亲,到达她身上的时候,已经只剩下了余温。初为人母之后的她,终于肯定真实地用爱丈量爱了,至于这距离,已经不能用量来形容。父亲的年华与她的年华同路,但是,终于相交了……这时,就是爱与爱最最真实最最准确的距离。

25年来父亲对我的疼惜与怜爱，没有说出一句，但是却没有少一点一滴。

爱 处 无 声

◆文/安　宁

　　自从我开始记事的时候，父亲就几乎不开口说话了。一场大病将他的听力完全毁掉，听不见别人的话，他自己又是个极自尊的男人，便唯有这样一年年沉默下来。

　　记得小时候我走在他的身边，常有淘气的男孩子在后面跟着高喊"哑巴"。他当然听不见，照例大踏步地往前走，我被他的大手紧紧拉着，想停下来跟那些男孩子拼一架的时间都没有。那时候的我，总是莫名其妙地生出一种保护他的欲望，尽管我只是个瘦弱的女孩子，根本不是那些小屁孩的对手，而且可能让他为此更加受辱。但我依然确信他是需要我来保护的，虽然事实上是他一直无声无息地陪在我的左右，给我解决一件又一件的麻烦。他默默地给我挣钱、洗衣、做饭。后来我读了中学，同他一样有了自尊，他就每隔两天送我最爱吃的饭到宿舍传达室，留下字条，告诉我下次他再来时将衣服放在楼下就好。他知道一开口就会给我丢面子，所以他宁肯不见我，只给我一张张面孔与他一样严肃冷淡的字条。我是很少给他写什么字条的，有什么事能自己做，就尽量地不去依靠他，我不知道他是否会心里难过，他唯一的女儿一天天成长，可是她究竟在想些什么，她会不会在他将热好的牛奶放到书桌上的时候，默默在心底说声谢谢，这些他是否想知道？听朋友说，他们在叛逆的年龄，常常会和父母大声地吵闹，我有时候会羡慕他们这样的经历。其实读书时的我，与他们一样，想把郁积在心里的东西，通过某种方式发泄出来的，可是站在我对面的父亲，却是什么也听不见。即便他看见我皱了眉头，又能怎样呢？顶多是轻拍一下我的肩，剥个可以安神静气的香蕉递过来，仅此而已。

　　所以，在我最不可一世也最需要父亲来安慰的年龄，我选择了与他一样的"失语"。我带着男孩子到家里来玩，将电视开得震天响，还关起门来在书房里疯狂地跳舞。那些没有礼貌的男孩子都会觉得抱歉，怕吵得父亲无法休息，或者楼下的人来告状。我听了从来都只有一句话："他要对我还有一点点的爱，为什么不说出来呢？"那时候的我，一直是这样认为的，父亲对我的爱，远远没有对他自己的多。他躲在无人注意且不会被嘲弄的角落里，守着一颗敏感高傲的心，过自己的寂寞日子。他是自私的，他宁肯冷落我，也不会在我的同学面前，用高得惊人的声音说一句关爱的话给我。而我，为什么不也自私地在他将棉衣盖在我身上的时候，假装睡着了翻身，将衣服抖到冰冷的地板上去？

　　这样不出声地与他较劲，持续了我整个的青春期，直到我后来工作了，彼此离得远，我才慢慢地学会对他好。而父亲，也开始用写信的方式，将以前没有对我说的话，一点点地邮给我看。我工作的环境,是无纸办公的。每有来信,同事们皆惊奇,说,都这年代了,怎么还有人给你这么执著地两周写一封信?我淡淡地笑称父亲不会发短信,也不会用电脑。其实只有我自己才知道,那么聪明的父亲,他什么学不会呢?我的电脑有毛病了,哪次不是他絮絮叨叨地写信告诉我如何操作?而我摔坏了弃置一旁的手机,也是他修好了留着自己用的。只是在与我的交流上,他很执拗地选择了写信的方式。尽管每次我收到了他的信,都是用电子邮件或短信简短地回复给他。

我结婚的时候,他以路远为由没有出席。我知道他在一片喧嚣和热闹里,会觉得孤单。更重要的,是他不愿意在那么多亲戚面前,让我觉得尴尬。但他还是很开心地写信来祝我幸福,信的末尾,他又说,他花了一年的时间做的礼物也快寄到了。他写这封信的语气,总让我觉得他像个怀着美丽秘密的小孩子。什么时候,他老了,一颗心,也渐渐地向那无忧的孩童靠拢?

结婚的前一天,我躲开所有人,一个人一遍遍地看父亲寄来的礼物。那是一张他自己制作的光碟。他用DV断断续续地拍了一年的时间,春夏秋冬,每一个季节里,都有对我的思念,无声地录在他拍摄的故事里。上面的文字很少,但我看得懂每一个镜头的含义。我会说话时,他给我买的教幼儿唱歌识字的磁带;我开始读书时,他送我的漂亮背包;我从一年级到高中毕业得到的所有奖状和证书;我发脾气的时候在桌子腿上偷偷刻下的要恨他一辈子的气话;被我揉皱了的小熊枕;为了学习我忍痛剪下来的长长的辫子;每年生日时他帮我在门框上刻下的长大一岁的印痕;我涂改了分数的成绩单;我在他怀里几欲挣脱掉的照片;他给我送饭时专用的保温盒;他打印出来的我写给他的所有的短信和邮件……那么多琐碎的旧物和细节,我以为他与我一样在时间的流逝里忘记了,但没想到的是,他一样儿不差地记得那么清晰。

那盘无声的碟,像默片时代的电影,不需要任何言语,便能将所有的爱与温情,全都深深刻到人的心里去。而我,在碟片的末尾,看到父亲无声地用口形对着镜头说出"宝宝,爸爸想你"的时候,终于明白,25年来父亲对我的疼惜与怜爱,没有说出一句,但是却没有少一点一滴。只是因为他的不肯言语,那些生命里最值得珍惜的温暖的镜头,被我漠然地一点点忽视掉了。

感恩提示
gan en ti shi

如果爱必须用声音来表达,那么我们只能无奈地发现,这个世界上声音太多,已经嘈杂得让我们无法正常地生活了。可是,代表着爱的声音呢?它们躲在哪里?我们愿意用耐心带着自己的灵魂和身体一起去寻找,因为我们每个人都需要爱,都缺少爱。但是,这种寻找是一种自我返回式的。当一步步回忆,当一件件小事,当一个个场景都勾起我们对爱的往昔的感叹时,我们终于发现,我们找到了,爱,躲在我们心灵的最角落处。它可能没有声音,但它肯定存在!

老板走来，拍着他的肩，哽咽着说："儿子，你真棒，爸爸想死你了。"说着两行泪就流了下来。

父　亲

◆文/高　军

　　高考成绩出来了，他以 670 分的高分位居全校第二名，老师说他报考清华大学没问题。他泪流满面，觉得两年来的辛苦没有白费。此时，他最想见的是牛爷爷。

　　两年前，他是这个城市的公子哥。他父亲曾是这个城市数一数二的富翁。除了天上的星星、海底的月亮他要不来外，他要什么有什么，可以为所欲为。他穿品牌衣服，一个生日晚会可以花上三五千元。他的好友如云，小小年纪就有一大批美少女跟随其后。他玩游戏，他飙车，甚至过早地过了成年人的生活。他花钱如流水，小小年纪就染上了许多不良习气。

　　他本是个很聪慧的孩子，曾不费吹灰之力考上了这所全市知名的重点高中。自从母亲过世后，他仿佛成了没人管的野孩子，父亲一直忙生意没时间管他。渐渐地，他的聪明才智，也随着父亲财富的增加而殆失尽了。父亲劝了他许多次，都不奏效。又是请家庭教师，又是请保安看着他，办法想尽，都没有用。父亲找他谈了一次话，说，你再这样下去，就真成了人渣了。他把父亲的话当耳边风，反正家里有钱，读书有什么用处？

　　就在两年前，父亲的公司破产了，他家里挤满了要债的人，所有的物品与财产全被拍卖，父亲四处躲债。临走前，父亲去学校找了他一次，父亲没有像往常一样开车来，而是背了个大袋子，里面全是他的衣服。父亲说，爸爸欠了一屁股债，不能在这个城市待下去了，你得靠自己了。

　　小小年纪，16 岁的他体会到了人间的冷暖。几乎所有昔日的好友都离开了他，甚至不和他说话。他住在学校的宿舍里，才不至于没有地方住。他靠卖自己的物品维持生活，孤傲的他不愿屈居人下，把自己的手机、电脑、打火机等东西卖了。但这维持不了多久，他为自己的生计发愁。父亲了无音讯，生死未知。

　　这时候，牛爷爷收留了他。牛爷爷六十来岁，头发斑白，是一家阳光福利院的负责人。这里收留了三十多个和他一样孤苦无依，面临辍学的孩子。他们有的父母双亡，有的离异，有的因贫穷而辍学，均受尽人间的苦难，所以特别珍惜这来之不易的生活。福利院的老板据说是个富翁，三年前开办了这个福利院，每个月定期寄钱过来。但这老板为人低调，从未在外界露面过。福利院的生活住宿，虽然简朴，但对这些少年来说，仿若天堂。他们不再为学费发愁，不再为一日三餐发愁。院里有许多图书，有电脑可查资料，

感
·恩
·书
·系

地处市郊,山清水秀,倒是个较好的学习之所。

他深为自己庆幸。要知道,以后的日子只有靠自己了,只有死命读书,才会有出头之日。他抛弃了一切杂念,潜心学习。读书之余,节假日他会和院里的孩子们一起,帮牛爷爷种种菜,做做家务,劳动使他的肌肤变成了健康的颜色。除了穷之外,一个少年身上该有的东西,如健康、上进、聪明他都具有。

他进步很快,突飞猛进。他的聪明,他的潜质充分发挥出来了。他成为学校的佼佼者,他再次以成绩赢得了同学与老师们的尊重。

这段时间,父亲从来没有来看过他,他也不知父亲哪去了。偶尔他会去原来住的别墅看看,那里已物是人非了。他很小的时候,父亲带他到这个城市发展,凭着努力,父亲成就了很大的事业。我又怎么不可以,他想。

他回到了福利院。其他孩子都回来了,今年和他一起参加高考的还有 10 个孩子,全都上了本科线,他的成绩最好。牛爷爷说,老板听了很高兴,要亲自来看你们。他很感激这个老板,想我以后也要好好努力,挣了钱,投进来,一定让这个福利院兴旺发达。

一辆车驶进院子,牛爷爷领着大家拍掌欢迎。车门开了,一个壮实的汉子款款而来。

他一看呆住了,使劲地揉搓眼睛。

牛爷爷说,孩子们,这就是你们的老板。孩子们拍着手,拥了上去。

他没有拍手,而是定定地望着,百感交集。不知如何是好。

老板走来,拍着他的肩,哽咽着说:"儿子,你真棒,爸爸想死你了。"说着两行泪就流了下来。

原来这一切都是父亲设的局。

感恩提示
gan en ti shi

再强大再丰富的想象力,在父母的爱面前都很苍白。你能想得到为了挽回孩子的前程,一位父亲会如此设局吗?不可想象,不敢想象。只是,当成功的孩子揉着眼睛验证自己的想象力时,一切都那么合情合理起来。只是,这么一场旷日持久的挽救,无疑让人涌上更多的心酸:如果一切从头再来,相信这个巧手可以设局的父亲,一定不会让事情发展到要父子相离这么多年的程度。

只是在父爱面前,我们能理解这种曲折和努力。

我扔掉蛋糕,冲出门口,大喊一声:"娘——"任凭泪水夺眶而出……

生　日

◆文／刘绍义

　　我把刚买的蛋糕放在餐桌上,进卧室与妻商量红包的事。正在我们犹豫不决的时候,3岁的儿子拿着一块蛋糕往嘴里塞着,搞得脸上手上都是奶油。我一看急了,一巴掌打掉儿子手中的蛋糕,吓得儿子哇哇大哭,母亲见我发脾气,站在一旁像做了错事的孩子:"是我给他切的,我以为……"我没好气地说:"你以为,你以为,你老糊涂了是不是?这是给张书记的儿子过生日的,要100多块呀!"

　　受了委屈的母亲脸上仍然挂着笑,悄悄解下身上的围裙,下楼买菜去了。等妻子把钱从银行取回来时,母亲也回来了,她一手拎着菜,一手拎着一大盒蛋糕,满脸负疚地看着我:"看看这盒与那盒可一样?138块钱。"望着可怜兮兮的母亲,我为刚才的失态懊悔不已。

　　到张书记家时,已是济济一堂,张书记举起酒杯,说了几句致谢的客套话,从他嘴里我才知道今天是农历九月初九。我大惊,今天是母亲60岁生日,我心里一阵抽搐,咽下的酒也不知是什么滋味,眼前总晃动着母亲单薄的身影,脑海里时时浮现出我小时候过生日,母亲把攒了半年的鸡蛋都煮上的情景。我再也咽不下一口酒菜,眼睛湿润了。

　　今天晚上,我一定要用最美味的蛋糕,回家为母亲祝寿。我拎着新买的大蛋糕,风风火火地赶到家时,才知道母亲已经独自一人回乡下去了。走时她对妻子说:"年纪大了,糊涂了,帮不上你们的忙,还尽给你们添乱。"并把兜里仅有的200多块钱掏给了儿子。

　　我扔掉蛋糕,冲出门口,大喊一声:"娘——"任凭泪水夺眶而出……

感恩提示
gan en ti shi

　　母亲的生日,领导儿子的生日,一块蛋糕,一个简短又凄凉的过程,似乎我们的心都跟儿子的眼泪一样凉。我们注重领导,注重孩子,注重爱人,我们什么时候留意过自己母亲的生日呢？如果现场让你说出父亲母亲的生日,不用你送上礼物,还有多少人能熟悉并肯定地表达呢？

一个生日,伤了母亲,伤了自己对爱的名义下善良的耐心。除了奔出门去哭喊,"我"似乎更应该去乡下一趟,一切弥补的话不晚,母亲不会对儿子记仇的,肯定。

一进村,一个穿着破烂,浑身散发着臭味的疯女人拉着我的手说:"儿子,我的儿子回来了。"

出　走

◆文/陈永林

我在10岁生日的那天出走了。

出走的原因很简单,那天一清早,母亲特意为我煮了一碗面条,面条里还卧着两只鸡蛋。我把两只鸡蛋放在面条上面,然后端着那碗面条四处炫耀。那时,我们村很穷,小孩平时很难吃上鸡蛋。家里的鸡蛋全被父母拿到农贸市场。小孩们见了我碗里的鸡蛋,都馋得流口水。我得意地说:"今天是我生日。"村里的南瓜拿了一本《孙悟空三打白骨精》的小人书,要换一只鸡蛋吃,我同意了。

可是就在这时,村长儿子大头来了。大头故意撞了我一下,我的碗就掉在地上破了,面条鸡蛋撒了一地。我刚想把鸡蛋捡起来,可是大头又故意踩在鸡蛋上。

我那时蓄了很长的指甲,目的就是想抓人。我的长指甲派上用场了,我对着大头的脸狠劲一抓,大头"哎哟"一声叫。大头朝我扑来,我俩抱着扭打在一起。

大头尽管比我大一岁,个子又比我高,但没有我的力气大,没我灵活。我的脚绊住他的脚,然后用劲把他往后一推,他摔倒了,我压在他身上,拼命地打他:"你赔我的鸡蛋,赔我的鸡蛋。"

这时大头的娘来了,大头的娘见大头一脸的血,忙把我从大头身上拎起来,然后捉住我的手,任大头打我。

我想挣脱大头娘的手,却挣不脱。我的脸被大头抓破了,身上也挨了大头十几拳。我哭喊起来:"娘,你怎么不来帮我……"

碰巧我娘去池塘边洗菜。

我惊喜地喊:"娘,快来帮我,他们两个人打我一个……"我想我的娘准能打赢大头的娘,到时我要狠狠地揍大头一顿。可是娘不但不帮我,还打我。娘狠劲地打着我的屁股,还骂:"你这个短命鬼,咋这么喜欢惹祸?我叫你在家里呆着,你偏不!现在好了吧,自找的!"

娘这样做,让我心里很难受。我的眼泪哗哗地往下淌:"娘,你怎么还帮着大头打我?是我有理呀!是他先打碎了我的碗,还故意踩在鸡蛋上……娘,真的是我有理呀!别人的娘都帮自己的儿子,可你帮着别人打我。娘,难道我不是你亲生的儿子?"我用陌生的眼光看着娘。奇怪的是娘眼里竟也有泪水。

后来我挣脱了娘的手臂跑了。那时我极伤心,我想远离娘、远离大头、远离村庄。娘在后面不停地喊我:"永林,你回来,回来呀……"我哭喊着:"你不是我的娘,不是我的娘!"我头也不回没命地跑。渐渐地,我听不见娘的呼喊声了。

我上了一辆去县城的班车。

到了县城汽车站,我不知道到哪里去,肚子也饿了。我看到有个男人在吃面包,肚子就饿得更厉害了。那男人见了我的馋样,就送给我一块面包,还问我:"你愿不愿跟我走?你跟我走,我天天给你吃这样好吃的面包。"

我点点头。

后来我坐上了火车,下火车后,那男人带着我,敲开了一家的门,那一男一女的眼光久久地粘在我脸上,渐渐地,男人女人的眼里都有了笑意。女人拿了一叠钱给那个人,那男人满意地对我说:"你的命真好,他们肯要你是你的福气,你在这儿能过上好日子了。"我竟"哇"地一声哭起来。我哭得很伤心,我边哭边喊:"我要回家,我要回家。"那女人很温柔地把我搂在怀里,拿条香喷喷的手帕替我拭眼泪,她说:"别哭,今后在这儿习惯了,就不想家了。"她说着轻轻拍着我的背,后来我竟睡着了。

后来我在城里念了书,又考上了大学,毕业后分在省城一家杂志社工作。我便四处找我的亲生父母。

几经周折,几经艰辛,终于探听到生身父母的详址,我立即坐上了火车。

一进村,一个穿着破烂、浑身散发着臭味的疯女人拉着我的手说:"儿子,我的儿子回来了。"我忙挣脱她的手说:"你认错人了,我不是你儿子。"一村民问我找谁。我说找父母,并说了父母的名字,那村民指着疯女人说:"她就是你的娘……你走后,她四处找你,并不停地骂自己,扯自己的头发,后来就成了这样。"

我"扑通"一声跪下了:"娘,娘……"

这时,一个满脸络腮胡的中年汉子来了。那村民对中年汉子说:"你儿子回来了。""儿子?"中年汉子见到跪着的我,惊喜地喊:"你真的是我儿子?"我喊:"爹!"我的声音颤抖得厉害。爹的泪水一下涌了出来,他扬起手在我的脸上狠狠扇了一巴掌:"你这狗杂种,把我害得好苦呀!"爹蹲下身,双手捧住脸,号啕大哭起来。

感恩提示
gan en ti shi

也许"我"永远也不能明白,为什么一个这么疼爱自己儿子的娘在儿子受欺负时只能拉过自己的儿子抽打。也许"我"明白了原因还是会出走。总之,一场孩子负气的出走,改变了三个人的命运:"我"的、父亲的、娘的。

无论最后的结果如何,受伤的不是"我"一个。好在"我"没有永远停留在那场阴影里,我能在一个疯女人面前跪下,能叫一个陌生粗糙的中年汉子爹。说明我的一切悔恨和遗憾都在宣泄。世界上有什么比一家团聚更让人动容呢,祝愿世间一切平安吧。

"娘!"她第一次扑在母亲的怀里,像一个婴儿在那温暖的怀抱里找到了重生的力量和爱。

娘是世上那个最亲你的人

◆文/王小艾

一

她出生在一个小乡村,父母都是农民,世世代代也都是在那儿生活。她的下边还有一弟一妹,她从小就洗衣做饭,充当他们的保姆,穷人的孩子早当家。

可她是个心气极高的女子,从小就觉得自己不该出生在这样的家庭,而应该是那种大富大贵的家庭。但是出身已经无法选择了,她明白只有靠好好学习才能改变自己的命运。

她的母亲是个只有小学三年级文化的矮小女人,嫁给了一个酗酒的男人,每天为了丈夫和孩子忙碌着,忙完了家里忙田里,从来都没有自我。在她小小的心灵中,这样的一生真是无趣至极。

而她也从未从母亲那里得到更多的关爱,从小她就懂得要把好吃的、好玩的让给弟弟妹妹,争宠什么的对她是从没想过的。

每天上学的时候,隔壁养鸭大王的小女儿就来叫她一起走。人家同龄的小女孩都穿得花枝招展,而她的衣服都是最朴素和最普通的。她的心里不是没有羡慕过。有一年过年的时候,她看中了一条带有小小的蕾丝花边的裙子,眼睛停留在上面不动,她的母亲过来一把将她拉开,嘴里嘟囔着:"太贵了,都抵得一袋粮食了。"那以后的几个夜晚,她的梦里都是那条小裙子,泪水打湿了枕巾。她多么恼啊,为什么我要生在这样的家庭?为什么我要有这样的母亲?童年没有玩具,没有漂亮的衣服,只有不应属于自己的早熟。倔强的她在外人面前总要装出一副毫不在意的样子,因为她有最令她自豪的资本,她的成绩是年级第一。

二

她的父母没有注意到这个喜欢沉默的瘦小丫头的决心，尽管也为她的成绩高兴。可是她的压力却很大，因为她把自己的未来赌在这上面了，她要上大学，去很远的京城。有时偶尔考差一次，自尊心极强的她就会惩罚自己，要么不吃饭，要么拼命地干活。而她从不对她的母亲讲，她的母亲是不会理解的，她的母亲也不知道怎样给孩子最好的学习方法指导和意见。

13岁时她来月经了，鲜红的血一个劲地流出来，肚子又疼得厉害，她吓傻了，以为自己要死了。她偷偷跑去问同村的高年级的表姐，表姐给她买了白色的很温暖的卫生巾，给她讲了很多有关的知识。而她的母亲是后来才知道自己的女儿已经长大了，可是作为每个女人成长过程的必经阶段，母亲对她并没有给予更多的关心，甚至连关心的话都没说过一句。

她寂寞地成长着，很多时候想着自己以后有了女儿，一定要事先将很多东西都教会她，一定不让她这样孤单地、茫然地面对成长中的种种烦恼。

她和母亲的隔阂越来越深。她觉得在精神上、物质上，母亲都是亏欠她的。

三

她考上了省城最好的高中，可是那里学费比较贵，而她家还有两个上学的孩子，是不可能供得起的。于是她选择了一个可以免除她三年学费的普通高中，是金子到哪儿都会发光的，她相信自己。

她从不参加同学的生日聚会，因为她买不起漂亮的礼物。而她连自己的生日也常常忘记了。她的母亲从来不会给她买一个生日蛋糕。经常会有同学的父母来看望自己的孩子，她却从来不敢奢望她的父母来，因为他们没有时间，即使有了时间也不可能给她买什么补品之类的东西。

三年的高中，她的母亲只来过一次，是大清早来卖自己地里的西瓜的，带着几个瓜来看她。她的母亲头上还带着露水，和她说了不到三句话就匆匆地走了。

她放学后到那个地方去找她的父母，想帮忙卖瓜，可是走近了却怎么也叫不出来，她怕被自己的同学们听见笑话。她的父母什么都没说，只是让她回学校，别耽误学习。

母亲要上厕所，她带母亲去公厕，母亲很恼火，上厕所还要钱啊。从卫生间出来后，她听到有人在身后说了一句："上完厕所都不冲水，一点儿素质都没有。"她的母亲不知道该怎样使用那个小小的按钮。她的眼泪差点儿流出来，她知道不能怪母亲，一个只有小学三年级文化的农村妇女。可是她心里却有小小的怨气，要是我的母亲不是这样多好啊。

四

高考时，她填报的都是北京的高校。她最终被京城一所高校录取了，学费也是申请的助学贷款。每一年她依然得一等奖学金。一到周末她就自己去做家教或者促销什么的。她的父母只是偶尔给她寄几百元钱,也是从牙缝里省下的。

她的同学中,有很多父母都是高官或知识分子。有时,听同学打电话给母亲,叫"darling"、"亲爱的老妈我很想你",她真的很羡慕,她是永远不可能对自己的母亲说出这样的话的,而她的母亲也不会对她说一句"我想你"。她的成长环境和她们是不一样的。她从不在别人面前提起自己的父母。她渐渐被城市同化,也学会了吃麦当劳,偶尔也和别人一起去喝咖啡,去唱歌。很多时候她在想,这才是我想要的生活啊,而她母亲的一生都没有这样的生活质量。

有一次,她回家过年,母亲看着她的花边牛仔裤、"美宝莲"璀璨唇膏,摇了摇头。她不以为然,这些都是自己挣钱买的。她越来越觉得和自己母亲之间的代沟太深。这代沟的产生,不光是因为她们是两代完全不同的人,在她看来更多的是自己的母亲没什么文化。她无法给她的母亲讲国内外的什么事件,她的母亲只关心粮食的产量、庄稼的收成、孩子的成绩。

吃饭的时候,她竟然觉得自己的母亲吃东西的声音太大了,而且她第一次发现母亲竟然像个男人一样吃了两大碗米饭。她的心里不由得反感起来,尽管另一个声音告诉她,这是你的娘,不管怎样你都要尊重她。可是那种看不惯好像已经在她心里发了芽,根深蒂固,让她不由自主地想逃离。

五

大学毕业,她考上了国家公务员,终于留在了自己渴望的京城。不多久她就找了个北京"土著"男友,感情还算不错,可她从不去他的家,害怕人家的父母问起自己的家庭情况。于她,那是一个疤痕,她不想示之于人。每个月她总是按时地寄500元回家,给弟弟妹妹上学用。她想,对父母,她已经做到仁至义尽。

她学会了和身边的人攀比,在这个贫富差距巨大的城市里,她的欲望不断地膨胀。穿衣服要名牌,手提电脑和珠宝什么的都不能比人差。为了显示自己良好的家境,她给男友也买了很多东西,而这些是她的工资所无法满足的。

最终,她被查出挪用公款10万余元。男友没有和她一起承担,从她的生活里消失了,而平时的那些朋友很多也是对她躲之不及。只有几个死党把自己婚嫁的钱都给她垫出来了,可是离10万还差3万多。她整个人崩溃了,才24岁,她不想坐牢啊。最后她甚至想到了一死了之。

她的母亲是从她最好的朋友那里知道这个消息的。电话打到了村支书家,让人家去叫的母亲。她的母亲听完了朋友断断续续的话后,愣了很久,没说一句话,最后坚定地对她的朋友说:"告诉我的娃,千万别想不开,有娘在。"

她的母亲一生不曾求人,为了找换女儿命的钱,她抛下尊严,一家亲戚一家亲戚地借钱;她卖掉了家里的几头猪,卖掉了几乎所有值钱的东西。她每月寄的钱母亲都一分没动地存着,是为她应急用的。终于在不到一个月的时间里,凑齐了3万块钱。

那一次,她的没有出过县城的母亲在上大学的妹妹的带领下第一次到了京城,来到她租的小屋里。母亲看到她,第一句话就是:"孩子,你受苦了。娘给你做点儿好吃的。"便开始在厨房里忙碌起来。

妹妹在她的身边给她讲着母亲是怎样筹钱的。"姐姐,你知道吗?你一直是娘的骄傲啊。娘一直以你为荣,在心里是最喜欢你的。姐姐,你很少回家,可能不知道,娘曾为了我们的学费去卖过血。这一次娘也去卖了,她还让我一直瞒着你。"她原本已经想死的心一点点地被融化,最终抱着妹妹号啕大哭。

身高不足一米六的矮小的母亲,做好了她最爱吃的土豆肉丝和鸡蛋汤。仿佛什么都不曾发生过一样,只是眼神里的坚定让母亲变得高大,她掀开母亲的衣袖,看到了母亲胳膊上密密麻麻的针眼。"娘!"她第一次扑在母亲的怀里,像一个婴儿在那温暖的怀抱里找到了重生的力量和爱。

感恩提示
gan en ti shi

这个世界上有很多奇怪的事情,母亲给了女儿生命,女儿觉得母亲亏欠她的;母亲辛辛苦苦把女儿送到了京城念书,女儿嫌母亲没有文化没有素质。不知道哪种悖论会出现这种情况,但是,虚荣心远远多于孝心的"我"终于在患难来临时知道了世界上什么是母爱,什么亲情。母亲胳膊上密密麻麻的针眼就是一个个惊叹号,告诉"我",也告诉我们:世界上谁是最亲我们的人?答案只有一个字:娘。

我拉着父亲向宿舍走,我要让同学们都知道。我有一位伟大的父亲。

谁能让我忘记

◆文/陈慧君

这是发生在1998年的故事,情节也许老套,或许陈旧,但我永远也不能忘记,也无法忘记。

那一年的一天,是父亲给我送饭的日子,也是进入高三以来的第一个星期天。

早上一醒来,我就发现天气有点儿糟,6点儿20分了,天还灰蒙蒙的,起初还听到下雨的声音,但是一爬起来,才知道听错了,所谓"雨声",其实是宿舍内宋希望的小电风扇发出的,大概是对今天下雨太敏感了吧。自从进入夏天以来,我就怕星期天下雨,因为一下雨,父亲就不能按时来给我送饭。一拖时间,我就不得不在校园大门口附近转悠。

父亲长得很普通,年轻时在村里的煤矿掏煤时,矿井塌陷,一条腿留在了煤矿。那时的煤矿只报销了医药费,是没有额外补偿的。就因为这些,父亲一直没有找上对象,直到35岁那年,才经族里人撮合,找了一房疯女人。那年母亲便怀上了我。村里的人都说父亲的命苦,母亲生我时,难产,生下我就去了另一个世界。唯一让父亲欣慰的是,留下了我,一个可以继续"烧香火"的人。父亲把希望都寄托在了我的身上,全力以赴供我上学,希望我因此而"出人头地"。小学初中是在村里上的,少了父亲送饭的烦恼。高中就不同了,离家40里地。父亲专门买了一辆用双手驾驶的人力车,目的是为了给我送饭。我怕同学们笑父亲是瘸子,就跟父亲约定,在离学校门口50米的僻静处等我。

不知怎的,老天好像故意在捉弄我,偏在送饭的时间下起了大雨。中午下课铃一响,我就第一个跑出去,可是"老地方"并没有父亲的身影,于是我不得不撑着伞转悠。转悠中开始思索父亲没按时来的原因,可能是大雨阻碍了父亲前行的路,可能是在路上误了时,也可能是没有及时做好饭,毕竟父亲做饭的手艺不怎么样,等等,我不敢再往下想,因为还有许多想起来更为可怕的原因……

直到下午上课,父亲还没有出现。下午放学后,我还是在那里转悠,我怕父亲这时候来,可是等了一下午,父亲仍没有来。

第二天中午,父亲送饭来了。这次不像以前,父亲只带了一个书包,没有蛇皮袋——装饭的重要工具。父亲一见到我,就开始数落我,说我的衣服脏,也不洗一洗,头发这么乱也不梳。数落过后,我问父亲几时来的,父亲告诉我,8点钟开始走的,11点到的学校。唉,我可怜的父亲,竟在这里等了一个多小时。

父亲说着摊开书包,开始向我介绍包中的东西:煎饼是刚从小摊上买的,共30个,够你吃三天的,还有蒜和鸡蛋,还有苹果,苹果是我今天到果园里摘的。稍后,父亲拿出一件背心和裤衩。说,你轮换着穿,要勤洗内衣。说着父亲掏出钱包,给我钱,一拿就是20元,让我买点儿饭和菜,我再三推辞,还是收下了。

就在我刚要离去的时候,我发现人力车前轮的辐条是崭新的,父亲也意识到了什么,下意识地将左手往身后藏,父亲的左臂鼓鼓的。在我的再三追问下,父亲才说出实情:原来昨天父亲在雨中被一辆急驶的轿车挂一下,伤了左臂,一蛇皮袋饭被随后驶来的货车压碎了,而轿车又逃逸了……

眼里的泪水再也控制不住了,一下子涌了出来,我努力地想让眼泪往心里流,可我控制不住。父亲是多么的无私,多么的宽厚,父亲真是用心良苦啊,而我却为了可怜的虚荣心,拒父亲于千里之外。我拉着父亲向宿舍走,我要让同学们都知道,我有一位伟大的父亲。就在快要到门口的时候,父亲停下来不走了,深情地说:"林子,你的心我知道了,我没有白供养你,我还是不进去了,你好好学习,等考上了大学,我就满足了……"父亲已成了个泪人。

这时宋希望从此走过，好像并没有发现我们，我大声叫道："希望，帮我把父亲接到宿舍，让父亲吃饭再走……"

感恩提示
gan en ti shi

中国有句古话：子不嫌母丑。但是，偏偏我们见过了太多的子嫌母丑的景象，而本文中的"我"，更是子嫌父残。如果不是那次小小的车祸，如果不是一次大雨，我与父亲在学校 50 米外僻静处的见面什么时候才会结束？"我"什么时候才会同意在同学面前承认这个少了一条腿的丑陋男人就是"我"的父亲？

不知道。庆幸的是我们不知道，因为文中的结尾给了我们温暖和欣慰。也许，回过身抱抱你身边并不漂亮和并不英俊的父母，是最必要的吧。

在父亲的目光里，我读懂了一种博大的亲情，那是一种江海般宽大的胸怀，一种升华的父爱！

父 爱 无 形

◆文/刘东伟

那天天气不太好，凌晨便下起雨来。我赶到省立医院时，姐姐和爸妈早已到了那里。姐姐说父亲刚拍了片，她们正在等结果。

半个小时后，结果出来了。当大夫拿着报告单向我们走来时，突然一道闪电闪过，接着是一声沉闷的雷声，我觉得这也许不是个好的征兆。果然，化验结果是肺癌！

不知为什么，面对这突来的不幸，我心里竟然非常平静。望着晕倒的母亲和惨然变色的姐姐，我心头竟泛起一股快意。

大夫走到我面前，让我在手术单上签字。我指着一旁悲痛欲绝的姐姐，说："你找她吧，我可做不了主。"姐姐擦了擦泪水，双手紧紧握住大夫的手，恳求道："大夫，请你无论如何也要治好我爸爸，他这一生太不容易了，我们不能没有他啊！"

大夫用手拍了拍姐姐的肩膀："你放心，治病救人是医生的天职，我们一定会尽力的。"

下午，父亲便上了手术台。手术的时间很长，母亲因为体弱多病，留在旅馆。我和姐姐在手术室外候着。姐姐不时地从门缝中向里看，并双手合十祈祷着什么。我斜坐在走廊的连椅上,许多往事浮上心头。

那时,我们一家还在东北,姐姐刚升了初中,但我知道她平时学习很差,怎么能考上初中?村子里有一位优秀的老教师,他非常喜欢聪明伶俐的我。一天,我去他家里玩,他摸着我的头说,你姐姐要是有你一半的聪明就好了。我平常看不起姐姐,总觉得她笨头笨脑的,从不和她玩。于是我说,但人家考上了初中。老教师眼睛一眨,问我:"你也以为姐姐是考上的?"我说:"难道不是吗?"但我脑子一转,很快又说:"我也奇怪呢,她是不是走了后门?"老教师赞许地看着我说:"你猜对了,你姐姐的成绩差了40多分,是你爸托我找校长说的,那个中学的校长是我的老同学,很给我面子啊。"我一听就更看不起姐姐了。晚上,我和姐姐一起在灯下做作业,姐姐突然被一道题难住了,她抓耳挠腮半天也没想出来,我忍不住讽刺她:"不要脸,自己没本事上什么初中,怎么不留级啊?"姐姐红着脸说:"是咱爸让我念的。"我说:"爸让你念你就去啊,你不觉得丢人吗?这次中考考了多少,是不是倒数第一?"姐姐急得泪都掉下来了,她辩解着说:"是第57名。"我说:"你班有多少个学生啊?"姐姐说:"57。"我哈哈讥笑:"那你不是倒数第一是多少?"姐姐羞得脸色一阵红一阵白,突然眼球翻白,从椅子上栽到地上。爸爸和妈妈在外面听到了,忙跑进来,妈妈使劲地掐着姐姐的人中,爸爸忙跑出去喊村里的大夫。大夫来了后,给姐姐打了一针,姐姐才渐渐缓了过来。

那夜,父亲打了我。我不明白他为什么对我发这么大的火,而他从来就没有打过姐姐,甚至连一句大声的训斥也没有。他每次下班后,总是要把姐姐揽在怀里,关切地问候几句。我想起平常他和母亲对姐姐的呵护,再想想自己,似乎连姐姐十分之一的关爱也没得到,从小我就是穿着姐姐的旧衣服长大的。从那时起,我便对父亲有了一股怨恨,我觉得他太偏心了,我一直弄不明白,他为什么对我和姐姐不一样?

后来,大约是我念初中的时候,偶尔从父母的对话中听到了一件意想不到的事。本来像我这么大的孩子,是要读书的,但因母亲染病在身,常年需要吃药,所以父亲就断了我的求学路。那天,我和姐姐从街上回来,刚进家门,就听到父亲大声说:"干脆不让二丫头念了,叫她在家帮你干点儿活。"母亲叹声说:"咱们虽然只有一个亲骨肉,但不能太偏向哪个啊,一定要让她们像亲姐妹一样。"

我心里反复琢磨母亲的话,突然明白了,原来我们不是亲姐妹,原来我不是亲生的,怪不得他们对我和姐姐一直不一样。一时,委屈、悲愤、孤独万般滋味涌上心头。我扭头向外跑去,沿着大街一路狂奔。当时,我什么也不想了,只觉得自己活在这个世上是多余的,没人疼爱,没人照顾,我的亲生父母到底在哪里?姐姐随后追了上来,她一直追到村外,才追上了我。她一把抱着我的头说:"好妹妹,以后我会当你是亲妹妹看待的。"

初中毕业,我们一家搬回了山东老家。我主动放弃了学业,一半原因是母亲需要照顾,一半原因是家里经济条件有限,难以供应两个高中生。我看懂了父母眼神中的语言,我不想让他们为难,心知他们迟早也要提到这件事,我何不顺着他们的心思?可笑的是姐姐并不是他们眼中的"凤",她辜负了爸妈的殷切期望,并没有"飞"起来。父母见姐姐一事无成,便开始东奔西走给她找工作,找完工作又找婆家。后来便给他找了个小木匠嫁了,做了只会"下蛋"的"母鸡"。可是我,我只比姐姐小几岁啊,难道我就不需要工作,不需要嫁人?

"吱呀"一声,手术室的门开了。姐姐一声大叫,把我的思绪拉了回来,我只觉得胸前冰凉,低头一看,衣襟全湿了。我抹一把脸颊,我想那不是为父亲哭的,而是我想及自己身世时的酸楚的泪水。医生说手术正常。医生的话很让姐姐宽慰,我却或多或少有些失望,难道我在诅咒父亲吗?我不敢承认,但也不想否认。

从此,父亲便与医院结下了不解之缘。为了让父亲活下去,家里将积攒了多年的积蓄拱手送给院方。父亲以后的日子简直单调而无味,放疗——化疗——放疗——化疗!姐姐却整天忙得不可开交,不是求医问药,就是为筹钱奔波。几个月下来人黑了几分,瘦了两圈。有一次,我说:"姐,我几乎认不出你来了,你要是再罩上一条毛巾准和乡下佬差不多。""是么?"姐姐愕然,"有这么夸张吗?"说着到镜子前一照,轻声说:"还真是的,我都快不认识自己了。"

父亲的样子比姐姐还"滑稽",颧骨高高的,头发因化疗早已掉光了,若不是眼珠子还在转悠,活像一具"骷髅"。一看到他的样子,我就忍不住想笑。我一想笑,姐姐就挡在我前面。我心想,我就是要笑给他看的,你挡着干啥,怕他难受吗?

的确,父亲受的罪够大的,想必化疗放疗的滋味不好受,手术时,在走廊里都能听到他痛苦地呻吟。而且化疗后的一两天内,受药物的刺激,父亲常伴有剧烈的恶心与呕吐。每当看到父亲捂紧肚子卧在床上的样子,我就有一种莫名的兴奋。但我还是不敢太放肆了,于是把目光挪开,去欣赏窗外草坪上的红花绿草。

父亲在住院期间,基本上是姐姐照顾的。姐姐忙里忙外,好像从不知什么叫疲倦。晚上,我朦胧醒来,常看到她静静地坐在床前,有时还握着父亲的手,放在自己的心口上。我几乎要被她父女之间的真情感动了,也就越发不能忍受被冷落的滋味。初秋的风从窗口悄然掠进,姐姐给熟睡的父亲掖了下被角。我缩在角落里,下意识地抱紧双臂。姐姐跑前跑后的,虽没感动我,却让与父亲同病房的一位"难友"大发感慨:"多好的闺女啊!"父亲这位"难友"早进来几天,他只有一个远房的侄子照顾,但那家伙又不勤快,就难怪他羡慕父亲了。

半年之后,父亲的病情稳定了下来,于是出了院。我在老家待了几天,见父亲已能照顾自己,便托故回到乐陵。姐姐仍不放心,就留在老家。

因为给父亲看病,姐姐荡尽了所有家财,甚至还欠了一屁股债。那天下着雨,我正在家里看电视,门一开,姐姐冲了进来。她满头湿发披散着,像一个女鬼,把我给吓了一跳。她说:"爸爸又严重了,刚去了医院,医生说还得化疗,还要花几千块。"我冷漠地说:"是么,那就花吧。"姐姐一脸愁相说:"你看,姐手头上哪还有钱啊?"我顿时明白了她的来意,语气变得冰冷:"好了,你不用说了,我这也不是银行,我的条件你又不是不知道,刚买了房子,你总不能让我去卖房吧。"姐姐叹了声,再没说什么,扭头便走了。后来,听说她连夜冒雨凑了几千块,至于她在谁家借的,我懒得去问。

父亲生病期间,我简直像个外人,已习惯冷冷地看着姐姐为父亲熬汤喂药,甚至解大小便。父亲病重时期,大小便已失禁,有一次大便在床上了。闻到异味,我直感一阵呕吐,厌恶地走了出去。姐姐却忙上前拖起父亲的身子,仔细地拭净他身上的污物,又迅速地换了床单、被子,忙到最后,直弄得手上、胳膊上污了一片,额头全是汗。父亲毕竟被癌魔缠上了,任他怎么挣扎,终于还是无济于事;任姐姐怎么求神拜佛,老天爷还是"没睁眼",病后不到两年,他向生存了六十二载的世界留恋地看了最后一眼,便缓缓闭上了眼睛。他在生命弥留之际,把我和姐姐的事说了出来。

那天,已经半月不发一言、不进粒米的父亲,突然开了口。他向我招招手,叫我过去。我虽然心中对他充满了怨恨,但看到他被癌魔折磨得不成人形,也怪可怜他的,于是顺从地走过去,尽量放柔声音说:"爸,你觉得好些了吗?"父亲吃力地伸出他那只瘦得皮包骨的手,紧紧地攥住我,我清晰地感觉到他的心情异常激动。他慈祥地望着我。我从未见过那种温和的眼神,只觉心头一热。父亲吁了一下说:"孩子,我一直瞒着你一件事,其实……你和大丫不是亲姐妹……"

我默默地低下头,父亲的坦诚虽然迟了些,但对一个生命随时都可能结束的老人,我在心里原谅了他。我说:"爸,我早就知道了。"父亲"啊"了一声,显然出乎意料。他接着说:"那是 30 年前,我下班的时候,听到路旁有婴儿的啼哭声,忙奔了过去,发现那个婴儿脸蛋冻得发紫,被遗弃在铁路上,她浑身已经冰凉……"

"我把她抱回家中,你妈妈喂了她一些奶粉,她才渐渐安顿下来。当时,我和你妈妈虽然不住地埋怨她的亲生父母心肠狠,但看到她长得挺喜人的,也非常开心。谁知到半夜时,她突然发起烧来。我和你妈妈急坏了,我用自行车驮着你妈妈,你妈妈把她裹在自己的怀里,忙去了医院。医生说,孩子有先天性心脏病,让我们做好思想准备,如果不尽早进行治疗,这孩子恐怕活不了三个月。后来,我曾想把孩子再次扔掉,因为那时家里的经济情况也不好,就靠我一个人的工资。但你妈妈看着孩子可怜,狠不下这个心来,她说终归是一个小生命啊。"

"最后,我和你妈妈决定,无论受多大的苦,也要把孩子的命保下来。孩子整整住了一年院,为了拉扯她,我和你妈妈三年没有吃上一块肉,很多时候只是啃点儿凉干粮,连咸菜也没有。你妈妈为了攒足孩子的住院费用,每天步行到十几里外的纺织厂干临时工。有一次我发现你妈妈的脚心带着血痕,我拿起她的鞋一看,原来她的鞋子早已磨破了底。"

"孩子长到三四岁时才停了药,病情也稳定了,但医生说孩子的心脏弱,不能受打击,所以直到现在,我和你妈妈也不敢把她的身世说出来,怕她心里承受不了……"

我听着听着,忍不住落下了眼泪,我激动地说:"爸,我知道,我小时候害你们吃了许多苦,长大后我不会再拖累你们,我也知道,您对我的养育之恩,我一直还没有报答。"

父亲黯然地摇摇头,说:"你猜错了。"他把姐姐拉到身边,伸手抚摩着她的头发,轻轻地说:"这些年来,我从未骂过你一句,打过你一巴掌,你本是个苦命的孩子,我怎么忍心让你脆弱的心灵再受到什么伤害？我死之后,你们姐俩一定要像亲姐妹一样互相照顾……"

我愕然道:"你……你说什么？姐姐她……"

父亲叹了一声,说:"那个婴儿就是你姐姐啊。"姐姐也愣了,她呆了半晌,突然"哇"地一声扑在爸爸身上,叫道:"不,你是我的亲爸爸啊。"我觉得脑袋嗡地一下全是空白,霎时思想、理智、灵魂、意识全然离壳而去。天哪,这些年来,我浑浑噩噩到底做了些什么!我猛地抱住父亲,号啕大哭:"爸爸,您不能死啊,我不会让您死的。"

父亲极力将身子向床头靠靠,对我说:"从小爸爸对你关爱不够,你……你怪爸爸吗？"

我眼里噙着泪珠,使劲地摇头。父亲宽慰地笑了,他轻轻地抚摩着我的头。我觉得从他的手上有一股暖流涌到心中,弥漫到我全身,又浸出了眼眶,缓缓淌至唇边。我紧握着父亲的手,贴在自己的脸上,哽咽着什么也说不出。然而,我再也无法疼爱我的父亲了——就在我知道了我和姐姐的身世之谜后不久,他永远离我们而去了。埋葬了父亲,亲友们陆续离开了墓地,我执意留了下来。我想再静静地陪父亲一会儿,默默地看着父亲睡熟了,安歇了,再回去。旷野寂寂,杨柳依旧,父亲安在？我跪在坟前,默默地望着那一丘黄土,心中充满了悔恨和悲伤。父亲啊父亲,我知道,你一直对我隐藏着自己的父爱,这些年来,虽然你很少关心过我、呵护过我,但我相信,你一定是爱我的。可我……我诅咒过你,怨恨过你,在你最需要女儿照顾的时候冷漠过你,背弃过你,你原谅我吧……

微风拂过,我仿佛看到父亲微笑着站在面前,缓缓地抚摸着我的秀发。他虽然不说话,但我却读懂了他那慈爱的眼神。在父亲的目光里,我读懂了一种博大的亲情,那是一种江海般宽大的胸怀,一种升华的父爱!我缓缓起身向远处望去,忽然觉得父亲还没有死,这里埋葬的只是他的躯体,而他的灵魂仍然活在我心中。我相信他那双慈爱的眼睛,仍关注着我的生活,贯穿我的一生。

感恩提示
gan en ti shi

如果说两代人之间一定要由恨而爱,那这姐妹俩的故事说明什么呢？亲生的女儿在父亲的病榻前一直冷眉冷眼,甚至面对父亲的病相还笑得出来;而捡来的女儿则拼命奔走,只是为了让父亲在这个世界上能多留一些时日。也许,这一切只是一个误会造成的,对于身世的讳莫如深,父亲让俩姐妹走过了一段爱恨交织的人生。

也许,悲剧都是在死亡面前结束的。但是,结束了就消失了吗？愧疚的消失怕是比恨的消散更慢更难。也许,悲剧本不应该发生。

我任由悔恨的泪水哗哗地流下。只为了一个微不足道的理由，父亲硬是把一个原本不是秘密的秘密隐藏了十年。

十年后，我才懂您的苦心

◆文/寒　梅

十年前的那个秋天，我如同打了败仗的残兵，跟在父亲的后面，心情沮丧地走进了本地的一所三流学院的大门。校园里绿草茵茵，高楼座座，父亲一个劲儿地夸赞："你看房子多新，环境多好。"我漠然地看着他兴奋的脸，他怎么会懂得我爱的、向往的大学是老得斑痕累累的古旧建筑，耸立的是苍老古树，在幽静的小径上，有沉静的风，白发的教授。

多少次跟父亲争论，我平时的成绩不差，只需要复读一年，我就能心想事成。可他固执得像头牛，无论如何也摇头不允。他宁愿拿了高额的委培费，逼我来读一个枯燥乏味的财会专业。我恨他，我想在他心里，大概也同样恨我，因为我们是那样地让彼此失望。

注册时，父亲才发现，他在县教委交委培费的收据忘带了，这就意味着我晚上住不到学生宿舍里。父亲急了，他立刻决定当晚就赶汽车回去拿。他把我带到学校附近的一个小旅馆，安排我住下，叮嘱服务员给我端来饭菜，就一个人匆匆地走了。我吃着可口的饭菜，眼泪流了下来。在他的面前我一直冷漠地对抗着，但是想到他蜷缩在车站的一角，啃冷硬的馒头，或许连一瓶矿泉水也不舍得买来喝，我的鼻头就阵阵发酸。身边的背包里，是一瓶瓶的营养药，我体质一向不好，他叮嘱我无数次，要我天天都记得吃。

父亲返回旅馆的那天早上，我早早地起了床，站在窗口旁盯着他要来的方向。5点左右的光景，公交车上的人很少，我盯着每一个下车的人却怎么也找不到他。突然从远处走来一个人，身体前倾着，摇摇晃晃的，似乎已经走了许久。那不是父亲吗！他怎么不搭公交车？父亲在旅馆门口停了下来，似乎掉了一件什么东西在地上。他弯腰去捡，捡了好几次都没有捡起来。他干脆半跪在地上，佝偻的背像弓，让人心酸。

不一会儿，父亲进屋，我慌忙掩饰满眼的关切。他坐下，背上汗湿了一片，干燥的嘴唇上起了火泡。我很想给他倒杯水，但不知怎么就是迈不开步子。父亲唠叨着说起来，他的零钱被火车上的小偷偷了，剩余的钱都在存折上，他只有一站一站地走来。"反正时间早，不误事儿，我对这里很熟呢。十年前我在这里接车，闲着没事，每天都坐公交车，到处逛。"他乐呵呵的神情，轻松的口气，仿佛硬要把一路的辛劳在我面前忽略掉。我别过脸去，不忍看。

接下来的时间,他像连轴转的陀螺,甚至帮我铺好了被褥,才恋恋不舍地离开。

大学三年的假期,我很少回家,不知道回去怎么面对父亲,于是就找了各种借口留下。父亲却常常来看我,照常带着大包小包,里面总少不了各种营养药。也许隔了时间和距离的缘故,我们已经能心平气和地交谈,多半是他在说我在听。偶尔我也象征性地汇报一下自己的情况,那时候他总是听得那么用心,仿佛要把每个字刻在心里。

毕业后,我跟随男朋友去了他的老家,在一个不好不坏的工厂里做出纳。我知道父母是希望我留在他们身边的,所以,我干脆不去征求他们的意见。一切都定下后,我才给家里打了电话。母亲哭了,但父亲竟然接过话筒,说支持我的决定。我握着电话怔怔地说不出话来,我以为我这么多年来的冷淡和叛逆,到如今终于会让父亲爆发,我也恰好能够找到宣泄的借口,把这些年来耿耿于怀的愤怒对他说出来。然而大概是心虚,又或者对我心存愧疚,他竟然顺从了我的决定。

两年后的一个秋天,我结婚了,父母从老家赶过来。我在喧闹的间隙,竟然无意中发现父亲在抹眼泪。很快他又在母亲的宽慰下笑了起来,然后向我看去。我慌忙别过头,装作什么也没有看见,心里的芥蒂却始终在我的胸中萦绕。在异乡的这两年,我看尽了世间的冷暖,工资低得可怜,小心谨慎还得挨训受责,每当这个时刻,我都会想,如果当年我复读了,一切会是另外的样子。

去年冬天,我的状况有了一些改变。宝宝大了,我计划换一套大些的房子,无意中和母亲说起,晚上立刻接到父亲的电话,说要过来给我送钱。我生硬地拒绝了,说缺的钱我自己解决,挂电话时,我听见电话那边一声长长的叹息。

父亲还是来了,在一个飘着小雪的黄昏,站在灰色的楼下等我下班回来。吃饭的时候,我发现他的白发又多了许多。他一心逗着孩子玩,偶尔夹几口菜吃,桌子旁边是他从破旧的包里取出来的两万块钱。

9点半,他照常要去外面住旅馆,爱人送他下去,我站在窗口看着,隐约的灯影里,他的背更驼了,眼神也像变得不好,极力弯着身体,仿佛看不清地面。突然,他手里的一件什么东西掉在了地上,他停了下来,弯腰去捡,天黑无光,他干脆半跪在地上用双手去摸,十年前的那一幕又浮现在我的眼前。这一次,父亲是真的老了。我想起他刚才来时跟在我的后面,爬到四楼就气喘吁吁,十年前他还能疾步如飞一站一站地走,如今却再也不能了……

后来,我从母亲嘴里得知,我在高考结束的那个暑假的那场病,并不是普通的感冒,而是心肌炎。医生叮嘱出院后坚决不能再过高三的生活,以避免太多的劳累和紧张,而且要多多加强营养,以防止复发。我哭着问母亲为什么不早说?母亲说是父亲不让说,他宁愿让我怨恨他,也不愿意我的人生因为有了疾病的暗示,心理带上任何的颓废、惊惶和不安。他甚至偷偷来学校找了我男友,叮嘱他好好照顾我,而且对我保守这个秘密。

世界上没有哪个父母愿意让子女怨恨,在我对他谅解之前,也许他永远都不会说。这么多年,我过得不如他预想的好,常埋怨父亲。母亲总是替父亲委屈,父亲则说:"还是别说了吧,让她能找个借口,把不顺利的因素推到我的身上,她的心情会好些。"

我任由悔恨的泪水哗哗地流下。只为了一个微不足道的理由,父亲硬是把一个原本不是秘密的秘密隐藏了十年。

感恩提示
gan en ti shi

十年,一个女儿慢慢在心中堆积起来的恨有多高?有多厚?也许连她本人都不能丈量。可是,这一切的恨,一切的不能原谅,都建立在一个善意的谎言上。于是,恨的大厦根基不牢,它的倒塌也就是迟早的事情。只不过,它的倒塌还是让"我"等了十年。

人生能有多少个十年?掰着指头都能显示出来。当我用一系列的恨来证明自己的委屈之后,母亲的一席话轻易推倒了恨的大厦。至于以后,我想"我"已经知道该怎么做,该做什么了。

真是奇迹!多少天又叫又喊的父亲竟然会靠在儿子的背上酣睡了!我顿时泪水如注……

感·恩·父·母·全·集·

321

父亲的体温

◆文/何建明

在我童年、少年,甚至是青年时代,有时觉得父亲是世界上最让我恨的人。

第一次恨我父亲,是我童年的第一个记忆:那是上世纪 60 年代初的自然灾害时期。我刚刚懂事,却被饥饿折磨得整天哭闹。有一次因为食堂的大师傅偷偷给了我一块山芋吃(北方人常叫它红薯),当干部的父亲见后狠狠地将我摔在地上,说我是"贪吃团"。为此,他在"三级干部会议"上作自我检讨。那时我不懂父亲为什么这样绝情,现在的人也无法想象那时当干部是多么彻底的廉政者——他们认为多拿公家一分一厘都是犯罪。

第二次记恨父亲是因为我家宅前有棵长着特别甜的枣子的枣树。每年枣熟的时候,总有人前来摘走一颗颗又甜又脆的红枣,我为此怒火常起。有一天,邻居的一位比我小一岁的男孩子在偷袭枣树时被我抓到了,为了夺回枣果,我与他大打出手。不料被父亲发现,他不但不训斥"偷枣"人,反而操起一根很粗的竹竿将我的腿肚子打得铁青,并说:"你比人家大,凭什么跟人家打架?"我无法理解他的逻辑,于是瞪着一双永远记仇的眼睛,在心底恨透了父亲。

第三次记恨父亲时我已经二十多岁了,在部队扛枪保边疆多年了。记得是第一次探亲假,本来多年不见的家人很是兴奋和开心。哪知父亲见过后,晚上瓮声瓮气地瞪着眼睛冲我说:"人家比你读书少的人都提干了,你为啥没有?"这、这……我气极了!本来我对几个专门靠拍首长马屁的老乡提升就很想不通,父亲这么一说简直更像针扎在我心尖尖儿上。

我恨起了父亲,并发誓要做个有头有脸的人。后来我也终因工作出色在部队里当上了干部,但与父亲的"账"一直没有算清。以后每次我回老家探亲时,父亲的脸上总是笑眯眯的,与他年轻时相比像换了一个人似的。父亲变了性格?还是真的老了?我一直没有细细去想,就在这忙碌中度过了一年又一年……

突然在前年年末的一日,姐姐和妹妹相继打电话来,说父亲肺部长了一个肿块,而且是恶性的。一向"恨意"未消的我,那一刻心猛地颤抖起来:怎么可能呢?当我火速赶到上海的医院时,父亲见我后眼睛红了一下,即刻转为笑呵呵的,扬起他那明显瘦弱的臂膀对我说:"你看我不是还很有劲嘛!哪有啥病!"我尴尬地朝他笑笑,转过头去时,不禁泪水纵横……父亲啊,你知道自己还有多少日子吗?因为几分钟前医生刚刚告诉我,说我父亲最多还有半年时间……太残酷了!无法接受的残酷……可更残酷的是我们必须掩着眼泪去假笑。父亲和我每天都是如此!

陪床的那十天,是我成人后的三十多年里第一次全天候地与父亲在一起,白天除了输液就是输液,于是父子之间有了从未有过的漫长的交谈……

为了分散病痛对父亲折磨,我时不时地提起以往对他的"记仇"。父亲听后常笑得合不上嘴,说:你光记我对你不好的事,我就没有过对你好的时候?

"还真没什么?"我有意逗他。

"没良心!"父亲含笑冲我说,然后仰天躺在床头长叹起来,情绪仿佛一下拉回了他久远的记忆之中——

你刚出生那几年,我每年都带着民兵连在几个水利工程上干活,那个时候一干就是十几个钟头,大跃进嘛!干活干死人的事也有。我的病就是那个时候落下的(父亲到闭目的最后时刻仍坚持认为自己的绝症是当年拼命干活受潮落下的肺病)。你小时候几乎天天尿床。记得你当兵前还尿湿过床吗?

我点点头。脸红了。

父亲问:"你小时候因为这受过我不少打呢,这你没有记过我仇?"

我笑着摇头说:"这事我理亏。"

父亲在病榻上侧过头,问:"还记得你尿床后我为你做啥了吗?"

我忙点头:"知道,每回你把我拉到被窝里,用你的体温暖和我……"

父亲笑叹:"算你还记得!"

"当然记得!"我忙说:"父亲,还有一次我印象特深。那年你成'走资派'后,我正好放寒假,我们俩分在一个班次里摇船到上海运污水。半途上,跟上海人打架,我们的船被人家撞破后漏水，结果舱里全湿了，晚上没地方睡，最后是你上岸到地头抱了一捆稻草，让我光着身子贴着你睡的……"

"唉，那个时候也难为你了，才十五六岁，要干一个壮劳动力的活。"父亲扭过头，闭上双目，似乎在责备自己因"走资派"而害了儿子。

其实现在想起来也没什么，我记得那一夜自己睡得特别香，因为父亲的身体真暖和……

去年国庆前夕，父亲的病情急剧恶化，开始是每小时吸一次氧，后来根本就不能离氧气了。他一边艰难地大口大口地吸着氧，一边则要忍受着全身如毒蛇咬嚼的疼痛。我和家人日夜守在父亲的病床前，束手无策……我想帮他翻翻身，可每当手触其肤时，父亲便会大声叫疼……我只好用手轻轻地扶起他，让他靠在软垫上歇一会儿，可父亲还说那软垫太硬。

"来，靠在我背上吧！"看着父亲这也不是那也不行的痛苦样，我拭着泪水，突然想出了一招。我低着头、将身子蜷曲成45度，让父亲靠上来。过了一会儿，我轻轻地问父亲："这样行吗？"

父亲没有回话……一旁的妈悄声告诉我："他睡着了。"

真是奇迹！多少天又叫又喊的父亲竟然会靠在儿子的背上酣睡了！我顿时泪水如注……

十分钟、二十分钟、一小时……先是我的双脚麻了，再是我的腰麻了，后来是全身麻了。但我感到幸福，因为这是我唯一能给父亲做的一点点事了。那一刻，我再次感受到了父亲那熟悉的体温，同时我又深感神圣——我意识到我们爷儿俩背对背贴着的时候，是我们何氏家族两代人的生命在进行最后的承传……

感恩提示

gan en ti shi

一对子仇父的父子，二十几年间一直隔着一块冰，形同陌路。在父亲病危的十五天里，那块存在了二十几年的冰竟然消融了。这是父子间才会发生的奇迹，而这一切，还是因为他们本来积存下来的爱。这爱，也许用血缘能解释，但是，如果人与人之间只靠血缘来维系，那不是本文的目的。

当儿子像当年的父亲一样弓着身子让对方悄然入睡时，一切的仇视、一切的隔膜、一切的不解，都不用解释，也不用分析。爱，可以弥补一切，消融所有寒冰。

感·恩·父·母·全·集·

323

独儿进入了梦乡,梦中的他回到了儿时,儿时的他幸福地牵着父母的手,跳跃在洒满阳光的花丛中。

独　儿

◆文/贾立新

独儿一直认为父亲的心狠,没想到母亲的心更狠。父亲在他10岁时抛下他们母子,和一个年轻漂亮的女人结了婚。那时父亲已经是赫赫有名的富翁了。

他和母亲生活的6年当中,亲眼目睹了母亲吃苦耐劳的创富之举,母亲也成了大富婆。他在母亲财富的包围中,花钱如流水,过着衣来伸手、饭来张口的幸福生活。

而眼下,心肠狠毒的母亲竟然翻脸不认他这个儿子,切断了他的生活来源。他清楚地记得当时被驱赶出家门时的情景:母亲叫来三个保镖将他抬起,狠狠抛向门外,然后凶巴巴地关上了大门。

之前,母亲无情地搜了他的身,只给他留下200块钱。

为了省钱,他睡街头,每天只花两块钱吃饭,终于他将钱花完了,他不得不找朋友去借钱了。

令他想不到的是昔日的朋友竟狗眼看人,谁都不肯帮他。

他曾无数次请这群狐朋狗友大肆挥霍,团伙中有朋友犯了案,是他用钱来摆平救了朋友,他花给朋友的钱,少说也有几十万了。

天黑下来,寒气袭人,流落街头的独儿头一次感到了生活的可怕。半夜里他发起高烧,他感到要和这个世界告别了。

这时,他遇上了胡叔,他认胡叔做了干爸。

胡叔带他吃了早饭,为他买了药,并介绍他在一个集贸市场做装卸工,晚上独儿住进了工棚。

干了两年的装卸工,独儿的筋、骨、肉从疼痛到强壮,积蓄从零到两千块钱,其间得到了干爸胡叔的关照。如今,干爸建议他自己干——和干爸合伙开商店。

独儿和干爸在这个集贸市场租了铺面,卖起了服装,从此独儿当起了老板。

一天,干爸对他说:"你出来闯荡两年了,该回家看看你母亲了。"

独儿听到母亲二字,先是一愣,然后摇摇头:"我恨她!是你给了我第二次生命。没有你,也没我的今天。"独儿说着有些激动。

干爸也被独儿的情绪感染,抹了把泪光点点的眼睛:"孩子,谢谢你的信任。"

独儿这才想起了什么似的,问:"干爸,你家在哪?这么大年纪也干装卸工?"

干爸拍拍他的肩说："孩子,我是该走了,这个店从此由你来经营。我只有一个请求:你应该报答你的母亲。"

独儿倔犟地说："她让我吃尽了苦头。"

干爸却说："吃苦是好事呀,你妈至今还在吃苦。"

在干爸一再提议下,干爸陪独儿回家看母亲。

独儿回到家中,母亲百感交集,一下子抱住独儿,泪水哗哗地流淌。

晚饭后,独儿躺在原来属于自己的那个房间的床上,回味着梦一般的经历,母亲和干爸在另一间屋子说话。

夜已经很深了,母亲和干爸还在说,母亲的声音很轻很柔,时有哭泣声。独儿光脚下地,出屋窃听。

他听到母亲说："你为了我,宁可放弃自己的事业,去当装卸工。"

干爸说："你是对的。为了儿子的前途如此用心良苦,连我都被感动了啊!"

"多亏你帮我照顾儿子,我用后半生来感谢你。"母亲的话充满柔情。

干爸也是蜜意浓浓："再不能让你一人这样苦了,我会把全部的爱给你和儿子。"

母亲说："你已经做到了。"

接下来是两人的唏嘘声。

独儿进入了梦乡,梦中的他回到了儿时,儿时的他幸福地牵着父母的手,跳跃在洒满阳光的花丛中。

感恩提示
gan en ti shi

也许,我们更应该把"独儿"这个题目看成是我们一代人的称呼。从一出生便带着"小皇帝"名头的我们,是不是一直依仗着我们是"独生子、独生女",从而独步天下?

故事中的母亲无疑是魄力惊人的,虽然她的这个方法值得商榷,但是为了儿子能自立于人世,练就生活的本领,无论母亲的手段有多残酷,她的原因只有一个字——爱。在爱面前,也许一切都可以被原谅。

我打算，等我结婚时，父亲的婚礼和我的一起举行。欠父亲的幸福，我要早点儿还给他。

欠父亲一个幸福

◆文 / 王晓宇

我16岁那年夏天，父亲用从没有过的略带羞涩的神态，结结巴巴地对我说，小蔷，我明天中午和朋友一起吃饭，你要不要一起去？我不屑一顾地甩甩头，我不去。想想不对，父亲很少出去交际应酬，看他吞吞吐吐的样子，一定是有什么秘密瞒着我。

我忍不住问，是男的还是女的？父亲说是女的，我回头看他，眼睛瞪得像铜铃那么大，父亲在我审视的目光下低下了头。我笑说，是相亲吧？父亲说是，声音小得像蚊子，像做了错事的孩子。

我的心情忽然就坏了起来，推说头疼，晚饭也没有吃，在房间里，把书本摔得砰砰响，父亲在门外问我，没事吧？我说有，心里不舒服。

那一宿我几乎没有睡着，心中的难过抑制不住。母亲在我很小的时候就去世了，是父亲一个人把我带大，怕别人和我相处不来，所以一直没有再找。我和父亲生活在一起，尽管生活上有欠缺，但却很快乐，我不希望有人打扰我们平静的幸福。

我对父亲的依赖几乎有些痴迷，有时候，明明能自己做的事情也不做，非要父亲帮忙。有一次，是个下雨天，我在学校门口等父亲来接我，等了很久父亲才来，我很生气，跟父亲耍小性子，赌气不理他，父亲便慌乱地解释说，是路上塞车，所以晚了。我哭喊，你就不会早点儿出门啊？父亲说，可是我要上班啊！我索性不讲理到底，你不会请假啊！父亲的脸上露出了一丝苦笑，说，干脆爸爸不上班了，只陪小蔷，我才破涕为笑。

想起往事，我无法不难过，父亲要去相亲，要和别的女人在一起，我不敢想那样的场景，再说一个人的爱怎么可以分两份呢？

第二天一大早，我对父亲说，昨晚我梦到母亲了，我要去母亲的墓上看看，你别管我了，你去相亲吧！父亲脸色苍白，说，小蔷，我陪你去吧！我绷着脸说，你没时间就不用去了，省得母亲看见你添堵。

父亲是个老实木讷、笨嘴笨舌的人，被我饿说不出话来，脸色难看地立在那儿。我却扭过头，吐了吐舌头偷笑。我知道父亲怕什么，我知道父亲的软肋是什么，每次提起母亲，父亲就会缴械投降。

母亲是因为父亲才去世的，那时候父亲因为工作的关系，耳朵失聪，母亲陪他去医

感 · 恩 · 书 · 系

院看病,下大坡的时候,父亲蹲在路边系鞋带,背后来了一辆失控的大卡车,可是父亲听不到。母亲在路边采野菊,那是九月里,路边开满了迎风摇曳的野菊。母亲回头,看到这个情景,疯了一般往回跑,把父亲推倒在路边的水沟里,父亲得救了,母亲却从此离开了我们。每次父亲讲这个故事给我听,我都会泪流满面,可是父亲就是不能停止,一次次地讲。

那次的相亲事件,父亲自然是中途退场,再也没有提起。

17岁那年秋天,父亲单位里新来了一个北方女人,对父亲非常好,别人常常拿她和父亲开玩笑,父亲也有些喜欢她。我又开始莫名其妙地生气。那女人偶尔来家里,她擅长做菜,可是我忍着不吃,我只吃父亲做的菜。偶尔看到父亲给那女人夹菜,我便摔了筷子扬长而去。不知为什么,我嫉妒那个女人嫉妒得都快疯了,我害怕父亲不要我了,我害怕父亲不再爱我了。

父亲碍于我,终于没能和那个女人走到一起,可是他因此很难过,常常一个人躲在走廊里吸烟。可是我却全然不顾父亲的感受,心花怒放地搂着父亲的脖子发表宣言,以后有我照顾你,何必让那样一个来历不明的女人来家里呢!父亲的脸上是惨淡的笑,我不知道自己说错了什么话,一直以为自己会代替那个女人照顾父亲,只要在家里就下厨,笨手笨脚地给父亲做饭。

上大学以后,过上了住校的生活,突然离开父亲,我有些惶惶不安。那时候班上有一个很帅气的男生有些喜欢我,他有阳光一般的笑脸,班上的许多女生都喜欢他,可是他却总借故来找我。我很害怕,总是借故推辞。我想,在这个世界上,我只喜欢我父亲,我对他的依恋是这个世界上任何一个男人都不能替代的。

可我终于还是抵挡不住青春的诱惑,开始接受那个男生的约会,接受那个男生的鲜花,慌慌张张地开始恋爱,那种慌惑、甜蜜,心头如撞鹿一般的日子,给了我前所未有的冲击。

我有了一个爱我的男人,才明白,我怎么可能代替别的女人,永远留在父亲的身边,我怎么可能给他想要的幸福,我第一次站在父亲的角度去思考问题,可是时间已经过去了十年,我的青春年少,我的自私给我留下了无法弥补的遗憾。

父亲一个人在家,对着满屋子的空寂,连说话的人都没有。我的眼泪掉出来,难怪我回去一次,父亲老一次,甚至连话都懒得说,十年的时光里,父亲的生活里,除了我已经是一片空白,怎么还可以继续下去?

毕业后回家的第一件事儿,就是托亲戚朋友为父亲说媒,父亲说,别瞎忙了,我不会跟任何人相亲。我开导父亲,我们都不会忘记母亲,但生活还得继续,母亲也愿意看到我们幸福安康地生活下去。

我打算,等我结婚时,父亲的婚礼和我的一起举行。欠父亲的幸福,我要早点儿还给他。

其实,作为单身父亲的女儿,"我"欠父亲的何止是一个幸福?父亲几十年酸楚的单身生活,为了女儿而抛弃一切幸福的可能,又岂能是女儿的一个婚礼所能弥补得来的?好在,女儿的愧疚和醒悟都来得那么及时,只要她愿意,只要父亲同意,一切,都还来得及。而这个故事所显示的意义,可能更多的是在文字面前的我们,亡羊补牢免不了遗憾,那我们能不能在亡羊之前就把一切都留心留意到遗憾不会发生?

此时我不再介意路过同学的惊讶眼光,因为泪流满面、跪地不起的我,心中只有我的母亲,一位身世坎坷却伟大的母亲。

爱 的 容 颜

◆文/(台湾)雨　薇

15年前,我远赴美国攻读硕士学位,心中许下宏愿:要闯出一片天地,不要再受到任何怜悯或歧视的眼光……

在位于德州的学校里,我极力表现自己的才华,并热心帮助其他中国同学,再加上自己的外在条件不错,我当选为中国同学会的会长,优越感油然而生,而且自我膨胀得厉害。

有一次,德州天气骤变,我生了一场大病,于是打越洋电话向母亲诉苦。几天之后,有个同学跑来告诉我,说有位长得有点儿"可怕"的妇人在会客室等我。我心中不安地想:若是同学知道我有一位长得丑陋的母亲,大家会怎么样?

我不知道她是怎么来的,和谁一起来的,身上的钱够不够……当时完全没有心情去了解,只求母亲见到我的面后赶快回台湾去,免得让我在同学面前抬不起头来。

隔天,大家都知道了母亲的事,纷纷跑来问我与"她"的关系,为什么女儿这么高挑漂亮而母亲却……

过了几天,同学来告诉我,母亲又在会客室等我了,我决定不再去见她,心中反怪起母亲为何还留在美国,不肯离去。当我结束了一天的课程时,学校的警卫先生送来一张纸条,打开一看,母亲写着她已等我一天了,问我身体好些没有。我心中有几分歉意,但是心想母亲见不到我,隔天应该会回台湾去,也就不以为意。

第二天一大早,校门口的警卫先生递给我一封信,里面装有一张泛黄的照片,照片中的少女好美。警卫先生还说照片中的人要见我,我心中存疑,走到门口一看,万万没有想到,竟会是我的母亲!

母亲这才缓缓地告诉我,少女时代的她,也是大家心目中的美人儿,在与父亲结婚后因生意失败陷入苦境,一家五口住在一间租来的十多平方米大的木造房子,靠卖粽子为生,一天半夜里父亲起床蒸粽子,不料引起大火,木造房子迅即陷入火海中。当母亲发觉火势已不可收拾时,她身边唯一的孩子、两岁的我正号啕大哭,她用湿床单裹住我,将我救出火场。继而想到父亲、哥哥和弟弟还没逃出来,要再冲进去时,被邻居拉住了。

事后警察在火灾现场,找到了三具黏在一起的焦黑尸体,那是我的父亲和哥哥、弟弟。而母亲也因为救我,身体受到严重灼伤,并造成肢体的扭曲变形。

这一切,以前沉浸在课业中的我,竟全然不知。听母亲诉说到此时,我不知不觉地在她面前跪下来,懊恼不已。给我美丽的,是我的母亲,而我竟严重地鄙视她;送我到美国念书的,也是我的母亲,不惜倾尽毕生的积蓄,我才能站在美国土地上。不知她排除多少困难,才能漂洋过海来看我,而我却狠心地让她在校外苦苦等我,甚至不问她目前住在哪,有没有钱,我还算是人吗?我不禁为自己的自私和不孝深深自责。

母亲竟还为了"造成我的困扰"而频频抱歉,我更是羞愧得无地自容。此时我不再介意路过同学的惊讶眼光,因为泪流满面、跪地不起的我,心中只有我的母亲,一位身世坎坷却伟大的母亲。

几年之后,我靠着奖学金拿到博士学位后回到台湾。这一路辛苦走来,支持、陪伴我的,并不是外表的美丽,而是母亲无悔的牺牲奉献。

目前,母亲年事已高,一直与我同住,并帮我带两个儿子。前些时候,我向她提及这段往事,她摸摸老花镜缓缓地说:"哦!那是什么时候的事?我已经不记得了。"

感恩提示
gan en ti shi

作为一个漂亮并且顺利到美国留学的女生来说,没有什么比青春更让她意气风发的了。可是,如果你知道了你自己的青春是用父母的衰老换来的,你的漂亮是以你母亲丑陋地老去为代价的,你的出息与成功是以母亲含辛茹苦为基础的,你对母亲的伤害还能这么理直气壮并毫无愧色吗?

不论母亲有没有那些让人心酸又摄人心魄的故事,作为一个女儿,怎么还母亲的恩情都是不够的。因为有些东西能补回来,可母亲的青春,你把世界都给她也换不回来。

　　说也奇怪,自从握过父亲的手,我再也没有埋怨过父亲。我拼命地学习,吃着母亲做的风豆豉,直到后来考上师范学校。

与父亲握手

◆文/彭忠富

　　五年前,我正在县城的一所中学读书。

　　我是从农村小学考入这所县城中学的。除了我们农村学生是考进来的外,其他的城里学生都是父母托关系送进来的。因为农村学生的加入,这所学校显得生机勃勃。

　　初二时,班上转来一个男生俊,班主任张老师安排俊与我同桌。俊身材高大,衣着光鲜。俊对我说,他在另外一所中学与人打架,被学校开除了。他爸爸是局长,把俊转到我们班来了。张老师希望好学的我能帮助俊,转化俊,也算给俊爸爸一个交代。

　　俊开始和我形影不离,经常带我下馆子,当然前提是我得给他抄作业。俊和我躲在学校的小树林里抽烟,带我去看电影,打台球,给心仪的女生递条子,甚至去录像厅里看黄片。在我的眼中,俊是世界上最幸福的人:身上有用不完的零花钱,又是城镇户口,爸爸在当局长。俊不用努力读书,他爸爸也会给他找到工作。

　　而我自己呢?父母都是农民。父亲以前做过生产队队长,现在包产到户,队长也没得做了。父亲只好到处打短工,主要在建筑工地上筛沙子,拌灰浆,忙活一天也就10块钱。我们家三兄弟,大哥初中毕业后学泥工,二哥和我在同一所中学读书。我们的学费都是开学时跟别人借的,有时父亲为了给我们筹学费,常常狠心卖掉尚未长大的架子猪。而我们在学校里只能吃母亲做的风豆豉,吃得我快要反胃了。

　　我的脾气变得越来越坏,每周回家我都要数落父亲一顿:"爸爸,你看城里的同学身上有用不完的钱,而我们在学校里连小菜也买不起,只能吃妈妈做的风豆豉。大家都是人,你咋没有出息哟,害我们受苦。"父亲听了我的话,什么也不说。他经常几口把碗里的米饭扒拉完,就骑着自行车上工地去了。父亲是没有星期天的,如果他不上工地,连每天10块钱也挣不到。

　　有一次周六晚上,我又在饭桌上数落父亲。母亲噌地站起来,抬手就给我一巴掌,我只觉得脸一阵阵火辣辣的痛。"老三,你给我闭嘴。你再说你爸不对,你就给我滚。"母亲红着一双眼睛瞪着我,歇斯底里地吼完了这几句话。这个柔弱的女人,今天真的生气了,我从来没有见过母亲发这么大的火。我的眼眶里噙满了泪水,喉咙哽咽着,几乎马上哭出声来:"你们生我,就该养我。没有出息,还不让人说!"我冲母亲大声嚷道。

　　"人和人不同,一只手伸出来都有长短。你爸妈只有这个能力。"父亲接过了话头。

他伸出一双粗糙的大手把我使劲拉到身边："老三,你看爸爸的门牙。有次在工地上,一把铁铲从楼上掉下来,刚好砸在我门牙上。幸亏我戴着安全帽,不然就没命了。"

父亲平静地说着,同时用他的大手在我掌心摩挲着,给我传过来一股股温情。那是怎样的一双手啊,由于经常和水泥灰浆打交道,长满了老茧,皲裂的地方露出道道血痕,父亲只是简单地用白布缠着。

我关切地问:"爸爸,你怎么不戴手套啊?"

父亲轻描淡写地说:"戴手套也没用,没事的。爸爸这辈子是不中用了,我们家就数你学习最好,你要争气啊!"

我看着父亲充满期待的目光,紧紧地握住他的双手,重重地点了点头。说也奇怪,自从握过父亲的手,我再也没有埋怨过父亲。我拼命地学习,吃着母亲做的风豆豉,直到后来考上师范学校。

感恩提示
gan en ti shi

能把自己的母亲形容为"这个瘦弱的女人",可想而知"我"当时的状态有多疯狂与无知。当时的"我",其实就是一个让人想像他母亲一样挥手给他一个响亮巴掌的年轻人,在与"没有出息"的父亲轻轻地握一握手,一切都在父子之间慢慢消融。这是一个特殊而又奇特的通道,它只属于父子。

也许,这一握改变了"我"的人生轨迹,可是如果没有母亲的那一巴掌,一切都是未知。所以,除了父亲那双影响"我"一生的手,母亲的影响同样不可忽视。

父亲的爱总是严肃而简洁,它的到来从来都没有半点儿拖泥带水,可是在一个年轻人释然的感动与感悟中,世界上一切的颜色在两个红彤彤的苹果面前,都会黯然失色。

两个苹果

◆文/雷建军

记忆中父亲少言、寡笑,儿时的我一直坚信父爱没有母爱那么来得温柔体贴,要不然,怎么会有《世上只有妈妈好》这首歌呢?二十多年来,父子情就这么微妙地维系着。然而,就在去年,我终于明白了我的想法是那么的幼稚,让我悔恨而又无地自容。

儿时，我们家相当贫困，两兄弟读书，给家里造成很大的压力，为了维持家庭生活，父母相继漂泊在南国都市打工。每年春节，我都只能到广东过年。尽管我知道，在广东过年是那样的无聊，缺乏家中的那种气氛。况且，随着年龄的增长，更觉得过年没滋味，想想无非就是一天不停地忙于应酬各种来客的拜访。年轻的我总喜欢洒脱，无所牵累，就连行李包都是简之又简，超过了本身的负荷就感觉诸多不便。2001年，是我参加工作的第一年，学校刚放假，我一刻不停匆匆踏上南下的列车。时间也就在无聊中度过，大年初六，我就决定返回家乡，一来会会多年未见的朋友，二来趁此机会办点儿私事。父亲执意挽留，说回家去也没事，家中无人又不方便，我不置可否又强撑了两天。初九，我再也坐不住了，父亲这回没再吭声，只是咕噜了几句，便骑着那辆旧单车出去了，不久便提了一大袋东西，说是带路上吃，我当时不知为啥，忽然冒出了一句："提那干吗，现在坐车的人多，提着多碍事。"便接过他手中的东西摔在了桌上。这时我发现父亲愣了一下，站在一旁不知所措，只是使劲儿地搓着双手，嘴里只是"噢噢"两句，我想起刚才的话说得过重了些。

启程时间到了，父亲催我上路，并且主动提着我的旅行包，到马路边一见公共车，父亲又使劲儿地伸手示意汽车司机停车。但春节期间，每辆汽车都爆满，根本不理会这些在路边挥手的客人，过了好几辆都是如此。我只得和父亲说："还是我一个人等吧，您那里还有事。"父亲执意不肯，说："这边你不熟，司机会宰客。"好不容易等到一辆"老爷车"，父亲便大步走上去，跟司机一番讨价还价。我当时还觉得父亲的确很迂，闹了半天，无非就是一块钱差价。要上车了，父亲嘱咐我要小心，到家后便挂个电话报平安。汽车走了很远，我看见父亲还站在马路边，望着汽车。汽车行走在宽阔的马路上，我突然感觉包里有两个硬硬的东西，急忙打开行旅包，见里面放着两个又大又红的苹果，里面还有一张字条："儿子，我知道你喜欢洒脱，但这两个苹果还是带着上路吧，以便解渴。"望着这张纸条，我的眼泪便往下流。

那天晚上，坐在车上，我的脑中不断回忆父亲的身影：头顶着烈日，驼着背，在那里使劲儿地挥着镐头，嘴里在不停地哼哈哼哈……

感恩提示

gan en ti shi

两个苹果，不过就是"我"的包里的两个"硬疙瘩"。对于习惯于洒脱的"我"来说，对累赘的厌恶明显多过解渴的作用。只不过，一切的字眼在此时都有了背景：过年、分别、父子。于是，两个苹果在"我"的手里忽然间就重逾千斤。

父亲的爱总是严肃而简洁，它的到来从来都没有半点儿拖泥带水，可是在一个年轻人释然的感动与感悟中，世界上一切的颜色在两个红彤彤的苹果面前，都会黯然失色。

父亲将所有财产都留给了他。但在他的眼里,最珍贵的,却是那本《人生指南》。

最珍贵的礼物

◆文/佚　名

一位青年即将大学毕业。数月前他看中了一款漂亮的跑车,知道父亲有能力给他买,就对父亲说他非常想在毕业时得到一辆那样的车。

毕业临近,这位青年很希望看到父亲为他买车的迹象。但是,他失望了。

终于熬到毕业典礼的那一天清晨,父亲郑重地把他叫到自己的房间,对他说,他为有这么好的儿子感到骄傲,他非常爱他。

从一进门,他就紧紧盯着父亲手中拿着的那个漂亮的礼品盒。当他终于打开盒子时,却只看到里面装着一本精装的《人生指南》。

他失望至极,根本不想再打开那本书,气愤地对父亲大喊:"你有那么多钱,知道我想要什么,却为什么只送我这样一本书?"他扔下盒子,愤然离家而去。

很多年过去了,这位青年已成为一名成功的商人,有一所漂亮的房子和美满的家庭。当得知父亲已重病在身时,他心想必须尽快抽空去探望父亲。从毕业典礼那天起,他再也没有见过父亲。

当他终于安排时间准备去看父亲时,却接到电话说父亲刚刚去世。

他急忙赶到父亲的家,悲哀和悔恨涌上心头。他翻遍父亲的书房,终于找到了当年他扔掉的那个装有《人生指南》一书的盒子。他含着眼泪打开那本书,这时,从书中掉出一把汽车钥匙和一张卡片,卡片上写着"货款全部付清",下面是他毕业典礼那天的日期。

父亲将所有财产都留给了他。但在他的眼里,最珍贵的,却是那本《人生指南》。

感恩提示
gan en ti shi

现在,我们无法知晓父亲为什么在儿子毕业时同意给他买辆名贵的跑车,但是,父亲对儿子的爱却让我们都能理解接受。父母对于子女的爱,永远是最无私最纯净的,只不过,父亲的爱用一本《人生指南》包裹着,他希望儿子能领悟他的目的。

现在,一切都如过眼云烟了,我们,似乎更应该替儿子感到庆幸。如果这场误会没有发生,他的现状会是什么呢?不会那么成功,不会跟父亲离那么近,这是肯定的。

当骄阳和冷漠一起遮盖住"父亲"的热忱时，父亲的那句悔意十足的"给他留块鸡胸脯"除了让我们热泪盈眶，我们似乎还可以想出更多的……

父　亲

◆文/[智利]拉索·巴埃萨　　译/尹承东

一个小老头儿下巴蓄着又白又长的胡须，上唇的小胡子被尼古丁熏成了红色。他披着一件大红斗篷，脚登高跟皮鞋，头戴一顶龙舌兰编的草帽，胳膊上挎着一个小篮子，来到兵营的门口，走过去，倒回来，走过去，倒回来，反反复复，显得十分胆怯。他想向哨兵打听什么，但哨兵没等他开口就高声喊道：

"警卫班长！"

一个尉官从门后跳了出来，仿佛是埋伏在那儿的。

尉官仰起头用询问的目光打量着陌生的老头儿，老头儿于是说道：

"我儿子在吗？"

班长笑了起来，哨兵则面无表情，如同一尊雕像似的冷漠。

"警卫团有300个儿子，不知您儿子叫什么名字？"班长说。

"他叫曼努埃尔……叫曼努埃尔·萨巴塔，先生。"

班长皱皱眉头，一边捉摸着一边重复道：

"曼努埃尔·萨巴塔……曼努埃尔·萨巴塔……"

顷刻，他以肯定的语气说：

"我不知道有哪个士兵叫这个名字。"

乡下人在厚高跟皮鞋上骄傲地直起身子讥讽地笑了：

"可是，我儿子不是士兵，他是军官，是正儿八经的军官……"

警卫团的号手听到了他们的谈话，凑过来用胳膊肘捣了捣班长，低声告诉他：

"是新来的，刚从学校来的……"

"见鬼！一头多嘴的驴……"

班长把那农夫打量了一番，看到他是个穷人，没敢请他去军官俱乐部，而是叫他去了警卫团。

老头儿坐在一条木凳上，把篮子放在伸手可及的身边。士兵们一下子围拢来，他们以好奇的目光看着那个农民，对那个篮子很感兴趣。篮子不大，用一片口袋布盖着。那帆布下面先是听到啄食声，接着便有一只红冠老母鸡露出头来，由于闷热，它的嘴张开着,不停地喘着气。

看到那老母鸡,士兵们一边鼓掌一边像孩子似的高声叫道:

"炖鸡吃!炖鸡吃!"

农夫急切地想见到自己的儿子,面对那么多持枪的士兵又十分紧张,不禁傻乎乎地笑起来,思想也乱了:

"哈,哈,哈……对,炖鸡吃,炖了鸡给我儿子吃。"

说罢,老人却是一阵心酸,脸上立刻蒙上了一层阴影,接着又说道:

"我都5年没见他了!"

忽然他又高兴起来,一边挠着耳后的部位一边说道:

"他不愿意回村里去。我的东家强迫他当了兵。哈,哈,哈……"

一个膀大腰圆、身上披着武装带、腰间扎着宽皮带、挎着大刀的卫兵去叫中尉。

中尉正在驯马场上跟一伙军官在一起。他个子矮小,长得黑不溜秋,躯干粗得像个木桶,面容俗气。

卫兵打了个立正,两脚并拢时靴子底掀起一股尘土,报告道:

"有人找您……我的中尉。"

不知怎么回事,中尉的脑海里一下就闪现出了他老父亲那干瘪矮小的身影。

他仰起头,为了让他的同事们听到,以鄙夷不屑的语调大声说道:

"在这个镇子上,我谁都不认识……"

卫兵又主动解释说:

"是个满脸皱纹的小老头,披着斗篷……他从很远的地方来,提着一个篮子……"

虚荣心顿时把中尉闹了个大红脸,他把手举到帽檐上说:

"行啦,您走吧!"

军官们的脸上露出诡秘的神色,他们不约而同地朝萨巴塔扫了一眼。那么多道询问的目光令中尉实在难以承受,他垂下头,咳嗽了一声,点上一支香烟,开始用刀鞘包头在地上胡乱划起来。

过了5分钟,又来了一个卫兵。这卫兵刚刚入伍,什么都不熟练,打立正的姿势万分滑稽可笑。离中尉还有四步远的时候他就像鸡扇动翅膀一样上下挥舞着手臂喊道:

"有人找您,我的中尉!是一个乡下小老头……他说他是您父亲……"

中尉没有纠正卫兵的话,他把香烟扔到地上,怒冲冲地一脚踩灭,喊道:

"滚吧!我就来。"

为了不做任何解释,中尉一头钻进了马厩。

老人坚持要见儿子,卫兵班长每5分钟向上司报告一次,上司军官被弄得烦了,就去找萨巴塔。

与此同时,那个变得像孩童似的可怜的老父亲越来越心神不宁。他竖起耳朵听动静,只要听到一点儿声响他就伸长脖子往外看。那脖子又红又皱巴,跟火鸡脖子一样。听到脚步声他就激动得浑身发抖,以为是自己的儿子来拥抱他,来给他讲述他的新生活,让他看他的武器、马具和马匹来了。

警卫团军官佯装检查马厩找到了萨巴塔。他开门见山、干巴巴地对他说:

"有人找您……说是您的父亲。"

萨巴塔移开目光,没有回答。

"他在警卫团……一定要见到您才走。"

萨巴塔狠狠地往地上跺了一脚,恼怒地咬了咬嘴唇去了那儿。

他一进警卫团,有个士兵就喊道:

"立——正!"

听到喊声,士兵们立刻如弹簧一般霍地站了起来,团部里响起一阵大刀声、脚步移动声和鞋跟撞击声。

士兵们对儿子的尊敬弄得老头儿晕头转向,他忘掉了篮子,也忘掉了老母鸡,张开胳膊向儿子迎过去。他那像老树皮一般的面庞上绽出了欢欣的笑容,兴奋得浑身颤抖着高声叫道:

"我亲爱的曼努埃尔!我的小曼努埃尔……"

尉官只冷冷地向他打了招呼。

农夫的双臂落了下来,脸上的肌肉抖动不止。

中尉偷偷地把他拉出军营,到了街上,悄悄地对他说:

"你都干了些什么呀!干吗到这儿来看我!我有军务在身……不能出去。"

说罢,转身走进了军营。

乡下老汉又回到警卫团,浑身哆哆嗦嗦,茫然不知所措。他狠狠心把鸡从篮子里掏出来给了警卫班长。

"给你们吧,就你们吃。"

他向士兵们告了别,失望之下,拖着沉重的步子慢慢离开了。走到门口时,他又转过身来丙眼含泪地补充了一句:

"我儿子特别喜欢吃鸡脯,你们给他一块……"

感恩提示
gan en ti shi

可以用这样一句话来概括《父亲》:论起狠心,父母加在一起都不是孩子的对手。而《父亲》,就是一首验证这句话的哀歌。

一入满怀热烈的希望和美好的幻想的父亲,来看他在兵营里当军官的儿子。一切,不过是父亲的一厢情愿。当骄阳和冷漠一起遮盖住"父亲"的热忱时,父亲的那句悔意十足的"给他留块鸡胸脯"除了让我们热泪盈眶,我们似乎还可以想出更多的……

终于,她打开了这个匣子,里面只有一张盖着大红印章的纸:一张社会福利院领养孤儿的证明。

枣 木 匣 子

◆文/兰守轩

这是一个老式的枣木匣子,八个角上分别镶着薄薄的铜片,匣面光滑得出奇,足可映出她那张饱经风霜的脸。一颗浑浊的泪滴顺着眼角的皱纹滑落下来,最后滴在枣木匣子上,逃也似的躲进铜片与木片的缝隙里。

她终于能够将手从容地伸到匣盖上了,她也能够问心无愧地打开匣子了,因为她完成了母亲的遗愿,送走了白发苍苍的继父,留下了孝女的名声。而她自己呢?她为了这一刻的来临苦苦等了十年。

这个匣子里面,藏着她的身世:亲生父亲的资料。

18岁那年,她才知道自己不是父亲的亲生女儿。那天她正在屋里温习功课,父亲喝得醉醺醺的,一回家就冲母亲吼:"我他妈过够了!整天为了别人的孩子拼死拼活……"母亲赶忙说:"你这是干什么?小声点儿,别让孩子听见了!"但她还是听见了。"别人的孩子?是我吗?"她猛地推开房门,看到的却是母亲无比惊恐的眼神。父亲猛地清醒过来,一脸的尴尬。

她疯了一般冲出家门。

她出走了两个月,但还是回来了,因为她要亲口问问母亲,自己的亲生父亲是谁。在出走的日子里,她也曾天真地想过,父亲是个见义勇为的武警战士,在执行任务时光荣牺牲了;或者父亲是个恶贯满盈的歹徒,已经被绳之以法;抑或自己根本就是母亲偷情的副产品。然而她还是想知道自己的亲生父亲到底是谁。

当她回到家里时,发现的却是躺在床上的母亲。原来在她出走的日子里,母亲为了找她不小心出了车祸,两条腿被车轮碾过。撕心裂肺的痛充斥在她的心口:这毕竟是自己的亲生母亲啊!假如不是自己意气用事,母亲就不会是这个样子。她趴在母亲身上,泪水像决堤的洪水。母亲搂着她的头慈祥地说:"孩子,你继父也不容易,以后就不要离家出走了!和母亲一块好好地过日子……"她重重地点了点头,将那即将出口的问题硬生生地吞了回去。

父亲带着一身的疲惫回来了,见到她,脸上呈现出欣喜若狂的表情,激动地说:"孩子,是父亲不好,没能照顾好你母亲,父亲以后一定好好地对你们娘俩,咱们一家人好好地过日子……"她望着父亲那乞求的眼神,心中如同打翻了五味瓶。从此她再也没有离家出走过。父亲也信守了自己的诺言,在外面拼命地工作,只为她们能吃上顿好饭。有时她看到父母在一起的欢乐场面,居然产生了一种自己才是局外人的念头。

后来她考上了大学,又找到了一份好工作,之后嫁了人,有了孩子。那时父母都老了。

母亲临终前拉着她的手说:"孩子,虽然你不说,但我还是能够看得出来,你想知道自己的亲生父亲是谁。咱们家有个枣木匣子,里面有你的身世。不过你要答应我,在你打开它之前,一定要好好照顾你的父亲,他这辈子只为咱们娘俩活了,没有过上几天好日子,希望你能等他去世之后再打开匣子。无论你看到了什么,都要记住,在这个世界上,我们永远是你最亲的人。你一定要答应我,否则我会死不瞑目的……"她哭着答应了母亲。

如今,她送走了父亲,而此时的她,鬓角也有了白发。她对一些事情早看开了,唯独那个枣木匣子被藏在心底,当她在收拾父亲的遗物时,发现了这个枣木匣子。

终于,她打开了这个匣子,里面只有一张盖着大红印章的纸:一张社会福利院领养孤儿的证明。

感恩提示
gan en ti shi

一个匣子有多大?小的不过巴掌,大的不过半人模样,木头做的而已。但是,文中的这个匣子在人心里被放大无数倍了,里面装着"我"一直渴望解开的身世之谜。父亲不是亲生父亲,自己是父母从社会福利院领养的孤儿,母亲刻意隐瞒着过去……

一切,在一个家庭里都显得如此陌生而隔膜。好在,故事的结尾是我们熟悉的感动。心里一颤的同时,我们也许该这么想,如果,只是如果,"我"不打开那个装满着秘密的匣子,会不会更好呢?

·感
·恩
·书
·系

我感到我正在创造一件十分接近我自己的造物。

上帝创造母亲时

◆文/[美]爱玛·本贝克

仁慈的上帝一直在为创造母亲而加班工作着。在进入第六天时,天使来到主面前,提醒他说:"您在这上面已经花费了许多不必要的时间啦。"

主对天使说:"你看过有关这份订货的技术要求吗?她必须能够经受任何荡涤,但不是塑料制品;有180个活动零件,可以任意更换;靠不加奶和糖的浓咖啡及残羹剩饭运行;具有站立起来就不会弯曲的膝部关节;拥有一种能够迅速医治创伤和疾病的亲吻,从骨折到失恋都能治愈;此外,她必须有六双手……"天使缓缓地摇了摇头说:"六双手……这怎么可能?"

"令我感到困难的却不是这些手,"上帝回答说,"而是她所必须具有的那三双眼睛。"

"可是,"天使说,"订货单上没提出这个标准……"

"是的,可她需要。"主点了点头说,"她需要一双能透过紧闭的房门洞察一切的眼睛,然后她才可以胸有成竹地问:'孩子们,你们在里面干什么?'另一双眼睛将长在她的后脑勺上,专门用来看她不该看到而又必须了解的事情。当然,在前额下面她也有一双眼睛,当孩子们有了过失或麻烦时,这双眼睛能够看着他,而不必开口,就能够明确地表达出'我理解你并且爱你'的意思。"

"这太难了,"天使劝道,"主啊,您该歇歇了,明天……"

"不行!"主打断了天使的话,"我感到我正在创造一件十分接近我自己的造物。你看,眼前的这件母亲模型,已经能够在患病时自我痊愈……能够用一磅汉堡包满足一家六口人的胃口……能把一个9岁的男孩弄到喷头下淋浴……"

天使绕着母亲模型细细地看了一遍,不由得赞叹道:"她太柔和了!"

"但很坚强!"上帝激动地说,"你根本想象不出她有多么能干,也根本想象不出她有多大的忍耐力!"

"她会思考吗?"

"当然!"主说,"她还会说理,商量,妥协……"

这时,天使用手摸了摸母亲模型的脸颊,忽然说道:"这里有一个地方渗漏了。我早就说过,您赋予她的东西太多了,您不能忽略她的承受力嘛!"主上前去仔细看了看,然后用手指轻轻地蘸起了那滴闪闪发光的水珠。

"这不是渗漏,"主说,"这是一滴眼泪。"

"眼泪?"天使问,"那有什么用?"

"它能表示欢乐、悲哀、失望、怜爱、痛苦、孤独、自豪……"主说。

"您真行!"天使赞道。

主的脸上露出了忧郁。

"不,"他说,"我并没有赋予她这么多功能。"

感恩提示

gan en ti shi

关于上帝创造人类的神话,我们已经知道得太多。是亚当的首先出世、继而抽了肋骨有了夏娃再后来才出现了我们吗?不是,是一位母亲的出世,然后才有了子子孙孙,无穷匮的世代繁衍。母亲不单单有个夏娃的名字,母亲就是母亲的名字。上帝一开始创造母亲时,她一样只是个肉体凡胎。至于母亲所延伸的许许多多的功能,就是连上帝都不能解释了。也许,能让我们一代接一代地努力歌颂我们的母亲的,就不需要原因了吧。

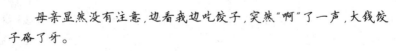

母亲显然没有注意,边看我边吃饺子,突然"啊"了一声,大钱饺子硌了牙。

大 钱 饺 子

◆文/张　林

340

那是动乱的第二年吧,我被画进了"黑帮"队伍里。我在那长长的"黑帮"队伍里倒不害怕,最怕的就是游斗汽车开到自己家门口,这一招太损了。嘻,越害怕还越有鬼!有一次汽车就真的开到了家门口。那八旬的老母亲看见了汽车上的我,嘴抖了几抖,闭上眼睛,扶着墙,身子像泥一样瘫了下去。妻子竟忘了去扶持母亲,站在那儿,眼睛都直了,跟个傻子一般。

我担心老母亲从此会离我而去。谢天谢地,她老人家总算熬过来了。

那年除夕这一天,竟把我放回家了。

一进家门,母亲用一种奇怪的眼光打量我,然后,她一下扑过来,摸着我的脸。最后,她竟把脸埋在我的怀里,呜呜地哭起来。妻子领着孩子们只远远地站着,也在那儿哆哆嗦嗦地哭。

"媳妇,快包饺子,过年!"母亲对妻子说。于是,一家人忙起来,剁馅、和面……一会儿,全家就围在一起开始包饺子。这时,母亲忽然想起一件什么事,说:"哎呀,包个大钱饺子吧,谁吃了谁就有福!"

为了使母亲高兴,我同意了,而且希望母亲能吃到这个大钱饺子。我要真诚地祝福她,愿她多活几年。

母亲从柜里拿出个蓝布包,从包里掏出一枚道光年间的铜钱来,她颤抖地把这枚古钱放在一个面皮上,上面又盖了点儿馅,包成一个饺子。这就是大钱饺子了。母亲包完这个饺子,用手在边上偷偷捏出一个记号,然后,若无其事地把它和别的饺子放在一起。但我已经清楚地记住了这个饺子的模样。

饺子是母亲亲自煮的,饺子要熟了,像一群羊羔一样漂上来。我一眼就看见那个带记号的大钱饺子。

母亲在盛饺子的时候,把这个大钱饺子盛在一个碗里,又偷偷把它拨在紧上边,然后把这碗饺子推到我面前:"吃吧,多吃,趁热吃。"我觉得心里一阵热,鼻子也酸疼起来。我想应该让母亲吃,让她高兴高兴。但我一时想不出办法,因为母亲认识这个饺子。

我想那就给妻子吧,她跟我生活了二十年,现在已经是快半百的人了。因为我挨斗,她心血都快要熬干了。我趁妻子上厨房去拿辣椒油的工夫,偷偷把大钱饺子拨在她的碗里。谁知,妻子从厨房回来,看了看碗,又用一双深沉和感激的眼睛望着我,眼圈都红了。啊!她也认识这个大钱饺子。

妻子没有做声,她吃了几个饺子,忽然说了声:"都快粘在一块了。"说着,就把所有的饺子碗拿起来摇晃,晃来晃去,就把那碗有大钱饺子的放到了母亲跟前。母亲显然没有注意,边看我边吃饺子,突然"啊"了一声,大钱饺子硌了牙。

"奶奶有福!吃到大钱饺子了!"孩子们喊着。

"我……这是咋回事?"母亲疑惑着。这时,"当啷"一声,一个东西从她的嘴里掉在碟子里,正是那个大钱。

于是,我领着老婆孩子一齐欢呼起来:"母亲有福!"

"奶奶有福!"

"……"

母亲突然大笑起来,笑着笑着,流出了一脸泪。我和妻子也流了泪。

感恩提示
gan en ti shi

　　一顿饺子有什么力量呢?填饱肚子,糊糊口,满足一下饥渴的胃,解决一下嘴馋的瘾,如此而已。可是,如果把一碗装有一个大钱的饺子放在一家人面前,放到"文革"为背景、人性被扭曲、物质极度匮乏的年代,会有多少力量?一个大钱饺子却在"我"、妻子和母亲的心里反复称量,它足足温暖和慰藉了一个家庭和"我"长达几十年。